新
思
THINKR

有思想和智识的生活

第二卷

中国史

文学新讲

王国璎 著

中信出版集团 · 北京

目　次

第二卷

第五编

中国诗歌发展之高峰

唐诗发展演变历程及其余波

第六编

散体古文发展之高峰

唐宋古文的盛行及其后续

❖
第七编

文言短篇小说发展之高峰
唐人传奇及其后续

❖
第八编

唐宋词的发展演变及余响

第
五
编

中国诗歌发展之高峰

✠唐诗发展演变历程及其余波✠

中国诗歌自先秦《诗》《骚》，经过两汉魏晋南朝诗人的不断耕耘努力，爰及唐代（618—907），遂臻于发展的高峰。在文学史家笔下，唐代是中国诗歌的黄金时代，而诗歌即被视为唐代文学的标志。虽然文学的发展不能以朝代政权的变迁来硬性划分类型，就如初唐一百年间，诗歌仍然长期流连徘徊在齐梁余风之中，尚未能明显展现唐代诗歌的时代特色，不过，为了讨论的方便，姑且遵循传统，称大凡产生于李唐时代的诗歌为"唐诗"。

第一章

绪　说

第一节

唐诗简介

　　唐代是中国诗歌发展的黄金时期，呈现出空前繁荣的景象。诗歌作品数量之多，创作者之众，形式内容之丰富多样，均超越前代。

　　首先，从诗歌作品数量上看，单就清代康熙年间彭定求（1645—1719）等所编录的《全唐诗》，收诗四万九千四百余首，作家二千八百七十三人。这个数字，实际上只占当时全部诗作的极少部分，大量的唐诗并没有留存下来。1982 年北京中华书局将王重民、孙望、童养年诸先生的唐诗辑佚合编为《全唐诗外编》，后来又发现王重民先生《补唐诗拾遗》五十二首。继而 1988 年北京中华书局又出版陈尚君辑校《全唐诗补编》，其中包括前人的唐诗辑佚，还有他自己的《全唐诗续拾》四千三百多首。加上原来的《全唐诗》，现存唐代诗歌总计已逾五万五千多首，作者三千六百余人。

其次，从诗人身份和阶层上看，唐代的诗人已不再局限于王公贵族、文人学士，诗歌创作已不是少数知识阶层或社会精英的专利，就连社会地位不高的僧侣、伶工、歌妓、商贾中，亦出现能够写诗者。

再者，就中国诗歌的形式体裁而言，也是在唐人笔下而臻于完备。正如明人胡应麟《诗薮》的观察：

> 甚矣！诗之盛于唐也。其体则三、四、五言，六、七杂言，乐府、歌行、近体（律诗）、绝句，靡弗备矣！

继而，就题材内容与风格情韵而言，唐诗在继承前代文学遗产的基础上，有新的发展，开辟出新的领域，反映出新时代的新精神风貌。

唐代以后，无论宋、金、元、明、清，虽然继续不断从事诗歌创作，也产生了一些名作家、名作品；但在诗歌的题材内容上，艺术形式上，始终回荡在唐诗的余波里，即使力图"自成一家"的宋诗，仍然是唐诗的继承者、追随者。所以"唐诗"可说是中国古典诗歌最光辉灿烂的代表。"唐诗"这个名称，不仅标志这些诗歌所产生的时代，还具有特别的意义：对前代而言，其表明的是诗歌的一种新形式、新高峰；对后代而言，表明的则是诗歌的一种独特的时代风格，是后世推崇、欣赏，并争相追随模仿的对象。

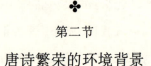

第二节

唐诗繁荣的环境背景

唐诗的兴盛繁荣，到底是哪些因素造成的？这是当今文学史研究者百说不厌的课题，也是一个相当复杂、难以提供圆满答案的问题。几乎每一部文学史，都会列出几项促成唐诗繁荣的原因，不外乎由于帝王的提倡，加上科举取士，还有诗歌本身的必然发展，等等。这些的确均言之成理，值得参考。不过，本书此处则尝试从社会背景、时代思潮、文学继承三方面来考察。本书重点关注的是，怎样的土壤气候，会孕育出唐诗的花朵？怎样的环境背景，促成唐诗的兴盛繁荣？

✤ ┃ 一、社会背景

所谓"社会背景"，实可以包括相当广泛的条件，诸如经济繁荣、国势强盛、政治开明等，都为唐诗的兴盛繁荣提供了良好的环境背景。不过，特别值得注意的，则有以下三点。

㊀ 南北统一，文化汇流

大唐帝国是在隋朝统一南北的基础上建立起来的王朝。在这之前，南北对峙长达数百年，而且分别培养出各自的文化特质。一般而言，南朝尚文，北朝尚武，有明显的区别。此外，中国国土经过数百年的分裂、混乱，到隋唐的统一，终于成为一片完整的领土。于是出现，或南人北上，或北人南下。江南的文雅柔媚气息，与北国的刚健豪迈精神，可以彼此交流，相互融汇，不仅扩展了诗人的视野胸襟，同时亦可以改变诗歌的情韵色调。再者，朝廷用人，广开门路，并无出身地域的歧视，往往南北兼收。其实隋唐两朝都是在北方起家，易代之际，基于用人唯才，大凡南朝的旧官，包括前几朝的遗老、遗少，很多均继续留用。就是在这样的环境背景之下，无论民间、官场，乃至宫廷，都有机会受到南北文化双方面的影响，并促使诗歌的创作焕发出崭新时代的精神风貌。魏征于《隋书·文学传序》就曾经这样憧憬过：

> 江左宫商发越，贵于清绮。河朔词气贞刚，重乎气质。气质
> 则理胜其词，清绮则文过其意。……若能撷彼清音，简兹累句，
> 各去所短，合其两长，则文质彬彬，尽善尽美矣！

魏征对唐诗提出的"各去所短，合其两长，则文质彬彬，尽善尽美矣"的理想蓝图，正是在南北统一、文化汇流的环境中，最终得以实现。

当然，唐诗之所以能登上中国诗歌发展的高峰，不能只靠诗人单方面在创作上"去短取长"的努力，还需要朝廷方面某些制度的建立，以及社会风气方面为因应时代的士风，加以推波助澜，方能达成。

（三）诗赋取士，庶族抬头

以诗赋取士，遂令具有文才的庶族寒门抬头，这显然与唐代科举制度的建立密切相关。当然，科举其实肇始于隋朝，不过，爰及唐代，方令科举确立为制度化的取士措施，乃至打破了魏晋南北朝以来，世家大族或豪门子弟往往垄断官宦仕途的局面，庶族寒门者从此有了入仕问政的正式管道。原先世族与寒门分隔对立的社会结构开始松动，一般庶族寒门子弟，也可以凭学识与才华受到肯定，入仕的机会大增。唐代以诗赋取士的科举制度，其影响深远者，不单单是造成社会结构中知识阶层的逐渐扩大，同时亦促使能写诗作赋的作者相应地增多。因为，诗赋既

然是科举考试的主要项目，对诗赋文体的掌握，遂成为意图借此一登龙门者不断努力耕耘的园地，当然更有助于诗歌创作的风气，并促进辞藻音律诸技巧的圆熟。

㊂　行卷求名，漫游成风

　　行卷、漫游，亦是唐诗兴盛繁荣的重要背景。由于唐代科举取士，实际上并不完全只取决于一张试卷，往往还得凭考生平日的声名，由此在文人圈衍生出一种行卷求名的风习。亦即将平生撰写的诗文杂著，编辑成卷，呈献给地方的社会贤达，或高官名流，以此获得推荐，制造声誉，引起考官的注意。这种行卷求名的风气，助长了唐诗在质和量两方面的成长。因为，诗不但要写得好，而且要写得多，才会受人称赞，引人瞩目。此外，与行卷求名几乎同步并行的，就是干谒漫游风气的盛行。一般文人士子，离乡背井，漫游大江南北，结交天下豪杰，谒请达官贵人吹嘘、推荐、引进。这种漫游的生活方式，非但不同于世家大族享有特权的魏晋南朝，与宋代以后文人只需闭门埋头读书，准备考试，进而入仕的单线发展方式，亦有相当的差异。按，唐代文人在漫游的风尚里，接触的社会层面多端，视野较为广阔，感受亦较深刻，若是将其人生经验入诗，自然有助于题材内容、情味意境上的开拓。

　　以上所涉及的社会背景，不但包括国土的统一，南北文化的汇流，还有社会结构的变化，加上不论世家或庶族出身的文人士子，为求取仕宦功名的行卷漫游生活方式，均属过去时代所未有。或许可以说，唐代特有的社会现象，亦是促使唐诗兴盛繁荣的重要背景。

另外，不容忽略的则是，流行于唐代社会的时代思潮对唐诗繁荣的影响。

❖ │ 二、时代思潮

李唐王朝政治开明，思想开放，乃至儒、道、释三教可以并存不悖，文人士子思想活跃，时代思潮蓬勃，自然也有利于诗歌的创作，这乃是不争之事实。不过，倘若单纯从文学史的立场，宏观唐代的时代思潮，则出现不同的观点。在唐代文学作品中展现的"文学思潮"，主要包括：任侠、宗儒、崇道、信佛。这四大思想潮流，又往往彼此激荡、融汇，而且互为表里，乃至合成了唐代文学作品中通常显现的社会思潮基本架构，也是唐代诗歌流露其繁富丰美之生命情调的主要源泉。当然，倘若要把这四大主要思潮的源流演变，以及如何影响及唐诗，理出头绪，则另须专文处理，此处仅就唐诗本身展现的流行思潮，简略概括而言。

（一）　任侠精神

任侠精神，实际上为唐诗注入了其特有的、昂扬的气势，豪迈的意趣，以及浪漫的情怀。这样的诗歌特质，是唐诗之前，尤其是齐梁贵游文学中较为欠缺的，甚至隋诗亦不能成气候。这当然与唐代自初唐以来，不少英雄侠客立朝的历史背景，以及文人士子充满建功立名的幻想，推崇英雄侠客的风气相关。

综观唐代的开国勋臣，以及初盛唐时期一些著名文官武将，即不乏出身侠客，且跻身高位者。影响所及，遂形成社会上一股好义任侠的风气。任侠，不仅视为一种异乎常人、不同凡响的行为风度，亦是具有英雄浪漫色彩的标志。乃至一些驰骋于都市间巷的权贵子弟，以及虽庶族出身却雄心万丈的寒门子弟，选择投身大漠边塞，凭其侠情豪志，追求边塞功勋。即使一些文人士子，在生涯规划中原本意图在科举场中追求功名，亦往往以好义任侠相标榜。唐代著名诗人中，诸如陈子昂、孟浩然、王之涣、李白、韦应物等，均是尝以任侠自诩乃至见称当世者。或许可以说，唐诗中对边塞军旅之讴歌，所以盛行于盛唐诗坛，成为诗歌主流，即有赖于任侠精神的焕发。其实，任侠精神不但为唐诗提供了昂扬豪迈的风格，也是唐代传奇故事的一大主题（详后）。

除了具有时代特色的任侠精神之外，另外不容忽略的是，历来从未中断的宗儒思想，以及唐代文人士子纷纷崇道信佛，对唐诗的影响。

㈡ 宗儒思想

唐人的宗儒，实含有"复古"的意味，亦即有意恢复儒家的政教传统，视文学作品为达到政治教化的媒介。在诗歌创作方面，宗儒思想促成了唐诗中的兴寄成分之发扬。所谓"兴寄"，就是本着文人士大夫的使命感，在诗歌中"讽喻"朝政的不当，批评社会的黑暗，其中寄寓了作者的政治抱负、道德理想，或身世之感。唐人宗儒的主要特点，主要在于重视功业声名的追求对诗歌的影响颇巨。倘若概览初盛唐时期的诗歌，就会发现其中往往弥漫着入仕问政、建功立业的理想抱负；中唐诗歌，则不时流露深沉的忧世济民的情怀；爰及晚唐诗中，则回荡着因济世不能而引发的愤世、遁世的情绪。此外，宗儒也是中唐古文运动的思想核心（详后）。韩愈、柳宗元倡导的"以文明道"，即是以文章来宣扬儒家圣贤之道，并且成为促使散体古文臻于创作高峰的思想背景与理论基础。

㈢ 崇道信佛

唐人因崇道信佛而讲求恬淡隐退的生活态度，滋长了唐诗中清空的境界与闲适的情趣，同时也培养了唐诗中浪漫瑰丽的审美趣味，提供飞扬神奇的想象力。其实，唐朝历代皇帝，或出自政治需要，或由于个人嗜好，往往既崇道，亦信佛。李唐皇室为自神其世，奉老子李聃为先祖，尊道教为国教。不过，佛教于唐代亦大盛，且宗派林立，其中禅宗影响尤巨。佛道之间的斗争，以及佞佛、排佛成为唐朝政坛斗争的重要内容。当然，佞佛、排佛的斗争，也间接推进了古文运动的发展，而佛道思想的流行，对文人的诗歌创作，尤其在诗歌情味意境的营造方面，则造成既深且远的影响。

首先，佛教在心与境的关系认识上，启发诗人根据抒情言志的需要，创造出物我相即相融的意境，从一景一境，万物色相中，领会诗情禅趣。其次，道家的清静无为，道教的服食游仙，是唐代文人士子追求功名之余的精神寄托，亦是促使唐诗中山水仙隐之企作品丰盛的重要背景。

以上所言"社会背景""时代思潮"，乃是有助于唐诗兴盛繁荣的外在环境，而"文学继承"才涉及诗歌本身的发展趋势。

✦ | 三、文学继承

唐诗并非临空而降，而是延续过去诗歌长远传统的继承者、发扬者。从《诗经》《楚辞》，继而两汉魏晋南朝，至李唐一代，古典诗歌已经有一千七百多年的历史。尤其自建安以后，名家辈出，整个魏晋南朝时期，诗歌无疑是文坛的主流。唐诗的兴盛繁荣，乃是诗歌发展的必然趋势。试从以下三方面观察：

(一) 形式体裁

五言古诗经过长期的演进，至建安时代已臻于成熟，七言歌行则在刘宋鲍照以后开始陆续出现。此外，律诗、绝句体，自齐梁诗人笔下，也逐渐形成。换言之，中国古典诗歌的各种体裁，在唐代以前，已经初具雏形，因此唐人不过是在前人的基础上，进一步令各种诗体定型或更为完善而已。

(二) 题材内容

唐诗的题材内容，实际上亦多继承前人。诸如咏史述怀、玄言游仙、田园山水、离情相思、咏物艳情、宫廷游宴、边塞军旅等，在魏晋南朝诗人笔下，业已形成传统，甚至日常生活身边琐屑事物之吟咏，亦非唐人首创。唐代诗人在题材内容方面，主要还是在前人作品中汲取养分，进而发挥其个人的特色，并展示其时代的精神风貌。

(三) 技巧风格

汉魏的风骨，晋宋的丽藻，齐梁的声律，还有乐府歌诗的朴实流畅，文人诗的琢字炼句，以及所谓清新、俊逸、风华等个别作家文字风貌的特长，都为唐代诗人提供了传承的资源。也就是从这些丰富的文学遗产中，唐代诗人创作之际有意识地，或择取、消化，或改造、扬弃。如果宏观唐诗形成其时代特色的过程中，如何推陈布新，最主要的倾向就是：发扬汉魏风骨，借鉴两晋南朝辞章。由此形成了唐诗崭新的风貌，决定了唐诗发展的方向。试看殷璠《河岳英灵集·集论》[天宝十二年（753）序] 对唐诗风貌的体认：

> 既闲新声，复晓古体，文质半取，风骚两挟。言骨气则建安
> 为俦，论宫商则太康不逮。

所言指出，唐诗既有传统的继承，亦有时代的创新，既讲求文采，重视声律，亦不离朴实，且远溯《国风》《楚辞》，近取建安风骨、太康（两晋：潘安、陆机、郭璞）丽辞。当然，殷璠所云，主要乃是"盛唐"诗的风貌，也是唐诗发展的最成熟阶段。这还需要一段漫长曲折的过程，方能臻至。

第三节

唐诗的分期

"唐诗"是一个笼统的名称，概括唐代近三百年时间所写的诗歌。其实唐诗是生命体，一直在不断地发展演变，逐渐形成几个不同的自然段落，

于是前人对唐诗尝试分成不同的期段，以展示不同期段的特色，及其流变演化的轨迹。一般文学史，大致都沿用传统的"四唐"说，就是把唐诗分为初唐、盛唐、中唐、晚唐四个时期。当然，近代学者就有不赞成"四唐"说者，于是尝试提出与传统说不同的观点，但其中以安史之乱为界，分唐诗为二期的说法，反对者较少。

✢ | 一、"四唐"说之形成

初、盛、中、晚"四唐"说，并非一蹴而成，乃是经过一段漫长时期的演化，才大致形成。根据现存资料，整理如下：

北宋杨时（1053—1135）《龟山先生语录》卷二：

> 诗之变至唐而止。元和之诗极盛。诗有盛唐、中唐、晚唐，五代陋矣。

杨时所云，乃是现存最早的为唐诗分期的说法。将唐诗分为盛唐、中唐、晚唐三个期段，可惜并未进一步说明理由。值得注意的是，杨时认为中唐元和时期之诗，才是唐诗的"极盛"。

南宋严羽《沧浪诗话·诗辨》则认为：

> 以时而论，则有……唐初体（唐初犹袭陈隋之体）、盛唐体[景云（710—711）以后，开元、天宝诸公之诗]、大历体（大历十才子之诗）、元和体（元、白诸公诗）、晚唐体。

严羽是从诗风之兴替因革角度，将唐诗区分为初唐、盛唐、大历、元和、晚唐五种体式风貌，其实也就是唐诗发展演变的五个阶段。此一区分，为唐诗的流变勾画了一个基本轮廓。只是"中唐"的概念，尚未确立。

宋元之交的方回（1227—1305），于其《瀛奎律髓》卷十，对晚唐诗人许浑《春日题韦曲野老村舍》一诗评语之后云：

> 予选诗以老杜为主。老杜同时人皆盛唐之作，亦取之。中唐
> 则大历以后，元和以前，亦取之。晚唐诗人，贾岛开一别派，姚
> 合继之，沿而下亦非无作者，亦不容不取之。

方回于此提出盛唐、中唐、晚唐。所言虽未出现"初唐"字样，实际上引文中所言已隐含这个期段。展示的是，在宋元之交"四唐"说已略具雏形。及至元人杨士弘选编的《唐音》，方正式列出初、盛、中、晚的标目，"四唐"之分期，终于定型。

元人杨士弘（13世纪后期）《唐音》卷首：

> 自武德至天宝末六十五人，为唐初、盛唐诗。……自天宝至元
> 和间四十八人，为中唐诗。……自元和至唐末四十九人，为晚唐诗。

自此初、盛、中、晚的"四唐"说，正式完成。不过，杨士弘仅为"四唐"作为时代断限，其内涵尚待后世论者从理论上进一步阐明。

明人高棅（1350—1423）《唐诗品汇·五言诗叙目》：

> 唐诗之变，渐矣！隋代以还，一变而为初唐，贞观、垂拱之
> 诗是也；再变而为盛唐，开元、天宝之诗是也；三变而为中唐，
> 大历、贞元之诗是也；四变而为晚唐，元和以后之诗是也。

高棅不仅正式将唐诗划分为初、盛、中、晚四个时期之"变",且更进一步指明,前后期乃至同一时期作家之间的传承因革,以及主从高下的关系。唐诗的分期,至此进入圆熟的境地。

以后明清两代的诗论者,无论宗唐或宗宋,无论宗初唐或盛唐,还是宗中唐或晚唐,对唐诗发展流变的看法,基本上均沿袭"四唐"说之分期。尽管偶尔亦有反对"四唐"之划分者,但始终未能提出更令人信服的分期意见。直至今天,绝大多数文学史论著,在叙述唐诗的发展过程时,仍然大体遵循划分"四唐"的原则。

❖ | 二、安史之乱为分水岭

近代研究文学史家中,因不满"四唐"旧说,力图摆脱传统,有意展现新的观点来论唐诗的分期,遂提出以安史之乱为分水岭,将唐诗分为前后两段时期。安史之乱的确是唐代历史上一件大事,李唐王朝从此开始衰败,对诗歌创作的影响匪浅。首先提出以安史之乱为唐诗发展之分水岭者,是胡适的《白话文学史》,继而闻一多《闻一多说唐诗》,以及陆侃如、冯沅君的《中国诗史》,均以安史之乱为界线,将唐诗划分为前后两大时期。

❖ | 三、其他不同的分期

当代学者中亦有按文艺思潮的变迁而分期者。如苏雪林《唐诗概论》,即将唐诗分为五个时期:(1)唐初宫体诗,(2)"四杰"至盛唐的浪漫思潮,

(3) 杜甫至元和年间的写实思潮，(4) 李商隐以后的唯美思潮，(5) 唐末诗坛。

另外还有按诗歌风格的转变，将唐诗细分为八个时期者。如中国社会科学院文学研究所主编《唐诗选·前言》，即提出这样的看法：(1) 唐初，(2) "四杰" 至开元前，(3) 开元初至安史之乱前，(4) 安史之乱爆发至大历初，(5) 大历初至贞元中，(6) 贞元中至大和初，(7) 大和初至大中初，(8) 大中以后至唐末。

以上几种当代学者的新说，虽不乏新意，但因不如 "四唐" 说流行久远，尚未获得普遍的共识。其实这几种 "新说"，均有一个共同的倾向：亦即以因政治社会问题而引起的 "安史之乱"，为整个唐诗发展史上的主要分水岭，这显然是对传统分期方式的一种突破。尤其值得注意的是，均将李白、杜甫分别作为前后两个时期的代表。不过，几种分期比照之下，五分法、八分法，虽不失精细，又似乎稍嫌琐屑。故而本书仍然采取初盛中晚的 "四唐" 说，来考察唐诗的发展演变状况，以及转化蜕变的轨迹。

兹将本书依据的 "四唐" 分期之大概年限列出：

初唐：高祖武德元年至睿宗延和元年（618—712）

盛唐：玄宗开元初年至代宗永泰元年（713—765）

中唐：代宗大历初年至文宗大和九年（766—835）

晚唐：文宗开成初年至哀帝天祐四年（836—907）

第二章

唐诗的前奏 —— 隋诗概览

第一节
绪　说

唐诗之所以成为唐诗，首要任务就是摆脱南朝，尤其是齐梁柔媚绮丽的文风。但这毕竟是一项相当艰巨的工程，还须经过一段漫长的时间、几代诗人的努力，方能达成。其实，唐诗所特有的形式和风格，乃是萌芽于隋代，形成于初唐，而成熟于盛唐。因此，论及唐诗的发展，必须先概览一下隋代的诗歌。从隋诗的表现，或可以听闻到唐诗的前奏。

其实，隋统一天下之后，不但消除了南北的对峙，也跨越了地域的隔离，南朝大批文人相继北上，北朝文人亦纷纷游历江南，为南北文学彼此交流并互相影响，提供了有利的条件，于是文学创作出现了南北混合的局面。值得注意的是，一般学界讲述中国历史，往往合并隋唐两代为一体，称"隋唐史"，因为这两个朝代是南北长期分裂之后，终至统一的朝代，何况隋朝为时甚短，虽收拾了长期分裂的残局，最终不过是大唐帝国统一的铺路前驱。可是在文学史上，尤其是从诗歌发展演变的总趋势观察，则往往将隋代诗歌与前面的朝代相连，因为隋诗即使创作于大一统之后，基本上也仍然是南北朝诗的延续。

按，隋朝（581—618）历时仅三十八载，隋朝诗人，几乎都是曾经活跃于南北朝政坛文坛的遗老遗少。他们现存的作品，乃至部分编录在齐梁或北齐、北周诗集中，部分则辑集在隋代诗集里。近代辑录历代诗歌的学者，往往将"全隋诗"和前代的诗歌总集编辑在一起。例如，丁福保《全汉三国晋南北朝诗》，以及逯钦立《先秦汉魏晋南北朝诗》，均将《全隋诗》附加在全集之后。

综观现存的隋诗，就其内涵风貌，大概可以划分为"宫廷诗"与"非宫廷诗"两类。其整体表现，可视为由南北朝诗发展到唐诗的前奏。

第二节

宫廷诗 —— 隋诗主流

所谓"宫廷诗"，主要是指与王公贵族游宴生活有关的官方应酬诗，多属宫廷游宴场合，君臣唱和之作。遍览《全隋诗》，不难发现，与南朝齐梁陈诗，颇有相似之处。倘若就诗人身份而言，多属王公贵族，或在朝官员，当然还包括御用文人。而且诗作的标题，颇多点明"从驾""应诏""奉和""侍宴""赋得"等场合者。因此，"宫廷诗"可说是隋诗之主流。值得注意的是：首先，"宫廷诗"乃是君主王侯恣情娱乐、君臣游宴共享雅趣的作品，自然无须攸关政教伦理，乃至具有浓厚的娱乐性、消闲性。其次，加上诗人本身的文学素养，因此作品中往往流露一分属于"上流社会"的优雅风度，以及敏锐纤细的审美趣味。

例如卢思道（535—586），曾任职北齐朝廷，于周武帝平齐后，又任职北周，入隋后又曾任丞相。卢氏虽属由北朝入隋，在宫廷游宴场合赋诗，则仍然沿袭南朝齐梁宫廷诗的绮丽余风。或许正好说明，北朝诗人在创作上，如何以南朝宫廷诗马首是瞻。试看其《赋得珠帘诗》：

> 鉴帷明欲敛，照槛色将晨。可怜疏复密，隐映当窗人。

> 浮清带远吹，寒光动细尘。落花时屡拂，会待玉阶春。

这是一首典型的咏物诗，所咏之物，乃是经常出现于富贵人家闺阁之中的"珠帘"，而且句句不离珠帘。其中首联"鉴帷明欲敛，照槛色将晨"，点出珠帘光线的明暗色泽。二联"可怜疏复密，隐映当窗人"，形容珠帘疏密相间的状貌，同时点出隐约其背后的人影。三联"浮清带远吹，寒光动细尘"，描述珠帘在清风吹拂、日光辉照下之情景。尾联"落花时屡拂，会待玉阶春"，则点出诗人针对珠帘引发之情趣，暗含一份落花轻拂，等待盼望的情愫。至于等待盼望的对象是谁，并未明说，乃至留下空白，容读者去想象。

再看魏澹（生卒年不详）《初夏应诏诗》：

> 虽度芳春节，物色尚余华。山帘飞小燕，映户落残花。

> 舞衫飘细縠，歌扇掩轻纱。兰房本宜夜，不畏日光斜。

魏澹曾历任萧齐、北周、隋三朝，此诗当属宫廷游宴场合应隋炀帝之诏所作。诗中所写初夏景色，显然局限在宫苑之内，笔墨重点在于称颂宫苑景观之美，以及歌妓舞娘技艺之妙，流露的是面对美景佳人的审美趣味。尾联强调的则是，对"当前"游宴欢愉场合的珍惜。

上举两首诗，均颇具辞采，除了恭维当前景物的美好、场合的风雅之外，不见诗人个人的情思意念。这种在宫廷游宴场合所写的咏物、咏景之作，加上一些咏人的宫体艳情诗，很容易令读者回想到本书前面章节论及的齐梁诗，同样是一种贵族化的"沙龙文学"。其作者均拥有高度的文学素养与审美意识，而且刻意描摹客观景色人物的状貌、形态、动静之美，而欠缺的则是作者个人情怀意绪的宣泄，亦无心志意念的表露。可说是从人情世故、社会现实生活中，孤立出来的纯艺术品。

像这类作于宫廷游宴场合的诗篇，辞藻虽美，往往因缺少足以令读者深思或感动的内涵，在强调"诗言志"，文必有关政治教化的儒家传统观念中，一直是深受崇尚诗教实用功能者谴责的对象。如前面章节论"后世论齐梁诗"中已提及，隋文帝杨坚，因深恶隋初仍延续齐梁浮艳文风，曾于开皇四年（584）下诏，令改革文风："诏天下，公私文翰，并宜实录。"要求大凡公私文翰，当去除骈俪的辞藻，须讲求实用。据说当时的"泗州刺史司马幼之文表华艳，付所司延罪"（《资治通鉴·陈纪》十）。隋文帝这次改革文风的主要内容方针，从李谔《上高祖革文华书》（亦称《上隋文帝书》），或可一览大概，兹再引之：

> 降及后代，风教渐落。魏之三祖，更尚文词，忽君人之大道，好雕虫之小艺。……江左齐梁，其弊弥盛。贵贱贤愚唯务吟咏，遂复遗理存异，寻虚逐微，竞一韵之奇，争一字之功。连篇累牍，不出月露之形，积案盈箱，唯是风云之状。世俗以此相高，朝廷

据此擢士，禄利之路既开，爱尚之情愈笃。……至如羲皇舜禹之典，伊傅周孔之说，不复关心，何尝入耳！……故文笔日繁，其政日乱，良由弃大圣之规模，构无用以为用也。

李谔此书显然是把文学与政治教化混为一谈，企图恢复传统儒家诗教独尊的地位。然而对于好不容易才摆脱儒家诗教束缚的"齐梁文风"，还是很难发生什么阻吓作用。不过，这已经预先点出，未来初唐诗人继续努力的方向，亦即力图摆脱齐梁文风影响的趋势。只是在当时，整个隋代诗坛，似乎仍然笼罩在齐梁诗的余风里，而且重演宫廷游宴之际，君臣唱和，即景赋诗的雅兴。当然，就诗论诗，在这些宫廷诗中，并不缺乏佳作。

最明显的例子，就是隋炀帝杨广（604—618 在位）游幸江南时，模仿陈后主，亦作《春江花月夜》：

> 暮江平不动，春花满正开。流波将月去，潮水带星来。

其后唐代张若虚的《春江花月夜》中，"春江潮水连海平""海上明月共潮生"诸名句，即可能脱胎于此诗。按，隋炀帝在历史上是暴君，言行举止颇受后世史家的笔诛。但其人雅好文学，早在身为晋王之时，就曾招揽天下文士，作为身边的御用文人；爰及登位之后，更是君臣游宴唱和不绝，尤其醉心于江南文化之文雅，偏爱齐梁诗之绮丽。

再看，曾经历仕萧梁、北齐、隋三朝的诸葛颖（539—615），也留下一首同题共咏的《春江花月夜》：

> 张帆渡柳浦，结缆隐梅洲。月色含江树，花影覆船楼。

上举两首隋诗，既不抒情，亦未言志，更无关政教伦理，只是捕捉当前美景，展露观景者的审美趣味。就诗论诗，俱是写景佳作，尤其是隋炀帝的一首，清新可喜，用字贴切，音调和谐，构思也新巧。

隋诗就是在这些由南北朝入隋的宫廷诗人，以及江总、虞世南等带领下，为迎合隋炀帝奢侈浮华的品味，终日歌舞游宴赋诗，以至咏物写景、宫体艳情之作，占据了隋诗的主流地位。尽管如此，在宫廷之外，还是出现了一些个人抒情意味较浓的作品，这反映出，隋代诗歌正由南朝向唐代发展的过渡阶段，既有南朝诗风之余绪，亦出现唐诗的抒情先声。

♣

第三节

非宫廷诗 —— 抒情之章

　　此处所谓"非宫廷诗"，指的主要是创作场合在宫廷之外，乃至题材内容，均与宫廷生活无关之诗作。其作者可能还是围绕在皇帝王公身边的宫廷诗人，不过，引发其诗情的环境场合，则已超出宫廷游宴之外。既然环境背景相异，诗人的经验感受自然也不一样。这类作品，与君臣游宴场合所作之"宫廷诗"最大的不同，就是个人抒情意味的增浓。兹就其内涵题旨，大概可以分为以下三类。

✚　|　一、伤离意绪

　　表达伤离意绪的作品，抒发的主要是送别之际的经验和感受。按，送别之章，原是中国诗歌中一种源远流长的重要类型。远在《诗经·邶风·燕燕》中，已诉说"之子于归，远送于野。瞻望弗及，泣涕如雨"的哀伤；继而《楚辞·少司命》所云"悲莫悲兮生别离，乐莫乐兮新相知"，则为中国送别诗谱出友朋知己面临别离时的悲哀基调。身逢乱世的汉魏诗人，经历不少颠沛流离，又在彼此交往过从生活中，也写了不少居人与行子之间的送别伤离之作。送别诗抒发的通常是离情之依依、重会之困难、别后的孤寂，甚至进而引发生命奔波、仕途挫折种种人生感叹，因此抒情的意味通常是浓郁的。

试看尹式（？—604）《别宋常侍诗》：

> 游人杜陵北，送客汉川东。无论去与住，俱是一飘蓬。
>
> 秋鬓含霜白，衰颜倚酒红。别有相思处，啼鸟杂夜风。

尹式原属杨广之弟汉王杨谅的记室。太子杨广即位之后，汉王杨谅举兵反，兵败被俘，尹式遂自杀。尹式仅留下两首诗，均为送别之作。从上引诗题看，当是尹式离开长安之际，赠给前来相送的宋常侍的留别之作。首联点题，送别地点是长安的杜陵，尹式要前往的地点则是"汉川东"（汉中一带）。"游人"当指游宦之人，"客"则指行客、过客。换言之，居人行子均属游宦者，均是生命的过客，飘浮无定所，所以说："无论去与住，俱是一飘蓬。"两句令读者联想到初唐诗人王勃《送杜少府之任蜀州》的名句："与君离别意，同是宦游人。"三联写因面临离别而引发一分迟暮之感，尾联则设想别后情景："别有相思处，啼鸟杂夜风。"全诗以景作结，暗示别后的孤寂，增强了离情的悲哀。

再看一首王胄（558—613）《别周记室诗》：

> 五里徘徊鹤，三声断绝猿。何言俱失路，相对泣离樽。
>
> 别意凄无已，当歌寂不喧。贫交欲有赠，掩涕竟无言。

王胄乃是由陈入隋者，因受隋炀帝赏识，随行中写了不少奉和诗。大业九年（613），因旧交杨玄感起兵反隋，不久败亡，王胄遂受株连而被杀。此诗乃是大业初年王胄奉命随从杨广出征辽东，临行前，与好友周记室告别之作，也是一首以文学见宠的亡国旧臣被迫从征的心情写照。首联点题，写其临别依依不舍之凄哀心情。此处以徘徊不去之"鹤"自喻，则很可能用春秋时"卫公好鹤"的典故抒发情怀。参见《左传》闵公二年：

> 狄人伐卫。卫懿公好鹤，鹤有乘轩者。将战，国人受甲者皆
> 曰："使鹤，鹤实有禄位，余焉能战！"……卫师败绩。

通过"卫公好鹤"的典故，前举王胄《别周记室诗》，或许暗示，自己不过是伴随君王宫廷游宴消闲之受宠文人而已，如今却被迫要"从征辽东"，因之苦恼徘徊，不愿离去。二联随即指出，王胄与周记室皆属彷徨失路者，均是自亡陈入隋的贰臣，寄人篱下者。三、四联则追述二人乃贫贱之交，如今同时面对别离，悲不能已，掩面哭泣，相对无言。

上举两首诗，不仅抒发朋同僚之间伤离惜别之情，还有个人身世遭遇的感怀，抒情意味浓郁，已经初具唐诗的抒情韵味。体式上也接近五言律诗，平仄基本上合律，只是中间两联，还不讲求对仗工整而已。

✚ | 二、山水清音

描写耳目所及山水风景之诗，在刘宋时代曾经一度成为诗坛主流。齐梁以后，山水诗继续发展。不过，除了少数诗人之作外，山水的范围缩小了，由荒郊野外的名山胜水，转而为王宫贵族的庭园山水。如在齐梁陈隋的宫苑中，君臣游宴，即景赋诗，吟咏山水之美，强调的是山水状貌、声色的捕捉，审美趣味的流露；但却往往欠缺诗人个人的情思意念。换言之，

欠缺打动读者的"情"味。如隋炀帝、诸葛颖的《春江花月夜》，虽然并非写在隋宫之内，却因受君臣游宴场合的局限，而不见诗人的情思。不过，在现存隋诗中，已经出现不同的例子。

试看杨素（？—606）《山斋独坐赠薛内史诗二首》其二：

岩壑澄清景，景清岩壑深。白云飞暮色，绿水激清音。

涧户散余彩，山窗凝宿阴。花草共荣映，树石互陵临。

独坐对陈榻，无客有鸣琴。寂寂幽山里，谁知无闷心。

不妨先看沈德潜《古诗源》在此诗之后对杨素的评语：

武人，亦复奸雄，而诗格清远，转似出世高人，真不可解。

上引沈氏所云，显然有爱其诗而惜其人之意。按，杨素原本仕北周，并以平定北齐有功，封为安县公。入隋之后，又历任高官，并封越国公，后又改封楚国公。诗题所称薛内史即薛道衡（539—606），与杨素二人曾同为隋宫中的红人，交情亦好。杨素为薛道衡写了不少寄赠诗，这是其中一首。主要写其独自在山斋观赏山水风景，孤寂中引发了对友人的思念，于是提笔把观景念友的经验感受谱成诗篇，赠予薛道衡。诗人通过对山中美景的描写，抒发一种幽独寂寥感，并且流露对故旧老友的思念。其中"独坐对陈榻"，乃用《后汉书·徐稚传》中所述东汉陈蕃为名士徐稚设榻的典故，表示对薛道衡的尊敬与怀思：

时陈蕃为太守，以礼请署功曹，稚不免之，既谒而退。蕃在郡不接宾客，唯稚来特设一榻，去则悬之。

杨素此诗虽写于齐梁绮靡文风余音中，予读者的印象却是诗格清远，加上其中写景颇有谢灵运的清丽，同时又流露出一份幽独的心境，以及怀人的情思。故而显得在笔力精致凝练中含蕴一份既质朴劲健，又情深意远之境。这当然与一般宫廷游宴场合之作格调不同，是杨素本人的诗才所致，也是未来唐诗的抒情特质发展的方向。

✤ ｜ 三、边塞悲情

描写边塞征夫戍士生活与感情的诗，通常称"边塞诗"。边塞诗是唐诗中一种重要的类型，或可远溯自《诗经》（如《小雅·采薇》），以及汉魏以后，散见于乐府歌诗中描述征夫戍士边塞生活与情怀之作。继而南朝文人叙写边塞诗，即往往借乐府旧题来写，而且多以闺中之怨牵引出塞外之思，为边塞诗增添一层阴柔气息。爰及隋朝的宫廷诗人，留下有关边塞生活感情的诗篇，则为隋代诗坛增添一些刚健气息以及抒情色调。试以卢思道《从军行》为例：

> 朔方烽火照甘泉，长安飞将出祁连。
>
> 犀渠玉剑良家子，白马金羁侠少年。
>
> 平明偃月屯右地，薄暮鱼丽逐左贤。
>
> 谷中石虎经衔箭，山上金人曾祭天。
>
> 天涯一去无穷已，蓟门迢递三千里。
>
> 朝见马岭黄沙谷，夕望龙城阵云起。
>
> 庭中奇树已堪攀，塞外征人殊未还。
>
> 白云初下天山外，浮云直向五原关。
>
> 关山万里不可越，谁能坐对芳菲月。
>
> 流水本自断人肠，坚冰旧来伤马骨。
>
> 边庭节物与华异，冬霰秋霜春不歇。

长风萧萧渡水来，归雁连连映天没。

从军行，军行万里出龙庭，单于渭桥今已拜，将军何处觅功名。

卢思道历仕北齐、北周、隋三朝，虽以北朝入隋，平时写诗却喜欢学南朝，承袭齐梁绮丽余风，写了一些《美女篇》《采莲曲》《夜闻邻妓》等类似宫体艳情之作。不过，上引这首《从军行》，却展现出由南北朝过渡到唐朝的痕迹，尤其对初唐七言歌行体的发展有重大影响。按，古乐府《从军行》旧辞，多写军旅生活的艰辛，征夫思妇两地相思的苦楚，本篇亦如此。此外，现存隋唐以前诗人所写《从军行》，仅北周宇文招的一首为七言四句，其余均为五言。将《从军行》变为七言歌行，则始于卢思道此作。全诗主要是借汉代故事咏古叹今，情节结构则分为两个平行部分：前半首写边将出征前线的戎马生涯，后半首则写远在深闺中思妇对征夫的无尽怀思。此外，全诗语言清丽流畅，音节自然，已近似唐人歌行体。其中既写将士出征，也写思妇闺情；既有"长安飞将出祁连""白马金羁侠少年"的奔放雄健，又有"谁能坐对芳菲月""流水本自断人肠"的清丽哀怨。正是南北风格融会，刚健与幽柔并存之佳例。

此外，杨素《出塞二首》、隋炀帝杨广《饮马长城窟行》诸作，同样可视为唐代边塞诗的先声。

第四节

小　结

隋朝虽然结束了数百年南北对峙的局面，但为时甚短，仅三十八年即灭亡。因此隋朝诗歌没有机会培养成自己特有的时代风格，基本上还是属于南北朝文学的一部分，尤其是齐梁绮丽轻靡余风的继承者。如果要为隋诗找出时代特征，以便在文学史上占有一席地位，或许可以说，隋诗展现的是，从南北朝向唐朝发展过程中，一个短暂的过渡状态。

由于隋朝的诗人，均属由南北朝入隋的遗老遗少，是一些围绕在王公贵族周边酬唱奉和的宫廷诗人。虽然全国统一了，南北文化亦开始彼此交流，相互影响，但是，江南文化的文雅柔媚，仍然焕发出强大的吸引力，以至隋炀帝时期，包括由北朝入隋的诗人，均喜好南朝诗歌。因此，齐梁绮丽柔媚纤细的诗风，继续滋长蔓延。尽管隋文帝曾经尝试用政治力量来"纠正"朝廷上下的绮丽文风，显然未见成效。在宫廷诗人主掌的隋代诗坛，咏物、写景、宫体小诗，继续盛行。此类诗歌往往特别注重辞采，而存在情思不足、意境纤柔的"缺憾"。

但是，值得注意的是，在一些作于宫廷游宴场合之外的作品中，诸如送别、山水、边塞之章，因为创作环境背景不同，作者的经验感受相异，毕竟也出现了一些情思浓郁，甚至笔力刚健、风格朴素的诗篇。这些作品，为读者透露出一种讯息：诗歌的发展并没有停滞不前，而是正在酝酿一些新的变化，正逐渐朝向一种新的时代风格发展。虽然未来还是长途漫漫，曲折蜿蜒，但在这些隋人所写非宫廷诗中发出的讯息里，读者不但发现了诗歌从南北朝向唐朝发展的"过渡状态"，并且已经听闻到了唐诗的前奏曲。

第三章

初唐诗坛

—— 走向盛唐

第一节

绪　说

　　由于文学发展过程是连续的，文风的转变是渐进的，不可能有严格的时间断限。因此，将唐诗分初、盛、中、晚四个时期，也只能针对发展演变的大致倾向而言。按，初唐诗的断代，大约是从高祖武德元年至睿宗延和元年（618—712），历时近百年。初唐诗不仅是唐诗的开端，也是逐步走向盛唐，促使唐诗风格特征的形成期。唐诗风格的形成，虽然相当缓慢，也颇为曲折，但其发展的方向，演变的轨迹，还是有脉络可循。

　　一般文学史，述及初唐诗，大致因袭前代诗论者或诗评家对初唐诗的局部观察，或片段评语，往往以"淫靡浮艳"，或"齐梁/梁陈宫体诗之余波"这类的字样来概括初唐诗坛。如此为初唐诗贴卷标，基本上显示出以下两项缺憾。

✤ | 一、观念上的误导

所谓"观念上的误导"，乃是指将"宫体诗"与"宫廷诗"混为一谈。按，"宫体诗"，当指梁简文帝萧纲在东宫时期大力提倡，专注于描写女子体态容貌，或情思意念的"艳诗"。而"宫廷诗"，乃是泛指君王贵族和其招揽的文人学士在宫廷游宴场合酬唱奉和之作，其内容当然局限于"上层社会"的贵游生活，但仍然比"宫体诗"之范围宽广。

综观初唐诗坛，主要由宫廷诗人掌握，自然以有关王公贵族游宴生活的"宫廷诗"为多，不能以描写女性容貌情态为主的"宫体诗"来概括整体的初唐诗。

✤ | 二、观察上的偏颇

宫廷诗在初唐诗中，的确占了很大的比重，但这不过是初唐的前三四十年间，亦即唐太宗贞观前后时期的诗坛现象。何况初唐的宫廷诗，已经展现出自己的时代特色，不同于齐梁／梁陈的"淫靡浮艳"。此外，初唐的后四五十年，亦即武后时期，出身庶族寒门的诗人纷纷登上诗坛，宫廷诗已趋没落，一般文人士子的个人抒情述怀之作，开始大放异彩。因此，以宫体诗、宫廷诗，或淫靡浮艳诸语来泛指初唐诗，均是不够全面的观察。

从初唐诗坛的变化，来讨论唐诗在这将近一百年时期内的发展历程，亦即如何摆脱南朝绮丽诗风的羁绊，而逐渐形成具有时代特色的诗歌，大致可分为两个阶段：宫廷诗人主掌诗坛的贞观前后，以及庶族诗人纷纷登场的武后时期。

♣

第二节

宫廷诗人主掌诗坛 —— 贞观前后

贞观年间（627—649）前后，由宫廷诗人主掌的诗坛，包括高祖（618—626 在位）初年至高宗（649—683 在位）前期，约四十年时间，而可以唐太宗在位的贞观二十余年为核心部分。

隋诗在诗歌史上扮演的是从南北朝诗到唐诗的过渡角色。隋朝为唐所灭，亦将其继承的"绮丽"文风留给唐朝。唐初四十年间之诗歌创作，仍然深受齐梁诗风的影响。这主要是因为初唐诗坛，继续由陈、隋入唐的遗老主掌，不会因为朝代换了，便立刻表现全然不同的诗歌风格，何况创作的场合，大多还是宫廷游宴、君臣唱和之时。因此，宫廷诗仍然是初唐诗坛主流。不过，时代毕竟不同了，即使宫廷诗，也开始展现一些新的风貌，何况在宫廷之外，还有一些诗人为唐诗的形成，做出不容忽略的贡献。或可将初唐诗的发展分为先后三个阶段：

✦ | 一、齐梁余响 —— 体物写物

初唐前四十年间的诗坛，与齐梁陈隋时期一样，主要是掌握在缺少仕

途浮沉与社会生活经验的宫廷诗人手中。这些宫廷诗人，或属王公贵族，或是朝廷重臣，其中包括陈隋遗老。何况吟咏赋诗、又多局限于宫廷游宴、君臣唱和的场合，就从现存初唐诗歌的标题看，实与隋代大部分诗歌颇相类似，多属"应制""应诏""应令""奉和"而作，题材内容也通常不离宫廷贵游生活的狭窄范围。既然是应诏写诗、奉令和诗，吟咏时自然必须以歌咏场景之胜、赞美游宴之乐为宗旨，重视的是作者观察的细微、审美的敏锐、辞藻的华丽。但是，不容忽略的是，就在这些齐梁陈隋的余响里，初唐的宫廷诗，在作者有意识地求新求变中，已经明显流露出一些不同于前朝作品的痕迹。

（一）　题材内容趋向雅正

最明显的就是，描写女子色貌或艳情的宫体诗大为减少，题材内容趋向雅正。根据计有功（1121 年进士）《唐诗纪事》：

> 帝（太宗）尝作宫体诗，使虞世南庚和。世南曰："圣作诚工，然体非雅正。上有所好，下必有甚焉。恐此诗一传，天下风靡，不敢奉诏。"帝曰："朕试卿尔。"后帝为诗一篇，述古兴亡。

以上所云虞世南对唐太宗的规劝是否属实，当然无法查证，但至少说明，初唐时，即使在宫廷之内，已经出现反对宫体艳情的声音。而且从隋到初唐，宫体诗虽然还有人继续在写，毕竟大为减少。所谓初唐诗坛的"齐梁余绪"，从整体视之，比起齐梁诗原来的"浮艳"，已开始趋向雅正。当然，在题材内容上，仍然不出王公贵族的游宴生活。

试先看唐太宗《采芙蓉》：

结伴戏方塘，携手上雕舫。船移分细浪，风散动浮香。

游莺无定曲，惊鸟有乱行。莲稀钏声断，水广棹歌长。

栖鸟还密树，泛流归建章。

上引诗例，写的主要是君臣共同游船览景的过程。按，唐太宗是何等英雄人物，但写起君臣游宴诗来，无论在情致上，还是辞采上，与齐梁陈隋之宫廷诗，并无差别。其他人臣的奉和、应诏之作，亦大抵类似。

试看李百药（565—648）《奉和初春出游应令》：

鸣笳出望苑，飞盖下芝田。水光浮落照，霞彩淡轻烟。

柳色临三月，梅花隔一年。日斜归骑动，余兴满山川。

李百药是隋朝大臣李德林之子，早年奔波于宫廷之外，曾写过《途中述怀》之类个人伤时感怀之作，甚至还写了一首《秋晚登古城》，在怀古幽情中感叹个人的仕宦生涯。可是，一旦受召入宫，成为太宗身边的宫廷诗人，经常参与游宴奉和，以赋诗为优雅的消闲娱乐，遂步入初唐诗歌发展的"正途"——亦即齐梁的余风里。上引这首诗，乃是应令奉和太子的《初春出游》之作，笔墨间充满对春游春景水光山色的赏爱，以及日斜已至，仍然游兴不减的称美，却不见诗人的自我情怀。全诗虽不失齐梁之绮丽，却已趋典雅。

值得注意的是，初唐诗就是在齐梁诗的余响中，已经流露出一些不同于南朝宫廷狭小局面的风貌色调，与前朝宫廷诗相比，初唐宫廷诗，在内涵意境上比较"雅正"，格局比较宽广，甚至还出现气势宏大的作品。

（三）　意境气势趋向宏伟

初唐的宫廷诗，虽然继承南朝宫廷诗，不出王公贵族游宴唱和的狭窄生活，围绕着宫廷侍宴、随君出游的场合，并且以歌颂赞美为主调。但是，作者身处一个江山统一，王朝新兴的环境背景之下，即使是宫廷诗人，其视野或胸襟，也会显得比较宽广。即使一些奉和、应诏之作，也已经浮现着一个大时代来临的向上精神，以及一个新兴统一王朝的恢宏气派。

且看虞世南（558—638）随太宗游幸吴都览景之作《赋得吴都》：

> 画野通淮泗，星躔应斗牛。玉牒宏图表，黄旗美气浮。

> 三分开霸业，万里宅神州。高台临茂苑，飞阁跨澄流。

> 江涛如素盖，海气似朱楼。吴趋自有乐，还似镜中游。

虞世南即类书《北堂书钞》的主编纂者，是由陈入隋再入唐的宫廷诗人。尽管此诗仍然难免南朝宫廷游宴场合之作的歌功颂德痕迹，但歌颂的对象并不是君主王公个人，而是一个新兴的统辖整个神州的王朝，笔墨间蕴含着一股升腾向上的时代精神，已经流露出唐诗应有的恢宏雄伟气势。可惜，诗中流露的这种恢宏雄伟的气势，在高宗前期宫廷游宴的盛况中，暂时受到了阻碍，以至诗歌走向盛唐的步履，变得曲折起来。

❖ ｜ 二、龙朔诗风 —— 绮错婉媚，"上官体"风行

太宗朝宫廷诗之盛况，一直延续到高宗即位以后。高宗比太宗更雅好文学，经常在宫廷游宴中令群臣赋诗，以恣娱乐。这时由陈、隋入唐的诗人已逐渐凋谢，新一代的宫廷诗人崛起。上官仪（608？—664）则可谓是成长于唐朝的第一代宫廷诗人总代表，其早年于贞观年间即经常参与宫廷游宴，君臣唱和，颇受太宗赏识。据《新唐书》《旧唐书》本传记载，高宗即位之后，上官仪备受恩宠，并于龙朔二年（662），加银

青光禄大夫、西台侍郎同东西台三品，兼弘文馆学士如故。上官仪在朝如此显贵，其写诗"好以绮错婉媚为本"的风格，亦即文辞绮错、意趣婉媚，遂成为其他宫廷诗人争相仿效的对象，并且在文学史上获得唐代诗人中第一个属于个人风格的封号——"上官体"。正由于"上官体"在龙朔年间的风行，形成初唐绮丽文风的一个高潮，文学史遂称之为"龙朔诗风"。这时期（高宗前期）的宫廷诗，题材内容同样局限于宫廷游宴生活，在语言艺术上，则力求工巧精美，创作的主要目的仍是对当前游宴情状的歌颂赞美。

试看上官仪《早春桂林殿应诏》：

> 步辇出披香，清歌临太液。晓树流莺满，春堤芳草积。
>
> 风光翻露文，雪华上空碧。花蝶来未已，山光暖将夕。

这是上官仪的名篇，也是初唐宫廷游宴诗中，雅致风格的代表。全诗文辞意境的确"绮错婉媚"，结构组织也相当精密。首联为序曲，点出早春出游的主题；中二联细写所见春景之绮丽；尾联以夕暮将至之景，总结一天的游程，并隐约流露出对此次游宴意犹未尽的意味。倘若与前举李百药《奉和初春出游应令》相比照，二诗无论在用词的绮丽，情韵的和雅，均相近似。或许正好可说明，初唐诗要走向盛唐，尚须耐心以待。

值得注意的是，上官仪不仅精于宫廷诗，还以评论者立场，对诗歌创作有所主张。他曾提出"六对""八对"之说，强调写诗讲求对仗，特别重视辞藻形式之美，遂成为初唐宫廷中，大凡应制、应诏诗作评定优劣的参考，并且为以后科举以诗取士时，评定诗歌高下，提供了衡量尺度，甚至对于最终促使唐代律诗格律的正式形成，亦有贡献。此外，值得一提的是，上官仪与另一宫廷诗人许敬宗，于龙朔三年（663）尝奉诏博采古今文集，摘录美辞丽句，以类相从，编成类书《瑶山玉彩》五百卷。可见当时宫廷上下，对诗歌修辞艺术的重视。

盛行于龙朔年间的"上官体"，由于特别注重辞藻形式之美，乃至就连唐朝开国初期诗歌中那一点堂皇恢宏的气象，也隐蔽不彰了。初唐诗之发展，在这些宫廷诗人笔下，似乎已停滞不前，甚至还有回归过去，倒退潮流的倾向。幸好在宫廷之外，另外出现了一片生机。

❖ ｜ 三、宫廷之外 —— 抒情述怀，表现自我

此处所谓"宫廷之外"，有两层含义：首先，作者或许仍然是宫廷诗人，不过，写诗的场合则在宫廷游宴生活之外；其次，写诗者本人乃身处宫廷之外，有的甚至属于在野之士，并非朝廷官员。这些产生于宫廷之外的诗歌，为初唐诗之走向盛唐铺平了道路。

（一）宫廷诗人羁旅行役之情

宫廷诗人创作的共同弱点，就是远离社会现实，生活层面狭窄。但是，当诗人身处宫廷游宴场合之外时，面对现实人生，视野自然比较广阔，若是心有所感，情有所动，写出的作品，个人的风格色调就显著起来，可以与宫廷游宴之际所做的雅正之音迥然不同。即使唐太宗，虽然并非宫廷诗人，其在宫廷之外与宫廷之内的创作，因场合有异，也展示出明显不同的风格色调。

试看唐太宗《经破薛举战地》：

昔年怀壮气，提戈初仗节。心随朗日高，志与秋霜洁。

移锋惊电起，转战长河决。营碎落星沉，阵卷横云裂。

一挥氛沴静，再举鲸鲵灭。……世途亟流易，人事殊今昔。

长想眺前踪，抚躬聊自适。

是一首回顾自己的金戈铁马生涯的述怀之作。此诗与前举太宗于宫廷游宴场合所写《采芙蓉》最大的不同，就是以抒写自我情怀为宗旨，乃至流露出作者个人的人格性情。全诗的语气意境，刚健豪放，颇能显示唐太宗个人的英雄气概。虽是忆昔怀旧，却并无伤感，亦不惆怅，只是对逝去的英雄岁月之缅怀与沉思。诗中所述征战的岁月与个人的雄心壮志，还有当前的今昔之感与功业有成之慰，构成个人生涯与时代情境交错融合的画面。

即使唐太宗的五言写景小诗，倘若写于宫廷之外，也会呈现不同的情境。如其行军途中所写《辽东山夜临秋》：

烟生遥岸隐，月落半崖阴。连山惊鸟乱，隔岫断猿吟。

此诗作于贞观十九年（645）出兵高句丽还师辽东之时。主要写其军旅途中，秋山夜宿之际，军营的喧腾，令栖鸦惊飞、吟猿啼断的情景。虽然只是一首五言四句的小诗，却有一种壮伟的情思弥漫其间，遂令整首诗的风格，显得刚劲苍茫。像这种情怀意境，深居宫廷之中的诗人，没有征战行役经验者，是很难表现出来的。

再看唐太宗的大臣魏征自述怀抱的《述怀》：

中原初逐鹿，投笔事戎轩。纵横计不就，慷慨志犹存。

杖策谒天子，驱马出关门。请缨系南越，凭轼下东藩。

郁纡陟高岫，出没望平原。古木鸣寒鸟，空山啼夜猿。

既伤千里目，还惊九折魂。岂不惮艰险，深怀国士恩。

　　季布无二诺，侯嬴重一言。人生感意气，功名谁复论。

　　上举诗例的标题和内涵，令读者回想到阮籍的《咏怀诗》，写诗的目的无他，不过是抒发怀抱而已。不过，在内容上，魏征之作不仅涉及政治和社会较大的层面，同时也清楚叙说个人当初如何投笔从戎，慷慨请缨，不惮艰险，以报国士之恩的一生经历。全诗语气间流荡着浓厚抒情意味，或许可以将此诗视为唐诗形成过程中，初唐诗人意图恢复汉魏风骨的先兆。

　　再看虞世南一首边塞诗《出塞》，也是个人经历的描述，流露的是个人的感情：

　　上将三略远，元戎九命尊。缅怀古人节，思酬明主恩。

　　山西多勇气，塞北有游魂。……

　　雪暗天山道，冰塞交河源。雾锋暗无色，霜旗冻不翻。

　　耿介倚长剑，日落风尘昏。

　　虞作显然已经不再是南朝边塞诗中，往往将闺怨与征怨糅合的哀怨悲情。全诗展开的是一幅边塞绝域、铁马冰河的征战图；抒发的是苍凉壮阔的边塞之音，其中交织着作者建功立业的雄心壮志。这是盛唐边塞诗的先声。

　　另外，再看李百药入宫之前所写的《秋晚登古城》：

　　日落征途远，怅然临古城。颓墉寒雀集，荒堞晚乌惊。

　　萧森灌木上，迢递孤烟生。霞景焕余照，露气澄晚晴。

　　秋风转摇落，此志安可平。

　　写其于行旅途中，眼见落日秋风，古城荒堞，灌木孤烟，引发了"此志安可平"的喟叹。其所谓"志"究竟何指，诗中并未明说，但是在其描述的，古城萧瑟清冷凄美画面上，隐隐蕴含着诗人内心的抑郁不平，并且显示，诗中涂抹着融情于景的色调。诗人已经有意识地以客观景象来传达主观的内心感受。

值得注意的是，后人尝以"藻思沉郁"为李百药诗歌之特征。这份沉郁，显然源自作者坎坷的生活遭遇。按，李百药历仕隋、唐二朝，虽然曾经受到两代帝王的重视，实际上却饱经忧患。因幼年多病，故取名"百药"，他入仕后，隋文帝时曾遭谗免官，隋炀帝时又被夺爵位，甚至远谪桂阳。其后，隋末乱离，李百药三易其主，归唐后，又曾坐事配流泾州。这样尝尽宦海沧桑的人生经历，正是助成李百药诗歌具有"沉郁"特质的主要原因。可是，当李百药扮演宫廷诗人角色，参与王公贵族的游宴唱和时，其私人的感情，个人的感怀，随即收藏起来。遂与其他宫廷诗人相同，一齐在富贵安适的环境中，悠扬的乐声里，唱着颂歌，赞美当前，创作一些具有富贵优雅共同性，欠缺个别诗人特殊性的作品。因此，在宫廷诗人主掌诗坛的时代里，诗歌的发展迟缓不前，只有从一些创作于宫廷生活之外的少数作品中，奏出一些比较具有个人特质的音符，流露一些变化的迹象，乃至显示出诗歌未来发展的潜在力量。这些创作于宫廷生活之外的作品，当然也包括非宫廷诗人，亦即在野诗人的创作。

(三) 在野诗人避世隐逸之怀

正当多数初唐的宫廷诗人，身处远离社会现实人生的宫廷之内，围绕着王公贵族的生活，为新兴王朝吟唱颂歌之时；毕竟还是有一些在野诗人，远离宫廷之外，弹奏着避世隐逸之音。这些在野诗人的作品，无论是题材内容还是语言艺术方面，均与绮丽雅正的宫廷诗大异其趣。

试看王绩（585—644）《野望》：

> 东皋薄暮望，徙倚欲何依。树树皆秋色，山山唯落晖。
>
> 牧人驱犊返，猎马带禽归。相顾无相识，长歌怀采薇。

王绩即隋末大儒王通（584—618）之弟，早年亦曾胸怀大志："明经思待诏，学剑觅封侯。"（《晚年叙志示翟处士》）隋时曾出任县丞之类的地方小官，却在隋末大动乱中，选择退居田园。入唐之后曾复出，待诏门下省，不久即弃官归里。贞观中又曾经复出，任太乐丞，不久则完全归隐，不再复出。上引此诗，乃是王绩的代表作，是以一个在野诗人的身份抒发情怀，不必像宫廷诗人那样受官方应酬场合的束缚，可以自由抒情述怀，表现自我。诗中描写的是山野秋景，并在凄美的秋景中，浮现一种牧歌式的田园气氛，抒发的则是，在纯朴闲适情调中的一份寂寞情怀。这首诗本身并无特别之处，因为早在东晋时期，陶渊明就写了不少情怀隐逸、歌咏田园生活的作品。不过，若将此诗置于齐梁陈隋以及初唐时代的绮丽诗风背景之下，对读者而言，则颇有耳目一新的感觉。

值得注意的是，在初唐诗坛，王绩的诗不过是独树一帜而已。虽然朴实清新，不见雕琢痕迹，且展示出自己的特色，但对于时人，并未产生任何影响。此外，又因王绩乃是一个选择退隐之士，交游不广，所以不能在诗坛形成一种时尚流派，甚至对以后的"王、孟诗派"，亦无直接影响，只是在初唐诗中，增添一种异彩，别具一格而已。

初唐诗，倘若要摆脱南朝齐梁以来绮丽纤弱的影响，形成唐诗自己的风格，则还须靠另外一批诗人，亦即庶族诗人的登场，方能达成。

♣

第三节

庶族诗人纷纷登场 —— 武后时期

武后时期诗坛，上自高宗后期，武后参政（655—705），下及中宗（二次在位：684，705—710）、睿宗（二次在位：684—690，710—712）之时，约五六十年间，是唐诗形成的重要转折之际，也是唐代社会结构产生巨大变化的时期。

武则天乃是从太宗后宫的才人出身，到高宗时则进而封后，这样的经历，在后宫史上，已经非同凡响。但是，精明干练的武后，却并不自满于此，而有亲身参政，甚至统治四方之志。就在其参政之后，为了巩固政权，削弱皇戚、勋室，以及世家大族的势力，于是广开科举仕途大门，令大批身居社会中下层的文人士子有机会进入仕途，参与时政，借以收买人心。这样的政策，不但收到广纳人才的效果，同时增添了社会结构与阶层的流动性。据史载，武后参政掌权期间，每年选司取士，选拔文武官吏，多至一千四五百人。科举方面，亦大量增额，如显庆三年（658）春，高宗尝"亲策试举人，凡九百人"（《旧唐书·高宗本纪》）。显庆四年（659），又订"士卒以军功致位五品，豫士流，时人谓之'勋格'"（《资治通鉴·唐纪十六》）。这些开创性的政策措施，遂掀起庶族寒士入仕问政、建功立业的热诚，并且在诗歌创作上，导致一些言志述怀的作品应运而生。值得注意的是，这些庶族寒士出身者，即使有机会入仕问政，甚至进入宫廷，成为文学侍从，也因为有异于高官贵族的出身背景，生活经验感受的不同，而创作出有异于传统宫廷诗风格的作品。

✤ | 一、"四杰"的革新

大约在公元第 7 世纪的六七十年代，亦即武后参政时期，诗歌风气发生了明显的变化。或可以文学史称为"初唐四杰"之登上诗坛为标志。

所谓"初唐四杰"，乃指王勃（650—676）、杨炯（650—？）、卢照邻（630？—689？）、骆宾王（640—684？）。此"四杰"实可代表一群出身庶族，社会地位不高，却才名颇盛的年轻人，均因渴望跻身上层社会，满怀雄心壮志。或行卷求名，干谒漫游，或投身军旅，远赴朔漠，以入仕问政、建功立业为人生的理想、生命的目标。他们对于文学创作，亦有明确的主张：反对当时骈俪的文风，不满宫廷诗的狭窄内容与浮艳风尚，提倡文学要有刚健的气势、激越的感情，从而推动了唐代庶族寒士诗歌的第一个潮流，开启了一代诗风，并且成为唐代诗人中提倡文学革新的先锋。"四杰"的文学革新，主要表现在以下数方面：

○ 否定龙朔诗风

由于庶族寒士有了进仕的机会，他们对人生理想的追求，以及为人处世的人生哲学，已迥然不同于南朝的寒士诗人，亦不同于周旋在王公贵族身边的初唐宫廷诗人。绮丽纤柔的宫廷诗，再也不能满足这些诗人的精神需求，他们迫切需要的是一种表现自己精神风貌的文学，符合自己审美趣味的文学，于是有意识地反对当时弥漫朝廷内外的龙朔诗风。试看杨炯《王勃集·序》所言：

> 尝以龙朔初载，文场变体，争构纤微，竞为雕琢。糅之以金

玉龙凤，乱之以朱紫青黄，影带以徇其功，假对以称其美，骨气

都尽，刚健不闻。思革其弊，用光志业。

所谓"龙朔初载，文场变体"，指的就是上官仪等宫廷诗人在创作上，
对贞观诗风的一次复旧的新变，亦即从开国初期展现的堂皇恢宏气象之作，
变为绮错婉媚之章。所谓"糅之以金玉龙凤"，正是齐梁以来宫廷诗的主
要标志，"乱之以朱紫青黄"，则点出其唯美色彩，而"纤微""雕琢"，
则是其普遍的风格特征。总而言之，是"骨气都尽，刚健不闻"，这正切
中"龙朔诗风"的缺憾。其实杨炯反对绮丽诗风的理由，与当年隋朝大臣
李谔，以及唐太宗跟前一些朝廷重臣的观点，并无二致。主要还是从儒家诗
教的观点，强调政教伦理的角度，以道自任的立场，认为绮丽文风会导致国
家危亡，以此耸动视听。不过，值得注意的是，这次改革文风的呼吁，并非
来自帝王或大臣的外来力量，而是来自诗人本身的自觉。也就是这种对龙朔
诗风的否定态度，促使诗人重视文学抒情述怀，表现自我的功能。

　　㊂　**自我意识伸张**

出身庶族寒门的文人士子，身逢仕途广开、充满希望和机会的时代，
虽然人微位低，却往往恃才傲物，自命不凡，放任不羁，甚至以卿相自诩，
以国士自期。反映到诗歌创作上，即是自我意识的伸张。唐诗就是在"四
杰"这些诗人笔下，开始由宫廷应酬颂美之章，变为抒发自我情怀之篇。
作品中弥漫着的是个人之思，一己之情，或是追求功业声名的豪情壮志，
或是悲欢离合的人生感慨。

试看王勃《山亭思友人序》：

> 大丈夫……至若开辟翰苑，扫荡文场，得宫商之正律，受山
>
> 川之杰气。……思飞情远，风云坐宅于笔端；兴洽神清，日月自
>
> 安于调下。……

上引序文中强调的是，诗中须"思飞情远……兴洽神清……"，换言之，当表现个人的怀抱意志，流露昂扬激越的感情。这充分展示出王勃对诗歌创作本质的认知，同时说明，一般庶族寒士作品中，感情基调已从柔媚纤弱转向昂扬壮大。倘若就"四杰"之属现存作品观之，即使在仕途受挫，生命坎坷，遭遇悲惨之时（按，"四杰"中三人死于非命），也显示出一种开阔壮大的气概。这种诗歌感情基调的转变，焕发出盛唐诗歌某些讯息，正是从齐梁余风走向盛唐的开端。

（三）题材内容扩大

庶族出身的背景，入仕问政的抱负，加上干谒漫游，甚至投身军旅，远赴朔漠的生活经验，是围绕在帝王贵族身边的宫廷诗人无法拥有的、难以想象的。这些丰富的人生经验，大大开拓了诗人的视野，加深了对社会人生的感受，而诗歌的题材内容，也就随着生活范围的转变，从狭窄的宫廷，走向辽阔的社会、广大的人生。这些庶族出身的初唐诗人，在唐诗的形成过程中，实扮演着关键性的角色，在他们的笔下，既写羁旅，咏边塞，亦诉离愁，伤怀抱。遂令唐诗"从宫廷走向市井""从台阁移至江山与塞漠"（闻一多《唐诗杂论·四杰》）。以下试各举一诗为例：

首先看卢照邻《西使兼送孟学士南游》：

> 地道巴陵北，天山弱水东。相看万余里，共倚一征蓬。

零雨悲王粲，清尊别孔融。徘徊闻夜鹤，怅望待秋鸿。

骨肉胡秦外，风尘关塞中。唯余剑锋在，耿耿气成虹。

卢照邻是"四杰"中最年长者。自幼胸怀大志，然才高位卑，一生坎坷，境遇悲凉，甚至曾遭横事入狱。晚年又得风疾，手足痉挛，因不堪其苦，先预为墓，然后自投颍水而死。上引这首诗作于总章二年（669），时卢照邻自长安西往四川任新都尉，兼送孟学士游宦江南，属于告别兼送行之作。单看诗题，已明显展示与宫廷诗之相异处。全诗写的是仕宦生涯中的经验，生命旅程中的点滴。形式上是一首五言排律，除尾联之外，全是对句；词采修饰上，还流露雕琢的痕迹。但是，就其韵味品之，可谓气势雄浑，感情浓郁，在伤别的情怀中，流露出宦海浮沉之叹，以及仍然满怀建功立业的抱负。

再看骆宾王《在狱咏蝉》：

西陆蝉声唱，南冠客思侵。那堪玄鬓影，来对白头吟。

露重飞难进，风多响易沉。无人信高洁，谁为表予心。

骆宾王其实乃是"四杰"中最富传奇色彩的人物。年幼丧父，青少年时代，即落拓不羁，尚侠好义，甚至尝沦为"市井博徒"。惟因怀抱着建立功勋的大志，曾两次投身军旅，一次赴西北边塞，一次到云南边陲，却又被人诬陷入狱。最后因加入徐敬业起兵讨伐武则天的阵营，而徐敬业兵败，骆宾王遂亡命不知所之。有关骆宾王最后的结局，一种传说是"投江而死"，另一传说是"落发为僧"。无论如何，骆宾王身世遭遇极不寻常，倘若自述身世怀抱，自然有助于诗歌创作题材内容的扩大，意境风格的创新。

上举《在狱咏蝉》即是骆宾王任侍御史时，遭祸入狱，在狱中所写。

就内涵视之，显然是一首咏物诗。但齐梁以来大凡宫廷诗中的咏物之作，往往只是体物写物，以描写刻画对象的状貌声色之美为主，焦点主要投射在物体的本身，如前章所举卢思道《赋得珠帘诗》即是。但此诗却是托物咏怀，目的是借咏蝉来申辩自己的清白，宣泄胸中的激愤与伤痛，焦点则始终围绕着诗人的自我。其中"露重飞难进，风多响易沉"，明写蝉，实写己，以蝉的困厄处境，暗喻自己仕途之坎坷，以及身陷囹圄，辩词难达上闻的悲哀，于是发出"无人信高洁，谁为表予心"的深沉慨叹。换言之，还能指望谁来为我平反昭雪？

再看王勃的名篇《送杜少府之任蜀州》：

城阙辅三秦，烽烟望五津。与君离别意，同是宦游人。

海内存知己，天涯若比邻。无为在歧路，儿女共沾巾。

王勃以恃才傲物见称，十七岁即科举及第，在"四杰"中文名居首位。其任职沛王府时，兹因尝戏写一篇讽刺诸王在沛王府斗鸡的文章，得罪高宗，于是遭逐出沛王府，时年方二十岁。之后上元元年（674），又以匿杀官奴曹达，被判死刑，幸遇大赦免刑，不过还是削职为民。上元三年（676），前往交趾探望父亲，途中不幸溺水，惊悸而死，年不到三十岁。王勃实际上是"四杰"中率先提出革新文风者。其诗歌风格清新刚健，留下不少羁旅行役、送别述怀之作。

上引此诗乃是王勃仕于长安时期的作品，在中国送别诗中，乃是千古传诵的名篇。诗中没有怀才不遇者人生的悲哀，笔墨重点只是与杜少府真挚深厚的友情，依依不舍的惜别，以及放眼未来的抱负与共勉。全诗格调高昂，感情壮阔，含蕴的是一种年轻的襟怀，充盈着青春奋发的情思，已经隐隐流露出一种昂扬壮阔的盛唐气象。

再看杨炯《从军行》：

烽火照西京，心中自不平。牙璋辞凤阙，铁骑绕龙城。

雪暗凋旗画，风多杂鼓声。宁为百夫长，胜作一书生。

杨炯年方十岁即举神童，待制弘文馆。上元三年（676）应制举，授校书郎，后任崇文馆学士。垂拱元年（685），因从弟杨神让跟随徐敬业起兵反对武则天，受到株连，贬至梓州。据史传记载，杨炯因"恃才简倨"，鄙薄朝官，以致招怨受谤，终生不得志。在诗歌创作上，杨炯亦加入王勃呼吁改革文风之行列。按《从军行》实乃乐府旧题，多写军旅辛苦之辞。而上引杨炯诗，与前人同题之作最大的不同，就在于杨炯并非重述旧题传统，而是抒写当前耳目所及的现实情况，以及个人的情怀。关于此诗的背景：高宗调露、永隆年间（679—681），吐蕃、突厥屡次侵犯边境，永隆二年（681），固原、庆阳一带告急，甚至威胁京畿。礼部尚书裴行俭奉命出征，杨炯时为崇文馆学士，深受震撼。其《从军行》大约作于此时，主要是借乐府旧题，抒发自己向往"投笔从戎"，报效朝廷的壮志豪情。

值得注意的是，杨炯此诗既不受乐府旧题的局限，又有格律诗的音韵美，同时注入了一种昂扬的气势，怀着对建功立业的向往，道出初唐时代，无数庶族寒门有志之士的共同心声。这是一般生活经历狭窄的宫廷诗人难以达到的。

（四） 形式体裁多样

以"四杰"为代表的初唐庶族诗人，在诗歌形式体裁上，也展现出多样的尝试。他们通常运用各种形式体裁写作，包括歌行、乐府、近体、古风。诸如骆宾王《帝王篇》、卢照邻《长安古意》那样长篇巨幅的歌行体，前者为五七言杂言体，后者为七言体。据后人统计，"四杰"所写五言近体诗篇，已有百分之七十左右达到后来合律标准。这也是"四杰"诸人对唐诗之形成，不容忽视的功绩。

当然，综观"四杰"作品的整体风格，其实尚未完全脱离齐梁"采丽竞繁"的影响。但是，他们努力开拓的诗歌境界，尤其在个人生活的体会、悲欢离合的记录中，浮现出开阔壮大的气概，为唐诗的成熟迈出了一大步。明人王世贞（1526—1590）《艺苑卮言》即有以下的观察：

> 卢、骆、王、杨，号称"四杰"。词旨华靡，固沿陈、隋之遗；骨气翩翩，意象老境，超然胜之。五言遂为律家之始。

王世贞对"四杰"诗歌成就之评语，实颇为公允。按，就"四杰"现存诗歌观察，在形式体裁上，的确以五言为多；内涵情境上，则显得骨气翩翩，明显展示出诗歌创作的新倾向；但语言文辞的表现，仍不免华靡，则是其沿袭齐梁陈隋诗人的旧影响。衡其得失，仍然功不可没。

"四杰"之后，在武则天统治的后期，诗坛上出现了陈子昂，以及沈佺期、宋之问等为代表的两种对立倾向，为唐诗的正式形成，分别发展了"四杰"诗歌中的"骨气"和"声律"成分。

❖ ｜ 二、陈子昂的复古

陈子昂（661—702），乃出身四川梓州地方富商子弟，为求取功名，离乡背井，于调露元年（679）入长安，渐以诗名见称。虽科举及第（684），且胸怀大志，但仕途坎坷。曾两度投身军旅，远赴边塞，在仕宦生涯中，一次因受同僚牵连入狱，最后以侍奉老父为由乞归，退出仕途。回乡之后，竟受人诬陷，病死于狱中。

陈子昂在初唐诗的发展历程中，无论提出的理论，还是创作的表现，均是"四杰"走向盛唐的继承者、发扬者。

（一）　主张恢复汉魏风骨 —— 重风骨、兴寄

试先看陈子昂《修竹篇序》所云：

> 文章道弊，五百年矣，汉魏风骨，晋宋莫传。然而文献有可征者。仆暇时观齐梁间诗，采丽竞繁，而兴寄都绝，每以永叹。窃思古人，常恐逶迤颓废，风雅不作，以耿耿也。一昨于解三（东方虬）处，见明公《咏孤桐篇》，骨气端翔，音情顿挫，光英朗练，有金石声。遂用洗心饰视，发挥幽郁。不图正始之音，复睹于兹，可使建安作者，相视而笑。

陈子昂的复古，其实就是借复古以革新。主张以建安、正始时期诗歌的风骨、兴寄，取代晋宋齐梁以来"采丽竞繁"的习风。其实上引序文所谓"风骨兴寄"，原是针对其友人东方虬作品的评价，当然同时也是对初唐诗坛的呼吁。其所谓"风骨"，乃指"骨气端翔，音情顿挫，光英朗练，有金石声"，意指笔力刚健，感情浓郁，昂扬壮大，词采辉映，乃至读之作金石声。其所谓"兴寄"，即是有感而作，作而有所寄托，并侧重在寄托上。换言之，诗歌要寄寓作者自己的性情怀抱，这当然包括个人的政治抱负，以及人生的感慨。

陈子昂复古呼吁中的风骨、兴寄说，配合着唐代出身庶族寒门的诗人言志述怀的需求，终于为唐诗摆脱南朝绮丽之风，找到了明确的目标。在摆脱齐梁余风的创作实践上，陈子昂亦取得超过"四杰"的成绩。

（三）写诗寄寓个人怀抱 —— 指陈时政，慷慨悲歌

陈子昂同样也写羁旅行役、边塞军旅、伤怀送别，不过，却比"四杰"更进一步扩大了初唐诗歌的题材。最显著的例子，就是其组诗《感遇三十八首》，显然是继承阮籍《咏怀》组诗传统，非一时一地之作，也无固定的中心题旨。但整体视之，乃是一些寄寓怀抱、抒发幽愤之作。但是，与阮籍《咏怀诗》之隐晦难解大不相同的，是其诗中公然流露的，指陈时政、讽喻现实的意涵。

试看陈子昂《感遇》其十九：

> 圣人不利己，忧济在元元。黄屋非尧意，瑶台安可论。
>
> 吾闻西方化，清净道靡敦。奈何穷金玉，雕刻以为尊。
>
> 云构山林尽，瑶图珠玉繁。鬼功尚未可，人力安能存。
>
> 夸愚适增累，矜智道逾昏。

按，武则天提倡佛教，大事建造佛寺，广度佛僧，曾耗费巨大财力。这在当时是一个十分敏感的问题，陈子昂却于此诗公然抨击武后的崇佛措施。另外，垂拱四年（688），武后为开蜀山道，出兵雅州，袭击西羌，造成兵士死伤，为百姓带来灾难。陈子昂曾上书谏止，但武后不予理睬。陈子昂《感遇》其二十九（"丁亥岁云暮，西山事甲兵……"），笔墨重点即是批评武后的拓边政策。像这样指陈时政的诗作，在唐诗发展史上意义重

大，是盛唐以后杜甫、白居易诸人的社会政治讽喻诗的先导。

不过，寄托讽喻的作品，如果非由感情激越、不能自已而写，则容易流于"理胜于情"，往往"寄"则有之，"兴"则未至。清人王夫之《唐诗评选》评陈子昂《感遇》，即谓其：

> 似颂似说，似狱词，似讲义，乃不复为诗。

如此含有嘲讽的评语，虽有些过分严峻，然亦颇中其诗稍嫌过分说理议论之弊。再者，由于陈子昂在诗歌创作上，乃是有意识地提倡复古，追随正始之音，其《古风》中，竟然有与阮籍《咏怀》之作极为类似者，反而失去个人的风格。不过，另外一些真正心有所感、情有所动而创作者，就不同了。如《感遇》其十六：

> 燕王尊乐毅，分国愿同欢。鲁连让齐爵，遗组去邯郸。
>
> 伊人信往矣，感激为谁叹。

对古代人物乐毅、鲁仲连建立不朽功业的钦羡中，寄寓着已身怀才不遇的悲慨。可称是一首"兴寄"之作。当然，在诗歌史上，最令陈子昂享誉声名的，还是那首千古绝唱《登幽州台歌》：

> 前不见古人，后不见来者。念天地之悠悠，独怆然而涕下。

短短二十二字，不仅表现了不遇之悲怆，而且就在这悲怆里，同时蕴含着古今时空交错重叠中，一份壮伟的情怀。乃至齐梁绮丽柔媚诗风的余迹，一扫而尽。诗人的视野，已完全从身边生活琐事中跳脱出来，投向宇宙与人生。其浓烈壮大的感情基调，慷慨悲歌，苍凉浑茫，已是盛唐风骨的先声。

与陈子昂大略同时，而在诗坛形成不同流派的诗人，有沈佺期（650？—713）、宋之问（656？—712），以及号称"文章四友"的李峤（644—713）、崔融（653—706）、苏味道（648—705）、杜审言（646？—708）诸人。他们是新一代的宫廷诗人，写了不少君臣游宴场合奉和、应制、应诏之类的宫廷诗，比较欠缺个人情怀志趣的抒发。如现存李峤诗，除了奉和侍宴之作，还有一百多首咏物诗，从日月星辰、风云雨露，一直到牛羊马兔。但是，他们却有别于老一代的宫廷诗人，大多出身庶族寒门，所以生活层面较为宽广，经验感受自然亦有所不同。而且武后宫廷中，权力争夺日趋激烈，很难不受牵连，乃至不免会遭遇由朝廷外调地方，甚至贬谪放逐的命运。一旦离开朝廷，远离京城，奔波于途，个人的情怀志趣难免就会涌入诗中，不论写羁旅之愁，还是写身世之感，均不乏动人之篇。不过，从唐诗整体发展的角度视之，沈、宋诸人的贡献，主要还是在律诗之形成。

当然，律诗之形成，乃是齐梁以来，一直到初唐"四杰"诸人，追求声律谐美的累积经验与集体贡献。前面章节已点出，佛经的转读对南朝诗人重视声韵和谐的影响，不过，律诗之终于正式成形，尚有赖于沈、宋等身为宫廷诗人的创作经验，包括对诗歌形式与音韵之美的格外重视，并严谨遵守属对精美、声韵协调的要求，才使得律诗的声律格式逐渐臻于完善的地步。试举数项后人的观察：

欧阳修等《新唐书·宋之问传》：

魏建安后迄江左，诗律屡变。至沈约、庾信，以音韵相婉附，属对精密。及之问、沈佺期，又加靡丽，回忌声病，约句准篇，如锦绣成文，学者宗之，号为"沈、宋"。

王世贞《艺苑卮言》：

> 五言至沈、宋，始可称律。律为音律法律，天下无严于是者。知虚实平仄不得任情，而法度明矣。

胡应麟《诗薮》：

> 五言律体，兆自陈梁，唐初四子，靡缛相矜，时或拗涩，未堪正始。神龙以还，卓然成调。沈、宋、苏（味道）、李（峤），合轨于前，王、孟、高、岑，并驰于后，新制迭出，古体攸分。实词章改革之大机，气运推迁之一会也。

不容忽略的是，一般唐诗在声律上的重视，还带动了文辞、章句的讲求，以及诗歌意境的塑造，乃至促使诗歌艺术从汉魏古诗的直陈胸臆，转向唐诗的蕴藉深远和思致凝练。沈、宋等人在这方面也做过不少尝试，包括对魏晋南朝诗人的语言技巧和缘情体物手法的借鉴与创新，恰好弥补了陈子昂在这方面的不足。或许可以说，陈子昂在兴寄方面的复古，以及沈、宋在声律方面的讲求，乃是从不同的方面和角度走向盛唐，同样为盛唐之音的兴盛与成熟做好了准备。

第四章
盛唐之音

第一节
绪　说

　　盛唐诗的期段，大约是玄宗开元初年至代宗永泰元年（713—765），历时约五十年，中间经过划时代的安史之乱（755年发难）将近十年的动荡。

　　唐诗经过将近一百年的发展，几代诗人的努力，终于在开元、天宝的盛唐时期，达到中国诗歌史上最成熟、最光辉灿烂的时代。这是一个名家辈出、作品如林的时代。诗歌已从宫廷的官方余兴，转为一般文人士子日常生活的一部分。篇幅之盛，酬唱之丰，均是空前的；题材内容之广泛，情味意境之深远，艺术风貌之多样，技巧之成熟，也是前所未有。

　　盛唐诗人，综合《诗》《骚》，以及汉魏、齐梁以来的整个传统，同时又在某种程度上不受传统的局限，把汉魏风骨与兴寄，齐梁声律与辞章，融为一体，于是产生了兴象玲珑、韵味悠远、气象浑厚的风貌，遂令唐诗终于获得自己鲜明的时代特质。当然，不容忽略的是，盛唐之音的最显著的标志，还是其感染力，一种从太平盛世中焕发出来的明朗昂扬的时代精神。

李唐王朝在 8 世纪上半叶，亦即玄宗开元、天宝年间，政治安定，疆土辽阔，国力强盛，且经济繁荣，文化蓬勃。反映在文人士子身心上的，就是一种昂扬的精神风貌，强大的自信心，以及积极的入仕精神。无数庶族寒士，都怀着建功立业的理想和抱负，期望于有生之年能显达于朝廷，或立功于边塞，建不世功业，立不朽声名。反映在诗歌上，就促使这时期的诗歌，往往流露一种昂扬的情思，明朗的基调，一种被后世称为"盛唐气象"的恢宏壮大的气势。当然，盛唐诗人亦经常写个人在人生旅途中的情绪，诸如羁旅愁怀、离情相思，以及失意挫折、边塞军旅的悲情，同时也写纵酒狎妓、山水田园的愉悦。但是，诗中流荡的，通常是一种昂扬的情思、明朗的基调、壮大的气势，因而显得不低沉、不纤弱、不颓废。这正是诗歌史上所谓"盛唐气象"的标志。

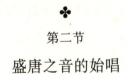

第二节

盛唐之音的始唱

初唐后期，一批横跨初、盛唐过渡时期的诗人出现于诗坛，有的地位低微，有的则曾身居显位，在他们的诗作里，不同的题材内涵中，已经始唱出盛唐之音。

先看王湾（712/713 年进士）《次北固山下》：

> 客路青山外，行舟绿水前。潮平两岸阔，风正一帆悬。

> 海日生残夜，江春入旧年。乡书何处达？归雁洛阳边。

此诗写的主要是羁旅途中，从北固山（江苏镇江）下，破晓扬帆出发之际，引起一份故乡之思。按，羁旅途中的故乡之思，原应引发悲哀愁怨的情怀，可是上引诗中展现的却是，明朗的景色，壮阔的气象。从白日生于残夜，新春出于旧年，这样循环运转的自然现象，浮现一分对生命意义的领悟，一分略含喜悦的情思韵味。这正是昂扬明朗的盛唐之音的特色。

王翰（710 年进士）的名篇《凉州词》，亦是一例：

> 葡萄美酒夜光杯，欲饮琵琶马上催。

> 醉卧沙场君莫笑，古来征战几人回。

这是一首描述边塞军旅生活之作。这首诗与初唐边塞诗最大的不同，就是其间流露的蓬勃的生气，豪放不羁的态度，还有"葡萄美酒夜光杯"的光灿夺目，边塞战士在生命与死亡之间，驰骋马上，手挥琵琶，狂饮美酒，醉卧沙场的豪放，以及既眷恋生命，又视死如归的复杂情绪。值得注意的是，此诗"任物自陈"的表现手法，亦即由具体的画面，人物的行动写情，最具感染力。因为诗中人物直接表演给读者观赏，直接激发读者的感动。这正是盛唐诗历来备受好评的一个重要因素。

张说（667—730）《送梁六自洞庭山》，则是送别离情之章：

> 巴陵一望洞庭秋，日见孤峰水上浮。

> 闻道神仙不可接，心随湖水共悠悠。

张说是玄宗开元年间的名相，被誉为"当朝师表，一代词宗"，不少盛唐著名诗人均出于其门下。张说虽写了不少君臣游宴场合的宫廷诗，却也是盛唐之音的始唱者。然而，其仕宦生涯并非一帆风顺：武后时期，曾遭受流放，玄宗时又曾受贬谪。其最为后世诗评家重视的作品，均写于远离京城宫廷时期。上引诗例，即作于谪居巴陵（今岳阳）之际，属送别友人之作。就其内涵，既逢谪居又临送别，眼看友人离去，该是何等凄哀的情景。但整首诗写得清新自然、明朗开阔，不说悲，亦不道愁，其临别之依依，以及一分羡仙恋阙之情，只是若隐若显浮现其间。可谓眼前景与胸中情，已浑融一片。这正是盛唐之音"情景交融，兴象玲珑"的特征，亦即景情无迹可寻，浑然一体的表现。

再看张九龄（678—740）登高望远之作《登荆州城望江》：

> 滔滔大江水，天地相终始。经阅几世人，复叹谁家子。
>
> 东望何悠悠，西来昼夜流。岁月既如此，为心那不愁。

张九龄是张说的门生，沈、宋的相识，也是王、孟的朋友。留下不少与君王朝臣游宴场合所作的宫廷诗。不过，张九龄最受后世论者瞩目的，则是仿陈子昂《感遇》诗亦作《感遇十二首》，主要是抒写贤士幽独自守，又不甘寂寞之怀。其间寄寓着穷达之节、不平之气，为盛唐的风雅兴寄增添了重要内容。上引这首五古，则写其登城望江之际的感怀，其间气象开阔，感叹深切，流露出忧心岁月流逝的焦虑，含蕴的正是盛唐文人士子渴望有所作为的昂扬精神。

再看一首王之涣（688—742）《登鹳雀楼》：

> 白日依山尽，黄河入海流。欲穷千里目，更上一层楼。

四句均是千古传诵的名句。诗中展现的浩阔壮丽的山河、永恒流转的时光，已经予人一种宇宙无穷、浩大雄伟的感觉，但诗人并不将其视野与胸怀局限于眼前所见之景，而是更进一步邀请读者和他一起"更上一层楼"，可以瞭望更遥远更广阔的天地，让胸襟怀抱更为开阔高远。即使如此一首四言小诗，其间流荡的情怀之昂扬明朗，气势之壮大宏伟，已经展现盛唐之音的气象。

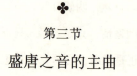

第三节

盛唐之音的主曲

在蓬勃的盛唐诗坛上，大凡自两晋南朝以来即成立的各种诗歌类型，均是令诗人染翰创作不辍者。不过，倘若宏观视之，这时期有两股潮流特别引人瞩目：一是高适、岑参、李颀、王昌龄等为代表所写的边塞军旅诗，另一则是王维、孟浩然、储光羲、常建等为代表所创作的山水田园诗。两种迥然不同的诗歌类型，共同奏出盛唐之音的主曲。当然，这两类诗歌，在艺术风貌上，各有千秋，在内涵意境上，也有明显的区别。但是两者并非互相排斥，而是可以和平共存于一个诗人的诗集里。这揭示的正是唐代文人士子生命历程中，兼济天下与独善其身的两项人生选择，以及英雄气概与悠闲情趣的双重人格。不少诗人，两类诗都写，而且也都写得好。值得注意的是，诗人无论是讴歌边塞军旅，还是吟咏山水田园，在抒情写景中，往往流露出清新明朗的基调，共同谱成盛唐之音的主要旋律。

❖ ┃ 一、山水田园之吟咏

盛唐之际，乃是追求功名的大好时代，可是吟咏山水田园，却会在诗坛形成一股"潮流"，或"诗派"，并且在诗歌史上，发展成不同的类型。这样的发展演变，自然有其特殊的环境背景。

（一） 环境背景

1. 宦游生涯普遍

唐初以来，科举取士制度确立后，激发了文人士子求取功名的欲望。尤其在所谓"开元盛世"，求仕之风，达到空前的热潮。无数文人怀着入仕问政、飞黄腾达的抱负和幻想，辞亲别乡，入京赶考。或行卷求名，交游干谒；或应举入幕；或落第还乡；或入仕之后经历迁调、流放、贬谪……不但提供了更多体会宦游生涯的经验，亦增添了行旅漫游，饱览山水风景的机会。在这些人生经历中，若心有所感，情有所动，发为吟咏，就产生许多与宦游生涯有关的山水诗。

2. 崇隐风气盛行

盛唐时期乃是治世之秋，正是有志之士通往仕途，大展雄心抱负的好时机，然而就在进仕者势如潮涌之际，同时却又存在着一股崇尚隐逸的风气。盖大唐皇室姓李，尊老子李聃为祖先，自开国以来，对隐者、道士均礼遇有加，以示"天下归心"，甚至为一些有意出山、有心用世之隐者，提供"终南捷径"，可以直登庙堂，如卢藏用即是一著名的例子。既然连皇室都以隐逸为高，也就促进了在朝官员对山林田园的爱好，于是广置山庄、别业，作为公余之暇、修身养性的消闲处。山林田园既可以是"终南捷径"，亦可作为在职官员的风雅度假所，或政治失意受挫后的疗伤归隐之处。于是出现了许多描写山水田园，表现隐逸之思或闲适之趣的诗篇。

这样的环境背景，自然会影响到吟咏山水田园诗歌类型的风行。

(三) 诗歌类型

唐诗中对山水田园之吟咏，就其内涵视之，大略可分为两种主要类型。同样的，两类诗歌可以同时存在于个别诗人的诗集里。

1. 山水与宦游生涯共咏

山水与宦游生涯共咏，原是在山水诗的发展过程中，经由萧齐山水诗人谢朓开拓的类型。当然，所谓"宦游生涯"，并不局限于仕宦在职之时，而是大凡与宦游生涯相关的活动，诸如干谒漫游、赴任迁调、去职还乡等，皆可包含在内。这类山水诗，在情味意境上，可以有很大的区别，视山水本身的雄伟或灵秀，以及诗人观览山水时的际遇和心情而定。

试先看孟浩然（689—740）《望洞庭赠张丞相》：

八月湖水平，涵虚混太清。气蒸云梦泽，波撼岳阳城。

欲济无舟楫，端居耻圣明。坐观垂钓者，徒有羡鱼情。

孟浩然以隐居不仕见称于时，李白尝以赞美推崇的语气称道："吾爱孟夫子，风流天下闻。"（《赠孟浩然》）不过，孟浩然大约在四十岁那年，离开一向隐居的鹿门山，赴京城应试，却不幸落第。此后又曾经意图通过居高位者的援引而入仕，均不得要领。因此，虽以布衣终身，却也体验过干谒无果或求仕未遂的挫折。上引这首诗，就是一首山水之美与求仕之情共咏之作。

前二联展现的是，洞庭湖浩阔涵浑的壮美声势，后二联转入个人的抒情，委婉流露引荐无人之叹。全诗表面上虽然景、情分叙，但"欲济无舟楫"一句，双关语之巧用，遂令整首诗显得情景交融，格调浑成。这正是盛唐诗"兴象玲珑"的表现，而且诗中呈现的壮逸之气，已非初唐诗所能达到的。

再看李白（701—762）《渡荆门送别》：

> 渡远荆门外，来从楚国游。山随平野尽，江入大荒流。

> 月下飞天镜，云生结海楼。仍怜故乡水，万里送行舟。

尽管李白一生不曾参加过科举，也未尝正式入仕，其所以"仗剑去国，辞亲远游"（《上安州裴长史书》），主要还是想一展雄心抱负，在政治上有所作为。因此，可说是带着宦游的心情离开故乡四川。即使行旅途中能饱览名山大川之壮观，扩展新经验、新视野，仍不免会引起一分离乡背井之悲哀，这也是宦游生涯中，最普遍的感触。上引整首诗，既写山水之美，亦抒宦游之情。所写荆门一带山水月色，气势壮阔神奇，与诗人此刻对前程满怀抱负与幻想相契合。

2. 山水与田园情趣合流

这类诗歌是唐人对山水诗的发展演变最大的贡献。所谓"田园情趣"，并非指诗中一定要有田园风光，或农村事物，而是指像陶渊明大部分田园诗中表现的，宛如"牧歌式"的、恬淡自适的田园意趣。陶渊明虽然受到长期的冷落，但到了李唐王朝，在朝野均崇尚隐逸的风尚里，其恬淡自适的田园诗，焕发出前所未有的吸引力，从王维、孟浩然、储光羲、韦应物，到中唐时的柳宗元、白居易，每个诗人的诗集中，都有歌咏山水田园的作品，甚至一直延续到宋、元以后，也历久不衰。盛唐诗人这类山水诗中，往往浮现出谢灵运对山水状貌声色的赏爱，以及陶渊明隐居田园生活中的恬淡自适。

试看王维（701—761）《辋川闲居赠裴秀才迪》：

> 寒山转苍翠，秋水日潺湲。倚杖柴门外，临风听暮蝉。
>
> 渡头余落日，墟里上孤烟。复值接舆醉，狂歌五柳前。

王维在"王、孟诗派"中，成就最高，而且盛享诗名于开元、天宝年间。其早年即出入宫廷，写了不少应制、奉和之类的宫廷诗。但大半生都过着亦官亦隐的居士生活，先有终南别业，后有蓝田辋川，在清静幽美的环境里，写了许多含蕴田园情趣的山水诗。上举此首当为闲居辋川时期之作。不但写景如画，且把自己揽入画中："倚杖柴门外，临风听暮蝉。"令读者目睹其赏景时的悠闲态度。全诗传达的是，诗人与其周遭环境相即相融的情境，就连诗中之山水也散发出一分闲散、恬静的意味："寒山转苍翠，秋水日潺湲。"展示的是山水的清幽、自然，而"渡头余落日，墟里上孤烟"，与陶渊明《归园田居》中"暧暧远人村，依依墟里烟"一样，洋溢着村野处安详宁静的生活气息。此处王维以楚国的隐者狂人接舆比裴迪，而以"五柳先生"自况。像这类与田园情趣合流的山水诗，在王维诗集中，俯拾皆是。

再看储光羲（707？—760？）《苑外至龙兴院作》：

> 朝游天苑外，忽见法筵开。山势当空出，云阴满地来。
>
> 疏钟清月殿，幽梵静花台。日暮香林下，飘飘仙步回。

储光羲在文学史上虽然并非以山水诗见称，却因曾模仿陶渊明写《田家杂兴八首》《田家即事》诸作，而为后世归于王、孟诗派。上引这首诗，则可作为盛唐诗中，寻僧访道，描写山林古寺风景的代表。全诗皆景语，叙述从朝至暮游览龙兴院之经验感受。既写龙兴院山水的清幽绝俗之美，又流露诗人自己心怀高远之情，悠闲自适之趣。

以上所举山水田园之吟咏，可看出盛唐诗人如何因景生情，又以情观景，在山水风景的描绘中，如何流露出个人悠闲自适的心境和情趣，创造出情景交融的诗境，显得境外有味，言外有韵。诗人力图塑造的，是一种整体的、圆融的意境，这亦是盛唐之音的标志。

❖　| 　二、边塞军旅之讴歌

（一）　环境背景

盛唐时期，边塞军旅诗之风行，显然与大唐国力强盛，朝廷重视军功有关，乃至鼓舞了文人士子对于立功边塞的向往，进而引发了对边塞豪情的讴歌。

1. 拓边御边，争战频繁

李唐王朝立国以来，虽有唐太宗拓边政策的成功，可是到了高宗后期、武后时期，突厥、吐蕃势力则日益壮大，从东北到西北的边患，始终无法真正的平定。玄宗即位后，又开始拓边政策，开元、天宝年间，边境用兵频繁，乃至征战戍守，成为朝廷上下关注的大事。影响所及，边塞的争战、戍士的生活，成为当时诗歌创作的重要题材。

2. 出塞从戎，蔚然成风

因为边境用兵频繁，朝廷重视军功，遂开辟了一条以军功受赏封侯的快捷方式，亦即所谓的"勋格"。于是，不仅都市游侠，市井子弟，甚至一些科场失意、干谒不成的文人士子，也会争相投身军旅，从戎边塞，企图借此或可立功业、扬声名。王昌龄、高适、岑参诸人，即是典型的例子，他们也正是创作边塞诗的主将。只是因作品关怀的焦点各有不同，或抒发作者自己建功立业的怀抱，或吟咏征夫戍士的悲情，以至形成不同的类型。

(三) 诗歌类型

盛唐边塞诗，主要是综合南北朝诗人描写边塞战争，以及歌咏侠客义行的传统，再予以扩大，并涂上时代色彩。大略可分为建功立业怀抱的抒发，以及征夫戍士悲情的吟咏两类。前者可说是大唐盛世和英雄意气的赞歌，后者则是对征夫戍士的同情与怜悯。两类诗歌虽各有侧重，但其共同点则是：诗中呈现的边塞地区特有的浩阔雄伟苍茫的异域风光，以及一些场面比较大的主题，诸如国家、民族、战争、功业，甚至生命和死亡。所以边塞诗予人的整体印象，通常是壮美的，即使悲哀，也是雄伟悲壮的。

1. 建功立业的怀抱

立功边塞是盛唐许多文人士子追求建功立业的一条重要途径。边塞军旅的豪迈生活，边塞地区特有的壮伟景色，最足以引起满怀雄心壮志者的共鸣，不管是否真能得遂初愿，对这种人生理想的向往和沉醉，留下了许多情怀激昂，气势雄伟，极具感染力的诗篇。

试先看高适（702？—765）《塞下曲》：

结束浮云骏，翩翩出从戎。且凭天子怒，复倚将军雄。

万鼓雷殷地，千旗火生风。日轮驻霜戈，月魂悬雕弓。

青海阵云匝，黑山兵气冲。战酣太白高，战罢旄头空。

万里不惜死，一朝得成功。画图麒麟阁，入朝明光宫。

大笑向文士，一经何足穷。古人昧此道，往往成老翁。

　　高适一生曾经两度边塞之行。第一次大约在三十岁，北游燕蓟近两年，寄望以戎马生涯博得功名，结果未能如愿。第二次大约在五十岁，在河西节度使哥舒翰幕下，近三年时间。以后高适果然因军功受玄宗重视，连续升迁，历任淮南节度使、剑南西川节度使，甚至还封渤海县侯。高适留下四十多首边塞诗，一般多以其七言歌行体《燕歌行》，为其边塞诗的代表作，全诗气象雄浑奔放，且一扫初唐歌行体过于铺排堆砌的现象。不过，高适写得更多的，还是长篇咏怀式的五言古诗。就如上引这首《塞下曲》，乃是通过乐府旧题而另写新意，将边塞的见闻，个人的功名志向，不遇的感慨，以及对边事的观点议论，融为一体，显得感情昂扬激越，气势澎湃壮伟。尤其令人瞩目的是，"万里不惜死，一朝得成功"，为求取功业，置生死于度外的豪情，幻想自己"画图麒麟阁，入朝明光宫"，建立不朽的声名，乃至轻视穷研经书的文士："大笑向文士，一经何足穷！"

　　再看岑参（715—770）《凉州馆中与诸判官夜集》：

弯弯月出挂城头，城头月出照凉州。

凉州七里十万家，胡人半解弹琵琶。

琵琶一曲肠堪断，风萧萧兮夜漫漫。

河西幕中多故人，故人别来三五春。

花门楼前见秋草，岂能贫贱相看老。

一生大笑能几回，斗酒相逢须醉倒。

岑参亦两度赴西北边塞，第一次是天宝八至十年（749—751），任安西节度使高仙芝的属僚，第二次是天宝十三年至至德二年（754—757），任安西、北庭节度使封常清幕府判官。在这期间写了大量的边塞诗，虽然现存仅六十多首，仍然是撰写边塞诗的盛唐诗人中个人数量最多者。值得注意的是：首先，岑参的边塞诗，没有任何一首是用乐府旧题，全属因事名篇，不依旧题之作。因此突破了初唐以来边塞诗多沿袭南北朝乐府，为征夫思妇代言诉说离情的传统，转而直接抒发个人一己的经验感受。其次，初唐长篇歌行一般笼统概括铺叙的方式，已不足以表达岑参从军六载的丰富生活体验，于是他将各种见闻与经历，分成一组一组的不同画卷，分别深入细致地描绘，诸如《走马川行》《轮台歌》《白雪歌》《天山雪歌》《火山云歌》《热海歌》等，热情洋溢地抒写边塞军营生涯中，出师、征战、宴乐、射猎、送别等各种场面与经验和感受。上举这首诗，就是写其在凉州与幕府同僚夜宴的情景，把边塞军旅生活与盛唐的时代气息结合起来，最后二联："花门楼前见秋草，岂能贫贱相看老。一生大笑能几回，斗酒相逢须醉倒。"传达的是一份能够掌握自己命运的英雄气概，以及对前途、对生活均充满信心的乐观精神，一扫南北朝以来边塞诗中弥漫的悲凉萧瑟气氛，为唐诗增添了新鲜明朗、开阔壮丽的光彩。

2. 征夫戍士的悲情

盛唐边塞诗，虽有部分内容可能出自诗人的想象，但不少作者都有从军入幕或赴边考察的经验，对于征夫戍士远离亲人故里，戍守边塞的生活，有一定程度的了解和同情。因此，也会通过一些边塞诗，反映边塞防戍之苦，战争之无情，征夫思乡之切，思妇闺中之怨。这类作品，往往以乐府旧题抒写，因此最接近南北朝边塞诗的传统，但在风格情韵上，毕竟还是盛唐之音。

试看王昌龄（698？—756？）《从军行七首》其一：

> 烽火城西百尺楼，黄昏独坐海风秋。
>
> 更吹羌笛关山月，无那金闺万里愁。

王昌龄虽在开元十五年（727）进士及第，却一生坎坷，曾两度获罪受贬，最后又被濠州（今河南）刺史闾丘晓所杀害，详情并不清楚，时间也不确定。从留下的诗篇看，他年轻时曾投身军旅，远至边塞，希望能立功疆场。但在边塞地区到底待了多久，又在何人幕下，历史上并无记载，唯一可确定的则是，王昌龄并未因西北之行而建立功名。故而尝于回顾从军生涯之际喟叹："百战苦风尘，十年履霜露。虽投定远笔，未坐将军树。早知行路难，悔不理章句。"（《从军行二首》其一）上举这首七言《从军行》，乃是从边塞戍士生活中，抽出一个片段，挑选几个镜头，传达征夫戍士思乡怀人之情。整首诗内涵丰富，情韵悠长，不仅展现边塞地区雄伟壮阔、苍茫悲凉的异域风光，还点出大唐帝国的备战状况，边塞戍士的防卫责任，久戍不归的厌战心理，身处边塞异域的思乡情怀，思妇独守空闺的无限幽怨，以及征夫思妇遥遥万里的相思情意。短短一首七绝，其内涵情境之繁富深远是惊人的，大凡国事、家事、塞外风光、闺中境况、戍士之悲、思妇之怨，乃至夫妻之情，都包容在内了。可说是一首典型的，既见风骨、又兴象玲珑的盛唐诗。

且再举王昌龄的名篇《出塞二首》其一为例：

秦时明月汉时关，万里长征人未还。

但使龙城飞将在，不教胡马度阴山。

同样也是韵味深长，令人玩之无尽的佳作。主题很简单，写的是边塞戍士的共同希望：希望边将得人，边防固守，于是征夫戍士皆可以重返家园，和平度日。但是仔细玩味，其内涵意境，异常繁富丰美。全诗既展现边塞地区雄浑苍茫的异域风光，也歌咏边塞征夫戍士的爱国情操，英雄气概，并且揭示他们的厌战心理和思归情怀，同时还回顾历史，议论时局，讽喻朝政。其中流露着对边塞戍士久戍不归的同情和怜悯，对能够平定边患的历史英雄人物之缅怀、景仰与赞叹，以及对当朝边塞政策的遗憾、质疑与不满。可说是把写景、抒情、叙事、咏史、议论、讽喻，熔于一炉。

以上所举对边塞军旅之吟咏，可看出盛唐边塞诗中糅杂着渴求功名和思乡厌战的复杂情绪，却能保持其雄浑开朗的意境，这正是盛唐诗人追求风骨的成果。值得注意的是，盛唐诗中流露的风骨，与建安风骨，显然已有所不同。建安风骨，慷慨中含悲凉，激越中有愀怆；而盛唐风骨，则是昂扬向上的、生气蓬勃的，即使吐露出悲哀，也是宏伟壮阔的、刚健明朗的。而最能高歌出盛唐之音特色的代表诗人，自然非李白莫属。

第四节

盛唐之音的高歌 —— 李白

李白乃是中国文学史上公认的诗坛奇葩，笔落惊风雨的罕见天才，也是站在盛唐诗坛最高峰的代表。李白以其宏放的气魄，奇绝的才情，不羁的性格，唱出盛唐时代的最强音符。唐代庶族寒门诗人，追求功业声名，崇尚个性自由的精神，在李白作品中，获得最圆满的结合、最充分的发扬。或许可说，中国古典诗歌，从《诗》《骚》、汉魏六朝以来，抒情言志述怀的传统，是在李白笔下，提升到前所未有的强度。从诗歌发展史的角度来看，李白乃是为他以前的时代做一总结，杜甫比李白年轻十来岁，则代表一个新时代的开启。

李白现存诗将近一千首，整体而言，并非以功力技巧见长，而是以才情称胜，气势称雄。予以读者的一般印象是，飘逸潇洒、雄放豪迈、想象神奇、语言流转自然。就其诗歌的形式体裁视之，诸如古体、近体（律诗、绝句）、五言、七言、乐府、杂言歌行，基本上均沿袭前人传统。就主题内涵视之，则大凡隐逸、游仙、山水、怀古、咏史、行旅、送别、饮酒、闺怨、述志、咏怀之作，也都继承前人传统。真正显示李白诗歌独特风格者，乃是其诗中表现的情味意境，亦即打上李白独特人格性情之烙印者。试从以下两方面论析。

❖ ┃ 一、表现自我，宣泄己情

表现自我，原本是抒情诗的普遍特色，前节所论"初唐四杰"以及陈子昂诸人之作可证。李白则是最善于在诗歌中表现自我者。其现存大部分作品，都是以表现自我，宣泄一己情怀为宗旨，展现的往往是一个不同凡响、超乎寻常、卓然不群的自我形象。或以《庄子·逍遥游》中的神鸟"大鹏"自喻，一旦鼓翼而飞，能"使五岳为之震荡，百川为之崩奔"（《大鹏赋》）；或以拒官不仕的隐者自许，高歌"我本楚狂人，凤歌笑孔丘"

（《庐山谣寄卢侍御虚舟》）；或以蔑视权贵，任诞不羁的名士自显，宣称"黄金白璧买欢笑，一醉累月轻王侯"（《忆旧游寄谯郡元参军》），摆出纵酒狂歌，不拘常调，傲岸世情的高姿态；或以轻财重义、济世拯物、功成身退的大侠自况，强调自己"愿一佐明主，功成还旧林"（《留别王司马嵩》），愿为君王辅弼，却并不恋栈的宏伟大志；或以遭谗见疏被逐的当世屈子自居，"一朝复一朝，发白心不改"（《单父东楼秋夜送族弟沈之秦》），强调其系心君国，怀都恋主之情；或以天才诗人自视，可以"兴酣落笔摇五岳，诗成啸傲凌沧州"（《江上吟》）。如此表现自我，宣泄己情，令读者读其诗，往往觉得他自负其才，自信其能，而就在自负自信的背后，又似乎深怀一分深切的孤独之感，一分迫切盼望知遇的焦虑。

试先看其七言古诗《上李邕》：

> 大鹏一日同风起，抟摇直上九万里。
>
> 假令风歇时下来，犹能簸却沧溟水。
>
> 时人见我恒殊调，闻余大言皆冷笑。
>
> 宣父犹能畏后生，丈夫未可轻年少。

李邕即是为《文选》作注的李善之子，有文才，工书法，名重一时，又以能提携后进而见称于世。然而因其为人自负且耿直，乃至仕途并不平坦，经常遭受外调，离开京城，游宦地方。李白这首诗，可能写于天宝四、五年间（745—746），亦即与高适、杜甫同游齐鲁之际，呈给时任北海太守的李邕。可说是一首干谒地方名流、自我言志之作，显然就以《庄子》中之大鹏自喻。按，大鹏之抟风击浪，展翅高飞，直上青云，象征自己志向之宏伟，才能之卓越，以及无与伦比的磅礴气概。大鹏的本领尚不止于此，"假令风歇时下来，犹能簸却沧溟水"，换言之，即使时运不济，遇到挫折，犹能有所作为，其神威可以想见。继而"时人见我恒殊调，闻余大言皆冷笑"，以时人的冷笑，反衬自己与众不同的"殊调"，流露出对那些世俗泛泛之辈的蔑视。于是向李邕进言："宣父犹能畏后生，丈夫未可轻年少。"切莫怠慢了我这个后生。按，李邕是当时的俊豪名流，又年长二十余岁，李白此诗却语如平交，不顾尊卑长幼之殊，其傲岸不羁之态可以想见。

其实盛唐诗歌，经过初唐诗人不断的努力，已经从齐梁绮丽柔媚的传统中，跳脱出来，已经恢复了《诗》《骚》以来的抒情言志传统。不过，李白写诗，不单单是抒情言志，更多的是感情的宣泄。其宣泄的是，一个既傲岸不群，又功名心切，既眷恋生命，又厌弃人间者的复杂矛盾情怀。其中包括：建功立业的豪情与壮志、怀才不遇的激愤与忧伤、人间情缘的缠绵与痴顽、超世脱俗的飘逸与潇洒。

这些复杂矛盾情怀，并不互相排斥，有时重叠交错并存在一首诗中，展示的往往是一种极为错综复杂的情怀意境。予人的印象是，仿佛通过感情的宣泄，以图心灵获得一次洗涤，情绪得以暂时平静。

正由于李白写诗是以表现不同凡响的自我，宣泄一己之情怀为宗旨，即使抒发的是传统的情怀，而且是前人早已反复吟咏的情怀，却浮现着李白独特的人格性情，展示李白诗歌的独特风格，为盛唐诗歌开拓了新的意境，其中最引人瞩目者，表现在两方面：

(一) 以神奇幻境、丰富想象炫人耳目

李白常借助虚构的神奇幻境，超乎寻常的丰富想象，来抒发情怀，展现自己错综复杂，或纠结难平的内心世界。因此，其诗篇经常涂抹着超现

实的、瑰丽缤纷的神奇色彩。不但写神游仙境之作如此，即使涉及的是现实世界，在李白笔下，也往往会化为幻境，变得神奇，令人觉得光怪陆离，迷离恍惚起来。因为李白的目的，不是写实，而是写他主观的自己，写他对现实世界的强烈感受，以及在感受过程中，不断上涌，难以压抑，无法纾解的种种错综复杂的情绪。如其《蜀道难》《将进酒》《梦游天姥吟留别》《梁甫吟》《远别离》诸作，读者面对的，通常是一系列无比神奇的意象，极度夸张的比喻，迅速跳跃的情节。其间现实与超现实相互糅杂，今昔的时空彼此交错，令读者宛如目睹道士作法，上天下地，古往今来，任情驰骋，历史人物，神灵鬼怪，纷纷涌现，构成一种瑰丽缤纷，繁富热闹，虚幻神奇的意境，炫人耳目，令人惊讶，引人入胜。明显流露出深受《楚辞》《庄子》等想象文学影响的痕迹，同时，与李白的道教信仰，也不无关系。

试看《梦游天姥吟留别》（一作《别东鲁诸公》）：

海客谈瀛洲，烟涛微茫信难求；越人语天姥，云霞明灭或可睹。天姥连天向天横，势拔五岳掩赤城；天台四万八千丈，对此欲倒东南倾。我欲因之梦吴越，一夜飞度镜湖月。湖月照我影，送我至剡溪；谢公宿处今尚在，渌水荡漾清猿啼。脚着谢公屐，身登青云梯，半壁见海日，空中闻天鸡。千岩万转路不定，迷花倚石忽已暝。熊咆龙吟殷岩泉，栗深林兮惊层巅。云青青兮欲雨，水澹澹兮生烟。列缺霹雳，丘峦崩摧；洞天石扉，訇然中开：青冥浩荡不见底，日月照耀金银台。霓为衣兮风为马，云之君兮纷纷而来下。虎鼓瑟兮鸾回车，仙之人兮列如麻。忽魂悸以魄动，恍惊起而长嗟。惟觉时之枕席，失向来之烟霞。世间行乐亦如此，古来万事东流水。别君去兮何时还？
且放白鹿青崖间，须行即骑访名山。安能摧眉折腰事权贵，使
我不得开心颜！

从标题看，乃是追述梦游天姥山的经验，作为留别之辞。但笔墨重
点在梦境的描述，以及梦醒之后个人的感悟，似乎并无惜别之意。首先，
天姥山乃是现实世界的一座山，却将之置于梦中去攀登，现实与梦幻似
乎也虚实难辨了。再者，天姥山其实不过是一座平凡无奇的山，却极力
夸示"天姥连天向天横，势拔五岳掩赤城"之雄伟壮阔，高峻挺拔，似
乎意味着，其满心向往，意欲攀登追求的，是一种现实中并不存在、超
乎寻常、非凡的理想境界。诗中所述整个梦游过程，脉络清晰，由现实
人间进入梦中仙境，再重新跌回现实。时间则由月夜到日出，气候则由
晴朗转为阴暗，继而雷雨交加，风云变色。其中以神仙突然成群涌现，
光怪陆离，一片金碧辉煌，作为梦境的高潮，却又毫无预警、出人意料
地，梦境突然中断，只剩下枕席依旧而已，于是醒悟到，刚才的经历，
无论多神奇，不过是一场虚幻荒谬的梦而已。乍看之下，人生如梦，充
满虚幻荒谬，万事短暂无常，变化莫测，应该是这首诗的主题。但是最
后两句结语，仿佛天外飞来之笔："安能摧眉折腰事权贵，使我不得开心
颜！"语含激愤和忧伤，似乎又是指现实生活中所经历的，某些令他难
以忍受的权贵嘴脸和气焰。值得注意的是，诗中描述的梦境，虚幻荒谬，
缤纷热闹，的确炫人耳目。或许代表一种曾经令李白向往的人生，以为
可以实现自我的处境，这可以包括，当初受玄宗之召入京，在宫中供奉
翰林，曾经寄望入仕问政的理想，功业声名的追求。但是这一切已是过
眼云烟，因此，其意欲告别的，并不是东鲁诸公，而是令他失望的整个

现实政治社会。这首诗，宛如李白打算退出现实政治的宣言，也是决定放弃功名追求的宣言。其宗旨并非写梦游，而是宣泄他对现实世界的感受，揭示的是对现实世界极度的失望。

（三）　以奔放感情、豪迈气势动人心魂

李白诗中往往洋溢着高昂奔放的情绪，荡漾着豪迈壮逸的气势，反映的正是开元、天宝盛世的时代精神风貌，亦即诗论者所谓"盛唐气象"。按，"盛唐气象"原指盛唐人对其时代繁荣昌盛的自豪，一份强大的自信心，积极入世的精神；转借为诗评用语，指的即是，诗歌中展现的雄浑壮阔的风貌，充塞的生机蓬勃的朝气，激昂飞扬的精神，这是盛唐之音的本质，是在李白笔下，达至最高峰的。这与建安风骨的慷慨激昂遥相呼应，也与李白强烈的功名心相连，亦与李白始终自负其才、自信其能的性格相关。

试看《行路难三首》其一：

　　金樽清酒斗十千，玉盘珍羞直万钱。

　　停杯投箸不能食，拔剑四顾心茫然。

　　欲渡黄河冰塞川，将登太行雪满山。

　　闲来垂钓碧溪上，忽复乘舟梦日边。

　　行路难！行路难！多歧路，今安在？

　　长风破浪会有时，直挂云帆济沧海！

全诗意境波澜起伏，跌宕跳跃，情绪变化起伏很大。所写世路艰难的内容，乃是沿袭《行路难》乐府古辞。其中"停杯投箸不能食，拔剑

四顾心茫然"，显然是化用鲍照《行路难十八首》其六中的诗句："对案不能食，拔剑击柱长叹息。丈夫生世会几时，安能蹀躞垂羽翼！"按，诗歌中怀才不遇的主题，交织着挫折悲哀、失意彷徨，乃是魏晋以来诗人经常吟咏的情怀，李白此诗亦不例外。但是，除了这些传统的情怀之外，更显著的是李白个人特有的人格性情的表露，亦即不服输，不甘心就此埋没的顽强，还有一份昂扬豪壮的气概。这是前代诗人，甚至同代诗人，写怀才不遇作品中，不常见到的。李白即使写他怀才不遇之悲，还是比别人都显得"神气"，尽管壮志未酬，却仍然雄心不泯，还要"长风破浪会有时，直挂云帆济沧海！"这正是"盛唐气象"的标志。

再看另一首《宣州谢朓楼饯别校书叔云》[①]：

> 弃我去者昨日之日不可留，乱我心者今日之日多烦忧。
>
> 长风万里送秋雁，对此可以酣高楼。
>
> 蓬莱文章建安骨，中间小谢又清发。
>
> 俱怀逸兴壮思飞，欲上青天揽明月。
>
> 抽刀断水水更流，举杯销愁愁更愁。
>
> 人生在世不称意，明朝散发弄扁舟。

饯别友人是背景，怀才不遇是其主题。整首诗气势豪迈，如滔滔江水，一泻千里，且情绪跌宕汹涌，大起大落，腾挪变化，充分表现李白诗歌风格的特点。其中抒发的怀才不遇之悲，不是凄哀无助的文士之悲，而

---

① 据詹锳先生的考证，此诗标题应是《陪侍御叔华登楼歌》，是李白陪当时任侍御史的李华（715—766以后），登宣州谢朓楼，对酒述怀之作。见《〈宣州谢朓楼饯别校书叔云〉应是〈陪侍御叔华登楼歌〉》，收入李白研究学会编：《李白研究论丛》第二辑，巴蜀书社1990年版，第171—180页。

是满腔激愤、满腹牢骚的壮士之悲。然而，就在其悲愤情绪中，却又流荡着昂扬的气势，乐观的精神："俱怀逸兴壮思飞，欲上青天揽明月。"这不单单是源自李白个人特有的人格性情，实际上，与其所处的时代密切相关，流露的仿佛是一种从太平盛世中焕发出来的时代精神，一种被后人称之为"盛唐气象"的恢宏壮大的气势。即使抒发的是怀才不遇的悲情，也毫不低沉、不纤弱、不颓废。

李白就是以他恢宏的气魄，奇绝的才情，不羁的性格，唱出盛唐时代的最强音符。唐代庶族寒门诗人，追求功业声名的欲望，崇尚个性自由的精神，就在李白诗中，获得最圆满的结合，最充分的发扬。

✤ ┃ 二、乐府歌行，纵横驰骋

就诗歌的形式体裁而言，李白并无创新，基本上还是沿袭前人的传统。其成就最高的则是乐府诗，其次是绝句，历来唐诗选本中入选的李白诗，也以乐府与绝句居多。现存李白诗集中，乐府诗就有两百多首，绝句则有九十多首。按，乐府属古体，篇幅可长可短，没有字数的限制，亦无平仄的规范，比较适合李白放任不羁的个性、挥洒自如的才情。李白乐府诗又可分为"旧题乐府"及"杂言歌行"两大类。

(一) 旧题乐府（古乐府）—— 挥洒自如

李白留下不少旧题乐府，在题材内容方面，基本上与古辞意涵大致相同。诸如《陌上桑》《战城南》《白头吟》《玉阶怨》《乌栖曲》《蜀道难》《将进酒》《行路难》《梁甫吟》《远别离》等名篇，均是沿袭旧题乐府，写厌战、闺情、宫怨、饮酒、别离、思乡、失意等。不过，在李白笔下，往往变换辞藻，另用典故，或转移焦点，翻出新意；有时甚至将原来第三人称的叙事体，注入主观情绪，或者干脆改为个人的抒情，以他自己的经历，以及个人对当前的观察与经验感受入诗。李白的旧题乐府，往往显得挥洒自如，丝毫不受旧题乐府的束缚，乃至扩大了旧题乐府的传统范围，在旧题传统中创出新意，在旧题特定的内容中，焕发出独特的感染力，为旧题乐府开拓了新天地。

试看其《乌栖曲》：

> 姑苏台上乌栖时，吴王宫里醉西施。
>
> 吴歌楚舞欢未毕，青山犹衔半边日。
>
> 银箭金壶漏水多，起看秋月坠江波。
>
> 东方渐高奈乐何！

按《乌栖曲》原是南朝乐府旧题。现存萧纲、萧子显、徐陵诸人所作《乌栖曲》，乃是君臣游宴场合所写男女艳情诗，属"宫体诗"的范围。李白这首则是模拟之作，其基本内涵是，与美女共度良宵，但恨欢乐苦短，与前人的《乌栖曲》相承传，其中"青山犹衔半边日。银箭金壶漏水多"二句，显然取材自萧子显《乌栖曲》中："芳树归飞聚俦匹，犹有残光半山日。金壶夜水岂能多？莫持奢用比悬河。"不过，李白此作，乃是将历史取代当前，吟咏春秋时代吴王夫差如何迷恋西施，通宵达旦欢宴的情景，可谓"貌似宫体艳情诗"，却翻出新意，并且转化成为一曲"咏史"的千古绝唱。为《乌栖曲》的传统，开拓出崭新的意境。此外，全诗共七句，沈德潜即称其为"格奇"①。按，中国诗歌一般以两句一联为基本单位，予人以整齐平稳的感觉，前人的《乌栖曲》亦如此。李白却化偶为奇，以单句结尾，可谓是形式体制上的突破。最后一句："东方渐高奈乐何！"不但使整首诗形成不整齐的结构、不平衡的节奏，并且予人以余音缭绕，流动未止的感觉，产生一种言尽意未尽的抒情效果。

此外，李白的乐府诗，往往将原属齐言之作，转化为杂言歌行体，如《蜀道难》《将进酒》《行路难》《梁甫吟》《远别离》等，均是既属旧题乐府，亦可归类于杂言歌行。

（三）杂言歌行（新旧题乐府）—— 纵横驰骋

李白乐府诗中成就最高者，当属杂言歌行。按，杂言歌行体，形式完全自由，可以挥洒自如，利于表现变化多端、神奇复杂的情思，挥洒纵横驰骋的才华。其实"歌行"和"乐府"，在诗歌本身的形式上，原无分别，如果以乐府曲调为标题，即属乐府诗，如自己另外制造题目，不谱入任何曲调，则属歌行体的诗。唐代歌行一般以七言为主，杂以长短句，篇幅长短不拘，句式自由灵活，声韵可随意变化，亦可在抒情之际，夹杂叙事、议论，可谓是中国古典诗歌中最自由的一种体裁②。其实，这种杂言歌行，原是从楚辞、古歌谣、古乐府发展起来的一种新形式，汉魏六朝时期即已开始零星出现，初唐以后则逐渐流行，到了李白笔下才发展成高峰。

---

① 沈德潜《唐诗别裁集》特别针对此诗之奇句结构云："末句为乐难久也。缀一单句，格奇。"
② 胡应麟《诗薮》即尝云："古诗窘于格调，近体束于声律，唯歌行大小短长，错综阖辟，素无定体，故极能发人才思。"

李白的杂言歌行，除了即事名篇者之外，还包括转化为歌行体的旧题乐府，以及新题乐府。如源自地方歌谣的《襄阳歌》《江夏行》《横江词》；还有不少是送别留别诗，如《峨眉山月歌》《白云歌送别刘十六归山》《梦游天姥吟留别》《宣州谢朓楼饯别校书叔云》《庐山谣寄卢侍御虚舟》。这些作品，因无固定的体制规范，无须受形式格律的拘束，句式变化多端，可以借助长短句之交错，声韵之转换，来显示感情的奔腾起伏，心境的迅速变化。甚至在句法上，打破以"联"（两句一联）为单位的传统，化整为散，破偶为奇。此外，亦多用散文句式，同时不避虚词，"之乎者也"之类语助词，一并揽入。

试看《灞陵行送别》：

> 送君灞陵亭，灞水流浩浩。
>
> 上有无花之古树，下有伤心之春草。
>
> 我向秦人问路歧，云是王粲南登之古道。
>
> 古道连绵走西京，紫阙落日浮云生。
>
> 正当今夕断肠处，骊歌愁绝不忍听。

整首诗是由"灞陵行"与"送别"两部分组成，亦即灞陵其地之吟咏，与送别之情的合成体。由于灞陵是古迹，又是自古以来的送别场所，因此抒写离情时，可以通过写景、怀古、伤今多方面去扩展，遂令诗的内涵意境，不局限于当前的送别，还浮现着一份高远苍凉的怀古幽情，一份普遍性的、永恒性的离情。值得注意的是，其中从五言到九言长短句之交错，以及明显的散文句式，如"上有无花之古树，下有伤心之春草。我向秦人问路歧，云是王粲南登之古道"，增添了诗意语气的流畅。李白诗中散文句式的频频出现，可说是中唐诗坛，韩愈一派"诗歌散文化"的先锋。

散文句式促使诗歌之语言流转自然，如水之长泻，增强诗歌的气势。此外，李白亦喜用壮大浩阔的意象，奔腾跳跃的情节，增添气势，助长波澜，以宣泄其激荡汹涌、复杂多变的感情。

当然，其他盛唐诗人也写新题乐府，诸如王维《老将行》《洛阳儿女行》，杜甫《石壕吏》《兵车行》等，虽属"即事名篇，无所依傍"，不以前人作品为模板的新题乐府，但大多还是依循传统，以第三人称客观角度叙事写人为主，但李白的新题乐府，则往往以自我情怀意气为焦点，其杂言歌行，更是如此。这些杂言歌行，与旧题乐府最大的区别则是，没有旧题的制约，多以第一人称角度，抒发一己之情。因此，个人的人格性情相当显著，个人的风格特色亦最为明确。前举《梦游天姥吟留别》《宣州谢朓楼饯别校书叔云》等，均是佳例。

再看《单父东楼秋夜送族弟沈之秦》（题下自注：时凝弟在席）：

> 尔从咸阳来，问我何劳苦。
>
> 沐猴而冠不足言，身骑土牛滞东鲁。
>
> 沈弟欲行凝弟留，孤飞一雁秦云秋。
>
> 坐来黄叶落四五，北斗已挂西城楼。
>
> 丝桐感人弦已绝，满堂送客皆惜别。
>
> 卷帘见月清兴来，疑是山阴夜中雪。
>
> 明日斗酒别，惆怅清路尘。
>
> 遥望长安日，不见长安人。
>
> 长安宫阙九天上，此地曾经为近臣。
>
> 一朝复一朝，发白心不改。
>
> 屈平憔悴滞江潭，亭伯流离放辽海。

折翻翻飞随转蓬，闻弦虚坠下霜空。

圣朝久弃青云士，他日谁怜张长公？

此诗大约写于天宝四年（745），李白离京后，滞居东鲁之际。是为族弟李沈返回长安的饯别宴场合所写，其中含蕴着临别依依，别后孤寂的悬想，不过，满堂送客共赏清秋夜色的雅兴，又为整首诗提供一分游宴的欢愉气氛。这是一首送别诗，但是整体视之，送别不过是背景场合，笔墨重点并不在于送别之情，而是借题发挥，叙说自身的遭遇和感受，宣泄其内心的愤懑和伤痛。由于李沈来时曾经"问我何劳苦"，关怀自己的近况，而李沈即将返回之地，又偏偏是长安，是李白曾经待诏翰林，为君王近臣之处。因此，送别之情引发的却是对长安无尽的怀思，以及一连串的迁客逐臣之悲情。这时李白已离朝去京一年有余了，虽然自嘲当初待诏翰林乃是"沐猴而冠不足言"，却仍然忍不住"遥望长安日，不见长安人"。其遥望思念者，自然是长安的玄宗，因为"长安宫阙九天上，此地曾经为近臣"。他对长安的眷顾，对君王的怀思，是"一朝复一朝，发白心不改"。乃至引起对楚国逐臣屈原与汉臣崔驷的认同，犹如"屈平憔悴滞江潭，亭伯流离放辽海"，如今自己是憔悴凄哀，心灰意冷，伤痛未愈，惊魂未定，可是"圣朝久弃青云士，他日谁怜张长公？"回朝的希望看来是渺茫了。语气间虽未明言，但含蕴其间的是，他何尝一日不想回去！

最后且以清人龚自珍（1792—1841）《最录李白集》为李白在盛唐诗坛的高歌作一脚注：

　　庄、屈实二，不可以并，并之以为心，自李白始。儒、仙、侠实三，不可以合，合之以为气，亦自白始也。

按，庄子何等空灵逍遥，屈子又何等缠绵悱恻，两者却可以同为李白诗心之构成元素；另外，儒者、神仙、侠客三者，均各自代表不同的处世态度与文化精神，却也正是李白终其一生意欲扮演的角色，甚至综合融汇于李白抒情述怀的诗篇中。这些看似矛盾，实则互通的传统，正巧点出李白诗歌对前人传统的整体包容与继承，乃至咏唱出盛唐之音的高歌。

不过，天宝末年突起的"安史之乱"（755—763），结束了李唐王朝的盛世，也破碎了以李白为代表的盛唐诗人"济苍生，安黎元"之宏伟抱负。李唐政权从此由盛转衰，相应地，诗歌史上盛唐之音的转调亦由此而始。盛唐之音的转调从杜甫诗中咏出的新声开始，并为中唐诗歌谱出先调。

✤

第五节

盛唐之音的新声 —— 杜甫

杜甫（712—770）乃是中国文学史上公认的伟大诗人。其"伟大"，不仅在于诗歌创作之开拓与创新，对后世诗歌的深远影响，还在于其忠君爱国、体恤民情始终如一的人格操守，以及对后代文人士子产生的典范作用。杜甫的诗，虽然只留下来一千四百多首，但是，不仅抒发个人情怀，记录一己经验，还反映了唐代由盛转衰的国运，记述了平民百姓在乱离贫困中的哀痛。杜甫的诗，包括社会的写实，时代的记录，也有个人生命历程的传记。他写日常家居生活的点滴，写怀念妻子儿女的温情，也写对友朋故旧的关爱。

在唐代诗坛上，李白、杜甫二人的诗歌成就，犹如双星并亮，共同辉映千古。二人相差仅十一岁，又曾彼此交游酬唱，应当属于同一时代。但是，李白一生的主要活动，是在安史之乱前，其个人的诗歌风格，在这之前就已大致定型。杜甫的生活经历，虽也兼跨安史之乱的前后，不过，他那些最成熟、最具代表性的作品，大多创作于安史动乱期间，以及之后的一段岁月。

李白被后代诗论者举为"诗仙"，是盛唐之音的天才歌手，也是大唐盛世的歌颂者；杜甫则被举为"诗圣"，是动乱时代的见证人，也是把盛唐之音导向新变的主唱者。从文学史的立场，对于李白，本书格外注意的是，他站在盛唐之音最高峰的表现，以及对前代诗歌潮流之继承与总结的状况；对于杜甫，特别重视的，并非其集大成的承先角色，而是其启后的角色，亦即在诗歌发展史上的开拓与创新，如何把盛唐之音导向中唐，甚至晚唐。

✚ | 一、生民黎元的关怀，朝政时局的讽喻

玄宗开元末期，李唐王朝开始迅速走下坡，权臣、宦官、藩镇各大势力，钩心斗角，争权夺利，安史之乱的爆发是不可避免的。初唐以来一百余年的安定繁荣不再，国势从此由盛转衰。经过连年争战的破坏，社会秩序的混乱，民生经济凋敝，人民流离失所，盛唐之音中流荡的高昂明朗的感情基调，降低了，甚至消失了；文人士子意欲建不世功业，立永恒声名的理想，模糊了，甚至破灭了；盛唐诗中原有的，那份对时代的自豪感，对个人的自信心，也动摇了，甚至不复存在了。而且作品中乐观向上的昂扬气势，也逐渐为战乱的颠沛流离、生活的穷愁困顿所取代。换言之，严酷的现实，开始进入诗歌创作的领域。这个巨大变化的标志，可以杜甫的人生经历与诗歌创作为代表。杜甫诗歌中不断流露的，关怀生民黎元、讽

喻政治社会的创作倾向，同时也是自《诗经》以来的讽喻美刺传统，转而为社会人生写实的一个高峰。

杜甫终其一生，仕途不顺，颠沛流离，但是却从未放弃对君王社稷的忠爱之情。他系念社稷安危，关怀民生疾苦，其诗歌创作，已不同于那些仍然在编织美梦、追求理想的盛唐诗人。因为他立足世俗社会，面对现实人生，并且通过个人颠沛流离的经历，把眼光转向社会底层，接近生民黎元。最著名的自然是几乎每部文学史均称颂不绝的"三吏"（《新安吏》《石壕吏》《潼关吏》）与"三别"（《新婚别》《垂老别》《无家别》），以及《兵车行》《丽人行》《哀江头》诸新题乐府，当然还有《自京赴奉先县咏怀五百字》《北征》等五古长诗。这些均是通过杜甫个人的经历与见闻，以儒者悲天悯人的胸怀，史家为史作传的笔调，以及诗人敏锐多情的感触，把当时的政治局势或社会现象，包括生民黎元的疾苦，战乱带来的灾难，记录下来。诗人的视野，已从自我情怀，延伸到广阔的社会，遂令"时事"亦进入诗歌的领域。这些关怀生民、感讽时事之作，就其题材内涵之广泛，感情基调之沉重，以及其长于叙事、着重写实的特点，均有别于开元、天宝盛世时期的作品，为盛唐之音唱出了新的声音，吟出新的情韵。这在诗歌发展史上是一大转折，已经拉开了中唐诗人白居易、元稹等，在鼓吹政治改革的呼吁下，刻意推行的所谓"新乐府运动"的序幕。

试先以《石壕吏》为例：

> 暮投石壕村，有吏夜捉人。老翁逾墙走，老妇出门看。
>
> 吏呼一何怒，妇啼一何苦。听妇前致词："三男邺城戍。
>
> 一男附书至，二男新战死。存者且偷生，死者长已矣。
>
> 室中更无人，唯有乳下孙。有孙母未去，出入无完裙。

老妪力虽衰，请从吏夜归。急应河阳役，犹得备晨炊。"

夜久语声绝，如闻泣幽咽。天明登前途，独与老翁别。

这是一首脍炙人口，同时亦震撼人心之作。全诗以"报道者"的角度发言叙述，语气基本上是客观的，只是"任物自陈"，让石壕吏深夜捉人强征兵役的事件，在读者面前自然演出。结构的安排，则是随着时间的顺序，推动故事情节的发展。从日暮投宿石壕村，到听闻差吏夜里来捉人，又从老妇前致词，到夜深人语绝，唯闻饮泣幽咽之声，最后诗人方出现："天明登前途，独与老翁别。"其中老妇已随石壕吏朝河阳前线而去，留在读者的想象中。值得注意的是，整个捉人事件是在诗人凝神倾听中发生，并非"目击"，而是"耳闻"，尽管全诗乃是"任物自陈"，读者与诗人一样，主要是通过"听觉"来领会一般黎民百姓生活的苦难、官吏的恶劣、时局的败坏，以及李唐王朝的岌岌危殆。仇兆鳌（1641—1714）《杜诗详注》评此诗即云：

> 古者有兄弟，始遣一人从军。今驱尽壮丁，及尽老弱。诗云：三男戍，二男死，孙方乳，媳无裙，翁逾墙，妇夜往，一家之中，父子、兄弟、祖孙、姑媳，惨酷至此，民不聊生极矣。当时唐祚亦岌岌乎哉！

仇氏所言甚确。不过，杜甫并未在诗中直接表达以上这些意见，只是让整个事件自然地展开，由老妇前致词，引发读者感情的联想，领会其中委婉寄寓着诗人对民生疾苦的同情与怜悯，对时局败坏的批评，对朝廷危殆的焦虑。这是杜甫众多感事伤时的名篇，社会写实诗的佳作，也就是这类展现当时政治社会面貌的写实作品，遂令杜诗在文学史上获得"诗史"的称誉。

再看《哀江头》：

少陵野老吞哭声，春日潜行曲江曲。

江头宫殿锁千门，细柳新蒲为谁绿？

忆昔霓旌下南苑，苑中万物生颜色。

朝阳殿里第一人，同辇随君侍君侧。

辇前才人带弓箭，白马嚼啮黄金勒。

翻身向天仰射云，一笑正坠双飞翼。

明眸皓齿今何在，血污游魂归不得。

清渭东流剑阁深，去住彼此无消息。

人生有情泪沾臆，江草江花岂终极？

黄昏胡骑尘满城，欲往城南望城北。

此诗大约作于安史之乱爆发后，肃宗至德三年（758）的春天，杜甫正身陷叛军占领的长安。诗中记述的是，长安沦陷之后一个春光明媚的日子，独自潜行至曾经繁华热闹的曲江，但见春景依旧，而人事全非，乃至引发了哀今叹往之情，物是人非之叹，以及"国破山河在"之悲。其中流露着目睹国家残破之痛，交织着对唐玄宗和杨贵妃的谴责和怜悯。最后"黄昏胡骑尘满城，欲往城南望城北"，以黄昏中胡骑满城，但觉心情紊乱，精神恍惚，不辨南北，传达其极度的悲哀与无奈，深切表现出一份故国黍离之悲，感时伤乱之痛。全诗二十句，结构紧密环扣，其间时空今昔交错，感情跌宕起伏。整首诗，既抒情述怀，亦叙事写景，还加以议论，而笔墨重点始终围绕着标题中的"哀"字。

杜甫之所以被传统论诗家尊为"诗史""诗圣"，不仅因为他的诗歌见证了大唐王朝由盛转衰的史实，更由于在其笔墨中，不时流露的忠爱仁厚、悲天悯人的胸怀。例如《哀江头》这首诗，对于玄宗晚年和贵妃沉溺于游乐，荒疏于朝政，终于导致悲剧下场，在谴责中又糅杂着同情与怜悯，即是最好的证明。杜甫的忠爱仁厚，是超越社会阶级，无论贵贱贫富的。

✚ | 二、表现艺术的开拓

杜甫现存诗一千四百多首中，所反映的时代面貌和个人经验之广度与深度，不仅是同时代诗人无法比拟的，也是中国文学史上，其他诗人难以超越的。除此之外，杜甫在诗歌表现艺术上的开拓性成就，也是惊人的。无论抒情叙事技巧的成熟，琢字炼句的精密工巧，章法结构的穷极变化，均备受称赞，并且成为后世诗人追随模仿的典范。不容忽略的则是，杜甫的诗，仍然保留盛唐之音的时代风貌，仍然流露昂扬的感情，展现壮阔的气势，以及浓郁的抒情述怀意味。不过从唐诗发展的整体脉络来看，杜甫的主要贡献，还是对中唐以后诗歌发展路线的影响。其中最令人瞩目者，有以下数点：

㈠ 发扬诗歌的叙事功能

唐代诗人，从初唐开始，在摆脱齐梁余风的漫长过程中，将诗歌从体物写物为主，逐渐转化为抒情述怀为主，可说是恢复了《诗》《骚》以及汉魏诗歌的抒情传统。但是，正当盛唐诗人纷纷昂扬激越地抒发自我，吐露一己情怀之时，杜甫不但在一些抒情述怀之作中，大量增入叙事的成分，同时还写了一些"感于哀乐，缘事而发"，通篇以叙事为主的诗篇。其中最著名的例子，当然是那些"即事名篇"的新题乐府，如"三吏""三别"之类。前举《石壕吏》，即是一例。不过，值得注意的是，杜甫诗中的叙事，并不局限于平铺直叙的乐府传统，而且很少将自己完全置身于事外，往往将客观叙事夹杂交融于个人抒情述怀之中。换言之，杜诗的叙事，既叙述个人所见所闻事件的经过，又着力于细节的描写，无论对客观人物事件还是一己心情，往往精心刻画，从细微处展开情节画面。

试看其《述怀》：

> 去年潼关破，妻子隔绝久。今夏草木长，脱身得西走。
>
> 麻鞋见天子，衣袖露两肘。朝廷愍生还，亲故伤老丑。
>
> 涕泪授拾遗，流离主恩厚。柴门虽得去，未忍即开口。
>
> 寄书问三川，不知家在否？比闻同罹祸，杀戮到鸡狗。
>
> 山中漏茅屋，谁复依户牖？摧颓苍松根，地冷骨未朽。
>
> 几人全性命，尽室岂相偶！嵚岑猛虎场，郁结回我首。
>
> 自寄一封书，今已十月后；反畏消息来，寸心亦何有？
>
> 汉运初中兴，生平老耽酒；沉思欢会处，恐作穷独叟。

此诗大概写于肃宗至德二年（757）夏秋之间。题为"述怀"，就全诗视之，主要还是抒发其挂念家国命运之情怀。不过，前十二句则先概括叙事，叙述当前"情怀"的由来，所言囊括了整个时代大动乱中，诗人与其家人的经历遭遇，包括去年潼关失守，导致与妻子儿女的长久隔绝；继而叙述自己如何由沦陷的长安脱身，西奔凤翔，亦即肃宗临时朝廷所在。及至自己如何"麻鞋见天子，衣袖露两肘"。如此细微描述中，将其历尽千辛万苦的狼狈之状，以及对君王朝廷的忠爱之情，真实深切地传达出来。

"涕泪授拾遗，流离主恩厚"，终于授得"拾遗"之职，但觉君恩深厚如此，忍不住感激得涕泪交流。也就是这一段西奔凤翔，终获拾遗职的经历，令杜甫虽焦虑家人的安危，虽"柴门虽得去"，却"未忍即开口"，只得在家人无音讯，"不知家在否"的忐忑不安中，隐忍不言，徒自私下遥遥怀思了。整首诗，情真意真，且借事述怀，也因情传事，可谓叙事抒情述怀，水乳交融为不可分割的整体。

杜甫诗中的叙事，所记叙的往往是时事，也是个人亲身的见闻，反映的是历史的真实画面，而抒发的则是一己的个人情怀。因此，经常将客观叙事糅杂于主观的抒情述怀之中，这在中国诗歌史上，是空前的，是诗歌表现艺术的一种新变，是杜诗之所以异于其他盛唐诗的重要标志。按，在偏重抒情述怀的中国诗歌传统中，自《诗经》、汉乐府以来，叙事功能得以继续发展演变，并且为中唐之后的叙事诗的成熟开辟先路，杜甫实扮演了极其重要的角色。

(三) 开创议论入诗的传统

杜甫除了发扬诗歌的叙事功能之外，还开创了以议论入诗的风气。杜甫在其抒情述怀作品中，叙述政治社会乱象，同情民生疾苦之际，往往夹杂以议论，对当前一些政治问题或社会现象，直接表达自己的观点，同时又寓以浓郁的个人感情。于是生发出一套崭新的、夹叙夹议夹抒情述怀的艺术风貌。诸如其长篇《自京赴奉先县咏怀五百字》《北征》《八哀》等作，即开创了在叙事述怀长诗中，大发议论的先例。

试看《自京赴奉先县咏怀五百字》：

杜陵有布衣，老大意转拙。许身一何愚，窃比稷与契。

居然成濩落，白首甘契阔。盖棺事则已，此志常觊豁。

穷年忧黎元，叹息肠内热。取笑同学翁，浩歌弥激烈。

非无江海志，潇洒送日月。生逢尧舜君，不忍便永诀。

当年廊庙具，构厦岂云缺。葵藿倾太阳，物性固莫夺。

顾惟蝼蚁辈，但自求其穴。胡为慕大鲸，辄拟偃溟渤。

以兹误生理，独耻事干谒。兀兀遂至今，忍为尘埃没。

终愧巢与由，未能易其节。沉饮聊自遣，放歌破愁绝。

岁暮百草零，疾风高冈裂。天衢阴峥嵘，客子中夜发。

严霜衣带断，指直不得结。凌晨过骊山，御榻在嵽嵲。

蚩尤塞寒空，蹴踏崖谷滑。瑶池气郁律，羽林相摩戛。

君臣留欢娱，乐动殷胶葛。赐浴皆长缨，与宴非短褐。

彤庭所分帛，本自寒女出。鞭挞其夫家，聚敛贡城阙。

圣人筐篚恩，实欲邦国活。臣如忽至理，君岂弃此物？

多士盈朝廷，仁者宜战栗。况闻内金盘，尽在卫霍室。

中堂舞神仙，烟雾散玉质。暖客貂鼠裘，悲管逐清瑟。

劝客驼蹄羹，霜橙压香橘。朱门酒肉臭，路有冻死骨。

荣枯咫尺异，惆怅难再述。北辕就泾渭，官渡又改辙。

群冰从下下，极目高崒兀。疑是崆峒来，恐触天柱折。

河梁幸未坼，枝撑声窸窣。行旅相攀援，川广不可越。

老妻寄异县，十口隔风雪。谁能久不顾，庶往共饥渴。

入门闻号咷，幼子饿已卒。吾宁舍一哀，里巷亦呜咽。

所愧为人父，无食致夭折。岂知秋禾登，贫窭有仓卒。

生常免租税，名不隶征伐。抚迹犹酸辛，平人固骚屑。

默思失业徒，因念远戍卒。忧端齐终南，澒洞不可掇。

本诗的时代背景是天宝十四年（755），其时杜甫已在长安蹉跎十年，功业无成，穷愁潦倒，好不容易终于在本年十月获得"右卫率府兵曹参军"这样一个卑微职务的任命。十一月决定在就职前先离京赴奉先探望家人。偏偏此时安禄山已起兵反叛，朝廷似乎尚懵然不觉，唐玄宗与杨贵妃还在骊山华清宫避寒享乐。杜甫此诗即是追述其自长安到奉先，路经骊山的所见所闻，及至还家之后的经过始末。全诗先以述怀发端，自称"杜陵布衣"，直陈平生抱负，且自嘲许身太愚，却仍然矢志不移，也就是在回顾个人往事的感慨中，倾吐其不遇之悲和身世之叹。然后就详细叙述其经过骊山，沿途跋涉的种种见闻，包括目睹"朱门酒肉臭，路有冻死骨。荣枯咫尺异，惆怅难再述"的经验感受，以及抵家后"入门闻号咷，幼子饿已卒""里巷亦呜咽"的悲惨情景。其间夹杂着对时局朝政的议论，以及对当政者全然无顾黎民百姓苦难的批评，如"彤庭所分帛，本自寒女出。鞭挞其夫家，聚敛贡城阙。圣人筐篚恩，实欲邦国活。臣如忽至理，君岂弃此物？多士盈朝廷，仁者宜战栗"诸语，全属对时局的批评议论。整首诗，是以还家探亲的过程为主轴，个人经历与社会变动两条线索，交织融汇；同时慷慨述怀，具体叙事，且将细节描写与长篇议论紧密结合。换言之，社会内容与诗人个人的生活和感情，已织成一片。

另一首以叙事贯串始终的长篇巨制《北征》，写于肃宗至德二年（757），亦即安史之乱的第三年。首二联："皇帝二载秋，闰八月初吉。杜子将北征，苍茫问家室。"点出"北征"的缘由背景，整首诗也就是追叙前往鄜州探亲的经过与见闻。从"维时遭艰虞，朝野少暇日。顾惭恩私被，诏许归蓬荜。拜辞诣阙下，悚惕久未出。虽乏谏诤姿，恐君有遗失"，如何不忍离开朝廷，到"挥涕恋行在，道途犹恍惚"，在行旅中的恍惚，突然转为"乾坤含疮痍，忧虞何时毕"的批评。继而在旅途所见所闻的描绘后，紧接"雨露之所濡，甘苦齐结实"的论调。又从马嵬驿事件的叙述，再转向大段议论："不闻夏殷衰，……于今国犹活。"均可看出，杜甫是有意识地将议论纳入诗中。若不这样，似乎难以将其面对时局乱象的情思意念充分发挥倾泻出来。而杜甫在此诗中的叙事、抒情、议论，又像水乳般交融无间。

以上所举两首诗，虽写于不同的年代，但均以个人亲身经历为线索，家国之忧、身世之感贯串全篇，夹杂着对途中所遇现况，还家所见细节的描述，以及对当朝政治军事诸方面的议论与批评。像这样复杂多面的内涵，且流露出作者全盘指挥若定的将风，只有在一个"伟大"诗人笔下，方能完成。

其实，杜甫不仅在长篇叙事述怀诗中频频穿插对时政的意见，表现出一种抒情性的叙事加议论的特色，还写了一定数量的、专门以陈述意见、发挥议论为宗旨的诗篇。其中包括对历史人物事迹，以及当代人物事件的评论。

试以其五绝《八阵图》为例：

功盖三分国，名成八阵图。江流石不转，遗恨失吞吴。

当是杜甫寓居夔州期间之作。写其凭吊八阵图遗迹，眼见江水长流，残石不转，引起对三国英雄人物诸葛亮的缅怀，并对其伟大的功业、不朽的声名、永远的遗恨，加以评论。其中流露的是，对一个悲剧英雄人物的仰慕、哀怜与认同。诗中有古迹风景的描写，历史人物事迹的回顾，当前诗人的感怀，属于典型的怀古诗，也是一首通篇陈述己见、发挥议论的佳作。如此丰富的内涵，宏伟的气势，能在一首如此短小的五绝中表现出来，充分展示了杜甫的功力。

除了对历史人物事件发表议论之外，杜甫还会对当朝一些著名人物有意见。就如《八哀》诗，即是对当朝人物王思礼、李光弼、严武、李琎、李邕、苏源明、郑虔、张九龄诸人的描述与评论，既是史笔，亦是时论。在诗歌发展史上，对时人如此知人论世，实属创举。

此外，《诸将五首》《戏为六绝句》等组诗，亦是以议论见称之名作。按《诸将五首》，主要是针对安史之乱平定后，诸将虽享受隆恩，却不能抵御外侮，而地方上，又藩镇割据，版图未归统一，因此发表议论，抒发感触。《戏为六绝句》，则是杜甫的"诗论"，指出时人对庾信及"初唐四杰"批评之不当，进而表达自己对诗歌创作"不薄今人爱古人，清词丽句必为邻"（其五），以及"别裁伪体亲风雅，转益多师是汝师"（其六）的见解与主张。这组诗是中国诗歌理论批评史上，最早的"论诗绝句"，从此开创了以诗论诗的传统。

杜甫诗中这些无论对过去历史人物事件，还是对当前现实状况表达其个人见解，发挥议论的诗作，不但突破了以诗歌言志抒情写景的局限，跨越了先秦两汉以来，散文方能说理议论的传统，并且成为以后宋代诗人往往以议论入诗的先声。

（三）　**扩大律诗的表现范围**

现存杜甫诗集中，虽不乏五、七言古诗及乐府歌行之佳作，但其现存诗作中，律诗之数量超过一半 ①，其律诗的成就，实际上更为辉煌。在诗歌发展史上，杜甫的律诗，占有极为重要的地位。当然，律诗在初唐诗人笔下，已经逐渐形成章法音律方面固定的规律。不过，杜甫律诗的成就，主要却在于扩大了初唐以来律诗的表现范围，在有限中创造无限，又在格律节奏中追求变化，并且对后世诗人的创作，形成既深且远的影响。

1. 以律诗写组诗

杜甫不仅以律诗抒情述怀写景，包括酬赠、咏怀、羁旅、游宴，而且用律诗写时事见闻。不过，用律诗写时事见闻，往往须受字数和格律的限制，很难如同写古诗或歌行体那样，可以长短不拘，甚至长篇大论，洋洋洒洒自由铺叙，畅所欲言，尽情发挥。杜甫自创的办法即是，运用联章组诗的形式，以获得更长的篇幅，来表现一些比较广阔多样的内容，或错综复杂的感情。如其五律中的《秦州杂诗二十首》，就是流寓秦州（今甘肃天水市）时期所写一系列的联章组诗。这些作品，皆随感随写，不拘一时一境，也不专指一人一事，主要反映的是，杜甫流寓秦州期间，这一段生命历程中的日常见闻与经验感受。其中不仅记述自己的流寓生活与繁复心境，还描绘秦州的风光，并且评论东西战争，吐蕃入侵，以及边塞地区的风土人情。这样庞杂宽泛的内容，只有以联章组诗的形式来表达，方可不受律诗短小八句体式的束缚。

当然，杜甫以律诗写组诗最为后世诗评家称道的，则是以七律撰写的

---

① 据清人浦起龙（1679—1759 年以后）《读杜心解》统计：现存杜甫诗 1458 首，其中五律 630 首，七律 151 首，五言排律 127 首，七言排律 8 首，律诗合计 916 首，约占杜诗总数 63%；加上五绝 31 首，七绝 107 首，则格律诗占 72% 以上。

联章组诗。诸如《咏怀古迹五首》《诸将五首》《秋兴八首》等，均属联章式的组诗。其中以《秋兴八首》，最引人瞩目，令人激赏。当属杜甫滞留于夔州（今四川奉节县）时期的作品，大概写于代宗大历元年（766）的秋天。这时安史之乱虽已结束，可是大唐帝国江河日下，不但宦官专权，且外族入侵，藩镇割据，争战不断。此时郑虔、李白、严武、高适诸友朋均先后离开人世，自己仍然漂泊不已，且疾病缠身，因而倍感悲哀孤寂。夔州山城秋色虽美，毕竟引发了故国之思，勾引起对过去京华岁月的缅怀，于是回顾自己一生，难免感慨与醒悟交错。《秋兴八首》就是在这样的背景之下而写，且一层深入一层。其中以第一首为八首之纲，以诗人身居巫峡、心怀长安为中心线索，逐层展开：

> 玉露凋伤枫树林，巫山巫峡气萧森。
>
> 江间波浪兼天涌，塞上风云接地阴。
>
> 丛菊两开他日泪，孤舟一系故园心。
>
> 寒衣处处催刀尺，白帝城高急暮砧。

主要是描写夔州秋天的景色，为以下七首发端。首联点出环境时空，三、四句写三峡景色，五、六两句则抒发思念故国的心情。最后，在家家户户为征夫赶制寒衣、处处急促砧声的回荡中结束，令读者吟咏玩味不已。全诗气韵雄浑，章法谨严，其中"江间波浪兼天，塞上风云接地阴"，为全诗定下基调。"孤舟一系故园心"一句，则是整组诗的画龙点睛之笔，以下七章，抒写"望京华""思故国"之情，俱出于此。

整体视之，八首组诗从山城夔州，写到故居长安，从目前辛酸凄凉的处境，写到往昔故国的强盛繁华。运用萦回曲折、反复咏叹的表现手法，通过今昔对比、盛衰对比，抒发了诗人抚今追昔、忧时伤世、无限悲凉的心情。

就组诗的结构视之，第四首承上启下，为前后两部分的过渡转接之处。按，前三首笔墨着重写夔州的秋景，写自己的坎坷遭遇，以及"望京华"的心情；后五首则着重追忆长安，从长安的今日写到往昔，流露对往昔故国繁华景象的缅怀，以及个人乱离沧桑之感慨。第四首则为后四首奠定基调：

> 闻道长安似弈棋，百年世事不胜悲。
>
> 王侯第宅皆新主，文武衣冠异昔时。
>
> 直北关山金鼓震，征西车马羽书驰。
>
> 鱼龙寂寞秋江冷，故国平居有所思。

主要写闻说长安当前政局的变化和外患严重的状况，由内乱而写到外患，"鱼龙寂寞秋江冷，故国平居有所思"，从遥想长安，回到夔州，点出自己身滞荒江，唯鱼龙做伴、壮志空怀、报国无门之无奈，其思念故国的冷落凄凉心情，含蕴其间。以后三首即是"故国思"之进一步发挥。

按《秋兴》八首联章组诗，脉络贯通，首尾呼应，结构完整，音调铿锵，格律精工，以"富丽之词，沉雄之气"，反复吟咏一种深沉复杂的人生经验感受，交错着忆往昔、感盛衰、伤沧落、叹身世，以及对时局的议论和评述。倘若仅用一首七言律诗，要将这些错综复杂的、低回徘徊的感情表达出来，实在很难办到，若用联章组诗的形式，则可以有尽情抒写发挥的余裕。因此，用律诗写成组诗，可谓扩大了律诗的表现范围。后世诗人沿袭模仿者无数，这是杜甫在律诗表现艺术上的一种突破。

2. 为诗律创变化

杜甫尝自谓："晚节渐于诗律细。"(《遣闷呈路十九曹长》)又云："老去诗篇浑漫与。"(《江上值水如海势聊短述》)正好说明他对律诗的艺术追求。所谓"诗律细",不仅在于格律的严谨遵从,也在于从严谨中追求变化,虽变化多端,却又不离规矩。杜甫最为人称道者,即是把律诗写得纵横恣肆、极尽变化之能事,合律又仿佛不受声律的束缚,对仗工整而又看不出刻意对仗的痕迹。有关杜甫在律诗格律方面既不违规又有创意的贡献,近人著述甚多,此处姑且仅针对杜甫律诗中节奏示意作用的翻新,举例以示。

试先以五律《旅夜书怀》为例:

细草微风岸,危樯独夜舟。星垂平野阔,月涌大江流。

名岂文章著,官应老病休。飘飘何所似,天地一沙鸥。

此首五律亦是杜甫的名篇,是一首吟咏怀抱之作。杜甫写这首诗时,已经接近暮年了^①。漂泊流离中,忍不住反顾自己,回首这一生,到底做了些什么。在结构上,前半首写"旅夜"所见江岸之景,后半首则"书怀",回顾这一生成就的感怀。在意境上,夜景与情怀相即相融,浑然成为一个整体。但是此处特别引人瞩目的,则是这首诗句型的变化,导致节奏的多端。

按,一般五律,除了平仄合律之外,只要求中间两联须形成对仗,可是杜甫这首五律,前三联均属工整的对仗,而这三联对仗的句型,各自不同,尾联句型又自成一格。按,传统五言诗中,在节奏上通常以上二下三的句型为多,亦即首二字为一个单元,后三字为一个单元,形成前 2 / 后 3 的基本节奏。可是杜甫于此诗中,句型节奏的变化却不同于传统。试看:

细草 / 微风 / 岸　　2 / 2 / 1

危樯 / 独夜 / 舟　　2 / 2 / 1

---

① 按,此诗写作时间有二说,一说是永泰元年(765)杜甫率家离开成都草堂,乘舟东下,沿途经过渝州(重庆)、忠州(忠县)一带时所写;另一说是大历三年(768)携家离开夔州,顺流东下,泊舟宜昌附近江边时所作。

首联两句的句型，没有动词，只是名词的罗列，形成的节奏是：2/2/1。音节短，节奏显得紧凑，与句中呈现的幽独气氛，孤寂心情，颇相契合。继而：

星垂／平野阔　　2／3或4／1

月涌／大江流　　2／3或4／1

颔联句型有很大的变化，其中共有四个动词："垂"与"阔"属静态动词，表示状态，不表示动作的发生；"涌"与"流"则是动态动词，表示动作的发生和持续。形成的节奏是：2／3；与首联相比，音节拉长了，节奏变得较为舒缓，与诗句中呈现的明朗开阔之景相配合。可是，也有读者认为是："星垂平野／阔，月涌大江／流。"如此句中节奏更为舒缓。接着：

名／岂文章著　　1／4

官／应老病休　　1／4

颈联的句型，颇像散文句，节奏是：1／4。两句中第一个音节，自成一个单元，读时特别拉长，后四字另成一个单元，读时也是舒缓的，遂予人以连绵不断的感觉。这和两句字义上表现的，回顾一生，文名不彰，官运不通的感慨之深，喟叹之长，是冥合无间的。其后尾联不是对句，乃是一问一答，句型改变，节奏又起了变化：

飘飘／何所似　　2／3

天地／一沙鸥　　2／3

一首五言律诗，总共不过四联，却在联与联间出现数种不同的句型，读起来，节奏充满变化，不会觉得单调。这些极富变化的句型，为后世诗人立下典范，而且变化如此多端的节奏，正巧妙地暗示出诗人此时复杂矛盾、起伏不定的心情。

除了句型节奏变化多端，杜甫另一成就，即是把格律严格的七言律诗，发展至最成熟的境地。按，七律虽然在初唐时期已经出现，然而在杜甫之前，并不普遍，一般主要是在官方场合，应制、奉令或酬答侍宴之章出现，技巧方面还显得不够娴熟，多半只是直写平叙其情事，倘若严守格律，就不免落入平板工丽，虽然偶尔亦有意境清新的，则又往往在格律上有所疏忽。但是，杜甫写七律，却写得浑融流转，能在严守格律中，突破平板工丽的传统，不再局限于平板的句法，七律在杜甫笔下，已经脱离了应酬写景的内容，成为曲折达意、婉转抒情的最佳媒介。前举《秋兴八首》即是佳例。

最后再看一首七绝《登高》：

> 风急天高猿啸哀，渚清沙白鸟飞回。
>
> 无边落木萧萧下，不尽长江滚滚来。
>
> 万里悲秋常作客，百年多病独登台。
>
> 艰难苦恨繁霜鬓，潦倒新停浊酒杯。

此诗作于流寓夔州期间，大历二年（767）秋天，描写登高所见秋江之景，雄浑苍茫，抒发羁旅穷愁之情，沉郁悲怆。通篇语言凝练，音调铿锵，对仗工整，气韵流畅。胡应麟《诗薮》对此诗即推崇备至，认为"当为古今七言律第一"[①]。从艺术表现角度看，这首《登高》当属杜甫"晚节渐于诗律细"的杰作，确实有其独到之处。

首先，全篇四联都是对偶句。开头就以对偶句领起，不仅句句相对，而且字字相对，甚至同句之中有自相对偶者，如以"风急"对"天高"，

---

① 胡应麟《诗薮》内篇卷五评杜甫《登高》云："此章五十六字，如海底珊瑚，瘦劲难移，沉深莫测，而精光万丈，力量万钧。通章章法、句法、字法，前无昔人，后无来学。此当为古今七言律第一，不必为唐人七言律第一也。"

"渚清"对"沙白"即是，为律诗中的同句对，立下典范。此外，律诗起联若用对句，首句一般不押韵，末字用仄声，此诗则首句照旧押平韵，这样的律诗形式，手法空前。其次，对仗工整而自然无迹。诗中运用许多在动作上相互连贯的动词，造成全诗的流动感。如风急、猿啸、鸟飞、木落，伴以滚滚而来的江水，整个境界卷入急速的流动之中，予人以一气流转之感。再者，句型变化，音节多端，亦增强韵味。首联："风急／天高／猿啸哀，渚清／沙白／鸟飞回。"一句三景。密集的音节，与景象的急速变换相对应，构成动荡回旋的韵味。颔联："无边落木萧萧下，不尽长江滚滚来。"则是一句一景。不但对仗精工，且采用歌行式的句法，增添流畅的韵味。后两联则连用递进句法，一意贯串，遂使全诗一气呵成，快速中回荡着飞扬流转的旋律。杜甫显然充分利用语言文字和声调音韵方面的特点，通过精心的安排组织，遂令字句形式的节奏，体现出字面意义并未明指的声情，乃至增强了诗的情境韵味。

　　杜甫在诗歌上的变新，不单单是某一个方面或局部的推陈出新，而是从总体上展现出盛唐之音风格转变的痕迹。把过去不入诗或很少入诗的题材内容，以及表现手法、语言结构，开始多方面吸收到诗歌创作中来，确实唱出了一种新的声调，可说是为中唐、晚唐诗铺上先路。

第五章

中唐风貌

第一节

绪　说

　　中唐诗的时期，一般认为是从代宗大历初年至文宗大和九年（766—835），大约七十年。虽然在这一段时期中，藩镇割据，宦官专权，李唐王朝确实已开始走向衰败，相关政治或经济等国计民生，均远比不上开元、天宝之盛。但是，在文学方面，无论是诗歌、散文、小说，均呈现群芳争艳的繁荣气象。其中两次文人自觉的文学"运动"，亦即一般文学史所称"新乐府运动"及"古文运动"，皆发生于此期间。单就诗歌而言，亦可谓人才辈出；其创作数量之丰富，风格流派之纷呈，均超越盛唐诗坛。就诗歌发展史而言，中唐实际上才是唐诗的鼎盛期。

虽然自南宋论者如严羽《沧浪诗话》即开始极力推崇盛唐诗，其"独尊盛唐"的观点，影响所及，又为明清时期许多诗论家所承袭；然而，综观中唐诗歌，无论在继承或发展两方面，皆成就斐然，甚至可视为唐诗的"中兴"阶段。

其实，中国诗歌创作的普及与大众化，乃始于中唐，而且诗歌题材内容的繁富多样，讽喻诗的兴盛，叙事诗的成熟，也都是在中唐诗人笔下才达成。当然，由于时代环境的不同，中唐诗毕竟不同于盛唐诗。倘若从文学史的角度观察，值得注意的是，中唐诗如何从盛唐之音的基础上，发展成自己特有的风貌，以及对后世诗坛的影响。有趣的是，盛唐诗人努力摆脱南朝绮丽柔媚之余风，中唐诗人则力图另辟蹊径，在盛唐之外寻求自己的定位。目的不同，却同样都是期望争取自己独立自主的地位，成绩也都相当不错。

第二节

大历诗风 —— 盛唐余音的徘徊

代宗（762—779 在位）即位后，安史之乱终于平定下来。虽然唐朝国运继续处于艰危之境，但从大历（766—779）到贞元（785—805），约二三十年间，可说是唐朝政局由动乱进入苟安的时期。这时期的诗歌创作，也处于过渡阶段，主要诗人仍然徘徊于盛唐余音之缭绕中。不过，中唐诗的面貌已经显露出来。这段时期的诗人，数量大增，成就亦不凡，而且风格各殊。整体视之，可以看出继盛唐之后发展的两个明显趋势。

✤ | 一、追求清雅闲适 —— 王孟的回响

活跃于大历至贞元年间的诗人，诸如韦应物（737—792？）、刘长卿（709—780），还有钱起（722—780？）为首的，所谓"大历十才子"之辈，大多在开元、天宝盛世即已开始踏上人生旅途，接受过盛唐文化的熏陶，对于安史之乱前的安定繁荣生活，仍然留有美好的记忆，而今又经历动乱平定后朝廷的"中兴"局面，在诗歌创作上，似乎有意绕过杜甫那些反映动乱流离，描述社会写实的新声，而直承王、孟。

但是，时代毕竟不同了，唐代社会经过近十年的动乱，文人士子已经难以恢复盛唐时代那样昂扬的精神、壮阔的气象，因而中唐诗人追求的，主要是清静淡泊的人生境界，于是转而趋向前辈诗人王、孟一派的清淡诗风。题材内容上，多写个人的山水之趣，隐逸之怀，或乡情旅思，不过已经很少能达到王、孟诗中那种宁静、明朗的境界。当然，在这些大历诗人笔下，偶尔也出现一些"貌似盛唐"的作品，但是，仿佛总少了那么一股慷慨激昂之气、豪迈壮阔之势，主要还是在清雅闲适的情致中徘徊，而且往往浮现着几分惆怅落寞的心境，流荡着几许幽独伤感的情调。在艺术风貌上，则比王、孟更为讲求形式辞藻的精美，更着重琢字炼句的新巧。这方面，似乎又是杜甫的继承。

试看韦应物《寄全椒山中道士》：

今朝郡斋冷，忽念山中客。涧底束荆薪，归来煮白石。

欲持一瓢酒，远慰风雨夕。落叶满空山，何处寻行迹。

韦应物乃是大历诗坛上成就最高的诗人，虽出身官宦世家，却有一段颇为传奇的身世经历。天宝年间，大约十五六岁时，韦应物曾入宫为玄宗

禁卫军的卫士。根据韦应物在《逢杨开府》一诗中的自述："少事武皇帝，无赖恃恩私。身作里中横，家藏亡命儿……。一字都不识，饮酒肆顽痴。武皇升仙去，憔悴被人欺。读书事已晚，把笔学题诗。"全然是一个使气任侠、桀骜不驯的青年。他自认在安史之乱后，才开始读书，学习作诗；以后则因作诗颇有些成就，方才被推举选拔改任文官。根据李肇《国史补》的记载，韦应物在改任文官之后，性格大有改变，称他"为性高洁，鲜食寡欲，所居焚香扫地而坐"。可见其一生，在安史之乱前后，已判若两人。上引这首《寄全椒山中道士》，乃是韦应物中年以后，淡泊高洁的人格情性，与悠闲自适的生活情趣之写照。整首诗写的主要是对一位隐居山中道士的怀思，笔调从容，意趣淡雅，情怀闲适，尾联"落叶满空山，何处寻行迹"，一方面点出道士远离俗世人烟，飘浮不定的行踪，同时浮现出一份与人间俗世隔绝、寂寥冷落的心情。

再看刘长卿《余干旅舍》一首：

摇落暮天迥，青枫霜叶稀。孤城向水闭，独鸟背人飞。

渡口月初上，邻家渔未归。乡心正欲绝，何处捣寒衣。

刘长卿在玄宗朝以进士及第，并就此踏入仕途，按理应当归属于盛唐诗人。但是他在诗坛的声名，主要著闻于上元、宝应年（760—762）以后，因此文学史通常把他列为中唐诗人。按，刘长卿虽然仕宦以终，仕途却并不顺遂，曾遭人诬告而下狱，又两度受贬谪，自然会流露一些厌倦仕宦、向往隐逸的情绪。整体视之，刘长卿的诗，在风格上，颇接近韦应物，是王、孟一派的继承者。尤善于描写自然风景，不但写景如画，其中往往流露着观景者审美的情趣和心境。在诗坛上，以精于五言著称于世，且亦颇以此自负，尝自许"五言长城"。上举这首五律，写的就是其投宿江西余干县某旅舍时的经验感受，传达的是暮秋时节，羁旅途中的一份乡愁，但前三联均是风景的展露，直到尾联才点出"乡心"。时间则由日暮时刻，到明月初上，再到夜阑人静，远方传来捣寒衣的砧杵声，显示在时光流转中，诗人难眠之余，驻足观景之久长。所描述的景象中，秋风之"摇落"，霜叶之"稀"少，以及城门紧闭的"孤城"，背人飞去的"独鸟"，惹人思乡怀人的"明月"，均隐约透露心境的凄清冷寂。这当然和刘长卿当前羁旅漂泊的处境有关，不过，凄清、冷落与孤寂，却也是经常萦绕在大历诗歌中的情韵。

再看钱起《题玉山柯叟壁》：

谷口好泉石，居人能陆沉。牛羊下山小，烟火隔林深。

一径入溪色，数家连竹阴。藏虹辞晚雨，惊隼落残禽。

涉趣皆流目，将归美在林。却思黄绶事，辜负紫兰心。

钱起大概是继王维之后，在京城享名最著的诗人。他年轻时，对王维早有仰慕之意，中举后，于蓝田县尉任内，又时常和裴迪等在王维的辋川别墅做客，流连山水，寄兴诗酒。其《蓝田溪杂咏二十二首》组诗，显然是有意模仿王维《辋川集二十首》之作。钱起虽然并非隐者，却经常将隐逸之怀、田园之趣融于其山水风景的描绘中，故而为文学史家归类于王、孟诗派。上举五言古诗，乃是题咏隐者柯叟所居之作，当属交游应酬之章。首联即点出玉山村有佳山水，乃隐居的好处所，二至四联则写周遭农家景色之恬静和美气氛，最后两联即表示，自己在如此充满自然情趣中流连，乃至引起不舍离去，但愿就此山居的意念。整首诗，的确流露出王维诗中经常呈现的恬淡安详的情趣。可是两者相比照，钱起似乎更着力于山水景物状貌本身的刻画。王维，尤其晚年以后，尽量以淡墨点染来呈现山水，而钱起则每露刻画的痕迹。如其中"藏虹辞晚雨，惊隼落残禽"一联，写隐藏的虹霓，在晚雨后消失，鹰隼过处，惊落了数只尚未归巢的禽鸟，即足以显示，钱起比王维更重视文辞的雕琢，乃至不时流露出"工秀"的痕迹。或许犹如清人施补华《岘佣说诗》的观察：

> 大历刘（长卿）、钱（起）古诗亦近摩诘，然清气中时露工秀。

> 澹字远字微字皆不能到，此所以日趋于薄也。

不妨再举钱起《苏瑞林亭对酒喜雨》诗中，写雨打荷花之状两句，以观其"工秀"：

> 濯锦翻红蕊，跳珠乱碧荷。

如此精细微妙的刻画景物，仿佛回到南齐诗人谢朓等的工笔写景，同时亦遥指向晚唐诗坛讲求琢字炼句的风味。

当然，王、孟诸人恬淡诗风的回响，是大历诗坛的主流，但是，同时还有一股不容忽视的支流，将杜甫那些社会写实诗歌的香火承续了下来。

✦ | 二、反映社会现实 —— 杜甫的继承

在诗中反映社会现实，表达诗人对民生疾苦的同情或不平之意，乃是大历诗坛的一股支流，一个不太受一般文学史注意的侧面。不过，这类诗歌在中唐诗坛的存在，却不容忽视。如元结（719—772）、顾况（？—806？）、戴叔伦（732—789）等，均有一定数量的反映社会不平现状，同情民生疾苦之作，他们乃是杜甫的社会写实诗与以后元和诗坛之间的重要联系。其中尤其以元结的表现最令人瞩目。

按，元结乃是北魏昭成皇帝什翼犍之孙常山王遵的十二代孙，是汉化

的鲜卑族帝王之裔。其字次山，在不同时期每每为自己另取不同的号，中年以后则用"漫叟"为号。元结在安史之乱期间曾编辑《箧中集》，收录其故交沈千运、赵征明、孟云卿、张彪、元季川、于逖、王季友等七位师友的古体诗作二十四首，用以鼓吹诗当"雅正"的宗旨①。元结自己的诗作，不仅在社会写实方面接近杜甫，其体察民情、讽喻时政的自觉意识，甚至超越了杜甫。其实杜甫的感愤时事关怀民生之作，既源自他儒者悲悯的胸怀，也与他个人颠沛流离的生涯密切相关，往往因时触怀，有感而发，不必有意为之。元结则不同，其《贫妇词》《农臣怨》《去乡悲》诸新题乐府，则是经过有计划、有系统的构思，意图从不同角度揭示当时的社会贫富不平现象。

试以其《农臣怨》为例：

> 农臣何所怨，乃欲干人主。不识天地心，徒然怨风雨。
>
> 将论草木患，欲说昆虫苦。巡回宫阙旁，其意无由吐。
>
> 一朝哭都市，泪尽归田亩。谣诵若采之，此言当可取。

全诗的宗旨显然是站在同情农民的立场而发言，谴责朝廷官方不体恤农民的辛苦，甚至不理会农民的哭诉，颇有为农民请愿的意味。这类篇章，谴责讽喻政治社会的意味很浓，实际上显得有些枯燥乏味，不太像诗，有点儿像政治评论，甚至像社会民情的调查报告。不过，却也直接启发了中唐元稹、白居易一辈的新乐府运动。也正因为元结是刻意记录平民百姓的不幸事件，在语言上，专尚简古朴拙，而且有时不免流于生涩峭硬。尽管如此，在文学史上，元结这类反映社会现实的诗篇，不但继承杜甫那些关

---

① 有关元结《箧中集》选诗如何"反诗界的主流"之论述，见杨承祖：《元结研究》，（台北）"国立"编译馆2002年版，第94—97页。

怀民生疾苦之作，同时又似乎启发了以后元稹与白居易，以及韩愈与孟郊两派分庭抗礼的不同诗风。

贞元、元和诗风 —— 唐诗的"中兴"

从贞元（785—804）中至长庆（821—824）、宝历（825—826），大约四五十年间，是中唐诗歌发生"变新"的时期，也是文学史上唐诗的"中兴"时期。

李唐王朝在安史之乱后，经过大历以后一段休养生息，总算逐渐恢复了一些元气。到 9 世纪初的贞元、元和（806—820）之际，配合着朝廷内外要求政治改革的浪潮，以及文学革新的呼吁，诗坛出现了一股"中兴"现象，成为盛唐之后唐诗创作的第二次繁荣时代。大批的诗人，他们的创作倾向，审美趣味，虽各有千秋，但是都从不同立场角度，力求"变新"。概括而言，主要是朝两个大方向发展，乃至在诗坛上形成两个主要流派：一是崇尚浅近通俗，另一则讲求险奇怪诞。两派诗歌的发展乃是同时进行，展现的是中唐时代诗人在力图变新中，审美趣味的大改变，前者以通俗为美，后者则以怪诞为美。

一、崇尚浅近通俗 —— 元白诗派

由杜甫开拓，经过元结等延续下来的感事讽时的诗歌传统，爰及白居易（772—846）、元稹（779—831）诸人笔下，达到前所未有的繁荣现象。内涵和语言的浅近通俗，则是这些作品最显著的标志。

（一）　以俗事俗语入诗

其实白居易自己的诗歌风格尚摇摆未定之时，王建（767？—830？）、张籍（768？—830）诸人的作品中，已经开始以俗事俗语入诗，展现浅近通俗的倾向。

试先看王建一首小诗《园果》：

> 雨中梨果病，每树无数个。小儿出户看，一半鸟啄破。

王建与张籍交情深厚，二人在中唐诗坛以写乐府诗齐名。不过，王建亦以其《宫词一百首》著称，值得注意的是，王建的《宫词》，已不同于汉魏以来描述宫女嫔妃哀怨情绪的"宫怨"诗，其展现的是，皇帝后妃在后宫中日常生活琐屑事件的记录。同时透露，在诗歌中，将宫廷生活和贵族活动寻常化、通俗化的倾向。值得注意的是，王建诗歌之寻常化、通俗化，亦流露在其他题材的作品中。如上举《园果》小诗，不过是描述自己园中梨果生病，小儿去看，发现有一半都被鸟啄破了，如此而已。诗中并无诗人个人志向情怀的抒发，全然是日常生活中的琐屑趣事，寻常用语。由此小诗已可看出，诗歌的内涵情境，诗人的审美趣味，朝向浅近通俗发展的趋势。一些继承杜甫、元结创作的新乐府诗，更是如此。

再看张籍《野老歌》（一作《山农词》）：

> 老农家贫在山住，耕种山田三四亩。
>
> 苗疏税多不得食，输入官仓化为土。

岁暮锄犁傍空室，呼儿登山收橡实。

江西贾客珠百斛，船中养犬长吃肉。

诗中所述老农的贫困与无奈，是笔墨重点，山地的贫瘠，官税的剥削，则是贫困的根源。但是最令读者震撼的，还是尾联于全诗中贫富悬殊的对比作用：一边是老小登山攀摘野果充饥，一边却是"江西贾客珠百斛，船中养犬长吃肉！"全诗用语浅白易懂，故事虽悲惨，却也寻常无奇，作者的社会意识，对黎民百姓的同情，昭然若揭。张籍的乐府诗，其他如《牧童词》《征妇怨》等，也都是些俗人俗事，往往由一人一事显示社会现实的缩影。这类重写实，尚通俗，旨在讽喻的作品，不但上承杜甫的社会写实诗，同时也下启元、白诗派的新题乐府。

此后元稹、白居易所写的新乐府诗，同样是以浅近通俗的语言，描述现实社会寻常百姓的命运，其他跟进的作者也不少，乃至形成诗歌走向通俗化的风气，也是以后宋诗的日常生活化、口语白话化的先兆。

（三） 为改革时弊写诗

一般文学史所称元稹、白居易提倡的"新乐府运动"，显然是文学史家赠予的称号，并非元、白等当事人之自称。按，元稹与白居易二人均担任过朝廷谏官，又是至交好友，平日互相酬唱，彼此影响。元稹《和李校书新题乐府十二首序》即尝云："予友李公垂贶予《乐府新题》二十首，雅有所谓，不虚为文。取其病时之尤者，列而和之。"已说明其新题乐府乃是有意为之。白居易受元稹启发，继而写《新乐府》五十首，从此扩大了新乐府的声势和影响。

其实元、白诸人所写的这些新乐府诗，不过是他们呼吁朝廷改革时弊的"副产品"，就唐诗的发展而言，乃是意外的收获。白居易于《寄唐生》一诗中尝自谓，其写诗"非求宫律高，不务文字奇，惟歌生民病，愿得天子知"。强调的是诗歌的政治讽喻作用，又在《与元九书》中，提出"文章合为时而著，歌诗合为事而作"的主张，并于其《新乐府序》中刻意说明其创作新乐府的原则与目的：

> 其辞质而径，欲见之者易谕也；其言直而切，欲闻之者深诫也。其事核而实，使采之者传信也。其体顺而肆，可以播于乐章歌曲也。总而言之，为君、为臣、为民、为物、为事而作，不为文而作也。

综观元稹《和李校书新题乐府十二首》（只是所和李绅原诗已失传），其后的《田家行》《织妇词》等，以及白居易《秦中吟十首》《新乐府五十首》诸作，在题材内容上，皆涉及当时一些政治社会问题。如元稹的《织妇词》，叙说蚕尚未结茧，官府就开始征税，害得蚕家女儿没机会出嫁；《田家行》则批评朝廷的赋税劳役制度，造成农民痛苦不堪。白居易《秦中吟》中的《伤宅》，呼吁达官贵人不要大兴土木，建造林园，还不如把钱财用于拯救穷苦之人；《轻肥》则讽刺宦官的奢侈，与江南苦旱、人吃人的惨况相对照。其五十首《新乐府》中，《新丰折臂翁》《杜陵叟》《上阳白发人》《涧底松》《卖炭翁》等篇，则分别讽刺当时宫廷中或政坛上，许多造成黎民百姓痛苦的现实状况。

试举《卖炭翁》为例（题下自注：苦宫市也）：

> 卖炭翁，伐薪烧炭南山中。

> 满面尘灰烟火色，两鬓苍苍十指黑。

可怜身上衣正单，心忧炭贱愿天寒。

夜来城外一尺雪，晓驾炭车辗冰辙。

牛困人饥日已高，市南门外泥中歇。

翩翩两骑来是谁？黄衣使者白衫儿。

手把文书口称敕，回车叱牛牵向北。

一车炭，千余斤，宫使驱将惜不得！

半匹红绡一丈绫，系向牛头充炭直。

这是白居易《新乐府》中第一首，其题下自注"苦宫市也"，清楚说明此诗的创作意图，乃是揭露宦官出宫采购民间货物的弊端，及其带给人民的苦难。全诗笔墨始终围绕在一名卖炭老翁一天的遭遇，其中包括，人物外貌的细节描写："满面尘灰烟火色，两鬓苍苍十指黑。"心理活动："可怜身上衣正单，心忧炭贱愿天寒。"卖炭经过："夜来城外一尺雪，晓驾炭车辗冰辙。牛困人饥日已高，市南门外泥中歇。"随即两骑宫使的突然驾临："翩翩两骑来是谁？黄衣使者白衫儿。"二人声称乃是奉皇帝之旨办货，叱喝牛车转向，拉着就往北走……不但显示宫使无视民间疾苦的蛮横可恶，亦颇富故事戏剧效果。全诗可谓叙事清晰，脉络分明，情节曲折，人物形象亦鲜明，语言则浅近通俗。显然是依循乐府诗的传统，同时又揭露诗人所面对的当代政风的腐败黑暗。

以上所举这些讽喻诗，主要乃是以人臣的身份，尽其规劝诤谏的责任，刻意计划以时事入诗，意图借助诗歌的讽谏作用，或许能感动皇帝，影响当朝，由此改革弊政。白居易《与元九书》中即尝明言：

仆……身是谏官，手请谏纸，启奏之外，有可以救济人病，

裨补时阙，而难于指言者，辄咏歌之，欲稍稍递进闻于上。

讽喻诗创作的宗旨是"救济人病，裨补时阙"，作者用心之良苦，的确感人；不过，其意却并不在文学，而是政治。中国诗歌似乎又回到汉儒说诗的政教伦理传统中。尽管如此，白居易这些新乐府诗流露的，对政治社会的批评、对民生疾苦的关怀，上承杜甫，下启宋诗，为宋诗中关怀社会的意识吐出先声。

孰料白居易等为改革弊政所写的讽喻诗，皇帝还没看到，却已令"权豪贵近相目而变色"，乃至"志未就而悔已生，言未闻而谤已成"（《与元九书》），很快就树立政敌，继而遭诽谤，受贬谪。从谏官到贬官，失意挫折之余，难免心灰意冷，当初"为君、为臣、为民"而写讽喻诗的热情，也就降温了。于是开始转笔多写个人身边琐事，如个人日常生活中或流连风景时的经验感受，包括心境闲适、情怀伤感的生活小品。

（三）　以身边琐事入诗

元和五年（810），监察御史元稹，因事得罪宦官集团，被贬为江陵府士曹参军。十年（815），左拾遗兼翰林学士白居易，亦因事被降谪出京，贬为江州司马，此后即不断在仕途生涯中浮沉，虽然继续关心朝政，关怀民情，其诗歌创作的主要兴趣，已不再刻意"为君、为民"而作，转而为个人的抒情述怀而作。个人身边的琐事，平日的情怀感念，遂成为诗人关注的焦点。当然，浅近通俗的风格依旧，只是题材内容转变了，也扩大了，诗歌可以成为个人日常生活琐事的记录、一己生活情趣的表达。诗歌的功能，不再局限于政治讽喻，题材范围则更为宽广自由，几乎已臻于无事不可入诗的地步。

综观现存白居易诗，描述范围之广之细，已远超过杜甫。单就一些诗作的标题看，诸如《自题写真》《新制布裘》《夜闻歌者》《食饱》《初见白发》《叹发落》《晚出早归》《招东邻》《夜筝》《问刘十九》《二月二日》《新沐浴》《官舍小亭闲望》《西楼独立》等，乃至闲居期间所作《效陶潜体诗十六首》等，全然是个人日常生活中平凡无奇的琐屑经验与感受，其中有优游闲适之趣，亦有慨然感伤之情。

试先看一首小诗《问刘十九》：

绿蚁新醅酒，红泥小火炉。晚来天欲雪，能饮一杯无？

其实是一首既殷勤、又风趣的邀请函。冬夜天寒欲雪，家有新酿的好酒一坛，邀请友人过来共饮一杯，如此而已。诗中无关朝政得失，也不问民生疾苦，没有大场面，亦无攸关家国的大题材，写的只是个人日常生活中的点滴，用的是浅近通俗的寻常语，流露的是一份风雅闲适的心境。

再看其《感旧诗卷》：

夜深吟罢一长吁，老泪灯前湿白须。

二十年前旧诗卷，十人酬和九人无。

应该是写于晚年退居洛阳香山期间，只因闲居轻松无聊，乃至翻读"二十年前旧诗卷"至深夜，遂勾引起历历往事的回忆。可是"十人酬和九人无"，老友均已先后凋谢，纷纷离开人世，自己也老迈须白，倍感孤独寂寞，不禁潸然泪下。全诗用语浅白，含义深远，传达的则是人生在世最普遍的生命情怀，最寻常的人生感慨。

另一首《秋雨夜眠》亦饶富寻常的人间情味：

凉冷三秋夜，安闲一老翁。卧迟灯灭后，睡美雨声中。

灰宿温瓶火，香添暖被笼。晓晴寒未起，霜叶满阶红。

诗中用寻常的题材，琐屑的生活细节，勾勒出一幅平凡的人物画像：一个老翁，在清冷的秋夜，安闲地卧迟，又在秋雨中安眠，天亮了，雨晴了，还躺在温暖的被窝里，赖床，如此而已。值得注意的是，诗的标题是"秋雨夜眠"，但全无传统写秋雨之夜、通宵难眠的凄寒愁苦。整首诗的基调是闲适的、疏慵的。在季节的推移中，没有悲秋之声，在老翁的画像里，亦无叹老之意。传达的主要是，老翁在经历漫长的生命旅程后，对过去，似乎无怨无悔，对当前，则怀着珍惜与满足。如果这是一张白居易的自画像，那么，他画的不仅是一个安闲自足的老翁，还是一个有智慧的老翁。

像前举这些充满日常生活气息，洋溢着寻常人间情味的作品，实可远溯自陶渊明、杜甫的日常生活经验感受之作，不过却是在白居易笔下，方成为日常生活中不可分割的一部分，并且是以后宋代诗歌"日常生活化"的先兆。

（四）　叙事诗臻于成熟

杜甫是在其感事讽时之作中，将叙事艺术正式带入文人诗歌领域的先导者，不过，杜甫的感事讽时之章，往往在叙事中夹杂着个人的抒情述怀。这固然增强了作品的感染力，就叙事艺术而言，毕竟未能得到充分的发展机会。此后元结以下的大历诗人，在叙事中虽逐渐减少个人的抒情成分，却又大多未能掌握叙事生动的技巧，乃至宛如社会事件的记录或综合报道，难免会显得枯燥乏味。可是，元和时期，白居易、元稹等的感事讽时之作，尤其是白居易的讽喻诗，如《秦中吟》《新乐府》诸篇，尽管创作宗旨是为进谏君王改革弊政之用，在叙事艺术上，却攀上新的高峰，展现出一套叙事诗歌的美学原则。

首先，或可就白居易的讽喻诗观察：（1）每首诗，均一题一事，因此主题集中，主旨明确；（2）有意勾勒细节，渲染情节，乃至增强叙事的故事性；（3）注意人物外貌及内心活动的刻画，遂令人物形象鲜明；（4）语言平易流畅，风格朴实明朗，音节圆转活泼，因而扩大读者群的接受度。以上四点，足以令叙事本身已做到曲尽情致，打动人心的地步，无须外加抒情述怀的因素。这样的作品，不仅显示感事讽时诗歌之成熟，也是中国叙事艺术臻于成熟的标志。

其次，白居易《长恨歌》《琵琶行》，以及元稹《连昌宫词》《琵琶歌》《会真诗》等，这类传奇式的叙事长篇，更是中国诗歌叙事艺术成熟的最佳表现。

试以《长恨歌》节录为例：

汉皇重色思倾国，御宇多年求不得。

杨家有女初长成，养在深闺人未识。

天生丽质难自弃，一朝选在君王侧。

回眸一笑百媚生，六宫粉黛无颜色。

春寒赐浴华清池，温泉水滑洗凝脂。

侍儿扶起娇无力，始是新承恩泽时。

云鬓花颜金步摇，芙蓉帐暖度春宵。

春宵苦短日高起，从此君王不早朝。

承欢侍宴无闲暇，春从春游夜专夜。

后宫佳丽三千人，三千宠爱在一身。

金屋妆成娇侍夜，玉楼宴罢醉和春。

姉妹弟兄皆列土，可怜光彩生门户。

遂令天下父母心，不重生男重生女。

……

含情凝睇谢君王，一别音容两渺茫。

昭阳殿里恩爱绝，蓬莱宫中日月长。

回头下望人寰处，不见长安见尘雾。

唯将旧物表深情，钿合金钗寄将去。

钗留一股合一扇，钗擘黄金合分钿。

但教心似金钿坚，天上人间会相见。

临别殷勤重寄词，词中有誓两心知。

七月七日长生殿，夜半无人私语时。

在天愿作比翼鸟，在地愿为连理枝。

天长地久有时尽，此恨绵绵无绝期。

这是一首以唐玄宗和杨贵妃爱情故事为题材的长篇叙事诗，尾联"天长地久有时尽，此恨绵绵无绝期"，可视为全诗的主题，同时亦点出以"长恨歌"命题的用意。值得注意的是，作者显然并未从政治或道德立场批评玄宗与贵妃，而是以同情怜悯的态度，甚至欣赏的心情，歌咏一段超越生死界限、刻骨铭心的爱情，遂令玄宗与贵妃的爱情故事，即使牵涉到翁媳之间的"丑闻"，亦得以升华成为一种文学典型，对后世影响可谓既深且远。以后反复敷演成小说、戏曲。如元代白朴《梧桐雨》、清代洪昇《长生殿》，均是著名的例子。

就艺术层面而言，全诗融合了古诗、乐府、变文说唱艺术的特点，以优美的韵律，绚丽的辞藻，流畅的行文，婉转曲折地向读者歌出一曲富有浪漫色彩的恋歌。其间叙事脉络分明，繁简得体，人物形象鲜明生动，尤其是两人相思的描述，无论写景或写情，均细腻传神，悱恻动人。可说是中国叙事诗的典范。

✦ ｜ 二、讲求险奇怪诞 —— 韩孟诗派

在中唐诗坛上，与元白诗派双峰并峙，分道扬镳，并且同时体现中唐诗风"变新"情况者，即是文学史上所称的"韩孟诗派"，包括孟郊（751—814）、韩愈（768—824）、李贺（790—816）、贾岛（779—843）等诗人，他们另辟蹊径，企图在盛唐的辉煌成就之后，进一步发展，别增一格。这些作家个人的风格彼此相异甚为明显，但作为一个诗派视之，讲求险奇怪诞的基本倾向，却颇为一致。值得注意的是，元白诗派崇尚浅近通俗，出自批评时政的需要，韩孟诗派讲求险奇怪诞，则源自对现实人生的不满，两者都是社会改革形势下的产物。韩愈为古文运动提出的文学理论，如"大凡物不得其平则鸣"（《送孟东野序》），主张"惟陈言之务去"（《答李翊书》），正好说明讲求险奇怪诞的缘由，也总括中唐诗歌在内涵意境和语言艺术两方面的发展途径。

（一）意境构思：光怪陆离，虚幻荒诞

在韩孟诗派作家的笔下，诗歌表现的内容，不再是某种确定的意思，或明显的主题。往往是内心崎岖不平的情状，或奇思异想的历程之流露。即使写的是现实生活境况，也多通过自己心灵的曲折历程去反映，因此诗

中展现的，往往是怪异荒诞，甚至扭曲变形的情景。

试看孟郊《京山行》：

> 众虻聚病马，流血不得行。
>
> 后路起夜色，前山闻虎声。
>
> 此时游子心，百尺风中旌。

按，孟郊有一首传诵千古的《游子吟》，写游子思念母亲，并歌颂永恒母爱的温馨，乃是一首平易近人，打动人心之作。不过，孟郊写诗，实际上是以苦吟著称，特别注重造语炼字，追求构思的奇特超常。上举这首诗，同样也写游子，写的是游子行旅途中的经验感受。只是诗中主人公骑的是一匹病马，遭飞虻围绕叮咬，乃至"流血不得行"，这已经够凄惨了，偏偏此时夜色降临，又闻前山虎啸之声，怎么办？当前尚无村落可以歇脚，游子不只胆战心惊，应该也毛骨悚然了。整首诗，可能源自诗人路过京山的亲身经历，不过从诗歌创作而言，构思怪异，用语奇特，意境荒诞，有点儿像从小说中撷取出来的情节片段，诗人意欲反映的，或许是人生旅途中，心灵上引起的一些令他极端不愉快的经验感受吧？

韩愈写诗，以风格奇崛见称，亦是构思奇特的能手，经常在诗中使用一些盘硬、狂怪的语汇，展现光怪陆离的情景。其《昼月》即是一例：

> 玉碗不磨着泥土，青天孔出白石补。
>
> 兔入臼藏蛙缩肚，桂树枯株女闭户。
>
> 阴为阳羞固自古，嗟汝下民或敢侮。
>
> 戏嘲盗视汝目瞽。

诗的标题就颇奇特，用"昼"字修饰"月"，强调月亮的皓洁明亮，予人以白昼的感觉。但是诗中形容昼月的词语，以及刻意塑造的情境，却怪异得令人诧异。按，"陈言务去"，乃是韩愈为文写诗奉行的宗旨，此诗中，用泥土、蛙缩肚、桂树枯株诸语，形容月亮的明净，的确前所未见。又以傲岸的态度，戏谑的语气，强调昼月明亮得令人无以目视。读者或许可以欣赏并佩服诗人"陈言务去"的创意，但是，传统的、人们所熟悉的明月，在其辉照下，令人感到无限温柔明丽凄美的意境，全然消失了。对长久习惯于传统的明月意象的读者，可能是一大震撼，难怪刘熙载（1813—1881）《艺概》即云：

> 昌黎诗，往往以丑为美。

所谓"美丑"，当然与主观的感受有关，因此难免见仁见智，不过，在文人士大夫的文化传统中，总有一些可以依循的共同审美标准，韩愈这首诗，似乎刻意以丑为美，正显示在创作上意欲颠覆传统，力图另辟蹊径的痕迹。

其实，诗歌讲求险奇怪诞的特色，并不局限于韩、孟诸人的圈内，而是诗歌发展至一个阶段，诗人为了有所突破，求新求变，自然产生的现象。就如传统诗论者誉为"鬼才"的李贺，亦以构思奇巧见称，仿佛有意翻转诗情，经常把向来人所厌恶的事物，写得色彩斑斓。乃至一般认为不美的，甚是丑恶恐怖的，令人厌恶，令人毛骨悚然的事物，在李贺笔下，都可以变得幽微凄美，予人以美的幻觉。

试看其《南山田中行》：

> 秋野明，秋风白，塘水漻漻虫喷喷。
>
> 云根苔藓山上石，冷红泣露娇啼色。
>
> 荒畦九月稻叉牙，蛰萤低飞陇径斜。
>
> 石脉水流泉滴沙，鬼灯如漆点松花。

李贺的鬼诗，基本特点就是幽冷飘忽、怨郁哀艳、凄迷荒诞。此诗主旨，是写南山田中行所见的"鬼火"。不过，与韩愈诗最大的不同则是，李贺喜将毛骨悚然的事物，转而写得凄迷哀艳，故而比较容易引起读者的同情与共鸣。其实李贺不仅写鬼魂，还写神仙，以及一些令人不悦或畏惧的主题，如死亡、黑夜、寒冷。

韩愈、孟郊、李贺等中唐诗人写诗，往往讲求险奇怪诞，展现的是，在漫长的诗歌传统中，诗人力求变新的创作意图，以及审美趣味的一大改变。同时显示，所谓传统与创新，所谓优美与丑陋，不过是审美趣味的轮转而已。

（二）语言艺术：造语险怪，以文为诗

在中唐诗坛，与讲求险奇怪诞之美相关联的，就是造语上的怪异，以及造句的散文化倾向。试以韩愈《忽忽》一诗为例：

> 忽忽乎余未知生之为乐也。愿脱去而无因，安得长翮大翼如
> 云生我身。乘风振奋出六合，绝浮尘死生哀乐两相弃，是非得失
> 付闲人。

像这样在行文中不避虚词"之乎者也"，而且忽长忽短的诗句，模糊了诗与文的文体界限，促使韩愈诗歌之散文化，比起偶尔夹杂散文句式的李白诗，更为彻底，乃至进一步增强了诗歌散文化的趋势，形成韩愈诗歌奇崛参差之美的特色。

✢ ｜ 三、清新豪峻，幽冷孤峭 —— 独特诗风诗人举例

中唐诗坛，除了以上所论元白、韩孟两大主流诗派之外，还有一些在

诗歌创作上，难以归类于这两大诗派，却又有独特成就的诗人，如刘禹锡（772—842）、柳宗元（773—819）即是。在政治立场上，刘、柳二人均曾经参与贞元、元和年间政治革新与文体革新运动，又同时因政治革新失败，而屡次遭受贬谪。但在唐诗的发展上，他们却并不属于两大诗派的阵营，只是各自扮演其独特的角色。如刘禹锡为晚唐怀古咏史之兴盛展开序幕，柳宗元则为盛唐山水田园之风行吟出卒章。

（一）晚唐怀古咏史之序幕 —— 刘禹锡

刘禹锡与柳宗元其实是政治革新的同志，也是好友，二人政治遭遇相似，文学声望亦同，故时人称"刘、柳"。但刘禹锡活到七十一岁，柳宗元年方四十六岁即去世。刘禹锡晚年还有机会与白居易结为知交，在长庆、大和年间（821—835），与白居易同为诗坛领袖，并称"刘、白"，二人酬唱的诗，还经人辑集成《刘白唱和集》。刘禹锡的诗，写得流畅自然，而且有一股清刚之气流露其间，白居易即称其为"诗豪"。就文学史的观点，最令人瞩目的，乃是其创作的大量怀古诗，亦即咏怀古迹的诗，在造访古迹之际，缅怀于历史往昔，引起一份对当前的感怀。

试以其《西塞山怀古》为例：

> 王濬楼船下益州，金陵王气黯然收。
>
> 千寻铁锁沉江底，一片降幡出石头。
>
> 人世几回伤往事，山形依旧枕寒流。
>
> 今逢四海为家日，故垒萧萧芦荻秋。

西塞山位于今湖北大冶东南长江边，地势险要，状似关塞，三国时代曾是东吴境内重要的江防前线。刘禹锡缅怀的，就是王濬水军击败东吴的一次战争，同时也是中国由分裂而统一的一个转折点。按，太康元年(280)，晋武帝司马炎下令讨伐东吴，命益州刺史王濬为龙骧将军，在益州造船备械，从成都出发，沿江东下，一路势如破竹，攻破东吴江防堡垒，直捣金陵，结束了三国纷争局面，由此统一全国。这首《西塞山怀古》，缅怀的就是发生于西塞山的这次历史事件。前四句回顾历史，追述晋伐吴之事，笔力豪迈，情调高昂。后四句则将此个别事件提升至普遍的感怀，感叹历史的盛衰兴亡。一切都成为过去了，世事无常，西晋之后，又经过多少朝代的更替，人事的变迁，唯山川依旧，自然永恒，所有人间的征战与个人的壮志，只不过剩下故垒边芦荻在秋风萧萧中摇曳而已。诗中含蕴的，仿佛有一份对朝政改革失败，中兴成梦的感慨，以及对当前时局的忧虑和感伤，也是对李唐王朝盛世一去不返的哀悼。以后晚唐怀古咏史诗之风行，可说是由刘禹锡掀开的序幕。

（二）　盛唐山水田园之卒章 —— 柳宗元

文学史一般皆视柳宗元与韩愈同为鼓吹古文运动的主将，并称"韩柳"；在诗歌创作方面，则将柳宗元与韦应物同归于王维、孟浩然之流派，称"王孟韦柳"，同属唐代山水田园诗派。柳宗元现存诗，大部分均写于流放永州十年的谪居生活期间（805—815），的确包括不少流露悠闲淡泊情趣的山水诗，可以见其"乐山水而嗜闲安"（《送僧浩初序》）的一面。

试看其《雨后晓行独至愚溪北池》：

宿云散洲渚，晓日明村坞。

高树临清池，风惊夜来雨。

予心适无事，偶此成宾主。

首联写云散日出之际，溪景之清丽，并点明"雨后晓行"之题旨。二联乃是展现"愚溪北池"之景色，上句写树高池清，池中倒影可以想见；下句写晨风乍起，昨夜的雨水从树上抖落下来，此时池中涟漪不断，也尽在不言中。两句不仅写景，也是赏景之"趣"的捕捉。尾联"予心适无事，偶此成宾主"，表示如此清幽绝俗的景色，与诗人目前的悠闲淡泊心境，正好彼此相契，宾主相欢。不过，就在这份悠闲淡泊中，又往往含蕴一份幽冷孤峭的意味，这正是山水田园诗派在中唐与盛唐之间风貌已俨然不同的写照。

试再以一首《江雪》为例：

千山鸟飞绝，万径人踪灭。孤舟蓑笠翁，独钓寒江雪。

诗中之蓑笠翁，融身大化自然，引发如诗一般的情趣。独钓寒江之悠闲自适，应是此诗的主题，但其间浮现的辽阔苍茫环境，仿佛说明一种人生态度，一种远离俗世尘缨、恬淡自适的人生态度，不过却又流露出一份幽独落寂的情怀。

柳宗元与王、孟、韦三人最大的不同，就是他的山水诗，大部分都写于流放贬谪期间。其诗中所记登临柳州山水，或心慕陶渊明的隐逸，不过主要还是为排遣郁结于胸中的激愤与忧伤，这一点则与谢灵运更为相似。柳宗元幽冷孤峭的山水诗，既代表独特的个人风格，同时也为盛唐兴起的山水田园诗派，画上一个圆满的句点。此后晚唐诗，将会另有一番情怀，成为诗人关注的焦点。

第六章

晚唐夕晖

第一节

绪　说

　　晚唐诗的时期，大约从文宗开成初至昭宣帝天祐四年（836—907），其间经过几次大动乱，而黄巢之乱（875）历时十一年，规模之大，破坏之甚，远超过安史之乱。李唐王朝从此风雨飘摇，江河日下，逐步走向灭亡。诗歌方面，"盛唐气象"早已成为辉煌的过去，贞元、元和年间那种名家辈出，风格流派纷呈的中兴局面，也冷落下来。唐诗的发展，正是"夕阳无限好，只是近黄昏"（李商隐《乐游原》），已进入夕阳余晖的最后阶段。

　　晚唐诗人中，除了杜牧（803—852）、温庭筠（812—870）、李商隐（813？—858？）诸人之外，已缺少卓然屹立，开宗立派的大家。多数作者或是前一时期某家诗风的追随者，或徘徊、折中于不同流派之间。不过，就晚唐诗歌发展的总趋势而言，仍然可以观察出以下两点颇为普遍的现象：

✠ │ 一、对辞藻骈俪的偏爱

除了个别诗人有意转向朴实浅白，以示抗衡之外，大多数晚唐诗人，都致力于作品辞藻形式之骈俪精美，在措辞用语方面的审美趣味，可说是南朝诗歌唯美风气的复苏。当然，这一点从杜甫的"晚节渐于诗律细"（《遣闷》），就已经起步了，只是到晚唐，才成为诗坛的普遍现象。

✠ │ 二、对哀伤情调的沉湎

置身于李唐王朝急速衰败的大环境背景之下，晚唐诗人在心态上发生了很大的变化。他们不像盛唐诗人那样昂扬激越，生气蓬勃，也不像中唐诗人那样焦虑于时局，激愤不平，而是把视野从广阔的政治社会收回来，侧重于抒写自我，沉溺于个人的小天地中：或流连光景，徘徊于歌台舞榭的诗酒风流，或咀嚼深曲委婉的内心世界，而且往往浮现着一种属于末世的凄哀伤感情调。

从唐代诗歌整体发展的脉络来看，晚唐诗风的演变，或许可以分为大中诗坛与唐末诗坛两个阶段，且各有其时代特征。

✣

第二节

大中诗坛

文宗开成初至宣宗大中末（836—859），这二十多年间，朝政上，是李唐王朝由"中兴"走向末路的过渡时期，诗坛上是由中唐到晚唐时期，诗歌的题材内涵与审美趣味方面，产生新变的开始。主要表现在以下三方面。

✣ ┃ 一、历史往昔的缅怀

活跃于这时期的诗人，面对日趋黑暗混乱的政治环境，在暴风雨前夕的低气压中，心灵上普遍感到抑郁苦闷；倘若环视当前，回思过去，则经常涌现一份对历史往昔的缅怀之情。反映在诗坛上，就是怀古咏史诗的大量出现。因此，从盛唐的杜甫到中唐的刘禹锡，相继开拓的，寄寓着个人对现实强烈感叹的怀古咏史诗，很快就在一些晚唐诗人笔下，进一步发展。值得注意的是，盛唐诗人在怀古之际，往往还带有前瞻的意味，中唐的怀古咏史，则经常寄托着对当前中兴的期盼，可是在晚唐诗人笔下，则已普遍流露出哀伤追悼的情怀。

试看许浑（791？—858？）《咸阳城东楼》（一作《咸阳城西楼晚眺》）：

> 一上高城万里愁，蒹葭杨柳似汀洲。
>
> 溪云初起日沉阁，山雨欲来风满楼。
>
> 鸟下绿芜秦苑夕，蝉鸣黄叶汉宫秋。
>
> 行人莫问当年事，故国东来渭水流。

许浑在文学史上并非"主流"诗人，不过在当世则颇有诗名。唐末的韦庄甚至称赞他"江南才子许浑诗，字字清新句句奇"（《题许浑诗卷》）。后世对许浑诗的重视，主要是因其登览怀古之作，具有时代诗风的代表性。上举之诗，可谓许浑登览怀古之作的代表。按，咸阳原属秦、汉的故都，而秦、汉二朝是何等强盛辉煌的朝代，可是如今，眺望秦苑、汉宫，俱成陈迹，徒有令诗人在夕阳西下，秋风萧瑟里，眼见鸟下绿芜，耳听蝉鸣黄叶而已。朝代盛衰，人世变迁，莫不如此。这首诗，表面上感叹的是秦、汉盛世不再，繁华落尽，实际上则寄寓着对大唐王朝"山雨欲来风满楼"的无奈，以及国势衰败已不可挽回的悲哀。

当然，将怀古诗在艺术上带至新阶段、新境界者，则是杜牧。许浑的怀古诗，在内涵意境上均大抵相似，往往从人事已非，景物依旧开始，最后点题，或发表议论，或抒发感怀，如其《金陵怀古》，尾联"英雄一去豪华尽，唯有青山洛水中"，即蕴含着与《咸阳城东楼》同样的，对古今兴废、山河陈迹的慨叹，暗示对晚唐江河日下的政治现实的忧戚与感伤。不过，杜牧的怀古诗，却风格多样，有的全无议论痕迹，而议论已化入形象之中。有的则全篇议论，表达自己的史观。总之，不拘一格，变化多端。

试看其《题宣州开元寺水阁，阁下宛溪，夹溪居人》：

六朝文物草连空，天淡云闲今古同。

鸟去鸟来山色里，人歌人哭水声中。

深秋帘幕千家雨，落日楼台一笛风。

惆怅无因见范蠡，参差烟树五湖东。

宣州乃是六朝古城，开元寺始建于东晋，亦属六朝古迹。全诗写的是诗人在开元寺水阁上，俯瞰宛溪，遥望敬亭山之际，引发的古今之叹，今昔之感。这原本是怀古诗之惯有意境。不过，上引诗中以历史朝代的盛衰无常，与自然生命的永恒循环相对照，又以自然生命的永恒，与个人生命的短暂相对照，于是，在个人、历史、自然三重时空交错关系中，引发了对人生的体认与感怀：自然永恒，今昔不变，而人事变幻无常，故而引起一份功成事了后，当从此隐逸江湖、投身永恒自然之想。全诗境界浩阔远大，含意婉曲遥深，为传统的怀古诗拓展了诗境。

此外，杜牧有的怀古诗，显然主要是借题发挥，其宗旨乃是发表自己对历史事件的见解与感慨，故而往往貌似怀古，实则咏史，乃至模糊了怀古与咏史两种诗歌类型的传统界限。如其《赤壁》即是一例：

> 折戟沉沙铁未销，自将磨洗认前朝。
>
> 东风不与周郎便，铜雀春深锁二乔。

一般怀古诗，主要是凭吊历史古迹而引发的感怀，因此，诗中须有古迹本身或周遭风景的描写，以及历史人物或事件的追忆，加上诗人当前的感怀，重视的是"情和景"。咏史诗则稍异，虽然亦以过去的历史为题材，却无须借助古迹，只是纯粹的回顾历史，针对历史人物或事件抒发感怀，表达意见，或加以评论。重视的则是"事和理"。可是上举这首诗，虽标题为《赤壁》，其实并无赤壁一带古迹风景的描述，至于首句"折戟沉沙铁未销"，指涉的乃是一件"出土古物"，一根折断的铁戟，或许是曾经沉没在水底沙土中达数百年之久之古物，至于如何出土，如何获得，诗中并未交代，惟"自将磨洗认前朝"，经过一番磨洗，自己认为是赤壁战役的遗物，于是引起对此段历史事件的缅怀。作者对赤壁之战这次历史事件的见解，就是"东风不与周郎便，铜雀春深锁二乔"。两句既是议论，亦是感叹，也是对三国英雄周瑜的调侃。妙在从反面落笔：倘若这次东风不给周郎以方便，那么，胜败双方可能就要易位了。换言之，曹军胜利，孙权、刘备失败，大小二乔就会被曹操掳去，深锁在铜雀台，那么整个历史形势则将完全改观。这样一首怀古咏史诗，引起很大的回响，历来论者赞同或不满杜牧"史观"的意见者纷陈。此处值得注意的是，这是一首"诗"，属于文学创作，至于杜牧的"史观"是否"正确"，应该不是关注的焦点。重要的是，杜牧对怀古咏史诗传统的继承与创新，以及在唐诗发展过程中扮演的角色。

晚唐诗人的情怀，在时代政局的阴影下，既不同于开元、天宝盛世文人那样，意欲建立不世功业，追求永恒声名的心理状态，亦不同于贞元、元和年间文人那样，立意改革政风，企望中兴的心情。晚唐诗人已经面对现实，并接受现实，将时代的强盛与繁荣视为不可挽回的过去，把中兴的愿望化为一份无尽的缅怀与深沉的叹息。正因如此，怀古咏史诗成为晚唐诗坛普遍抒写的诗歌类型。

✛ ｜ **二、爱情主题的吟咏**

晚唐诗歌创作的另一主要趋势，就是有关男女爱情诗之出现较多。按，男女爱情诗自《诗经》始，继而有汉魏两晋南朝诗人吟咏的绮情儿女之思，其传统可谓久远。不过，隋唐以后，文人士子写诗，往往多以"公生活"为主，亦即以诗人的仕宦生涯与才能抱负为关注焦点。初、盛唐诗中，除了一些乐府诗的模拟之作外，有关男女爱情之诗，并不多见。中唐以后，以爱情入诗较多者，首推元稹，他写了不少与女方缠绵难舍的艳情诗；此外，李贺也偶然抒写几首。但是，到了晚唐，抒写男女爱情，几乎成为诗坛怀古咏史之外的另一种普遍现象。而李商隐则是将中国爱情诗推向高峰的首要作家。

李商隐的爱情诗，写得深情绵邈，又迷离飘忽，并且把男女艳情，由形影相随升华到爱情境界的吟咏，甚至带有精神追求的意味，这显然是汉魏以来吟咏男女绮情主题在格调意境方面的"提升"。

试看李商隐一首《无题》：

相见时难别亦难，东风无力百花残。

春蚕到死丝方尽，蜡炬成灰泪始干。

晓镜但愁云鬓改，夜吟应觉月光寒。

蓬山此去无多路，青鸟殷勤为探看。

全诗没有故事，亦无情节，写的就是一份刻骨铭心、缠绵悱恻的爱情境界，主题就是情之痴、爱之苦。这份爱是围绕着"别离"而涌现出来的，是相爱却不能形影相随的困境中感受出来的。诗人对他所爱的人，并未直接去描写，二人为何相爱，又为何不能长相厮守，也只字不提。甚至整首诗，不见一个"爱"字，但却是一首充满爱之情愫的诗，可以令读者体会到一份无限的深情，一份极端的无奈，一份在爱的沉溺中、煎熬中，糅杂着失望、落空、凄凉、悲哀，却又执迷不悟的复杂情绪。这与汉魏六朝乐府诗中，明白诉说主人公在爱情婚姻中的经验与感受，以及文人笔下绮情儿女之思的情愫，已有很大的差别，而且与日后兴起于市井的通俗文学，诸如词、曲或小说中的爱情，亦大相径庭。

李商隐诗中，经常把男女之间的爱情，写得幽微婉曲。而与其在晚唐诗坛并称"温李"的温庭筠，笔下则更强调爱情在感官方面的意趣，因此在同类诗中，往往浮现着脂粉的香气。试以温庭筠《偶游》为例：

曲巷斜临一水间，小门终日不开关。

红珠斗帐樱桃熟，金尾屏风孔雀闲。

云髻几迷芳草蝶，额黄无限夕阳山。

与君便是鸳鸯侣，休向人间觅往还。

标题"偶游"，已经点出这次出游的偶然与轻松意味。全诗写的，就是对曲巷（指妓院）中一位美艳女子的钟情之意。从隔水相望，到小门紧闭，到入室后，但见精描细绘室内摆设之富丽堂皇，美人云髻之清香迷人，额黄眉黛间之含情脉脉，到二人如鸳鸯侣般两情缠绻，宛如身临蓬莱仙境，故而不必向人间去寻觅了。这种带有脂粉香气、笔调轻艳的作品，与李商隐的爱情诗，最大的不同就是人物形象清晰，情节比较具体，显得有生活气息，有世俗情味。这些特点，同样也反映在温庭筠的艳词中。

中国诗歌中的怀古、爱情主题，就是在这些晚唐诗人笔下，臻于发展的高峰。值得注意的是，所以形成晚唐诗歌不同于前代之时代特色，或许主要乃是诗歌创作审美趣味的变新。

❖ | 三、审美趣味的变新

晚唐诗歌在审美趣味方面的变新，最明显的就是在情思意念、情韵境界上，往往追求一种幽微隐约的美，这在李贺一些作品中已初见端倪。但李贺诗的幽微隐约，主要是他独特的人格情性所致，是他心灵历程的反射，是随兴使然造成的。可是李商隐诗中的幽微隐约，往往出自自觉的追求，刻意的营造。把浓烈的情思意念隐藏起来，用一些瑰丽的意象、冷僻的典故、重叠的隐喻，将诗的情思境界，营造得朦胧迷离。故而显得感情细腻，情调凄迷，令人难以确指，但又充满魅力。李商隐许多无题诗，甚至有题诗，都显示这样的特色。其中最有名的，自然是《锦瑟》：

> 锦瑟无端五十弦，一弦一柱思华年。
>
> 庄生晓梦迷蝴蝶，望帝春心托杜鹃。
>
> 沧海月明珠有泪，蓝田日暖玉生烟。
>
> 此情可待成追忆，只是当时已惘然。

诗题是"锦瑟"，但全诗除了首联点出由锦瑟起兴之外，其他都与锦瑟无关。从诗的架构看，尾联是总结，表示追忆的是一些过去的情怀。但这些情怀是什么？到底牵涉哪些具体方面的情和事，诗中并未明言，只在中间四句，用一些繁富隐晦的典故，塑造成一些瑰丽朦胧的意象来传达。整首诗弥漫着浓郁的惆怅、迷惘、困惑、痴迷、憾恨、哀伤的情调，但具体的所指，则很难确解，至今尚未能在学界获得共识。唯一的共识，或许就是全诗中满了幽微曲折、朦胧隐约之美，令人迷惑，却又魅力无穷。

李商隐这类作品，扩大了诗歌的感情容量，提供了一种更细腻、更复杂的表现方式，为唐代诗歌开辟了新天地。以后，还成为北宋初期诗坛如杨亿诸人"西昆体"追随模范的对象。

第三节

唐末诗坛

唐懿宗咸通初至昭宣帝天祐末（860—907）这四十年间，社会动乱频起，僖宗时更爆发了历时长达十一年的黄巢之乱（875—886），动荡遍及全国，并曾一度攻克长安。这一阵急风暴雨，猛烈地撼动了李唐王朝的根基，生活在这时期的诗人，开始从个人的哀伤中走了出来，在动乱世局中，各自寻求心灵的寄托，有的将视野投向社会现实，有的将情怀转向淡泊冷漠，有的则把兴趣托于绮情艳思。这些态度和心情，均反映在唐末的诗歌创作中。

✦ | 一、社会写实的回响

　　文学史上熟知的晚唐社会写实名篇，诸如皮日休（834？—883？）《正乐府》、韦庄（836—910）《秦妇吟》，还有聂夷中（837—884？）的一些反映民生疾苦的五言短古，以及杜荀鹤（846—907）的许多政治讽刺诗，大多写于这段时期前后。这些社会写实作品，成了唐末大动荡时代的见证，可说是杜甫在安史之乱前后所写感事讽时之作，以及贞元、元和期间元、白诸人社会写实讽喻诗的回响。

　　在整体风格上，唐末这些社会写实之作，与前一段时期温庭筠、李商隐诗派的雕饰浓艳风格，判然有别。基本上可谓继承元、白讽喻诗的精神，也追随白居易的浅近通俗。虽然亦可谓是以后宋初诗坛风行"白体"的前驱（详后），不过却没有中唐讽喻诗中的光彩，同时缺乏中唐诗人指陈时弊、要求改革的激情。在这些诗中，往往以"冷嘲"代替"热讽"，用"喟叹"淹没了"抗议"。此外，在叙事抒情上，也少见韵味深长之作，格局气势已露出衰亡时代的痕迹，浮现宛如末世的悲哀与无奈。

　　试以杜荀鹤《乱后逢村叟》为例：

　　　　经乱衰翁住破村，村中何事不伤魂！

　　　　因供寨木无桑柘，为点乡兵绝子孙。

还似平宁征赋税，未曾州县略安存。

至今鸡犬皆星散，日暮西山独倚门。

杜荀鹤尝自称"诗旨未能忘救物"（《自叙》），表示对社会民生的关怀，是其诗歌创作的宗旨。上举杜荀鹤诗例，反映的即是诗人浓厚的社会意识。该诗述说的是，战乱已经带给农村"何事不伤魂"的苦难，战后却还要遭受朝廷照丰年盛世那样，横征赋税的盘剥，遂造成"至今鸡犬皆星散"。不闻鸡犬之声的农村，显然已生机全无了，剩下的只是一介村叟"日暮西山独倚门"的凄凉。最后以村叟独自倚门之景状作结，为全诗增添了的凄苦的韵味，却也流露一分无可奈何的悲哀。全诗的"喟叹"淹没了"抗议"，这毕竟是晚唐末世之作了。

❖ | 二、淡泊冷漠的表露

黄巢之乱虽暂告平息，但李唐王朝大势已去。军阀藩镇实际上已瓜分了大唐帝国的版图和权势。虽然李唐皇室在藩镇互相牵制倾轧的夹缝中，苟延残喘了二十多年，唐代的覆灭已指日可待。生活在这时期的文人士子，对国运已不存任何幻想，环顾四周，已找不到什么可以寄托的希望，于是关怀社会现实的兴趣，随即转向。自我表现，自我排遣，成为写诗的主要目的。不过，大中时期以前的短暂安定，已不复存在，即使是纸醉金迷的意兴，也难以展开。诗人的情怀，遂超越政治现实生活之外，转向淡泊冷漠。

试看皮日休三十首《自遣》其中两首：

长叹人间发易华，暗将心事许烟霞。

病来前约分明在，药鼎书囊便是家。

本来云外寄闲身，遂与溪云作主人。

一夜逆风愁四散，晓来零落傍衣巾。

皮日休的身世遭遇极富传奇性。他懿宗咸通八年（867）进士及第，曾授著作佐郎、太常博士等职，以后竟然参加黄巢阵营。黄巢建大齐国号后，还授予翰林学士。后事如何，则说法不一。一说因故为黄巢所害，一说黄巢兵败后为唐皇室所杀，或谓黄巢败后流落江南病死。其实，皮日休亦尝创作一些讽刺朝政之作，如《橡媪叹》即是著名的例子。不过，其《自遣》三十首组诗，则是个人抒情述怀之章，是一个在乱世中的知识分子，看透世情的表露，传达的往往是对生活的淡泊，对社会的冷漠，却又浮现一声无奈的叹息。

再看司空图（837—908）《偶诗五首》其五：

中宵茶鼎沸时惊，正是寒窗竹雪明。

甘将寂寥能到老，一生心地亦应平。

司空图以其畅谈诗歌理论的《二十四诗品》见称于文学批评理论史，上举诗例，主要写其在淡泊生活中，意图寻求一点儿慰藉与寄托，却流露出一分乱世的无奈与悲凉心情。这种安于狭窄生活的小境界，虽属唐末诗人的心声，却已为北宋初期一些诗人，如林逋、寇准等，在诗歌中意图扬弃悲哀，追求宁静的先兆。

✤ ｜ 三、绮情艳思的追求

另外有一些唐末诗人，在身逢乱世的无奈中，转向追求冶游生活，多写花街柳巷、金兰绣户，追求绮艳纤柔的情趣，宛如南朝宫体艳情诗的复活，只是写得更为细腻、新巧。例如韩偓（844—923）《香奁集》一百多首，可谓是专意于金兰绣户的绮情艳思之作。

试看其中一首《秋千》，描写一个荡秋千女子的娇媚情态：

> 秋千打困解罗裙，指点醍醐索一尊。
>
> 见客入来和笑走，手搓梅子映中门。

像这样的作品，在唐末出现不少，统称"香奁体"，不但可以回溯至南朝宫体诗对女性情态之美的赏爱与描述，亦明显点出，晚唐之际，诗与词一样，展现其朝向"艳科"发展的趋势，甚至遥指北宋期间的闺情词。试看李清照（1084—1151？）一首《点绛唇》，其中某些情境，或许即脱胎于此：

> 蹴罢秋千，起来慵整纤纤手。露浓花瘦，薄汗轻衣透。见客
>
> 人来，袜刬金钗溜。和羞走，倚门回首，却把青梅嗅。

韩偓笔下的香奁体，展示的主要是男女绮情艳思之类的诗作，到唐末时期，不但流露诗坛审美趣味的改变，同时亦点出，诗歌已经出现开始"词化"的现象。此处所谓"词化"，自然包括日常生活化与世俗情味化。宋人就曾误以《香奁集》为五代词人和凝之词作。

小结

诗与词，广义视之，虽同属诗歌的范畴，却各有其渊源传统，以及特别风行的时代，乃至在文学史上予人以"唐诗宋词"的印象。从诗到词，其间是否有承传关系？抑或另起炉灶？这将有待于后面另辟篇章讨论。

不容忽略的是，诗歌自汉魏以来，即成为中国文学的主流，是文人士子抒情、述怀、言志的主要媒介，并未因朝代的更替或时代的盛衰而消歇，

亦未因其他文类诸如小说戏曲之兴起或流行而沉默。自宋元至明清，词曲小说诸俗文学逐渐受到文人士大夫之重视，甚至成为一个时代的文学标志，但是，诗歌之创作，却始终保持其无法动摇的"正统"地位。故而下面一章，尝试论述后世诗人如何在唐诗的余波荡漾中继续写诗，并且展现出各个时代的风格特征。

第七章

唐诗的余波荡漾

　　中国诗歌的发展，自《诗经》绵延至李唐，可谓已臻于高峰，但这并不表示唐代以后的诗歌即停滞不前。后世对唐诗的继承，络绎不绝，宗唐之声，亦从未消歇。不过，毕竟因时代环境的差异，文坛风气的不同，即使后代诗人因仰慕唐诗而有意追随模仿，仍然会展现出其时代诗风的某些特色。尤其是紧接唐诗之后的宋诗，成就如何，一直是文学史关注的焦点。当然，宋代文人不像唐人那样多集中于诗歌创作，其他不同文类，亦有杰出的表现，尤其是散文与词方面的斐然成就，将留待后面相关章节讨论。以下三节，则分别概论宋诗对唐诗的承传与开拓，以及金元、明清诗，又如何在宗唐的呼吁中继续维持其发展命脉。

❦

第一节

宋诗的承传与开拓

宋朝（960—1279）总共为时约三百年，不过其间曾因女真族建立的金国大举入侵，造成北半部领土的沦陷丧失，乃至金与宋南北对峙长达一个半世纪之久。历史上通常以钦宗靖康元年（1126）发生的所谓"靖康之耻"为分界线，在此之前为北宋，其后高宗建炎元年（1127），宋王朝迁移至江南以后，则成为南宋。虽然在政治局面以及国土疆域上，有所谓北宋与南宋的划分，而且宋室南迁对宋人的生活处境与心情感受也造成巨大的影响，可是在文学史上，通常视两宋为一个整体，一般均将这三百年间的诗歌创作统称为"宋诗"。

由于宋诗成就可观，又身为唐诗的直接继承者，历来论者均习惯将宋诗与唐诗相提并论，且加以比照，乃至"唐诗"与"宋诗"之间的异同，往往成为文学史论述诗歌在唐宋之间发展演变状况的重要课题。

✤ ｜ 一、"唐诗"与"宋诗"

当今学界，无论中外，对唐诗与宋诗之别，均有不少精妙有趣的比喻。如缪钺《论宋诗》，即认为：

> 唐诗以韵胜，故浑雅，而贵蕴藉；宋诗以意胜，故精能，而贵深析透辟。唐诗之美在情辞，故丰腴；宋诗之美在气骨，故瘦劲。唐诗如芍药海棠，秾华繁采；宋诗如寒梅秋菊，幽韵冷香。

日本汉学家吉川幸次郎于其《宋诗概说》中，则以"唐人嗜酒而宋人好茶"，两代文人生活习惯的偏好，来比喻唐宋诗歌风格的不同，并从读者立场，认为读唐诗如"饮酒"，读宋诗如"品茶"；唐诗充满青春热情，宋诗则往往显得成熟宁静。

宋诗与唐诗相对照之下，的确各有其特色。单从诗人数目之众及作品数量之多来看，宋诗均远超过唐诗。这或许和宋代重文治，教育比较普及，文化生活更为多样，加上印刷业的蓬勃，均有一定程度的关系。按，唐代的学校主要归官方的"国子监"掌管，学子亦多属官宦子弟；爰及宋朝，除了中央的国子学到县学的各级官办学校外，私立教育讲学场所书院林立，乡镇农村私塾亦应运而兴，影响所及，识字知书的人口增多，能读诗与会作诗的人数亦相应扩大。再加上宋代印刷业的蓬勃，更不容忽视。印刷术虽在唐代已经发明，但唐诗的流传，主要还是靠手稿传抄，故而容易散佚。就如李白的作品，在李阳冰为其编集之际，已"十丧其九"（《草堂集·序》）。再看唐诗作者中所传作品最丰者白居易，留下两千八百余首；可是，宋代传诗最多的陆游，则留下九千二百余首，其中绝大多数还只是他四十岁以后的作品。宋代印刷业随着朝野均尚文的社会风气，日益进步蓬勃，不但纷纷刊印前代的经典古籍，甚至当代作家的诗文，亦能在生前编辑付印，乃至作品保存的概率大增，流传亦更广。

此外，宋代的诗歌创作虽盛，似乎并不像唐诗那样，可以在同一朝代中，明确划分为初、盛、中、晚几个发展时期，分别显示不同时期的风格特征。最主要的原因是：唐诗已经臻于诗歌发展成熟的高峰，宋诗基本上乃是唐诗的延续。首先，在诗歌的形式体制方面，无论五言、七言，古体、近体或杂言歌行，在唐代已经逐步完成，并且确立其传统。其次，依主题内涵而分的诗歌类型，诸如咏史、怀古、隐逸、求仙、山水、田园、离情、相思、咏物、叙事等，自魏晋到唐代也已经大体完成，宋诗仍然是唐诗的继承者。何况宋人多仰慕唐诗，甚至以唐代某个诗人为追随模仿的对象，乃至往往只能在题材内容方面，涉猎更为宽广、琐屑，描述更为细微、精致而已。

然而不容忽略的是，宋诗虽然是唐诗的继承者，在艺术风貌以及情味意境的表现上，毕竟也展现其不同于唐诗的时代风格。宋诗还是可以"自成一家"。

✤ ┃ 二、宋诗的自成一家

（一） 叙述痕迹的普遍

唐诗重抒情，以情景为主，乃至情辞兼美，成为唐代诗人追求的境界；宋诗则主意，以叙述见长，抒情与辞采并非宋代诗人特别在意的重点。就现存宋诗观察，的确多叙述之迹，而叙述之际甚至往往以"文"入诗，将散文的叙述技巧融入诗歌的创作领域，且每喜显示作者的学识才智。当然，"叙事诗"并非中国诗歌的主流，但在汉乐府歌诗中，已经开启了中国诗的"叙述"特色，继而又在盛唐、中唐诗人笔下，诸如杜甫、白居易、韩愈诸人作品中，臻于成熟。但是，在以抒情为主调的唐代诗坛，这不过是少数个别诗人的偶然创作现象，然而爰及宋代，诗中的叙述痕迹已相当普遍。诸如叙述个人行旅经验、游览见闻，以及文友之间酒宴聚会的长篇叙事诗，屡见不鲜。此外，基于宋人对散文的重视，以及对于所见所闻客观事物的兴致，遂经常将眼光投向外在世界，仔细观察，于是，在诗歌创作中，无论书画文物、珍奇器具、稀罕事件，甚至日常生活中的寻常现象，均可以叙述的态度与技巧来表现，遂令叙述的痕迹散布于各种类型的诗作中。即使五七言律诗的短诗体，唐人多抒情述怀之作，宋人则不乏叙述之篇。当然，写诗多叙述也是导致宋诗在情味意境上不如唐诗感染力强的主要缘由。

㊂　日常生活的关怀

宋诗对个人日常生活琐屑细节的关怀与兴趣，亦超越唐诗。按，自《诗》《骚》以来，经汉儒的说诗影响，中国诗人往往站在与政教伦理相关的立场发言，乃至诗人在官场仕途"公生活"方面的政治态度或道德理想，通常成为诗篇表现的焦点，很少涉及个人日常家居的"私生活"层面。陶渊明则是少数的"例外"，在其现存诗作中，经常出现一些个人日常家居生活的细节：诸如躬耕的辛苦，饥寒的烦忧，与邻里交往过从的欢乐，与亲人情话共处的愉悦，以及五个儿子均不好纸笔的自嘲与喟叹，还有妻子并不了解自己的固穷之志，乃至引发"室无莱妇"之憾……当然，在陶渊明之后，唐代的杜甫与白居易，亦留下一些描述个人日常家居生活中片段的经验感受，继承陶诗进一步展现将日常生活诗化的痕迹。不过，这毕竟还只是少数个别诗人的偶然之作，并未形成气候。然而爰及宋诗，诗人对日常生活琐屑细节的关怀与兴趣，已是相当普遍的现象，无论家居生活之状，友朋往来之迹，乃至闲暇之际赏书法、观画卷之趣，甚至生活中发生的诙谐戏谑情境，均可以成为宋诗关怀的焦点。

（三）　社会意识的增强

宋人写诗表现对日常生活琐屑细节的关怀与兴趣，推而广之，就是对当下现实社会人生状况的重视。犹如本书在前面篇章所述，早在《诗经》与汉乐府歌诗中，已经歌出升斗小民在战乱频仍或吏治黑暗境况之下的种种不安与苦楚。其后建安诗人，亦发出一些表明对平民百姓在社会动荡中生存困苦的同情。继而杜甫，则将个人身历李唐王朝由盛转衰的经验与感受，推广至对于生民黎元的关怀与朝政时局的讽喻。但是，这些不过是杜甫抒情述怀意图中，偶尔感发为之。真正刻意通过诗歌传达作者的"社会意识"者，乃是白居易、元稹诸人的"新乐府运动"，目的是对中唐朝政腐败的革新与社会黑暗的批判。不过，像这样与政治社会的改革挂钩之文学运动，很快就在元稹、白居易诸人遭排挤受贬谪之后消声，至于晚唐诗坛少数诗人微弱的回响，已不足以形成气候。元稹、白居易的改革理想，虽然并未对中唐的政治社会有所建树，他们"文章合为时而著，歌诗合为事而作"（白居易《与元九书》）的主张，所写新乐府诗中流露的社会意识，却在多年之后的宋代诗坛，留下令人缅怀追随的典范。宋人在诗歌中流露的社会意识，即使在北宋的太平时期，也俯拾皆是，社会意识已成为宋诗的明显标志。

（四）　说理议论的好尚

宋代诗人除了经常流露其社会意识之外，还喜欢通过诗歌形式说人生、谈哲理、论事物，乃至说理议论亦成为宋诗的常态。这和宋代理学发达，宋人对哲理思考与学识论辩的兴趣密切相关。当然，说理论道之诗，并非肇始于宋人，远在东晋时代，谈论玄理、表达玄趣的"玄言诗"，即曾经盛极一时。不过，自南朝刘宋始，所谓"老庄告退，而山水方滋"（《文心雕龙·明诗》），道家的自然之道与自然之理，已逐渐融入登临山水、观览风景的审美趣味之中。其后，杜甫亦会在诗中发表议论，不过，那毕竟是其个人熔抒情述怀议论于一炉的偶然表现。可是宋诗之好说理议论，则是诗坛的普遍现象，故而显得比唐诗更有书卷气，更富文化内涵。宋人在诗中，除了单纯的论说哲理之外，还会表达讲学衡文之际的某些见解，甚至将其理悟，或寄寓在日常生活琐屑记录中，或蕴含在登临山水经验的体味里，乃至形成一种表现人生哲理，带有"理趣"意味的诗风。苏轼那首脍炙人口的名篇《题西林壁》："横看成岭侧成峰，远近高低无一同。不识庐山真面目，只缘身在此山中"，即是借攀登庐山之咏，通过即目所见自然风景，论说认识经验理趣的佳作，也可以视为宋诗好尚说理议论之一例。

⑤ 悲哀人生的扬弃

中国诗歌自汉至唐，往往偏向伤感情绪的抒发，乃至经常流露以悲为美的审美趣味；而爰及宋人笔下，则开始产生明显的变化。按，宋人并非对人生不感到悲哀，而是对那些经常引发前代诗人感到悲哀的主题，诸如岁月的流逝，生命的短暂，仕途的挫折，开始采取一种比较成熟的视角，以及从容的态度来因应。因此，为岁月、生命、仕途感到悲哀，已经不再是宋诗的主调。或许由于宋人好谈哲理，颇多领悟，当其环顾四周，观察人生，思考生命意义时，往往会采取一种比较开朗的胸襟，达观的心情，从容的态度，乃至引发了对人生、对生命的新看法：人生乃是一个过程的延续，各种经验的累积，悲哀并不代表人生的全部，即使生命中有挫折，也不妨从容以对。吉川幸次郎《宋诗概说》，于《宋诗的人生观 —— 悲哀的扬弃》一节中，即认为"这才是宋诗最大的特性，也是与从前的诗最显著的不同之处"[①]。当然，宋诗中并非没有伤感，宋代诗人亦非不诉悲哀，只是与唐诗以及汉魏六朝之作比照之下，浓度降低了，频率也减少了，显得有所节制而已。

㈥ 平淡宁静的追求

与扬弃悲哀人生密切相连的，就是对平淡宁静的追求。平淡宁静是宋诗的重要基调，也是大多数宋代诗人刻意追求的一种诗歌情境。按，中国诗歌自《诗》《骚》以来，即是以抒情为主流，爰及唐诗而臻于高峰。唐诗热情洋溢，气象明朗高昂，同时亦好诉说人生中所遇种种的悲哀。从中国诗歌发展演变的总体趋势观察，唐诗流露的，仿佛是一个充满理想的热情青年，在生命旅程中，初受挫折而感到彷徨，在初识人生滋味，却又无法掌握人生真正意义的迷惑。但是，宋诗则不然，对于人生，不但扬弃悲哀，也不再热情，当然也不会彷徨迷惑。宋代诗人追求的，主要是平静淡远的人生境界。宛如一个成年人，在人生旅途中经过磨炼之后的平淡，澎

---

① 见吉川幸次郎著，郑清茂译：《宋诗概说》，（台北）联经出版公司1977年版，第32—36页。小川环树于《宋诗研究序说》一文，亦有类似的看法。见小川环树著，谭汝谦等译：《论中国诗》，香港中文大学出版社1986年版，第144—146页。

湃心情经过沉淀之后的宁静。换言之，宋诗中的平淡宁静，乃是一种经过绚丽灿烂，豪华落尽之后，归于平淡宁静的审美趣味。犹如苏东坡《与二郎侄书》所言："凡文字，少小时须令气象峥嵘，采色绚烂，渐老渐熟，乃造平淡。其实不是平淡，绚烂之极也。"黄庭坚《与洪驹父书》亦云："学工夫已多，读书贯穿，自当造平淡。"无论苏、黄，均视"平淡"为作家艺术人格成熟的标志，这不仅是宋代诗人有意追求的诗歌境界，亦是宋诗自成一家的重要条件，同时还成为宋人对前代诗歌的一种品评标准。以"豪华落尽见真淳"[元好问（1190—1257）《论诗三十首绝句》]见称的陶渊明，所以能在宋代论诗者心目中获得其前所未有的崇高地位，或许即在于此。

✚ | **三、宋诗的发展大势**

宋诗风格特征之形成，乃是经过一番循序渐进的过程。倘若就其发展大势观察，首先尚须经历宋初文人对唐诗的频频追随与模仿；其后至北宋中叶，经过欧阳修领导的文体革新的呼吁，开始崭露与唐音不同的宋调；继而在苏东坡、黄庭坚诸人笔下，宋诗自身的风格方正式确立。不过，爰及南宋诗坛，虽继承北宋诗人的余绪，且有陆游的振奋努力，为宋诗的"自成一家"留下明确的痕迹，但在南宋后期诗坛，较有名者，诸如永嘉四灵与江湖诗派，复以"宗唐"为创作要务。有趣的是，宋诗的发展大势，明显以"效唐"始，又以"宗唐"终的循环现象，或许正好说明，宋诗虽然已"自成一家"，且有其自家面目，毕竟仍然处于唐诗的余波荡漾里。

（一） **唐诗的追随模仿 —— 宋初三体**

宋初诗坛大约五六十年间，仍然徘徊在对唐诗的追随模仿中。先后或同时流行的主要有三体：其中自太祖（960—976 在位）、太宗（976—997 在位）时，诗人多宗法白居易浅白通俗的"白体"；太宗后期至真宗（997—1022 在位）朝，亦出现追随贾岛与姚合诸人的"晚唐体"；真宗景德年间（1004—1007），模仿李商隐骈俪诗风的"西昆体"又盛极一时①。

1. "白体"

宋初流行的三体中，最早出现者，乃是以中唐诗人白居易为楷模的"白体"。这时期主要是一批五代十国的遗老遗少主掌诗坛，他们在新兴朝代的太平盛世中，模仿白居易、元稹、刘禹锡诸人交游往来，相互唱和，抒写流连光景的闲适生活。如原为南唐大臣，后入仕于宋太祖的徐铉（916—991），以及后周世宗时为翰林学士，入宋后复得太祖、太宗器重，再度拜相的李昉（925—996），写诗均慕学白居易。不过，在宋初效白居易诸人的风气中，表现出既学白体又有所突破者，当以王禹偁（954—1001）为代表。犹如清人贺裳《载酒园诗话》的观察："王禹偁秀韵天成，……虽学白乐天，得其清而不得其俗。"

试引王禹偁《村行》一首为例：

> 马穿山径菊初黄，信马悠悠野兴长。

---

① 据方回《送罗寿可诗序》对宋初诗坛沿袭唐人、流派纷呈的观察："宋刬五代旧习，诗有白体、昆体、晚唐体。白体如李文正、徐常侍昆仲、王元之、王汉谋；昆体则有杨、刘《西昆集》传世，二宋、张乖崖、钱僖公、丁崖州皆是；晚唐体则九僧最逼真，寇莱公、鲁三交、林和靖、魏仲先父子、潘逍遥、赵清献之祖，凡数十家，深涵茂育，气极势盛。"

万壑有声含晚籁，数峰无语立斜阳。

棠梨叶落胭脂色，荞麦花开白雪香。

何事吟余忽惆怅，村桥原树似吾乡。

此诗大概是诗人被贬，走马上任途中所作，就诗歌类型视之，当属宦游生涯的"行旅诗"，亦即抒写行旅途中所见所思所感之作。全诗既咏耳目所及山村风景之美，亦抒行旅途中触景而生的怀乡之情，其中"万壑有声含晚籁，数峰无语立斜阳"一联，被推为宋初学唐人而有所创新的名句。不过，王禹偁晚年则亦有意学习杜甫。其《自贺》诗即云："本与乐天为后进，敢期子美是前身。"表达对自己效法白居易的总结，以及对杜甫的向往与自勉。但是，上引诗例值得注意的是，唐代行旅诗歌中，经常令诗人感慨的离乡之悲、思归之叹，于此则变而为一份"惆怅"而已，且又借异乡风景"似吾乡"，而流露出不妨趁此尽兴观赏的豁达心境。宋诗扬弃悲哀的特色，于此已初见端倪。

"白体"虽然风行一时，但其末流则往往沦于过分浅俗，乃至引起另外一批诗人的不满，意欲起而改之。爰及真宗时期，诗坛上同时又出现两种风格并不相同的流派，亦即"晚唐体"与"西昆体"。

2. "晚唐体"

宋初所称"晚唐体"，与当今一般文学史所分初盛中晚"四唐"的"晚唐"并不完全相符，乃是指初盛晚"三唐说"中的"晚唐"，因此中唐诗人贾岛、姚合诸人亦包含在内。按，宋初效法"晚唐体"者，从朝廷高官到在野的僧侣处士，均有代表，前者如潘阆、寇准，后者如九僧、魏野、林逋等。他们主要是继承贾岛、姚合的"苦吟"诗风，意欲以贾岛、姚合等在创作上的巧思，来拯救"白体"过于浅俗之弊。其中仿效晚唐体最为肖近者，或当属惠崇（？—1017）为首的"九僧"。按，九僧的诗集《圣宋九僧诗》，在当世已刊行流传。这些诗僧的作品，多用五律，大抵围绕在幽居或闲适的生活经验，笔墨不离山水、风云、竹石、花草、霜雪、星月、禽鸟之类，经"苦吟"推敲，颇示构思之精巧，字句之精工，不过诗境却往往显得狭窄。另外还有林逋（967—1028）、魏野（960—1019）之类的处士诗人，亦多写寂静淡泊的心情，主要也是以构思之精巧，意境之空灵，来抵抗"白体"的过分平易浅俗。其中尤以林逋的成就最受后世论者称道。

试以林逋的名篇《山园小梅二首》其一为例：

> 众芳摇落独暄妍，占尽风情向小园。
>
> 疏影横斜水清浅，暗香浮动月黄昏。
>
> 霜禽欲下先偷眼，粉蝶如知合断魂。
>
> 幸有微吟可相狎，不须檀板共金樽。

诗中"疏影""暗香"一联，颇能传达梅花的神韵，历来脍炙人口，南宋姜白石咏梅的自度曲，即以"疏影""暗香"命名。全诗含蕴诗人孤芳自赏的心情，流露出淡泊宁静的人生态度，以及清雅脱俗的审美趣味。值得注意的是，此诗不但构思精巧，意境空灵，而且从"霜禽欲下先偷眼，粉蝶如知合断魂"一联，明确展现宋诗喜将自然景物"拟人化"的倾向。

宋初诗人沿袭贾岛、姚合的"苦吟"诗风，为宋诗写物的精巧与叙事的细腻，铺上先路，同时也为宋诗中追求平淡宁静之境，谱出基调。不过，这些宋初诗人，或许因为生活层面不够宽广，诗意有限，诗境狭窄，乃至变化不多，波澜亦少，因此，爰及"西昆体"之勃然而兴，"晚唐体"的声势，便随之衰弱了。

3. "西昆体"

比"晚唐体"稍晚出现的"西昆体"，则以杨亿（974—1020）为首，包括刘筠（970—1030）、钱惟演（977—1034）等馆阁文臣为代表。他们是在应真宗之诏编辑《册府元龟》（原名《历代君臣事迹》）之暇，互相唱和，并专宗李商隐。大中祥符元年（1008），杨亿辑成《西昆酬唱集》行世，共收十七位作家的五七言近体诗二百五十首①，以"雕章丽句"为原则，时人号为"西昆体"。按，《西昆酬唱集》可谓是宋初唱和诗风发展至顶点的结果，在内容上，不外是受诏修书、宫廷游宴，笔墨重点描写物态，流连光景。在体貌上，则主要是以典丽精工的语言风格，取代"白体"的浅白通俗，以及"晚唐体"的清寒瘦硬。展现的是刻意追摹李商隐的那些用典频繁、辞采华丽，且感情纤细凄美之作。

试举杨亿一首《无题》为例：

巫阳归梦隔千峰，辟恶香销翠被空。

桂魄渐亏愁晓月，蕉心不展怨春风。

遥山黯黯眉长敛，一水盈盈语未通。

漫托鹍弦传恨意，云鬟日夕似飞蓬。

单看标题，已明显宣示其模仿李商隐"无题"诗的意图。就全诗的内涵情境与词语运用看，与李商隐诗中经常表现的辞藻骈俪、典故繁富、意境凄美之特色，的确有酷似之处。不过，杨亿此诗，即使辞情兼美宛如李商隐，惜欠缺新意，作者似乎专注于模拟，并无另辟蹊径、另开新局面的

---

① 按，参加唱和的十七位作者，并不都属《册府元龟》的编辑人员，甚至政治立场和创作风格也不是完全一致，只不过因为均与杨亿、刘筠等有诗歌往还，因此将他们一部分作品收入这部唱和集中。详见程千帆、吴兴雷：《两宋文学史》，上海古籍出版社 1991 年版，第 16—17 页。

意图。此外，刘筠、钱惟演均留下《无题》诗各一首，应当是同题共咏的唱和之作。

由于杨亿等诸馆阁文臣，地位高，学养丰，乃至追随者无数，所谓"西昆体"遂一时风行宋初诗坛。主要以骈俪典雅的诗风，取代了"白体"的浅俗，消除了"晚唐体"的瘦硬，并且在一定程度上，反映宋初社会的升平富裕气象。不过，亦正由于这些馆阁诗人，旨在追随李商隐，往往模仿痕迹毕露，乃至予人以但得李商隐诗之外貌，并无创新意图的印象，至于李商隐诗中蕴含的沉郁幽深的感发力量，则是西昆体诗作所欠缺的。

宋人要创出新境，谱出宋诗特有的宋调，形成宋诗自成一家的风格，显然尚待另一批新时代诗人的登场。

（三） **宋诗的风格初成 —— 欧阳修、梅尧臣、苏舜钦**

宋诗风格初成于仁宗（1023 — 1063 在位）之世，其中当以欧阳修（1007—1072）奠基之功最巨。按，欧阳修德高望重，身兼政坛与文坛的领袖，有意遥接韩愈、柳宗元的文体革新运动，于古文别开生面，树立宋代散文的新风格（详后），同时在诗歌创作方面，则宗李白，崇韩愈，以气格为主，无意于西昆体辞藻形式美的追求，加上梅尧臣（1002—1060）、苏舜钦（1008—1048）诸人的并进，遂导致宋诗风格一变。

1. 悲哀的扬弃与平淡的追求
欧阳修虽然尝为朝廷重臣，但身处新旧党派政治势力的不断冲突中，也曾遭遇两次受贬谪的挫折。然而其在诗中抒情述怀，不但扬弃悲哀，且能在平静中自我宽解。试看《戏答元珍》一首：

> 春风疑不到天涯，二月山城未见花。
>
> 残雪压枝犹有橘，冻雷惊笋欲抽芽。
>
> 夜闻归雁生乡思，病入新年感物华。
>
> 曾是洛阳花下客，野芳虽晚不须嗟。

此诗作于欧阳修遭逢贬谪为夷陵（今湖北宜昌）令之际，单看标题中"戏答"二字，已充分表露其面对政治挫折却能豁达以对的胸襟。诗中描述荒远山城在初春二月的景象：残雪犹积，春花未放，一片寂寥。但诗人却能在"夜闻归雁生乡思，病入新年感物华"的境况中，自作宽解语："曾是洛阳花下客，野芳虽晚不须嗟。"语气间流露出一份自我调侃的诙谐。全诗闪耀着智慧的光辉，反映作者乐观开朗的人格情性与人生态度。

2. 视野的扩大与叙述的倾向

主要表现在题材范围的增广以及叙述痕迹的显著。欧阳修既是朝廷重臣，主张政治革新者，对政治社会以及生民黎元的关怀，自然亦构成其诗歌的重要内涵。例如《边户》，为居处宋辽边境的居民"虽云免战斗，两地供赋租""身居河界上，不敢界河渔"鸣不平；《食糟民》则是对农人辛苦种粮却只能以酒糟充饥的同情与怜悯。这类表现作者"社会意识"的作品，实遥接杜甫的新题乐府，以及元稹、白居易的"新乐府"中批评时政的精神，不但叙述痕迹显著，而且有议论入诗的倾向。当然，视野的扩大，题材的增广，并不就是一味地向外，同时也往往将眼光收回，注意身边日常接触的琐屑事物。欧阳修诗中的视野，并不局限于"公生活"的政治生涯，乃至无论平日与友朋的交游往来，寻常家居的生活细节，人生哲学的思考体悟，还有平时接触的有关各类文物器具，甚至茶叶、银杏等饮食之料，均可作为题材而叙述成诗。

当然，欧阳修在文学史上，主要的贡献毕竟还是文章的革新，尽管大凡前面所举宋诗"自成一家"的特质，在其诗中已有迹象可循，但宋诗风格的初成，尚须两位同道好友——梅尧臣与苏舜钦，在其打好的基础上继续创作，方能臻至。

梅尧臣乃是文学史上第一位在诗歌创作中自觉地追求"平淡"意境的作家，尝宣称："因吟适情性，稍欲到平淡。"（《依韵和晏相公》）"作诗无古今，唯造平淡难。"（《读邵不疑诗卷》）按，梅尧臣现存诗二千八百多首，题材内容之广泛多样，均超越前人，无论讽喻朝政、关怀民生、友朋交往，以及观字画、听鼓琴、逢卖花，乃至日常家居生活琐屑细节，包括前人很少涉及的题材，例如因家境清寒，妻子早故，儿子头上生满虱子（《秀叔头虱》），亦可成为有感而赋诗的主题，真可谓巨细不遗。而"平淡"，则始终是梅尧臣服膺终生的理想诗境，且以此为宋诗主平淡的时代风格立下典范。刘克庄（1187—1269）于其《后村诗话》甚至推崇梅尧臣云："本朝诗惟宛陵为开山祖师。"

试以梅尧臣《舟中夜与家人饮》为例：

月出断岸口，影照别舸背。且独与妇饮，颇胜俗客对。

月渐上我席，暝色亦稍退。岂必在秉烛，此景已可爱。

此诗作于梅尧臣在妻子陪同之下，离开首都汴京，前往地方任职途中。不是叙述与红粉佳人对酌，而是"且独与妇饮，颇胜俗客对"的经验，这在诗歌题材上，已有创新的意味。诗中描述的，在月光初上之际，能与妻子共饮对酌的欣慰，以及对当下情景不必秉烛已觉可爱的珍惜，不仅展示诗人在日常生活中敏锐的观察感受，亦流露其平静淡远的胸襟。

苏舜钦亦是受欧阳修推奖提拔的诗人。尽管其整体成就不如欧阳修，亦不如梅尧臣，不过在其有些诗作中流露的潇洒自在的风度，或可视为苏东坡诗作的前驱。试看其《淮中晚泊犊头》：

> 春阴垂野草青青，时有幽花一树明。
>
> 晚泊孤舟古祠下，满川风雨看潮生。

大概是被逐出首都汴京，南下苏州，路经淮河时之作。值得注意的是，一首作于贬谪期间的写景短诗，意境既幽美开阔，不诉羁旅之愁，亦无奔波之怨，只是掌握当下，欣赏晚泊犊头所览江岸夜景之美。全诗流露的正是一分幽独闲放之趣，以及潇洒自在的风度。

㊂ 宋诗的风格确立 —— 王安石、苏轼、黄庭坚

宋诗如何自辟新境，终于确立其时代风格，展现其自家面目，仍然有待王安石（1021—1086）、苏轼（1037—1101）、黄庭坚（1045—1105）诸辈登上诗坛，促使宋诗堂庑特大，达到发展的高峰，乃至确立了宋诗自成一家的风格。当然，这些诗人与前辈诗人相若，在创作过程中，对唐诗仍然无法忘情。就如苏轼，始学刘禹锡，后学李白；王安石与黄庭坚二人，则均宗杜甫。

王安石在北宋政坛上虽以其"新法"的推动，毁誉参半，但其在诗坛的地位与名望，则自南宋以来，始终屹立不摇。观其前期的诗作，显然与欧阳修、梅尧臣、苏舜钦早期的作品相若，比较注重反映社会现实与民情

状况。例如叙述民生疾苦的《河北民》，以及批评贪官污吏的《兼并》，即是典型的例子。这类作品，虽然可视为唐代杜甫、白居易诸人的社会讽喻诗之继承，也可以是宋诗重视"社会意识"，且善叙述、喜议论的表现。不过，真正展现王安石个人诗歌成就者，还是晚年罢相之后，退出政治舞台，闲居江宁时期的作品。此时王安石筑室钟山半腰，且自号"半山"，在闲居生活中，流连山水，赋诗学佛，心情趋于平静，诗境亦倾向淡远。尤其是一些即兴小诗，脍炙人口，最为历代论者称道。

试举其题壁诗《书湖阴先生壁二首》其一为例：

> 茅檐长扫净无苔，花木成畦手自栽。

> 一水护田将绿绕，两山排闼送青来。

按，"题壁诗"乃属文人士大夫日常生活雅趣之一环，除了表示作者曾"到此一游"，留下痕迹，亦往往借此抒发个人一己的情怀感受。诗题所称湖阴先生，即杨得逢，是王安石退居江宁时期的邻居。或许是应湖阴先生之求而书，全诗主要是推崇湖阴先生居所的清幽纯朴，同时亦流露诗人对隐居田园生活的向往。

王安石之外，苏轼与黄庭坚则是宋诗风格确立之双星。其实，宋诗之有苏黄，犹如唐诗之有李杜，自元祐以后，诗人迭起，均不出苏黄二家。

苏轼，自号东坡居士，是文学史上罕见的全才。其诗冠代，与黄庭坚并称"苏黄"；其文章亦冠代，与欧阳修并称"欧苏"；在词的创作上，则是"豪放派"的开创者，与辛弃疾并称"苏辛"；此外，其书法亦造诣不凡，与黄庭坚、米芾、蔡襄并列为宋之四大家，并称"苏黄米蔡"。但在仕宦生涯上，则波折浮沉，一生均卷入新旧党争的旋涡，乃至屡遭流放，最后死于自海南北返途中。

苏轼的诗，才华横溢，实与其文章风格有相通之处。诸如取材广阔，命意新颖，笔力雄健，气象宏大，挥洒自如，往往有一泻千里之势，充分展现其丰富的才学器度。除了那些继承杜甫、白居易等重视诗歌的政治教化功能之作外，其个人日常生活中的"私情"，包括手足之情、友朋之爱、乡土之思，亦是东坡诗关注的重点。此外，在艺术风貌上，宋诗以文为诗，以才学为诗，以议论为诗的特色，在东坡诗中均表现显著。值得注意的有两点。首先，苏东坡把欧阳修以来宋诗的叙述倾向，发挥至更为圆熟的地步。如其初入仕途为陕西凤翔府签判时所作组诗《凤翔八观》八首，以及后来任杭州通判时所作的《游金山寺》，其中无论写器物，评字画，或咏风物古迹，或记游览见闻，大都是以叙述为主。其次，东坡诗之所以引人瞩目，令人激赏，主要还是其诗中流露的开朗豁达的胸襟、诙谐风趣的智慧，以及温厚仁爱的人格、潇洒豪迈的情性，仿佛"万斛泉源"一般，流荡于字里行间。因此可以万物皆备于我的广阔视野，在寻常平凡的人生经验中悟出理趣，并且以超越过去诗人以悲哀为主的抒情传统，扬弃以往诗人执着于悲哀要求的习性，为宋诗确立了自成一家的风格特征。

在东坡笔下，寻常的生活内容，平凡的自然景物，均可蕴含理趣，体味出深意。除了前举《题西林壁》之外，试再举《和子由渑池怀旧》一首：

> 人生到处知何似？应似飞鸿踏雪泥。
>
> 泥上偶然留指爪，鸿飞那复计东西。
>
> 老僧已死成新塔，坏壁无由见旧题。
>
> 往日崎岖还记否？路长人困蹇驴嘶。

此诗当属嘉祐六年（1061），东坡初入仕途，授大理评事，出任陕西凤翔府签判，与其弟苏辙分手后，过渑池之际的作品。是一首酬和其弟苏辙《怀渑池寄子瞻》之作。按，酬和之作，一般属于友朋同僚之间交游往来的作品，可是苏轼、苏辙兄弟二人，不但手足情深，而且能互相谈学识，说理念，诉心情，一直是文学史上的佳话。东坡此诗，主要是追忆兄弟二人当初赴汴京应举，经过渑池的情景。但诗中并无一般怀旧的伤感，而是蕴含着丰厚的人生哲理，可谓寄说理议论于怀旧之情中。这正是宋诗，尤其是东坡诗的"说理议论"高出唐诗之处。

试再看其《出颍口初见淮山是日至寿州》一首：

> 我行日夜向江海，枫叶芦花秋兴长。
>
> 平淮忽迷天远近，青山久与船低昂。
>
> 寿山已见白石塔，短棹未转黄茅冈。
>
> 波平风软望不到，故人久立烟苍茫。

此诗作于熙宁五年（1072），亦即苏轼在新旧党的政争中，不得已离开汴京，赴任杭州通判途中。首联点出环境时空：是枫叶芦花满目的秋天，夜以继日地船行于江海之途。继而写一路欣赏水天迷蒙，忽远忽近的奇观，感受青山浮摇，时高时低的趣味。接着是轻快的"见白石塔"，"转黄茅冈"，乃至悬想即将抵达的寿州，在"波平风软望不到"境况中，"故人久立烟苍茫"的情景，为整首诗谱出一种对未来充满期盼的达观意味。全诗不诉行旅之苦，亦无悲秋之叹，却是怀着悠悠"秋兴"，于船行途中观览风景，遥想故人久别重逢的喜悦。

苏东坡温厚豁达的人格，吸引不少年轻诗人归其门下。最有名的即是号称"苏门四学士"的黄庭坚、张耒、晁补之、秦观。其中秦观在词史上最负盛名，是周邦彦之前婉约词的集大成者（详后）。诗歌方面则以黄庭坚的诗名最盛，且与苏轼并称"苏黄"。前人论宋诗，每以苏黄并称，其实二人风格大不相同。苏诗以意境胜，黄诗则以技巧胜，不过由于意境往往因作者的人格情性而别，技巧则可以模仿而近似之，因此对晚辈诗人创作之影响，自然以黄庭坚较为深远。宋人林光朝于其《艾轩集·读韩柳苏黄集》，论及苏黄诗之异，曾有一段有趣的比喻："苏黄之别，如丈夫女子应接，丈夫见宾客，信步出将去，如女子则非涂泽不可。"

黄庭坚是江西人，因其诗风为不少后辈诗人所宗，一时成为风尚，故称"江西诗派"的始祖。按，黄庭坚反对西昆体，服膺杜甫的"语不惊人死不休"，以及韩愈的"惟陈言之务去"，作诗强调"点铁成金""脱胎换骨""以故为新"，意图在继承传统的同时，能在立意谋篇，以及用事琢句方面均有所变新，乃至创造出一种文人气与书卷气特别浓厚，并展示其生新瘦硬、精警峭拔的山谷诗风。首先，黄诗在题材内容方面，与王安石、苏东坡之作，仍大同小异，惟显得更喜爱吟咏书画、笔墨、纸砚、香扇、饮茶，以及亭台楼阁等，与文人生活和文化活动相关事物。其次，在艺术技巧方面，则有意在唐诗之外，追求奇巧，另辟新境。如化用前人诗句，变为己意；或好押险韵，追求格韵高绝；又喜用奇字僻典，以造奇崛之境等。

试以其名篇《寄黄几复》为例：

> 我居北海君南海，寄雁传书谢不能。
>
> 桃李春风一杯酒，江湖夜雨十年灯。
>
> 持家但有四立壁，治病不蕲三折肱。
>
> 想见读书头已白，隔溪猿哭瘴溪藤。

此诗当属文人士子之间"赠答酬和"之章。作于神宗元丰八年（1085），黄庭坚时监德州德平镇（今山东）。诗题中的黄几复，名介，江西南昌人，与黄庭坚少年交游，此时则知四会县（今属广东）。首联先是化用《左传》僖公四年所记楚子问齐桓公"君处北海，寡人处南海"之语，点出彼此所居乃是一北一南，海天茫茫之遥远，以及望而不见的怀思之情；继而用鸿雁传书的惯用典故，却以"谢不能"反其原意，立即予读者以变陈熟为生新之感。二联上句追忆京城相聚之乐，下句抒写别后相思之深。后二联则从"持家""治病""读书"三方面表现黄几复的为人和处境。既叹黄几复之贫病交困，且美其安贫乐道之志，怜其屈身下僚之命。诗人不平之鸣，怜才之意，流荡其间。值得注意的是，诗中善用典故，内蕴丰富，以故为新，运古于律，拗折波峭，颇能表现黄庭坚诗之特色。

黄庭坚写诗偏爱文人雅兴，尤其是其致力追求技巧的风格，提供了写诗的法则和规范，晚辈诗人相继追随模仿。于是吟咏书斋生活，推敲文字技巧，一时成为诗坛的风尚，文学史上所谓"江西诗派"，遂得以形成。按，所谓"江西诗派"之名，首见于《后村先生大全集》卷九十五载"江西诗派·黄山谷"条，乃是吕本中（1084—1145）所提出。由于追随者众，甚至南渡诗人，亦多受沾溉，即使以陆游之杰出，仍难免与江西诗派有相当之渊源。

（四）　**宋诗的南渡情怀**

宋钦宗靖康元年（1126），崛起于东北的女真族所建的金国，攻陷汴京，次年，掳走徽宗、钦宗二帝，北宋灭亡。宋室仓皇南迁，建立南宋王朝，以临安为都，淮河以北地区均沦为金国领土，如此天翻地覆的巨大变化，震撼朝野。随着朝廷仓皇南渡的文人士子，在惊慌忧愤中开始重新检视自己面临的生存环境。首先，将视野从个人宁静的书斋生活或周遭琐屑事物，投向更广阔的世局与社会现实，于是忧国伤时的情怀往往成为许多南渡诗人吟叹的重点。继而，在偏安的境况中，又将远投的视野收回，重新珍视一己日常生活的经验感受，遂为善于叙述说理议论的宋诗，增添了个人的抒情意味，并且在生活细节的观察中，流露出诙谐风趣的人生体认。

试先看陈与义（1090—1138）《登岳阳楼二首》其一：

> 洞庭之东江水西，帘旌不动夕阳迟。
>
> 登临吴蜀横分地，徙倚湖山欲暮时。
>
> 万里来游还望远，三年多难更凭危。
>
> 白头吊古风霜里，老木沧波无限悲。

此诗作于高宗建炎二年（1128）秋天，写其南奔三年之后，某日登上名胜古迹岳阳楼望远之际的经验感受。眼前面对的正是三国时代吴、蜀为争取荆州而彼此对峙之处，在暮霭沉沉、湖光山色里，抚今追昔，涌上心头的，则是满怀故国多难之恨与个人飘零之悲。值得注意的是，陈与义一向被归类于“江西诗派”，但其诗歌风格在南渡之后，已展示出明显的变化，亦即由早期的宗黄庭坚，转而祖杜甫。换言之，在陈与义后期作品中，雕琢文字的痕迹减少了，时时流露的，宛如杜甫在安史之乱前后作品中的家国之念与身世之感，或许可说是“江西诗派”风格转变的讯息，同时为一向平静淡远的宋诗，增添了抒情的浓度。

随着南渡以后江西诗派风格的转变，出现了陆游（1125—1210）、范成大（1126—1193）、杨万里（1127—1206）、尤袤（1127—1194）等，世称“中兴四大诗人”，文学史一般认为是欧阳修与苏轼诸人确立宋诗风格之后，第二次的创作高潮。四人的共同点是，早期均曾学江西体，后又以突破江西体的藩篱，开辟新途径见称。其中以陆游的成就最高，视为南宋诗坛的盟主。

陆游出生于北宋覆亡前夕，成长于偏安的南宋。现存诗近万首，数量之多，题材之广，内容之丰，均为宋人之冠。虽然其诗之风格随着年岁的增长，经过藻绘、宏肆、平淡三变，不过其中流荡不已、挥之不去的，则是终其生未能忘怀的抗金北伐、收复中原的志业。可惜其雄心壮志，与世局现实以及朝廷政策有很大的落差，乃至有志不获骋，且因其每每上书挥军北伐，与主和派相违，遂屡遭排斥。但是，陆游以其至情至性的人格，始终未尝放弃其收复中原的心愿，即使在八十五岁辞世之前，还会写出像《示儿》这样动人心魂的作品：

> 死去元知万事空，但悲不见九州同。
>
> 王师北定中原日，家祭无忘告乃翁。

已经面临个人生命的尽头，也领悟到"死去元知万事空"，却仍然以不能亲见"九州同"而感到悲哀，但是，继而又在"王师北定中原日，家祭无忘告乃翁"的期盼中，不但扬弃了悲哀，还含蕴着一份平静的信心。全诗不假雕饰，直抒胸臆，真情流露。既涂上唐诗的抒情色调，亦不离宋诗的老成风格。

不过，陆游诗中的真情，不但流露在其对朝廷社稷的关怀里，还挥洒在个人私己生活的吟叹中。试看其怀念前妻唐氏而写的一系列作品其中一首。其长达三十多字的诗题，宛如诗前小序，说明时空背景：《禹迹寺南有沈氏小园，四十年前，尝题小阕壁间，偶复一到，而园已易主，刻小阕于石，读之怅然》：

枫叶初丹槲叶黄，河阳愁鬓怯新霜。

林亭感旧空回首，泉路凭谁说断肠。

坏壁醉题尘漠漠，断云幽梦事茫茫。

年来妄念消除尽，回向禅龛一炷香。

陆游与表妹唐氏婚后感情极佳，却因陆母不喜此儿媳（原因不详），而被迫离异。此后唐氏改嫁赵士诚，陆游则另娶王氏。题中所谓"四十年前，尝题小阕壁间"，当指绍兴二十五年（1155）春天，陆游在沈园偶遇赵、唐夫妇，感慨万分，就在园壁上题一阕《钗头凤》之事。因唐氏在此次偶遇后不久即在伤痛中病逝，陆游此后一再重游沈园，凭吊故人，不断写诗抒发对前妻唐氏的深情怀思。当然，这类作品或许可以远溯至潘岳的《悼亡诗》，似乎与有感宋室南渡的忧国伤时情怀，并无关系；但是，诗人将视野从外在世局国运的关怀，转而投向个人私己生活遭遇，毕竟为宋诗增添了个人的抒情意味。

值得注意的是，宋诗的南渡情怀，除了对朝廷社稷的关怀而引发的忧国伤时情怀之外，还不时流露在转而对山水田园的赏爱与颂美中，以及对日常生活细节的品味里。或许可以范成大与杨万里的诗作为代表，二人均以学江西诗派风格始，继而则随着个人生活环境与情性爱好，各自分别为宋诗开拓了新的局面。

范成大自号石湖居士，因其多有描述田园农村生活情境的诗作，故而于文学史上有"田园诗人"之称。盖范成大乃是南宋著名诗人中仕宦生涯最为平顺者，一生历任不少地方要职，又曾奉命出使金国，晚年且位居宰相职的参知政事。在诗歌创作方面，除了那些继承杜甫、白居易等反映社会现实和同情民生疾苦之作外，最受瞩目的，就是一些记录行旅以及吟咏田园杂兴的作品。试以其既述行旅经验又写田园乡村景色的《高淳道中》为例：

> 路入高淳麦更深，草泥沾润马骎骎。
>
> 雨归陇首云凝黛，日漏山腰石渗金。
>
> 老柳不春花自蔓，古祠无壁树空阴。
>
> 一箪定属前村店，滚滚炊烟起竹林。

叙述自己在麦田高长、草泥湿润的路上，行马骎骎于赴高淳（今江苏省内）途中，一路观赏沿途雨后初晴的风景，继而朝远方遥望过去："一箪定属前村店，滚滚炊烟起竹林。"竹林里冒着炊烟，歇脚吃饭的村店已不远了，旅人心中的欣慰，已意在言外。全诗呈现的是一幅安详平静的山野乡村图，其中含蕴一份田园山水的审美情趣，流露作者恬淡自适的生活态度。虽然只是一首短短的七律，却熔叙事、抒情、写景于一炉。

另外，在杨万里现存诗中，除了对时政的关注，对民生的同情之外，最令论者瞩目的，就是其转而将注意力投向身边日常生活琐屑经验的描述，并展现其诗歌题材之出奇，观察之入微，以及用语之自由诸特点。正由于杨万里诗之题材往往会出人意表，且又喜欢以俚词俗语入诗，更不时流露出诙谐，已明显展示出宋诗对时下流行的俗文学之接纳吸收现象。兹因杨万里字诚斋，故后世遂特称其诗为"诚斋体"。试看其《冻蝇》一首：

> 隔窗偶见负暄蝇，双脚接挲弄晓晴。
>
> 日影欲移先会得，忽然飞落别窗声。

单看诗题"冻蝇"，已足以令人莞尔。不过是一只在寒冬中怕冷的苍蝇，其行为举止，居然也会成为诗人注目观察的焦点，甚至成为形容描述的对象。诗中所言主要是，隔窗观看一只受冻的苍蝇，在晓晴中搓脚（取暖？），但随着时光的推移，日影的运转，苍蝇则噗的一声忽然飞落别窗，意图继续享受日影提供的短暂暖意。如此琐屑的题材，有趣的现象，展示诗人对寻常周遭环境观察之敏锐，描述之细腻，同时在诙谐风趣中，流露其生活之平淡，心情之宁静，以及对万物万象的同情共感。

再看杨万里一首《过神助桥亭》：

> 下轿浑将野店看，只惊脚底水声寒。

> 不知竹外长江近，忽有高桅出寸竿。

此诗所记，不过是行旅途中，在一间盖在河上的"神助桥亭"野店休息时的经验感受。有趣的是，进入野店后，方"惊觉脚底水声寒"，继而又忽见"高桅出寸竿"，吃惊之余，才发现"竹外长江近"，原来长江就在野店竹林外啊！像这样一首描述日常生活琐屑经验的诗，没有伟大的主题，亦无动人的情愫，不过就是"过神助桥亭"之际一些寻常的发现与感受而已，宛如诗人日常生活的杂感日志，记录一些琐屑的、逗趣的经验。这样的作品，为诗歌增添了诙谐风趣意味，也正是宋诗能"自成一家"的标志。

⑤ **宋诗的尾声余响 —— 永嘉四灵与江湖诗派**

除了宋初三体明显展示出对唐诗的追随模仿之外，其实宋人对唐诗的倾慕与向往，始终是诗坛的一股潜流。爰及南宋末期，甚至又由潜而显，以回顾留恋唐诗为诗歌创作的风尚。尽管南宋末期已经没有在文学史上受推崇的个别大诗人，但是诗坛并不寂寞，因为一批政治社会地位虽低微，却可以视为具有某些群体共同特色的作者纷纷登场，为宋诗的发展点燃最后的烛火微光，奏出最后的尾声。其中引人瞩目的，即是所谓"永嘉四灵"，以及"江湖诗派"的表现。

盖"永嘉四灵"乃是指四位活跃于宁宗时代（1194—1224），或为布衣，或任微职，长期落拓的寒士，包括：徐照（？—1211）、徐玑（1162—1214）、赵师秀（1170—1220）、翁卷（？—1243？）。因为四人皆籍贯永嘉（今浙江温州），且每人字号中又有一"灵"字 [1]，诗风亦颇相近，故合称"永嘉四灵"。四人同出于永嘉学派的领袖人物叶适（1150—1223）之门，彼此赓歌相和，且又因均不满江西诗派，而以效学中晚唐诗人贾岛、姚合的近体诗自期并互勉，甚至公然以复兴唐诗的辉煌成就为己任。叶适为弟子徐玑所写的墓志铭《徐文渊墓志铭》，即尝夸奖四人"复兴"唐诗的成就："初，唐诗废久，君与其友徐照、翁卷、赵师秀议曰：'昔人以浮声切响单字只句计巧拙，盖风骚之至精也。近世乃连篇累牍，汗漫而无禁，岂能名家哉！'四人之语遂极其工，而唐诗由此复行矣！"

试以徐玑的七绝《夏日闲坐》为例：

> 无数山蝉噪夕阳，高峰影里坐阴凉。
>
> 石边偶看清泉滴，风过微闻松叶香。

显然是一首自抒性灵，新巧可喜的小诗。其他"四灵"成员的诗作，以及追随四灵的晚辈诗人，亦大抵不离这类日常生活赏景情趣的描述。对江西诗派特重用典、生涩瘦硬的诗风，或许有补弊之功。不过，由于四灵写诗，通常不涉政治世局，亦无顾社会现实，在传统诗论者心目中，格局难免稍嫌狭窄，犹如清人顾嗣立（1665—1722）于《寒厅诗话》评四灵诗

---

① 按，徐照字灵晖，徐玑号灵渊，赵师秀号灵秀，翁卷字灵舒。

所云："间架太狭，学问太浅。"值得注意的是，四灵诗人作品中表现的，学唐诗而无唐诗的悲哀色彩，毕竟还是不离宋诗本色。

继四灵之后，诗坛上出现另一批所谓"江湖派"的诗人。按，所谓"江湖"一词，乃是相对于朝廷而言，即指在野民间之意，更确切地说，就是作者或属于终生未曾入仕的布衣，或因怀才不遇，长期屈居下僚，乃至浪迹江湖者。江湖诗人之所以能成"派"，并非因拥有共同的诗歌主张，亦非属于特定的族群团体，主要还是钱塘一位能诗的书商陈起（？—1256？）的功劳。按，陈起以其生意经营兼文化提倡的慧眼，除了刊刻一系列的唐人诗集，以应当时诗坛读者之需，还热心为当代这些政治社会地位低下者出版诗集，刻印推销，并且还采用类似丛刊的形式，陆续刻印发行，继而将这一百多家的诗集总名为《江湖集》，后人遂将这些身份资历各异的松散作家群体，合称为"江湖派"。江湖派诗人绝大多数的生平事迹已不可考，其中少数有幸受到后世瞩目的诗人，当属终身布衣的姜夔与戴复古，以及长期游宦幕府的刘克庄。

姜夔（1155—1209）乃宋词大家（其在词史的地位详后），亦是江湖诗派的代表人物。一生飘零，未曾入仕，仅以清客之身寄讨生活，遂以布衣终老。姜夔诗主要以七绝擅长，且多以寄情湖山胜景、抒写个人情怀为主。其视野虽稍嫌狭窄，却气格清空，意境隽淡，韵致深美。试看其脍炙人口的《过垂虹》：

> 自作新词韵最娇，小红低唱我吹箫。
>
> 曲终过尽松陵路，回首烟波十四桥。

像这样捕捉自然景色，流露日常生活雅趣之作，可视为唐诗抒情传统的继承。然而就其情味意境而言，亦不失宋诗中逍遥自在、宁静平淡的追求。

另外，还有戴复古（1167—1248？），也是一生不事科举，唯好漫游，自谓"狂夫本是农家子，抛却一犁游四方"（《田园吟》），又云"七十老翁头雪白，落在江湖卖诗册"（《市舶提举》）。按，戴复古主要以卖文维生，亦如姜夔一样，终生布衣，却周旋于权贵富豪之间，借文名献诗以谋生活。在诗歌创作方面，他早年曾学诗于陆游，尝推尊杜甫忧国恤民之思，以及陈子昂感遇伤时之叹[1]，之后又受四灵影响，崇尚晚唐。试看《春日二首黄子迈大卿》其一：

> 野人何得以诗鸣，落魄骑驴走帝京。
>
> 白发半头惊岁月，虚名一日动公卿。
>
> 颇思湖上春风约，不奈楼头夜雨声。
>
> 柳外断云筛日影，试听幽鸟话新晴。

此诗虽属酬赠，实乃自述平生，自我嘲解之章。诗人自谦不过是一"野人"尔，却能以诗名游走帝京、名动公卿寄讨生活；不过反顾自身，却有感岁月流逝，惊叹白发半头，乃至引发"虚名一日动公卿"的感悟；随即沉浸在湖上春风、忍听楼头夜雨的氛围中；爰及次日，眼观柳外雨后云断日出，聆听幽鸟呼新晴的愉悦。全诗所言，乃是一个"落魄野人"在自然大化运转中，心情由自嘲到平淡的经验过程。既展现唐诗重视个人情怀意趣的抒发，亦流露宋诗对一己日常生活的审视，同时扬弃悲哀人生的追求。

还有一位不容忽视的江湖派诗人，则是刘克庄。其一生宦海浮沉，长期游幕于江浙闽广诸地区，又曾因其《落梅二首》诗中有"东风谬掌

---

[1]　戴复古《论诗十绝》其六云："飘零忧国杜陵老，感遇伤时陈子昂。近日不闻秋鹤唳，乱蝉无数噪斜阳。"

花权柄，却忌孤高不主张"诸句，触怒了结党擅权的宰相史弥远，诬为讥讽朝政，并示不满，于是遭贬官远谪。此案影响甚巨，甚至还连累书商陈起亦遭受流放，导致江湖诸集的木版均被销毁，朝廷并下诏禁止文人作诗，这是宋史上一次著名的"诗祸"冤案①。但正因如此冤案，江湖诗派反而名扬一时。刘克庄直到史弥远死后，诗祸解除，方得以复官。在诗歌创作方面，刘克庄于其《刻楮集序》中，尝自述其学诗过程，自认不过是传统著名诗家的继承者而已："初余由放翁入，后喜诚斋，又兼取东都、南渡、江西诸老，上及于唐人，大小家数，手抄口诵。"不过，叶适则认为，刘克庄乃是继四灵之后，能在诗坛上"建大将旗鼓"的主帅，其诗以"涉历老练，布置阔远"见长（叶适《题刘潜夫〈南岳诗稿〉》）。

由于刘克庄曾经身为朝廷官员，且目睹并经历南宋受到北方蒙古势力日益强大的威胁，难免涌现一些南渡情怀，写了不少忧国忧民之类的诗作，诸如《增防江卒六首》《开濠行》《运粮行》等即是。不过，就其在宋代诗坛的成就视之，令人瞩目者，还是那些有关日常生活中抒情写景的作品。试看其《郊行》一首：

> 一雨饯残热，忻然思杖藜。野田沙鹳立，古木庙鸦啼。
>
> 失仆迷行路，逢樵负过溪。独游吾有趣，何必问栖栖。

全诗立意新颖，语言工巧，而且笔触清疏简淡，不显雕琢痕迹。其整体风格可谓平易明朗，气韵流畅，既展现郊野清幽的境界，又流露诗人萧散的情怀。颇有姚合与贾岛诗的风味。其中所述雨后驱热，郊野览景，失

---

① 有关刘克庄涉及的"梅花诗案"对其个人以及在诗坛上的影响，见吉川幸次郎：《宋诗概说》，第247—248页；程千帆、吴新雷：《两宋文学史》，上海古籍出版社1991年版，第462—463页。

仆迷路，逢樵过溪的经历，以及独游有趣，何必问栖的领悟，既有唐诗的抒情写景，亦含宋诗的人生理趣。这正是宋末诗歌，虽然已经趋于尾声，却仍然流露既承传唐诗亦有其自家面目的表现。

当然，唐诗对后世诗歌创作的"影响"，其实并不局限于两宋诗坛。与南宋对峙的女真族建立的金朝，以及最终灭宋的蒙古族建立的元朝，乃至以后的明清二代，即使个别诗人在创作中，力求新变，却仍然或多或少徘徊在唐诗的留恋与顾盼里。唐诗，在中国诗歌的发展中，俨然已经成为后世诗歌创作的宗主。

✦

第二节

金元诗的发展大势

金、元二朝，分别是由女真与蒙古少数民族兴起而建立的王朝，在生活习惯与思想观念上，自然应该与汉民族主导政权的朝代有所区别。但是，由于汉文化的坚韧性与包容性，以及少数民族对汉文化的钦羡仰慕，加上征服者以汉治汉的现实需要，乃至女真与蒙古虽然在军事上先后征服中原，消灭宋朝，政权上统治了汉族世代群居的地区，却仍然难免投身于汉文化的熔炉中。尤其是金朝，不仅在典章制度、官僚体系方面仿效汉人，即使文化政策亦鼓励大量采用汉制。何况诗歌乃是汉文化中的精髓，甚至金元二朝的君王贵族中，亦不乏争相濡习汉学者。不过，就文学发展演变的角度观察，金元二朝诗坛，在继承前人传统，力求创新的过程中，即使已经展现出少数民族与北方土壤特有的一些色调，却始终未能摆脱唐诗，甚至宋诗的影响，始终是唐宋诗的继承者，始终是中国长远诗歌传统的一部分。

✚ ｜ 一、金诗的发展轨迹

金朝（1115—1234）乃是由崛起于东北的女真族夺取了宋代北方领土之后建立的政权。在建国之前，女真族人主要还是以半农耕半狩猎的生活形式，群居北方按出虎水（意指金水）一带森林地区，与世代守土农耕的汉民族，以及游牧大草原维生的蒙古族，在文化上自然有其个别的差异。金人的崛起，实与辽朝的腐朽，以及宋王朝的重文轻武，乃至武备显弱有关。爰及金人灭辽侵宋，占领了淮河以北的广大地区，建立了与宋朝对峙的金朝，宋人即使悔不当初，已无力回天。而值得注意的是，在金朝立国这一百多年间的君主，大多善于汉文，又在对汉文化的倾心仰慕之下，充分利用世居北方或由南而归北的汉人智力，为其效命。于是在政治制度与文化政策方面，均仿效宋朝，甚至也设立科举制度，以诗赋取士，广纳人才，乃至文学成就亦颇有可观者，诗坛上人才辈出，且作品繁多。虽然金诗在相当程度上受宋诗的滋养，但毕竟植根于北方的文化土壤，因而也就走着与宋诗并不完全相同的道路，形成其自身的发展轨迹，在中国文学史上获得不容忽视的篇幅。或可将金诗的发展轨迹，分为以下四个阶段。

（一） 金诗的发轫——"借才异代"

金初从太祖到海陵朝（1115—1161）约四五十年间，诗坛活动主要还是"借才异代"。当今学界一般皆同意清人庄仲方于《金文雅序》的观察："金初无文字也，自太祖得辽人韩昉，而言始文；太宗入宋汴州，取经籍图书。宋宇文虚中、张斛、蔡松年、高士谈辈先后归之，而文字偎兴，然犹借才异代也。"换言之，金初诗坛之发轫，尚有赖宋诗的"北移"，亦即借助于由宋入金的文人士子撑场面，将宋诗的风格体式带入。此期的代表作家，包括宇文虚中（1079—1146）、吴激（1093 年以前—1142）、蔡松年（1107—1159）诸人。值得注意的是，尽管这些诗人已经入仕金朝，有的甚至享有高官显位，不过，由于他们或在北宋灭亡时，乃是为情势所逼而降金，或因代表赵宋朝廷出使北方而被金人强迫羁留，遂不得南返，因此，在诗作中往往继续以宋人自居，其诗歌创作还不能算是"金诗"，抒发的，通常是贰臣或遗民情怀中的故国之思与身世之感。

例如宇文虚中，在北宋已是颇具声名的诗人，兹因奉使入金而被羁留。之后虽亦曾仕金，为翰林学士承旨，金人甚至尝奉为"国师"，但在其现存诗中却时时系念故国。试看其《己酉岁书怀》一首：

> 去国匆匆遂来年，公私无益两茫然。
>
> 当时议论不能固，今日穷愁何足怜。
>
> 生死已从前世定，是非留与后人传。
>
> 孤臣不为沅湘恨，怅望三韩别有天。

所言因憾恨己身之去国羁北，忧心个人身后的声名，同时以孤臣之身，系念故国，抒发一个被羁留者心境的悲凉郁结。全诗既回溯，当初庾信羁留北朝的经历与心情，同时亦流露，类似遗民诗人的苍凉情调。尽管此诗不过是"借才异代"之作，却因流荡其间的，孤臣无力回天的悲怆情调，已经和典型的、以宁静平淡为主调的宋诗有所区别。

（三） 金诗的成熟 —— "国朝文派"

金世宗、章宗两朝（1162—1208），即史称大定、明昌的盛世。按此时期随着金朝政权的稳固，典章制度的确立，君王权臣各方面汉化之日深，加以社会上不同族群在文化生活上已彼此融合，互相影响，何况在金朝统治下的新一代作家业已成长。这些新兴作家的出身，又均与北方地缘有密切关系，在诗歌创作风格方面，自然与其"借才异代"的长辈相异，有明显的开拓。根据元好问《中州集·序》的观察：

> 国初文士如宇文太学、蔡丞相、吴深州之等，不可不谓之豪杰之士，然皆宋儒，难以国朝文派论之。故断自正甫（蔡珪）为正传之宗，党竹溪（党怀英）次之，礼部闲闲公（赵秉文）又次之。自萧户部真卿（萧贡）倡此论，天下迄今无异议云。

元氏所言指出，蔡珪（？—1174）"为正传之宗"，是"国朝文派"之始倡者，初步形成了"金诗"自己有别于宋诗的风格特色。其实这时期的代表诗人，除了蔡珪、党怀英（1134—1211）之外，还有王庭筠（1151—1202）、周昂（？—1211）诸馆阁文臣。他们的诗歌创作，虽然并未完全摆脱宋诗的影响，甚至还出现有意仿效苏轼、黄庭坚之处，毕竟已各自展现一些个人独特的风貌。整体观察这段时期的金诗，在内涵情韵上，大体可归类为两种主要的风格特点：

1. 苍劲豪宕

此处所谓"苍劲豪宕"风格，主要乃指诗中不时流露的，北国土壤酝酿出的风格异彩。可以蔡珪《野鹰来》为例：

南山有奇鹰，置穴千仞山。网罗虽欲施，藤石不可攀。

鹰朝飞，耸肩下视平芜低。健狐跃兔藏何迟。

鹰暮来，腹内一饱精神开。招呼不上刘表台。

锦衣年少莫留意，饥饱不能随尔辈。

按，蔡珪乃蔡松年之子，在生活经验上，与乃父由南而北羁最大的不同，即是其成长于金朝统治的北方，乃是金朝的臣民。上引此诗就题材内容视之，或可归类于"咏物诗"，不过，以"野鹰"为吟咏对象，就其题材的选择，已透露出一种北人习惯的苍劲意味。全诗笔墨重点，在于展现野鹰形象的凶猛矫健，同时寄寓一份对于那些在温室中成长的锦衣少年之鄙视，以及对于在逆境中展现豪迈矫厉者的推崇。此外，体制上又以三五七言不规则的句式，错落参差，宛如未加刻意修饰的歌行，显得朴实无华，豪宕无拘。当然，苍劲豪宕的风格，并非蔡珪所独有，而是遍布在"国朝文派"确立后的许多作品中，已是金诗一种普遍的基调。

2. 清幽冷寂

其实清幽冷寂原属一些宋代诗人沉浸在自然美景之际，继唐代诗人追求的诗歌意境。不过，却也是不少金代诗人追随模仿的方向，并且促成清幽冷寂风格的流露，亦是金诗"国朝文派"之所以能成为"派"的另一时代风格。可以王庭筠两首小诗为例：

日暮西风吹竹枝，天寒杖屦独来时。

门前流水清如镜，照我星星两鬓丝。（《偕乐亭》）

闲来桥北行，偶过桥南去。

寂寞独归时，沙鸥晚无数。（《孙氏午沟桥亭》）

王庭筠在诗文书画多方面的造诣均负盛名，尤其在诗歌创作方面，堪称金代中期诗坛的翘楚。现存作品多属即景抒怀之章，往往在萧散平易的诗句中，浮现一分偏爱清幽景色的审美趣味，以及个人在人生天地间的孤寂落寞情怀。当然，金代诗歌或多或少均难免受宋诗的影响，王庭筠亦不例外，如其《韩陵道中》，的确有黄庭坚为首的"江西诗派"在语言上追求奇峭的影子。但是相比照之下，王庭筠却很少用典，不但摆脱江西诗派浓重的书卷气、学者味，而且大多数的作品，均显得清新自然。其中不时浮现清幽冷寂的韵味，显然是受唐代诗人王维、刘长卿、柳宗元诸人的影响，上举二诗即足以为证。

苍劲豪宕与清幽冷寂两种不同风格诗歌的并存，为"国朝文派"展现出金诗的成熟；不过，金诗的繁荣，却是在金王朝被迫南渡之后。

㊂ 金诗的繁荣 —— 南渡诗坛

自金代中叶诗坛"国朝文派"风格确立之后，金诗自然已经可以不必"借才异代"。但是，金诗创作的繁荣，仍然因朝代政权的盛衰为其诗风转变的主要背景。换言之，以金宣宗"贞祐南渡"（1214），迁都汴京为转折点，一直到蒙元兵围汴（1232），金亡前夕。在这二三十年期间，金朝国势趋向衰微，逐步走向败亡，但金室南渡后的诗坛，与当初被迫南迁的宋代诗坛相若，在时局的动荡与忧患中，亦出现了前所未有的繁荣现象，并且形成两个不同的主要诗歌流派。一派是尚含蓄蕴藉，可以赵秉文（1159—1232）、王若虚（1176—1243）为代表；另一派则是主奇崛峭硬，可以李纯甫（1177—1223）、雷渊（1148—1231）为代表。

1. 含蓄蕴藉

所谓"含蓄蕴藉",即是不明白说破其主旨,端令读者去体味个中奥妙。这原本是传统中国诗歌作者与评者,共同追求并推崇的审美趣味。此时期的代表作家,首先当推在金朝堪称一代文宗的赵秉文。按,据《金史》本传,赵秉文"上至六经解,外至浮屠、老庄、医药丹诀,无不究心"。其对诗歌的创作主张:"为诗当师三百篇、离骚、文选、古诗十九首,下及李杜……尽得诸人所长,然后卓然自成一家。"(《复李天英书》)对晚辈作家影响既深且远。综观现存赵秉文诗,虽然主张"尽得诸人所长",换言之,须多方面继承古人,不过其作品表现更多的,还是那些颇得盛唐之余风者。试看其《桃花岛寄王伯直》:

> 冰破村桥拥,春寒旅雁低。远山封雾小,高浪与云齐。
>
> 岛寺明松雪,潮虹溅藕泥。诗情吟不尽,寄与画中题。

前三联均属景语,尾联不过是点出写诗的缘由背景。全诗笔墨写景如画,意境清新淡远,含蓄蕴藉,实与王维、孟浩然诸人作品中流露与自然相即相融之审美趣味近似。不容忽略的是,以赵秉文为首的这派诗人的创作,似乎有意绕过宋诗,而远追盛唐,尤其是王、孟、李、杜诸公之诗,往往成为师法追摹的对象。

2. 奇崛峭硬

综观金代诗人的创作,与"含蓄蕴藉"之派同时出现于诗坛,但风格迥然不同者,就是以李纯甫为代表的奇崛峭硬诗派,其特点是,气势豪肆,意象奇崛,硬语盘空。兹以李纯甫《灞陵风雪》为例:

> 君不见浣花老人醉归图,熊儿捉辔骥子扶。

又不见玉川先生一绝句，健倒莓苔三四五。

塞驴驮着尽诗仙，短策长鞭似有缘。

正在灞陵风雪里，管是襄阳孟浩然。

官家放归殊不恶，塞驴大胜扬州鹤。

莫爱东华门外软红尘，席帽乌靴老却人。

题为"灞陵风雪"，但全诗实际上可称是一首"塞驴叹"。笔墨重点并不在于描写灞陵的风雪，而是借灞陵风雪而恍叹前人，包括杜甫、卢仝、孟浩然等诗人生命中的乖蹇境遇，并借此一浇郁结于自己胸中的块垒。其中参差不齐的散文句式，为整首诗奏出滔滔气势；"塞驴"意象的运用，堪称奇崛；加上"熊儿捉罄""健倒莓苔……"等盘空硬语，虽隐约有江西诗派的影子，却更容易令读者联想到追求奇崛的中唐诗人，尤其是韩愈、孟郊等尚奇好怪的诗风。

由于李纯甫与赵秉文同是南渡诗坛的领袖人物，晚辈诗人跟随者无数，乃至为金朝南渡后诗坛的繁荣立下不可忽视的功劳。当然，金朝诗坛真正的大家，还是为金诗的卒章作总结的元好问。

㈣ 金诗的卒章 —— 元好问的总结

金诗的卒章，时间上跨越金亡前后，人物上则以元好问为指标。其实，金末诗坛，甚至整个有金一代的诗坛，均可以元好问（1190—1257）为总代表。

元好问是金代最重要的诗人，也是文学批评理论史上著名的诗论家。其现存诗有一千四百余首，作品之丰，在金代诗坛乃首屈一指，成就也最为杰出。按，元氏祖先虽出于北魏鲜卑族拓跋氏，但其家族早已深受汉文化的熏陶。兴定五年（1221）元好问登进士第，之后即历任地方及朝廷各类官职。金亡之后则不仕，在蒙古统治下二十余年，专心于诗词创作，同时致力收集整理金代文献，编成金史《壬辰杂编》，为金史的研究留下宝贵资料。此外又编成金诗总集《中州集》十卷，并附金词总集《中州乐府》一卷，是研究金代诗词的珍贵文献。在诗歌创作方面，元好问则既推崇杜甫，又倾心于苏轼，颇能显示金朝诗人在宗唐与宗宋之间的徘徊顾盼。

由于元好问身逢金末的动乱时代，亲身经历了亡国之痛，个人的身世遭遇与朝廷社稷的命运息息相关，其写于金亡前后一系列动人心魂的"纪乱诗"，往往令人联想到金初诗坛"借才异代"之际北羁宋人的故国之思，以及北宋灭亡之后，南渡诗人作品中不断流露国亡家破、孤臣孽子的南渡情怀。

试看其七律《癸巳四月二十九日出京》：

塞外初捐宴赐金，当时南牧已骎骎。

只知灞上真儿戏，谁谓神州遂陆沉。

华表鹤来应有语，铜盘人去亦何心。

兴亡谁识天公意，留得青城阅古今。

此诗的背景乃是：天兴二年癸巳岁（1233）四月，蒙古军占领了汴京，四月二十日，金朝皇族五百余人被押送蒙古军中，除了太后、皇后、嫔妃诸女性成员外，余皆被杀害。四月二十九日，元好问与其他金朝旧臣被蒙古兵挟解出京，暂时羁管于聊城。面临这样天翻地覆的境况，自然悲慨交心。上引诗例中，对于蒙古军骎骎压境，朝廷却武备松弛，乃至招致败亡，痛心疾首；回顾当年金军破宋，虏走徽宗、钦宗，在青城受北宋之降，宛如目前；如今蒙古军破金，聊城与当年青城一样，俨然成为古今朝代兴亡、悲剧重演的见证者。全诗慷慨沉雄，既含怀古之悲，亦有伤今之痛，同时流露唐诗的抒情意味与宋诗的说理议论。

值得注意的是，就文学史以及文学批评理论史并观之，元好问的"论诗诗"更令人瞩目，尤其是其以诗论诗的《论诗绝句三十首》，意义重大。当然，梁代江淹的《杂诗三十首》，虽出笔于对前人作品风格的仿真，已经流露对于传统五言古诗的风格特征，自汉魏以来演变的"史"观。不过，对前人诗作的评论，且以七绝诗体论之，首创者则为杜甫。如其《戏为六绝句》诸作，即是表达对以往著名作家诗歌创作的感想与见解，虽属随想杂感，亦含对前人诗歌造诣的品评议论。杜甫之后，唐宋诗人中陆续有零星追随模仿杜甫而以绝句论诗者，爰及元好问的《论诗绝句三十首》，方属有意识并有系统的以诗论诗的诗歌评论。其评论始自汉魏下迄宋季，约一千年间重要诗人和诗派的风格特征，既有诗歌"史"的观点，同时亦表达自己重视诗歌自然天成的意境，以及推崇雄放壮伟风格的文学主张。这一组论诗绝句，涵盖之广，系统之详，显然已远超越杜甫的即兴之作；不但在文学批评理论史上占有重要地位，也是历代论诗之诗中的佳篇。姑举其中论陶渊明、杜甫、苏轼三首为例：

> 一语天然万古新，豪华落尽见真淳。
>
> 南窗白日羲皇上，未害渊明是晋人。
>
> 排比铺张特一途，藩篱如此亦区区。
>
> 少陵自有连城璧，争奈微之识碔砆。
>
> 金入洪炉不厌频，精真那计受纤尘。
>
> 苏门果有忠臣在，肯放坡诗百态新。

元好问不仅是金代诗歌的总结者，也是中国诗歌评论史中的重要一员，同时还是金元易代之际诗坛遗民作家的代表。

小结

金人虽属女真族，但自建国之后，其君主王公贵族即开始崇儒雅，习辞艺，有的甚至与汉族文人士大夫经常交游酬唱，吸收汉文化的精华，包括诗歌创作上的习宋追唐。金人统治下的文人士子，无分族群，就是在女真王朝投身汉文化熔炉的过程中，留下不朽的创作痕迹。除了诗歌之外，金朝文人在词、散文、散曲与戏曲方面的表现，将留待以后相关章节论述。

✤ ｜ 二、元诗的发展轨迹

元朝（1260—1368）是蒙古族建立的王朝，自太宗窝阔台灭金（1234）之后，世祖忽必烈于中统元年（1260）建国中原，并于至元八年（1271）采用"大元"国号，继而于至元十六年（1279）灭南宋，终于成为中国历史上第一个由北方游牧民族所肇建并统治全中国的王朝。元朝政权为期虽然不长，但其军备武力之强，疆域版图之广，堪称空前绝后。其实，蒙古族人原属逐水草而居，以游牧为生者，骁勇善战是其特长。对世代定居于华夏的汉民族而言，元朝乃属于由"外族"统治的"征服王朝"，其带来的游牧文化对汉文化的冲击自然巨大。不过，忽必烈入主中原建立大元之后，为了统治的方便，遂实行"汉法"，包括政治制度、官僚体系，基本上均沿袭以往中原汉族王朝的惯例。但是，为了永续保持其少数统治，遂将其统辖的人民，分为蒙古、色目（西域各族）、汉人（淮河以北，原金朝境内的居民）、南人（原南宋境内的居民）四个族群等级。官员的任用，则主要以其家世与蒙元政权渊源的深浅为标准，遂导致大多数的汉族士人，尤其是世居江南的士人，颇难进入仕途，只得闲居在野，或投身乡校，或遁迹市井，或隐逸山林。当然，仁宗延祐元年（1314）恢复了科举考试，但为了保障蒙古、色目族人的权益，设有族群与地域的配额制度，遂令汉族士人失去以往单凭科举即可入仕问政的优势。尽管如此，在人口比率上占极少数的蒙古或色目族人，于文学创作方面，实则与汉族作家并无差异，同样必须凭个人的真本事，各依其才华，或写诗作文，或填词写曲，方能在元代文坛占有一席地位。

元代文学涵盖的时间，大致可以从蒙古军灭金（1234）始，及至元朝被朱元璋军队推翻，顺帝逃离大都（1368）止。当然，在文学史上，一向视出身于瓦舍勾栏的通俗文学，诸如散曲、戏曲、白话小说，为元代文学的主流（详后）。但元代诗坛，实际上并不寂寞，尤其是元朝中叶之后，不但诗人众多，诗社普及，文人雅集吟咏，活动频繁，且往往是多元族群因共同的兴趣与品味而共襄盛举。展现的是，在汉族文人士大夫风雅文化的熏陶下，不同族群的文人士子交往频繁，或相与悠游行乐，即景赋诗，怀古述志，或相约观览书画，题跋吟咏，同享雅趣。通过这些无分族群，融洽相处的文化活动，遂很自然的形成一种属于社会精英阶层特有的"多族士人圈"[1]。影响所及，促成中国文化史上诗、文、书、画并放异彩的一个高峰，亦令元诗的整体成就斐然，甚至超越金诗。

---

[1]　有关元朝多族士人圈之形成与特色，见萧启庆：《元朝多族士人的形成初探》，收入萧著《元朝史新论》，（台北）允晨出版社1999年版，第203—242页。

综观元诗在这一百多年间的演变大势，或可分为以下三个阶段。

（一） 元诗的初起

元代初期诗坛，大略概括蒙古军灭金（1234），继而灭南宋（1279）前后四五十年间的诗歌创作。其间既有宋金诗的余绪，亦奏出不同于前朝的时代新声。

1. 前朝影响 —— 宋金诗余绪

由于元初诗坛的作者，多身处朝代的轮替变迁中，或是由金入元，或是由宋入元的遗民，实与金初诗坛的"借才异代"情况颇有相似之处。其间代表诗人如元好问，以及曾受业于元好问的郝经（1223—1275），均属由金入元者；另外，方回、戴表元（1244—1310）诸人，则是由南宋入元者。这些由异代入元的作家，诗歌风格在入元之前已臻于成熟，自然不会因朝代的变换，随即摒弃旧习，写出新时代新风貌的作品。因此，在这些遗民诗人笔下，元诗本身的时代风格尚未确立，仍然是宋、金诗的余绪。

但是，就在宋、金诗的余绪里，少数元初诗人还是奏出了一些"新声"，有别于宋、金遗民诗中反复吟叹的沧桑之感、故国之思，或感时伤乱情怀。值得注意的是，这些新声中，又往往流荡着唐音的回响，为元诗的宗唐谱出基调。

2. 新声初奏 —— 唐音的回响

此处所谓元诗的"新声"，乃是针对元初诗坛"借才异代"现象之外的情况而言。主要是由一些不同族群，不同身份背景的作家分别奏出，其声虽杂，却有一个共同的特点，亦即绕过宋、金诗，奏出唐音的回响。最显著的例子，即是同样出身"北方"，却来自不同族群的耶律楚材与刘因的诗作。

耶律楚材（1190—1244）原是辽国契丹王族的后裔，其父耶律履，曾是金朝高官，仕金世宗为尚书右丞。金亡之前，耶律楚材亦尝任职尚书省，及至蒙元大军攻陷燕京，经创建大蒙古国的成吉思汗（即元太祖，1206—1227 在位）召见，对其文史、星历、医药诸才能，大加赏识，方归顺蒙元。以后即在成吉思汗幕下随员西征，运筹帷幄，成为极受器重的亲信。从而又在太宗窝阔台（1229—1241 在位）继位后任职中书令，又以其理财能力，备受重用。当然，耶律氏原属一个汉化很深的家族，就看耶律楚材"字晋卿，号湛然居士，又号玉泉老人"，在文化认同上，实与汉族士人无异。在其现存诗中，最著名的，或许是其五律组诗《西域河中十咏》，作于随成吉思汗西征，并在西域河中府驻守数年期间。乃是一系列遥承盛唐边塞诗传统之作，记录一个契丹青年在西域的种种见闻和感受。此外，或许又因身处太宗窝阔台在蒙古势力日益壮大，充满希望的时代环境，其诗中亦往往吐露个人的政治抱负与理想，诸如心怀辅佐君王，完成统一四海的大业；不过，却又时时流露"功成身退"的智慧，视功名如云烟的超脱。这样的内涵情境，自然容易令读者联想到，传统中国文人士大夫兼济天下与独善其身的双重人格，尤其是盛唐诗中那些既抒发济苍生的用世抱负，亦吟咏弃轩冕的归隐情怀。试看其七律《和移剌继先韵》：

> 旧山盟约已愆期，一梦十年尽觉非。
>
> 瀚海路难人更少，天山雪重雁飞稀。

渐凉白发宁辞老，未济苍生曷敢归。

去国迟迟情几许，倚楼空望白云飞。

虽是一首唱和之作，却并无一般唱和诗的应酬痕迹。全诗主要是抒发作者"未济苍生""空望白云"的复杂情怀，其中又经"瀚海""天山"这些边塞的异域风光与雄伟景象之点染，遂令整首诗焕发出浩阔苍茫的意境。耶律楚材虽然不能算是元代的主流诗人，却以其个人特殊的经历与才华，率先为元诗奏出有别于宋、金遗民诗的新声，同时亦为一个新时代的诗坛，指出可能发展的方向。

刘因（1249—1293）则是另一位为元诗奏出新声者。按，刘因家族乃是世居北方的汉人，属于金国统治下的臣民。其字梦吉，号静修，雄州容城（今河北）人，崇奉程朱理学，是元代著名的理学家，主要以讲学授徒为生。由于世祖忽必烈定燕京为大都之后，有意采用汉法，热心征召汉籍文臣，尝于至元十九年（1282）征刘因为承德郎、右赞善大夫，未几刘因即以母病为由辞归。至元二十八年（1291），又以集贤学士召其入朝，但他称病固辞不就。因此，刘因乃是以辞官不仕的隐者身份见称于世。

据清人顾嗣立（1665—1722）《元诗选》的观察，刘因"诗才超卓，多豪迈不羁之气"。这样的风格，显然与其辞官不仕的隐者身份并不相符，不过却展现北方环境土壤孕育之下的豪迈之气。试看其著名的《渡白沟》：

蓟门霜落水天愁，匹马冲寒渡白沟。

燕赵山河分上镇，辽金风物异中州。

黄云古戍孤城晚，落日西风一雁秋。

四海知名半凋落，天涯孤剑独谁投。

所渡的"白沟"，原是定兴新城境内的一条小河，当年宋辽两国即尝以此河为分界，故而又名"界河"。可是，爰及刘因路经之时，白沟早已失去作为界河的意义，徒自成为引发怀古幽情的历史古迹而已。如今"匹马冲寒渡白沟"，昔日辽金的风物依旧，日夜季节照样运转，惟"四海知名半凋落"，只剩得他"天涯孤剑独谁投"。全诗既缅怀历史，感叹盛衰，亦抒发己怀，同时以"匹马冲寒""燕赵山河""天涯孤剑"诸意象，为整首诗增添一份豪迈雄伟、慷慨盈怀的意味。

端看上举耶律楚材或刘因的诗作，或许就以为"豪迈慷慨"之音，乃是诗歌在蒙元朝代展现的风格正宗。可是，这不过是多元族群的元代诗坛表现的一个基调而已。由于中原汉文化的吸引力，尤其是儒家文化中强调的中正和平、雍容儒雅，在异族政权统治之下，不但未尝消歇，似乎还特别令人心仪；加上南北统一之后，江南地域文化展现的种种优势，遂令一个出身草原文化的"征服王朝"诗坛，开始讲求"雅正之音"。"雅正"不但成为元代诗坛的一股主流，并且与一些汉化的西域诗人表现的"清丽"之风，共同构成元诗臻于鼎盛的重要标志。

(三) 元诗的鼎盛

元诗的鼎盛，自然与其所处的环境，亦即延祐前后年间政治社会日趋安定，经济发展逐渐繁荣密切相关。按，世祖忽必烈后期，一统天下的征战早已结束，虽然蒙古人与色目人在政治权益或仕宦机会上，还是享有特权，汉族士人大多数依然不得志于政坛，但是，元初因异族入侵，导致文化冲突的混乱局势，毕竟时过境迁，何况"能行中国之道，则中国之主也"（郝经《陵川文集·与宋国丞相论本朝兵乱书》），一般汉族士人的离心倾向也渐趋淡化，各自在这个已行"中国之道"的异族统治时代，谋求个人生存的空间，寻求自己的定位。从成宗大德（1297—1307）到仁宗延祐（1314—1320）年间，史称是元朝政权的盛世。加上延祐二年（1315），科举制度恢复，虽有族群配额的不公，毕竟增加了汉族士人的仕进机会，同时也为一批以文才见称的文臣，提供了表现的舞台。在诗歌创作方面，一般即以延祐前后三四十年间，为元诗发展的鼎盛期，元代的主要诗人，亦大多集中于此时期。

不容忽略的是，此时期无论蒙古、色目、汉人、南人，早已习惯多元族群同处一朝的现实。何况经南北江山的统一，遂令多族士人在追求个人仕宦功名或优游行乐生涯的选择中，可以各取所需，或南人北上追求功名，或北人南下心怀优游，不但为南北文化的交流，不同族群的融合，展现一个史无前例的、多元统一王朝的盛况，同时亦显示，汉文化在"征服王朝"中继续焕发出难以抗拒的吸引力。尤其在诗歌创作方面，不但有出身江南地区的馆阁文人之表现，同时还因为一批汉化已深的少数民族诗人的登场，共同形成元诗"雅正"与"清丽"并存的主流风格，为元诗的鼎盛结出丰硕的果实。

1. 元音始倡

延祐前后时期的诗人，主要基于对宋人往往以文为诗、以理入诗的不满，于是提出"宗唐复古"的主张，呼吁以唐诗和魏晋古诗为楷模，终于导致以"雅正之音"为诗坛主调的现象。所谓"雅正"，意指作品中展现风雅高古的意韵，不过在延祐前后诗坛，实可包括两层含义：一是以儒家推崇的温柔敦厚诗教为依归，意韵温雅平和；二是以歌咏当时治世的承平气象为主调，风格雍容大度。这当然与元朝中期时局太平，以及当政者日趋"汉化"，对汉文化的尊重有关。就看此时期流行诗坛的赠答酬和之章、题咏书画之作，已充分展现汉文化的影响，尤其是江南风雅文化的魅力，即使在一个以游牧起家的"征服王朝"统治之下，亦难以抗拒。以书画并称于世的赵孟頫，即是元音的始倡者。

赵孟頫（1254—1322）字子昂，号松雪，湖州（今属浙江省湖州市吴兴区）人，原是赵宋皇族的后裔，在文化史上成就斐然，无论书法与绘画均堪称一代巨擘；绘画方面提倡"古意"，书法方面则力求回复晋、唐古法。在诗坛，亦首领风骚，主张宗唐复古，成为"雅正之音"之始倡者。清人顾嗣立于其《寒厅诗话》即尝云："中统、至元而后，时际承平，尽洗宋金余习，则松雪为之倡。"其实，赵孟頫因出身赵宋皇室后裔，宋亡入元，先后又受元世祖、仁宗之宠遇，难免受到时人的一些非议。其现存诗中，留下一些以赵宋王孙之身，抒发遭遇时变的伤痛与应征仕元的愧疚，诸如《罪出》《岳鄂王墓》等，即是经常成为元诗论者乐于引述的有名例子。这类作品，其实与元初的宋金遗民诗中流露的亡国之痛，故国之思，颇有类似之处。不过，综观赵孟頫诗整体风格的表现，则以其为元音之始倡更令人瞩目。盖赵孟頫诗或直接上承魏晋诗人的风雅高古，或融之以唐诗的圆融流畅，遂开启延祐诗坛以"宗唐复古"为宗旨的雅正诗风。

试看其五古《咏怀六首》其二：

美人涉江来，遗我云和琴。朱丝絙玉珍，古意一何深。

长歌和清弹，三叹有遗音。逸响随风发，高高不可寻。

奈何俚俗耳，折杨悦哀淫。此道弃捐久，沉吟独伤心。

此诗颇有魏晋古诗风雅萧散的韵味。正如其题为"咏怀"，笔墨间寄寓着一份曲高和寡，但伤知音稀的寂寞襟怀，可视为赵孟頫诗"风雅高古"风格的代表。诗中的"古意"，起于涉江来的美人"遗我云和琴"，而且"长歌和清弹"，歌奏出的遗音逸响，不同于时下"俚俗""哀淫"之声，可惜"此道弃捐久"，乃至"沉吟独伤心"。

上举赵孟頫诗作，已点出元诗可能朝风雅高古风格发展的倾向。不过，元诗发展的高峰，以及其时代风格的确立，仍须由所谓"元诗四大家"以及一些西域诗人的纷纷出场，方能建立其时代主流的风格特色。

2. 元诗主流

(1) 雅正之音 —— 元诗四大家

元仁宗延祐年间前后，一批出身于江南地区的士人，聚集于京师大都（今北京），彼此交往过从，驰骋清要，形成了一个互有情谊、彼此酬唱的文人集团，遂促成元诗的发展臻于鼎盛。根据活跃于延祐诗坛后期的欧阳玄（1283—1357），于其《罗舜美诗集序》的描述："我元延祐以来，弥文日盛，京师诸名公，咸宗魏晋唐，一去宋金季世之弊，而趋于雅正。"顾嗣立《寒厅诗话》则进一步点出"京师诸名公"所指的确切对象："延祐、天历之间，风气日开，赫然鸣其治平者，有虞、杨、范、揭，一以唐为宗，而趋于雅，推一代之极盛。"按，虞集（1272—1348）、杨载（1271—1323）、范梈（1272—1330）、揭傒斯（1274—1344），即为元诗史上所称"元诗四大家"。按，此四人均曾经同时任职于集贤、翰林两院，属当朝的馆阁文臣，除了彼此交游酬唱，亦与京师其他文人士大夫相互翰墨往复，共同体现了以"雅正"为元诗的主旋律。

元四大家中当以虞集最负盛名，亦视为元代江南士人在朝的表率，以及馆阁诗人的集大成者。其字伯生，号道园，又号邵庵，抚州崇仁（今江西）人，是南宋丞相虞允文的五世孙。成宗大德年间，以大臣荐举入朝，授大都路儒学教授；以后又历仕仁宗、文宗朝，皆一帆风顺，直至文宗驾崩，乃以眼疾辞归临川。按，虞集一生著述繁富，《元史》本传称其"平生为文万篇"，可惜"稿存者十二三"，其现存诗亦仅两千多首，即使如此，仍然是元代诗人存诗最多者，成就也最高。虞集尝比喻自己的诗有如"汉廷老吏"，显然颇以章法严谨、格律工稳自许。

试以其七律《送袁伯长扈从上京》为例：

> 日色苍凉映紫袍，时巡毋乃圣躬劳。
>
> 天连阁道晨留辇，星散周庐夜属橐。
>
> 白马锦鞯来窈窕，紫驼银瓮出蒲萄。
>
> 从官车骑多如雨，只有扬雄赋最高。

诗题所指送别对象袁伯长，即袁桷（1266—1327），比虞集较早入朝，历任翰林直学士、侍讲学士等文学侍从之职，是大德、延祐之间元代文坛的重要人物。上举虞集之作，乃是一首典型的、馆阁文臣之间送往迎来的应酬诗。其章法之严谨，格律之工稳，意境之圆融，实颇类似盛唐时期的"应制"诗。尽管诗中言称，袁桷出发后将面临旅途的日夜奔波，却并无一般送别诗中临别依依不舍的喟叹，亦无行子与居人别后均须面临孤寂的悬想。全诗笔墨重点主要在于称美袁桷扈从上京之际，送行排场的富丽堂皇，并且趁此恭维袁桷的文才，可与汉代的扬雄相比拟。整首诗，行文平稳，用辞典丽，的确予人以雍容中正、温文和雅的印象。既歌颂时代的承平，亦流露出身江南士人的作者，对这个承平时代的认同，可称是元诗中雅正之音的典范。

尽管元诗四大家并驰诗坛，且各有其自身的风格特点，如虞集即尝评四家云："仲弘（杨载）诗如百戏健儿，德机（范梈）诗如唐临晋帖，曼硕（揭傒斯）诗如美女簪花。"他自己则如"汉廷老吏"（《元诗选·道园学古录》）。不过，由于四家均属朝廷的馆阁文臣，且相交情款，酬唱不绝，难免彼此影响，遂往往出现诗作体貌雷同，审美趣味类似之处，乃至引起风格上"共性"多于"个性"的批评。如明人胡应麟《诗薮》即批评延祐诗坛："皆雄浑流丽，步趋中程。然格调音响，人人如一，大概多模往局，少创新规，视宋人藻绘有余，古淡不足。"不容忽略的是，时代诗风的形成，正有赖于不同作家作品的"共性"，也正因为四大家及其追随者，在诗歌创作上体现的"共性"，才促成"雅正之音"一时成为延祐诗坛的主流风貌。

当然，延祐诗坛之鼎盛，不能单凭江南士人出身的元四大家及其追随者之属的创作。因为元朝毕竟是一个由多元族群组成的时代，其诗歌的时代风格，亦须经由不同族群作家的表现，方能展现一个由多元族群形成的诗坛之真实面貌。因此，除了江南士人的表现之外，非汉族诗人对元诗风格形成的贡献，亦值得重视。

(2) 清丽之响 —— 非汉族诗人（西域诗人）

元代诗坛之盛，乃是由多元族群的诗人共同促成，非汉族诗人的瞩目成就，亦不容忽略。非汉族的诗歌造诣，当然与元朝皇室对汉文化日益尊重，以及非汉族士人汉化日深有关。按，元朝中期以后诸帝，包括仁宗、英宗、文宗，乃至末代皇帝顺帝，不仅均具有汉文学与艺术的造诣，而且热心提倡。影响所及，蒙古、色目官员中，研习汉文化，精通汉学者，日益增多，其致力的专长，亦逐渐由原先儒学的研习，进而登入文学及艺术的殿堂。顾嗣立《元诗选》论及元代少数民族诗人的表现，提出以下的观察：

> 要而论之，有元之兴，西北子弟，尽为横经。涵养既深，异才并出。云石海涯，马伯庸以崎丽清新之派，振起于前，而天锡继之，清而不佻，丽而不缛，真能与袁、赵、虞、杨之外，别开生面者也。于是雅正卿（琥）、达兼善（泰不华）、乃易之（贤）、余廷心（阙）诸人，各逞才华，标奇竞秀。亦可谓一时之盛者欤！

顾氏所称出身"西北子弟"，"各逞才华，标奇竞秀"的诗人中，令人瞩目者，即包括萨都剌（1280？—1346？）、马祖常（1279—1338）、贯云石（1286—1324）等，均属"真能与袁、赵、虞、杨之外，别开生面者"。值得注意的是，这些在诗坛上"别开生面"的少数民族诗人，虽各有其自身特色，却与四大家有相同之处：均以宗唐为创作之目标，而表现的风格，则主要以"清丽"为宗。其中贯云石亦是元代散曲大家（详后），就诗歌而言，乃以萨都剌最具代表性，成就亦最高。

萨都剌出身将门之家，字天锡，号直斋，属西域回族人，泰定四年（1327）进士，之后授镇江录事司达鲁花赤，秩满，入翰林国史院任职（官职不明，为期亦不详），应当即是于此时期在京城与虞集诸馆阁文臣结交，互有诗歌酬唱。至于萨都剌在京城待了多久，已无法确知。离京之后，则长期辗转历任各路地方官，晚年曾寓居杭州，最后不知所终。萨都剌的生平正史无传，事迹多来自他人笔记传闻，其确实生卒年至今尚未获得学界定见。但是，在元代诗坛上，萨都剌的成就与影响，不容忽略。当时的文坛泰斗虞集，即称萨都剌诗："最长于情，流丽清婉，作者皆爱之。"（《清江集序》）

其实，萨都剌在元代诗坛，虽曾以一系列抒写宫廷后妃宫女生活的"宫词"知名当世，其他后辈作者亦受其"宫词"影响，纷纷提笔效法，元末杨维桢甚至将其比作唐代以宫词见称的王建（《西湖竹枝集》）。但是，萨都剌"长于情，流丽清婉"的诗风，实并不局限于令其成名的"宫词"，同时亦流露于其他不同题材内容的作品中。试看其《越台怀古》：

越王故国四围山，云气犹屯虎豹关。

铜兽暗随秋露泣，海鸦多背夕阳还。

一时人物风尘外，千古英雄草莽间。

日暮鹧鸪啼更急，荒台野竹雨斑斑。

此诗的确写得"流丽清婉"，情怀意趣亦繁富丰美，当属"长于情"者之作。就主题内涵而言，是一首典型的怀古诗，其中有历史的缅怀，古迹风景的描写，以及诗人当前的感怀。首先，其感怀者，即是一份对英雄人物的今昔之感："一时人物风尘外，千古英雄草莽间。"这是自唐人怀古诗即萦绕不去的情怀。其次，诗中意象的运用，意境的营造，诸如"随秋露泣"的"铜兽"，还有"日暮啼更急"的"鹧鸪"，均予人以唐诗仿佛的痕迹。令读者回想到李白《越中览古》中，"越王勾践破吴归，义士还家尽锦衣"之际，何等意气风发，举国欢腾；俟镜头回到宫中，又是另一番"宫女如花满春殿"，真是一片花团簇锦，富丽堂皇；可惜爰及李白造访越台古迹时，却"只今唯有鹧鸪飞"的满目凄凉。再者，上举萨都剌诗中"铜兽暗随秋露泣"，铜兽随秋露而泣的意象，亦隐约浮现着李贺《金铜仙人辞汉歌》中的金铜仙人在面临时光流逝，朝代变迁的悲哀。按，当初汉武帝为求长生而铸造的手捧接露盘的金铜仙人，原寄望于生命的永恒，最终却难逃朝代的变迁，时光的淘汰，就连金铜仙人自己去留的命运，亦无法掌握，乃至忍不住"潸然泪下"。

　　明人胡应麟《诗薮》论及萨都剌在诗歌方面的承传，认为"天锡诵法青莲（李白）"，清人顾嗣立《元诗选》则以为"天锡善学义山（李商隐）"。其实，无论李白、李贺、李商隐，均属唐诗的大家，萨都剌对他们诗作的追随模仿，正好点出元代诗坛普遍宗唐的现象。其他诗人，无论汉族或非汉族，亦大多以唐诗为遵循模仿的典范，明显展现元代诗人"宗唐复古"的创作意图。即使元末诗坛的泰斗杨维桢，亦难免如是。

（三）　元诗的夕晖 —— 铁崖体

　　元末诗坛最令人瞩目的诗人，当然非杨维桢（1296 — 1370）莫属。其字廉夫，号铁崖，亦号铁笛道人，绍兴会稽人，与萨都剌同为泰定四年（1327）进士。因个性狷介，官运不畅，始终沉沦下僚，担任几年税吏"盐司令"的小官，即挂官而去。及至元末群雄蜂起，战火纷飞，乃因避兵乱，流寓吴中，此后即辗转于江南各地，活跃于各诗社之间，在晚辈诗人景仰中，俨然是一代宗师。不过，杨维桢在其生命历程上，毕竟经历了元朝末期的混乱与败亡，乃至在诗歌创作上，有别于延祐诗坛的雅正与清丽诗风，展现出具有个人特殊风格的"铁崖体"，且因追随者无数，为元代诗歌的多元性质，又增添一项重要的元素。据顾嗣立《元诗选》对元四大家之后诗坛的观察："至正改元，人才辈出，标新领导，则廉夫为之雄。而元诗之变极矣！"值得注意的是，令元诗风格大变之"铁崖体"，曾风靡一时，出入于其门下，追随模仿其体的诗人，先后有上百人之多，因此是"标新领导"。影响所及，甚至绵延至元亡之后明初诗坛，诸如明初"吴中四士"（高启、张羽、杨基、徐贲）之诗作，一般均视为乃是从"铁崖体"脱胎而出。

此处须先厘清，何谓"铁崖体"，其特色何在。按，杨维桢在诗论和创作双方面，均明显表现意图摆脱政教伦理的束缚，提倡自由挥洒的"复古"倾向。其于《李仲虞诗序》文中即主张，诗歌当表现作者的人格情性："诗者，人之情性也。人各有情性，则人有各诗也。得于师者，其得为吾自家之诗哉？"同时亦强调，诗歌语言当出于自然，故而反对雕琢。如其《贡尚书玩斋集序》即云："发言成诗，不待雕琢，而大工焉。"因为雕琢的语言，会令诗歌的古意消失，犹如其于《潇湘集序》中点出："务工于语言，而古意寝矣。"配合着杨维桢这些倡导"复古"的理论，展现在其创作上，就是以"古乐府"与"竹枝词"之类作品，为其笔墨重点。有趣的是，杨维桢在元末貌似"革新"的诗歌理论与实践，实际上并未跳脱元诗整个时代"宗唐复古"的时代特征。只不过对唐以前的作品，以回归汉魏六朝乐府为主，对唐诗，则祖袭李白、杜甫、李贺，乃至韩愈、李商隐诸人的歌行。泛览杨维桢的现存诗歌，纵横多姿，其实不主一家，故显得自由奔放，气势雄健，想落天外；不但摆脱北宋以来偏重说理议论的倾向，同时亦无视于延祐诗坛诗必雅正的要求。倘若综观其诗之主要风格，犹如胡应麟《诗薮》所称："耽嗜瑰奇，沉沦绮藻。"换言之，在立意构思上，超乎寻常，讲究奇崛；在造语藻绘方面，则往往追求绮丽，崇尚瑰奇。最能代表"铁崖体"奇崛风貌者，无疑是其古乐府。

试看一首杨维桢自己颇以为得意之作《鸿门会》：

　　天迷关，地迷户，东龙白日西龙雨。

　　撞钟饮酒愁海翻，碧火吹巢双猰貐。

照天万古无二乌，残天破月开天余。

座中有客天子气，左股七十二子连明珠。

军声十万震屋瓦，拔剑当人面如赭。

将军下马力拔山，气卷黄河酒中泻。

剑光上天寒彗残，明朝划地分河山。

将军呼龙将客走，石破青天撞玉斗。

根据杨维桢门人吴复的评述："先生酒酣时，常自歌是诗。此诗本用贺体，而气则过之。"(《元诗选·铁崖古乐府》）按，上举《鸿门会》，显然是模仿李贺写鸿门宴的咏史诗《公莫舞歌》，在立场上亦同样推崇刘邦之所以成为真命天子的气概。而且诗中构思之奇崛，造语之怪异，亦与李贺原著相仿佛，可谓李贺诗风的继承或模仿。然而，杨维桢此诗中，其形容之夸张，气势之雄放，意象的飞动，实则已超越李贺的原著。展现的是，由原著的读者，转换为拟作的作者，身份转换之际的创新；同时亦显示，这不仅是元诗有意"宗唐复古"的结果，也是杨维桢个人，有意寻求不同于延　诗风的表现。

值得注意的是，杨维桢"铁崖体"另一面的风格特征，且同样影响深远者，则是其仿效晚唐诗人韩偓"香奁体"《续奁集二十咏》，以及刘禹锡、白居易诸人《竹枝词》而作的"竹枝歌"。试先以《续奁集》中的《的信》一诗为例：

平时诡语难为信，醉后微言却近真。

昨夜寄将双豆蔻，始知的的为东邻。

诗中女主角，其实已与韩偓诗中空闺幽怨的贵妇形象并不相同，却有些像南朝吴歌西曲中，在商埠城镇以声貌取悦人的女子，或生活在元代市井社会中以才艺谋生的女子，无须受传统礼教的束缚，可以坦率述说与情郎"私会"的经验感受。胡应麟《诗薮》已观察到："廉夫《香奁八咏》……古今绮辞之极，然是曲子语约束入诗耳。句稍参差，便落王实甫、关汉卿。"按，杨维桢《续奁集》二十首联章，与元代套曲的体制已相近，其中连续描述市井女子的日常爱情生活，与流行元代的俗文学已有共通之处。

此外，杨维桢于至正初十年，浪游吴越期间，曾闲居杭州西湖，作有《西湖竹枝歌》（一名《小临海曲》），并以其诗坛盟主的地位，遂开启了一次规模空前的"同题共咏"文化活动，参与者有数百人之众，且包括不同族群的作家。至正八年（1348）秋，杨维桢将这些同题共咏的"西湖竹枝词"汇编成《西湖竹枝集》，共收一百二十人的作品。其中杨维桢首倡之作有九首。试选其第七首为例：

> 劝郎莫上南高峰，劝侬莫上北高峰。
>
> 南高峰云北高雨，云雨相催愁杀侬。

所称"南高峰""北高峰"者，均属西湖周边的山名。尽管全诗是以西湖周遭山峦风景为笔墨重点，不过其中以"劝郎""劝侬"的口吻，以及对"云雨相催"的担忧，立即予人以暗含"男女艳情"的印象。但是，这份艳情，与齐梁的宫体诗或晚唐的香奁体并不相同。因为，其间的世俗情味与民间口语，实际上流露的是有元一代市井文化孕育之下通俗文学的色调，同时也展现以杨维桢为首的元末诗人，意图学古出新的创作精神。

小结

元朝乃是一个由少数民族统治，以多元族群组成的王朝。与前代王朝最大的不同，就是其政治社会的多元性。不过，在文化方面，虽然有不同族群的参与贡献，却仍然是以汉族文化占主流优势。尤其是属于精英文化的元代诗坛，无论汉族或非汉族作家，即使奏出了新声，甚至展示意图颠覆某些汉文化传统的束缚，在其演变过程中，却往往难免回顾过去，在前人的创作中吸取养分，寻求认同，选择归属，乃至始终未能摆脱汉魏六朝唐宋以来的诗歌传统。中国诗人追怀往昔，迷恋过去的特色，爰及明清，并未改变。

第三节

明清诗的发展大势 —— 中国古典诗歌的卒章

明清二朝乃是中国社会从古老的传统走向近代社会的过渡时期。就诗歌发展史的角度视之，则是中国古典诗歌的卒章，也是中国诗人对其诗歌传统最后的回顾与不舍。尽管明清诗坛，各有其所处特殊的时代与环境背景，展现不同的发展演变历程，整体视之，"宗唐"则是这两代诗坛的主流，亦是大多数诗人创作的共同倾向。

❖ | 一、明诗的发展历程 —— 宗唐与复古

明朝是一个推翻蒙古族"征服王朝"统治的朝代，从洪武元年（1368）太祖朱元璋开国，至崇祯十七年（1644）毅宗自缢，共维系二百七十多年的历史。身处元明易代之际的汉族文人士大夫，对于朱元璋打着"驱逐胡

虏，恢复中华"旗帜，灭元立明，终于重建一个由汉族统一全国的政权，在心目中曾经浮现从此可以重整大汉天威，复兴盛唐气象的愿景。不过，明代帝王的统治，其实远比选择以儒术治国的元朝诸帝更为严酷，朱元璋实际上开启了中国历史上一个极端君主专制的时代。在文化政策方面，主要以四书五经为国子监的教材，推行八股科举制度；思想言论方面，兹因对文人士大夫多怀猜忌，往往严加钳制，屡兴文字狱，诛杀异己，其残酷无情，乃前所未有。例如高启、方孝孺、解缙诸士之先后被杀害，不但震撼了文人士大夫阶层的心灵，也局限了诗坛的创造性，进而影响到明诗的发展方向。

综观明代诗坛，即使在政治高压之下，作者仍然创作不辍，并展现其时代的特征。值得注意的是：（1）作者对诗歌传统频频回顾，乃至"宗唐"与"复古"，成为明代诗坛的普遍现象。（2）文人士子群体意识浓厚。作者往往以出身地域、政治态度、文学理念相聚合，且互相切磋，彼此标榜，因而诗歌流派林立。诸如"吴诗派""闽诗派""岭南派""茶陵派"等，不胜枚举。（3）才子型的文人活跃文坛，似乎也特别受到读者与论者的青睐，习以"才子"的标签将某一流派群体归类称之，诸如"东南五才子""景春十才子""吴中四才子""弘正七才子"（即前七子）、"嘉隆七才子"（即后七子）等，以标榜不同流派的群体风格。（4）民族意识开始扩散。当然，宋金及宋元对峙之际的诗词作品，已经出现一些流露"民族意识"的悲愤之音，但那毕竟属于少数"民族英雄"的情怀。爰及明代，身逢元明或明清易代的士人，往往在"君臣大义"的名节观念影响下，有的不愿改仕新朝，或虽改仕新朝，却心怀故国。尽管出处选择有异，可是在这些身逢易代的诗人作品中，不时流露"夷夏之辨"的民族意识，则是过去朝代较为少见者。以上这些现象，均为明代诗歌涂上其特有的色调。

（一） 明诗的发端 —— 宗唐之始

洪武建文年间（1368—1402）是明诗发展的开端，也是明诗宗唐之始。根据高棅（1356—1423）《唐诗品汇·序》，明初"闽诗派"诗人如林鸿等，首先以追模盛唐诗相号召，认为："开元天宝间，神秀声律，粲然大备，故学者当以是为楷式。"（类似引言亦见《明史·林鸿传》）同属"闽诗派"的高棅，于其《唐诗品汇》选诗，即专重盛唐，认为明诗的宗唐，其"胚胎实兆于此"（《明史·高棅传》）。值得注意的是，大多数明初诗人，即使尚未有意识地提出"宗唐"，在艺术风貌与情怀抒发方面的"宗唐"痕迹，已宛然可见。

活跃于明初诗坛的著名诗人，诸如刘基（1311—1375）、高启（1336—1374）、林鸿（约1383年前后在世）等，多生活于江南地区的吴山越水或八闽三楚之间，且均成长于蒙古统治的元朝，作品中难免会出现"犹存元纪之余风"（沈德潜《明诗别裁·序》）者。不过，令人瞩目的是，这些元末明初诗人，所以不同于以往易代之际的诗人，并不在于是否对故国有所怀思，而在于对朱元璋终于建立由汉族统一全国的新王朝，流露的"欣慰"之情。

试看高启《送沈左司从汪参政分省陕西汪由御史中丞出》一首：

重臣分陕去台端，宾从威仪尽汉官。

四塞河山旧板籍，百年父老见衣冠。

函关月落听鸡渡，华岳云开立马看。

知尔西行定回首，如今江左是长安。

高启字季迪，长洲人。据赵翼（1727—1814）《瓯北诗话》，高启"才气超迈，宗法唐人，而自运胸臆。一出笔即有博大昌明气象，亦关有明一代文运，论者推为明初诗人第一，信不虚也"。其实除了"宗法唐人"之外，高启诗中明显流露的浓厚"民族感情"，亦是前代诗人作品中所罕见。如上举诗例，乃是送别友人同僚赴任之作，其时空背景是：洪武二年（1369）二月，徐达等人率兵西渡黄河，平定了陕西；四月，汪广洋御史中丞出任陕西参政，高启的友人沈左司则随从赴陕西。诗中特别点出送别场合之盛美，以及随从者礼仪服饰之威严，而且尽是"汉官"！此时四塞河山均已回归旧时板籍，陕西父老在蒙元统治百年之后，终于能够欣见身着汉族衣冠的官员。沈、汪诸人可以从容出关赴陕西就任了，预期他们在路过函谷关途中，立马华山东望之际，必然欣慨交集，因为"如今江左是长安"，明朝已建都南京！高启实际上乃是一书生，并非抗元英雄，其诗中流露的"民族感情"，昭然若揭。谁知五年后，却因受苏州知府魏观案的株连被杀，高启成为明太祖极端专制残酷的受害者。但在明初诗坛，高启则拥有崇高的地位，其诗歌创作，内容广泛多样，气势浩阔，情怀澎湃，不时浮现着宛如盛唐时期的"博大昌明气象"，是为明诗宗唐复古的先声。

自成祖永乐至英宗天顺年间（1403—1464），明朝政权趋于稳固，而且上下图治，社会承平，加上先前朱元璋大兴文字狱的威吓，诗坛一片恭顺平和，遂出现以台阁重臣"三杨"（杨寓、杨荣、杨溥）为代表的"台阁体"。其实，三杨均是承平之世的能臣贤相，他们的诗作，大多属应制、颂圣、题赠之章，自然以恭维颂美、歌咏承平为主要内容，往往显得辞气安闲，雍容典雅，欠缺个人真情实意的抒发。在台阁体盛行诗坛期间，也出现诸多不满"台阁体"的别体流派，其中以"茶陵派"的影响最为深远。其领袖人物李东阳（1447—1516），以拟古乐府著称，并从格调、法度方面论诗，推崇李白、杜甫，主张诗贵"真情实意"。由于李东阳地位显要，主盟文坛，一时风云际会，追随者众。尽管"茶陵派"的诗作尚未完全摆脱台阁气息，却已为前后七子的宗唐复古掀开序幕。

（三）明诗的鼎盛 —— 诗必盛唐

自弘治经正德、嘉靖，到隆庆年间（1488—1572），是明朝国势由盛转衰的过渡，却也是明诗的鼎盛时期。在朝政上，孝宗于弘治初期曾励精图治，广开言路；世宗于嘉靖前期也曾锐意求治，试图改革。可惜皇室羸弱，大权逐渐旁落，宦官与权臣日益专权，政治也日趋腐败，加上"南倭北房"的外患频仍，北方蒙古鞑靼、瓦剌部，几次大举入侵，加上来自日本的倭寇又在东南沿海屡次侵犯，明朝的国运急速走向下坡。不少文人士子，要求改良政治，改革文风，开始对雍容典雅，歌咏承平的"台阁体"，以及服膺道学家高谈性理的"道学体"表示不满，意图寻求改革之路。这时期的诗坛，创作繁盛，且理论蓬勃，最值得注意的是，主掌此期诗坛的前后七子，提出"诗必盛唐"的复古呼吁。

"前七子"即指"弘正七才子"，其成员包括李梦阳（1472—1529）、何景明（1483—1521）、徐祯卿（1479—1511）、边贡（1476—1532）、康海（1475—1540）、王九思（1468—1551）、王廷相（1474—1544）等

七人。可以其领袖人物李梦阳为代表。据《明史·文苑传》李梦阳本传，其人"才思雄鸷，卓然以复古自命……倡言'文必秦汉，诗必盛唐'，非是者弗道"。其实李梦阳原本出于李东阳门下，只是在诗歌理论与实践上，比反对"台阁体"更进一步力主复古。综观李梦阳诗，以拟古之作为多，而且古必汉魏，律必盛唐，并以杜诗的再现为己任。

试看其七律《岁暮》五首之一：

万木萧萧俱成暮，疏梅修竹可怜风。

三河晴雪飞鸿里，四海孤城返照中。

白首园林惟阒寂，紫尘车马自开通。

谁堪物序惊前事，况复凭高数废宫。

此诗主要是写岁暮时节，登高望远所见所思所感：万木萧萧，梅竹摇曳，三河四海均涂上岁暮的颜色，反顾自己，也已白首寂寥于园林，远处的宫殿废墟则历历在目，遂引起自然物序永恒运转，人间世界盛衰兴废的感怀。诗的立意并不新颖，不过，其字辞的修饰，境界之浩阔，意象之跳跃，以及在自然与人事对比中的喟叹，的确颇有模拟杜甫的痕迹。在前七子的冲击之下，台阁体逐渐衰落，而道学体则仍然流行，于是遂有后七子的结社立派，继续诗风的革新。

"后七子"乃指"嘉隆七才子"，其成员包括李攀龙（1514—1570）、王世贞（1526—1590）、谢榛（1495—1575）、梁有誉（约1551年前后在世）、宗臣（1525—1560）、徐中行（1517—1578）、吴国伦（约1565年前后在世）等七人。是前七子倡言复古的继承者，均反对台阁体，反对道学体，主张"文必秦汉，诗必盛唐"，同为复古派。可以其领袖人物李攀龙为代表。

李攀龙特别推崇汉魏古诗与盛唐近体，观其所编选的《古今诗删》十四卷，选唐诗之后即直接明代，且多录同时代诸人之作，至于宋元诗则一概不取。李攀龙自己写诗，亦以模拟古人为主，据沈德潜《明诗别裁》的观察：其"古乐府及五言古体，临摹太过，痕迹宛然；七言律及七言绝句，高华矜贵，脱弃凡庸。去短取长，不存意见，历下之真面目出矣"。兹试举李攀龙七律《与元美登郡楼二首》其一为例：

> 开轩万里坐高秋，把酒漳河正北流。
>
> 自爱青山供使者，谁堪华发滞邢州。
>
> 浮云不尽萧条色，落日遥临睥睨愁。
>
> 上国风尘还倚剑，中原我军更登楼。

李攀龙字于麟，历城（今山东）人。上举诗题中所指共登郡楼者，乃后七子另一主将王世贞（字元美）。当时李攀龙任河北顺德知府，逢老友王世贞来访，于是作诗记其共同登楼的经验感受。按，李、王二人，一向交情深厚，彼此推崇欣赏，不仅同为诗坛领袖，且互以英雄相许。此番一起登楼开轩赏景，把酒论世事，忧时局，睥睨冷对天下，幸见朝廷为预防蒙古军的侵略，已有充分戒备。虽然明廷此时已处于内忧外患境况中，整首诗展现的则是，个体人格的自信，以及对大明军势与国朝稳固的期许。按，李攀龙的七律作品，王世贞于其《艺苑卮言》，即认为"自是神境，无容拟议"，并且推为杜甫以来第一人。可是，另一位同时代的胡应麟于其《诗薮》，则以李攀龙每每喜用"万里""百年""天涯""海内"等大字眼，塑造浩大意象的习性，因而批评其近体诗："用字多同……故十篇而外，不耐多读。"胡氏对李攀龙诗的批评，虽稍嫌苛刻，实际上正巧点出，前后七子在宗唐复古的意念下，多模拟前人，甚至力求接近前人典范，结果往往"临摹太过，痕迹宛然"，欠缺新意，易令读者生厌。不容忽略的是，上引之诗对于"中原我军"的自豪，并且在盛唐之音的追模中，遣词用字以及情境塑造方面寻求认同的创作意图。

前后七子的复古主张与模拟之风，影响明代诗坛几近百年光景。在这期间，当然也不时出现其他各色的流派。其中在文化史上最著称的，当是以诗书画三艺擅绝，号称"吴中四才子"者：亦即徐祯卿（1479—1511）、祝允明（1460—1526）、唐寅（1470—1523）、文徵明（1470—1559）四人。此外亦包括沈周等画家。他们的诗作，根据陈田《明诗纪事》（成书于 1899 年）中对沈周诗的观察，往往"不受拘束，吐词天拔而颓然自放，俚词谰言亦时拦入，然其奇警之处，亦非拘拘绳墨者所能梦见者"。这些不受拘束的书画家兼诗人，虽然未能涉足明诗鼎盛时期的主流，却正巧为主张独抒性灵，崇尚自然，反对矫饰的明末诗坛开辟先路。

（三） 明诗的夕晖 —— 独抒性灵

明神宗万历元年至光宗泰昌一年（1573—1620），已是明朝的晚期。这时的政局，由于宦官专权，朋党相斗，乃至朝政腐败，官僚体系日趋瘫痪。也就是在这样的环境背景中，诗坛发生明显的变化。一方面受王阳明（1472—1528）心学的启发，承认人的本身，即具有与"天理"相对的"本性"。另一方面则受李贽（1527—1602）《童心说》的影响，认为"童心者真心也"，"失却童心便失却真心，失却真心，便失却真人"；只要"童心长存"，则"无时不文，无人不文"，故而认为"诗何必古选，文何必先秦"。这样意欲颠覆传统的理念观点，对晚明诗坛产生极大的影响。首先"公安派"随即提出"独抒性灵"的主张，其后"竟陵派"则相继附和响应，虽然二派对所谓"性灵"的理解，并不尽相同，不过与前后七子复古主张的对立，则相仿，同样是意图对模拟之风的纠正，以及对正统载道文论的挑战。

所谓"公安派"，乃指以出身公安（今属湖北）的袁宗道（1560—1600）、宏道（1568—1610）、中道（1570—1623）三兄弟为核心的流派。在理论上，公安派反对复古，反对模拟，力主创新，并强调作家须"任性而发"，令作品有"自家本色"。对于前代诗人，公安派仍然有其钦慕者，最推崇的是白居易与苏轼，主要在于前者的闲适自在以及后者的旷达潇洒。三袁之长兄袁宗道，甚至名其书斋为"白苏斋"，题其诗文集为《白苏斋集》。三兄弟中以袁宏道的成就最高，在理论上提出作诗要"独抒性灵，不拘格套，非从自己胸臆流出，不肯下笔"，并特别称许"今闾阎妇人孺子所唱……不效颦于汉魏，不学步于盛唐，任性而发，尚能通于人之喜怒哀乐嗜好情欲，是可喜也"（《叙小修诗》）。

试看袁宏道《归来》一首：

归来兄弟对门居，石浦河边小结庐。

可比维摩方丈地，不妨扬子一床书。

蔬园有处皆添甲，花雨无多亦溜渠。

野服科头常聚首，阮家礼法向来疏。

写其归返故里与兄弟对门而居，享受结庐乡村的闲适之趣。庐舍虽小，"可比维摩方丈地"的宁静，亦"不妨扬子一床书"的雅兴，加上田园景色的纯朴，邻里即兴的聚会，真是逍遥自在，无拘无束。此诗虽不像"闾阎妇人孺子所唱"，但予人以真情流露的印象，且用语浅白易懂，行文流畅自然，典故运用亦明白易晓。虽然袁宏道志在扫除复古派模拟之弊，上引之诗，实与受其推崇的白居易之闲适，以及苏轼的旷达近似。

以袁宏道为首的公安派，提倡"独抒性灵，不拘格套"，甚至特别指出作诗当"任性而发"，可谓是为诗歌创作争取独立自主的宣言。不过，倘若过分强调抒写的自由，不受任何拘束，必然会丧失一些对诗歌传统审美趣味的基本要求。乃至其追随者，或因知识浅薄，或因追随走样，往往失之于轻率浮浅，甚至近于鄙俚庸俗。虽然"俚俗"正是流行于明代市井瓦舍的通俗文学诸如话本小说与地方戏曲的当行本色，不过对于诗歌而言，在大多数文人士大夫心目中，仍然认为自《诗》《骚》以来有关政教伦理之作，方属诗歌"正统"。即使作品中并无政教伦理的比兴寄托，至少也应该流露一些文人士大夫独立山海间的高尚人格特质，或高雅的审美品位。乃至对公安派之末流沦于轻率俚俗深感不满者，大有人在，而"竟陵派"即因应而起。犹如钱谦益（1582—1664）于《列朝诗集小传·袁稽勋宏道》所指，公安末流"狂瞀交扇，鄙俚公行，雅故灭裂，风华扫地"。于是"竟陵代起，以凄清幽独矫之，而海内之风复大变"。

"公安派"在诗歌理论上强调自然韵趣，主张创作自由，反对传统文学观念的束缚，且充分表现追求现世生活乐趣的意图。而"竟陵派"则主张读书养气以求厚，注重义理，方能"出入仁义道德礼乐刑政之中"（钟惺《东坡文选·序》）。这是两派最显著的不同。"竟陵派"主要以钟惺（1574—1624）、谭元春（1586—1637）为代表。由于二人均籍贯竟陵（今属湖北），且分别以《诗归》《明诗归》之辑集诗选，传达对诗歌的理论观点。其实在理论上，竟陵派同样反对模拟古人，主张抒写个人"性灵"。

不过，为了补救公安派过分浅率甚至沦于俚俗的流弊，其所谓"性灵"，主要是指避世绝俗的"孤怀孤诣"和"幽情单绪"，故而特别强调诗歌"幽深孤峭"的审美意趣（谭元春《诗归·序》）。

试以钟惺《宿浦口周茂才池馆》为例：

> 江边事事作山家，复有山斋着水涯。
>
> 一壑阴晴生草树，六时喧寂在莺花。
>
> 湖寻故步沙频失，烟送新浪岭若加。
>
> 信宿也知酬对浅，暂将心迹借幽遐。

就内涵意境视之，可谓识趣幽微，襟怀淡远，的确显得意趣"幽深孤峭"。全诗笔墨重点在于摹写浦口周茂才池馆一带景致的清幽绝俗，以及投宿者容身这样的环境之下，恬静旷达的襟怀。像这样表现个人一己生活雅趣与幽独心境的作品，自然并不陌生，属于传统社会精英阶层的文人士大夫之高雅情怀，与公安派"末流"展现的浅率俚俗倾向，有明显的区别。

当然，"公安"与"竟陵"两派在"独抒性灵"方面，足以补救前后七子复古派"诗必盛唐"、专事模拟的弊病。然而在实际创作上，两派作家往往因笔墨一再只顾围绕着个人的生活嗜好，或一己的幽独情怀，故而显得格局稍嫌狭小，视野不够宽广，乃至诗境往往显得薄弱。尤其是竟陵派，在力图创新的过程中，刻意追求字句的翻新，反而容易流于"幽晦"，乃至在明代诗坛虽风行一时，毕竟难以形成持久的势力与影响。何况这些文人士子能够享受个人生活闲适雅趣的日子，并不久长。时局危机纷至沓来，明朝的气运迅速衰败，爰及明清易代之际，在天翻地覆的大动乱中，明末诗人遂吟出慷慨的悲歌，明诗亦进入由一些忠义之士歌出其最后的尾声。

（四）　明诗的尾声 —— 义士之歌

　　明熹宗天启元年（1621）至毅宗崇祯十七年（1644），亦即清史上清世祖顺治元年，李自成攻入燕京，清军入关，崇祯皇帝自缢，明朝就在风雨飘摇中，走向灭亡的命运。此后，明皇室在力抗清军的忠臣义士维护之下，福王即位南京（1644），至桂王被吴三桂所杀（1662），前后十八年的挣扎奋战，史称"南明"。活跃于这样一段天地巨变时期的文人士子，面对国家破亡、异族入侵的悲痛现实，有人选择拒官归隐，成为明朝遗民，有人则逼不得已而改仕新朝，成为清朝贰臣。这些明清易代之际的遗民或贰臣，为明诗吟出最后的挽歌。

　　其实，在明亡之前，不少文人士子面临国家危难之际，置身风雨飘摇的社会动荡中，因痛心国是日非，为了挽救王朝的危机，曾参与明末两项主要的"救亡"活动。首先，目睹奸臣魏忠贤误国，朝政腐败，奋起而结社，尝试联络各地文社，组成具有浓厚政治色调的文学社团，意图以舆论对朝政世局有所帮助。其中的"复社"即以张溥（1602—1641）、张采为盟主，砥砺名节，指摘朝政。继而有陈子龙与夏允彝等人则组织"几社"，并与"复社"相呼应。两社都是东林的后劲，在文学上以复兴绝学相期勉，文章气节相砥砺。其次，在政治上眼见舆论无助，清军继续壮大，明室濒临败亡，有些干脆直接参与抗清的军事活动，意图挽救明朝的势运。这些以行动表达对国是深切关怀的文人士子，在诗歌创作方面仍然以复古为号召，但因个人不同寻常的经历，写出不少面对当下时局，忧国伤时的动人作品，为明诗增添了时代意义与抒情色调。

　　试先看陈子龙（1608—1647）《秋日杂感十首》之一：

行吟坐啸独悲秋，海雾江云引暮愁。

不信有天常似醉，最怜无地可埋忧。

荒荒葵井多新鬼，寂寂瓜田识故侯。

见说五湖供饮马，沧浪何处着渔舟。

陈子龙是明末诗坛盟主，字卧子，松江（今上海）人，崇祯十年进士。曾仕绍兴推官，后擢兵科给事中。眼见宦官揽权，明室垂危，何况"山头嵯峨烽火起，此时胡雏窥汉月"（《檀州乐》），感愤之余，几度亲自参与抗清活动。其《秋日杂感》大约作于"南明"唐王龙武二年（1646）左右，时清军已经入关，南京也已陷落，陈子龙与夏允彝等在松江聚众起义反清，不幸失败，乃潜回乡村，写下一系列的感怀之作。上引一诗，抒发的就是一份对明朝覆亡的悲痛，但见江山易主，孤臣无力可回天的哀伤。不久陈子龙即被捕，于押解赴京途中投水而死。

再看夏完淳（1631—1647）《别云间》：

三年羁旅客，今日又南冠。无限河山泪，谁言天地宽？

已知泉路近，欲别故乡难。毅魂归来日，灵旗空际看。

夏完淳字存古，松江人，乃夏允彝之子，是明末诗坛的一颗彗星，亦是中国历史上罕见的少年烈士。十四五岁即随其父参加抗清活动，又追随陈子龙起义，然而事败被捕，解京受审，一路吟咏不绝，谈笑自若，最后是宁死不屈，慷慨就义，死时年方十七岁。夏完淳因曾师事陈子龙，无论人格操守或诗歌风格，均深受其影响。上举诗例，乃是被捕时告别故乡之际所作。全诗情怀慷慨，忠肝义胆，视死如归，矢言死后其魂魄也要重返故乡的天空，看看大明的河山天地，以此表明其无限忠义、矢志不移的抗争精神。

明代两百七十多年的诗歌，就是在这些抗清义士笔下，完成其卒章。犹如夏完淳于《自叹》中的慨叹：

> 功名不可成，忠义敢自废。烈士贵殉名，达人任遗世。……

既然身逢"功名不可成"的时代，唯有坚持对朝廷君王的"忠义"之情，成就以身殉名的高贵情操，乃是个人最终追求的生命意义。其中人格的高尚，道德的勇气，辉映千古。

小结

明朝虽然是一个极权专制的时代，并未能阻挠诗坛的活跃。明朝始终以宗唐与复古为主流，展示明代诗人对过去诗歌传统的回顾与留恋，基本上仍可视为唐诗的余波荡漾。当然，明人在宗唐复古氛围中亦尝试寻求有所创新，而且诗论蓬勃，诗派林立，即使不免受过去传统的引导，已清楚流露创作的自觉意识。

值得注意的是，明代的立国，乃是从蒙古族手中夺回汉族政权，而明代的终结，又是被满洲人夺去政权。这样的处境，显然与其他朝代轮替的情况迥异，乃至明初以及明末诗人易代意识地强烈，似乎远甚于前朝作家。不容忽略的是，尽管在一些明初诗人作品中，已经初步流露"夷夏之辨"的"民族意识"，即使在明末义士诗歌中，业已发出"此时胡雏窥汉月"的感叹，但是这些诗作中抒发的，主要还是面临亡国的悲愤，以及对故国君王的忠义，实际上与宋元易代之际的"民族英雄"，包括文天祥（1236—1283）、谢枋得（1226—1289）、郑思肖（1239？—1318）诸人的"爱国诗篇"相若，强调的主要还是个人以人臣之身，为君主王朝效忠，吟出哀歌。当然，身处元明易代之际的诗人，对于恢复汉族衣冠，建立汉族统一王朝的欣悦，已经流露出一定程度"夷夏之辨"的民族意识；爰及明清易代之际，尽管文人士子对明代朝政的严苛与腐败如何不满，仍然纷纷参与"抗清"的激烈行列，这其中是否含蕴着近代文化兴起的"民族意识"，或许尚须由另一批入清之后的遗民或贰臣作家作品中方能揭晓。

✤ ｜ 二、清诗的发展历程

清朝（1644—1911）是满族入主中原建立的王朝，也是中国绵延两千多年的帝王制度瓦解之前的末代王朝。满族原属汉化颇深的女真族后裔，立国中原之后，一方面以怀柔手段笼络士人，不但恢复科举取士制度，又开征博学鸿儒科，广揽人才，并荐举山林隐逸，授翰林，开明史馆，以吸收明末入清的知识阶层为其效力。可是另一方面则又对汉族文人士大夫心存疑虑，遂采取高压政策，钳制思想，堵塞舆论，屡兴文字狱，以遏止反清的异心。清诗就是在这样的环境背景之下，展开其两百多年的生命历程，为中国古典诗歌的发展划上最后的句点。

综观清代诗坛，值得注意的是：（1）诗家人数之多，专集、总集之丰，均属空前；就其内涵意境与艺术风貌的拓展视之，亦超越元明二朝。（2）尽管清代诗坛创作蓬勃，且流派纷呈，门户林立，然而在传统的回顾中，大致不离"尊唐"与"宗宋"两大主张，并且还是以尊唐为主流，仍然徜徉在唐诗之后的余波里。（3）清代诗人多属"学者"型的博学之士，与明代诗人多属"才子"型的风流文人，有很大的不同。清代诗人往往以讲求学问为重，或在经学、史学、哲学、朴学、训诂诸领域建树不凡。学术风气自然会影响诗坛风尚，一般学者创作多重实、重朴，乃至书卷味、学究气较重。(4)诗歌理论纷呈。不过，无论王士禛（1634—1711）的"神韵"说，沈德潜（1673—1769）的"格调"说，或翁方纲（1733—1818）的"肌理"说，虽不乏新意，实际上还是沿袭前人诗观，进一步地发挥。

（一）清诗的始唱 —— 易代情怀与国朝情韵

清世祖顺治至圣祖康熙年间（1644—1722），清政权终于在明末反清势力节节退败中，由始建趋于安定稳固，清诗亦由此而始唱出其时代的音符。在这七八十年间的诗坛，实可分为前后两个明显的发展阶段：亦即由顺治时期的易代诗人情怀，转向康熙时期国朝诗人兴起，于是将视野从明代的败亡中收回，改而投向当前新朝的现实环境，以及个人的心情意念。

1. 易代情怀

活跃于顺治时期（1644—1661）前后的诗人，均属明朝遗老。经过故国的沧桑与个人生命的巨大变故，对于个人的生涯规划有不同的选择，包括从此拒官退隐的"遗民"，以及转而改仕新朝的"贰臣"。值得注意的是，这两类诗人，几乎都参加过明末的抗清活动，惟事败之后，面对现实人生的最终选择，方有退隐和进仕之别。但在他们的诗作中，一再流露的、难以抑制的，对故国的怀思、易代的伤痛以及人生的沧桑，则并无差异，只是在使用的题材或表达的方式偶有不同而已。

试先看钱谦益（1582—1664）《后秋兴》一百首组诗中第十三首：

海角崖山一线斜，从今也不属中华。

更无鱼腹捐躯地，况有龙涎泛海槎。

望断关河非汉帜，吹残日月是胡笳。

嫦娥老大无归处，独倚银轮哭桂花。

钱谦益字牧斋，常熟（今江苏）人，明万历三十八年（1610）进士，官至礼部尚书，曾是东林党魁，清流领袖。不过南明时期，亦即清顺治二年则迎降清军，乃至大节有亏，只是"身在曹营心在汉"，继续暗中与维护南明政权者，如郑成功等抗清势力筹划往来，并于顺治五年（1648）曾秘密支持并参与反清活动。康熙元年（1662），明永历帝（桂王）被吴三桂杀害，南明灭亡，恢复大明的期望终于破灭。按，钱谦益乃是以学问渊博见称的学者，诗才亦高，尤其以七律见长，特别尊崇杜甫。上举仿杜甫《秋兴八首》为题的诗例，即是针对南明灭亡而作的易代诗人哀痛之音。值得注意的是，诗中流露的"民族情怀"：诸如从今"中华"大地已为清军所据，悲痛自己"更无鱼腹捐躯地"，不能像南宋陆秀夫一样，背负赵昺投海葬身鱼腹。举目只是"望断关河非汉帜"；侧耳但听"吹残日月是胡笳"。在这"汉帜"消失，"胡笳"处处的环境里，自觉宛如已无归处的嫦娥，永远面对碧海青天，唯有痛哭而已。虽然钱谦益因改仕清朝，而被视为贰臣，其诗中流露的，亡国的痛切，孤臣的悲哀，以及汉胡之辨的民族意识，实已显而易见。

清初诗坛，与钱谦益并称的诗人，则是稍后的吴伟业（1609—1671）。其字骏公，号梅村，太仓（今江苏）人，崇祯四年（1631）进士。明亡后尝隐居十年，之后迫于情势而出仕清廷，任秘书院侍讲，迁国子监祭酒。不过常以仕清为憾恨，三年后即以丁母忧辞归故里，从此家居十四年不再复出。吴伟业的诗歌创作，以唐诗为宗，尤长于七言歌行，往往取材于明清之际关乎朝代兴亡、山河易主、社会变故、痛失名节之人生际遇，以诗叙史，时称"梅村体"。其著名的《圆圆曲》，即以明清易代之际苏州名妓陈圆圆的传奇一生为题材，借陈圆圆与吴三桂之间的离合悲欢，构成全诗的叙事情节，并以故国怅怀与身世荣辱，寄托自己的兴亡之感。可谓是继白居易《长恨歌》之后难得的杰作。根据《四库全书总目提要》对《圆圆曲》等歌行的观察："格律本乎四杰，而情韵为深；叙述类乎香山，而风华为胜。"吴伟业《圆圆曲》，不但是中国叙事诗发展的最后高峰，且为清初的易代情怀开拓了新境界。

此外，清初的"遗民"诗人，著名者诸如顾炎武（1613—1682）、黄宗羲（1610—1695）、王夫之（1619—1692）等，亦皆属博学多识之士，号称"清初三大儒"，治学途径虽不尽相同，但对清代学术的发展，以及对清诗风格的影响，则既深且远。三人于易代之际皆尝投身抗清活动，明亡后则选择终身不仕，以在野之身著书立说讲学。其中顾炎武的名言："君臣之分，所关者在一身；夷夏之防，所系者在天下。"以"亡国、亡天下"区分朝代更替与民族存亡，呼吁"保天下者，匹夫之贱，与有责焉"（《日知录·管仲不死子纠》），为面临外族侵略的国人在"君臣之分"与"夷夏之防"的徘徊中，点出先后轻重之别，乃至"天下兴亡，匹夫有责"至今仍为中国知识分子表达爱国情操之际的座右铭。黄宗羲亦是屡拒清廷征召的学者，注重学问，推崇宋诗，尝与吴之振等选辑《宋诗钞》，而论诗则继承杜甫"读书破万卷，下笔如有神"的体认，进一步指出："多读书，则诗不期工而自工，若学诗以求其工，则必不可得。读经史百家，虽不见一诗，而诗在其中。"（《诗历题辞》）为清诗作者的学者风度，以及清诗的学术化，立下背书。王夫之亦博通经史，不过，其论诗则继明代公安派"独抒性灵"之说，认为"诗以道性情"，且进一步提出诗中"情"与"景"交融的重要（《姜斋诗话》），乃至成为后来"神韵派"和"肌理派"的一大张本。这些清初的学者兼诗人，不但为清代学风奠下基础，也是清初诗坛理论与创作的主将。

试以顾炎武《海上》四首之一为例：

> 日入空山海气侵，秋光千里自登临。
>
> 十年天地干戈老，四海苍生吊哭深。
>
> 水涌神山来白鸟，云浮仙阙见黄金。
>
> 此中何处无人世，只恐难酬烈士心。

顾炎武字宁人，别号亭林，江苏昆山人。以学问渊博、品行高洁见称于世，是清代学术的开山祖师，其治学特点是实事求是，通过文字训诂、经学考据的治学方法，以便"通经致用"，与明代一般理学家之空谈心性，显然大相径庭。顾炎武对于诗歌创作，则主张宗法盛唐。其写景记游诗中，时时流露的故国之思，拟古或咏史之作，则往往环绕着抗清复明的题旨，抒发孤臣孽子的激愤与忧伤。上引诗例，写于顺治三年（1646）秋天，时清兵已渡过钱塘江，鲁王只得弃绍兴入海。全诗以登高望远开端，笔墨重点不在当前景色的描绘，而在于因景抒情，慨叹明室于十年干戈后的衰亡，以及四海烈士壮志难酬的悲愤。其中情怀的慷慨悲凉，诗境的浑厚沉郁，实可与杜甫于安史之乱期间感时伤乱的作品比美。

2. 国朝情韵

爰及康熙朝（1662—1722），老一代诗人逐渐退出人生舞台，新一代诗人已经成长，继之而起的代表作家，有号称"南施北宋"的施闰章（1618—1683）与宋琬（1614—1673），以及"南朱北王"的朱彝尊（1629—1709）和王士禛（1634—1711）。这些诗人虽然各有其自身的风格，偶尔也还会流露一些对明朝的追忆，不过他们毕竟已经属于成长于大清王朝的臣民，何况康熙以来，政治稳定，社会承平，因此于诗中已经不再吟叹黍离之悲，或沧桑之感，即使故国之思也逐渐淡化甚至消失，取而代之的则是，身逢一个新兴统一王朝者的经验感受。乃至记游览景、酬和赠答，或个人抒情之章，成为康熙朝诗坛的主流。值得注意的是，回顾诗歌的过去，仍然是此期诗坛的普遍现象，其中以唐诗仍然焕发出难以抗拒的魅力，乃至大凡抒写娴雅适意之趣，多继承王、孟之余风，抒发抚时触事之怀，则多效仿杜、白之旨趣。

试举王士禛《秦淮杂诗》十四首组诗中之一首为例：

年来断肠秣陵舟，梦残秦淮水上楼。

十日雨丝风片里，浓春烟景似残秋。

王士禛字贻上，号阮亭，别号渔洋山人，新城（今山东省桓台县）人，出身世家大族，顺治年间进士，官至刑部尚书，乃是康熙朝诗坛盟主。按，王士禛在诗歌理论上提出"神韵"一说，强调诗歌本身须追求意境之美，其主旨实与梁代钟嵘《诗品》的"滋味"说，以及唐代司空图《诗品》的"韵外之致""不着一字，尽得风流"，以及宋代严羽《沧浪诗话》所谓"言有尽而意无穷"诸论所蕴含的美学观念，一脉相承。可视为传统诗论者意图将诗歌独立于儒家强调政教伦理的实用诗观之外，单纯追求审美趣味的"结果"。王士禛自己的诗，则以绝句见长，且风格清远萧淡，含蓄蕴藉，颇有王、孟之遗韵。上举诗例，笔墨重点仅在于当前观景的经验感受，并不涉及任何具体的历史或人物事件，却隐然流露秦淮繁华旧事已成为过往云烟的朦胧意趣。这正是标举"神韵"，得"韵外之致"的表现。

王士禛之后，清初诗坛大略分为两派，一派主张宗唐，以赵执信（1662—1744）为代表；一派主张宗宋，以查慎行（1650—1727）为代表。不过，在清诗整体发展的主流脉络上，还是王士禛的诗歌理论与创作，为清诗的鼎盛叩开了门扉。

（三）清诗的鼎盛 —— 理论与创作的继承与翻新

清世宗雍正与高宗乾隆二朝（1723—1795），随着清王朝政权的巩固，虽然迫害知识分子的文字狱有增无减，唯因政局稳定，经济繁荣，一般均视为大清王朝的盛世，也是清诗的鼎盛期。此时诗坛活跃，人才辈出，而且流派纷呈。其中代表诗人，诸如沈德潜、袁枚（1716—1798）、翁方纲等，均在其创作之外分别提出各自的诗歌理论。

首先，沈德潜以儒家诗教为本，倡导"格调"说，而且尊唐抑宋，主张诗必须载道致用，"去淫滥以归于雅正"，方能"和性情，厚人伦，匡政治"（《唐诗别裁集·序》）。对于诗人本身的修养，则要求"襟抱"与"学识"并重，因为"有第一等襟抱，第一等学识，斯有第一等真诗"（《说诗晬语》）。沈德潜以古诗为源头，唐诗为楷式，选辑《古诗源》《唐诗别裁集》《明诗别裁集》等著，以树立读者学习的范本，影响深远。观其现存诗作，的确颇有显示襟抱与学识兼具者，惟多应制酬和之作，风格雍容典雅，乃属典型的台阁体。

此外，翁方纲论诗则进一步倡导"肌理"说，主张"为学必以考证为准，为诗必以肌理为准"（《言志集·序》）。按，翁方纲乃是博通经术的学者，其所谓"肌理"，实际上包括"义理"与"文理"两方面。义理为"言有物"，乃指以六经为代表，合乎儒家道德规范的思想与学问；文理为"言有序"，则指诗律、结构、章句等作诗之法。他自己写诗，也就往往以学问为诗，甚至不少是以用韵法则，以及经史或金石的考证为内容，显然是典型的"学问诗"。《清史稿·本传》即指翁方纲诗云："自诸经注疏以及史传考订，金石文字之爬梳，皆贯彻洋溢其中。"尽管"肌理"说，已与抒情写志的诗歌传统相去甚远，毕竟代表清代诗坛以学问为诗歌流派的创作方向。不过，在意欲突破儒家诗教传统束缚者心目中，却往往是讥讽调侃的对象。袁枚即尝讥讽翁方纲之类学者作家的诗，乃是"错把抄书当作诗"（《仿袁遗山论诗绝句》）。

袁枚因不满沈德潜倡导的温柔敦厚、怨而不怒的"格调说"，以及翁方纲以考据学问为诗的"肌理说"，从而遥承明代公安派与竟陵派，标举"性灵说"。袁枚所谓"性灵"，包含诗人自身的情性、天分与才学，实际上具有反传统、求创新的意图。袁枚自己写诗，多取材于日常生活，个人兴趣与见识，可谓发乎情性者，而且辞尚自然，即使以议论为诗，亦无说教的枯燥，甚至不时流露跳脱古板传统的风趣诙谐。

试以其《咏钱》六首组诗之一为例：

> 人生薪水寻常事，动辄烦君我亦愁。
>
> 解用何尝非俊物，不谈未必定清流。
>
> 空劳姹女千回数，屡见铜山一夕休。
>
> 拟把婆心向天奏，九州添设富民侯。

袁枚乃钱塘（今浙江杭州）人，字子才，号简斋，因家居南京小仓山随园，世称随园先生，晚年自号仓山叟、随园老人。虽身逢乾隆盛世，却亦属清王朝意图钳制思想言论、屡兴文字狱的时代，然而他不囿于儒教传统，也不避讳言情享乐，甚至宣扬性情至上，肯定情欲合理，且无论在生活方式或创作风格上，均充分体现其通脱放浪，个性独立不羁，甚至"反传统"的意味。上举诗例，单就标题，已有颠覆传统之意。全诗可谓议论风生，且直言一般文人士子所不欲或不敢言者。按，从来文人士子意念中，多以清高为尚，以鄙视钱财为傲，远避铜臭为务，当然不屑于把"钱"字挂在嘴边，可是，此处袁枚却坦率以"钱"为咏，且公然指出，能善加运用，钱未必不是"俊物"，不谈钱，又未必就是"清流"。这样的旨趣，不但拓展了诗歌的题材内容，亦颠覆了传统士人的价值观念，且流露坦然面对生活现实的智慧。当然，诗中仍不免引经据典之处，如以汉文帝赐铜山予宠臣邓通铸钱，却导致通家被抄，穷饿而死的典故，嘲笑贪钱财者自取祸端，一无所有的结局，最后提出应让平民百姓富有的呼吁。其诗立意，仍然难免"社会意识"或"道德教训"的意味。不过整体视之，其取材的胆识，立意的新颖，已非传统诗家所敢言，加上语言的犀利与风趣，为强调个人见识，超越传统价值观的意图，点出其不同于前朝的风格特色，的确为清诗开拓了新局面。

袁枚之外，还有一些身逢盛世的诗人，或因性格独特，言行特异，故而有意吟出不同于传统的音调。就有几位卓然独立于乾隆诗坛主流之外的人物，各自以独特的人格特质与诗歌创作，反映文人士子身处清朝盛世的一些侧面，为清诗的总体风貌，涂上多元的色彩。其中最令人瞩目者，当是郑燮（1693—1766）与纪昀（1724—1805）。

试先看郑燮一首题画诗《题破盆兰花图》：

　　春雨春风写妙颜，幽情逸韵落人间。

　　而今究竟无知己，打破乌盆更入山。

郑燮字克柔，号板桥，江苏兴化人，以书画名见称于世，亦工诗。乾隆元年（1736）进士，曾任山东范县、潍县知县，唯因得罪显宦豪门而罢官，晚年则寄居扬州，卖画度日，为"扬州八怪"之一。郑燮一生，清白耿介，诙谐玩俗，调侃人生。其名言"难得糊涂"，"聪明难，糊涂难，由聪明转入糊涂更难"，既透露面对清室文网密布的无奈，亦展示其人格情性的洒脱疏放。上举题画诗例，乃是借物咏怀：点出画中兰花之清幽绝俗，在春雨春风中展示出美妙的容颜，虽将其幽情逸韵流落人间，可惜俗世人间并无知音，只得打破乌盆而出，投身山林荒野。虽然自魏晋以来，表达世无知音，怀才不遇，转而意欲投身山林，抒发隐逸之志的诗歌，俯拾皆是，不过，像郑板桥这样，以"打破乌盆"的激烈举动，象征对俗世人间的厌恶与疏离感，尚属罕见。尽管全诗的立意，并未脱离隐逸诗的传统，其构思之奇特，姿态之泼辣，则已超越传统。

再看纪昀《自题诗》一首：

　　平生心力坐销磨，纸上烟云过眼多。

　　拟筑书仓今老矣，只应说鬼似东坡。

纪昀字晓岚，晚号石云，献县（今河北沧州）人，乾隆十九年（1754）进士，颇得乾隆宠信，官至礼部尚书。其间曾因事牵连，乃至经历革职逮问、充军乌鲁木齐等遭遇，召还后受令编《四库全书》，任总纂官，历十三年成书。纪昀虽属乾嘉时期执学术牛耳的学者，也是一位诗人，对于诗歌创作，理论上认为"诗日变而日新"（《四百三十二峰草堂诗钞序》），故而反对模拟，主张顺从性情自然："于古人不必求肖，亦不必求不肖；于今人不必求不同，亦不必求同。"（《香亭文稿序》）观其现存诗作，多随驾吟咏的御览诗，或应酬、写景之章。纪昀虽侧身君侧，屡遭危险，却能保命全身，与其天性聪慧机智，不无关系。尝自作挽联自嘲："浮沉宦海如鸥鸟，生死书丛似蠹鱼。"诙谐风趣中含蕴着无奈，实与上引自题诗例，颇相仿佛。亦正巧反映，在专制帝王时代，处身显要高位者，在自我观察反思个人生命意义之际的情怀意念。纪昀与一生屈居地方知县的郑燮，虽有际遇高低之别，却共同展现清代诗人在传统与时代的压抑束缚中，个体人格的伸张。这不但点出传统中国士人自两汉以来，不时浮现的个体意识，同时亦展示清代诗人在背负长远传统中的开拓精神。

然而，就在乾隆盛世，诗坛上已经出现因个人遭遇困顿潦倒，进而忧患盛世将转衰的吟叹，或可视为预警盛世将衰的哀歌。其中最具代表的诗人，即是黄景仁（1749—1783）。

试看其《癸巳除夕偶成》二首之一：

> 千家笑语漏迟迟，忧患潜从外物知。
>
> 悄立市桥人不识，一星如月看多时。

黄景仁字仲则，自号鹿菲子，武进（今江苏常州）人。虽生逢盛世，且以诗才见重于当时，却多次应乡试未中，始终未能进入仕途，乃至一生穷困潦倒。尝于其《杂感》一诗中慨叹："十有九人堪白眼，百无一用是书生。"为文人士子怀才不遇于盛世，悲不遇，鸣不平。又于《朝来》一诗中自叹："我曹生世良幸耳，太平之日为饿民。"真是号称盛世的最大讽刺。上举诗例，即依稀流露，在"千家笑语"的欢乐中，但感"忧患潜从"，盛世将衰的征兆。含蕴的是，作者虽身处太平盛世，对当前政治社会即将变迁，敏感地"忧患潜从外物知"，为晚清诗坛的哀挽之音，预先指出发展的方向。

⑤ 清诗的夕晖 —— 哀挽之音

清仁宗嘉庆至宣宗道光朝（1796—1850），开始迈入近代的 19 世纪，也是大清王朝的晚期。其间经过鸦片战争爆发（1840），清政权在"西学东渐"的狂飙吹袭之下，饱受西方军事与文化的剧烈冲击，从此由盛转衰，中国古老的传统文化与政治社会制度，遭遇前所未有的挑战。当然，传统中国社会与西方文化的正式接触，实始自明朝中叶耶稣会教士的相继到来，少数知识阶层开始接受西方宗教以及一些有关天文、地理方面的科学知识。不过，那时基本上还属于中西"文化交流"的阶段，可以对于西方文化某些成分选择性的吸收容纳，就如过去中国历史上吸收其他外来文化一样，成为具有包容力的华夏民族文化的一部分，因此并不构成对于华夏民族在传统文化及其政治社会制度方面的威胁。可是，时代毕竟不同了，清王朝面对西方船坚炮利的科技优势，手足无措，导致鸦片战争失败的耻辱，对于向来以华夏文化为傲，并以天下为己任的传统文人士大夫而言，真是惊惧交心，而且羞愧愤怒萦怀。在诗坛上，自然出现面对新旧时代中西文化冲击的相应反映。值得注意的是，此时期诗篇中不时流露的，对国家民族存亡，难以摆脱的焦虑与伤痛。可以晚清诗人在鸦片战争前后的哀挽之音，浏览此期间诗坛的大概。兹以龚自珍与魏源的诗作各一首为代表。

先看龚自珍（1792—1841）《己亥杂诗》组诗中一首：

九州生气恃风雷，万马齐喑究可哀。

我劝天公重抖擞，不拘一格降人才。

龚自珍乃是晚清诗人中首开近代诗风者。其字璱人，号定庵，仁和（今浙江杭州）人，道光九年（1829）进士。曾先后任宗人府及礼部主事等地位卑微的小京官。身处鸦片战争风暴到来的前夕，忧念时局，但感无能为力，尝于《漫感》一诗中慨然长叹云："绝域从军计惘然，东南幽恨满词笺。一箫一剑平生意，负尽狂名十五年。"道光十九年己亥（1839），结束其二十年仕宦生涯，辞官南归，写成三百一十五首七言绝句，总题《己亥杂诗》，将其旅途见闻，生平遭遇，和种种经验感慨，通过抒情、叙事、议论相结合，构成一组规模空前宏大，内涵繁富丰美的组诗，虽自谦"一事平生无齮龁，但开风气不为师"，毕竟为晚清诗坛掀起一股不同于前一时期的新风尚。上引诗例，即表达作者对于时局的忧心和不满，呼吁天公降下人才相救的无奈。在诗中对于朝廷的不满与批评，当然并非创举，远在《诗经》、汉魏乐府、唐代新乐府歌诗中已屡见不鲜，这方面可视为传统的继承。不过，对于缺乏应付九州困局的人才之焦虑，则显然与当前的时局相关。倘若就龚自珍诗作的整体内涵意境视之，其语气中浓厚的个人抒情意味，不时流露的桀骜不驯的人格情性，以及彷徨苦闷的心情，充分展现一个意欲突破传统、冲决网罗的诗人形象，同时明显奏出流荡于晚清诗坛，对大清王朝的哀挽之音，犹如其《杂诗，己卯自春徂夏……》所云："凭君且莫登高望，忽忽中原暮霭生。"

再看魏源（1794—1857）《寰海》十章其九：

城上旌旗城下盟，怒潮已作落潮声。

阴疑阳战玄黄血，电挟雷攻水火并。

鼓角岂真天上降，琛珠合向海王倾。

全凭宝气销兵气，此夕蛟宫万丈明。

魏源字默深，邵阳（今湖南）人，道光二十五年（1845）进士。在中国近代史上，以思想开明，眼光先进见称。面对国外强权的侵略，西学来势的凶猛，尝编纂《海国图志》，介绍西方国家的情况，提出"师夷长技以制夷"，向西方学习技术，以便"以夷制夷"的呼吁。在诗歌创作方面，尝于鸦片战争爆发前后两三年内，写下一系列以诗为史之作，记录论述兼批评时局，反映清末形势的倾危，点出政治军事腐朽败坏的种种状况。上举诗例即针对靖逆将军奕山在广州战败，以巨额赎城费向英军乞降之事，正可谓"城上旌旗城下盟，怒潮已作落潮声"，由旌旗飘扬，怒潮汹涌，到战败后随即在落潮声中向英军投降。其中用汉将周亚夫出奇兵平吴楚七国之乱，人"以为将军从天而下"的典故，讽刺奕山，只能"全凭宝气销兵器"，徒以大额金银买降的耻辱。全诗弥漫着对当权者无知无能的愤恨，对外敌军火优势的钦羡，以及毕竟技不如人的无奈与悲痛。

就在晚清诗人面对国家存亡而吟出哀挽之音的回荡中，同时还有另一批作家，则在诗坛上掀起了改革的风潮，为中国古典诗歌奏出最后的乐章。

（四）　清诗的尾声 —— 诗界革命与新派诗

自同治七年、光绪年间戊戌变法至宣统三年辛亥革命（1868—1911），其间经过中日甲午战争（1894）割地赔款的挫败与耻辱，是清政权挣扎图存的末期，也是中国传统社会濒临崩溃之时。大凡有识之士面对大清王朝的腐败懦弱，以及外来强敌的侵辱，纷纷提出各种救国图强的主张，掀起清政权一系列文化教育上的改革风潮，包括废除科举制度，兴建新式学堂，培育外交人才等。在诗坛上，亦因社会的变革和思想的启蒙，而展现出因应时变的痕迹，无论是提倡学古，标榜汉魏六朝诗的"同光体"①，或是以反清，提倡民族气节为宗旨的"南社"②，均开始以富有时代气息的创作，推出具有新意的作品。此时最令人瞩目的，就是"新派诗"的产生，以及"诗界革命"的鼓吹。两者实际上互为表里，而且相辅相成。

1. "诗界革命"

所谓"诗界革命"，乃是梁启超（1873—1929）于光绪二十五年（1899）向清末诗坛发出的呼吁。梁氏于《夏威夷游记》一文中尝指出：中国诗歌已经"被千余年来的鹦鹉名士占尽矣！虽有佳章佳句，一读之，似在某集中曾相见者，是最可恨也……"；犹如当年的欧洲已经垦殖过渡，"地力已尽"，必须由哥伦布去寻找新大陆；又像法国的封建制度已经腐朽，必须由革命健儿去进行革命；中国诗歌，也到了危急存亡关头，"非有诗界革命，则诗运殆将绝"！当然，"革命"一词，是近代才兴起的概念，具有推翻传统另立新端之意。不过梁启超此番提出的"诗界革命"，其含义大致相当于"诗坛革新"或"诗歌改革"，实际上与中唐元稹、白

---

① 所谓"同光体"，乃指同治、光绪年间由郑孝胥、陈衍等标榜的诗派。其特点主要是学宋，但也不排除学唐，仅趋向于中唐的韩愈、孟郊、柳宗元，而非盛唐的李杜，亦非晚唐的温李。"同光体"所以能在清末诗坛占有一席地位，首先在于神韵、性灵、格调诸诗派，至道光以后，已难以后继；其次则在于其关键人物陈衍于清亡后发表并出版《石遗室诗话》，加上不少友朋学生奔走其门，遂得以风行一时。见钱仲联：《何谓"同光体"？有哪些代表人物？》，收入《古典文学三百题》，上海古籍出版社1986年版，第373—376页。
② 按，"南社"乃是清末的一个文学团体，于1909年11月13日由柳亚子诸人成立于苏州，其会员中大多是"同盟会"会员。其实"南社"创立宗旨并非针对文学本身，而是标榜新学思潮，提倡民族气节，鼓吹民族革命。见黄霖：《何谓"南社"？主要有哪些人参加？》，收入《古典文学三百题》，第379—381页。

居易诸人倡导的"新乐府运动"差别不大，并未脱离传统儒家讲求实用的文学观。诸如，主张诗歌应当要有"新意境""新语句"，"又须以古人之风格入之，然后成其为诗。……若三者具备，则可以为二十世纪支那之诗王矣"（《夏威夷游记》）。显然梁启超提出的"诗界革命"，并非针对传统诗歌本质的不满，而是基于实用的目的，将诗歌视为传播新思想、描写新事物的"工具"，以适应变法的需要，故而鼓吹"能以旧风格含新意境，斯可以举革命之实矣"（《饮冰室诗话》）。

其实，在西学东渐的狂飙情况中，用旧形式写新题材的诗作，在戊戌变法前后已纷纷出现。只是经过梁启超在媒体的鼓吹，"新派诗"方形成一时的流派。

2."新派诗"

所谓"新派诗"一词，其实最先出现于黄遵宪（1848—1905）对自己诗作的戏称："废君一月官书力，读我连篇新派诗。"（《酬曾重伯编修》其二）其后经梁启超在《新民丛报》开辟了"诗界潮音集"专栏，连续刊载黄遵宪、康有为、谭嗣同、丘逢甲诸人之诗作，并撰写《饮冰室诗话》，评介他们的作品，鼓吹"诗界革命"的理论，"新派诗"方成为清末诗坛的流派。在众多"新派诗"人中，最受梁启超推崇者，自然是黄遵宪。

黄遵宪在中国近代文学史上地位之重要，主要是基于其提出用口语白话写诗的主张："我手写吾口，古岂能拘牵。即今流俗语，我若登简编。五千年后人，惊为古斓斑。"（《杂感》）遂令其俨然成为五四"新文学运动"提倡白话文学的前驱。其实，黄遵宪的诗作，在当时之所以视为"新派"，并不在于其行文之通俗浅白，主要还是在于其题材内涵以及词汇用语之"新"。由于黄遵宪从光绪三年至二十年间（1877—1894），尝以外交官身份先后到过日、英、美、法、锡兰、新加坡等地，有机会饱览异国风光，接触中国以外的新鲜事物，将其经验感受入诗，正如其《人境庐诗草·自序》中所言，乃是"以古人未有之物，未辟之境，耳目所历，皆笔而书之"。其中包括写日本樱花（《樱花歌》）、伦敦大雾（《伦敦大雾行》）、巴黎铁塔（《登巴黎铁塔》）、锡兰卧佛（《锡兰岛卧佛》），乃至夜航太平洋（《八月十五夜太平洋舟中望月作歌》）的种种经验与感受，均是既新奇又有趣。再如其名篇《今别离》四首，分别以轮船、火车、电报、相片诸新鲜事物，以及东西两半球昼夜相反的新鲜体会，遂令原本属于传统诗歌中吟咏不辍的离情主题，流露出令人向往的"新"滋味。对世代圈居中国本土，茫然不知外面世界之大之奇的读者而言，自然予人以别开生面，耳目一"新"的印象。

此外，还有其他与黄遵宪先后同时代的诗人，基于个人特殊的经历与感受，亦曾在自觉或不自觉间写出"新派诗"。例如维新运动的领袖康有为（1858—1927），即曾经在《与菽园论诗》中，吐露其面对新时代，意欲开拓诗歌新境的气概："新世瑰奇异境生，更搜欧亚造新声。"维新变法事败后，因流亡海外，写下一系列登临览景之作，诸如《望须弥山云飞……》《罗马访四霸遗迹》《过比利时滑铁卢……》等，均结合异国风物以抒个人情怀，其中《登巴黎铁塔顶……》一首的结尾，写其从高处俯瞰大地的感受："汤汤太平洋，横海谁拏攫。我手携地球，问天天惊愕。"其构思之奇特，气概之宏伟，情怀之慷慨，可与李白那些充满想象与气势的作品比肩，但其中"太平洋""地球"诸新名词，显然属于见过世面的近代作家方能运用的标志。

尽管清末诗坛已经流行"新派诗"的创作，却仍然未尝跳脱中国古典诗歌的藩篱，其间纷纷出现的用旧形式写新题材的风尚，虽然反映了新时代的来临，毕竟还徘徊在对过去传统的留恋中，继续在唐诗的余波中徘徊荡漾。因此，要打破传统，另立新端，尚有赖民国初年其间，由胡适诸人掀起的，在形式体裁与内涵情境各方面，均意图割断传统脐带，展现不同于以往的"新文化运动"。当然，这将是中国现代文学史的关注范围。

不容忽略的是，在漫长的中国文学史中，除了诗歌之外，还有其他文类在不同时代环境的崛起与流行。就如散体古文的创作，自先秦两汉以来从来不曾中断，其间虽然有骈俪之文的崛起，毕竟未尝终止其发展演变；爰及唐代，又在有心人士的登高呼吁之下，导致文体革新之提倡与实践，散体古文的复兴，遂成为唐代文坛上的一件"大事"。唐代不仅是中国诗歌发展的高峰，同时也是中国散文发展史上的一次高峰，为两宋乃至金元明清文人频频回顾的典范。

第
六
编

散 体 古 文 发 展 之 高 峰

✚ 唐宋古文的盛行及其后续 ✚

第一章

绪　说

　　此处所谓"散体古文"，乃是就作品展现的体式风貌，且与"骈文"相对的"散文"而言，或简称"古文"，当属作者写作时采用的一种"文体"，也是中国文学在诗歌之外的一大分支。虽然散体古文这种文体有先秦历史著述与诸子论著为源头，继而有司马迁《史记》疏宕从容之文笔为典范，却是经过一段相当蜿蜒曲折的途径，方于唐宋时期臻于成熟，并发展至高峰，且从此普遍通行于金元明清文坛。唐宋古文的盛行，当然与中唐的韩愈（768—824）、柳宗元（773—819）诸人，以及北宋的欧阳修（1007—1072）、苏轼（1037—1101）等作家，先后对古文的提倡与实践密切相关。经过唐、宋两度鼓吹的"古文运动"，加上文坛上其他文人士子的响应，纷纷创作出各类以散体行文为主干的文章，包括论说、游记、传记、序跋、书札、哀祭、寓言等。影响所及，无论单篇短章或专书著述，散体古文遂发展成一种一直沿用至"五四运动"前夕的通行文体。不容忽略的则是，散体古文在唐宋时期的耀眼成就，乃是经过一番颇为漫长的发展演变历程，方能臻至。

正如本书第一编相关章节中的介绍，先秦时期的历史著述与诸子论著，各有其撰写之实用目的与学术传统，不过其散体行文的风格，在叙述人物事件与表达理论观点诸方面，则分别为后世的文章，诸如叙事写人或说理议论之文，奠定了基础。爰及两汉，除了官方认可的历史著述如司马迁《史记》、班固《汉书》等之外，各种类型的单篇杂体文章，开始以成熟的姿态出现，包括章表书奏、碑铭哀诔等具实用性质的有韵或无韵之作。然而，也就是自汉魏以后，基于作者对文章的修辞艺术与行文表现方面审美趣味的逐渐增浓，乃至作品本身的风格体式，发生了"由散趋骈"的变化痕迹。简言之，亦即其行文由散行单句，进而愈来愈倾向讲究骈辞偶句的运用。这种"散体古文骈化"的现象，有其形成的必然因素，也是终于促成唐代文人士子登高呼吁，提倡"恢复"古文的重要背景。

✤ ｜ 一、散体古文的骈化

散体古文原是先秦著述行文的常态，其所以产生"骈化"现象，则明显流露作者对文章修辞艺术的日益重视，以及审美趣味的增浓。倘若就其促使散文骈化的缘由背景来观察，值得注意的有以下几点：

首先，散文所以走向骈化，显然与汉语文字本身的特质，以及汉文语法的宽松灵活有关。盖汉字特有的，一字一音的单音节之结构，加上汉文语法的灵活，词语通常并不刻板定位，随机性强，在文句中可以灵活转换位置，因此很容易形成具有平衡对称之美的骈辞偶句，也不难在音韵上达成抑扬顿挫、和谐悦耳的效果。其次，受两汉以来辞赋作者往往铺采摛文、崇尚丽辞、讲究排偶的影响，文章中骈辞偶句的经营，可以成为表现个人辞章才智的媒介，刻意骈化的作品相应增加。再者，自文学“自觉”的魏晋时代始，在日益重视文学审美趣味的环境中，于文辞和音律上追求平衡对称之美以愉悦耳目的风气已势不可当。爰及唯美文风鼎盛的南朝，又在心慕文学的王公贵族以及重视文化素养的世家大族主掌文坛之下，为文不但以骈俪文辞为尚，更且以展现才学的隶事相高，乃至文章中的用典隶事，亦成为作者表现其博览群书、有文化素养的标志。

当然，在竞相追求骈俪美文的风尚中，于文章内涵题旨的表现，儒家一再强调的文学之政教伦理实用功能，难免会受到干扰，甚至出现趋于薄弱的倾向。这就造成主张文学当以宣扬儒家政治道德理念为依归的“有心之士”的困扰：倘若作者专注于文章在体制形式与文辞方面娱悦耳目之“美”，在思想理念方面的传达，相形之下，效果往往会减弱，谁还会注意文章在题旨内涵中的政教伦理要求？于是，遂出现文章题旨内涵与风格体式均须“复古”的呼吁，而且自隋初至中唐，未尝中断。这可说是文学史上第一次大规模的“复古”声浪，同时也涉及散文史上“骈文”与“古文”之间，既彼此对立，又相互影响的消长现象。

二、“骈文”与“古文”

“骈文”的名称，其实出现甚晚。即使在骈俪文风极盛的南朝时期，也只是称“今文”或“今体”（梁简文帝《与湘东王论文书》），不过是指“时下流行”的新兴文体而已。甚至鼓吹古文的韩愈，也还仅是指当时的骈俪之文为"时文"或"俗下文字"(《与冯宿论文书》)。此外，由于南朝文人开始在句式上多用四字句和六字句的交替出现；此后柳宗元又尝概括形容大凡以四六字句为主的文章是"骈四俪六，锦心绣口"(《乞巧文》)；继而晚唐李商隐又标名自己的骈文集为《樊南四六》；爰及宋代，举凡一切官府文书，如章表制诰等，已多用四六体，并且四六句的格式更为严密，更趋定型化；乃至宋人往往通称当世的骈俪之文为"四六文"。"骈文"最终成为一种文体的固定名称，实产生于清代，诸如李兆洛［嘉庆年间 (1796—1820) 进士］《骈体文钞》、王先谦 (1842—1917)《骈文类纂》等选本的刊行，均特别以骈文为辑集对象，"骈文"之名遂从此沿用至今。

按，所谓"骈"，乃是取两马并驾齐驱之意。典型的骈文，通常包括几项主要特点：

首先，在词句上特别讲求平行对称之美，故而文辞与句型的排偶对仗，即是骈文最基本的要素。其次，骈文不仅在词句上重视对偶，还进一步要求字句的音韵协调，平仄相对，以达成悦耳的效果。再者，骈文作者通常又特别讲究典故的使用与丽藻的装饰，以展现其辞章的才智。因此，骈文可说是魏晋南朝以来，文章高度文人化、典雅化、唯美化的成品。

此外，至于"古文"的名称，其实是在韩愈的文章中 (诸如《题欧阳生哀辞后》《与冯宿论文书》)，方正式提出。韩愈所称"古文"，乃是指那些与魏晋南朝以来流行文坛的"骈俪之文"相对立的先秦两汉通行的散体古文。值得注意的是，与骈文相对照之下，"古文"最明显的特点包括：

首先，行文主要是散行单句，因而句型长短参差，不受排偶和音韵的束缚。其次，笔意自在，无须为了炫耀作者辞章的才智，在藻饰与典故方面刻意加工着墨。换言之，用散体古文写作，可以不拘格套，自由抒写，随意挥洒。也就是这种笔墨的"自由"，与骈文比照之下，古文往往可以比骈文显得较为自然生动，明白流畅，除了抒写情怀，或描述景物之外，甚至更适于写人、叙事、说理、议论。对于意欲宣扬政治主张或道德理念者而言，古文自然是比较适用的文体。再者，古文与骈文除了在体式与词句上展现骈、散的区分之外，在文章风格情韵上，整体视之，亦各有其特点。按，古文通常比较重视文章的"气势"，骈文则一般比较讲究文章的"气韵"；古文力求明白流畅、朴实无华，骈文则往往追求含蓄隽永、典雅华丽。当然，不容忽略的是，在那些才情与辞采兼备的作家笔下，无论古文、骈文，均可达到既有气势，亦富气韵的境地。

尽管骈文的撰写，自魏晋以来，在重视美文的作者笔下，始终未尝消歇，甚至亦不乏佳篇，还是不免引起中唐倡导"古文运动"者的不满。

✛ | 三、中唐"古文运动"

所谓"运动"，自然是一个颇为现代的名称与概念。当今一般文学史所称"古文运动"，乃是指中唐时期，尤其是贞元（785—805）、元和（806—820）、长庆（821—824）年间文坛之大事。虽然此次"运动"为时不过三四十来年光景，爰及晚唐时期，则由于唯美文风之"复辟"，骈俪之文又再领风骚，散体古文遂暂时失去其在文坛的主导地位。不过，中唐古文运动对后世文章撰写的影响，则既深且远。

不容忽略的是，中唐古文运动的发生，实际上并非一场单纯针对"文章"撰写而启的"文学运动"。主要乃是源自韩愈、柳宗元等文人士子，在仕宦生涯中对当时朝政的不满、希望重振儒术并改革文风的双重呼吁中推动起来的。韩、柳诸人首先意图"重振"与"改革"者，还是当时朝廷上下的"政风"，其次才是有碍宣扬儒术的"文风"，亦即魏晋以来仍然流行唐代文坛的骈俪文风。不过，倘若回顾散体古文的发展过程，率先公然表示反对骈俪文风之浮艳者，并非韩、柳诸人，而是肇始于北周以及隋朝君臣的"文体革新"主张，此后一直绵延至中唐，未尝中断，方促成韩、柳等呼吁改革文风的古文运动。

中唐这次改革文风"运动"的源始，一方面当然是出自于在文体上对魏晋以来过分重视辞藻形式华美的骈文表示不满，另一方面则由于在政治上撑着儒家推崇政教伦理，以"道"自任的旗帜，提出"文道合一"或"文以明道"之类的要求。其实，自隋朝统一南北之后，在政治社会环境的改变中，一些儒家传统取向的官宦文人，意图恢复文学之政治教化实用功能，就已经开始提出文章须"复古"的主张。爰及中唐，又在韩愈和柳宗元诸人的鼓吹提倡与相继实践之下，先秦两汉的"散体古文"遂受到前所未有的推崇，"古文"之撰写，亦臻于盛况。由于这些提倡古文的中唐作家，均有相似的主张和共同的宗旨，并且通过理论宣传，创作实践，再加上他们在文坛或政坛的地位，以及广泛的交游与师承关系，可以相互支持，彼此响应，遂形成一股文坛潮流，终于达到散体古文创作的高峰。这就是一般文学史所称的，在韩愈、柳宗元诸人倡导之下的"古文运动"。以后宋人周敦颐（1017—1073）提出"文以载道"之说，则精要地点出中唐文坛"古文运动"的宗旨特征。

当然，中唐文坛"古文运动"之风潮，并非一蹴而至，乃是经过几代文人相继"努力"的成果。其间经过隋初以来，对于文章须肩负宣扬儒家政教伦理功能的呼吁，以及在骈文继续风行不已的过程中，针对文章文体既复古又革新的提倡与实践，方能形成气候。

因此，在中国散体古文发展史上，骈文在唐前之兴起与流行，对于主张文体革新，提倡恢复古文者之启发与刺激，不容忽略。故而于下面章节中，试先以唐前骈文之兴盛，作为唐代文体革新与古文发展的历史背景。

第二章

唐前骈文的兴盛

回顾唐前骈文兴起与盛行的历史过程，大约初起于东汉，成形于魏晋，鼎盛于南朝，且一直绵延至隋唐，余风尚炽。按，骈文之所以能成为文学史上文章之一体，并且历久不衰，其首要原因，犹如前面章节所指出，乃是基于汉字一字一音的特质，颇易于造成语句音节整齐，便于属对，乃至在形、音、义三方面，均不难达到整齐对偶的行文。加上作者撰文之际的修辞意识与审美意趣，整齐对偶的行文，其实很早就已经零星出现在先秦历史著述与诸子论著中[①]。魏晋以后文坛上骈文之兴盛，乃属不可抗拒的撰文趋势。就看秦汉时期的一些单篇议论文章或公文上书，诸如李斯（前284？—前208）《谏逐客书》、贾谊（前200—前168）《过秦论》、邹阳

---

① 褚斌杰论"骈体文"，即以先秦《左传》《战国策》《国语》等历史著述，以及《老子》《论语》《孟子》《荀子》《韩非子》等诸子论述之引文为例，说明对偶作为一种"修辞手法，早在先秦时代就已经被运用"。见褚斌著《中国古代文体概论》（增订本），北京大学出版社1990年版，第147—150页。

（？—前129）《狱中上梁孝王书》等，虽然通篇行文还是以散体句式为主干，却已经明显展示骈散相间、骈俪色彩增浓的倾向，甚至偶尔还出现对偶句排比铺陈而下的现象。

试举李斯《谏逐客书》中的一段为例：

> 今陛下致昆山之玉，有随、和之宝，垂明月之珠，服太阿之剑，乘纤离之马，建翠凤之旗，树灵鼍之鼓。此数宝者，秦不生一焉，而陛下说之，何也？必秦国之所生然后可，则是夜光之璧，不饰朝廷；犀、象之器，不为玩好；郑、卫之女，不充后宫；而骏良駃騠，不实外厩；江南金锡不为用，西蜀丹青不为采。……

李斯乃楚国上蔡（今河南）人，曾从学于荀况，于战国末期入秦，之后助秦王嬴政策划兼并六国之计。秦始皇一统天下后，李斯曾高居丞相之位，定郡县之制，并决定统一文字，变籀文（大篆）为小篆，其影响既深且远。不过，秦二世继位后，在宫廷政治的激烈斗争中，则被宦官赵高诬陷获罪，最后的结局竟然是腰斩咸阳。上引《谏逐客书》乃是李斯身为丞相之际上书秦王的奏章。一发端即点出上书之背景缘由，以及为臣者忠言谏主的立场态度："臣闻吏议逐客，窃以为过矣！"全文宗旨是从"跨海内，制诸侯"一统天下的战略高度，敦请秦王不要听从朝中一些王公贵族的意见，驱除他国投奔来秦、可以为秦效力的人才。此处单就其文章的体式风格视之，令人瞩目的则是上举引文中"致昆山之玉，有随、和之宝，垂明月之珠，服太阿之剑，乘纤离之马，建翠凤之旗，树灵鼍之鼓"七句的行文。每句字数相同，句型结构也一致，排比铺陈而下，其间又不避虚词，乃至骈散相间，故而显得既有骈体之委婉气韵，又具散体的充沛气势。

另外自"夜光之璧，不饰朝廷"以下诸句，亦如是。明显展示作者对于排偶修辞艺术的重视，这正是骈俪之文兴起的征兆。

当然，西汉文坛基本上仍然是以散体古文占优势。就如司马迁《史记》之文，即是唐宋作家心目中"古文"的典范。其他的单篇作品，包括一些著名的个人书信，诸如司马迁《报任安书》、杨恽（？—前53）《报孙会宗书》、刘向（前77—前6）《诫子歆书》、马援（前14—49）《诫兄子严、敦书》等，散行单句仍然占有主干地位，骈俪句式在全篇中还只是间或的点缀而已。可是到了东汉，在辞赋盛行、讲求骈辞俪句的影响之下，文风渐趋绮靡，作者开始自觉地习用排比对偶的修辞艺术，行文也就朝整齐对称与绮丽华靡的方向转变，逐渐显露"散文骈化"的痕迹，乃至影响所及，即使东汉史家班固的一些单篇文章，如《典引》《奏记东平王苍》等，其中骈辞偶句所占的比例已明显增加。同时基于文辞之美的修饰受到两汉当政者的欣赏，文人士子凭辞章之才智入仕的机会增多，遂造成文章逐渐"文人化""典雅化"，出现排比对偶或引经据典以修辞达意的普遍现象。

试节录汉魏之际的蔡邕（132—192），为追念东汉末年太学生领袖郭泰所作《郭有道碑》为例：

> 先生讳泰，字林宗，太原界休人也。……先生诞应天衷，聪睿明哲，孝友温恭，仁笃慈惠。夫其器量弘深，姿度广大，浩浩焉，汪汪焉，奥乎不可测已。若乃砥节厉行，直道正辞，贞固足以干事，隐括足以矫时；遂考览六经，探综图纬，周流华夏，游集帝学，收文武之将坠，拯微言之未绝；于时缨緌之徒，绅佩之士，望形表而影附，聆嘉声而响和者，犹百川之归巨海，鳞介之宗龟龙也。……

蔡邕字伯喈，陈留（今属河南）人，虽曾官至左中郎将，但身居乱世，仕途坎坷，屡遭谗害，最后竟然死于狱中。蔡邕在文学史上乃是以擅长碑记之文著称，其《郭有道碑》即堪称代表作。全文风格典雅，结构井然，所述郭泰事迹，平实委婉，行文疏畅流转，值得注意的是，其中不时出现的偶辞俪句，整齐匀称，实开启了魏晋以后骈俪文章的先声。也就是这种散文逐渐骈化的趋势，遂导致魏晋以后，骈俪之文终于形成唐前文坛一种流行的重要文体。

❖

第一节

魏晋骈文的成体

魏晋文人普遍自觉的创作意识，促使文学作品，无论诗赋文章，均在尚辞好藻风气中迅速"文人化""典雅化"。也就是在魏晋作家偏爱典雅的时代风习之下，骈辞偶句、音韵谐美、隶事繁富的骈文，开始以日趋成熟的姿态出现。建安文人作品则在骈文体式推向成熟的过程中，扮演了承先启后的重要角色。

首先，骈辞偶句的使用范围趋于广泛，由书牍、碑诔、哀祭等表达"私人"之间情怀意念之文体，开始朝向章表、檄诏等官方的"公文"中迅速扩展。其次，由于曹魏作家"文学自觉"的创作意识，乃至文章之造语更为精密华美，句式更为工整流丽，而且音韵的和谐与典故的运用，均更为明显。再者，由于建安文人不但好藻，同时也尚情，遂令文章的辞采与情韵兼美，可以写得情文并茂。尤其令当今学界重视的是，一些私人之间的信札，诸如曹丕（187—226）《与吴质书》、曹植（192—232）《与杨德祖书》、应璩（190—252）《与侍郎曹长思书》之类的书牍文，其中骈辞偶句的繁密运用，增添了文章形式之美，但却并未妨碍作者个人感情的流露与怀抱的抒发。甚至对于涉及官方章表、檄诏等的陈述，或个人思想理念的表达，似亦未曾构成干扰。例如曹植《求自试表》、曹丕《典论论文》、韦曜《博弈论》、李康《命运论》，即是明证。

试录曹植《求自试表》首段为例：

> 臣植言：臣闻士之生世，入则事父，出则事君，事父尚于荣亲，事君贵于兴国。故慈父不能爱无益之子，仁君不能蓄无用之臣。夫论德而授官者，成功之君也；量能而受爵者，毕命之臣也。故君无虚授，臣无虚受，虚授谓之谬举，虚受谓之尸禄，《诗》之"素餐"所由作也。昔二虢不辞两国之任，其德厚也；旦、不让燕、鲁之封，其功大也。今臣蒙国重恩，三世于今矣。正值陛下升平之际，沐浴圣泽，潜润德教，可谓厚幸矣。而位窃东藩，爵在上列，身被轻暖，口厌百味，目极华靡，耳倦丝竹者，爵重禄厚之所致也。退念古之受爵禄者，有异于此，皆以功勋济国，辅主惠民。今臣无德可述，无功可纪，若此终年，无益国朝，将挂风人"彼己"之讥。是以上惭玄冕，俯愧朱绂。

曹植虽贵为丞相曹操之子，且受封陈王之尊，不过在宫廷政争中却始终怀才不遇，加上曹植本身为人又不知韬光养晦，往往扬才露己，乃至曹丕、曹叡父子相继称帝之后，仍然备受猜忌，最后郁郁而终。其《求自试表》乃是一篇以人臣之身上疏曹丕之子明帝曹叡的表文，当属"官方公文"。文中一再申诉自己对明帝曹叡如何忠诚，虽然"爵重禄厚"，享受荣华富贵，却因"无德可述，无功可纪，若此终年，无益国朝"，深感愧疚。全文宗旨主要是寄望明帝能任用自己，遂可以有所用于朝廷，或许还能够"以功勋济国，辅主惠民"。全文慷慨多气，又不失典雅婉转，值得注意的是，文中骈辞偶句络绎间起，典故运用繁富频仍，已经有明显"骈化"的倾向。以曹植的丰沛才情，文章的驾驭技巧，遂令此表文读来但觉文气流畅，文脉自然，作者既激昂又焦虑的心情，流荡其间。倘若纯就文章本身的表现视之，当属骈文成体的过程中一篇由散趋骈的佳例。刘勰《文心雕龙·章表》对曹植的章表文，即推崇备至，认为："陈思之表，独冠群才，观其体瞻而律调，辞清而志显，应物制巧，随变生趣，执辔有余，故能缓急应节矣。"

当然，建安时期文章体式风貌的主要倾向，仍然是散中带骈，骈散相间，并以其慷慨多气的时代风格，构成个别作家文章之感染力。骈文真正形成一种具有自身特色的"文体"，还是在西晋文人笔下方臻至。

综观现存西晋文章，虽然在体式上尚未出现通篇皆骈体之作，不过，大多数的西晋文人，在有意为美文的创作意识中，无论私人记述或官方章表，均已经明显展现对于美辞俪句之偏好。著名者诸如：陆机（261—303）《豪士赋序》《吊魏武帝文》《与赵王伦荐戴渊疏》，潘岳（247—300）《杨荆州诔》《哀永逝文》，庾亮《让中书表》，以及干宝（317年前后在世）《晋武帝革命论》等，均以行文中多骈辞偶句见称，并且出现骈偶句式业已超过全篇句数一半以上的现象。

然而，不容忽略的是：首先，在西晋现存各类文章中，骈辞偶句已经不单单是作为一种修辞手法，而且已经成为整篇文章在内涵上组织结构的一部分。其次，隶事用典也不只是引证或举例来说明内容宗旨而已，典故本身的意义，就是作者意欲表达的内容。

试节录陆机《豪士赋序》为例：

> 夫立德之基有常，而建功之路不一。何则？循心以为量者存乎我，因物以成物者系乎彼。存乎我者，隆杀止乎其域；系乎物者，丰约唯所遭遇。落叶俟微风以陨，而风之力盖寡；孟尝遭雍门以泣，而琴之感以末。何者？欲陨枝叶无所假烈风，将坠之泣不足繁哀响也。是故苟时启于天，理尽于民，庸夫可以济圣贤之功，斗筲可以定烈士之业。故曰："才不半古，而功已倍之。"盖得之于时势也。
>
> 历观古今，徼一时之功，而居伊、周之位者有矣。夫我之自我，智士犹婴其累；物之相物，昆虫皆有此情。……
>
> 且乎政由宁氏，忠臣所为慷慨；祭则寡人，人主所不久堪。是以君奭鞅鞅，不悦公旦之举；高平师师，侧目博陆之势。而成王不遣嫌吝于怀，宣帝若负芒刺于背，非其然者欤？……

上引陆机此序文，虽然行文中偶尔夹杂一些散句，但在整体风格上，与汉魏文章相比照，已经明显展示其句式更为整饬，音律更加谐美，典故亦更为繁密。值得注意的是：首先，全文除了一些关联词或语助词之点缀外，已大多采用对偶句式，而且行文中的对偶句，从四言、五言、六言，到九言句，各种样式均有。其次，倘若整体视之，其间对偶句中，四字句与六字句已经明显增多。诸如："存乎我者，隆杀止乎其域；系乎物者，丰约唯所遭遇……"以及"政由宁氏，忠臣所为慷慨；祭则寡人，人主所不久堪"等，均已是相当工整的四六句式。再者，则是文中典故运用的繁密。尤其是第三段，从"政由宁氏"，到"宣帝若负芒刺于背"，几乎句句用典。这些典故，并非引为比喻或对照，其故实本身即是文章论述的重点。

或许因为周旋于权贵身边的西晋文人多属心怀功名者，而所处的现实政治环境，又往往需要依附权贵方能自显或自保，乃至出现有意逞辞露才，重视个人文章辞采之表现。也就是在这些西晋文人笔下，骈文的基本要素，已经遍及官方文件及私人作品，而且往往展现造语精致，音韵和谐，辞采华美，用典繁富的特色。换言之，大凡骈文成体的主要特征，在西晋文人笔下已基本具备。不过，此后偏安江左的东晋，在文章撰写上则显然有不同的表现。

东晋在中国思想史上，乃是玄学鼎盛的时代，影响所及，无论诗歌或文章，均颇受庄老玄风之影响，作者重视的，往往是庄老玄思的阐明，或个人对恬淡虚静的玄远之境的企慕。诗坛风行的，主要是以阐明玄理玄趣为宗旨的玄言诗，比较不在意作品的文采和情韵。当然，犹如前面章节所论，诗歌中以描述日常田居生活、抒发隐居情怀为宗旨的陶渊明，则是少数的例外。就文章之整体表现而言，东晋文人显然不若西晋文人那样重视辞采。倘若综览现存东晋文章，见称于文学史之名篇佳作，诸如王羲之（321—379）《兰亭集序》，或陶渊明《五柳先生传》《桃花源记》等的抒情写景、述怀叙事之作，似乎并无意追随西晋文人特别讲求骈俪的步调，仍然遥承汉魏遗风，以朴实流畅的散体行文为主，其间的骈辞偶句，不过是间或的点缀而已。

尽管如此，骈文在东晋并非没有留下继续"发展"的痕迹，只是通常集中于官方应用文的领域。诸如：孙绰（314—371）《谏移都洛阳疏》、温峤（288—329）《让中山监表》、桓温（312—373）《荐谯元彦表》等人臣上书之公文，即是明显以骈俪为行文主体的例子。

骈文体式之正式成熟，以及骈文于文坛的风行与繁荣，实际上出现于贵游文学鼎盛的南朝，其中当然还包括南人北上，对北朝文坛产生的影响。

❖

第二节

南朝骈文的风行

南朝乃是中国文学史上贵游文学臻于鼎盛、唯美文风通行朝野的时期。大凡身居此时期且见称于文学史的作者，除了少数的例外，多属拥有政治权势的王公贵族，或在政治上虽依附朝廷，并无实权，不过在文化上则可以带领风骚的世家大族子弟。一般诗文作品流露的主要是，作者优雅的学养风度，以及其对声色耳目游娱兴致的审美趣味。无论在文学观念或创作实践方面，均明确显示，南朝文学作品已经无须作为政教伦理的依附，可以独立于儒学经学传统要求之外，乃至除了咏物诗与宫体诗的盛行，亦重视展现耳目视听审美趣味的骈文之书写，并且成为文坛相当普遍的现象。这时的文章，无论为官方或为个人所写，表现的普遍特色通常是：对偶精致，辞藻华丽，声律谐美，用事繁密；而且显示晋宋以来逐渐流行的四六基本句式已经形成。

骈俪之文实可谓是南朝文章之正宗，是朝野上下大多数作者撰文之际选择的一种主要的"体式"。其中包括：帝王诏令、朝廷文告，或臣下之章表奏折，乃至文人士子之间日常交往应酬生活中的书札序论、碑铭哀祭等。几乎无论公私领域，已经多采用骈体。影响所及，即使属于文学批评理论的专书，著名者如刘勰的《文心雕龙》，在骈俪文风吹拂之下，全书基本上就是以骈文体式撰写。此外，又如在萧统（501—531）主导下编选辑录的《昭明文选》，其选文标准，亦以"综缉辞采，错比文华"（《文选序》）为主要尺度。据南朝作家抒情述怀写景方面的表现，以及文学批评理论者或作品选家的好尚，在在展示骈文风行之难以抑制，不容忽视。这显然与文学观念的改变，密切相关。

南朝文人士子对于文学作品本身即具有自己特有的本质，可以"独立"于政教伦理之外的认知，乃是在文学观念上的一大突破。或许可以再引萧纲（503—551）《诫当阳公大心书》中几句名言为证：

> 立身之道，与文章异。立身先须谨重，文章且须放荡。

所言即明确点出，文章无须臣服于儒家政教伦理立身之道的束缚，可以自由之身，尽情书写发挥。换言之，大凡属于个人日常生活的经验感受，包括人生际遇的感怀，家人亲情的流露，游览之际对自然山水风景的审美趣味等，均可以成为作品关注的焦点。在这样通达的文学主张与文坛环境背景之下，自然名家辈出，名作迭见，留下不少情文并茂之佳篇。包括后世论者所谓的"徐庾体"，以徐陵和庾信的骈俪文章作为骈文成熟的标志[①]。南朝的骈俪文章，不乏至今仍然备受称道者，诸如刘宋时期颜延之（384—456）《陶征士诔并序》、鲍照（414？—466）《登大雷岸与妹书》，齐梁时期孔稚珪（447—501）《北山移文》、陶弘景（452—536）《答谢中书书》、丘迟（464—508）《与陈伯之书》、吴均（469—520）《与朱元思书》、徐陵（507—583）《玉台新咏序》，以及庾信（513—581）中年

---

① 有关"徐庾体"特色之讨论，详见钟涛：《六朝骈文形式及其文化意蕴》，东方出版社1997年版，第99—115页。

后滞留北朝所写《哀江南赋序》等，均属脍炙人口的骈文代表作品。

且先举丘迟《与陈伯之书》中最后两段为例：

> 暮春三月，江南草长，杂花生树，群莺乱飞。见故国之旗鼓，感平生于畴日，抚弦登陴，岂不怆恨！所以廉公之思赵将，吴子之泣西河，人之情也，将军独无情哉！想早励良规，自求多福。

> 当今皇帝盛明，天下安乐。白环西献，楛矢东来；夜郎滇池，解辫请职；朝鲜昌海，蹶角受化。唯北狄野心，倔强沙漠塞之间，欲延岁月之命耳。中军临川殿下，明德茂亲，总兹戎重，吊民洛汭，伐罪秦中。若遂不改，方思仆言。聊布往怀，君其详之。丘迟顿首。

丘迟字希范，吴兴乌程（今浙江湖州）人，初仕齐，后入梁。上举《与陈伯之书》，实属"公文"性质，却写得不仅辞美、情深，而且理足、义正。按，陈伯之于齐末尝为江州刺史，齐亡之后降梁，梁武帝仍旧容其保留江州刺史的名分与权位。不过，梁天监元年（502），陈伯之或许因为听信离间者之辞，起兵反梁，唯因战败，随即率部转而投降北魏。梁武帝于是令临川王萧宏领兵北伐，陈伯之则率军据寿阳城以相对抗。就在两军对峙的僵持境况中，是时丘迟正好在萧梁军中任记室，受命写了这封著名的"劝降书"。次年春天，陈伯之就在大军压境之下，终于拥兵八千投降，重新归顺萧梁王朝。丘迟这封《与陈伯之书》，就其体式而言，全文乃是以骈辞偶句为主要构成部分，不但音韵谐美，且不时引喻典故以明义。对"叛将"陈伯之，既动之以情，复晓之以理，又吓之以威。就看上举两段引文，显然已是以四六句式为主，其中对江南美景的描写，乡关之思的呼唤，朝廷威信的强调，可谓情理交融，刚柔相济。至于此书对陈伯之的投降，是否真有影响，则不得而知。但其文言之有物，情理兼备，虽用骈体，却显得行文流畅易晓，且丝毫不流于浮艳，即使视其为南朝文章抒情说理的典范之一，亦当之无愧。

试再摘录庾信《哀江南赋序》前二段为例：

> 粤以戊辰之年，建亥之月，大盗移国，金陵瓦解。余乃窜身荒谷，公私涂炭。华阳奔命，有去无归。……信年始二毛，即逢丧乱；藐是流离，至于暮齿。《燕歌》远别，悲不自胜；楚老相逢，泣将何及。畏南山之雨，忽践秦庭；让东海之滨，遂餐周粟……

> 日暮途远，人间何事！将军一去，大树飘零；壮士不还，寒风萧瑟。荆璧睨柱，受连城而见欺；载书横阶，捧珠盘而不定。……申包胥之顿地，碎之以首；蔡威公之泪尽，加之以血。

> 钓台移柳，非玉关之可望；华亭鹤唳，岂河桥之可闻！

一般文学史均将庾信归类于"北朝作家"。主要因为庾信滞留北朝期间，尝仕西魏，最终又逝于北周。其实庾信早年曾仕于梁朝，于梁元帝（552—555 在位）时期奉命出使西魏，却值西魏灭梁（557），梁元帝又逊位于陈，遂导致庾信已无国可归，只得滞留北方。其间虽曾改仕西魏，不过，西魏亡后又无所归属，于是乃改仕北周，直至谢世。像这样身经几度亡国的坎坷遭遇，实乃身逢乱世者的最大不幸。按，庾信之自南入北，滞留不归，乃是身不由己也。上引其《哀江南赋序》文中，主要就是自叙个人一生仕宦生涯中漂泊流离的经历，特别是萧梁亡国之后，成为北地羁臣的经验与感受，包括内心的痛苦不安，以及对世事兴衰之沉重哀叹。就文章本身风格视之，则是一篇典型的骈俪文章，篇中除了句式骈偶整齐悦目、音韵和谐悦耳之外，还几乎句句隶事用典。因作者真情实感之流露，且隶事用典又颇精巧贴切，故而显得俪而不靡，哀而能壮，文意曲折细腻，引人入胜。

不容忽略的是，在骈文鼎盛的南朝，散体文章其实并未绝迹。除了魏晋以来一些站在"史家"立场叙述志怪故事的笔记，诸如《幽明录》《续齐谐记》以外，还有史论，包括正史中的传记、论说，或地理调查之类的学术著述，仍然以散体古文为行文主体。当然，一般史传或论说之文，或许受司马迁《史记》与班固《汉书》等正史行文之影响，乃至主要还是以散体古文叙述历史，论说事理，似已成为大凡史家遵循的传统。不过，倘若抽出其中一些"赞论序述"等个别篇章视之，则亦不乏可以视为颇具骈俪辞采的佳篇。例如范晔（398—445）《后汉书》中之《宦者传论》《逸民传论》等，即收录于重视"综缉辞采，错比文华"的《昭明文选》，归类为具有辞采美文的"史论"文章之代表。

此外，还有一些归类于"北朝"文章家的著述亦值得注意。除了由南入北的颜之推（531—591？）所撰《颜氏家训》之外，还有身居北魏的郦道元（？—527）的《水经注》，以及杨衒之［北魏永安至武定五年间（528—547）为官］的《洛阳伽蓝记》。这三部重要著作，行文均是以散体古文为主体，骈辞偶句不过是偶尔点缀其间而已。或许可以作为北朝文章比起南朝文章，较为朴实无华的见证，亦是唐宋散体古文的前驱。尤其不容忽略的是，在《水经注》与《洛阳伽蓝记》两部著作中，有关都邑城镇奇闻逸事的叙述，或自然山川状貌形态之描写，对唐宋以后游记文章与山水小品，所产生的深远影响。

当然，并非所有撰写于南北朝时期的骈俪文章，均能达到情文并茂的境地。或许基于文章本身的骈俪"形式"，乃是骈文之所以成体的核心要素，如果作者对于辞藻、音韵、典故诸形式之美特别讲究，却又嫌才力不足，则很可能会导致"质不胜文"的"缺憾"。换言之，倘若作者专注于词句之骈俪，音韵之谐美，典故之博引，过分着意于文章形式之美，乃至忽略内容意涵之实质表达，即可能导致徒具美丽辞章的外表，内容上往往显得文意薄弱，甚或主题失焦的现象。虽然这应该是作者个人学力与才情的问题，而非骈文本身形式的问题，不过，由于先秦两汉以来，强调儒家政教伦理的实用文学观念，始终未尝消歇，文章仅仅提供耳目所及的审美愉悦，毕竟是次要的，不足为取的，甚至必须扬弃的。因此，特别讲究对偶、声韵、辞藻、用典等修辞艺术的骈俪之文，即使以其审美趣味，在魏晋以后的文坛曾经风行不辍，却仍然难免成为有心之士批评指摘的对象。隋唐时期君臣上下为革新文体，相继提出文章复古之主张，实导源于此。

第三章

文章复古的主张

在中国文学史上，公然倡导"文章复古"，且成为中唐古文运动铺路的先驱者，或许当首推隋文帝杨坚（581—604在位）及其大臣李谔；其次是隋末文人王通（584—618）；再次则是一些活跃于初唐文坛的文人，包括著名的"初唐四杰"，以及陈子昂（661—702）诸人；继而则是盛唐后期作家如元结（719—772）等。值得注意的是，这些隋唐文人士子，对于南朝以来，文学作品偏向崇尚形式的骈辞俪句，乃至内涵上忽略政教伦理的不满或批评，实际上始终并未脱离汉代以来的儒家学者，特别强调文学须反映政治道德之实用功能观点的藩篱。

隋唐之际文章复古的倡导，虽然是一些文人士子意图"阻碍"骈俪之文的发展，以恢复文章政教伦理实用价值的一场"运动"，不过，从文学史发展的大趋势观察，却也可视为，南朝以来文学总算可以独立自主于政教伦理之外的一次"挫折"。当然，就散体古文的发展而言，隋唐士人的文章复古呼吁中，导致对"散体古文"之推崇，对于后世的叙事与说理文章，还是造成"有益"的影响。

有关隋唐士人先后提出文章复古之主张，其实可以从隋唐之前就已经出现的对于"骈辞俪句"的排斥，以及"文以载道"的鼓吹，这两方面来观察。

❖

第一节

骈辞俪句的排斥

最早公然排斥骈辞俪句之文，提倡文章复古者，其实是北周朝尊为太祖文帝的宇文泰，他身居北魏之际即已兴发此主张。根据《周书·苏绰传》，宇文泰宏才大略，"性好儒术"，政治上一心要"革易时政，务弘强国富民之道"，对于文章撰写方面则反对华靡之风："自有晋之季，文章竞为浮华，遂成风俗。太祖欲革其弊，因魏帝祭庙，群臣毕至，乃命绰为《大诰》。奏行之。……自是之后，文笔皆因此体。"当然，宇文泰意图依《尚书》古奥的文体来规范当世，以便"复古并革新"的要求，难免矫枉过正，显然并无多大成效。由于魏末周初，有大批南方文人，包括骈文大家王褒、庾信等，入北羁旅长安，在文坛上造成不小影响，加上宇文氏家族自身亦华化日深，乃至骈俪之文又广为流行于朝野，即使宇文泰特别要求依《尚书》古奥文体的朝廷公牍文，也难以遏止骈俪之风。继而四十年后，隋文帝杨坚以重实尚朴为立国之本，对魏晋以来仍然流行的骈俪文风，亦深为不满。就如本书于前编论述隋诗的章节中已提及，文帝于开皇四年（584）曾下诏："普诏天下，公私文翰，并宜实录。"要求文章无论公私，均当去除浮华，讲求实用。甚至于同年九月，"泗州刺史司马幼之文表华艳，付所司治罪"（《隋书·李谔传》）。不过，隋文帝虽然"发号施令，咸去浮华"，以行政命令来改革文风，意图一夕之间摒除文坛数百年的风尚积习，"然时俗辞藻，犹多淫丽"（《隋书·文学传论》），显然并未达到预期的效果。其实，为了配合隋文帝改革文风的朝廷措施，大臣李谔还特别曾上书请正文体，痛斥魏晋以来骈俪文风对推崇政教伦理之危害。

试再引李谔《上高祖革文华书》中抨击齐梁文风之一段：

> 江左齐梁，其弊弥甚，贵贱贤愚，唯务吟咏。遂复遗理存异，寻虚逐微，竞一韵之奇，争一字之巧。连篇累牍，不出月露之形，积案盈箱，唯是风云之状。时俗以此相高，朝廷据兹擢士……

隋文帝的诏令，以及李谔的上书，今天看来虽显得"无理"，然而却不容忽视。其不但为初唐诗坛意欲摆脱齐梁"浮艳"诗风弹出预响，同时亦可视为中唐文坛鼓吹"古文运动"之前奏曲。不过，倘若单就李谔本身《上高祖革文华书》的行文风貌视之，其中不时浮现的骈偶成分，即颇为明显，由此足见骈俪之文的生命力，以及骈文风尚之难以抗拒。此后唐太宗于武德元年（618）亦尝发布《诫表疏不实诏》，或许也以为，可以通过行政命令来改革初唐的绮丽文风，其结果同样也无以遏止骈俪文章之风行。

其实，文坛流行的时代风尚，往往多属文人群力累积的自然结果，单靠居上位者排斥魏晋以来长期风行的骈辞俪句，即使下达行政命令以遏止，其效果不彰，乃属意料中事。无论文体之"革新"，或文章之"复古"，尚有待提笔写作的文人士子诸君自身之"觉醒"，非但要从理论方面不断鼓吹，而且还需在写作方面相继实践，方能逐渐形成气候。但不容忽略的是，这些为革新文体而鼓吹的复古理论，终于受到文坛的重视，并形成时代风尚，显然与历来尊崇的儒家道统观念的提倡密切相关。

✤

第二节

文以载道的鼓吹

儒家特别重视政教伦理的文学观，实际上自先秦以来，尤其经过汉室的儒术独尊，加上汉儒说诗之宣扬，就不绝如缕，影响可谓既深且远。即使在文学自觉的曹魏时期，即使在文学可以独立于经史之外、骈俪文章盛行之际的南朝，亦未尝消歇，只不过是暂时退居次位而已。这正是排斥骈辞俪句之余，触发中唐文人鼓吹"文以载道"的主要背景。

有关中唐古文运动的"文以载道"之鼓吹，实可回溯到南北朝时期一些文人士子对于文章须宗经述圣的实用主张。例如刘勰，虽然以骈俪之文著述《文心雕龙》，却并未忽略文学须彰显儒家之经典圣道，乃至提出"道沿圣以垂文，圣因文而明道"（《原道》），以及"论文必征于圣，窥圣必宗于经"（《征圣》）之类的明道宗经观点。此外，由梁入北的颜之推，集历来家训之大成所撰的《颜氏家训》，其于"文章"篇，甚至认为："文章原出五经。"此后隋初李谔，于前举《上高祖革文华书》中，要求"择先王之令典，行大道于兹世"，亦属同样的尊经重道立场。继而隋末的王通，亦以排斥异端、复兴儒学的正统派自居，于其《中说》中，即大力批判魏晋以来徒重外貌形式之美的绮靡文风，主张文章须切于"王道"，并宣称"言文而不及理，是天下无文也，王道从何而兴乎？吾所以忧也"

（《中说·王道》篇）；且进一步要求，文章内容须"志乎道"，因此行文明白畅达乃属必要，故云："古之文也约以达，今之文也繁以塞。"（《中说·事君》篇）

自梁朝刘勰至隋末王通，在文章理论上，各家所言均明显表露"文以载道"的倾向。他们宣称的这些偏向儒家强调实用价值的文学主张，或可视为以后韩愈诸人鼓吹"文道合一"的先声。不过，正当骈文盛行，文风难以遏止之际，个别文人的零星主张与呼吁，即使经由朝廷的规范，仍然难以形成文坛的声势气候。散体古文终于盛行于中唐文坛，且从此成为文章的主流，实有待初唐以来的文人士子自身，以其群体之势的相继鼓吹与实践。

第四章

唐代古文的发展

散体古文之所以能盛行于唐代文坛，或可先以南朝以来，骈文与古文之间的相互协调与彼此消长作为背景，以便掌握其发展演变的大概脉络。

✤

第一节

南朝骈俪的余绪 —— 初唐

隋文帝虽然意图效法西魏北周之际的宇文泰，有心"改革"文风，可惜同样效果并不彰。其后隋炀帝杨广（604—618在位），则因颇醉心于江南文物之旖旎风雅与繁盛华美，无论其时的诗坛或文坛，均重新恢复到齐梁时期的绮丽余风。爰及李唐立国之后，一代英主唐太宗李世民（626—649在位），虽亦尝表示对骈俪文风之不满，甚至颁布《诫表疏不实诏》，亦无济于事。何况唐太宗自己写起诗来，也不脱骈俪纤靡之风，时下文人更是竞相效法。

其实，初唐一百年间，不但诗歌继承南朝齐梁余绪，文章方面的骈俪文风也一直蔓延，历久不衰。即使文学史上所称"初唐四杰"，曾分别表示对当下文坛沿袭南朝绮丽文风之不满，例如：王勃（650—676）尝慨叹"天下之文，靡不坏矣"（《上吏部裴侍郎启》）；杨炯（650—？）也批评当时文章乃是"骨气都尽，刚健不闻"（《王勃集序》）。可是，"初唐四杰"实际上均属骈文能手，乃至出现理论主张与创作实践并不相契合的矛盾情况。就看文学史上最脍炙人口的初唐文章，诸如王勃的《滕王阁序》、骆宾王（640—684？）的《代徐敬业讨武曌檄》等，就是用精致的骈俪之文撰写。

试先以王勃著名的《滕王阁序》最后一段为例：

> 勃三尺微命，一介书生。无路请缨，等终军之弱冠；有怀投笔，慕宗悫之长风。舍簪笏于百龄，奉晨昏于万里。非谢家之宝树，接孟氏之芳邻。他日趋庭，叨陪鲤对；今日捧袂，喜托龙门。杨意不逢，抚凌云而自惜；钟期既遇，奏流水以何惭。呜呼！胜地不常，盛筵难再。兰亭已矣，梓泽丘墟。临别赠言，幸承恩于伟饯；登高作赋，是所望于群公。敢竭鄙怀，恭疏短引。一言均赋，四韵俱成。请洒潘江，各倾陆海云尔。

上引王勃此文，就文体而言，可谓辞藻华美，用典繁多，显然是继承南朝骈文体式之余风，而且又在初唐诗赋均已经逐渐律化的环境背景之下，其行文中流露音律之谐美，更胜于前人。不过，时代环境毕竟不同了，倘若就其文章的题材内涵视之，已明显有所拓展，情味也显得清新，意境且更为开阔。全文显示的是，唐代的文章，即使用骈俪之文撰写，也已经改变了一般南朝文章"谈人主者，以宫室苑囿为雄；叙名流者，以沉酗骄奢为达"（王勃《上吏部裴侍郎启》）的面貌，展现了新的时代风格。此处单就《滕王阁序》中传诵千古之名句"落霞与孤鹜齐飞，秋水共长天一色"视之，原本是化用庾信《三月三日华林园马射赋》中的对句"落花与芝盖齐飞，杨柳共春旗一色"，却已明显展现，初唐文章在内涵意境上已趋向恢宏浩阔的时代色调。但上举王勃之文，虽然意境浩阔明朗，毕竟还是流露初唐与南朝在骈文体式诸要素上之延续，而且有追求形式美的倾向。不过，爰及陈子昂，情况则开始产生了明显的变化。

陈子昂曾提出恢复"风雅比兴"和"汉魏风骨"（《修竹篇序》）的主张，虽然其言主要乃是针对诗歌创作而发，却已经明显涉及文学作品在内涵情境上亦须复古与革新的要求。何况现存陈子昂的一些对策、疏奏等官方公文，以及个人批评朝政的政论文章，实际上已颇为接近疏宕朴实的散体古文，或许可视为盛唐一般应用文体由骈转散之前奏。试录其《上蜀川安危事三条》中之一小段为例：

> 蜀中诸州百姓所以逃亡者，实缘官人贪暴，不奉国法，典吏游容，因此侵渔剥夺即深。人不堪命，百姓失业，因即逃亡。凶险之徒，聚为劫贼。今国家若不清官人，虽杀获贼，终无益。

上引文字中，对蜀中诸州平民百姓失业、逃亡的同情与怜悯，对"官人贪暴，不奉国法"的不满与指责，充分流露一介儒生对社会民生的由衷关怀，这正是中唐韩愈诸人为改革时政而提出文章当须复古的先兆。就其文章本身的风格视之，无论其中关怀民生疾苦的内涵主旨，以及散行单句为主的风貌特色，均已经显示，脱离骈辞偶句的束缚，可以自由挥洒示意的古文风格。根据《新唐书》陈子昂本传的观察："唐兴，文章承徐、庾余风，天下祖尚，子昂始变雅正。"陈子昂在唐代文章"始变雅正"的先驱地位不容忽视，正犹如韩愈于其《荐士诗》中所称扬的："国朝文章盛，子昂始高蹈。"

❦

第二节

由骈至散的过渡 —— 盛唐

初唐自"四杰"与陈子昂诸人之后，至玄宗（712—756在位）朝，文坛风气才真正开始有明显的变化。这时期首先出现了文学史上号称"燕、许大手笔"的张说（667—730）与苏颋（670—727）。按，由于张说曾经朝廷封燕国公，苏颋则曾封许国公，故共称"燕、许"。其实张说、苏颋二氏所擅长的文章，主要还是具实用目的的朝廷制诰，或人臣章表等公牍文，二人对唐代散体古文发展的"功劳"，就在于将南朝以来多以骈文书写公文的习惯，转为骈散相间，行文趋向舒展自然，且隐约流露一分宏大浑厚的气势。或许由于张说与苏颋在政治地位上虽居高位，在文学史上却并非影响发展的"大家"，因此通常视为唐代文章由骈至散过渡阶段的先例而已。

不容忽略的是，盛唐的文章，整体视之，实际上仍然居于由骈至散的过渡阶段。张说、苏颋之外，诸如诗文大家王维（701—761）、李白（701—762），以及古文的积极倡导者李华（715—766）诸人，均以他们散体为主的文章中夹杂着骈辞偶句之美，备受称道。

试先引李白脍炙人口的《春夜宴从弟桃花园序》为例：

> 夫天地者，万物之逆旅也；光阴者，百代之过客也。而浮生若梦，为欢几何？古人秉烛夜游，良有以也。况阳春召我以烟景，大块假我以文章。会桃花之芳园，序天伦之乐事。群季俊秀，皆为惠连；吾人咏歌，独惭康乐。幽赏未已，高谈转清。开琼筵以坐花，飞羽觞而醉月。不有佳咏，何伸雅怀？如诗不成，罚依金谷酒数。

李白此序文，充分展现盛唐文章"小品化"的痕迹；文中所云言简情深，真可谓是文章中之"绝句"。倘若就文学沿袭与文化传承上观察，显然是有意遥承晋人石崇（249—300）《金谷集序》与王羲之（321—379）《兰亭集序》之作。仅就文体本身风格视之，则明显展示由骈至散的过渡。其间四六句式之频繁，音韵之和谐，以及典故之运用，均不离骈文的基本要求。不过，文中既不避"之""者""也"诸虚词，又夹杂三言、八言长短不等的句式，因而予人以宛如散体古文的印象；加上行文中语气间流露的浩阔恢宏气势，不单单是李白个人文章风格的展现，同时也流露出具有"盛唐气象"的时代风貌。全文可谓是以散文的风格写骈文，既保留骈文讲求排比铺张、句式整炼的特点，又焕发出散体古文明白晓畅的气象，遂令备受传统形式"拘束"的骈文，得到进一步的"解放"。

再举王维《山中与裴迪秀才书》为例：

> 近腊月下，景气和畅，故山殊可过。足下方温经，猥不敢相烦，辄便独往山中，憩感配寺，与山僧饭讫而去。比涉玄灞，清月映郭，夜登华子岗，辋水沦涟，与月上下。寒山远火，明灭林外；深巷寒犬，吠声如豹；村墟夜舂，复与疏钟相间。此时独坐，

僮仆静默，多思曩昔携手赋诗，步仄径，临清流也。当待春中，草木蔓发，春山可望，轻鲦出水，白鸥矫翼，露湿青皋，麦陇朝雊，斯之不远，傥能从我游乎？非子天机清妙者，岂能以此不急之务相邀？然是中有深趣矣！无忽，因驮黄檗人往，不一。山中人王维白。

此文不过是一封寄给好友裴迪的简短书札，署名"山中人王维"。主要叙写其目前隐居蓝田辋川，幽居山中的岁月：平日仅与山僧来往，享受自然美景的悠闲生活与见闻，进而邀约裴迪，于明春同游山中胜景，如此而已。但文中所叙辋川周遭景色，绘声绘色，动静相间，无论其描述的是山中的寒冬夜冷，或早春生趣，或对过去曾经与裴迪"曩昔携手赋诗"美好情境的怀思，笔墨间均充满诗情画意，幽趣无穷。值得注意的是，全文不用典故，直接写景抒情，虽以四字句为行文主体，却并不拘于骈文四六句的格式，其中夹杂着二言至十言，句式参差，且不避"之""乎""者""矣"诸虚词，乃至语气流畅自然，已明显展示盛唐文章由骈入散的倾向。

盛唐文章由骈转散的过渡现象，不仅流露于个人抒情写景述怀之章，同时亦表现在一些说理议论的作品中。李华的名篇《吊古战场文》，即可视为代表。试录其中第一及第三段为例：

浩浩乎平沙无垠，夐不见人；河水萦带，群山纠纷；黯兮惨悴，风悲日曛；蓬断草枯，凛若霜晨；鸟飞不下，兽铤亡群。亭长告余曰："此古战场也。尝覆三军，往往鬼哭，天阴则闻。"伤心哉！秦欤汉欤？将近代欤？……吾想夫北风振漠，胡兵伺便，主将骄敌，期门受战。野竖旄旗，川回组练；法重心骇，威尊命贱；利镞穿骨，惊沙入面；主客相搏，山川震眩；声折江河，势崩雷电。至若穷阴凝闭，凛冽海隅，积雪没胫，坚冰在须；鸷鸟休巢，征马踟蹰；缯纩无温，堕指裂肤。当此苦寒，天假强胡，凭陵杀气，以相剪屠。径截辎重，横攻士卒；都尉新降，将军复没；尸填巨港之岸，血满长城之窟；无贵无贱，同为枯骨，可胜言哉！鼓衰兮力尽，矢竭兮弦绝，白刃交兮宝刀折，两军蹙兮生死决。降矣哉，终身夷狄；战矣哉，暴骨沙砾。鸟无声兮山寂寂，夜正长兮风淅淅，魂魄结兮天沉沉，鬼神聚兮云幂幂。日光寒兮草短，月色苦兮霜白，伤心惨目，有如是耶！……

李华此文主要乃是针对当时朝廷拓边政策的政军环境而发，具有向朝廷建议的实用目的。文中论述战争之残酷，提出“守在四夷”的主张，并建议朝廷应当宣文教，施仁义，行王道，以与世居边境的其他各族群和睦相处。全文洋洋洒洒，尽管其铺陈似赋，却无堆砌之病。句式则以四字句为主，偶尔杂以六字句或七字句，其中第三段为强调其抒情意味，还插入一系列带“兮”字的骚体句式。此外，笔下的对偶并不严格，往往骈散相间，而且用典很少，语言亦显得流畅易晓。整体视之，全文可谓华实相半，且情文并茂。就其文体风格观察，已与初唐时期重视骈辞偶句的文章相异，明显展露骈文趋向散文化的过渡现象。

其实，对中唐古文的兴盛具有直接先导地位者，首当推身处盛唐末期的元结（719—772）。按，如前面章节所述，元结以其为友人编录的《箧中集》在唐代诗史上留名，不过元结在散文史上由骈转散的历史地位，可能更为重要。其现存文章，除了著名的写景散文《右溪记》或许可视为柳宗元山水游记之先声；其他章表状书诸公文，加上序论颂铭等表现文人交

　　　　　　　中国文学史新讲

游往来之作，业已展现文笔清雅、不事华藻的散体古文色调，并且不时流露个人的情怀意念。例如《让容州表》一文，乃因朝廷要调遣元结至容州（今广西容县）的政令，但因其时元结老母多病，需要奉养，不拟远行，只好恳求辞让新职。阅读全文，实觉其与西晋李密（223—289？）的名篇《陈情表》，内容颇相近似。其中委婉道出，忠君与事亲之难以两全，故而只得恳求辞让新职，最为动人。试看其中表达心曲之一段：

> 臣欲扶持版舆，南之合浦，则老母气力，艰于远行；臣欲奋不顾家，则母子之情，禽畜犹有；臣欲久辞老母，则又污辱名教；臣欲便不之官，又恐稽违诏命。在臣肝肠，如煎如灼。

单就其句式视之，其中夹杂四五六言，行文显得自然流畅，加上文意中流露的情怀，乃属个人一己之亲情，遂将原属公文的"表"文，个人化、抒情化了。此外，元结尚有《丐论》《化虎论》《恶圆》诸篇杂文，对韩愈、柳宗元的说理议论之类的政治社会讽刺之作，亦可谓是先驱。清人章学诚（1738—1801）于《元次山集书后》即指出："人谓六朝绮靡，昌黎始回八代之衰；不知五十年前，早有河南元氏为古学于举世不为之日也。"

元结之外，还有萧颖士（717—768？）、独孤及（725—777）等以文章留名者，均在恢复古道的旗帜下，提倡并写作散体古文，对中唐古文运动的兴起，亦各有贡献。如萧颖士于《赠韦司业书》中即云："仆平生属文，格不近俗，凡所拟议，必希古文。魏晋以来，未尝留意，又况区区咫尺之判，曷足牵丈夫壮志哉！"独孤及于《赵郡李公中集序》亦云："自典谟缺，雅颂寝，世道陵夷，文亦下衰，故作者往往先文字后比兴。其风流荡而不返，乃至有饰其词而遗其意者，则润色愈工，其实愈丧。……"这些出自文坛著名文人士子的呼声，虽然已经指出唐代散体古文发展的方向，不过，唐代古文之风行，仍有待一批中唐文人在复古意识的潮流中，对恢复先秦两汉"古文"的提倡与实践。

❖

第三节

散体古文的风行 —— 中唐

散体古文之所以能风行于中唐文坛，一方面反映文学观念与文学品味的变化，乃至引起对魏晋以来特别重视形式美的骈文之排斥，而更重要的则是，在政治现况以及文化背景的触发之下，有心之士趁此对文章体式既复古又革新之倡导与实践。其中最具影响力者，自然非韩愈莫属，其次则是柳宗元。

❖ ｜ 一、文起八代之衰 —— 韩愈

韩愈为一代文宗，中唐古文运动的领袖，自唐以降，已属公论，后人对其倡导古文的历史地位，评价之崇高，历来罕匹；其中最有代表性，且影响最为深远者，当推苏轼（1037—1101），也是首先提出韩愈"文起八代之衰"的功勋者。

试看苏轼于《潮州韩文公庙碑》所云：

自东汉以来，道丧文弊，异端并起，历唐正（贞）观、开元之盛，辅以房、杜、姚、宋而不能救。独韩文公起布衣，谈笑而麾之，天下靡然从公，复归于正，盖三百年矣。文起八代之衰，而道济天下之溺；忠犯人主之怒，而勇夺三军之帅。此岂非参天地、关盛衰，浩然而独存者乎？

此处所称"八代"，包括东汉、魏、晋、宋、齐、梁、陈、隋，正是骈俪之文由兴起到风行的时代，其间虽也陆续出现一些革新文体的呼吁，但效果不彰。即使此后初、盛唐时期的文章已显示骈文趋向散化的现象，毕竟未能成为气候。直到韩愈在理论和实践上成为总揽全局的统帅，加上其他文人士子的响应，散体古文才能成为文坛的主流。而"文起八代之衰"亦成为韩愈在文学史上领导中唐古文运动的"标志"。

（一）　理论的提出

韩愈提倡恢复先秦两汉古文的理论，不但涉及文章本身之创作原则，同时亦展示其"文学观"，在中国文学批评理论方面，实具重要意义。大致可归纳为下列几项重点：

1. 文以明道 —— 文章宗旨

所谓"文以明道"，即是韩愈倡导古文的宗旨，其中"文"与"道"的关系，则是其古文理论的核心。这其实与中唐时代政局的日趋衰败密切相关。

由于中唐时期正逢大唐王朝由盛逐渐转衰之际，其时朝野在思想信仰上佛老盛行，政坛上则是宦官专权，朋党互争，藩镇割据，加以边疆外族多次入侵。身处这样的局面，大凡有识之士均充分意识到政治改革的必要。向来以道自任的韩愈，遂将恢复古道、攘斥异端，视为振兴唐室、安定政局、抚平社会的当务之急。在其《原道》一文中即指出，其所推崇的"道"，乃是以儒家提倡的"仁义"为重点。认为结合圣人之道与先王之教，方可以维护君臣、父子、师友、宾主、昆弟、夫妇等人伦关系的社会秩序。因此，阐释并推崇儒家思想学说，恢复儒家的正统地位，即是其"明道"的宗旨。对文人士大夫而言，最有效的途径，就是"文以明道"，亦即以先秦两汉的散体古文形式作为媒体，借此来宣扬鼓吹儒家之古道，或许可以臻于"文道合一"的境地。至于文以明道该如何达成呢？韩愈则提出几项有关作者本身的道德修养以及创作态度的意见。

2. 气盛言宜 —— 作者修养

根据韩愈《答李翊书》所云，"文道合一"之首要条件，就是作家本身的个人道德修养。其所谓"气盛言宜"。主要是针对作者与作品的关系而发，亦即"为人"的道德修养与"为文"的创作表现问题。如其认为："气盛则言之短长与声之高下者皆宜"，即涉及作者的道德修养与文章的表现两者之间的密切关系。按，韩愈所谓"气盛言宜"之"气"，既指作者个人的气质品德、精神风貌、道德修养，亦指作品流露之文气、气势、格调。所谓"言"，则包括作品的语言、文辞、内涵。为进一步说明作家修养与文章创作关系的重要，韩愈于《答李翊书》中，特别宣称自己乃是"非三代两汉之书不敢观，非圣人之志不敢存，处若忘，行若遗俨乎其若思，茫乎其若迷"；而且"行之乎仁义之途，游之乎《诗》《书》之源，无迷其途，无绝其源"。如此，方能臻于"气盛言宜"的境地。换言之，作者为文，首先必须养气，而养气，则有赖个人的道德修养，大凡有道德修养者，则气盛，气盛则文宜，其文章必得其"宜"。

不过，一般文人士子作家，在生命历程中偏偏多怀才不遇，所面对的，往往是一个并非个人能够掌握或控制的政治环境。即使如此，韩愈认为，还是可以通过其内心的不平，转而写出令读者受益无穷的作品。

3. 不平则鸣 —— 创作缘起

韩愈于《送孟东野序》一文中，对于作者之所以执笔为文，提出"大凡物不得其平则鸣"的观点。认为自周公、孔子、孟轲、荀卿、墨翟、管仲诸先贤，乃至后辈的一般文人士大夫，所以借笔墨以说理抒情述怀，均缘起于作者之"不平则鸣"。换言之，由于心有所感，情怀激荡，不能平静，有话要说，乃至诉诸笔墨，形诸简册。又在"不平则鸣"的论述中，特别重视那些"自鸣不幸"者，亦即大凡因遭受政治生涯的挫折，而心感怀才不遇之士，诸如屈原、司马迁等，如何悲愤怨怼，故而提笔为文，以"自鸣不幸"。其实，韩愈所谓"不平则鸣"的创作观，正好点出，传统中国文学作品的现世色彩与自传意味。尤其是诗歌散文的创作，很少凭空创造，亦少纯出虚构，大多与作者所处的政治社会环境，或所经历之个人身世遭遇相关，因此，在中国文学的研究领域，作品的诗文系年或作者的年谱，会成为学者研究个别作家作品的重要资料。

既然文章创作是出于作者"不平则鸣"而起，在表情达意之际，自然应该注意作品在语言文辞方面的革新。

4. 陈言务去与文从字顺 —— 语言革新

文章语言的革新，亦是韩愈倡导古文的重要内容。就此大概可以分为两方面：首先，是"惟陈言之务去"（《答李翊书》）。主张为文务去陈词滥调，也就是在文辞方面要求"必出于己，不蹈袭前人一言一句"（《南阳樊绍述墓志铭》）。换言之，大凡为文须辞必己出，求新奇，贵独创。对于古人的著作，即使是经典之作，也只需"师其意，不师其辞"（《答刘正夫书》）。其次，则是要求"文从字顺各识职"（《南阳樊绍述墓志铭》）。亦即在"陈言务去"的基础上，达到行文流畅通顺，语言平易自然。这不仅是要"革新"魏晋以来文章的骈俪凝重，同时亦是先秦两汉散文"复古"的呼吁。

值得注意的是，韩愈又尝于《题欧阳生哀辞后》中明言："愈之为古文，岂独取其句读不类于今者邪？思古人而不得见，学古道则欲兼通其辞；通其辞者，本志乎古道者也。"明确表示，其提倡古文，主要乃是基于"志乎古道"而已，因此，其为文但求合乎古道，却并无直接反对骈文的言论。

㊁ 古文的实践

韩愈"志乎古道"的"复古"主张，实际上在恢复儒家正统思想方面的贡献并不大；不过，其在古文的提倡与创作方面，则可视为中国散体古文发展史上的巨星，影响既深且远。按，韩愈留存下来的文章，约计三百篇，无论内容之丰富，体式之多样，均前所未有，或可以代表唐代散体古文的最高成就，同时亦是古文文体的集大成者。兹就《昌黎先生集》现存文章，大略分为论说杂文、书牍赠序、碑志祭文三类，综观其古文之实践成就。

1. 论说杂文

韩愈现存的"论说杂文"，主要包括单纯说理议论之文，以及借读书札记，或杂感小品以表达某种思想理念者，往往多以政治社会的关怀为笔墨重点。这类文章，其实在先秦诸子论著中早已开其端，且成就斐然。不过，汉魏时期，以单篇论文格式出现者，或当以贾谊（前200—前168）《过秦论》、晁错（前200—前154）《论贵粟疏》为现存最早之例。其后，尽管骈文盛行，说理议论为宗旨之文从未消歇。韩愈的论说文中，最能显示其气势雄健的风格特点者，当属《原道》《原毁》《师说》诸说理议论之文，以及一些杂感小品，如《杂说》其四（世有伯乐，然后有千里马……）等。这些文章，予以读者的普遍印象是，作者侃侃而言，理直气盛，多能有的放矢、针对时弊大声呼吁，并加以批评论证。

试录其著名的《师说》首二段为例：

> 古之学者必有师。师者，所以传道授业解惑也。人非生而知之者，孰能无惑？惑而不从师，其为惑也，终不解矣。生乎吾前，其闻道也，固先乎吾，吾从而师之；生乎吾后，其闻道也，亦先乎吾，吾从而师之。吾师道也，夫庸知其年之先后生于吾乎？是故无贵无贱，无长无少，道之所存，师之所存也。

> 嗟乎！师道之不传也久矣，欲人之无惑也难矣。古之圣人，其出人也远矣，犹且从师而问焉；今之众人，其下圣人也亦远矣，而耻学于师。是故圣益圣，愚益愚。圣人之所以为圣，愚人之所以为愚，其皆出于此乎？

韩愈此文乃是针对当时社会"师道之不传也久矣"，有感而发。其中将为师者的任务，归结为"传道、授业、解惑"三项，历来均引为名言。尤其是"道之所存，师之所存"，或"弟子不必不如师，师不必贤于弟子"，诸如此类开明先进的观点，至今仍然可以视为警语。行文方面虽不免频频运用对比和排偶，但句式上又富于长短错综的变化，乃至语意流畅，气势迎人。当然，倘若单纯从作品的文学审美趣味视之，像上举《师说》，以及《原道》《原毁》诸类说理议论的文章，或许不够"美"，但是，由于其言理直而气壮，往往流露作者刚直的人格情性与愤世的激情态度，遂增添了几分文学意味。何况对一般传统读者而言，文章之所以"动人"，不但因其文辞章句令人赞赏，更重要的是，其中内涵主旨在观念上的"正确性"，引人入胜，引起共鸣。由于传统中国文学的作者或读者，往往与儒家传统的政教伦理难以割舍，乃至含有道德教化意味的文章，自有其魅力。这也是当今研究文学史者，不能将先秦以来说理议论之文排除在"文学"之外的主要原因。

2. 书牍赠序

所谓"书牍赠序"，主要包括私人书札和赠序文，均属文人日常生活中彼此交游往来的应用文，各有其特定的读者对象与创作场合，通常具实用目的，乃至内涵笔意也因作者与特定读者之间关系的亲疏远近而各有差异。按，书牍文即现今所称的书函信札，应该是最具作者与特定读者之间"私情"色调者，因此涉及的内容广泛多样，只要是愿意吐露并寄望和对方有所交流者，几乎可以无所不包，无所不谈，甚至可以叙事、说理、言情兼备。韩愈的书牍文，除了一些应酬性的往来信件之外，亦有不少历来公认的佳篇。或在私谊方面，写得情挚意深，动人心神，或则乘此机会借题发挥，说理议论，提出观点主张。

试看韩愈写给孟郊（751—814）的《与孟东野书》发端一段：

> 与足下别久矣！以吾心之思足下，知足下悬悬于吾也。各

以事牵，不可合并，其于人，非足下之为见，而日与之处，足下知吾心乐否也。吾言之而听者谁欤？吾唱之而和者谁欤？言无听也，唱无和也，独行而无徒也，是非无所与同也，足下知吾心乐否也！……

一起笔，即向孟郊吐露知己之感，以及久别相思的寂寞情怀，其行文动人，抒情意味亦浓，充分流露与孟郊二人之间的私人情谊。但是，在诉说私情之后，却笔锋一转，立即顺此进入说理议论，发挥其著名的"不平则鸣"命题。其实，韩愈与友人的书信，除了叙私情之外，往往喜欢论说事理，乃至与其他论说杂文近似。就如其著名的《答李翊书》，即是一篇以"论文"为主旨的书信，是回答后学李翊的请教而写。书中韩愈以自己的写作经验，向李翊提出"气"与"言"的关系，亦即作者的道德修养与文学创作的关系，并侃侃而谈其"复古"的主张。这样的文章，在体式上属于书信体，内容上实则与说理议论之文无异。

唐代以前，以"序"名篇的作品，多用以记述宴饮盛会。其来源，或与文人雅集临觞赋诗有关，如王羲之《兰亭集序》；或作为书序或诗文之序跋，属于介绍或评述一部著作；或是交代一篇诗文缘起的文字，如陶渊明《饮酒诗二十首序》。爰及唐代，除了宴饮盛会之序，以及诗文著述之序外，大凡友朋同僚之间的惜别赠言，作文赠行之文也通称为"序"，此即本文所称的"赠序"。其实，赠序乃是流行唐代文坛的一种文体，初盛唐以来，已经形成大致的定格。一般在内涵上多叙友谊，诉离情，写风景，或加上一些推崇赞许、祝福勉励对方之辞，有如临别赠言。如王勃《滕王阁序》、李白《早春于江夏送蔡十还家云梦序》等，即是初盛唐赠序文的典型例子。不过，古文家韩愈的赠序文，却往往不落前人窠臼，不但形式灵活多变，还扩大了赠序文的内容。除了叙友谊、道别情之外，还述主张，议时事，咏怀抱，劝德行，而且大都具有浓厚的个人色彩，流露内心不平之意，展现其理直气盛之才。就如著名的《送孟东野序》，即以"大凡物不得其平则鸣"发端，论说时代环境与文学创作的关系，实际上是一篇发挥自己文学见解的论文，只是在篇末方点出劝勉送别之意："东野之役于江南也，有若不释然者，故吾道其命于天者以解之。"其实借题发挥个人观察政治社会的理论见解，是韩愈赠序文的个人特色。

试看韩愈《送李愿归盘谷序》中，对时下趋炎附势者的嘲讽：

伺候于公卿之门，奔走于形势之途。足将进而趑趄，口将言而嗫嚅。处秽污而不羞，触刑辟而诛戮。侥幸于万一，老死而后止者，其于为人贤不肖何如也？

引文所云，可谓笔意俏皮辛辣，行文铿锵流利，颇能表达看不惯官场丑恶风气的愤懑之情。为了突出"大丈夫不遇于时者"的高洁，全文主要乃是用铺叙和对比的句法，描绘奢侈荒淫的达官贵人，还有奔走钻营的势利小人之嘴脸，兹以衬托守志不辱、安贫乐道的山林隐士。苏东坡即尝赞赏此文云："欧阳文忠公尝谓，晋无文章，惟陶渊明《归去来》一篇而已；余谓唐无文章，惟韩退之《送李愿归盘谷》一篇而已。"（《东坡题跋》）

3. 碑铭哀祭

此处所谓"碑铭哀祭"诸文，实包括墓志铭与哀祭文。在韩愈文集中分量颇重，显示其与当世文人士子同僚之间，交游往来的广泛。按，墓志铭主要是记述死者生前事迹，兼诉作者对死者的悼念、称颂之情，唐文中最负盛名的，或属韩愈的《柳子厚墓志铭》。其中既记述柳宗元一生行迹，赞扬其才华，推崇其政绩与品德，以及文学方面诸成就，同时对于柳宗元不幸罹祸遭贬的坎坷生涯，充满同情与不平。全文可谓熔叙述、议论、抒情于一炉，宛如一篇"柳子厚评传"，颇有传记文学的意味。当然，现存韩愈悼念亡者的文章中，最为动人的名篇，还是为祭奠亡侄而写的《祭十二郎文》。文中结合家庭的生活琐事与个人的宦海浮沉，抒发对亡侄的深切悼念，明显展现应用文体已经抒情化的现象。试引其最后一段如下：

> 呜呼！汝病吾不知时，汝殁吾不知日。生不能相养以共居，殁不能抚汝以尽哀；敛不凭其棺，窆不临其穴。吾行负神明，而使汝夭，不孝不慈，而不得与汝相养以生，相守以死。一在天之涯，一在地之角；生而影不与吾形相依，死而魂不与吾梦相接。吾实为之，其又何尤！彼苍者天，曷其有极！自今以往，吾其无意于人世矣！当求数顷之田于伊、颍之上，以待余年，教吾子与汝子，幸其成；长吾女与汝女，待其嫁，如此而已。呜呼！言有穷而情不可终，汝其可知也耶？其不可知也耶？呜呼哀哉！尚飨。

按，韩愈三岁丧父母，乃是由兄嫂扶养成人。与十二郎从小生活在一起，虽名为叔侄，实情同手足。引文所叙与十二郎之生离死别，凄恻哀婉，扣人心弦。盖全文主要是回顾自己与十二郎从小相依为命的身世，以及因侄子不幸早夭所引起的人生无常的悲伤，流露的是家人之间的"亲情"，自然不同于文士同僚之间一般应酬性的哀祭文。倘若追溯前例，则或许与陶渊明的《祭从弟敬远文》与《祭程氏妹文》颇有相承袭之迹，强调的主要是祭者与亡者之间的亲爱真情，并无一般祭文恭维颂美亡者道德功业的旧套。不过，汉魏以来的祭文，包括陶渊明之作，大多用整齐的四言韵语或骈文撰写，只有韩愈此文，则明显用散体古文，可谓突破传统格式，已化骈为散，其中虽仍然不乏骈辞偶句的点缀，整体视之，其句式之参差错落，行文之流畅自然，已是唐代散体古文的典范。

韩愈的文章，不但继承先秦两汉散体古文的流畅自然，同时亦吸取辞赋和骈文的排比对仗，而且在文辞方面，多用增强语气的虚辞，既善于借用古代词语，亦能吸收当代口语，往往还独创一些醒目的新词汇。有的甚至已经成为历来普遍使用的成语，诸如："俯首帖耳""摇尾乞怜""垂头丧气""落井下石"等。当然，韩愈在力求文章的革新中，有时难免会为了炫耀自己的才华或博学，而会使用一些令人费解、颇为生涩难懂的字辞。这实际上与他在诗歌创作中刻意讲求险奇怪诞一样，乃是有意要求"辞必己出"的结果。总而言之，韩愈的文章，既展现文体的革新，亦是其"复古"主张的实践，可谓是唐代散体古文发展臻至高峰的标志。

当然，不容忽略的是，倘若没有其他同好文人的共同热心参与，互相呼应，则文学史上中唐的"古文运动"，不可能成军。其中与韩愈并肩鼓吹，且另有开拓，亦影响深远者，首当推以山水游记小品见称于文学史的柳宗元。

二、山水小品之宗——柳宗元

（一）理论的呼应

柳宗元在文学史中的地位，实不亚于韩愈。其在唐代诗坛，是以摹写自然山水的写景诗见称，属于自然诗派"王孟韦柳"之一员；在散体古文发展史上，又与韩愈并称"韩柳"。其实，柳宗元在唐代文坛，对于文体、文风的改革理论方面，意见与韩愈的主张基本相同，尤其是推崇恢复儒家古道的观点，明显与韩愈相呼应。如其尝提出"文者以明道"（《答韦中立论师道书》），认为传播儒家之道乃是文章写作的主要使命；又强调"圣人之言，期以明道"（《报崔黯秀才论为文书》）；同时亦和韩愈一样，以宣扬圣人之道为己任。再如其言及文章撰写的一些原则："引笔行墨，快意累累，意近便止"以及"立言状物，未尝求过人……"（《复杜温夫书》）等，均与韩愈所云"惟陈言之务去"，要求词句"必出于己，不蹈袭前人一言一句"诸意见相仿。不过，基于各自的才情，以及生活遭遇的不同，韩柳二人，在古文写作方面的表现，实际上乃是各有千秋。

（三）　古文的实践

韩愈是在文章中以散代骈的行文体制上，影响巨大；柳宗元则在写景抒情散文的发展上，贡献匪浅。倘若单纯从今天读者对文学作品的"文学审美"角度视之，柳宗元甚至有超越韩愈之处。据现存《柳河东集》，柳宗元的散文有四百多篇，其中记述登临山水、观览风景的山水游记，对后世山水游记散文之影响，最为深远。除此之外，柳文中的一些寓言小品，或人物传记之文，亦有所创新。

1. 山水游记

按，山水游记，乃是一种专门记游的文章，笔墨重点通常以模山范水，亦即以作者目击耳闻之山水胜景、自然风光为题材，从而记述个人游览观景的经验感受。山水游记之所以能够在中国散文史上，成为一种具有独特性质的文学类型，可谓始自柳宗元。当然，写景记游之文，实源起于两晋南北朝时期。不过，前人的写景记游，或是附于一首山水诗的序言，如东晋释慧远《庐山诸道人游石门诗序》；或是书札信函中的一部分，诸如刘宋鲍照《登大雷岸与妹书》、南齐陶弘景《答谢中书书》、梁代吴均《与宋元思书》等即是。另外，有的记录观览经验或描述山水风景形貌者，不过是作者某部学术著作中的章节片段，就如北魏郦道元（？—527）的地理著述《水经注》，其中对巫峡或孟门山等状貌形态的描述。这些前代作品，虽然已经展现对自然山水状貌形态的细腻描述，且流露作者的赏爱情怀，截录下来或可视为山水小品，但是，毕竟并非独立成篇之作，亦非以记录个人山水游览之经验感受为其创作主旨。直至盛唐后期元结，如《右溪记》一文，其中既无意介绍地方风土人情，亦不抒发悲欢离合，只是记述道州（今湖南道县）城郊右侧一条小溪的秀丽景色，故而现今学界一般视之为文学史中山水记游文的开山之作，也是以后柳宗元山水游记的先声。

柳宗元现存的山水游记，大多写于被贬为永州司马的十年期间。犹如谢灵运当初在永嘉，将其心中郁结发泄于山水的游览中，柳宗元在永州奇丽山水之间流连徘徊，寻幽探胜，主要也是为了排遣心中的郁结。因此在其山水游记里，除了描写眼前山水状貌声色之美，还往往寄寓着个人身世遭遇的感慨，熔写景与抒情于一炉，成为唐宋以后山水游记的典范。综观柳宗元现存之游记作品，最著名的代表作，或许当推《永州八记》，其中包括八篇成组的山水小品：《始得西山宴游记》《钴鉧潭记》《钴鉧潭西小丘记》《至小丘西小石潭记》《袁家渴记》《石渠记》《石涧记》《小石城山记》，分别作于元和四年至七年期间（809—812），亦即柳宗元受贬谪于永州期间。每篇均各有其山水风景之特点，且互相连续，宛如一卷山水画长轴。

试先录《小石潭记》（亦称《至小丘西小石潭记》）为例：

> 从小丘西行百二十步，隔篁竹，闻水声，如鸣佩环，心乐之。伐竹取道，下见小潭，水尤清冽。全石以为底，近岸卷石底以出，为坻、为屿、为嵁、为岩。青树翠蔓，蒙络摇缀，参差披拂。

> 潭中鱼可百许头，皆若空游无所依。日光下澈，影布石上，佁然不动；俶尔远逝，往来翕忽，似与游者相乐。

> 潭西南而望，斗折蛇行，明灭可见。其岸势犬牙差互，不可知其源。坐潭上，四面竹树环合，寂寥无人，凄神寒骨，悄怆幽邃。以其境过清，不可久居，乃记之而去。

> 同游者：吴武陵，龚古，余弟宗玄。隶而从者，崔氏二小生：曰恕己，曰奉壹。

显然是一篇极为优美的写景小品。全文笔墨重点主要是描绘耳目所及小石潭水流的明净澄澈，水声之淙淙，如佩环之鸣响，以及潭中游鱼仿佛与人同乐的意趣。最后仿佛遥接当初石崇（249—300）《金谷园集序》、王羲之（321—379）《兰亭集序》的传统，记录同游者之姓名，为同游者留下生命的痕迹。文中虽然并不明言作者的感慨，但从小石潭周遭的寂寥无人，以及幽邃凄清的境界里，似乎隐约浮现着游览者的孤寂情怀。

再举其第八记《小石城山记》为例：

> 自西山道口径北，逾黄茅岭而下，有二道：其一西出，寻之

无所得；其一少北而东，不过四十丈，土断而川分，有积石横当其垠。其上为睥睨梁欐之形，其旁出堡坞，有若门焉。窥之正黑，投以小石，洞然有水声，其响之激越，良久乃已。环之可上，望甚远。无土壤而生嘉树美箭，益奇而坚。其疏数偃仰，类智者所施设也。

噫！吾疑造物者之有无久矣。及是，愈以为诚有。又怪其不为之中州，而列是夷狄，更千百年不得一售其伎，是固劳而无用！神者傥不宜如是，则其果无乎？或曰："以慰夫贤而辱于此者。"或曰："其气之灵，不为伟人，而独为是物，故楚之南，少人而多石。"是二者，余未信之。

前段主要描写西山附近一处之胜景：包括积石峥嵘，形状宛如石造城堡，内有幽深潭水，无土壤却有嘉树美竹之盛。何况其中有美竹疏密相间，俯仰有致，仿佛"智者所施设也"。从而引发后段的感慨：怀疑造物者之有无。按，疑其有，则为何不施设于中原胜地，却被弃置于如此偏远无用之地！也就是在对于小石城山之"列是夷狄，更千百年不得一售其伎"的痛惜中，作者已将视野由外观转为内省，委婉寄寓，自己空有才能，却遭贬受逐，冷落荒州，乃至不得施展抱负的深切慨叹。就全文视之，可谓笔意萧疏，而情怀抑郁，乃是山水记游与抒情述怀之合成体，犹如明代茅坤（1512—1601）对此文的观察："借石之瑰玮，以吐胸中之气。"（《唐宋八大家文钞·柳柳州文钞》卷七）

柳宗元的山水游记，以其峭拔峻洁的笔触，为中唐散体古文增添了文学的审美趣味，同时涂上了个人的抒情色调。此外，其寓言小品亦不容忽视。

2. 寓言小品

柳宗元的寓言小品，可谓是中国寓言文学正式臻至成熟的标志。犹如本书第一编中相关章节所述，先秦古籍中的寓言故事，大多作为说理或议论中的比喻，是整部著述中个别篇章的一个情节片段，甚至在一个篇章中，可以连续运用几个寓言故事，作为宣扬某种理念与论点的比喻。不过，爰及唐代文人笔下，则出现寓言文体，寓言故事开始出现独立成篇的倾向。诸如李华《材之大小》、姚崇《冰壶诫》、元结《恶圆》等，均属借寓言以立譬取喻，表达作者对现实社会人生的关切和批评。但是，这些在盛唐文人笔下，不过还是偶一为之的零星之作。直至柳宗元，在前人的基础上，以小品散文的形式，创作不少寓言小品故事，终于展示出寓言也可以成为一种独立的文体。

柳宗元笔下的寓言小品，其撰写主要是以讽刺当时社会败坏或政治黑暗现象为宗旨，而且多以动物为题材。其中最受文学史家瞩目的即是《三戒》，由三篇寓言组成，既有共同的主题相贯穿，又各有侧重，且亦可各自独立成篇。试看《三戒》正文之前有作者小序，说明创作意图：

> 吾恒恶世之人不知推己之本，而乘物以逞，或依势以干非其类，出技以怒强，窃时以肆暴，然卒迫于祸。有客谈麋、驴、鼠三物，似其事，作《三戒》。

小序清楚说明，乃是借麋鹿、驴子、老鼠三种动物的形象以警戒"世之人"。其中所称"依势以干非其类"，指"临江之麋"；"出技以怒强"，指"黔之驴"；而"窃时以肆暴"，则指"永某氏之鼠"。这些动物品类虽不同，在面对现实状况的言行表现上，却均有相似的毛病，故而合成一组。姑举录《黔之驴》为例：

黔无驴，有好事者船载以入。至则无可用，放之山下。虎见之，庞然大物也，以为神，蔽林间窥之。稍出近之，慭慭然莫相知。他日驴一鸣，虎大骇，远遁，以为且噬己也，甚恐。然往来视之，觉无异能者。益习其声，又近出前后，终不敢搏。稍近，益狎，荡倚冲冒，驴不胜怒，蹄之。虎因喜，计之曰："技止此耳！"因跳踉大㘎，断其喉，尽其肉，乃去。噫！形之庞也类有德，声之宏也类有能，向不出其技，虎虽猛，疑畏卒不敢取，今若是焉，悲夫！

引文中叙述的驴子，其实毫无本领，又缺乏自知之明，却偏偏要装作有本领的样子，但凭其躯体庞大，声音洪亮吓唬人而已。可是，当驴子"出技以怒强"，与显然更为强大的对手老虎稍一较量，立即显出其本领不如的原形，乃至遭到覆灭的结局。全文言简意赅，具有警世意味，充分展示中国寓言故事的讽刺意味，以及特别重视"教诲"的实用特质。就文章本身的体式而言，则是通篇散体，其行文之自然流畅与先秦散文类似。除此之外，由文中演化而来的"庞然大物""黔驴技穷"诸词语，至今仍是一般口头或书面运用的成语。

　　柳宗元的寓言小品，其共同特色是，体式短小，意涵警策，多针对中唐的政治社会现况而发，警诫教训意味浓厚。又因其往往意在言外，理在文中，遂能引人深思回味，故而颇得历代文评者之称许。除此之外，柳宗元笔下的人物传记，亦在唐代散体古文发展上占一席重要地位。

3. 杂体传记

汉魏以来，基于文人士子个体意识的自觉，对个人生命意义的重视，抒发己情己怀之诗歌相应增多。同时，亦影响到对于个别人物生命经验历程之重视，乃至出现不少以"非官方"立场为个别人物立传的单篇传记。甚至还有作者模仿正史，将社会角色相类的人物归类立传的"类传"，诸如《名士传》《高士传》等。这些依个人的生平事迹而撰写的传记作品，虽然在形式体制上大多仿效史传体，但名目繁多，其中就包括为个别人物撰写的单篇传记，以及依自我的言行志节、人格情性而撰成的自传。乃至一些叙述个别人物生平事迹之行状、墓志铭、哀诔文等，亦相应兴起。而且往往由于作者"非官方"立场的自由，遂出现并无统一的体式，甚至史实与传闻趣事相杂的现象。当今研究中国传记文学之学者，在重视文学审美趣味的标准下，均将之囊括在人物传记文学之范畴[①]。故而本书此处姑且以"杂体传记"概称之，或简称"杂传"。

记述各类人物生平事迹与传闻故事的杂体传记，实起于两汉。如无名氏《东方朔别传》、刘向《列女传》之类传，即是有名的例子。魏晋以后，文人个体意识增强，对个人的生活遭遇与人格情性产生浓厚兴趣，加上随之而起的品评人物之风气盛行，遂带动了史传以外的人物传记之写作，乃至各种类型的传记数量大增。有关魏晋时期著名历史人物的单篇传记，如《曹瞒传》《嵇康别传》即是；还有自述生活与志趣的自传，如陶渊明《五柳先生传》，则是时人皆以为"实录"的自传。也有将所撰人物传记依其类别而汇集成书者，诸如袁宏《名士传》、皇甫谧《高士传》、慧皎《高僧传》等。这些人物传记，在行文格式上，无疑均颇受司马迁《史记》中人物"列传"的影响，但是所取材料来源，则无须受官方资料的局限，其

---

① 如陈兰村主编的《中国传记文学发展史》（语文出版社 1999 年版），即将韩愈、柳宗元所撰人物行状、墓志铭诸文，视为传记文学。

结果往往是实录加上传闻逸事者居多。不过，也正由于文中增添的传闻逸事，反而增强了这些杂传的文学性质与趣味。

继魏晋以来，唐代的人物杂传类型繁多，即使包括以历史上某某知名人士为标目之传记，但因作者往往借此以寄怀为创作目的，以至实际内容上，多属难以证实的传闻趣事，有的甚至可以视为以虚构想象为主的"传奇"故事。值得注意的是，像"杂体传记"这类既依据部分事实，又采取相关传闻，且兼具作者本人寄托其某种寓意的人物传记，虽然颇为严格的文体分类造成困扰，实际上则显示，中国文学作品通常虚实相杂、亦虚亦实之审美特质。在文学史上，一般均将唐代作家叙述历史人物或当代人物之社会传闻趣事为笔墨重点者，归类于"道听途说"的"小说"（详后）。至于涉及个别人物生平事迹之记录，加上作者情怀之寄寓者，则归类于寄托作者寓意的"散文"。不过，两者之间，在韩愈笔下，则已经出现相互混杂、难以区隔之势。就如韩愈《太学生何蕃传》一文，以"传"名篇，乃是一篇以生平实录为主的人物传记。然而，其脍炙人口的《毛颖传》，同样也是以"传"名篇，在笔墨行文上，虽然模仿《史记》列传的人物传记，但在内涵情境上，一般则被视为一篇以虚构为主体的"传奇"小说。

与韩愈共同倡导"古文运动"的柳宗元，在杂体传记的写作方面，则有不同的表现。按，柳宗元所撰写的人物传记，最引人瞩目的就是遥承司马迁的《史记》，为身居社会底层者立传的胆识。按，司马迁不仅为那些在历史上足以影响政局，或身居上层社会者立传，也让居于社会下层的人物，诸如游侠、刺客、卜者、商人等，均得以出现在历史舞台，进入传记的行列。柳宗元除了为清廉正直的官吏或怀才不遇的文士立传之外，还把笔墨伸向广阔的社会，为当代一些市井细民，包括务工业农者立传，乃至扩大了传记文学中传主人物的类型。当然，在这方面，韩愈或许具有开风气之功，其《圬者王承福传》，就是为一个身处社会底层的泥瓦匠立传，但仅此一篇而已。而柳宗元则进一步创作了一系列身居社会底层小人物的传记。诸如：《宋清传》，写一向与人为善的药材商人宋清；《童区寄传》，写机智勇敢的僮奴童区寄；《梓人传》，写技艺精练的工匠杨潜；《种树郭橐驼传》，写精通种树园艺者郭橐驼；《捕蛇者说》，写为抵偿赋税而捕蛇者蒋氏；《河间传》，则写一个善良妇女的不幸与堕落等。值得注意的是，这些传主并非影响世局的英雄豪杰，亦非以仕进为业的文人士子，而是属于社会地位卑微的小人物。通过他们各自不同的身世遭遇，展现一般庶民百姓的善良品德和智慧才能，并借此表达对政治败坏或社会腐化的不满和感慨。即使其中暗含某种道德劝诫意识，在散体古文的发展上，无疑丰富了汉魏以来传记文学的人物类型，为中国传记文学开拓了内涵与视野。

试摘录柳宗元《种树郭橐驼传》为例：

> 郭橐驼，不知始何名。病偻，隆然伏行，有类橐驼者，故乡人号之"驼"。
>
> 驼闻之曰："甚善，名我固当。"因舍其名，亦自谓"橐驼"云。其乡曰丰乐乡，在长安西。驼业种树，凡长安豪富人为观游及卖果者，皆争迎取养。视驼所种树，或移徙，无不活；且硕茂早实以蕃。他植者虽窥伺效慕，莫能如也。
>
> 有问之，对曰："橐驼非能使木寿且孳也，能顺木之天，以致其性焉尔。凡植木之性：其本欲舒，其培欲平，其土欲故，其筑欲密。既然已，勿动勿虑，去不复顾。其莳也若子，其置也若

弃，则其天者全，而其性得矣。故吾不害其长而已，非有能硕茂
之也；不抑耗其实而已，非有能早而蕃之也。……"

此传乃是以流畅自然的散文写出。就其内涵视之，或可分为四个段落：
首段立传，介绍传主郭橐驼的外貌、特长，及其行事如何机智、幽默的人
格特质，并称扬郭橐驼的种树技艺；二、三段则通过问者与橐驼之间的问
对，由种树"顺木之天以致其性"的要诀，引出"养民"的道理，进而批
评官府扰民与伤民的不是；末段则以问者听闻郭橐驼一席谈话之后的领悟，
正式点题，将"养树"与"养民"联系起来：

问者曰："嘻！不亦善乎！吾问养树，得养人术。"传其事以
为官戒。

其实，柳宗元的人物传记大都是借"传"立"说"，亦即寓说理于
传记中，或寄讽喻于行文间。像这类的传记文章，显然蕴含着中唐文人在
"古文运动"中，要求政治社会改革的呼吁，以及作者"文以明道"的意
图。同时也展现，传统中国传记文学，与儒家政教伦理的密切关系，并且
有文史哲混然结合的倾向。

当然，柳宗元为身居社会底层的人物立传，可说是为汉魏以来杂体传
记的发展开辟了新方向，为中国传记文学开启了新境界、注入了新活力。
但不容忽略的是，也正由于柳宗元与韩愈一样，借传立说，往往会把传记
的重心放在其个人的说理议论上，即使文章中增添了一些具有文学审美趣
味的传闻逸事，还是难免予人以宛如一篇篇"政论性传记文"之印象。不
过，就在韩柳呼吁"复古"的同时，另外还有一批中唐文人，在散体古文
创作方面，展现出不同的风格，乃至为唐代散文增添了异彩。白居易与刘
禹锡当可为此期的代表。

与韩愈、柳宗元大约同时代的作家中，白居易（772—846）和刘禹锡（772—842）的文章，犹如二人的诗作，明显展现畅晓平易的时代风格。由于韩愈在文章撰写方面，力主"陈言之务去"，乃至有时会刻意自造新辞，甚至陷入"奇崛"之境，遂令这类文章显得艰涩难懂。此时期之白居易与刘禹锡二人，则另辟蹊径，以不同于韩愈的道德文章，且有异于柳宗元的孤凄韵调，撰写古文。两派作者之文章风格虽异，却同样可视为中唐古文运动成就的标志。

浅近通俗原是白居易诗歌的一般特色，其文章同样亦以平易近人见称。试看其著名的《醉吟先生传》：

> 醉吟先生者，忘其姓字乡里官爵，忽忽不知吾为谁也。宦游三十载，将老，退居洛下。所居有池五六亩，竹数千竿，乔木数十株，台榭舟桥具体而微，先生安焉。家虽贫，不至寒馁，年虽老，未及耄。性嗜酒，耽琴淫诗。……

此文显然是有意模仿陶渊明的《五柳先生传》，同样以第三人称角度叙述，但无论写景抒情述怀，处处以自我为焦点，可归类为传记文学。抚读之际，但觉行文萧散自然，平易近人，且内涵意境清雅风趣，与韩愈、柳宗元所写之传记，每好借文立说，或借题发挥，说理议论，显然有很大的区别。

再看白居易于元和十一年（816）贬为江州司马时所写的《庐山草堂记》，其中庐山风景的描写，与柳宗元被贬于永州时所撰之山水游记，颇有近似之处：

匡庐奇秀，甲天下山。山北峰曰香炉峰，峰北寺曰遗爱寺，介峰、寺间，其境胜绝，又甲庐山。元和十一年秋，太原人白乐天见而爱之，若远行客过故乡，恋恋不能去；因面峰腋寺，作为草堂。……

但是，白居易此文虽记述庐山风景之奇秀，其旨趣除了表达对庐山的赏爱，更重要的是，借此抒写其安命乐天之志。主要是通过对庐山胜景的描绘，触发"太原人白乐天见而爱之，若远行客过故乡，恋恋不能去"，决定建一草堂在此安居。继而虽叙述自己如何"一旦蹇剥，来佐江郡"的受贬经历，却顺此决定终将"左手引妻子，右手抱琴书，终老于斯，以成就我平生之志"的意愿。值得注意的是，同样是以遭贬谪之身观览风景，但心境态度，与柳宗元判然有别，文章风格自然也大异其趣。白居易这类平易近人，且流露人生智慧的作品，实为以后欧阳修平易自然、苏东坡挥洒自如的散文风格开出先路。

白居易在唐代诗坛，与元稹等人掀起"新乐府运动"，意欲借诗歌来批评社会，改革时政，可谓与韩愈、柳宗元提倡"古文运动"的宗旨旗鼓相当。如其一系列的"新乐府诗"，即明显含有对政治社会现况的不满与讽喻，不过，在文章撰写方面，白居易则明显有别于韩柳，展现其个人抒情言志之文学特质。

另外，与柳宗元交谊深厚的刘禹锡，尝为含恨而逝的柳宗元编文集并作序，在文学主张上，亦重视"文气"，认为"气为干，文为枝"，与韩柳强调作者的道德人品修养，并无差别。但是，其文章的撰写，重视的则是畅晓平易，甚至碑铭之作亦展现其个人风格。刘禹锡最脍炙人口的作品，当属《陋室铭》无疑：

山不在高，有仙则名；水不在深，有龙则灵。斯是陋室，惟吾德馨。苔痕上阶绿，草色入帘青。谈笑有鸿儒，往来无白丁。可以调素琴，阅金经。无丝竹之乱耳，无案牍之劳形。南阳诸葛庐，西蜀子云亭。孔子云："何陋之有？"

全文仅八十一字，"斯是陋室，惟吾德馨"即其立意所在，强调的是，居处环境简陋并不重要，重要的是其居住主人的道德情操与人格修养，可令陋室生辉。此文实际上旨在说理，却并无一般说理文的沉重枯燥。就文体而言，虽属刻于陋室上的"铭"文，其间行文畅晓平易，不受铭文传统格式的局限。按，东汉以来的铭文，多以四言韵语为通格，而本文却夹杂五言六言，句式参差错落，显得流畅自然。其中所用"南阳诸葛庐""西蜀子云亭"的典故，以及孔子引言，均明白易晓；另外，全文虽对仗工整，却因不避虚词，故而显得潇洒自如，且音调铿锵，一韵到底，又富诗意。整体视之，可称为散化的骈文，或骈化的散文，也是中唐文章中骈散融合的结晶。

❖

第四节

散体古文的式微 —— 韩柳之后

以韩愈、柳宗元等为代表的中唐文人，在恢复先秦两汉古文之提倡与实践中，建立了散体古文在文学史上的地位；但是，古文若要普遍成为唐宋以后大凡说理、议论、叙事、写景、抒情的主要文体，还需经历一段迂回的路程。

尽管散体古文在中唐时期已成为文坛主流，而且出自韩愈门下的李翱（772—841）、皇甫湜（777？—835？）诸人，在韩柳身后，仍然宣扬儒家学说，继续以散体古文写作；不过，作为一种在复古声浪中建立的"新文体"，散体古文并未从此昌盛不绝，却在晚唐文坛，遭受到骈文复苏的"挫折"。

　　由于重视美辞俪句的骈文，自魏晋六朝以来，以其优美典雅的形式，具有一定的生命力，乃至在唐代文坛，其影响，始终未尝消歇，上举刘禹锡《陋室铭》中骈散之融合，即是一例。其实骈俪文章的撰写，自初唐以来从未中断转向，尤其在章表奏启等具实用性质的公牍文中，骈文仍然占有绝对的优势。例如，曾经为宰相的陆贽（754—805），就以其骈体章奏为当代所称。即使古文运动的主将韩愈和柳宗元，虽然主张改革文风，倡导散体古文，实际上并未"反对骈文"，而且为文之际，还经常受骈文修辞艺术的影响。例如韩愈的《进学解》，基本上就是一篇骈俪色彩相当浓厚的文章，其中一些句式的排比对偶，以及音韵的谐美，均符合骈文的要求。柳宗元的一些章表奏启等公文，更多含有骈文色调，就如其《贺裴桂州启》一文，清人孙梅于《四六丛话》中即认为，乃是"使骈体、古文，合为一家"者。

　　在散体古文盛行的中唐文坛，骈文的一些美学特征，实际上已经融入古文的行文中。试看清人袁枚（1716—1798）于其《答友人论文第一书》中，对韩柳之文的评语：

　　　　韩柳琢句，时有六朝余习，皆宋人之所不屑为也。惟其不屑
　　为，亦复不能为。而"古文"之道终焉。

　　所言虽主要是对"宋人"为文之不满，但其明确指出，韩柳的古文，

乃是集六朝以来文章之余习，进而有所革新之作。则六朝骈文"琢句"之"余习"，当然也难免融入二人的古文创作中。

不容忽略的是，魏晋以来的骈文与古文之间，始终存在着彼此既相对立，亦互有掺和的错综复杂关系。韩柳等人对古文的提倡与实践，虽然导致骈文失去其在文坛独尊的地位，但是，中唐之后，散体古文创作的式微，又令骈文有重新占据文坛主流的机会。当然，古文的式微，除了骈文本身的顽强生命力之外，也与中唐以后的政治现实环境，以及文人审美品昧的改变，密切相关。

晚唐七八十年间，宦官专权，朋党纷争，加上藩镇跋扈，导致皇室大权旁落，李唐王朝江河日下。随着李唐王朝中兴之梦的幻灭，政坛上，要求政治革新，以及重整儒术的声音，日益微弱，乃至中唐时期伴随着要求政治改革的文体革新之呼吁，亦逐渐消声。文坛上，当初韩愈、柳宗元诸人热心倡导的古文，已成为强弩之末。当然，在这期间，还是出现一些致力于古文的创作者，留下了一些表现作者关怀政治现实的用世之心，指摘时弊的讽刺小品。诸如皮日休（834？—883？）《原谤》、陆龟蒙（？—881？）《野庙碑》、罗隐（833—909）《辨害》等，即是著名的例子。不过，这些后辈作家，往往以延续韩柳之余绪为己任，或以模仿韩柳说理议论风格为文章宗旨，乃至在唐代古文发展史上，创新之处并不多。更重要的是，晚唐文人在文学审美品味方面的改变，多偏爱辞藻形式之美，文风遂趋向绮靡，不但促进晚唐唯美诗歌的风行，并且为骈文的复苏提供有利的环境条件。中唐文坛散体古文的热潮，遂暂时让位于骈俪之文。

✤

第五节

骈俪文章的复苏 —— 晚唐文坛

由于散体古文的式微，乃至自隋朝及唐初即不断受排挤的骈文，在晚唐文坛则明显展现复苏之势，不但作者云起，而且作品亦多。骈俪之文的复苏，甚至取代了散体古文，重新成为文坛的主流。

晚唐以骈俪之文见称的作家中，李商隐（813？—858？）的成就最高，此外，温庭筠（812—870）与段成式（800？—863）亦是骈文能手。由于三人均排行十六，时人遂称他们的骈俪风格作品为"三十六体"。

根据《旧唐书·文苑传·李商隐传》，李商隐其实早年主要"为古文，不喜偶对"，及至其从师于令狐楚之后，才学会"今体章奏"，并且青出于蓝而胜于蓝，成为晚唐时期成就最高的骈文作家。李商隐对于自己的骈俪文章亦十分珍视，尝自编文集《樊南四六》甲乙集各二十卷，收文八百余篇，可惜后来大多散佚。现存李商隐文集①，其中章表、书启、哀祭诸文，多属四六骈文体，反映出骈体文章从一般的骈文已经衍为四六文，形式上当然也更为精致。其共同特色，除了句式上以四字句六字句为主干外，实与李商隐诗歌的艺术风格相仿佛，诸如辞采秾丽，对偶精工，音韵谐美，而且典故繁密。在晚唐文坛，四六骈文几无人能出其右，影响所及，远至宋初的"西昆体"，即是奉李商隐以为之宗。

试先节录其《为濮阳公陈情表》为例：

_____

① 按，李商隐自编的《樊南四六》甲乙集各二十卷共四十卷，久已散佚，后人辑成的《李义山文集》除诗歌外，文章方面尚存章表、状启、序书、箴传、哀祭、碑铭、辞赋、杂文等，共一百余篇而已。

有志四方，不扫一室。奉随武之家事，无愧陈辞；慕邓傅之门风，不伤清议。属者每忧不试，深耻因媒。自荐之书，朝投象魏；殊常之泽，暮降芸香。其后契阔星霜，羁离戎旅。从军王粲，徒感所知；掌檄陈霖，亦常交辟。吕元膺东周保厘之日，李师古天平判换之时，潜入其徒，盈于留邸。……

此"陈情表"，显然属公牍文，以四六的整齐句式展开，而且几乎一句一典故，虽颇能显示作者之博识才学，但因典故之繁富堆砌，乃至显得语意顿挫艰涩，不易立即理解。当然，李商隐骈文的魅力，并不在于上举这类纯粹论公务、显学识而写的应用文，而是那些有关个人私情者。就如其为悼祭死去已五年的四岁小侄女所写《祭小侄女寄寄文》，最为当今论李商隐文章者所经常引述称道，甚至认为是李商隐骈文的"压卷之作"[1]。其实，李商隐的文章，无论为私情还是公务，倘若其中涉及个人的切身经验感受，即使属官方公文，亦颇有动人之处。

再举其《上河东公启》为例：

商隐启：两日前于张评事处伏睹手笔，兼评事传旨意，于乐籍中赐一人以备纫补。

某悼伤以来，光阴未几。梧桐半死，才有述哀；灵光独存，且兼多病。眷言息胤，不暇提携。或小于叔夜之男，或幼于伯喈之女。检庾信荀娘之启，常有酸辛；咏陶潜通子之诗，每嗟漂泊。

---

① 姜书阁：《骈文史论》(人民文学出版社 1986 年版)，即慨云："后世学习骈文和欣赏骈文的人，几乎都只读其表、状、书、启等用典繁缛造语绮丽的大文……而对此情深意切的千古妙文却略而不一顾，罕有踵而效之者，真可怪叹！"(第 476 页)

所赖因依德宇，驰骤府庭；方思效命旌旄，不敢载怀乡土。锦茵象榻，石馆金台，入则陪奉光尘，出则揣摩铅钝。兼之早岁，志在玄门；及到此都，更敦凤契。自安衰薄，微得端倪。至于南国妖姬。丛台妙妓，虽有涉于篇什，实不接于风流。

况张懿仙本自无双，曾来独立；既从上将，又托英僚。汲县勒铭，方依崔瑗；汉庭曳履，犹忆郑崇。宁复河里飞星，云间堕月，窥西家之宋玉，恨东舍之王昌？诚出恩私，非所宜称。伏惟克从至愿，赐寝前言。使国人尽保展禽，酒肆不疑阮籍，则恩优之理，何以加焉？干冒尊严，伏用惶灼。谨启

此文乃书启文，亦即下属向上司启奏的公文。是李商隐丧偶之后，时身在梓州幕中，为谢绝府主柳仲郢意欲为其续弦而作，是一篇兼及公私生活与感情的好文章。首段点出上此书启的缘由：于张评事处"伏睹手笔"，又听张评事口"传旨意"，要从州府所蓄官妓中，挑选一人赐给甫丧偶的李商隐，以便照顾日常生活起居。二、三段则分别从自身丧偶的悲痛，对儿女的牵挂，以及个人"方思效命旌旄"，且"志在玄门"的大公无私意愿。四段言及张懿仙作为官妓，原有所欢，自己不应掠美夺人所爱，故而婉拒柳仲郢的厚意。文中除了形式上保持四六骈体之外，内涵上则私情与公务两相兼顾。行文虽展现四六骈文在形式上之骈俪，且多用典故以示意，但在内涵情境上，个人述怀情调凄婉深沉，措辞清雅俊逸，乃是既具实用宗旨，又含审美趣味之佳篇。

李商隐的四六风格骈文，一向受到后世文论者的称许。如元人白珽于其《湛渊静语》，即称李商隐"能拔足流俗，自成一家"。清人孙梅于其《四六丛话》，亦认为："惟樊南甲乙则今体之金绳，章奏之玉律也。"按，

这当然因为李商隐骈俪文章的影响，波及宋初文坛。乃至韩愈与柳宗元等，为改革文风提倡的古文运动，尚须延至北宋中叶，方能正式完成。以下章节的笔墨重点，将从唐代古文之后续发展角度，论述宋代古文如何在沿袭唐人作品中展现其创新，以及唐宋之后，散体古文在文坛地位的巩固。

第五章

宋代古文的复兴

经过唐末的大乱，五代十国的纷争，北宋统一建国之后，百废待兴，几代皇帝均轻武尚文，并且实施一系列对知识阶层的怀柔政策，其中包括：优遇文人学者，善待诸国降臣，扩大科举和官额，且广立学校，培植人才，提高文官的俸禄和地位，并集中人力，大规模整理编纂各种经典古籍……这些有利于文化建设的措施，均有助于宋代文艺的发展。尤其值得注意的是，这些措施为散体古文的复兴提供了良好的孕育环境。当然，古文在宋代的复兴，不但尚需假以时日，同时还得靠几位关键作家的出现，方能臻至。何况宋初文坛，仍然荡漾在晚唐绮丽文风的余波里。

✤

第一节

晚唐文风的余波 —— 宋初文坛

活跃于北宋初期的文人，大多是从晚唐，或后周、南唐、后蜀过来的遗老遗少，这些跨越朝代更替的作家，尽管经历了朝代的兴衰、政权的转移，写诗作文，还是难免沿袭其前朝余风，尤其是晚唐文坛偏向绮丽轻靡的风尚。最著名的例子，当推杨亿（974—1020）、刘筠（970—1030）、钱惟演（977—1034）等馆阁文臣。诸人既工于诗，亦擅四六骈文，在诗文创作上均专宗李商隐，以至形成流行于宋初文坛的"西昆体"，其文风绵延三十多年。

按，"西昆体"虽然是以杨亿为首的馆阁文臣相互交游往来唱和的诗集《西昆酬唱集》而得名，但这些人的文章亦因多沿袭李商隐的四六骈文，追求遣词造句之骈俪与征典用事之精巧，被笼统归为"西昆体"。由于杨、刘诸人的文学修养高，又身居朝廷馆阁文臣要职，且时常为真宗草书诏令，其中的刘筠，还数次主持科举考试，影响所及，科场上的文章也竞相以骈俪的"时文"为尚。关于四六骈文在宋初之风行，据洪迈（1123—1202）《容斋三笔》卷八"四六名对"条的观察：

> 四六骈俪，于文章家至浅，然上自朝廷命令诏册，下而缙绅
> 之间，笺、书、祝、疏，无所不用。

其实，宋初已经出现批评"四六骈俪"的声音。如柳开（947—1000）与王禹偁（954—1001），就曾先后呼吁，为学必宗经，以恢复儒家的道统，为文则当须效法韩柳古文，以文明道……不过，理论主张与创作实践，

有时不一定能完全契合。即使文章在内容上强调的是政教伦理，文体风格上，仍然难以完全摆脱晚唐以来讲求骈辞俪句文风的影响。兹引王禹偁的《待漏院记》第二、三段为例：

> 朝廷自国初因旧制，设宰臣待漏院于丹凤门之右，示勤政也。至若北阙向曙，东方未明，相君启行，煌煌火城。相君至止，哕哕鸾声。金门未辟，玉漏犹滴。撤盖下车，于焉以息。

> 待漏之际，相君其有思乎？其或兆民未安，思所泰之；四夷未附，思所来之；兵革未息，何以弥之；田畴多芜，何以辟之；贤人在野，我将进之；佞臣立朝，我将斥之；六气不和，灾眚荐至，愿避位以禳之；五刑未措，欺诈日生，请修德以厘之。忧心忡忡，待旦而入。九门既启，四聪甚迩。相君言焉，时君纳焉。皇风于是乎清夷，苍生以之而富庶。若然，总百官，食万钱，非幸也。宜也。

朝廷沿袭旧制，设置"宰臣待漏院"的用意，乃是为提醒宰相要"勤政"，王禹偁即借此向身为宰相者提出规箴。全文义正词严，是一篇具有浓厚政治道德意味之作。就文体视之，特点乃是骈散相因并用，显得错落有致。行文多数是四言句，间或用六言，又多用"之"字作句尾，以加强语气。句与句之间往往形成对仗，如引文前段中"北阙向曙"与"东方未明"，"煌煌火城"与"哕哕鸾声"，"金门未辟"与"玉漏犹滴"等，不但辞类相对，平仄也相对，读起来但觉抑扬顿挫，声调谐美。王禹偁此文，显然还是在晚唐西昆派骈俪文章之余风中荡漾。

柳开与王禹偁相继去世后，西昆派的四六骈俪之文继续风行文坛，其后虽然还有穆修（979—1032）、石介（1005—1045）等，亦反对"时文"

之骈俪习尚，穆修甚至在"杨亿、刘筠尚声偶之辞，天下学者靡然从之"的情况下，"独以古文称"（《宋史·文苑传·穆修传》）。然而，文坛的风尚，文学的审美趣味，乃是经过长期的培养而成，不可能一旦有人表示不满，立即有所改变。何况宋初这些反对骈俪习尚的文人，或因政治社会地位不够高，呼应者少，加以在创作上也难以与杨亿、刘筠等馆阁文臣为首的西昆派相抗衡，影响毕竟有限，故未能"扭转"晚唐以来流行文坛的骈俪文风。再者，宋初的政治社会，基本上平安无事，尚无"改革"的急迫需求。一直要到范仲淹（989—1052）主持"庆历新政"，于天圣三年（1025）提出种种改革时弊的方案，同时针对时下文章之"弊"，向仁宗建议"敦谕词臣，兴复古道……以救斯文之薄而厚其风化"（《奏上时务书》），形势才开始有所改变。为配合范仲淹改革文风的建议，仁宗尝分别于天圣七年（1029）、明道二年（1033）、庆历四年（1044），三次下诏申诫浮文，指出"文章所宗，必以理实为要"，"务明先王之道"。遂为宋代古文的复兴，掀开了序幕。

✤

第二节

古文复兴的序幕 —— 范仲淹

范仲淹以其政治社会地位，以及创作实践的表现，可谓是宋代古文的复兴掀开序幕的关键人物。其著名的《岳阳楼记》，即是一篇以散体古文即景抒情述怀的佳篇，其中所云对身为文人士大夫的知识分子，当须忧国忧民的期许，至今仍然动人。试节录其文之首尾三段如下：

庆历四年春，滕子京谪守巴陵郡。越明年，政通人和，百废俱兴。乃重修岳阳楼，增其旧制，刻唐贤、今人诗赋于其上。属余作文以记之。

予观夫巴陵胜状，在洞庭一湖：衔远山，吞长江，浩浩汤汤，横无际涯；朝晖夕阴，气象万千。此则岳阳楼之大观也。前人之述备矣。然则北通巫峡，南极潇湘，迁客骚人，多会于此，览物之情，得无异乎？

……

嗟夫！予尝求古仁人之心，或异二者之为。何哉？不以物喜，不以己悲；居庙堂之高，则忧其民；处江湖之远，则忧其君。是进亦忧，退亦忧。然则何时而乐耶？其必曰：先天下之忧而忧，后天下之乐而乐乎！噫！微斯人，吾谁与归？

　　　　　　　　　　　　时六年（1046）九月十五日

首段开章明义，说明撰写此文之缘起，同时扣题。按，唐人以亭台楼阁为"记"之文章，一般多以"物"为关怀中心，故而多客观描写景物之状貌声色，并记述经过原委，整体上主要以耳目所及之景观为笔墨重点。爰及宋人，则往往以"人"的主体意识为构思前提，乃至个人的经验感受或观点立场，成为"某某记"的笔墨重点。如上引《岳阳楼记》，全文主要是从实际或想象中登楼之"人"，如何触景而生情起笔，并借洞庭湖壮阔优美的景色，抒发情怀，传达自己在庆历五年（1045）新政失败后，被罢去参知政事，继而离京，出抚河东、陕西时的经验感受。文中虽不乏岳阳楼周遭风景的描写，但笔墨重点乃在于"人"的经验感受，而不在重修后岳阳楼的规模风采。倘若从文体风格或内涵情境两方面视之，可谓是韩愈古文中以天下为己任的回响，也是柳宗元山水写景小品的重温。亦即通过山水风景的描写，来抒发感慨，表达议论，反映一个身为士大夫的知识分子忧国忧民的心声。值得注意的是，其间没有韩愈及其门下或后学为文之际，选辞用语的奇崛艰涩，也不像柳宗元的永州山水游记那样，往往沉浸在幽冷孤清的情调里。范仲淹的《岳阳楼记》实际上已经展现出一般宋代文章行文流畅平易的风格，以及宋人写诗作文喜欢发表议论的习尚，同时亦流露出普遍扬弃悲哀的人生态度。范仲淹虽然并未列于所谓"唐宋八大家"的行列，其对宋代散体古文复兴的先导之功，实不容忽视。

❖

第三节

古文风格的确立

古文风格在宋代的确立，实可视为中国散体古文的最终定型。实际上，从唐到宋，散体古文的风格，发生了由"奇崛"到"平易"的转变，唯其如此，古文在文坛的正统地位，方能从此得以确立。这种风格转变的成功，实有赖于宋代文坛古文写作的普遍，其中欧阳修（1007—1072）与苏轼（1037—1101）两位大师级作家的登场，居功匪浅。按，欧、苏二人，在响应范仲淹的政治革新与文章复古的呼吁中，与苏洵（1009—1066）、苏辙（1039—1112）、王安石（1021—1086）、曾巩（1019—1083）等散体古文大家，共同掀起文章的复古与革新风潮，此即一般文学史所称，继中唐"古文运动"之后而掀起的"新古文运动"，此六人与韩愈、柳宗元共称为"唐宋八大家"。有趣的是，这前后两次的古文运动，均起于对骈俪文风的不满，以及骈文华而不实或将不利于传播儒家政教伦理的焦虑。这再度说明，传统中国文学范围的杂而不纯，以及政教伦理色彩浓厚的特质，似乎难以摆脱。当然，即使在散体古文的发展演变过程中，宋代古文风格的确立，亦展现其"幸亏"并未完全受制于政教伦理的束缚，因此在时局环境或个人经历的影响之下，出现不少具有个人风格特色的佳作。

　　由于欧阳修与苏轼诸人，在继承前人的古文写作之际，经验更为丰富，表现更为成熟，何况二人无论在政坛或文坛的地位，也要高于唐代的韩愈、柳宗元，以及宋初的柳开、王禹偁、穆修诸人。加上朝廷官方对改革文风的支持，再配合理学的兴起，以及普遍接纳通俗文学的养分，终于使古文重新成为文坛的主流，并且建立其既有所继承，亦不乏创新的宋代古文本身之风格特色。其中包括：在行文上，平易自然、挥洒自如，或慷慨悲怆、情深意婉；在内涵上，则议论、叙事、抒情、写景可以熔于一炉。虽然讲究辞藻、声律、用典的骈文，始终有人继续在写，而且也时有佳篇，甚至欧、苏诸人在应付科举策论之试，或上疏政论之际，亦可以是骈文能手，但自欧、苏掀起的"新古文运动"开始，散体古文在文坛的正宗地位，即屹立不倒，即使笔墨中夹以骈辞偶句，也不过是行文优雅的点缀，或强调语气、加深文意的修辞技巧而已。散体古文在宋代文坛的主流地位，一旦确立之后，一直通过金元明清文坛，绵延至20世纪初，经胡适等人掀起的"五四运动"，才让位于白话文。

　　值得注意的是，欧阳修与苏轼不但是宋代文章文体革新的倡导者，也是古文之文风转变的主导者。且各自以其文学主张、人格特质，以及才情学养，创作出令后辈作者不断追随模范，并令读者赞赏不已的作品。二人在中国散体古文发展史上地位之崇高，是罕见的。此外，不容忽略的则是，身处南北宋易代之际的李清照，虽非散文大家，但其现存的少数意婉情长的文章，当可视为为明清文人写寻常家居生活、亲人情缘之作，铺上先路。还有南宋初期的陆游，以及南宋末年面对国家败亡的民族英雄文天祥，也各以其不凡的文学才情、生活经验与人格特质，留下不少慷慨悲怆、动人心魄之作。以下即试就诸人的文章风格特色，分类概述其对宋代古文风格确立的贡献。

✤ | 一、平易自然 —— 欧阳修

欧阳修在北宋政坛，是范仲淹"庆历新政"的积极支持者，不过，于庆历新政失败后，则屡遭贬斥，在其宦海浮沉四十余年间，则始终以"风节自持"、忠贞敢言见称，无论其人品或官品，均为世人所敬重。在中国文学史上，欧阳修乃是一代文宗，北宋文坛的领袖，也是"新古文运动"的主导者。兹因仰慕韩愈的道德文章，欧阳修曾致力于韩愈文集的收集、校订、刊刻，并继承韩愈"文以明道"的主张，强调道是文的核心。不过，欧阳修在为文的表现理论方面，则进一步关注道与文的区别，遂提出文道并重、道先文后的观点（分见《答吴充秀才书》《与乐秀才书》）。不过，值得注意的是，欧阳修为改革时下华而不实的骈俪文风，虽然主张"宗韩"，却并不囿于韩。或许基于对"传道效果"的认知，他主张文章当令"其道易知而可法，其言易明而可行"（《答张秀才第二书》），故而着意发展韩愈"文从字顺"的观点，并扬弃韩愈及其后学文章的奇崛与艰涩。总而言之，欧阳修的文章，无论说理议论、叙事述怀、抒情写景，在继承中唐古文的基础上，更注意行文的自然流畅，以及内容既切近实用，又能表

现作者情怀意念，于是建立了一种将说理叙事抒情融于一体，且行文平易自然而又婉曲多姿的文章风格，遂开启了宋代散体古文虽继承韩、柳，却也自成一家的新局面。

除了兼工诗词和文章之外，欧阳修一生著作丰富，横跨文史领域。如其曾与宋祁（998—1061）合修《新唐书》，自己又撰写《新五代史》，加上其平日论诗的杂记随笔文集《六一诗话》，则开创了中国"诗话"这种特殊的文体。由于欧阳修德高望重，且喜识拔人才，奖掖后进，"唐宋八大家"中宋代的五家——苏洵、苏轼、苏辙、曾巩、王安石——均曾受其推荐或鼓励，且皆与欧阳修或师或友。也就是这种师承或友朋的亲密关系，遂共同形成一个扬弃四六骈文、复兴散体古文的创作队伍，以平易自然、流畅通晓之文，取代了雕琢浮艳或奇崛艰涩之章，促成中国散体古文之定型。这在中国散体古文发展史上，乃是一件关键大事。且看苏轼《六一居士集叙》中，对欧阳修在古文复兴方面的推崇：

> 愈之后三百有余年而后得欧阳子，其学推韩愈、孟子以达于孔氏，著礼乐仁义之实以合于大道。其言简而明，信而通，引物连类，折之于至理，以服人心。故天下翕然师尊之。……自欧阳子出，天下争自濯磨，以通经学古为高，以救时行道为贤，以犯颜纳谏为忠。长育成就，至嘉祐末，号称"多士"。欧阳子之功为多。

上引苏轼所云，当然主要还是针对欧阳修讲求实用的道德文章而言。就欧阳修现存文章视之，大致可分为两类：一类是具实用目的的论说文，包括政论、史论和文论；另一类则属随笔小品，包括写景、抒情、叙事、记人之作。倘若纯就文学史较重视文学审美趣味的角度视之，最令人后世读者激赏且影响深远者，还是第二类中以叙事、写景为主，描述所见所闻，抒发个人经验感受的"记叙文"。

试以欧阳修在范仲淹"庆历新政"失败之后，被贬为滁州刺史时期所写的《醉翁亭记》为例：

> 环滁皆山也。其西南诸峰，林壑尤美。望之蔚然而深秀者，琅邪也。山行六七里，渐闻水声潺潺，而泻出于两峰之间者，酿泉也。峰回路转，有亭翼然临于泉上者，醉翁亭也。作亭者谁？山之僧智仙也。名之者谁？太守自谓也。太守与客来饮于此，饮少辄醉，而年又最高，故自号曰醉翁也。醉翁之意不在酒，在乎山水之间也。山水之乐，得之心而寓于酒也。

> 若夫日出而林霏开，云归而岩穴暝，晦明变化者，山间之朝暮也。野芳发而幽香，佳木秀而繁阴，风霜高洁，水落而石出者，山间之四时也。朝而往，暮而归，四时之景不同，而乐亦无穷也。

> 至于负者歌于途，行者休于树，前者呼，后者应，伛偻提携，往来而不绝者，滁人游也。临溪而渔，溪深而鱼肥；酿泉为酒，泉香而酒洌；山肴野蔌，杂然而前陈者，太守宴也。宴酣之乐，非丝非竹，射者中，弈者胜，觥筹交错，起坐而喧哗者，众宾欢也。苍颜白发，颓然乎其间者，太守醉也。

> 已而夕阳在山，人影散乱，太守归而宾客从也。树林阴翳，鸣声上下，游人去而禽鸟乐也。然而禽鸟知山林之乐，而不知人之乐；人知从太守游而乐，而不知太守之乐其乐也。醉能同其乐，醒能述以为文者，太守也。太守谓谁？庐陵欧阳修也。

这时欧阳修虽身为贬谪之臣，却避开悲哀的要求，亦无自伤的流露，全文笔墨重点，不单单是描写滁州琅邪山的四季朝暮景色，更重要的是，抒发个人身在醉翁亭上宴饮游赏的经验与感受，并将其政治的挫折，人生的失意，消解融化在娱情山水以及与友朋同乐的生活情趣里。文中以"醉翁之意不在酒，在乎山水之间也"，传达作者与友朋同醉之乐，共赏山水美景的娱悦心情，同时流露一分旷达的胸襟，以及开阔明朗的人生态度。不但为其后苏轼每每抒发其旷达逍遥人生态度的文章开出先路，也是许多宋代文人普遍追求的生命境界。就文体本身视之，全文采用似散似骈的句式，又迭用二十一个虚词"也"，八个"者"字，形成古文与骈文句法交错的灵活运用，加上词语简洁通俗，遂令行文显得平易自然，流畅自在，疏朗而有韵致。此文已明显展示出宋代古文与中唐古文风格之相异。

在欧阳修的倡导与实践之下，平易简洁、自然流畅的文章风格，几乎成为宋代散体古文的共同特点，影响所及，远至明清两代。如明代归有光文章的明白而率真，清代桐城派文章的雅洁而有义法，倘若追根溯源，均与欧阳修的文章风格一脉相承（详后）。欧阳修不但是北宋文坛之领袖，也是影响宋代以后古文发展方向的关键人物。

当然，宋代散体古文能够自成一家，并且为古文风格之确立奠定基础，尚有赖苏轼的杰出表现。

✤ ｜ 二、挥洒自如 —— 苏轼

欧阳修确立了宋代散体古文平易自然的风格，苏轼则以其不凡的才情，挥洒自如的笔墨，摆脱四六骈文在形式上的种种束缚，登上了宋代古文的高峰，可谓是唐宋两代古文运动的完成者。在文学史上，苏轼与其父苏洵、弟苏辙，同列于"唐宋八大家"之中，一门三杰，号称"三苏"，自北宋以来，即传为文坛佳话。三苏均才华横溢，在文章方面，亦各展特长，如苏洵以纵放豪健的文风见称于当世，苏辙则以汪洋淡泊为其主要韵调。当然，父子三人中，还是以苏轼的文才最高，成就最巨，已属历代公论。

苏轼在文学史上乃是一位全才，无论诗词、文章，均表现杰出，且影响深远。苏轼与其弟苏辙为同榜进士，其应试文章之雄辩滔滔，挥洒自如，即深受主考官欧阳修的赏识。不过，苏轼在政治上虽亦主张改革弊政，却与王安石政见不合。按，王安石乃是继范仲淹之后力主政治革新、实施变法者，苏轼对其改革方针则持反对立场，曾经两次向神宗上万言书，非议新法之弊端，可惜无效，于是乃自请出任地方官。其实，在北宋新旧党派的不断政争中，文人士大夫均难免受害：王安石被迫离职，苏轼则屡遭贬斥，甚至远谪至海南岛的儋州，最后客死于遇赦北还途中。苏轼一生虽仕途坎坷，屡经挫折，然而文名彰显，而且始终创作不辍，又基于其坦荡的胸襟怀抱，豁达的人生态度，以及不凡的才华，遂形成其文章豪迈雄浑、流畅自然、挥洒自如的风格。

值得注意的是，苏轼虽然推崇韩愈"文起八代之衰，道济天下之溺"（《潮州韩文公庙碑》），并且赞美欧阳修"学推韩愈孟子，以达于孔氏，著礼乐仁义之实以合于大道"（《六一居士集·序》），可是在文章的写作理论上，却并不囿于一般唐宋古文运动者所推崇的儒家孔孟之"道"。苏轼更重视的是文学作品创作本身之"道"，亦即文学本质的艺术特征，故而主张行文须以"辞达"为首要。其所赞赏的文章，当是"大略如行云流水，初无定质；但常行于所当行，常止于所不可不止。文理自然，姿态横生"（《答谢民师书》）。此外，苏轼又精于书法，善于绘画，尝从绘画的角度提出，文宜"神似"，在构思上须"成竹于胸"，下笔前，要观察客观事物，了然于心，方能做到"心手相应"的境地（《文与可篔筜谷偃竹记》）。对于他自己的文章，苏轼则颇为自负。试看其《文说》中对自己文章风格的评述：

> 吾文如万斛泉源，不择地而出。在平地，滔滔汩汩，虽一日千里无难。及其与山石曲折，随物赋形而不可知也。所可知者，常行于所当行，常止于不可不止，如是而已矣。其他，虽吾亦不能知也。

的确，苏轼之文，因其才思敏捷，才气纵横，写来往往如泉水之奔泻，滔滔汩汩，且亦能根据需要，随物赋形，曲尽其妙。无论政论、史论、游记、碑传，甚至书简序跋之类的随笔小品，均能挥洒自如，宛如行云流水，当行则行，当止则止，一切仿佛出于自然流畅，而又能适可而止，绝无烦冗拖沓之病。

综观苏轼现存各类的文章，其中有关政论和史论之篇，似乎深受《战国策》《孟子》《庄子》诸先秦文章风格的影响，而且多具实用目的，每每关涉朝政的改革。就如其《教战守策》，即是一篇切中时弊的政论，乃因见北宋王朝重文轻武，又与辽以及西夏对立，指出"当今生民之患"，实"在于知安而不知危，能逸而不能劳"，"今不为之计，其后将有所不可救者"。遂建议仁宗朝廷应该教民习武，加强军事教育和训练，以便随时准备应付外患。全文所言颇有汪洋恣肆、议论纵横的特点。另外，在史论方面，如《六国论》《留侯论》《贾谊论》等，均属为世传诵的名篇。主要是论古证今，或论过去朝代的盛衰治乱，或论历史人物的是非功过，以传达自己对政治社会以及个别人物历史地位的观点。两类文章中，多展现其议论说理文之特色：包括博采史事，行文明快，气势雄浑，且夹叙夹议，雄辩滔滔，笔力纵横，挥洒自如。

当然，苏轼文章中最脍炙人口，且深具文学审美趣味，又最能体现其个人之才情风韵者，还是那些具有深厚人文精神的记叙文。亦即显示作者学识见解与生活情趣的叙事、写景和抒情意趣者，包括日常生活中记叙亭台楼阁、描述山水风景、追怀故友情谊之文。其中记亭台楼阁者，如《超然台记》《喜雨亭记》《放鹤亭记》等；记山水游览者，如记游兼调查状况的《石钟山记》，以及随笔小品，如《承天寺夜游》等，均属传颂不绝的佳篇；追怀故友情谊之作，如《文与可筼筜谷偃竹记》《墨君堂记》；还有虽以赋名篇，历来读者多视之为抒情写景散文的《赤壁赋》与《后赤壁赋》。

试先引《石钟山记》首段为例：

《水经》云："彭蠡之口有石钟山焉。"郦元以为下临深潭，微风鼓浪，水石相搏，声如洪钟。是说也，人常疑之。今以钟磬置水中，虽大风浪不能鸣也，而况石乎！至唐李渤始访其遗踪，得双石于潭上，扣而聆之，南声函胡，北音清越，枹止响腾，余韵徐歇。自以为得之矣。然是说也，余犹疑之。石之铿然有声者，所在皆是也，而此独以钟名，何哉？

石钟山位于今江西湖口县鄱阳湖东岸。关于"石钟山"名称的来历，说法不一。苏轼此文，显然是以郦道元《水经注》针对石钟山的地理调查发端，对前人关于石钟山地名的解释表示怀疑，决定亲往实地考察，找出石钟山命名的真正来由，并从中悟出"事不目见耳闻，而臆断其有无"的失误，明显展现宋人为文好议论说理的特色。但是，真正令后世读者欣赏的，并非其中说理议论之"明确"，而是文中第二段叙述亲临石钟山之经验与感受，以及对其景色状貌声色的细致观察与描绘：

元丰七年（1084）六月丁丑，余自齐安舟行适临汝，而长子迈将赴饶之德兴尉，送之至湖口，因得观所谓"石钟"者。寺僧使小童持斧，于乱石间择其一二扣之，硿硿焉；余固笑而不信也。至其夜，月明，独与迈乘小舟，至绝壁下。大石侧立千尺，如猛兽奇鬼，森然欲搏人；而山上栖鹘，闻人声亦惊起，磔磔云霄间；又有若老人咳且笑于山谷中者，或曰："此鹳鹤也。"余方心动欲还，而大声发于水上，噌吰如钟不绝，舟人大恐。徐而察之，则山下皆石穴罅，不知其浅深，微波入焉，涵澹澎湃而为此也。舟回至两山间，将入港口，有大石当中流，可坐百人，空中而多窍，与风水相吞吐，有窾坎镗鞳之声。与向之噌吰者相应，如乐作焉。因笑谓迈曰："汝识之乎？噌吰者，周景王之无射也；窾坎镗鞳者，魏庄子之歌钟也。古之人不余欺也。"

此段对石钟山景观的描述，与柳宗元的山水游记颇有类似之处。不过，整体而言，文中夹叙夹议，不但流露宋人善叙述好议论的特色，亦因将幽深奇绝的景色描写，与有关石钟山命名缘由的叙事与议论熔于一炉，为原属知识性的文章，增添了文学性质与审美趣味。

此外，在苏轼现存文章中还有一些收录于《东坡志林》笔记集中的书简、序跋、札记、杂说之类的短文，一般称为"笔记小品"或"随笔小品"，也占有相当重要的分量。这些小品，主要是一些日常生活的琐屑记录，或叙友谊、抒襟怀，或写风景、悟哲理，或谈文艺、论学术，或评历史、述人物。往往语言简练明快，行文轻松活泼，潇洒自在，最能显示苏轼为文挥洒自如的风格特色。这些宛如随笔挥洒的笔记小品，为后世论者评为笔记中的"杰作""文家之乐境"，影响既深且远。如明代王圣俞选辑《苏长公小品》即尝云："文至东坡，真是不须作文，只随时记录便是文。"又如明代袁宏道为首的"公安派"，举起"独抒性灵"的旗帜，反对泥古不化，实际上乃是受苏轼《东坡志林》中随笔小品的影响。明代"竟陵派"小品文，以及明末张岱的《陶庵梦忆》等，也是模仿苏轼在《东坡志林》的风格。就如张岱的名篇《湖心亭看雪》，与苏轼《记承天寺夜游》，机杼旨趣何其相似。

试先看东坡的《记承天寺夜游》：

> 元丰六年（1083）十月十二日，夜，解衣欲睡，月色入户，欣然起行。念无与为乐者，遂至承天寺，寻张怀民。怀民亦未寝，相与步于中庭。庭下如积水空明，水中藻、荇交横，盖竹柏影也。何夜无月，何处无竹柏，但少闲人如吾两人耳。

全文言简意赅，行文如流水行云，挥洒自如，仅寥寥几笔，遂将贬谪生涯中，造访承天寺片刻间的审美感受与人生哲理的领悟传达出来。像这样含蕴诗意的随笔小品，正是晚明"性灵小品"的先驱。

再看张岱（1597—1679？）《湖心亭看雪》：

> 崇祯五年（1632）十二月，余住西湖。大雪三日，湖中人、鸟声俱绝。是日更定矣，挐一小舟，拥毳衣炉火，独往湖心亭看雪。雾凇沆砀，天与云与山与水，上下一白。湖上影子，惟长堤一痕，湖心亭一点，与余舟一芥，舟中人两三粒而已。到亭上，有两人铺毡对坐，一童子烧酒，炉正沸，见余大喜，曰："湖中焉得更有此

人！"拉余同饮。余强饮三大白而别。问其姓氏，是金陵人，客此。乃下船，舟子喃喃曰："莫说相公痴，更有痴似相公者。"

倘若从两篇小品之简短而有味视之，机杼旨趣均相类似，明显展示其前后的承传关系。但是，苏轼毕竟处于时局尚称平稳的北宋中叶，《记承天寺夜游》文中并无张岱《湖心亭看雪》流露的、属于末世人生的漂泊感伤。这不仅与作者所处时代相关，同时也是作者人格情性与文章风格的个别特色。明代散体古文的文人化、个性化（详后），实萌生于苏轼的笔记小品。

苏轼在文学史上乃是有多方面成就的大家，单纯从其散体古文的造诣视之，不仅与欧阳修等共同确立了宋代古文明白流畅、平易自然的风格，更重要的是，以其创作实践证明散体古文可以不受任何既定程序的束缚，可以自由挥洒。苏轼反对的就是"程试文字，千人一律"（《与王庠书》），重视的则是以随意之笔、平易之言，臻于"辞达"而已。尽管自中唐以来，在古文的发展演变过程中，始终与儒家推崇的政教伦理实用目的相纠葛，但是在苏轼笔下，似乎随时可以将其从政教伦理束缚中解放出来，独立自主，不拘格套，随笔抒情述怀、写景叙事，当然还包括说理议论，真可谓"还古文以自由"。这不仅为苏门后学者所追随模仿，也为宋室南渡以后的古文作品，乃至金元明清的古文创作铺上宽广的创作道路，提供更多自由挥洒的空间。

❖ ｜ 三、慷慨悲怆 —— 陆游、文天祥

北宋之亡于金，南宋之亡于元，对文坛的影响，既深且远。值得注意的是，那些深受时代巨变影响之下撰写的文章，在内涵情调上更为抒情化

与个人化的表现，为宋代古文开拓了新境。一些身处北宋或南宋覆亡之际，经历过生命沧桑与生活巨变的作者，将个人的命运与家国的破亡联系起来，写出许多慷慨悲怆、动人心魂的文章，扩大了古文的叙事与抒情功能。以下分别举陆游（1125—1210）《跋傅给事帖》、文天祥（1236—1283）《指南录后序》为例。

试先看陆游的《跋傅给事帖》：

> 绍兴初，某甫成童。亲见当时士大夫相与言及国事，或裂眦嚼齿，或流涕痛哭。人人自期以杀身翊戴王室，虽丑裔方张，视之蔑如也。卒能使虏消沮退缩，自遣行人请盟。

> 会秦丞相桧用事，掠以为功，变恢复为和戎，非复诸公初意矣。志士仁人，抱愤入地者，可胜数哉！今观傅给事与吕尚书遗帖，死者可作，吾谁与归！

> 嘉定二年（1209）七月癸丑，陆某谨识

傅给事即傅崧卿，一生主张抗金，收复中原失地，但身处主和派当权之际，显然不可能得意于当朝。陆游此文乃是多年后见到傅给事遗帖所写的跋文。惜傅崧卿遗帖今已失传，陆游的跋文写于嘉定二年，时已八十四高龄，其中对自己"甫成童"时，"亲见当时士大夫相与言及国事，或裂眦嚼齿，或流涕痛哭"的回忆，以及丞相秦桧"变恢复为和戎"的憾恨，语意慷慨，情含悲怆。短短一篇跋文，乃是将童年的回忆和当前的时局融为一体，其中流露的对"国事"的由衷关怀，以及对"志士仁人，抱愤入地者"的无限悲慨，为宋代散文增添了时局的忧患分量。

再看文天祥为其自编诗集《指南录》所撰后序一文之摘录：

> 德祐二年（1276）正月十九日，予除右丞相兼枢密使，都督

诸路军马。时北兵已迫修门外，战、守、迁皆不及施。缙绅大夫士萃于左丞相府，莫知计所出。会使辙交驰，北邀当国者相见；众谓予一行可以纾祸。国事至此，予不得爱身；意北亦尚可以口舌动也。初，奉使往来，无留北者，予更欲一觇北，归而求救国之策。于是辞相印不拜，翌日，以资政殿学士行。

初至北营，抗辞慷慨，上下颇惊动，北亦未敢遽轻吾国。不幸吕师孟构恶于前，贾余庆献谄于后，予羁縻不得还，国事遂不可收拾。……不得已，变姓名，诡踪迹，草行露宿，日与北骑相出没于长淮间。穷饿无聊，追购又急，天高地迥，号呼靡及。已而得舟避渚洲，出北海，然后渡扬子江，入苏州洋，辗转四明、天台，以至永嘉。

……

呜呼！予之生也幸，而幸生也何所为？求乎为臣，主辱臣死有余僇；所求乎为子，以父母之遗体行殆而死，有余责。将请罪于君，君不许；请罪于母，母不许。……所谓誓不与贼俱生，所谓鞠躬尽力，死而后已，亦义也。嗟夫！若予者，将无往而不得死所矣。向也使予委骨于草莽，予虽浩然无所愧怍，然微以自文于君亲，君亲其谓予何！诚不自意，返吾衣冠，重见日月，使旦夕得正丘首，复何憾哉！复何憾哉！

是年夏午，改元景炎，庐陵文天祥自序其诗，名曰《指南录》。

此文写于宋端宗景炎元年（1276）五月，文天祥甫自永嘉（今浙江温州）抵达三山（今福建福州）之时。虽属自己诗集之序，犹如当初司马迁的《史记·太史公自序》，也是一篇自叙文。主要记述自己曾经如何辞相赴北出使蒙元，继而又如何脱险南归的经历与感受。当时的情势是：蒙元军大举南侵，已进迫临安城外，南宋王朝面临覆灭危机，正陷于"战、守、迁皆不及施"之窘迫境况。恭帝遂派文天祥出使元营，企图与蒙古军议和，孰料文天祥却被元将伯颜软禁扣留，就在其"羁縻不得还"之际，恭帝却率领百官降元，"国事遂不可收拾"。幸好文天祥被押解至京口（今江苏镇江）时，得机脱逃。并于逃归途中"变姓名，诡踪迹，草行露宿"，历尽种种艰辛困境，数次濒临被抓被杀的惊险，辗转流徙，总算安抵永嘉，见到继恭帝位之端宗。全文以叙事为主，夹杂抒情说理，且文字平易流畅，叙述细腻婉转，笔触慷慨悲怆。其动人之处，就在于文中流露的崇高的大我无私之情，是忠臣义士身处乱世、心怀朝廷的经验感受。

文天祥逝世后十五年，谢翱（1249—1295）以南宋遗民之身，作《登西台恸哭记》一文，记述其于至元二十七年（1290），登上浙江富春江畔的严子陵钓台，北望哭祭文天祥的经过。同样以叙事为主，不过其间风云雨雪、荒台竹石的描写，凄哀悲凉，"若相助以悲者"。行文间既有柳宗元山水小品的笔意，亦委婉流露故国之思与亡国之痛。

不容忽略的是，宋代散体古文，除了将视野外投，关心仕宦生涯、情怀朝廷安危或国家局势之外，还有个人日常家居生活的关怀。可以在文学史上少数难得受重视的女性作家李清照之文为例证。

✤ 　| 　四、情深意婉 —— 李清照

身处北宋败亡，匆忙随王室南奔的李清照（1084—1151？），是南宋以后的文章开拓境界者。试摘录李清照《金石录后序》中两段对过去家居生活的追忆：

> 余建中辛巳（1101），始归赵氏。时先君作礼部员外郎，丞相时作吏部侍郎，侯年二十一，在太学作学生。赵、李族寒，素贫俭，每朔望谒告出，质衣取半千钱，步入相国寺，市碑文果实归，相对展玩咀嚼，自谓葛天氏之民也。……

> 后屏居乡里十年，仰取俯拾，衣食有余。连守两郡，竭其俸入，以事铅椠。每获一书，即同共勘校，整集签题。得书、画、彝、鼎，亦摩玩舒卷，指摘疵病，夜尽一烛为率。故能纸札精致，字画完整，冠诸收书家。余性偶强记，每饭罢，坐归来堂，烹茶，指堆积书史，言某事在某书某卷、第几页第几行，以中否角胜负，为饮茶先后。中即举杯大笑，至茶倾覆怀中，反不得饮而起，甘心老是乡矣。故虽处忧患困穷，而志不屈。……

> 至靖康丙午岁（1126），侯守淄川，闻金人犯京师，四顾茫然，盈箱溢篋，且恋恋，且怅怅，知其必不为己物矣。建炎丁未（1127）春三月，奔太夫人丧南来，既长物不能尽载，乃先去书之重大印本者，又去画之多幅者，又去古器之无款识者，后又去书之监本者，画之平常者，器之重大者。凡屡减去，尚载书十五车。至东海，连舻渡淮，又渡江至建康。青州故第尚锁书册什物，用屋十余间，期明年春再具舟载之。十二月，金人陷青州，凡所谓十余屋者，已皆为煨烬矣。……

李清照是少有的受到一般文学史重视的女性作家，这当然主要还是以其婉约词篇在词史上的关键角色见称（详后）。不过，在中国散体古文风格确立的过程中，李清照的地位，实亦不容忽视。在其现存少数文章里，除了那篇具有词学批评意义的《词论》之外，最引人瞩目的，就是晚年流落江南时期，题于绍兴二年（1132）为亡夫赵明诚遗著《金石录》一书所写的后序（跋）文。值得注意的是，此文在风格与内涵上，与历来写在书前书后或诗文前后的一般序跋文，已有很大的出入，同时可以看出散体古文在欧、苏之后，平易自然与挥洒自如风格的延续，以及内涵情境上，对个人日常生活经验与感受的重视。

首先，除了发端一段介绍《金石录》该书之作者、卷数、内容大要，符合一般书序跋文的传统要求之外，全文实际上乃是自叙经历，自抒情怀，并详细记录年月时序，宛如一篇意欲为有生之年留下痕迹的自传，追述个人生命点滴的回忆录。其追述的主要内涵是，当初与赵明诚婚后的岁月，如何由甜蜜美满，转而因遭逢时乱，面对生离死别，过去帮助赵明诚收集一生的书画古器，或不得已委弃"散为云烟"，或遭贼人"穴壁负去"，乃至"岿然独存者，乃十去其七八"。正是在经历国破、家亡、夫丧之痛后，颠沛流离的孀居生涯中，孤苦无依之际，"今日忽阅此书，如见故人"，怎能不慷慨悲怆。李清照回忆中的日常家庭夫妻生活，在时乱中的变化，以及其内心深处的感受，乃是此后序文的笔墨重点。

其次，文中不惜笔墨于琐屑细节处着意描述叙写，尤其值得重视者：包括有关赵明诚生前收集古玩书画的执着痴迷，以及为人妻者的李清照自己，如何在夫妻的情爱中，享受二人日常生活琐屑细节的欢愉。遂令整篇后序文焕发出浓厚的生活气息，洋溢着亲切的人间情味。就如上举引文，第一段中追述赵明诚还是太学生时，如何在"贫俭"中，"质衣取半千钱，步入相国寺"，购得"碑文果实归"。于是夫妻二人"相对展玩"碑文，同时一起"咀嚼"果实，此情此景，遂油然而生"自谓是葛天氏之民"的幸福感。第二段中，则记述赵明诚任官职之后，生活优裕了，有经济能力收集书画古玩了，遂"每获一书，即同共勘校，整集签题"，夫妻二人每饭罢，在归来堂书斋烹茶消闲，以猜中书史中"某事在某书某卷、第几页第几行"角胜负，"为饮茶先后"……遂"甘心老是乡矣！"如此既风趣优雅又寻常琐屑的夫妻关系与日常家居生活的记录，在中国文学史中尚属前所未有。

再看此后序文最末一段中之结束语：

> 呜呼！余自少陆机作赋之二年，至过蘧瑗知非之两岁，三十四年之间，忧患得失，何其多也！然有有必有无，有聚必有散，乃理之常。人亡弓，人得之，又胡足道！所以区区记其终始者，意欲为后世好古博雅者之戒云。

由于其间流露的，对于赵明诚一生痴迷于金石书画的收集，到头来一场空的憾恨，仿佛是遵循一般文章，最后往往须提出道德教训的习惯，遂颇受传统论者的称许。可是，就全文仔细体味之，作者李清照对于过去岁月无限缅怀与眷恋的语气，以及在晚年孤苦伶仃的孀居生活中，早知如此何必当初的委屈与埋怨之情，隐隐流露其间。遂为整篇后序文，增添了在慷慨悲怆中，婉转示意的情味意境。这在宋代以前自叙文中亦属罕见。

或许因为李清照留存下来的文章不多，乃至并未视为文学史上的文章大家。不过，就其《金石录后序》叙事抒情述怀的表现，为向来以实用为目的，或有关政治教化，或抒发文人士大夫出处进退为宗旨的散体古文，展现了朝多方面发展的潜能。尤其值得注意的是，此后序文中追述日常家居生活，自叙个人经历，自诉一己衷肠的风格与态度，对后世的古文创作，包括叙述日常家庭生活或夫妻之间的情爱，实均有开拓之功。此后明清时期的古文，有关家庭日常生活或个人私己的情怀意念，也会成为作者创作的笔墨重点。就如明代归有光（1507—1571）记述其家居生活的《项脊轩志》，清代沈复（1763—1808？）《浮生六记》中记述夫妻情深的《闺房记乐》，即是著名的例子（详后）。

另外还有不少宋代作家，也留下了一些随笔札记之类的著述，或因其作者文坛声望不如欧阳修与苏轼诸人，或以其著述偏向学术讨论与史料收集的价值，很少获得一般文学史的注意。可是这些随笔札记，毕竟为明白流畅、平易自然为宗的宋代散文，增添了不容忽略的阵容，因此以下特辟一小节论述。

♣

第四节

笔记小品的风行

随笔札记之类的文字，一般统称"笔记"。尽管文人的随笔札记多属累集成篇，辑录成书，但因笔记所录往往针对某人、某事、某物、某景，逐条而记，主题单纯，笔墨集中，篇幅短小，多则数百字，少则数十，甚至十数字，故视为散文中之"笔记小品"。笔记小品的文体特色是：长短不拘，文笔简洁，形式灵活自由；内容方面，举凡读书心得、生活琐事、世俗民情、风景名胜、朝政掌故、典章制度、历史传说、名人逸事等，几乎无所不包。这些"笔记小品"，均属作者将个人生活见闻中的残丛琐记，发展成为一种文章体式，其中大多出于亲身经历或个人知识见解，有的甚至经过仔细考察，小心求证，当然也难免有源自辗转的道听途说者。既然只是作者的"随笔札记"，则无须在行文上刻意雕琢，铺设辞采，亦无须在章法结构上讲求严谨，因此，平易自然，明白流畅，随意即兴，遂成为一般笔记小品的文体风格。笔记小品的风行，乃是宋代文坛古文风格确立之下的成果。

❖ | 一、体式形成

文人笔记小品在中国文学史上能形成一种"文类"，实际上滥觞于魏晋，继而发展于李唐，其体式则形成于两宋文坛。由于魏晋笔记内容庞杂，包括有关各类神仙鬼怪的"志怪"故事，以及涉及真实人物言行事件的"志人"故事，文学史一般均将之归类于"笔记小说"之流，亦即唐人传奇小说之前身（详后）。诸如张华（232—300）《博物志》、干宝（317 年前后在世）《搜神记》、葛洪（250？—330？）《西京杂记》、刘义庆（403—444）《世说新语》等，即是有名的例子。爰及唐代，文人圈流行创作传奇故事，具有虚构性质的"小说"体式正式形成，遂与那些将作者个人的见闻随笔札记成文者，在文类上已属不同的类型。现存唐人笔记中，诸如封演［天宝（742—755）末年进士］《封氏闻见记》、刘肃［活跃于元和（806—820）年间］《大唐新语》、范摅［活跃于唐僖宗（875—879 在位）年间］《云溪友议》、王定保［唐末光化三年（900）进士］《唐摭言》等，均属作者随笔札记生活见闻而辑集成书的名著，并非出自虚构或想象而创作的小说故事。不过，由于资料欠缺，宋代以前的笔记小品与笔记小说，就当时的作者或读者而言，是否已经意识到两类作品属于不同文类，则难以确知。依现存两宋时期的文人笔记观察，大都属辑集作者本人耳闻目睹的"实录"，或有关历史人物事件的"补遗"，其中有关怪异神奇的成分锐减，与虚构成章的笔记小说已分道扬镳。这反映出，宋人笔记的作者，主要是站在为个人见闻留下记录，或为历史人物事件补充材料的立场而记述，往往具有实用目的，对读者而言，则其史料价值与文学趣味可以兼备。"笔记小品"遂成为一种具有自身特色的独立文体，其风行于文坛，乃是宋代古文风格确立之下的必然现象。

✣ ｜ **二、撰述成风**

现存宋人的笔记，名目繁多，名著亦可观，而且其表现形式已为明清时期的笔记小品奠定了传统。诸如苏轼《东坡志林》、陆游《老学庵笔记》、洪迈《容斋随笔》、罗大经［宝庆二年（1226）进士］《鹤林玉露》、周密（1232—1298）《武林旧事》等，即是深受瞩目的个人笔记著作代表。

值得注意的是，宋人的笔记，尽管在内容上颇为繁杂，却已经出现不少围绕同类或相近题材而撰写的著述，说明宋代文人笔记，无论作者撰写还是编者辑集，已经显露有意"分类专题化"的现象。例如北宋欧阳修的《归田录》，主要记录朝廷逸事与文人士大夫之言行；范镇的《东斋记事》，则追述其身为馆阁侍从时期经历的交游与言谈，以及听闻的民间俚俗传说；宋敏求的《春明退朝录》，多记述宋代朝政的各类典章制度；司马光（1019—1086）的《涑水纪闻》，则杂记北宋前期政坛的人物事件；

沈括（1030—1094）的《梦溪笔谈》，主要是说明解释有关天文地理等科技，以及社会人文诸方面的知识；李廌（1059—1109）的《师友谈记》，则以苏轼门下师友之间的交游与言论，为笔墨重点。爰及南宋，文人笔记更是方兴未艾，而且内容范围更为广泛。其中仍然以根据题材或内容归类辑集者最令人瞩目。如孟元老《东京梦华录》[序于绍兴丁卯年（1148）]，追述北宋都市生活与社会旧闻；耐得翁《都城纪胜》（序于1247年）、吴自牧《梦粱录》[序于甲戌年（1274或1334）]、周密《武林旧事》等，则主要是记述汴京或临安等地的都市生活与风俗人情；岳珂（1173—1240）《桯史》，乃是以记述南宋时期的朝政得失和文人言行，为笔墨重点；洪迈《容斋随笔》、王应麟（1223—1296）《困学纪闻》，则是著名的读书笔记，内容涉及语、文、史、哲多方面的学术知识与理论见解。

这些经辑集的宋人笔记，在行文风格上，可谓大多是欧阳修的平易自然、苏轼的挥洒自如风格的继承，偶尔亦不避俗言俚语；在结构章法上，一般均篇幅短小，松散无拘，既有首尾完整成章者，亦有片段零星数语的记述；在题材内涵上，除了一般文人士大夫所关注的朝政得失与仕宦生涯，更有不少是介绍世俗民间的生活习俗，提供当时文化生活的信息，同时亦颇具文学审美趣味者。

试先以周密《武林旧事》中所录《观潮》一则为例：

> 浙江之潮，天下之伟观也。自既望以至十八日为最盛。方其远出海门，仅如银线；既而渐近，则玉城雪岭，际天而来，大声如雷霆，震撼激射，吞天沃日，势极雄豪。杨诚斋诗云"海涌银为郭，江横玉系腰"者是也。

> 每岁，京尹出浙江亭，教阅水军。艨艟数百，分列两岸，既

而尽奔腾分合五阵之势，并有乘骑、弄旗、标枪、舞刀于水面者，如履平地。倏尔黄烟四起，人物略不相睹，水爆轰震，声如崩山；烟消波静，则一舸无迹，仅有敌船为火所焚，随波而逝。

吴儿善泅者数百，皆披发纹身，手持十幅大彩旗，争先鼓勇，溯迎而上，出没于鲸波万仞中，腾身百变，而旗尾略不沾湿，以此夸能。而豪民贵宦，争赏银彩。

江干上下十余里间，珠翠罗绮溢目，车马塞途。饮食百物，皆倍穹常时，而僦赁看幕，虽席地不容间也。

禁中例观潮于天开图画，高台下瞰，如在指掌。都民遥瞻黄伞雉扇于九霄之上，真若箫台蓬岛也。

周密此则文字主要是记述钱塘观潮的盛况，包括个人的经验感受，以及周遭情况的观察。首段所述钱塘潮的壮观，与本书第二编章节中论及枚乘（？—前140）《七发》中的观潮一段，颇有近似之处。不过，枚乘所言，笔墨铺张扬厉，旨含劝诫讽喻，周密此文，则笔触从容自在，且旨在客观记录观潮的见闻而已。再者，除了首段乃是钱塘潮涌伟观的描述之外，二段以下的笔墨重点，则在于相关风俗民情的记录。包括水军表演、吴儿弄潮、士民争观、车马塞途，以及在一般都市民众眼中，对于皇室贵族观潮时可以"高台下瞰，如在指掌"的羡慕。全文并无明确的"主题"，行文也不讲究结构组织，只是随笔札记，但是却因为涉及个人经验、钱塘景观、地方风俗民情，以及社会阶层贵贱不同状况的描述，不仅为宋代历史与文化生活提供了史料，或许同时还流露出对于过去安乐日子的怀思。

再看罗大经《鹤林玉露》中所记"无官御史"：

太学，古语云："有发头陀寺，无官御史台。"言其清苦而鲠亮也。嘉定间（1208—1224）余在太学，闻长上同舍言："乾、淳间（1165—1189），斋舍质素，饮器止陶瓦，栋宇无设饰。近时诸斋，亭、榭、帘、幕，竞为靡丽，每一会饮，黄白错落，非陀头寺比矣。国有大事，鲠论间发，言侍从之所不敢言，攻台谏之所不敢攻。由昔迄今，伟节相望。近世以来，非无直言，或阳为矫激，或阴为附丽，亦未能纯然如古之真御史矣。"余谓必甘清苦如老头陀，乃能撼鲠亮如真御史。

引文首段借古语有云，点出"太学"向来应该展现"清苦而鲠亮"的品德。继而发出感叹：以作者在太学期间，闻"长上同舍"者之言，对于具有号称"无官御史"的当今太学生，待遇优厚、生活舒适之余，却不再"言侍从之所不敢言，攻台谏之所不敢攻"，而变为"或阳为矫激，或阴为附丽"矣。就文章的体式而言，的确是随笔札记，不但篇幅短小，主题单纯，笔墨集中，并且为南宋朝政以及有关太学生之生活与行为态度的变化，在感叹中同时提供了研究的史料。当然，倘若就作品的文学审美趣味视之，或许不一定能获得欣赏称美，却与一般唐宋的随笔札记个人见闻的文章相若，是散文史不能忽略的一环，而且元代以后，以至明清文人笔记大量涌现，实肇始于此。

✢ │ 三、诗话兴起

宋代笔记的风行，不但为散体古文增强了阵容，同时还有额外的收获。由于宋人随笔札记的撰写或辑集，已经出现有意"分类专题化"的现象，遂促使"诗话"这一特殊文类成形。单就两宋的诗话，流传或部分流传下来，且已辑集或有遗文而尚待辑集者，就有一百三四十种之多，其盛况可观^①。

按，所谓"诗话"，乃是作者在阅读经验中所记，一种随笔漫谈历代诗坛遗闻逸事、品评诗人及其作品的著作。由于作者采取随笔札记的形式撰写，因此诗话的整体风格特点是：行文平易自然，语意明白流畅，笔调轻松自在，结构则松散无拘。诗话的一般体制，主要是分若干小"则"来记事、评人或品诗。往往每则一事一人，而且各自独立成文，乃至则与则之间，不一定有内容或结构的联系，也不刻意讲求周密的论证或考订。然而，就是在这些像是信手拈来、随笔发挥的诗话中，不时浮现意味隽永、见解精辟之处，不但成为中国文学批评理论史家研究的重要资料，也可视为散体古文已发展至体式自由不拘的标志。

其实宋人诗话的成形与兴起，最初主要是文人士大夫茶余酒后论诗评诗的闲谈记录，目的不过是为闲谈留言而已。欧阳修于其《六一诗话》卷首小序，就已标示其撰写辑集"诗话"的宗旨：

> 居士退居汝阴，而集以资闲谈也。

其后司马光《温公续诗话》亦于其首卷小序中云：

> 《诗话》尚有遗者，欧阳公文章名声虽不可及，然记事一也，故敢续书之。

按，《诗话》乃欧阳修原著之名称，故司马光名其著述为《续诗话》。序中所谓"记事一也"，不仅点出诗话与笔记的同宗关系，同时也概括宋人诗话的基本性质：以"记事"资"闲谈"，寓诗歌理论见解于"闲

---

① 有关中国诗话的源起与发展状况，详见刘德重、张寅彭《诗话概说》（中华书局 1990）年版；蔡镇楚《诗话学》（湖南教育出版社 1990 年版）。

谈""记事"之中，如此而已。这也正好点出"诗话"这一特殊文类，乃属随笔札记的共同特色。

当然，早在宋代之前，已经出现品评诗人及其相关作品的著作，著名者诸如钟嵘（468—518？）的《诗品》、皎然［活跃于大历、贞元（766—804）年间］的《诗式》、司空图（837—908）的《二十四诗品》等，均列为中国诗歌理论批评史不容忽略的著作。不过，以随笔札记或"闲谈"的形式出现，并且以"诗话"为其著述命名者，则始自北宋欧阳修的《六一诗话》，一般均视之为"诗话"专著正式诞生的标志。其后，司马光《温公续诗话》、刘攽（1022—1088）《中山诗话》、陈师道（1053—1102）《后山诗话》、周紫芝（1081—？）《竹坡诗话》、吕本中（1084—1145）《紫薇诗话》、杨万里（1127—1206）《诚斋诗话》、许顗《彦周诗话》［成书于建炎二年（1128）］、严羽（1197？—1241？）《沧浪诗话》等，均属宋代诗话的名著，是研究中国诗歌批评理论史的必读书目。

试先举欧阳修《六一诗话》中之一则为例：

> 陈舍人从易，当时文方盛之际，独以醇儒古学见称，其诗多类白乐天。盖自杨（亿）、刘（筠）唱和，《西昆集》行，后进学者争效之，风雅一变，谓"西昆体"。由是唐贤诸诗集几废而不行。陈公时偶得杜集旧本，文多脱误，至《送蔡都尉》诗云"身轻一鸟"，其下脱一字。陈公因与数客各用一字补之：或云"疾"，或云"落"，或云"起"，或云"下"，莫能定。其后得一善本，乃是"身轻一鸟过"。陈公叹服，以为虽一字，诸君亦不能到也。

引文中称许北宋初期的陈从易（字简夫），在"时文方盛之际，独以醇儒古学见称，其诗多类白乐天"；接着对于特别重视辞藻华美骈俪的时文"西昆体"之风行表示不满；继而又对杜甫诗作遣词用字之精巧极为叹服，并引用陈公之言，"以为虽一字，诸君亦不能到也"，证明今人实不如唐人。尽管此则文字以"陈从易"或"陈公"的故事贯串首尾，流露的则显然是欧阳修个人对诗作的品评态度。就文章的体式视之，可谓结构松散不拘，行文随意自在，语言明白流畅，宛如"闲谈"的简略笔录。

再看许颢《彦周诗话》中之一则：

> 陶彭泽诗，颜、谢、潘、陆皆不及者，以其平昔所行之事，赋之于诗，无一点愧辞，所以能尔。

所言对"陶彭泽诗"所以超越"颜、谢、潘、陆"诸人，就在于陶诗的日常生活气息与人间情味。文中虽无进一步的分析论述，但是已充分展示其观察之明晰，见解之精辟。尽管此则诗话不过数语，并不构成有首有尾的"文章"，但就其行文视之，平易流畅，仿佛信手拈来，随笔发挥，这亦正可作为散体古文风格确立的见证。

诗话的兴起，从此为明清时期的诗话样式与风格，奠定了传统。不容忽略的则是，宋代诗话著述在散体古文方面平易流畅，明白如话，随笔发挥的表现，不但是笔记小品风行的额外收获，亦为古文地位的巩固打下基础。

第六章

古文地位的巩固

—— 金元明清散体古文

古文与骈文之间的消长，经唐宋文人先后倡导的"古文运动"，爰及宋代基本上已经成为定局。尽管骈文并未销声匿迹，仍然始终有人在继续创作，但自唐宋以后，无论作者是有意成章或随意挥笔，散体古文已成为文坛的主流，则是不争之实。从此其地位之巩固，则可由金、元、明、清时期的作者如何以宗唐宗宋或复古相呼应，同时以散体古文的撰写为常态，览其大概。

当然，自北宋与南宋相继亡国以后，处于中国专制帝王时代最后阶段的金、元、明、清四朝，其中就有三个朝代是由少数民族建立的"征服王朝"，其间对于整个中国政治社会及文化生活诸方面的冲击震荡，可谓既深且远。但不容忽略的是，这些少数民族却在汉族文化土壤的招徕孕育中，对于汉文化之"优势"，则始终居于仰慕臣服的态度。影响所及，正如前面章节所述，在政治制度与文化政策方面，虽然仅作选择性的接受，毕竟还是依循汉制；甚至在诗文的创作方面，即使出身少数民族的作家，亦和汉族作家一样，多钦慕前朝，缅怀过去，回顾传统。何况无论诗歌或文章，在唐宋时期已经发展至高峰，很难跳脱出唐宋诗文的藩篱，也不易取得突破性的进展。就如文章的撰写，金元明清作家也大多接续唐宋散体古文的风格体式，乃至由唐宋文人提倡并确立的散体古文，始终成为金元明清作家频频回首顾盼、纷纷追随模仿的对象，遂巩固了散体古文在中国文学史上的地位，成为通行朝野的文体，一直到民国初年，受西方文化冲击下的"五四运动"与提倡"白话"的呼声中，古文方勉强卸下其历来肩负议论说理、叙事描述、抒情写志的历史重任。

❦

第一节

金元古文的宗唐宗宋

金、元二朝在文学史上，乃是通俗文学充分发展与兴盛的时期，诸如民间诸宫调的传唱，还有散曲、杂剧的崛起，以及白话小说从市井到士林的逐渐流行，均可以为证（详后）。不过，一向由文人士大夫主笔的文章撰写，即使骈俪之文仍然受到少数作家的眷顾，散体古文已经隐然是文坛的主流。金、元时期的文人士子，为文之际往往以怀旧的心情与仰慕的态度，回顾唐宋古文的传统，并以师法唐宋名家，诸如韩、柳、欧、苏等为依归。因此，倘若就"发展"的角度观察金、元文章的整体表现，当然不如具有开拓性质的唐宋古文那样光辉灿烂。此外，又由于金、元文人以散体古文撰写文章已是相当普遍的现象，几乎是文坛常态，乃至罕见十分耀眼的古文大家，令人特别瞩目的名篇佳作亦不多。但是在中国散体古文发展史上，仍然显示各自的时代风貌，并且在金、元作者纷纷宗唐宗宋的提倡与实践中，为散体古文地位的巩固，分别扮演了承先启后的角色。

✤ | 一、金代散体古文的发展 —— 金文的宗唐宗宋

散体古文经过唐宋前后两度"古文运动"的鼓吹与实践，展现了各自的时代风貌，影响所及，金代文坛遂出现"宗唐"与"宗宋"两种呼声与创作倾向。不容忽略的是，金朝占领了北方领土，与南宋政权的长期对峙，加上中原文化的北移，地域的差异等环境背景，对金代文坛以及散体古文风格形成的影响。

首先，是作家群之身份地位与政治生态的变化显著。主导金代文坛的作者，从金初的"借才异代"，到"国朝文派"，最后则是"流落异代"者。换言之，文坛领袖由南方"北移"的作者，至金中叶以后，转而为在金人统治的北方土壤成长的"本土"作者，继而是金亡前后经历战乱并流落异代的遗民作者。作者身份与所处政治局势环境的变迁，自然会影响文章的风格。

其次，则是散体古文的体式，在金代文人士子笔下的普遍化。按，现存金代文章中表现的视野，论述的主题，或流露的情怀，虽因作者个人经历，以及宗唐或宗宋"主张"的不同，各有所侧重或偏好；不过，唐宋以来提倡的散体古文，已是绝大多数文人士子为文之际所采用的体式，即使偶尔亦有讲究造语新奇骈俪之处，但整体视之，朴实自然，平易畅晓，则是金代散体古文的基本风貌。当然，金初的北移作者所推崇缅怀的，自然

是其频频回顾的故国文章，因此多以"宗宋"为依归。但是，孕育成长于金朝土壤的"本土"作家，则不一定。例如王若虚（1174—1243）主张"宗宋"，认为"散文至宋人始是真文字"。又特别推崇苏轼，称其是"雄文大手""文中龙也"（《滹南遗老集·文辨》）。可是，与王若虚同时参与纂修《宣宗实录》的雷希颜（雷渊，1148—1231），则"为文章常法韩昌黎"，乃至造成"二公文体不同，多纷争，盖王平日好平淡纪实，雷尚奇峭造语也"（刘祁《归潜志》）。

其实散体古文由唐至宋的发展，自有其连续性，而金文的宗唐或宗宋，不过出于个别作家的主张与偏好，因此在金代文坛上显示的重要意涵则是，散体古文自唐宋以来地位的巩固。即使在女真族人统治的"征服王朝"，亦以唐宋文人倡导的散体古文风格为依归，仍然是中国文学史的一个重要环节。以下试以先后不同时期的金朝作家之代表作品为例，或可概览金代散体古文在宗唐宗宋的文坛风气中发展之大略状况。

（一）异代文风的延续 —— 金初文坛

自金太祖完颜阿骨打立国（1115），到海陵朝（1150—1161）数十年间，是金代散体古文发展的第一个时期，亦即前面章节论及金代诗歌发展之际，尝引清人庄仲方所谓"借才异代"时期。此时期主掌文坛且以文章闻名的作家，实际上均是由宋入金者，包括宇文虚中（1079—1146）、蔡松年（1107—1159）、高士谈（？—1146）、吴激（1093 年以前—1142）诸人。由于这些作家个人的文章风格，在入金之前已经形成，乃至展现的仍然是前朝异代文风的延续。不过，由于其特殊的由南入北的个人经历，挥之不去的漂泊流离心情，加上对金王朝之归属心与认同感的彷徨与徘徊，流露的往往是去国怀乡的悲哀憾恨，或胸怀隐逸的高情远韵，在文章的内涵情境上，实与这些作家抒情述怀的诗歌颇为相若。

试举蔡松年《水龙吟》词前小序为例：

> 乙丑（1145）八月，得告上都，行李滞留，寄食于江壖村舍。晚雨新晴，江月炳然，秋涛有声，如万松哀鸣于涧壑。时去中秋不数日，方遑遑于道路，宦游漂泊，节物如驰。此生余几春秋，而所乐以酬身者乃如此。谋生之拙，可不哀邪！幸终焉之有图，坐归欤之不早，慨焉兴感，无以为怀，因作长短句诗，极道萧闲退居之乐，歌以自宽，亦以自警。

蔡松年字伯坚，号萧闲老人，祖籍余杭，长于汴京。北宋宣和（1119—1125）末，即随其父蔡靖降金，之后一直颇受金廷重用，甚至官至尚书右丞，加仪同三司，封卫国公。《金史·文艺传》即指蔡松年乃是以文学见称于金代的士人之中，"爵位之最重者"。虽然蔡松年在文学创作上主要以其"词"见称（详后），可是在其所填词作之前，往往有话要说，于是多提供一段交代背景、说明原委、表露心迹的小序，在文学史上一般归类于"序跋"类，遂令其在金代散体古文史上亦拥有一席不容忽视的地位。就如上引《水龙吟》词前小序，写于熙宗皇统五年（1145），时蔡松年正从金初的都城上京（今黑龙江哈尔滨市阿城南，俗称白城）告假，途中尝滞留松花江畔，序文即言其"寄食于江壖村舍"之际的经验感受。文中无论景色的描写，还是心情的抒发，皆明白流畅，而且其间流露的情怀，诸如：自叹"遑遑于道路"的奔波，自许"终焉之有图，坐归欤之不早"的意愿，以及"萧闲退居之乐"的寄望诸语。乍看之下，与苏轼、欧阳修一些写景抒怀文章中的高情远韵，颇为近似。不过，仔细品味，却没有苏、欧的潇洒与自在。这或许与蔡松年乃是由"异代"入仕金朝的身世与经历有关。

蔡松年在金朝虽然官运亨通，地位显赫，却并未因此令其胸怀欣慰或自满，亦未令其心安理得，似乎反而增添了苦恼，乃至经常反复思索个人的出处进退，不时吐露对于自己由宋仕金生涯的无奈与喟叹。尽管蔡松年并未留下宗唐或宗宋的观点意见，单就上引序文视之，已明显展示了金代初期"借才异代"文章的一些特征，包括：笔触闲散自然，随意挥洒；行文平易畅晓，明白流利；内涵情境方面，则是对北宋之抒情写景散文意趣的继承，同时隐隐流露金初由异代入仕者心绪的无奈与不安。

当然，在金朝立国之初的"借才异代"时期，一般作者为文之际，追随前贤，沿袭唐宋，乃属意料中事。但爰及"国朝文派"时期，亦即于金朝统治的北方领土上孕育出的"本土"作家作品中，却仍然继续以唐宋古文为楷模。不过，这些在金朝土壤成长的作家，人生经验与生活环境毕竟已经不同了，乃至他们笔下的散体古文，在风格特色上，还是有些变化，虽然其变化颇为有限。

(三) 本土作家的兴起 —— 国朝文坛

自金世宗大定（1161—1189）、明昌（1190—1195）到宣宗贞祐二年（1214），亦即金室南渡之前的数十年间，乃是金朝政权的升平盛世。成长于金王朝统治的"本土"作家兴起，可谓是金代散体古文发展的第二个阶段，亦可视为"国朝文派"发扬光大时期。根据元好问《内相文献杨公神道碑铭》一文，对此升平时期的社会与文化状况之观察："金朝大定以还，文治既洽，教育亦至，名士之旧，与乡里之彦，率由科举之选。父兄之渊源，师友之讲习，义理益明，利禄益轻，一变五代辽季衰陋之俗。"的确，当时著名的文学之士，多属科举出身，而且人才济济，名流辈出。诸如蔡松年之子蔡珪（？—1174），就是金朝进士［天德三年（1151）进士及第］，并以文章见称于世，其时著名寺观的金石文字多出自其笔，可惜与乃父一样，文集亦已失传。继蔡珪之后主盟文坛者，则是党怀英（1134—1211），乃大定十年（1170）进士，官至翰林学士承旨，亦以文章之名见称于时。除了蔡、党二人之外，又据张金吾（1787—1829）所编金代文章总集《金文最》，还有称为"大定、明昌文苑之冠"的王寂（1128—1194），以及文采风流的王庭筠（1151—1202），同样均是进士出身，亦以文章显称于世。

诚如前面论及金诗发展的章节中已指出，这些成长于北方土壤，生活在金朝盛世的"本土"作家，与前辈"借才异代"作家最大的不同，就是在政治意识上已经认同金朝的政权，身份认同上则以金国的人臣自居。其衷心关怀的，已非前朝异代，而是当前的政治社会现况，或当政者的德行政绩。在他们笔墨下，经世致用、说理议论之作增加，写景抒情之作则减少，而且现存的文章多属碑记铭志等具实用宗旨的应用文字。

试节录王庭筠《涿州重修蜀先主庙碑》为例：

> 仁者未必成功，成功者未必仁。……仁者之心，不以其身其家而以天下，故天下之人亦相与讴歌戴仰，愿以为君。虽生无成功，天下之人莫不叹息，至后世犹喜称道。精爽在天，能推其仁心，用之不已，施之不竭。呼吸而雨云，咄嗟而风霆，咫尺万里，朝夕千载，此理之自然，无足怪者。先主仁人也，当阳之役，不

以身而以民；永安之命，不以家而以贤。虽不能如其言，要之其心如是而已。……

王庭筠字子端，号黄华老人，辽东熊岳人，大定十六年（1176）进士，以后官至翰林修撰。王庭筠为人文采风流，照映一时，元好问即尝称其乃"门阀人品，器识才艺，一时名卿士大夫少有出其右者"（《王黄华墓碑》）。按，王庭筠原著有文集四十卷，惜已失传。上引碑文并非为追念时人所写，而是为"重修蜀先主庙"而撰，文中主要是盛赞蜀汉先主刘备的仁政德化，"虽生无成功"，令人叹息，不过"至后世犹喜称道"，语意间似乎流荡着借古鉴今之意。元代郝经（1223—1275）即对王庭筠此文推崇备至，甚至认为"汉魏以来无此作"（《书黄华涿郡先主庙碑阴》）。就文章体式视之，此碑文显然是标准的散体古文，而且辞雄笔健，议论风生，侃侃而谈，颇有当初韩愈说理议论文章之遗风。

这些属于"国朝文派"前期的本土作家，虽有幸身逢金朝承平盛世的繁荣，但后期作家，则随着金廷国势的渐弱，开始忧患世局的纷乱，甚至目睹蒙古大军的迫境，继而又经历金廷的仓皇南渡，接着还面临国之将亡的命运。于是，纷纷将个人对政局安危、社会变迁的关注，或身处乱世者当如何操守的思索，寄之于文。这种因身逢时乱，对社会变迁，政局衰危现况衷心忧虑，乃至心有所感，有话要说，而付诸笔墨者日增，遂导致南渡之后文风之隆盛。

（三）　南渡文风的隆盛 —— 南渡文坛

贞祐二年（1214）金室南渡，至天兴三年（1234）金朝灭亡，前后二十年间，是金代散体古文发展的第三个时期，也是金代文风的隆盛时期。按，金廷是在蒙古大军压迫之下，由中都（今北京）南迁汴京（今开封），接着黄河以北的城池相继陷于蒙古军之手，从此内外交困，整个金朝政权遂面临危急存亡关头。而此时的文坛，与北宋将亡之际的情况相若，国势虽日衰，文风却隆盛。值得注意的是，此时期的文章作者，衷心关怀的往往是时局与世风，但文人既无扭转时局的能力，亦无主导军事政策的权力，只好靠写文章提出批评建议，表达个人观点意见，如此而已。乃至出现多以儒家立场，纷纷为文说理议论之作，或意在劝诫当朝，以图"挽救"时局，或旨在告诫世人，以图"改善"社会风气。这些书生之见，虽难以挽救时局，亦无益于社会风气，却为金室南渡文坛文风之隆盛，立下不可忽视的功劳，同时亦造成后世以为金文多以推崇儒术为宗旨的印象。

根据清人张金吾《金文最·序》的观察："南渡以后，赵、杨诸公迭主文盟，文风蒸蒸日上。"其所称赵秉文（1159—1232）、杨云翼（1170—1228）二人，其实在金室南渡以前就已名重士林，只是南渡后更是名望益高，先后成为文坛盟主，并促成了南渡之后文风的隆盛。

试以赵秉文《适安堂记》节录为例：

> 君子素其位而行，不愿乎其外。素富贵，行乎富贵；素贫贱，行乎贫贱；素患难，行乎患难。君子无入而不自得焉。古之君子，不以外伤内，视贫富贵贱、死生祸福，皆外物也。随所遇而安之，无私焉。譬如水，上之则为雨露霜雪，下之则为江河井泉，激之斯为波，潴之斯为渊。千变万化，因物以赋形。及其至也，推而放之东海而准，推而放之南、西、北海而准，故君子有取焉。斯不亦无适而不安乎。……

赵秉文字周臣，号闲闲居士，磁州滏阳（今河北磁县）人，大定二十五年（1185）进士，累官至翰林侍读学士，拜礼部尚书。赵秉文一生主要活动于蒙古崛起、金室衰微时期，在倡导和推动金代后期文风之转变致力颇殷。史称其为"金室巨擘，其文墨论议以及政事皆有足传"（《金史·赵秉文传》）。按，赵秉文为文，并宗唐宋，往往以韩愈、欧阳修自任。其现存文章，在题材内容上，多出于经义名理之学，展现浓厚的儒家色彩；形式上，并不刻意于词句的雕琢，重视的是说理议论之达意；行文上，则不以绳墨自拘，显得从容自在。根据元好问所撰《闲闲公墓铭》，即尝称赵秉文"文出于义理之学，故长于辨析"。上引《适安堂记》，就其标目，当属"记叙文"，可是在内涵上强调的则是，虽逢世乱，君子当保持其气节操守，说理论析之意图显著。行文风格上，则既有欧阳修的平易畅晓，亦有韩昌黎的说理好辩。或许可以证明，唐宋散体古文即使各有其时代特征，但在既宗唐亦宗宋的金代文人笔下，已经有调和的趋势。

值得注意的是，就在既宗唐亦宗宋的金代古文作者中，另外还出现主张"返古"、师法先秦之文的声音，代表人物即是李纯甫（1177—1223）。根据金末元初刘祁（1203—1250）所撰《归潜志》的观察，李纯甫"初为词赋学，后读《左氏春秋》，大爱之，遂更为经义学。始冠，擢高第，名声哗然。为文法庄周、左氏，故其辞雄奇简古，后进宗之，文风由此一变"。可惜李纯甫的文章大多佚失不传。姑节录其《栖霞县建庙学碑》文中之一段为例，或可示其散体古文之特色：

> 儒者之言与方士之说，不两立久矣，请以近譬。诸君尝见夫海乎？汪洋澄渟，浩无涯矣。际空如碧，白波不兴。鱼龙鸿洞，不水其水。此儒者之所谓日用而不知者。隐然而风雷震，划然而

蛟龙鸣，非不砰轰可喜，大抵索隐行怪，君子不为。彼方士之所
慕，吾儒之所羞也。

上引文字，主要是论述儒者之言与方士之说的不同。按，儒者与方士
两类人物在秦汉之际即曾经"棋逢敌手"，各自为争取当政者的心仪或信
赖，纷纷以其理论学说意图说服当政者的采纳，结果当然是"儒者之言"
占上风。文中分别以大海的平静与汹涌状况做比喻，以区别儒、道学说的
特色，并以"彼方士之所慕，吾儒之所羞也"，清楚表明其宗儒的立场。
就文章本身的风格视之，其文以譬为论，的确颇有仿效庄子文章的意味，
同时其间如"鱼龙鸿洞，不水其水"诸语，造语奇崛，而且行文雄健，理
直气壮，又带有韩愈文章的气势，加上以议论为笔墨重点，又类似宋人好
说理议论的风习。尽管李纯甫在理论上主张为文须师法先秦，其笔墨下展
示的则是，散体古文由先秦之发轫至唐宋之成熟，已经可以融为一体。这
当然也可视为是散体古文地位巩固的标志。

㈣ 流落异代的卒章 —— 金亡前后

天兴三年（1234），蒙古联合南宋灭了金朝；至元八年（1271），元
世祖忽必烈定国号为元，建立元朝。从金朝灭亡至元朝建号这三十余年间，
身逢世变，遭遇时难，乃至流落异代的金朝士人，大约选择两条不同的人
生道路：其一，接受推荐、征召，出仕蒙元，以助蒙古统治者实行汉法，
建立纲纪条教，可以杨奂（1186—1255）、刘祁等为代表。其二，以遗民
之身从此远离政坛，避开仕宦，隐逸以终，可以王若虚、元好问、李俊民
（1176—1260）等为代表。这些因金朝败亡而流落异代的文人士子，选择的

人生道路虽然有所不同，但多继续致力于个人的著述，其中当然包括诗文的创作，遂为金代的文学，划下圆满的句点。诗歌方面的表现已如前面相关章节所述，散文方面的成就，其实更为丰硕。

以下兹就金亡后，入仕元朝或隐逸以终者的文章，各举一例，即使其文乃写于金亡之前夕，亦可窥见金代散体古文的卒章表现。

试先看刘祁《归潜堂记》：

> 闲尝自念，幸生而为儒，忝学圣人之道。其平昔所志，修身治国平天下，穷理尽性至于命，进则以斯道济当时，退则以斯道觉后世。今当壮岁，遭此大变，更赖先人之灵，得返乡里。幸而有居以自容，将默卷静学，以休息其心力。况世路方艰，未可为进取谋，因榜其堂曰"归潜"，且以张横渠东西二铭书诸壁。……盖君子之道以时卷舒，得其时而不进为固，失其时而强进为狂。且先顾其内之所有何如，亦不在夫外也。吾平生苦学，岂将徒老焉！顾自鬻自求，贤者所耻；加之新罹寒难，始欲自修；且将扫除吾先祖丘墓。果其后日为时所用，亦安肯不致吾君、泽吾民？如或不然，虽终身潜可也。《易》曰："龙德而隐，遁世无闷。"传曰："君子若凤，治则见，乱则隐。"吾虽非圣贤，亦安敢不学乎？若非知吾之志者也。

刘祁字京叔，号神川遁士，浑源（今山西浑源）人，金亡后曾参加蒙古的儒士考试，继而被选任为山西东路考试官。蒙古兵围攻汴京时，与元好问等人曾同时遭受围城之困，此后漂泊流离，几经周折，始得北还乡里。由于亲身历经了这场兵革战乱，而且有感于"昔所与交游，皆一代伟人，今虽物故，其言论谈笑，想之犹在目，且其所闻所见，可以劝诫规鉴者，不可使湮没无传"，于是开始撰写《归潜志》，旨在为"异时作史，抑或有取焉"（《归潜志·序》）。按，刘祁的《归潜志》在体例上或许可以归类于个人的"笔记"，但是却以其内容，成为研究金史的珍贵文献，也是研究金代文学的重要资料。刘祁文章采用的文体，从本章各节间或所引《归潜志》之言论中，即清楚展示其明白畅晓的散体古文风格。上引《归潜堂记》一文，收录于《归潜志》卷十四。主要是说明其"幸生而为儒，忝学圣人之道"的人生态度，文中所谓"君子之道以时卷舒"，并进一步引《周易》传"治则见，乱则隐"云云，或许可以作为金亡之后的遗贤，包括刘祁自己，何以选择入仕蒙古朝的理论根据。就文章本身而言，当属佳作，即使其意在说理论事，但是刘祁个人的抒情述怀则流荡其间，乃至无论内涵情境，行文语气，均显得恳切动人，流畅自然，遂为整篇文章增添了文学韵味。

再看元好问《送秦中诸人引》一文，姑录其全，作为金代古文的完结篇：

关中风土完厚，人质直而尚义，风声习气，歌谣慷慨，且有秦汉之旧。至于山川之胜，游观之富，天下莫与为比。故有四方之志者，多乐居焉。

予年二十许时，侍先人官略阳，以秋试留长安中八九月。时纨绮气未除，沉涵酒间，知有游观之美而不暇也。

长大来，与秦人游益多，知秦中事益熟，每闻谈周、汉都邑，及蓝田鄠杜间风物，则喜色津津然动于颜间。

二三君多秦人，与予游，道相合而意相得也。常约近南山，寻一牛田，营五亩之宅，如举子结夏课时，聚书深读，时时酿酒为具，从宾客游，伸眉高谈，脱屣世事，览山川之胜概，考前世之遗迹，庶几乎不负古人者。

　　然予以家在嵩前，暑途千里，不若二三君之便于归也。清秋
扬鞭，先我就道，矫首西望，长吁青云。今夫世俗惬意事，如美
食大官，高赀华屋，皆众人所必争，而造物者之所甚靳，有不可
得者。若夫闲居之乐，淡乎其无味，漠乎其无所得，盖自放于方
之外者之所贪，人何所争，而造物者亦何靳耶？行矣诸君，明年
春风，待我于辋川之上矣。

上引文章标目所称"引"，实与"序"同义，乃是一篇送别友人赴秦
的"赠序文"。按，赠序文原属一般文人士子之间交往过从的应酬文章。
元好问此序笔墨清俊，行文自然流畅，转承有致，且内涵意趣高古，不仅
毫无应酬之语的痕迹，甚至超越一般临别赠序文之寻常格局：诸如描绘当
前送别之际的景色，诉说居人如何依依不舍，继而赠言行子以慰勉祝福等。
值得注意的是，文中对"关中风土完厚，人质直而尚义"美好风物人情
的称羡；惟因自己"家在嵩前，暑途千里，不若二三君之便于归"，只得
"矫首西望，长吁青云"的遗憾；以及对当下"美食大官，高赀华屋"之
流的不满；还有最后对"明年春风，待我于辋川之上"的期盼……；已经
含蕴其最终将辞别宦途，隐居以肆志的心声。全文表面上写秦中风物，写
与诸友人的交往过从，实际上则是笔笔写自我，处处流露个人的情怀意念。
这不仅是赠序文个人抒情化的表现，也是金代散体古文将议论、叙事、抒
情、述怀熔于一炉的代表作。

　　按，元好问除了诗歌造诣不凡之外，亦是金代文章之集大成者，乃至
一般视为有金一代文学最高成就的标志，也是金亡之后流落异代遗民文学
的代表。根据明人李瀚《元遗山先生文集·序》，称其"自幼学至于壮且

老，自平居无事至于流移奔波，无一念一时而不在于文，故能出入于汉魏晋唐之间，俨然以文雄一国"。由于元好问在金代文坛的崇高地位，北渡以后，"四方碑板铭志尽趋其门"，因而其现存文章中颇多碑板铭志之作。值得注意的是，元好问留下的这类碑志文，即使有些是应他人要求而写，却并非均属应酬文章，而大多是有心为前贤在历史上留下痕迹之作；不仅具史料与学术价值，亦展现作者记叙人物与事件之文才。其实，除赠序与碑志文之外，元好问还有不少杂记、论说、书牍、序跋之类的文字，亦颇能展现其文章"出入于汉魏晋唐之间"的集大成风格，包括笔墨清简自然，行文平易畅晓，挥洒自如，且旨趣含蓄委婉，引人深思。

金代散体古文，就是在这些金亡前后流落异代的文人士子笔墨中，写下了卒章，而金代作者宗唐宗宋以及返古的主张，亦为元代散体古文的发展引导先路。

✤ ｜ 二、元代散体古文的发展 —— 元文的宗唐宗宋

金、元二朝均属少数民族在汉族世代生活地区建立的王朝，只是女真族建立的金朝，仅占领了北部江山，蒙古族建立的元朝，则统一了全中国。从此南北交通畅行无阻，南北文化交流融会，对元代的文学创作自然产生一定程度的影响。元朝在中国文学史上一般视为杂剧、散曲、小说诸通俗文学发展的高峰时期，也是民间艺人以及一些流落市井的文人士子各自施展文艺才华的时期（详后）。不过，元代一般士人，与金代士人相同，并未忽略诗歌与文章等"雅文学"的创作。整体视之，元代散体古文的成就，虽不如其诗歌之可观，却也并不像明人王世贞（1526—1590）

于《艺苑卮言》中所断言的"元无文"，仍然是中国散体古文史上不可或缺的一页。据现存资料，元人以散体古文撰述的著作，除了元初的邓牧（1247—1306）《伯牙琴》，元末明初的陶宗仪［生卒年不详，仅知其卒于永乐（1403—1424）初，年八十余］《南村辍耕录》等引人瞩目的笔记之外，其间还有大量的元人文集传世，加上散见于各家文集中的许多单篇作品，包括碑铭、章表、记序、书牍、题跋、题画等，可谓类型多样，风格亦殊。这些虽不乏前人作品之依循，却也是观察元代散体古文发展概况的重要资料。

概览现存元代的散体古文，展示的主要有以下几项时代特征：

首先，就元代散体古文本身的整体成就而言，诚如元末杨维祯（1296—1370）《玩斋集·序》所云："本朝古文，殊逊前代。"换言之，元文之耀眼程度远不如唐宋。这或许由于在元廷刻意保障蒙古与色目族人的用人政策之下，原本有才学的汉族士人，出人头地的机会锐减有关，乃至在文坛上称得上是文章大家者很少，名篇佳作亦不多。按，唐宋时期的文人士子，或凭家世出身，或以科举及第，即不乏进入仕途，甚至登居高位的机会；即使由女真族统治的金朝，亦如此。可是，在元朝统一天下之后，延祐二年（1315）恢复科举取士之前，原来属于社会精英阶层的汉族文士儒生，地位陡降，为谋取生计，有的甚至沦为市井的书会才人，将其才华投注于通俗文学与表演艺术之创作。正因为大多数汉族文士儒生社会地位之低落，即使曾撰写文章，亦难免多所流失。这也是造成元代文章大家少见，能够耀眼于散文史的作品不多之主要缘由。

其次，就现存的元代各类文章视之，经世致用之文，则是元代文坛之主流。综观散见于元人诸家文集的文章，就题材内容而言，有关经义经术之文颇丰硕，而抒情写景之作则相对减少，乃至令当今文学史家重视的，亦即具有文学审美意味的古文作品并不多。这或许与元廷刻意推崇儒家道学，提倡经术的政策有关。按，《元史》就没有"文苑传"，而是将文章名家均归于"儒学传"。据宋濂（1310—1381）等编修的《元史·儒学传》："前代史传，皆以儒学之士，分而为二；以经艺专门者为儒林，以文章名家为文苑。然儒之为学一也，六经者斯道之所在，而文则所以载夫道者也。"这虽然代表由元入明的宋濂诸人的文学观念，却也正好说明，元代文章家多属"儒学之士"，故而有关儒家经义，强调文以载道，文为道用，成为元代文章在内容上的普遍基调。根据《元史·选举（一）》所载，元仁宗皇庆二年（1313），为重开科举考试以取士，中书省奏曰："夫取士之法，经学实修己治人之道，词赋乃摛章绘句之学。自隋唐以来，取人专尚词赋，故士习浮华。今臣等所拟，将律、赋省题诗小义皆不用，专立德行明经科。"又据程钜夫（1249—1318）为元仁宗所撰的《科举诏》："举人宜以德行为首，试艺则以经术为先，词章次之。浮华过实，朕所不取。"在朝廷"重经术，轻词章"科举政策的规划设定之下，当然会影响到元代文坛的风习，以致经世致用、记事明道之文成为文坛主流，抒发情性之诗赋词章较为少见，乃属必然之势。

再者，就一般元代文章的文辞风格观察，朴实无华乃是其时代特征。或许由于朝廷取士特别强调以"经术为先，词章次之"，遂影响及至一般元代文章，均显得比较朴实平易，明白畅晓，甚至出现通俗浅显、不避口语的现象。这当然不仅是由于仁宗尝御旨："浮华过实，朕所不取。"亦可能受到同时流行于民间与士林的通俗文学语言之影响。乃至"不矜浮藻，惟务直述"，成为元代散体古文的普遍风貌。

综观元代近百年的古文创作，或可分为前后三个期段，以总览其发展概况。不过，值得注意的是，其间虽然因个别作家对于为文的主张与实践之不同，遂展示各自文章的风格取向，但整体视之，元代文章之并宗唐宋，以及对汉魏，甚至先秦古文的追慕，实际上与金代文坛的表现相若。这正好可以展示，源自先秦的散体古文，自唐宋以来地位的趋于巩固。

（一） 出入韩欧，遥追汉魏 —— 中统、至元文坛

元世祖忽必烈在朝的中统（1260—1263）、至元（1264—1294）三十多年间，一般视为是元代散体古文发展的初期阶段。此时期见称于世的古文作者，主要包括刘因（1249—1293）、王恽（1227—1304）、邓牧、戴表元（1244—1310）、姚燧（1238—1313）、卢挚（1242—1314）、赵孟頫（1254—1322）诸人。值得注意的是，这些元初作者，多属金朝或南宋的遗民，故而亦可归类于"借才异代"者。由于他们大多均亲身经历过长期的战乱，目睹金、宋的败亡，故发言为诗，抒情述怀，已如前面相关章节所述，往往以感叹身世、追忆前朝或怀念故土为笔墨重点。但在文章风格方面，则无论记序碑传，则多因袭唐宋古文，以表情达意为主，鲜少刻意雕琢，故而显得朴素自然，平易流畅。此外，又因受金代文坛宗唐宗宋或返古观点的影响，各家遂在不同程度上亦展现类似的倾向。例如王恽、刘因等为文，即主张继承金代宗宋的传统，姚燧则既宗唐亦宗宋，并遥追汉魏。

试录姚燧《太华真隐褚君传》中两段文字为例：

> 云台，华岳也，为山益奇，上方又天下之绝险。自北望之，石壁切云霄，峻峭正矗。非特铁绠，不得缘坠上下。又不知铁绠成于何代何时，意者古能险之圣也。将至其颠，下临壑谷，深数

里，盲烟幕翳其中，非神完气劲，鲜不视眩而魂震。……

谷南直，中方入行二里许，深林奇石，泉溅溅鸣。其下垦地盈亩，构室延袤不足寻丈，环莳佳花美箭。人之来者，始则爱其萧爽，不自知置身尘埃之外，居不暴暑，既以欠身弛然，而思去矣。

姚燧字端甫，号牧庵，河南洛阳人，为一代名儒，官至翰林学士承旨，知制诰，兼修国史，有《牧庵文集》存世。据《元史·姚燧传》，称其"为文闳肆该洽，豪而不宕，刚而不厉，春容盛大，有西汉风……"概观姚燧现存文章，实多属碑铭诏诰等应用文。姚燧尝自谓，其"冠首时未尝学文，……年二十四始取韩文读之"（《送畅肃政纯甫序》），表示其学文是从韩愈之文开始，虽然姚燧文章也有学欧阳修之处。就上引《太华真隐褚君传》视之，乃属传记文体，或许可视为遥承司马迁《史记》中人物列传，以及汉魏人物杂传之作。其笔墨重点是记叙一位"弃儒业道"的全真教道士褚志通，在华山的隐居生活，如何艰困清苦，却仍然能怡然自得。就文章本身视之，全文宗旨显然主要是为全真教道士褚志通"立传"，不过，行文间虽然极力推崇褚志通能安贫乐道的德行操守，如何在困境中自得其乐，隐约含有说教的意图，却并无文以载道的明显说教痕迹。尤其是上引两段文字，宛如单纯写景之文，笔墨重点是写华山形状之险峻与牛心谷风貌之奇观。展现在读者面前的则是，一个优游山林逍遥自在者，所选择的生活环境与人生最终的归宿。其中既有柳宗元山水游记的审美意趣，亦有韩愈文笔之刚劲气势，同时还流露欧阳修文章的平易畅晓风格，实可视为西汉史传以及唐宋叙事写景兼说理的散体古文之承传。当然，爰及元代统治的盛世，加上科举取士制度的恢复，元人文章的风格难免会因时而有所变化。

（三）　盛世文章，和平雅正 —— 延祐前后文坛

元代文章于此段时期，大略可以仁宗延祐（1314—1320）年间的文坛为主轴，其间亦可涵盖之前的成宗大德（1297—1307）、武宗至大（1308—1311）、仁宗皇庆（1312—1313），以及之后的英宗至治（1321—1323）、泰定帝泰定（1324—1327）与文宗天历（1328—1329）、至顺（1330—1332）时期。这三十多年间，尽管皇帝即位之轮替迅速，却属蒙元立足中原以来，政权统治趋于平稳巩固，是散体古文发展的第二阶段，也是元代文章明显展现其"国朝文派"特色之时。活跃于此期的文章家，大多成长或成熟于元政权统治之下，包括袁桷（1266—1327）、吴澄（1249—1331）、吴莱（1297—1340）、柳贯（1270—1342）、虞集（1272—1348）、欧阳玄（1283—1357）、黄溍（1277—1357）、马祖常（1279—1338）等。当然，不容忽略的是，元廷于仁宗延祐二年（1315），决定恢复"以德行为首""以经术为先"的科举取士政策，对元代一般文章风格所造成的影响。

其实延祐之世前后，尽管皇室多变，但就元朝整体的政治局势视之，可谓政坛稳定，时代承平，社会经济生活蓬勃，一般史家均视为是元朝的盛世，这时期文人士子的诗文创作，自然不同于动乱方结束的元初。正如《四库全书总目提要》所言："大德、延祐间，为元治极盛之际，故其著作宏富，气象光昌，蔚为承平雅颂之声。"按，此"元治极盛之际"于诗坛流行的，犹如前面章节所述，乃是由馆阁文臣主导的"雅正之音"。至于文坛盛行的，根据元末陈基（1314—1370）的观察，则多属"厉金石以激和平之音，肆雕琢以泄忠厚之朴"（《孟待制文集序》）。在这段时期内，以文章见称于世的作家并不少，或可以虞集为代表。

试节录虞集《尚志斋说》一文为例：

亦尝观于射乎？正鹄者，射者之所志也。于是良尔弓，直尔矢，养尔气，蓄尔力，正尔身，守尔法而临之。挽必圆，视必审，发必决，求中乎正鹄而已矣。正鹄之不立，则无专一之趣向，则虽有善器强力，茫茫然将安所施哉？况乎弛焉以嬉，嫚焉以发，初无定的，亦不期于必中者。其君子绝之，不与为偶，以其无志也。善为学者，苟知此说，其亦可以少警矣。

夫学者之欲至于圣贤，犹射者之求中夫正鹄也。不以圣贤为准的而学者，是不立正鹄而射也。志无定向，则泛滥茫洋，无所底止，其不为妄人者几希！此立志之最先者也。……昔人有言曰："有志者，事竟成。"又曰："用志不分，乃凝于神。"此之谓也。

虞集字伯生，号道园，世称邵庵先生，崇仁（今江西）人。大德（1297—1307）初，因朝中大臣之荐，授大都路儒学教授，以后则累迁翰林直学士，兼国子祭酒，文坛上尊为一代宗师。据欧阳玄《雍虞公文集序》，称其"一时宗庙朝廷之典册，公卿大夫之碑版，咸出公手，粹然自成一家之言"。上引《尚志斋说》，自然并非虞集最得时誉的典册碑版之作，不过是一篇给弟子的赠言，论述书斋"尚志斋"之取名，借此以说理言志的文章。值得注意的是，此文一发端即点出射者与箭靶之间的必然互动关系，继而以射者"射鹄"之前的种种修养与努力为譬，表明其所尚当是"圣贤之志"。全文立意清晰，用词不失典雅端正，态度亦雍容不迫，是元代盛世文章流露"雅正之音"的典型，亦是唐宋两度"古文运动"以来，文章宗旨特别讲求儒家以文明道的继承。当然，就虞集《尚志斋说》文章本身风格视之，词句上虽然并无刻意雕琢的痕迹，但其行文中隐然流露的侃侃说理论道的气势，则颇有韩愈文章之余响，而其间平易畅晓的笔墨，则又展示宋代文章如欧阳修辈之遗音。

（三）　秦汉唐宋，调和融会 —— 元末文坛

元统（1333—1334）、至元（1335—1340）、至正（1341—1368），皆是元朝末代皇帝惠宗（顺帝）的年号，这三十多年间，是元朝政权逐步走向衰亡的时期，也是元代散体古文发展的最后阶段。

活动于元朝这时期的一般文士儒生，身处政局衰败与社会纷乱的环境，难免展现个人面对生存环境或生命意义的选择。有人因为对世事纷扰的厌倦，或为保命全身，多有各自觅求隐居避世者，乃至著称于政坛上的文学之士日减。尽管如此，此段时期仍然有一些以散体古文作品见称的作家，其中包括：李孝光（1285—1350）、许有壬（1287—1364）、苏天爵（1294—1352）、杨维祯（1296—1370）、贡师泰（1298—1362）、陈基（1314—1370）、戴良（1317—1383）等。值得注意的是，就在这些出现于元末文坛的作者中，回顾元代文章发展演变"史"的文章内，其间已经流露总览元文发展演变的意识。

兹引陈基《孟待制文集序》文中之一段为例：

> 国朝之文凡三变。中统、至元以来，风气开辟，车书混同，名家作者与时更始，其文如云行雨施，雾霈万物，充然有余也。延祐初，继禅之君虚己右文，学士大夫涵煦乎承平，歌舞乎雍熙，出其所长，与世驰骋，黼黻皇猷，铺张人文，号称古今之盛，然厉金石以激和平之音，肆雕琢以泄忠厚之朴，而峭刻森

严，殆未亦以浅近窥也。天历之际，作者中兴，上探《诗》《书》《礼》《乐》之源，下泳秦汉唐宋之澜，摆脱凡近，宪章往哲，缉熙典坟，照熠日月，登歌清庙，气凌《骚》《雅》，由是和平知音大振，忠厚之朴复还。

陈基字敬初，台州临海（今浙江）人，受业于黄溍之门，有《夷白斋稿》文集传世。据戴良为陈基文集所写之序文，即推崇陈基为文之“雍容纡余”“驰骋操纵”，并且继承宋代文章的平实流畅。就上段引文所述，虽然尚未涉及至顺（1330—1332）以后的文坛风习，毕竟已经充分展现作者对元代文章调和融会秦汉唐宋散体古文发展的认知，或可视为元人论元文发展的代表。此外，就其文章本身的体式风格观察，亦俨然是自秦汉以来朴实无华、明白畅晓的散体古文之典型。

不容忽略的是，元人对元代文学作品的回顾与总览之际，还有一些“非”官宦士人，亦即主要以在野之士的身份立场于散体古文之表现。其中尤其以深受当今学界称道的《录鬼簿》作者钟嗣成之《录鬼簿自序》一文，最令人瞩目。其文在体制上，乃属“书序文”，可是在内涵情境上，不但为元代通俗文学的代言，亦为元代散体古文焕发出具有“雅俗并重”的时代光辉。

四 雅俗并重——钟嗣成《录鬼簿自序》

钟嗣成（1275？—1345年以后）《录鬼簿自序》，实可视为元代文章之奇葩，颇能代表元代社会多元文化并存共荣、“雅俗并重”的时代特色。其文不但在内涵宗旨上明确反映，元代文人士子对儒家经术或圣贤之道，并非众口一声心悦诚服，对流行市井的通俗文学之价值与贡献，则具有欣赏推崇的特识，同时在文章本身的风格体式上，亦可作为元代文章既宗唐宗宋，且调和融会先秦汉魏散体古文风格的标志。姑录其全文如下：

> 贤愚寿夭，死生祸福之理，固兼乎气数而言，圣贤未尝不论也。盖阴阳之屈伸，即人鬼之生死。人而知乎生死之道，顺受其正，又岂有岩墙桎梏之厄哉！虽然，人之生斯世也，但知以已死者为鬼，而未知未死者亦鬼也。酒瓮饭囊，或醉或梦，块然泥土者，则其人虽生，与已死之鬼何异？此曹又未暇论也。其或稍知义理，口发善言，而于学问之道，甘于自弃，临终之后，漠然无闻，则又不若块然之鬼之为愈也。
>
> 余尝见未死之鬼吊已死之鬼，未之思也，特一间耳。独不知天地开辟，亘古迄今，自有不死之鬼在。何则？圣贤之君臣，忠孝之士子，小善大功，著在方册者，日月炳煌，山川流峙，及乎千万劫无穷已，是则虽鬼而不鬼者也。今因暇日，缅怀故人，门第卑微，职位不振，高才博艺，俱有可录。岁月弥久，湮没无闻，遂传其本末，吊以乐章。复以前乎此者，叙其姓名，述其所作，冀乎初学之士，刻意词章，使冰寒于水，青胜于蓝，则亦幸矣。名之曰《录鬼簿》。
>
> 嗟乎！余亦鬼也。使已死未死之鬼，得以传远，余又何幸哉！若夫高尚之士，性理之学，以为得罪于圣门者，吾党且啖蛤蜊，别与知味者道。
>
> 至顺元年（1330）龙集庚午月建甲申二十二日辛未，古汴钟继先自序。

钟嗣成字继先，号丑斋，古汴（今河南开封）人，尝累试进士不第，乃至长期侨居杭州，以布衣终身。其一生多与民间戏曲艺人交往，亦曾作杂剧多种，惜均已亡佚。钟氏于至顺元年即完成《录鬼簿》一书，其时当属馆阁文臣主掌文坛之际。可是钟嗣成却以布衣之身，清楚表明其对文学作品截然不同的观点与品味。按，《录鬼簿》主要是为元代戏曲作家"叙其姓名，述其所作"，包括记录作家姓名、籍贯、遭遇，以及作品目录，亦兼评论之语；为元代戏曲史的研究，以及传统戏曲的理论批评，留下珍贵的资料①。全书文字简洁，记录扼要，风格体式上犹如按作者姓名逐条随笔札记，并非首尾完整的文章。惟上引《录鬼簿自序》，则是一篇散体古文之佳作代表。其于作者之撰述宗旨、谋篇立意，以及文笔风格方面的表现，均有值得注意之处：

首先，全文撰述宗旨明确，是一篇典型的书序文。率先明言其撰写《录鬼簿》一书，乃是因"缅怀故人"，为那些从事通俗戏曲创作，而且"门第卑微，职位不振，高才博艺，俱有可录"者，留下历史纪录，以免"岁月弥久，湮没无闻"，或可彰显其生前贡献。如此表明其为通俗戏曲作家留名而撰写《录鬼簿》的宗旨，实与特别讲求政教伦理之儒家传统分道扬镳。

其次，谋篇立意新巧，语含诙谐幽默。作者笔墨始终围绕著书名"录鬼簿"的"鬼"字做文章，并刻意点出"人之生斯世也，但知已死者为鬼，而未知未死者亦鬼也"；且认为历代著名的忠臣孝子，留名青史者，乃是"虽鬼而不鬼者也"；至于那些"酒罂饭囊，或醉或梦，块然泥土者"，则

---

① 有关钟嗣成《录鬼簿》之成书，及其在戏曲史上的贡献，见浦汉明《新校录鬼簿正续编》（巴蜀书社1996年版）《前言》部分第7—30页。

"与已死之鬼何异"！甚至还自我调侃"余亦鬼也"。其实，诙谐风趣偶尔也曾浮现在前人笔记里，此后通俗文学诸如元杂剧与散曲，亦不乏诙谐风趣的点缀。可是诙谐风趣却一直是传统诗文作品较为罕见的素质，而钟氏此文，却将诙谐风趣纳入原来属于正统"雅文学"的书序文章里，在散体古文史上显然有另辟蹊径之功。

再者，序文中公然宣示个人对于难登大雅之堂的通俗文学之珍视与偏爱。虽然客气地对那些"高尚之士，性理之学"者表示歉意，其立场或许会"得罪于圣门"，却仍然傲然宣称"吾党且啖蛤蜊，别与知味者道"！换言之，其所嗜好者与圣门大异其趣，语意间明确表示，自己对通俗文学诸如戏曲的品位与特识，实远高于那些只顾重视圣门道德文章者。这样的立场态度，显然是一般官宦文人或馆阁文臣难以想象的，甚至不敢流露的。

上举钟嗣成的《录鬼簿自序》一文，其中无关儒家经义，亦无经世济民之实用宗旨，显然与元代文坛一般文士儒生的文章旨意大相异趣，但却是一篇最足以代表元代多元社会与文学创作倾向通俗大众的代表。其间不但流露作者文章的才华与文学观念的新颖，同时展现其个人的智慧与风趣。尤其值得注意的是，其文在元代散体古文的发展上的重要意义：首先，充分显示散体古文自先秦汉魏乃至唐宋以来，在内涵意境与文笔风格方面的调和融会；其次，作者以布衣之身，无须受朝廷官方政策的束缚，乃至有撰文发表不同理念的自由意志，可以站在与传统儒家政教伦理观念截然相异的角度，宣称个人的不同立场与观点。再者，笔墨语气无须遵循为文须符合儒家要求"端庄雅正"的传统，可以既诙谐风趣，又理直气壮，慷慨有声，且平易近人，明白流畅。这亦正是自唐宋以来散体古文在元代文坛地位巩固的标志，也是调和融会先秦汉魏唐宋古文体式传统的示范，并且将陆续延续到明清二朝的文坛。

❖

第二节

明清古文的耀眼夕辉

明（1368—1644）清（1644—1911）二朝，总共为时五百多年，是传统中国专制帝王制度统治的最后两个朝代。在文学史上，无论诗歌、文章、戏曲、小说，均是经过长期孕育苗长与发展演变之后，逐步走向总结成果之期。单就散体古文之发展视之，虽然明与清分别属于由汉、满不同民族主掌统治大权的两个朝代，其作者对撰写文章的态度，基本上与前代文人无异，多频频回顾过去传统，缅怀汉魏唐宋。不过，时代环境毕竟不同了，明清二朝之文章，即使其间存有继承关系，还是各自展现其时代特色。宏观而言，最引人瞩目的现象即是：明代文章，多文人之文，主要以逐渐文人化、个性化为其发展的总趋势；清代文章，则多学者之文，明显呈现其学者化、学术化的发展倾向。当然，自唐宋金元以来，历代的文章家，身兼文人与学者多矣，两者之间其实并无冲突，只不过是对为文之主张与下笔之习好，各有不同侧重而已。明清二朝的文章，不但展示其作者在文人或学者双重身份之间的摆荡与调和，同时亦正好显现，散体古文在明清文人与学者共同提笔为文之下的耀眼夕辉，乃至直到 20 世纪初，亦即受西方文化冲击之前，散体古文在传统中国的文坛上，一直保持其屹立不倒的巩固地位。

明朝在中国历史上乃是一个君主极权专制的王朝，不过，文坛上却出现文学思潮蓬勃、创作风格数变且名家迭起等令人瞩目的现象。当然，综观其发展的总趋势，明朝的文学思潮与创作风格，主要还是浮游于唐宋以来的"复古"声浪之中。虽然明人文章基本上继承前代文章的余绪，然而其表现的文人化、个性化之日益显著，则是明代散体古文的时代特色。不容忽略的是，明朝亦是推翻元朝、重建汉族统一江山的朝代，经过元末连年战乱之后，朝廷休养生息的政治措施与钳制言论的文化政策之并行，对明代文章风格自然形成一定程度的影响。

按，明太祖朱元璋（1368—1398 在位）灭元立明之后，在政治制度方面，大抵均沿袭唐宋之旧，文化政策方面，则崇尚儒学。不过，为巩固皇权，稳定政局，则以独揽军政大权为手段，建立比过去朝代更为专制的中央极权制度。当然，为安抚知识阶层之人心，明初朝廷一方面还是采取怀柔政策，以笼络前朝遗臣；可是另一方面则又实行高压手段，不但杀戮功臣，排除异己，且对文人士子多心怀猜忌，屡兴文字狱，遂令生存于明初的文人士子戒慎恐惧，俯首缄默，乃至为文则尽量不公然涉及对朝政的批评。加上明廷因有意提倡理学，将程、朱之学奉为官学，并于宪宗成化（1465—1487）后制定考试制度，专取四书五经为命题范围，以敷衍经义传注的"八股文"取士[①]。明廷这些文化政策与措施，以钳制或规范文人士

---

① 据《明史·选举志》："科目者沿唐、宋之旧，而稍变其试士之法。专取四子书及《易》《书》《诗》《春秋》《礼记》五经命题试士，盖太祖与刘基所定。其文略仿宋经义，然代古人语气为之，体用排偶，谓之八股，通谓之制义。"有关"八股文"之基本特色及其形成的渊源，见梅家玲：《论八股文的渊源》，收入《文学评论》第九集，（台北）黎明文化出版社 1988 年版，第 311—334 页。

子的言论思想为宗旨，对明代散体古文本身在内涵情境方面的发展与演变产生了深远的影响。

首先，文人士子出于对朝廷的畏惧或屈服，乃至往往谨慎地在诗文的创作中表示对朝廷政策的应和或时代升平的恭维。其次，也就是在应和与恭维之声中，却出现了因不满文坛一片雍容富贵、形势大好的逢迎风气，进而引起一些文人士子在文学理论与创作方面展露出某种程度的反弹，于是出现提倡复古、拟古，继而又推崇独抒性灵、主张文学个性化的呼吁，促成明代文学思潮的蓬勃，诗文创作流派迭起，名家辈出，助长了诗文创作的隆盛。有关明代诗歌之发展概况，已如前面相关章节所述，此处则分别以先后三个期段的文坛风习为观察重点，或可大略展示明代散体古文发展演变之大势。

（一）谨慎平稳的笔墨 —— 明初文坛

自洪武（1368—1398）经永乐（1403—1424）至成化（1465—1487）年间，可视为明代散体古文发轫的阶段。据《明史·文苑传序》的观察，明初文坛乃是"胜代遗逸，风流标映，不可指数，盖蔚然称盛矣"。不过，明初这近百年间的文章，整体视之，笔墨主要还是以谨慎平稳为重，却又因与时推移，作者身份与环境背景的改变，可概略分为前后两期，分别由活跃于洪武、永乐年间的开国文臣，以及闻名于永乐、成化年间的台阁文臣主导文坛，且各展现其时代风貌。

1. 宗经师古，文以明道 —— 开国文臣之文

据《明史·儒林传（一）》："明太祖起布衣，定天下，当干戈扰攘

之际，所至征召耆儒，讲论道德，修明治术，兴起教化，焕乎成一代之宏规。"明代开国之初的文章家不少，一般均以受太祖征召的宋濂、刘基（1311—1375），以及稍后的方孝孺（1357—1402）为代表。按，宋濂与刘基，实际上在元末文坛即已颇负文名，虽然经历了改朝换代的大动乱，但二人均于洪武年间受朱元璋之征召应聘，遂以遗民之身由元入明，成为明朝的"开国文臣"。就明初文坛而言，实乃可称为"借才异代"的作家，共同展现明代开国之初，文臣如何寄厚望于新朝廷、新社会，或可展现新时代之气象，乃至为文之际，往往以为人臣者的人格修养，或社会风气的改善为关怀重点，多以强调宗经师古、以文明道立教为文章宗旨。宋濂弟子方孝孺，虽属较为年轻一辈，并非开国文臣，毕竟已经认识到明太祖高压政策下屡兴"文字狱"之可怕，不愿以笔墨去惹是非，乃至为文之际亦颇为谨慎平稳，鲜少公然涉及政治的批评，主要是以其对现实的观察与感受，围绕于社会风习的讽刺，将其心中之不满，委婉融入于一些寓言小品之中。

试先举宋濂《王冕传》首段为例：

> 王冕者，诸暨人。七八岁时，父命牧牛陇上，窃入学舍，听诸生颂书。听已，辄默记。暮归，忘其牛。或牵牛来责蹊田，父怒，挞之，已而复如初。母曰："儿痴如此，曷不听其所为？"冕因去，依僧寺以居。夜潜出，坐佛膝上执策，映长明灯读之，琅琅达旦。佛像多土偶，狞恶可怖。冕小儿恬若不见。……

宋濂字景濂，号潜溪，浦江（今浙江金华）人，元末辞官隐居。受朱元璋征召入仕，推为"开国文臣之首"，奉命主修《元史》，官至翰林学士承旨知制诰。不过，宋濂晚年却因其长孙宋慎牵涉到右丞相胡惟庸"谋反"一案（《明史·太祖本纪》），全家贬谪四川茂州，病死于途中。宋濂在文学史上实属典型的文士儒生，据《明史·宋濂传》：谓其"自少至老，未尝一日去书卷，于学无所不通。为文醇深演迤，与古作者并。在朝，郊社宗庙山川百神之典，朝会宴享律历衣冠之制，四裔贡赋赏劳之仪，旁及元勋巨卿碑记刻石之辞，咸以委濂，屡推为开国文臣之首。"宋濂在明初文坛的崇高地位，或许多少与朱元璋建国之初，意图以儒术为立国之本，又加上与宋濂个人一向以继承儒家道统为己任的态度立场不谋而合有关。按，宋濂论文，即强调宗经师古，"作文之法，以群经为本根"，主张"为文者，欲其辞达而明道"；此外，且认为"纪事之文，当本之司马迁、班固"（《文原》）。就看上引《王冕传》，开端一段叙写王冕自幼如何好学，父亲命其牧牛陇上，却"窃入学舍，听诸生颂书。听已，辄默记。暮归，忘其牛……"即使"父怒，挞之，已而复如初"。简短数语，已经生动勾勒出王冕自幼即嗜学如痴的个人形象。文中对人物事件之叙述与人格情性的刻画，以及行文之朴实无华，明白畅晓，既遥承司马迁以来历史人物传记的简练生动笔法，同时亦借此宣扬了传统儒家一向重视锲而不舍的"好学"精神。

其实，宋濂现存文章的类型多样，除了朝廷郊庙祭祀之辞，以及为开国勋臣所写碑记之文以外，其中最为文学史家所称道且乐以引述的，当属《送东阳马生序》。就文章体式而言，乃是一篇赠送特定读者对象的"赠序文"，唯其宗旨显然并非表达与"马生"临别之依依，或彼此交往过从之愉悦，而是叮咛嘱咐，"勉乡人以学"，亦即对同乡晚辈马君则之类人物的勉励。笔墨重点主要是以自己的苦学成功为榜样，故而自述其一生求学与为人之经历："幼时即嗜学，家贫，无从致书以观，每假借于藏书之家，手自笔录，计日以还……"如何刻苦为学之种种细节；既冠之后，又如何因"慕圣贤之道"，而恭谨求师……综观全文，与《王冕传》相比照，在文章类型体式上虽有"传记"与"赠序"之别，一写他人，一述自己，二文之内涵宗旨则颇相仿佛，均属鼓励后辈努力为学的谆谆"立教"之言。如果要从宋濂这类文章中搜寻任何"批评"或"实用"意义，或许可以从其身为朝廷重用的一代文宗，对当下一些衣食无虞的国子监太学生中，却有"业有不精，德有不成"者，语含不满，于是追述王冕或其个人往昔之勤奋艰苦，或许姑且借此可"文以明道立教"吧。

与宋濂同列为明初开国文臣者，还有刘基。字伯温，浙江青田人，受征召后，曾力辅太祖朱元璋开国，官至御史中丞兼太史令，封诚意伯。不过，其最后结局竟然是因为右丞相胡惟庸构陷得罪，忧愤而死。刘基兼长诗文，在散文史上，主要则是以收录其文集《郁离子》的寓言故事见称。按，《郁离子》全集分上下二卷，共十八章，一百九十五篇短文，其中尤以《卖柑者言》一文最负盛名，主要是假托与卖柑者的辩论，借卖柑者之口，讽刺那些声威赫赫的文臣武将，不过是一群"金玉其外，败絮其中"的腐朽物。此文几乎是大凡论及明初文章者所必然引述。不过，由于《郁离子》所收作品，均属刘基入明之前，亦即元末弃官归隐青田时期所写，其中无论以官场现状或历史题材为文，其讽刺批评的对象，主要乃是针对元朝末期的政治社会的腐败而言，尚未涉及明朝立国之初的现象。故而此处则选录宋濂的学生方孝孺《越巫》一文，作为明初继开国文臣之后，较为年轻一代文章风格之代表：

> 越巫自诡善驱鬼物。人病，立坛场，鸣角，振铃，跳掷，呼
> 叫，为胡旋舞禳之。病幸已，馔酒食，持其赏去；死则诿以他故，

终不自信其术之妄。恒夸人曰："我善治鬼，鬼莫敢我抗。"

恶少年愠其诞，瞯其夜归，分五六人栖道旁木上，相去各里所。候巫过，下砂石击之；巫以为真鬼也，即旋其角。且角且走，心大骇，首岑岑加重，行不知足所在。稍前，骇颇定，木间砂乱下如初。又旋而角，角不能成音，走愈急。复至前，复如初。手栗气慑，不能角，角坠；振其铃，既而铃坠，惟大叫以行。行闻履声及叶鸣谷响，亦皆以为鬼。号，求救于人甚哀。

夜半，抵家，大哭叩门。其妻问故，舌缩不能言，惟指床曰："巫扶我寝，我遇鬼，今死矣！"扶至床，胆裂死，肤色如蓝。巫至死不知其非鬼。

方孝孺字希直，又字希古，人称正学先生，浙江宁海人。据《明史·方孝孺传》，称其"工文章，醇深雄迈。每一篇出，海内争相传诵"。不过明成祖（1402—1424 在位）兵入京师（南京）后，方孝孺以其在文坛之名望，却不肯为成祖起草登极诏书，故而得罪，最后竟然被杀于市，甚至灭十族（九族之外兼及友朋学生辈），死者多达八百七十余人。更有甚者，"永乐中，藏孝孺文者至死！"方孝孺的不幸遭遇，正好足以展示明初文人士子面临的艰苦困境：即使如何俯首朝廷，谨慎小心，意图苟安自保，却难免动辄得咎，导致悲惨的结局。但是，身为一介文士，除了为文以达意示志，还能做什么？就看上引《越巫》一文，有文前小序点明其旨："右《越巫》《吴士》两篇。余见世人之好诞者死于诞，好夸者死于夸，而终生不知其非者众矣。岂不惑哉！游吴越间，客谈二事戒之，书以为世戒。"单就《越巫》文章本身视之，笔墨重点不过是叙述越区地方民俗之好诞风习，却引发读者之深省，令人领悟妄言欺人者且"不自知其非"之可悲。全文似无关政治教化，但倘若细心研读体味，其文字表面上虽谈神说鬼，作者服膺传统儒家反对迷信，"不语怪力乱神""敬鬼神而远之"的立场鲜明可鉴。不但讽刺明初社会一些装神弄鬼之徒的愚昧可恶，同时亦委婉警告，尤其是当权者，好诞好夸之可鄙。其中有事件情节的叙述，亦有相关人物的对话，其行文简洁生动，立意光明磊落，虽未刻意增添对于世间好诞好夸者之议论褒贬，但已深寓政治道德教化于文中。这样的作品，正显示明初前期的文士儒生，无论为人或为文均普遍表现之谨慎平稳，也是稍后台阁文臣主掌文坛，以雍容典雅，点缀升平之作的前驱。

2. 雍容典雅，点缀升平 —— 台阁文臣之文

明初立国后期，亦即永乐（1403—1424）至成化（1465—1487）年间，元末战乱的伤痕已逐渐弥合，记忆也日远，在朝廷力图休养生息的政经政策之下，一代升平之气象日显。这时执文坛牛耳，领导风尚的作家，多属台阁文臣，所写文章与前面章节所论明初诗坛之表现相若，风行的主要是雍容典雅、点缀升平的"台阁体"。值得注意的是，此期无论诗文，一般均以深受朝廷倚重的所谓"三杨"为主要代表：亦即杨士奇、杨荣、杨溥。当然，三杨均属台阁重臣，且历仕成祖、仁宗、宣宗、英宗四朝，并先后均官至大学士。台阁文臣在朝的重要任务，包括辅佐君王朝廷，参与文化决策，撰写诏令奏议，以及从幸游宴赋诗。根据《明史·杨士奇传》的观察："帝励精图治，士奇等同心辅佐，海内号为治平。帝乃仿古君臣豫游事，每岁首，赐百官旬休，车驾亦时幸西苑万寿山，诸学士皆从，赋诗赓和。从容问民间疾苦，有所论奏，帝皆虚怀听纳。"按，这些台阁文臣写诗大都是应制、颂圣，或题赠应酬之作；为文则除了为君王朝廷撰写诏告

教令之外，多属称颂功德或点缀升平的应景之文。即使上书君王朝廷，建议政策方向，亦往往流露为迎合在上者之旨意，或为朝廷官方之既定政策，提供舆论支持。个人抒情述怀之作，则比较罕见。

兹节录杨士奇《元儒吴澄从祀议》为例：

> 臣士奇等钦遵考得元翰林学士吴澄所著书，及奎章阁侍书学士虞集所状澄事行，盖澄自十岁，得宋儒朱子所注《大学》读之，即知为学之要，专勤诵读。次读《语》《孟》《中庸》，亦然，遂大肆力于诸经。十五，专务圣贤之学，致践履之实，以道自任。其所自励，有勤谨敬和，自新自修，消人欲，长天理，克己悔过，矫轻警惰，颜、冉理一等铭。其教学者，有《学基》《学统》等篇。深究濂、洛、关、闽之旨，考正《孝经》，校定《易》《书》《诗》《春秋》，修正《仪礼》《小戴礼》，及邵雍、张载之书。……皆所以启大道之堂奥，开来学之聪明，传之百世而无弊也。……

就文章类型体式视之，这显然是一篇由臣属上书君王朝廷的"奏议"文。根据刘勰《文心雕龙·章表》的界说："表以陈情，议以执异（坚持不同意见）。"从文章功能上看，以"议"名篇者，和一般"章表"类似，均属人臣上书君王朝廷的公文，不过，其立意却主要基于对朝廷某些作为或官方某些政策持有不同意见，因而笔墨重点往往带有辩驳、议论的性质。就看唐代古文家现存作品中，以"议"名篇之文，当以柳宗元《驳复仇议》最为著称；该文是柳宗元任礼部员外郎之时，为反驳朝廷意图兼顾"刑"与"礼"的立法方面一条"不合理的法令"而写①。可是，上引杨士奇之

---

① 有关历代以"议"名篇之文的体式特点，以及柳宗元《驳复仇议》一文之撰写背景与内涵之评述，见褚斌杰：《中国古代文体概论》增订本，北京大学出版社 1990 年版，第 344—347 页。

"议"文，显然并无"反驳"之意，而是迎合朝廷宗经崇儒的文化政策，利用坊间所见元人吴澄的遗稿，顺水推舟，鼓吹孔孟之道以及朱熹理学，强调儒学之重要。惟就文章本身视之，虽然内涵典重，并无多大趣味，却行文平易畅晓，立意光明正大，同时其间亦不乏警句，诸如"消人欲，长天理，克己悔过，矫轻警惰"，以及"启大道之堂奥，开来学之聪明，传百世而无弊也"等，文辞骈俪工整，笔触铿然有力，语意引人深思。尽管方孝孺于其《答王秀才书》中曾严厉批评杨士奇之文："考其辞，轻俳巧薄，皆古人之所未有；而求者以是望于人，作者以是夸于时，似有所为。"但值得注意的是，在"三杨"之后，主掌文坛的李东阳（1447—1516）于《倪文僖公文集序》，则对这些台阁文臣之文则颇为称许："馆阁之文，辅典章，裨道化，其体盖典则正大，明而不晦，达而不滞，而惟适用。"所言正好点出明初这些深具文学素养的台阁文臣之擅长。

明初台阁文臣之文雍容典雅、点缀升平的风格，长期成为文坛的主流。明代文章若要有所发展演变，尚须走过一番曲折的路径。有待一批文人，因不满台阁文风，而兴起复古声浪，继而又出现另一批文人，起而提倡"独抒性灵"，以反制复古，明文终于走向文人化、个性化，方能逐渐形成。

㊁ 复古声浪的潮涌 —— 中叶文坛

在明朝的历史轨迹上，弘治（1488—1505）、正德（1506—1521）、嘉靖（1522—1566）、隆庆（1567—1572）年代，已属明代中叶，亦是明朝之国势逐渐由盛转衰的过渡。不过，在文学史上，这八十多年间，不但是明诗臻于鼎盛时期，亦是明代散体古文发展隆盛之时。值得注意的是，此时期的一些文人士子，开始拮抗那些为点缀升平的"台阁体"，同时亦不满八股文高谈性理的"道学体"，意图寻求改革之路，因而大声呼吁文章复古。或许可视为是中国文学史上继隋唐以来，第二次大规模的"复古"声浪，其潮涌之盛，波及诗坛与文坛。不过，尽管其间之文章撰写多以"复古"为主调，却又因文坛上曾经先后出现"文必秦汉""师法唐宋"，以及"拟古"或"反拟古"等之不同主张与表现，乃至不同流派的作家涌现，不同风格的文章问世。倘若就明代文章在复古声浪期间发展之主要脉络观察，大略可分为以下两个阶段。

1. 文必秦汉，拟古成风 —— 前后七子之文

弘治、正德年间文坛，以李梦阳（1472—1529）、何景明（1483—1521）为首，包括徐祯卿、边贡、康海、王九思、王廷相等为代表的"前七子"，因反对风行已近百年的台阁体，乃以诗文复古相倡。其中"卓然以复古自命"的李梦阳，率先倡言"文必秦汉，诗必盛唐，非是者弗道"（《明史·文苑传》），不但"尊古"且主张"拟古"。在文章撰写方面，主要推崇先秦两汉之文，并强调为文当习古人作文之法。由于李梦阳等在文坛的声誉地位，遂引起很大的回响，正如《钦定四库全书总目提要》所云："考明自洪武以来，运当开国，多昌明博大之音；成化以后，安享太平，多台阁雍容之作，愈久愈弊，陈陈相因，遂至啴缓冗沓，千篇一律。梦阳振起痿痹，使天下复知有古书，不可谓之无功。"此后，嘉靖年间前后，又有以李攀龙（1514—1570）、王世贞为首，包括谢榛、宗臣、梁有誉、徐中行、吴国伦等"后七子"，继续阐扬前七子的复古、拟古主

张，一概否定秦汉以后之文。王世贞《艺苑卮言》甚至认为："唐文文庸，犹未离浮也。宋文文陋，离浮矣，愈下矣。元无文。"根据《明史·文苑传》的观察："诸人多年少，才高气锐，互相标榜，视当世无人。七子之名播天下。"正由于诸子相互结社宣传，彼此标榜推崇，遂将文学复古、拟古的呼吁与实践推向了高峰。

当然，在复古、拟古声浪中，文坛上难免会出现一些追随风潮者只顾模拟而无新意，甚至泥古不化之作，遂颇受后世论者的批评。不过，毕竟还是留下不少传世之佳篇。试先节录"前七子"之一何景明的《说琴》为例：

> 何子有琴，三年不张。从其游者戴仲鹖，取而绳以弦，进而求操焉。何子御之，三叩其弦，弦不服指，声不成文。徐察其音，莫知病端。仲鹖曰："是病于材也。予观其黔然黑，衰然腐也。其质不任弦，故鼓之弗扬。"何子曰："噫！非材之罪也。吾将尤夫攻之者也。凡攻琴者，首选材，审制器，……吾观天下之不罪材寡矣。如常以求固执，缚柱以求张弛，自混而欲别物，自褊而欲求多，直木轮，屈木辐，巨木櫃，几何不为材之病也？是故君子慎焉！操之以劲，动之以时，明之以序，藏之以虚。劲则能事扰也，时则能应变也，虚则能受益也。劲者信也，时者知也，序者义也，虚者谦也。信以居之，知以行之，义以制之，谦以保之。朴其中，文其外，见则用世，不见则用身。故曰虽愚必明，虽柔必强，材何罪焉？"……

全文显然旨在说理，但并非直陈其理，而是借琴喻理，这与先秦诸子取譬说理之文颇有类似之处。不过，行文中却并非托寓虚构或诉诸想象，而是以现实生活中的当下人物，包括作者本人（何子）与其弟子戴仲鹖二人之对话"说琴"，为文章结构的主轴，并以何子之滔滔言论为笔墨重点，这又仿佛是魏晋名士"清谈"道理之纪录。此外值得注意的是，文中特别强调琴之"弦不服指，声不成文"的病端，"非材之罪也"，而是制琴者选材的问题。这样的说理文章，形式上或许有"拟古"的痕迹，甚至宗旨上亦流露明初文章"以文明道立教"的意图，但是，其所以不同于开国文臣与台阁文臣之文，就在于其间蕴含的关怀，与一般文人士大夫的生涯处境与选择，密切相关，在中国文学传统中，始终是萦绕不去的永恒主题：诸如作者对于当权者是否能够识才，且善用其才之的感慨与警惕，以及"朴其中，文其外"，内外兼美的人才，"见则用世，不见则用身"之考虑，显然为饱读诗书的文人士大夫阶层能否见用于世，点出选择或兼济天下或独善其身的人生道路。作者重视的，不单是朝廷用人政策的恰当与否，更重要的是，关怀身为文人士大夫，在人生天地间的地位处境，以及其出处进退之选择，这已经涉及"个人"生涯规划的问题。除此之外，在师徒二人对话之际，何子在弟子面前循循善诱、侃侃而谈人才问题的为师者形象，亦宛然可感。

兹再节录"后七子"之一宗臣《报刘一丈书》为例：

> 且今之所谓孚者何哉？日夕策马候权者之门，门者故不入，则甘言媚词作妇人状，袖金以私之。即门者持刺入，而主者又不即出现，立厩中仆马之间，恶气袭衣裙，即饥寒毒热不可忍，不去也。抵暮，则前所受赠金者出，报客曰："相公倦，谢客矣。客请明日来。"即明日，又不敢不来。夜披衣坐，闻鸡鸣，即起盥栉，走马抵门。门者怒曰："为谁？"则曰："昨日之客

来。"则又怒曰:"何客之勤也!岂有相公此时出见客乎?"客者耻之,强忍而与言曰:"亡奈何矣,姑容我入。"门者又得所赠金,则起而入之。又立向所立厩中。幸主者出,南面召见,则惊走匍匐阶下。主者曰:"进!"则再拜,故迟不起,起则上所上寿金。主者故不受,则固请;主者故固不受,则又固请,然后命吏内之。则又再拜,又故迟不起,起则五六揖,始出。出,揖门者曰:"官人幸顾我!他日来,幸亡阻我也!"门者答揖,大喜,奔出。⋯⋯

宗臣字子相,扬州兴化人,嘉靖进士,曾任吏部考功郎、稽勋员外郎等职。上引《报刘一丈书》,原是一封与友人的书信,笔墨之间,当然可以私谊、公务无所不谈。不过,作者为文宗旨,显然并非友朋同僚之间私谊之抒发,而是借此书信来针砭时弊,感叹政坛现况,揭露官场败象。姑且不论宗臣此书所言是否真的是以当朝奸臣严嵩父子如何专权、贪赃枉法为批评对象,单就文章本身的风格视之,可谓行文朴实无华,文意明白畅晓,与先秦两汉之散体古文的确有近似之处。作者通过生动的细节叙述,典型的人物对话,针对那些奔走权门、营营求官者之谄媚,依附权门的吏者之势利,还有权臣本身的骄矜,均描述精粹传神,形容活泼生动。不容忽略的是,全文虽以"文言"写出,内涵情境上则几乎与明代一些讽刺官场乱象的白话小说中某些情节有类似之处。作者对政坛贪官污吏普遍横行之痛恨,跃然纸上,可是却并非直接道出,而是通过设想的人物言行,加以辛辣诙谐的笔锋,挖苦嘲笑的趣味,令读者心领神会。实可谓是一篇精彩的"官场现形记"。

2. 师法唐宋，直据胸臆 —— 归有光之文

就在嘉靖年间，正当前后七子先后倡导"文必秦汉"的声势显赫之际，还有另外一批作家，因不满七子在理论上厚古非今，否定秦汉以后之文，再加上看不惯时下有些文人竟然盲目追风，随声附和，争相效尤，甚至变本加厉，亦步亦趋地模拟古人之句式用语，食古不化，导致行文显得佶屈聱牙，令人生厌，于是起而反对前后七子的"文必秦汉"，转而寻求新途，遂提出为文当"师法唐宋"的主张，有意识地以唐宋大家之古文为楷模。可以王慎中（1509—1559）、唐顺之（1507—1560）、茅坤（1512—1601）、归有光（1507—1571）等为代表，文学史一般称之为"唐宋派"，以与"秦汉派"相对。或许为了表示与"秦汉派"在文学观念上有所区别，唐顺之还编辑一部《文编》，作为一般读者习文的模板，其中除了《左传》《国语》《史记》等先秦两汉古文之外，还特别选录韩、柳、欧、苏、曾、王等唐宋作品；继而茅坤又在此基础上专以唐宋古文为重点，编选《唐宋八大家文钞》。遂从此正式奠定了唐宋古文的地位，并扩大了"唐宋八大家"的影响，文学史上的"唐宋八大家"之称，实亦由此而确定。

不容忽略的是，表面上看，"文必秦汉"与"师法唐宋"似乎都缅怀过去，倡言"复古"，实际上，两派之主张大相径庭。当然，"唐宋派"亦同意为文须向古人学习，但却反对模拟，更强调作者在习古之余须显现个人风格。例如唐顺之论文即明确提出，写文章不能只"工文字"，要有"精神命脉骨髓"，作者须"直据胸臆，信手写出，如写家书……"，且还须有"真精神，与千古不可磨灭之见"（《答茅鹿门知县书》）；更重要的还是，为文当"使后人读之，如真见其面目，瑜瑕俱不容掩，所谓本色。

此为上乘文字"（《与洪方洲书》）。这样的观点主张，其实已经为晚明文坛以流露作者个人的人格情性为主，点出契机，开辟先路。

"唐宋派"作者中，成就最高者，历来均公推归有光。按，归有光现存文章虽然有不少是官样应酬之作，包括寿序、墓铭等，无甚文学趣味，但是其脍炙人口的《项脊轩志》《寒花葬志》《先妣事略》诸文，却以其"一往情深"的笔墨意涵，一直受文学史家的称道。试节录其《项脊轩志》为例：

> 项脊轩，旧南阁子也。室仅方丈，可容一人居。百年老屋，尘泥渗漉，每移案，顾视无可置者。……然吾居于此，多可喜，亦多可悲。……家有老妪，尝居于此。妪，先大母婢也，乳二世，先妣抚之甚厚。室西连于中闺，先妣尝一至。妪每谓余曰："某所，尔母立于兹。"妪又曰："汝姊在吾怀，呱呱而泣。娘以指叩门扉曰：'儿寒乎？欲食乎？'吾从板外相为应答。……"语未毕，余泣，妪亦泣。余自束发，读书轩中。一日，大母过余曰："吾儿，久不见若影，何竟日默默在此，大类女郎也？"比去，以手阖门，自语曰："吾家读书久不效，儿之成，则可待乎？"顷之，持一象笏至，曰："此吾祖太常公宣德间执此以朝，他日汝当用之。"瞻顾遗迹，如在昨日，令人长号不自禁。……

> 庭有枇杷树，吾妻死之年所手植也，今已亭亭如盖矣。

归有光字熙甫，号震川，昆山（今属江苏）人。嘉靖十九年（1540）举应天乡试，以后数次参加会试，均落榜，其间尝退居嘉定，讲学授徒，直至嘉靖四十四年，已六十岁高龄方进士及第，之后曾任长兴知县与南京太仆寺丞。归有光在仕途上虽然蹭蹬，在知识阶层眼中却地位崇高，始终颇受尊敬，人称"震川先生"。其于明代文坛上，所以归为"唐宋派"，主要因为对前后七子的复古理论与模拟文风尝公然表示不满。曾经以一介"穷乡老儒"之身，与主张"文必秦汉"的文坛领袖人物王世贞相抗衡。甚至斥王世贞为"妄庸人为之巨子"（《项思尧文集序》），认为"今世相尚以琢句为工，自谓欲追秦汉，然不过剽窃齐梁之余，而海内宗之，翕然成风，可为悼叹耳"（《与沈敬甫书》）。就看上举《项脊轩志》一文，无论在内涵情境或文笔风貌上，均展现其个人的风格特色。

首先，全文表面上是写作者之旧居，以一间百年老屋"项脊轩"如何成为一个读书环境的过程为线索，并因此名篇。实际上是借题发挥，历叙"项脊轩"的环境及其变迁，以怀念故去的亲人，感叹人世的沧桑。其次，文中所叙过去在"项脊轩"发生的一些互不相连之生活琐事点滴，看来仿佛零碎无章，却以作者个人回顾往事的款款深情，将全文紧密联系起来，遂令叙述中荡漾着抒情意味。再者，有关个人日常家居生活与亲情关系的叙述，包括祖母、母亲、老婢、妻子等，与自己成长过程的互动关系，看似平凡无奇，却弥漫着浓浓的生活气息与人间情味，足以拨动读者的心弦。其效果正是"无意于感人，而欢愉惨恻之思，溢于言语之外"（王锡爵《明太仆寺寺丞归公墓志铭》）。归有光这类叙述个人寻常生活点滴的文章，笔墨朴实无华，行文平易自然，可谓文从字顺，不但是当初李清照《金石录后序》中追忆过往家居生活琐屑细节的动人回响，并且也扩大了明初以来散体古文的领域，将日常家庭生活琐事，个人切身之经验感受，作为叙事抒情的关怀重点，指向晚明文坛特别强调的，为文当须流露个人性灵情怀的要求，同时亦是以后清代文人如沈复《浮生六记》中追述寻常家居生活的前驱（详后）。

（三）　个人情性的流露 —— 晚明文坛

　　万历（1573—1620）至崇祯（1628—1644）年间，已属明朝晚期。活跃于这时期的知识阶层，眼见朝政日趋腐败，政局迅速恶化，又无力扭转乾坤，忧心忡忡之际，孕育出一股要求人性自觉的思想潮流和生活态度，于是游览山水，流连艺文，或赏玩器物，遂成为晚明文人在日常生活中追求心灵舒畅娱悦的重要寄情项目。在诗文创作上，因颇受王阳明（1472—1528）强调本性的"心学"之启发，以及李贽（1527—1602）重视真心的"童心"之论的影响，对于前后七子倡导的"文必秦汉"或"师法唐宋"的拟古、尊古主张与作风，深感不满。首先起而反对拟古，强调为文当"独抒性灵，不拘格套"者，即是以袁宗道（1560—1600）、袁宏道（1568—1610）、袁中道（1570—1626）兄弟为主的"公安派"之"三袁"；继而则有以钟惺（1574—1624）和谭元春（1586—1637）为代表，主张为文当须流露"凄清幽独"意境的"竟陵派"。清初钱谦益（1582—1664）《列朝诗集·袁稽勋宏道小传》，对晚明此段时期文坛风气的变迁，曾做如下的观察："中郎（袁宏道）之论出，王（世贞）、李（攀龙）之云雾一扫，天下之文人才士，始知疏瀹心灵，搜剔慧性，以荡涤模拟涂泽之病，其功伟矣。机锋侧出，矫枉过正，于是狂瞽交扇，鄙俚公行，雅故灭裂，风华扫地。竟陵代起，以凄清幽独矫之，而海内之风气复大变……"

1. 独抒性灵，不拘格套 —— 公安竟陵之文

　　按，"公安派"三袁之首袁宏道，曾师事李贽，为其弟袁中道诗集所写《叙小修诗》中率先提出"独抒性灵，不拘格套，非从自己胸臆流出，

不肯下笔。有时情与境会，顷刻千言，如水东注，令人夺魂。其间有佳处，亦有疵处，佳处自不必言，即疵处亦多本色独造语"。所言虽然主要是针对小修诗文写作本身而发，但不容忽略的则是，其中不但强调文学应该流露作者自己真情性，表现个人本色，且蕴含着突破传统道学枷锁的意念，同时还显示，以此不受政教伦理种种束缚的意图。这样的观点，可谓遥接当初梁简文帝萧纲"立身之道与文章异，立身先须谨重，文章且须放荡"（《诫当阳公大心书》）的通达，虽然并未在中国文学观念理论史上汇成主流，却属了不起的卓识，且为当下的创作潮流点出风格特色。

其实，抒写个人情性，不依傍古人，不拘格套，随意自在，不仅是公安、竟陵二派的共同主张，也是晚明散体古文正式走向文人化、个性化的标志。试先举袁宗道《极乐寺纪游》一文为例：

> 高梁桥水，从西山深涧中来，道此入玉河。白练千匹，微风行水上，若罗纹纸。堤在水中，两波相夹，绿柳四行，树古叶繁，一树之荫，可覆数席，垂线长丈余。岸北佛庐道院甚众，朱门绀殿，亘数十里。对面远树，高下攒簇，间以水田。西山如螺髻，出于林水之间。极乐寺去桥可三里，路径亦佳，马行绿荫中，若张盖。殿前剔牙松数株，松身鲜翠嫩黄，斑驳若大鱼鳞，大可七八围许。予弟中郎云："此地小似钱塘苏堤。"予因叹西湖胜境入梦已久，何日挂进贤冠，作六桥下客子，了此山水一段情障乎！

此文当属袁宗道在京城任官时期的作品，记叙与其弟袁宏道（中郎）同赴北京近郊极乐寺游览之经验感受，就文章类型体式视之，是一篇山水游记文。笔墨重点乃是因景引情，传达一分因受自然美景的召唤，引起意欲弃官闲居、寄情山水之思。当然，这样的内涵题旨，自两晋南朝以来大凡记述游览山水胜景经验的作品中，已经形成一种文学传统，爰及柳宗元的山水游记，更成为后世追摹的典范。不过，值得注意的则是，袁文此处"独抒性灵，不拘格套"的表现。

首先，在章法结构上不落前人窠臼，打破一般记游文章的"格套"。文中没有交代出游因缘背景之"序曲"，一发端就将途中所见京城近郊高梁河一带景色之美直接切入。其次，对于行程目的地之极乐寺，并无游览活动之详细叙述，甚至亦无寺庙本身的描写，仅以举目所见"殿前剔牙松数株"之状貌形态，数笔勾勒，简略带过，予人的印象是，极乐寺似乎并非真正关注焦点。再者，作者因景引情的感慨：意欲挂官而去，"了此山水一段情障"的表白，既无关政治教化，亦非身世遭遇的反思，只不过借其弟随口一句"此地小似钱塘苏堤"之形容，随即顺此带出自己对"西湖胜境入梦已久"的"一段情障"，强调的是，突如其来涌入心头之"情"。就文笔视之，可谓行文平易畅晓，形容精妙妥帖，语气自然坦荡，仿佛无意间随笔拈出，宛如未经刻意修饰的宋元笔记小品，却又流露个人随兴而起之性情怀抱。

公安派的"独抒性灵"作风，增强了晚明文章本身的文人气息，也促进了作品的个性化。不过，在一些追随风潮的文人笔下，则出现了对前后七子尊古、拟古之风，矫枉过正的现象，乃至显得"雅故灭裂，风华扫地"，于是引发了以钟惺和谭元春为首的"竟陵派"之崛起。竟陵派在理论上仍然同意"独抒性灵"的观点，不过却更进一步提出，以"幽深孤峭"的风格来挽救公安派沦为过于浅率甚至俚俗之弊病。兹节录钟惺《夏梅说》一文为例：

梅之冷，易知也。然亦有极热之候。冬春冰雪，繁花灿灿，雅俗争赴，此其极热时也。三、四、五月，累累其实，和风甘雨之所加，而梅始冷矣。花实俱往，时维朱夏。叶干相守，与烈日争，而梅之冷极矣。故夫看梅与咏梅者，未有于无花之时者也。……夫世固有处极冷之时之地，而名实之权在焉。巧者乘间赴之，有名实之得，而又无赴热之讥，此趋梅于冬春冰雪者之人也，乃真附热者也。苟真为热之所在，虽与地之极冷，而有所必辨焉。此咏夏梅意也。

　　这显然是一篇论说文，主要是借梅树生命过程中在俗世人间所受的冷热际遇，托物寓意，以讽刺世态人情。文章以"梅"为题，已经予人以一分幽冷意味，但却偏偏不论向来备受赞赏且引人钦慕的"冬梅"，反而将笔意集中于遭遇冷落的"夏梅"，则其为文之立意已不同凡俗。按，梅花不畏霜寒，在寒冷的严冬或初春季节绽放，乃至无论雅俗，均热烈争相前往观赏，这是赏梅之"热"；可是爰及春末夏初之季，梅花凋谢，继而"累累其实"，则开始受到人间的"冷"待；爰及盛夏之时，梅树早已"花实俱往"，徒自剩下"叶干相守，与烈日争"，则更是遭受冷待之极。正由于一般"看梅与咏梅者，未有于无花之时者也"，而两位友人竟然分别写出吟咏梅之花谢果结，以及梅树最后在烈日下仅剩枝叶状况之作，因此触动了钟惺的感慨，遂生发出一番对名实得失、世态炎凉、人情冷暖的论说来。全文可谓夹叙夹议，在题材上或许可视为与宋人周敦颐（1017—1073）的名篇《爱莲说》，有异曲同工之妙，同样是针对具有高洁品质象征意味的植物而"说"。不过，就文章本身之内涵题旨视之，钟惺此文，实际上并不像《爱莲说》作者那样，虽然感叹爱菊、爱莲者之稀少，但对于道德情境的追求，却仍然满怀期许，对于"出淤泥而不染"的高尚品质，予以歌咏颂美；反而仿佛是一个饱经世故者，经过人生种种的历练之后，终于认清了人性的现实，领悟到人情的冷暖，乃至冷眼观察梅树在不同季节之处境。因此下笔之际，无论内涵取材或态度语气，均显得冷峻峭刻。或许正可视为竟陵派为纠正公安派为文过于单纯轻率，于是有意展示出"幽深孤峭"的风格，以图增强文章中之"高雅"意味。也正由于其文中强调的，不同于世俗只对"梅树"在冬春之季的偏爱，且特意点出，实际上梅树在其现实生命中，曾经遭遇"冷热"不同之处境，或仍可视为"独抒性灵，不拘格套"派之一环。

2. 性灵小品，神遥旨永 —— 晚明小品之葩

晚明"公安派"独抒性灵的小品文，主要多取材自个人一己的经验感受，身为文人士大夫的作者，往往借此抒写其仕宦生涯之外的闲情逸趣；其后"竟陵派"作家，则试图以"幽深孤峭"的风格，将文章撰写挽回至比较"高雅"的情境。不过，两派作品，同样大多针对个人日常见闻或身边琐事有感而发，内容虽然烦琐广泛，无论其文章体类属于序跋、论说、记游、书信、传记、碑铭等，一般均篇幅短小，且行文平易，笔墨自在，又时常流露作者个人的情性怀抱，不同于"载道"之文的高论宏旨，故而文学史一般称之为"小品"或"性灵小品"。当然，晚明小品乃是继宋人笔记小品之后，随时代环境逐步发展，方正式形成一种风行文坛的文章类型。值得注意的是，晚明文人已经意识到这类小品文章的一些共同特征，可以自成一种"文类"。就如曾活跃于明末清初的郑元勋（1604—1645），即尝收录隆庆、万历以来著名的小品文章，辑集成《媚幽阁文娱》选本（崇

祯年间刊行），并且以"幅短而神遥，墨希而旨永"，精要点出晚明小品一派文章的风貌特色①。性灵小品之风行晚明文坛，虽然主导于公安、竟陵二派，成就可观，留下佳篇者亦不少，然而，在众多的作者中，为晚明性灵小品画下其完美句点者，当然非张岱（1597—1679？）莫属。

按，张岱字宗子，又字石公，号陶庵，又号蝶庵，浙江山阴（今绍兴）人。尝于其《自为墓志铭》一文中，坦承自己曾"少为纨绔子弟，极爱繁华"。其实张岱虽出身官宦殷实富贵之家，却终其生未尝入仕，仅侨寓杭州，过着名士风流的生活，明亡后，则避居山中，著书立说以度余年。其名篇《湖心亭看雪》，堪称是一篇典型的"幅短而神遥，墨希而旨永"之作，在内涵情境方面，与北宋苏东坡笔记小品中一些记游之作的相似处，已在前面论述宋代散体古文的章节中点出。此处姑且节录张岱另一篇脍炙人口的《西湖七月半》为例：

> 西湖七月半，一无可看，止可看看七月半之人。看七月半之人，以五类看之。其一，楼船箫鼓，峨冠盛筵，灯火优傒，声光相乱，名为看月而实不见月者，看之。其一，亦船亦楼，名娃闺秀，携及童娈，笑啼杂之，环坐露台，左右盼望，身在月下而实不看月者，看之。其一，亦船亦声歌，名妓闲僧，浅斟低唱，弱管轻丝，竹肉相发，亦在月下，亦看月而欲人看其看月者，看之。其一，不舟不车，不衫不帻，酒醉饭饱，呼群三五，跻入人丛，昭庆、断桥，嘄呼嘈杂，装假醉，唱无腔曲，月亦看，看月者亦看，不看月者亦看，而实无一看者，看之。其一，小

① 有关晚明性灵小品文体观念的形成，以及在内涵情境与艺术风貌方面之特色，详见曹淑娟:《晚明性灵小品研究》,（台北）文津出版社 1988 年版。

船轻幌，净几暖炉，茶铛旋煮，素瓷静递，好友佳人，邀月同坐，或匿影树下，或逃嚣里湖，看月而人不见其看月之态，亦不着意看月者，看之。杭人游湖，巳出酉归，避月如仇，……大船小船，一齐凑岸，一无所见，止见篙击篙，舟触舟，肩摩肩，面看面而已。……吾辈始叙舟近岸，断桥石磴始凉，席其上，呼客纵饮。此时月如镜新磨，山复整妆……月色苍凉，东方将白，客方散去，吾辈纵舟，酣睡于十里荷花之中，香气拍人，清梦甚惬。

按，记述杭州西湖一带的湖光山色之文，自宋元以来，已不绝如缕。不过，张岱此文则别开生面，摆脱一向集中笔墨称颂西湖的湖光山色之美的"格套"。首先，其发端数句"西湖七月半，一无可看，只可看看七月半之人"，即临空而降，出人意表，同时提醒读者，此文笔墨重点，并非西湖景观之美，而是针对那些趁七月半观月佳节，一窝蜂跑来凑热闹的"游客"。其次，对于文中所列"名为看月而实不见月"之五类游客，则以他们在喧闹嘈杂中的行为举止为关注焦点，逐次展现各类不同社会阶层人物的风貌情态，真是趣味横生，煞是"可看"。再者，作者对"名为看月"者的细致观察与生动描述中，流露着诙谐风趣的笔调，以及调侃嘲讽的语气，增添了阅读的趣味。最后，以"吾辈纵舟，酣睡于十里荷花之中，香气拍人，清梦甚惬"结尾，则将"吾辈"亦揽入"可看"者之中，同时刻意强调，同样来看月的"吾辈"之风情雅兴，何等非同凡俗！作者孤芳自赏，对其自身情性品味与世俗异趣的自觉意识，回荡其间。

值得注意的是，晚明性灵小品之所以能成为明代散体古文中的奇葩，不仅在于"独抒性灵，不拘格套"，增添其文之抒情意味，更在于由此衍生出作者关怀视野的雅俗兼顾，作品内涵情境的雅俗并存，展现文人士子人生经验与生活品位之扩展。就看上引张岱《西湖七月半》一文中，对于不同社会阶层与身份地位的世俗之人，在嘈杂纷扰中来西湖"看月而不见月"诸般情况的描述，虽语沾调侃嘲讽，却面带微笑，情含赏悦，故而不惜笔墨作为全文关注的重点；展示在读者面前的，宛如一卷杭州"西湖七月半观月"的世俗风情画。其实，作者留意世俗生活，重视人间情味，原本是受宋元以来流行民间的通俗文艺之影响，遂导致向来属于"雅"文学的古文，也开始无须"避俗"，甚至能够"欣赏"俗情俗事。就如前面章节论及南宋笔记小品，所引周密（1232—1298）《观潮》一文，已充分展示作者对民俗风情的兴趣。尽管周密与张岱二人，同样生活在朝代的更替时期，同样对往日的繁华岁月旧情绵绵；不过，周密的《观潮》，旨在客观叙述钱塘观潮盛况的见闻，为地方风俗民情留下历史纪录，为宋代文化生活写下点滴；可是张岱的《西湖七月半》，表面上仿佛也是在记录地方风俗民情，实际上却"神遥旨永"，笔墨间处处蕴含作者的主观趣味，流露其个人雅俗兼具的情性怀抱。浮现在读者面前的，并非一个见证历史与文化生活的记录者，而是一个在日常生活中，既爱世俗的繁华，又喜山水的清幽，既爱看人潮，亦喜观月色的作者。或许这正好说明，小品文由宋至明的演变：周密之文，仍属随笔杂录的"笔记小品"，而张岱之文，则是流露个人情性的"性灵小品"。

　　当然，散体古文的发展，乃是循序渐进的，不会因为明朝的覆亡，少数民族朝代的建立而突然中断，或另起炉灶。清代古文仍然继续在先秦两汉以来的传统中发展演变，直到专制帝王制度的通盘瓦解，新型民国的成立。

清代是中国历史上专制帝王统治制度的最后王朝，就散体古文视之，乃是自先秦两汉以来发展过程的最后阶段，也是总结成果之时。按，清代古文作者，有丰富悠久的传统作为回顾的镜鉴，遂颇有集大成之架势；乃至其文章体类之众，流派之盛，以及风格之多，均超越前代。当然，清代古文仍然是明代古文的延续，并未因朝代的变换，而立即展示出截然不同的风格特色。但整体视之，倘若与有明一代的古文相比照，最显著的时代特征，就是清代文章之学者化与学术化的普遍倾向，故而理性之篇章增多，性灵之作品相对减少。这当然与清代的学术臻于鼎盛，而文章家中又多博学之士不无关系。犹如《清史·文苑传》的观察："清代学术，超汉越宋，论者至欲特立'清学'之名，而文、学并重，亦足于汉、唐、宋、明之外，别树一宗。"按，正由于清代著名的文章家中，不乏以学术研究为志业者，乃至"文、学并重"，这自然会影响清代古文风格的趋向学者化与学术化。尽管如此，还是有一些作者，会以单纯文人士子的心情面目或立场角度，叙事写景抒情，这是造成清代古文不至于一面倒向严肃说理，乃至枯燥乏味的重要元素。以下姑且依时代先后，将清代古文的发展概况，分为清初、中叶、后期、末期等四个阶段来观察。

（一）遗民情怀的抒发 —— 清初文坛

此处所谓"清初文坛"，乃概指顺治（1644—1661）至康熙（1662—1722）朝前期，大约三四十年间的文坛。大凡活跃于此时期的著名古文作者，多属成长于明代，又曾亲身经历明祚败亡，目睹清军入关立朝的"遗民"。换言之，其创作风格与文学习性，大多在明朝晚期已经形成，因此亦可视为清初文坛的"借才异代"者。其中不少是知识渊博的学者，当然也有以才情洋溢见称的文人。两种不同类型的遗民作家，有的甚至曾经参与明末的抗清战争，明亡后，拒绝出仕，或寄情山水书画，或专心著述写作，共同为清初的文坛掀开序幕，并且以不同的风格方式，流露其"遗民情怀"。兹分别以"学人之文"与"文人之文"，览其大概。

1. 学人之文

清初博学之士撰文，最明显的风格特征，即是从晚明的"独抒性灵"，回归到古文"正宗"，转向"经世致用"，而且往往流露作者浓厚的书卷气或学者味，故而以"学人之文"称之。文学史一般均以号称"清初三大儒"者，亦即黄宗羲（1610—1695）、顾炎武（1613—1682）、王夫之（1619—1692）三人的文章为清初"学人之文"的代表。其实三人均曾参与明末的抗清活动，经历改朝换代的震撼，且各自以思想家和大学者的双重身份挥笔作文，呼吁政治道德的救亡与文化传习的革新，共同在近代中国思想的启蒙，以及中国学术传统的建立方面，贡献匪浅。同时又以他们的笔墨，充分表现身为一介士大夫，对于国是的关怀，以及身处异代统治之际的焦虑，并以流荡着伤时感世或民族意识的政论杂文，震撼清初的知识阶层。对清代文坛，甚至以后清末的政治运动，均产生重大的影响。

兹录顾炎武治学的读书札记《日知录》中论《廉耻》一文为例：

> 《五代史·冯道传》论曰："'礼义廉耻，国之四维。四维不张，国乃灭亡。'善乎管生之能言也。礼义，治人之大法；廉

耻，立人之大节。盖不廉则无所不取，不耻则无所不为。人而如此，则祸败乱亡，亦无所不至。况为大臣，而无所不取，无所不为，则天下其有不乱，国家其有不亡者乎？"然而四者之中，耻尤为要。故夫子之论士曰："行己有耻。"孟子曰："人不可以无耻，无耻之耻，无耻矣。"又曰："耻之于人大矣。为机变之巧者，无所用耻焉。"所以然者，人之不廉，而至于悖礼犯义，其原皆生于无耻也。故士大夫之无耻，是谓国耻。

　　吾观三代以下，世衰道微，弃礼义，捐廉耻，非一朝一夕之故。然而松柏后凋于岁寒，鸡鸣不已于风雨，彼昏之日，固未尝无独醒之人也。顷读《颜氏家训》，有云："齐朝一士夫，尝谓吾曰：'我有一儿，年已十七，颇晓书疏，教其鲜卑语，及弹琵琶，稍欲通解，以此伏事公卿，无不宠爱。'吾时俯而不答。异哉此人之教子也！若由此业，自致卿相，亦不愿汝曹为之！"嗟乎！之推不得已而仕于乱世，犹为此言，尚有《小宛》诗人之意，彼阉然媚于世者，能无愧哉！

按，顾炎武一生为学的主张就是"经世致用"，反对空谈心性，其为文之信念，即是其所谓"文须有利于天下"（《日知录·文须有利于天下》），正是传统儒家不断鼓吹，对政治教化有益的"实用"文学观。就上引《廉耻》一文观察，其行文流畅自然，不事藻饰，文辞朴实无华，明白易晓，或许可视为秦汉唐宋以来一般说理议论文章风格体式之继承。首先值得注意的是，如此一篇简短之文，作者为证明其立论有据，竟不厌其烦，数次引经据典（包括《五代史》《论语》《孟子》《颜氏家训》诸引文），以此支持自己论"廉耻"之理，这正是饱学之士论述问题的习尚，亦即"学人之文"的典型作风。另外不容忽略的则是作者为文的宗旨，倘若仔细玩味其内涵文意，则不难发现，此文并非一般的读书札记，或单纯的学术论证，而是"意有所指"。其文之"微言大意"，显然是针对出身明末的一些官员，甘愿为新兴朝廷效力的士大夫而发。盖明亡之后，顾炎武自己始终保持个人节操，拒绝清廷征召，仅以遗民之身，著书立说；不过，却有一些虽然曾经身为明朝之"大臣"者，却宛如当初五代时期屡次改仕新朝的冯道，或如颜之推笔下所称，南朝萧齐时某"士夫"教子习鲜卑语、弹琵琶以"伏事公卿"那样，不顾"廉耻"，未能坚持对明朝的忠义之节，转而投向由"异族"立国的清廷。因此，借先贤哲人诸如孔子、孟子之言，痛斥"士大夫之无耻，是谓国耻"。其中对于明末清初某些士大夫阶层转而改仕异朝形迹之不满，以及作者本人身处异代之际，痛惜士大夫丧失气节、无视民族大义的遗民情怀，流荡其间。

除顾炎武之外，黄宗羲、王夫之等学人，亦在时代思潮与学术传统的持续与求新中，分别提出令后世知识阶层省思的观点意见，并且留下清初堪称"学人之文"的作品。诸如黄宗羲《明夷待访录》开篇的《原君》，提出对专制君权的质疑；以及因《姜斋诗话》著称于文学批评理论史的王夫之，则以其《读通鉴论》中之史论，以及《问思录》中哲学思辨之文见称于学界，共同为清代古文的学者化、学术化铺上先路。不过，清初作者在文章撰写方面的表现，除了诸学者之文以外，另外还有"文人之文"，在清代散体古文发展过程中承先启后的角色，亦不容忽略。

2. 文人之文

广义地说，大凡史称"善属文"者，均可视为"文人"，其生平事迹亦多出现于《文苑传》。不过,此处所谓"文人之文",主要是相对于"学人之文"而言。盖指其作者为文之际,并非以博学之身或学者立场,关怀政治社会,发言议论说理,而是单纯以"文人"之身,凭其个人的才华情思,叙事写景或抒情述怀。实际上,这不过是唐宋以来,许多失意官场或无意仕途的古文作家,叙事抒情文章的延续,包括晚明性灵小品之后,文章笔意仍然继续重视个人一己生活经验与情怀意念的作品。清初的"文人之文",姑不论其作者于明亡之后是否曾经出任清廷官职,重要的是,这些作者虽以遗民之身面对明朝的覆亡,却以个人身处明清易代之际,战乱流离之中,依据亲身的生活经历或耳目见闻,记述自己曾经度过的岁月为主要的关怀,乃至其笔墨重点,并非议论朝代的盛衰兴亡,亦无关政治社会道德的沦丧,而是以个人一己生活经历中些令其难以忘怀的人物或事件情景,为笔墨重点,即使其间可能暗含影射或批评,毕竟为清初文章增添了文学意趣。一般文学史多以因才情见称的"清初三大家",亦即侯方域(1618—1654)、魏禧(1624—1681)、汪琬(1624—1691)三人,为清初文坛"文人之文"的代表。

以下试举侯方域为秦淮名妓李香君所写《李姬传》为例:

> 李姬者,名香,母曰贞丽。贞丽有侠气,尝一夜博,输千金立尽。所交接皆当世豪杰,尤与阳羡陈贞慧善也。姬为其养女,亦侠而慧,略知书,能辨别士大夫贤否,张学士溥、夏吏部允彝极称之。少,风调皎爽不群。十三岁,从吴人周如松受歌玉茗堂四传奇,皆能尽其音节。尤工《琵琶》词,然不轻发也。
>
> 雪苑侯生,己卯来金陵,与相识。姬尝邀侯生为诗,而自歌以偿之。初,皖人阮大铖者,以阿附魏忠贤论城旦,屏居金陵,

为清议所斥。阳羡陈贞慧、贵池吴应箕实首其事，持之力。大铖不得已，欲侯生为解之，乃假所善王将军日载酒会与侯生游。姬曰："王将军贫，非结客者，公子盍叩之？"侯生三问，将军乃屏人述大铖意。姬私语侯生曰："妾少从假母识阳羡君，其人有高义，闻吴君尤铮铮，今皆与公子善，奈何以阮公负至交乎？且以公子之世望，安事阮公！公子读万卷书，所见岂后于贱妾耶？"侯生大呼称善，醉而卧。王将军者殊怏怏，因辞去，不复通。

未几，侯生下第。姬置酒桃叶渡，歌《琵琶》词以送之。曰："公子才名文藻，雅不减中郎。中郎学不补行，今《琵琶》所传辞故妄，然尝昵董卓，不可掩也。公子豪迈不羁，又失意，此去相见未可期，愿终自爱，无忘妾所歌《琵琶》辞也！妾亦不复歌矣！"

侯生去后，而故开府田仰者，以金三百锾，邀姬一见，姬固却之，开府惭且怒，且有以中伤姬。姬叹曰："田公宁异于阮公乎？吾向之所赞于侯公子者谓何？今乃利其金而赴之，是妾卖公子矣！"卒不往。

侯方域字朝宗，号雪苑，河南商丘人。明末时期即以文采风流见称于世，曾主盟复社，对宦官魏忠贤党人阮大铖、马士英等迫害复社文人，严加抨击，为避祸远害，曾投奔反清将领史可法阵营。明亡后，虽未正式仕清，但曾于顺治八年（1651）出应河南乡试，为副贡生；在保守人士眼里，其人格上则已丧失其"忠义"，最后在抑郁中病逝，年方三十七。侯方域短暂的一生，虽曾涉足政治，却是一位典型的文人。尝自谓"少年溺于声伎，未尝刻意读书，以此文章浅薄，不能发明古人之旨"（《与任王谷论文书》)。上引《李姬传》即是以一介文人"侯生"与青楼女子李香君之间，由相识而相知相惜的情节为基本架构，推崇香君如何色艺俱全，获当世诸名流学士的赞赏，却如何不为金钱权贵所动，又如何规劝侯生，不该与那些阿附阉党者交往……，以展示一青楼女子"侠而慧，略知书，能辨别士大夫贤否"的人格情性。这篇为香君所写的传记，以后即成为孔尚任《桃花扇》传奇剧的蓝本（详后）。此处且从《李姬传》文章本身之风格内容视之：盖其命题为"传"，单就文中相继出现的一批可考之著名历史人物姓名，即显示其所"传"人物之真实性、可信性，这已经符合"传记文学"的规格范畴。值得注意的是，有关个别历史人物的传记，自司马迁《史记》正史为始，经汉魏六朝，甚至唐宋以来，无论属私人撰写，或官方认可的人物传记，相比照之下，《李姬传》可谓属于别开生面之作。

按，一般正史中的人物传记，乃属史家依据所收录的相关史料，加以斟酌整理的记述；且无论其中是否意含褒贬，作者叙述之际，均尽量保持其"客观"态度或"旁观"立场。即使向来视为具有文学虚构性质，以"传"名篇的"唐传奇"故事，亦往往是作者根据前人笔记或当世听闻传言，再添上文学艺术加工的"客观"叙述（详后）。换言之，大凡为他人记"传"的作者本人，一般均隐身于其所传人物生平故事情节之后。可是侯方域《李姬传》则迥然不同。首先，其作者不但以自己真实姓氏"侯生"之名现身文中，宛如一"见证者"，目睹李姬之种种可敬可佩的言行举止。其次，更以"当事人"，亦即令传主李姬心仪者之男主角登场，叙述与李姬之亲密关系，称颂李姬之德行操守。当然，在诗歌传统中，诗人对当下所识所遇歌姬舞娘之声色技艺或品格德行，心存赏爱的态度，自齐梁宫体诗中对后妃宫女的描述，爰及唐宋诗词中赞叹所遇歌妓或家姬之吟咏，已经成为一种男性作家以女性色艺人品为欣赏关怀中心的文学传统。可是，在文章中，像《李姬传》这样，不但强调所识女性之色艺与节操，而且全然不避作者本人与该歌姬亲密关系的"自白"，乃属罕见。这样的作品，不但突破秦汉以来古文史上为他人立传的"传记"传统，同时展现，作者显然已摆脱社会阶层地位高下的枷锁，无顾文人士子与歌姬舞娘之间，毕竟贵贱相异、雅俗有别的鸿沟，只是以一"溺于声伎"者，不拘格套，但写其个人性灵所至的"文人之文"。

清初这些以记述个人生活经历或见闻为笔墨重点，传达一己生活经验与情怀意念的"文人之文"，虽然可能暗含表彰忠烈、推崇节义的道德意识，诸如魏禧《许秀才传》《大铁椎传》，还有汪琬《江天一传》《周忠介公遗事》等，毕竟均以其文中人物形象的刻画描绘，情节事件的生动叙述，展现其文学意趣。但是，以议论说理为主调，推崇政教伦理，或立意表彰忠烈节义的文章，自清初以来，在学者笔下毕竟从未消歇。乃至爰及清代中叶的"康乾盛世"，"桐城派"方能趁势而兴，遂令"学人之文"主导文坛，并从此占据了清代古文的主流地位。

（三） 盛世气象的展现 —— 中叶文坛

此处所谓清代"中叶文坛"，乃概指自康熙后期，经雍正（1723—1735）、乾隆（1736—1795）至嘉庆（1796—1820）朝前期，大约八九十年间，其中以历史上所称"康乾盛世"期间之文坛为中心。其实，自清初以来，在高压与怀柔并进的朝廷政策下，明末的抗清意识，于时光的推移中，已日趋淡薄，加上遗民先贤的相继凋零，一般文人士子在政坛上对清朝的敌意，亦随之而烟消云散。活跃于这时期的文士，大多生长成熟于"国朝"，这是他们生命中所面对的唯一朝廷，也是个人追求事业功名的唯一环境。何况康熙、雍正、乾隆三朝皇帝，在清代历史上，励精图治，的确均属贤能之君，乃至显得政治稳定，社会承平，经济亦趋繁荣，遂成为史家所推崇的国泰民安之"康乾盛世"。在这样的政治社会背景之下，就散体古文在清代的发展脉络视之，于重视考据、讲求义理的学术风气日盛之氛围中，清初以来文章已经初露其学者化、学术化的现象日盛，俨然成为清代中叶文坛的主流趋势。不容忽略的则是，就是在学者主掌文坛的主流圈外，其间还是有不时浮现的，不同于主流文章风格的作品：诸如继晚明以来以独抒性灵，个人抒情述怀为宗旨之文；以及流露个人修辞艺术与审美趣味之作，包括骈体文章重新受到文人学士的重视。也就是在文坛上这些主流或非主流作品的表现，共同为清代文坛建立其文章体式多样化、风格各异殊的特色，并且展现其具有集大成之盛世气象。兹以下列四项重点，综观清代中叶文章发展之概况。

1. 桐城派兴起

文学史上所称"桐城派"，乃是指一批活跃于康乾时期，均籍贯于安徽桐城的文人士子所掀起的为文主张与文坛风气。其中率先提出为文当讲求"义法"者，即是方苞（1668—1749）。倘若根据其于《又书货殖传后》的说明："义即《易》之所谓'言有物'，法即《易》之所谓'言有序'也。义以为经，而法纬之，然后为成体之文。"方苞所提为文之"义法"，实际上乃是唐宋古文家屡次讨论的"文"与"道"关系的隔代继承与呼应，只不过在撰写之实践方面，更为重视言之有据的学术引证而已。其实，桐城派作家除了均强调宗经原道之外，对文章本身的风格，亦各有其针对章法、字句、音节等精致细密的理论。简而言之，主要就是在内容上须"言之有物"，文辞方面则尚"典雅简洁"。历来均以方苞、刘大櫆（1698—1779）、姚鼐（1732—1815）等，为桐城派之代表作家。也就是在他们理论的呼吁与撰写的实践之下，加上其他文人士子，包括一些非桐城人的追随附和，遂成为有清一代，绵延至清末，规模最宏大、影响最深远的流派。当然，所谓"典雅简洁"，并非新观点，而是自先秦汉魏唐宋以来，散体古文的继承；所谓"言之有物"，亦并不表示文中所言均须高唱儒家的义理，也可以通过事情的叙述或人物的描绘来传达。这正是桐城派文章所以不至于令读者感觉枯燥乏味的重要元素，也是能够引起当今文学史撰写者注意的相关条件。

试摘录方苞《狱中杂记》自述其狱中所见所闻为例：

康熙五十一年（1712）三月，余在刑部狱，见死而由窦出者，日四三人。有洪洞令杜君者，作而言曰："此疫作也。今天时顺正，死者尚稀，往岁多至日十数人。"余叩所以，杜君曰："是疾易传染，遘者虽戚属，不敢同卧起。而狱中为老监者四，监五室。禁卒居中央，牖其前以通明，屋极有窗以通气。旁四室则无之，而系囚常二百余。每薄暮下管键，矢溺皆闭其中，与饮食之气相薄。又隆冬，贫者席地而卧，春气动，鲜不疫矣。狱中成法，质明启钥。方夜中，生人与死者并踵顶而卧，无可旋避。此所以染者众也。……"

凡死刑狱上，行刑者先俟于门外，使其党入索财物，名曰

"斯罗"。富者就其戚属，贫则面语之。其极刑，曰："顺我，即先剌心；否则。四肢解尽，心犹不死。"……主缚者亦然。不如所欲，缚时即先折筋骨。……主梏扑者亦然，余同逮以木讯者三人；一人予三十金，骨微伤，病间月；一人倍之，伤肤，兼旬愈；一人六倍，即夕行步如平常。……部中老胥，家藏伪章，文书下行直省，多潜易之，增减要语，奉行者莫辨也。……

奸民久于狱，与胥卒表里，颇有奇羡。山阴李姓，以杀人系狱，每岁致数百金。康熙四十八年，以赦出。居数月，漠然无所事。其乡人有杀人者，因代承之。盖以律非故杀，必久系，终无死法也。五十一年，复援赦减等谳戍。叹曰："吾不得复入此矣！"故例，谳戍者移顺天府羁候，时方冬停遣，李具状求在狱候春发遣，至再三，不得所请，怅然而出。

方苞字凤九，号灵皋，晚号望溪，康熙年间进士，历仕康、雍、乾三朝，官至礼部侍郎，视为清中叶文坛的一代文宗，"桐城派"之开创者。不过，在其表面上仿佛颇为顺当的数十年仕宦生涯中，却以曾经为同乡前辈友人戴名世（1653—1713）《南山集》一书作序，而遭受文字狱之祸。盖戴名世文集中，因出现记述南明桂王之事，且"语多狂悖"，经人告发，遂以"大逆"之罪处死，方苞亦受到牵连，并于康熙五十年下狱，甚至判死刑。幸而经大臣李光地等的极力营救，羁押约一年半之后，以特赦获释。尽管方苞为自己终于能获释而感激涕零"圣上好生之德"，其现存文章中亦不乏说经论道，甚至为迎合朝政而鼓吹圣贤之义的作品；不过，上引《狱中杂记》一文，追述其本人系于狱中之经历见闻，可谓惊心动魄，乃是深具感染力之不朽佳作，出于一介文士身处政府高压政策之下的勇气与良知。像这样一篇自述狱中经历且极富批判控诉意味之文，敢于在文字狱阴影中暴露当朝狱政之黑暗腐败，实属文学史上历代文章中罕见，值得珍视。此处姑单就其文章之风貌与内涵的表现视之，其中值得注意的是：

首先，其行文平易，流畅自然，颇有秦汉唐宋散体古文之典雅简洁；而且内容组合有序，环环相接，符合"言有序"的要求；又以记述人物真实事件为主，并非抽象说理议论，故而显得"言有物"。其次，所记狱中见闻，从拥挤、污秽、阴森不堪，乃至传染病猖獗的牢狱环境，到狱吏禁卒的种种恐吓勒索恶行，均根据事实，从客观角度叙述：或来自相关人物之口述，或凭借个人之目击，乃至因事见义，无须另加批评议论，可以令读者自行领会判断。像这样由事实真相，揭露鲜为人知的无顾人道之狱政内幕，作者之道德勇气可钦可佩，宛如当今社会上某些具有正义精神的新闻媒体记者，不畏强权，挖掘政坛黑暗真相的据实报道。再者，文中所述大凡刑部、法庭、刑场，诸有司衙门的官吏，包括行刑者、主缚者、主梏扑者、部中老胥、主谳者五类人物，如何贪赃枉法，草菅人命之种种劣行，的确令人发指，不容忽略的则是，其文外引发的深层含义。这些牢狱禁卒小吏，所以胆敢如此肆无忌惮的飞扬跋扈，残酷无耻，显然并非个别的孤立事件，而是与当朝吏治的腐败，以及官场的弊病，密切相关。最后，作者于文中数次点出明确的年月，记录其坐狱之经历与见闻，亦非偶然不经意之举，而是含有留下文迹，为史作证的意图。换言之，即使以其个人微薄之力，或许不足以改革累积的狱政弊病，至少可以其亲身的坐狱经验，揭露当朝狱政的黑暗，为历史上所称许的"康熙盛世"，留下令人警惕并深思的问题。

方苞《狱中杂记》虽然为桐城派之文，委婉点出当政者对政治教化与伦理道德的缺憾，不过，就在桐城派主导文坛的极盛之际，还是有一些文学主张与写作倾向并不完全认同桐城派的作家作品，相继浮现于文坛。首先值得注意的是由桐城派弟子掀起的"阳湖派"之随行发展，继而则是在桐城与阳湖两派之间冒出的性灵派之夕照余晖，以及骈俪派之回响。

2. 阳湖派随行

文学史中所谓"阳湖派"，实际上乃是随着桐城派风行文坛之下而出现的"支派"，而其所以能称为"派"，主要是在乾隆后期，以阳湖（今江苏武进）人恽敬（1757—1817）、张惠言（1761—1802），加上李兆洛［嘉庆年间（1796—1820）进士］等，共同在文坛的表现而得名，并称"阳湖三家"。由于恽敬、张惠言诸人，虽师承桐城学派的声韵考据之学，但于文章撰写方面，却不受桐城文论观点之束缚，在审美趣味方面另有所拓展。主张为文当兼收子史百家，甚至六朝辞赋骈俪之长，而且一时的文友同僚，诸如陆继辂、谢士元等又热心相呼应。其实，恽敬原本好先秦法家作品，之后又偶尔喜作骈文；张惠言则本身即常治骈俪之文；另外曾编辑《骈体文钞》的李兆洛，亦是颇能欣赏文之骈俪者。他们均在接受"桐城派"影响之后，进一步展现，既崇奉唐宋古文，又兼法秦汉六朝之文。换言之，亦即均兼并骈、散两体之长处，意图以清隽博雅来挽救一般"桐城派"之简严拘谨。试录恽敬《游庐山后记》中描写庐山云海一段为例：

> 忽白云如野马，傍腋驰去；视前后人，在绡纨中。云过，道旁草木罗罗然，而洞声清越相和答。遂蹑半云亭，睨试心石，经庐山高石坊，石势秀伟不可状，其高峰皆浮天际，而云忽起足下，渐浮渐满，峰尽没。闻云中歌声，华婉动心，近在隔涧，不知为

谁者。云散，则一石皆有一云缭之。忽峰顶有云飞下数百丈，如有人乘之，行散为千百，渐消至无一缕，盖须臾之间已如是。……

恽敬字子居，又字简堂，乾隆年间举人，一般视为阳湖派的领袖人物。其治学即主张广习传统："修六艺之文，观九家之言，可以通万方之略。"（《大云山房文稿》二集自序）为文则强调文才与学识并重："尽其才与学以从事焉。"（《与曹俪生侍郎书》）其实，恽敬现存文集中，与其他清代主要作家文集中的文章颇为相似，多为文士生涯中为应酬他人所作的墓志碑传，或书札论说，内容宗旨则大多宣扬儒家的政教伦理，明显展示其与桐城派古文的血缘关系。不过，综观恽敬文章，其中最富有文学意味，且颇令当今读者称道者，还是一些山水游记之作。就看上引《游庐山后记》中描写庐山云海的一段文字，单就文笔而言，即显得风格清隽，行文简洁，笔力刚健，写景细腻，且犹如摄影镜头的流转，捕捉住庐山云海瞬息万变的灵秀与壮观。倘若就内涵情境视之，其与当初柳宗元的山水游记最大的不同则在于，柳文主要是借山水游览以抒其怀才不遇的愤懑，恽敬此文之笔墨重点则是披露自己览景之际如何神与物游，融身自然，对自然大化变换无穷由衷的审美感动。像这样与政教伦理或个人仕宦生涯无关，单纯记述一己赏景审美经验与感受的文章，当然并非孤例，或许可视为宋元以来大凡山水游记之文的继承，同时也是桐城派主导文坛之际，清人延续晚明性灵派，以抒写个人性灵所之为主之序幕。

3. 性灵之夕照

清代中叶期间出现的一些张扬一己个性，抒写个人性灵之文，在散体古文史上，可谓是继承晚明公安派性灵小品的夕照余晖，也是清初以来

"文人之文"的生命延续。其代表作者，多属性情独特，言行特异，在思想观念与生活行为上均不受传统拘束的文人。例如活跃于乾隆时期的郑燮（1693—1766）与袁枚（1716—1798），以及生活于乾、嘉年间，颇令当今学界心仪且称道不已的沈复（1763—1808？）。按，有关郑燮、袁枚诸人，如何以抒写个人性灵为主的诗歌表现，已于本书前面章节有所论述，此处姑且摘录沈复《浮生六记》首卷《闺房记乐》中的一节，追述与其妻子芸娘避暑乡村一段欢愉岁月为例：

有老姬居金母桥之东，埂巷之北。绕屋皆菜圃，编篱为门。门外有池，约亩许。花光树影，错杂篱边。其地即元末张士诚王府废基也。屋西数武，瓦砾堆成土山，登其巅，可远眺，地广人稀，颇饶野趣。姬偶言及，芸神往不置，谓余曰："自别沧浪，梦魂常绕，今不得已而思其次，其老姬之居乎！"余曰："连朝秋暑灼人，正思得一清凉地以消长昼。卿若愿往，我先观其家，可居，即襆被而往，作一月盘桓，何如？"芸曰："恐堂上不许。"余曰："我自请之。"越日至其地。屋仅二间，前后隔而为四，纸窗竹榻，颇有幽趣。……

邻仅老夫妇二人，灌园为业，知余夫妇避暑于此，先来通殷勤，并钓池鱼、摘园蔬为馈。偿其价，不受；芸作鞋报之，始谢而受。……

篱边倩邻老购菊，遍植之。九月花开，又与芸居十日。吾母亦欣然来观，持螯对菊，赏玩竟日。芸喜曰："他年当与君卜筑于此，买绕屋菜园十亩，课仆妪植瓜蔬，以供薪水。君画我绣，以为诗酒之需，布衣菜饭，可乐终身，不必作远游计也。"余深然之。今即得有境地，而知已沦亡，可胜浩叹！

沈复字三白，号梅逸，长洲（今江苏苏州）人。为人落拓不羁，善书画、工诗文，当属传统中国社会中颇为典型的雅士"文人"。可是在其个人生涯规划与人生道路的选择上，则与一般文人士子有相当差异。按，沈复一生，不事科举，无意仕宦，不慕功名，而是以幕僚、行商、教书、画客、名士终身。当然，身处明末清初的张岱、侯方域等文士，亦一生未尝入仕，不过他们面临的乃是改朝换代的混乱时局，又在前朝情怀以及对今朝疑虑中，不愿入仕为官，乃是意料中事；然而沈复却身逢太平盛世，乃是知识阶层有机会可以显示才能，施展抱负之秋，却宁愿选择终身不仕。除了个性使然之外，这是否也表示传统中国社会的文士阶层，在生命意义的追求与人生价值的认知方面，逐渐有所改变？是否与明代以来蓬勃的商业经济与文化事业已经相结合有关？或许当须另文做进一步的研究探讨。总之，沈复留下的文章，显示其乃是一个在清代散体古文发展过程中，不容忽略的作家。

按，沈复《浮生六记》共六卷，包括《闺房记乐》《闲情记趣》《坎坷记愁》《浪游记快》《中山记历》《养生记道》。可谓是作者个人种种欢愉愁苦生命历程之纪录。就文章体式视之，乃属自传体的生活札记，且每卷一记，各有其特殊的时空背景与主题关怀，可惜后二记已散佚，今仅存前四记而已。目前兹就上引之《闺房记乐》中节录文字观察：

首先，其行文朴实无华，明白畅晓，颇符合汉魏以来记传文体的传统风格。内容则细琐平凡，既无关政教伦理之大题材，亦无涉个人仕宦生涯之起伏，不过是个人与妻子寻常家居生活的日记而已。其次，在事情叙述与人物对话中，展示出个别人物的人格情性。尤其是芸娘，处处体贴人意的纯真与贤惠，而作者追述之际，语气中对她的无比欣赏与爱恋流荡其间。再者，所述夫妻二人如何伉俪情深，幽趣相近，共度布衣蔬食，偏爱恬淡人生，油然而生的幸福之感，乃出自身为夫君的作者对妻子芸娘引为知己之主观感受。遂令无数读者，尤其是男性读者，欣赏羡慕不已，但愿娶妻如芸娘者，难怪林语堂曾以充满钦慕的语气指出，沈复笔下的芸娘，乃是"中国文学上最可爱的女人！"当然，倘若就当今女性主义者的立场观之，对芸娘一味地温柔敦厚，毫无条件以夫君之喜好为是的人生态度，可能会引发迥然不同的观点与评价。然而不容忽略的则是，于中国散体古文的发展过程中，像沈复《闺房记乐》这样以记叙家庭日常生活琐屑细节为主的作品，可谓是以说理论道为正统的桐城派之外的一股清溪别流。当然其写作却并非首创，乃是继当初李清照《金石录后序》、归有光《项脊轩志》诸文之后的余绪。这类以其寻常人情而感动人心的作品，虽然从来未尝成为历代文坛的"主流"，毕竟以其朴实平凡之美，立于不朽地位，也是令清代盛世文章，既能焕发晚明以来抒写性灵之余晖，而且显示其具有唐宋以来集大成风格的重要一环。

不容忽略的是，清代文章所以展现其集大成之时代风格，并不仅仅在于内涵题旨方面公私生活情怀领域的多方容纳，同时亦显示在文章体式方面的多样选择，尤其值得注意的是，还有不少清代作家为备受批评的骈文敲出了回响。

4. 骈文之回响

魏晋六朝盛行的骈俪之文，经过唐宋古文运动者的排斥，又在散体古文从此成为通行文体的境况下，其实并未完全销声匿迹，始终有人欣赏，一直有人继续默默在写，只是在古文的浩荡声势之下，不得不靠边站而已。但爰及清代，在文人士子珍惜以往、缅怀过去的历史情怀中，骈文重新受到重视。按，清代文士中，不但有人特别为前朝作家的骈俪文章编集，甚至还出现推崇骈俪之文方为文章"正统"的呼声。如李兆洛编选《骈体文钞》，就是为了与姚鼐辑集的《古文辞类纂》相抗衡；又如阮元（1764—1849）即尝公然宣称，骈文实际上"是四书排偶之文，真乃上接唐宋六四为一脉，为文之正统也"（《书梁昭明太子文选序后》）。盖犹如本书前面章节所述，骈文不过是一种文章体式，其体式条件首先需要作者为文之际在对偶辞藻形式方面具有文采，更重要的是，于典故运用与音韵学识方面的熟习。而清代乃属学术考据与训诂音韵之学鼎盛之时，文章家中，亦多饱读诗书的博学之士，为文之际，不但辞藻运用娴熟，且胸中典籍丰富，倘若又精于训诂，熟知音韵，写起骈俪文章来，自然能够驾轻就熟。其实早在清初的康熙年间，已有陈维崧、毛奇龄、尤侗等作者，即颇为偏爱骈体，而且均为骈文能手，爰及乾隆、嘉庆年间文坛，即使在桐城派古文兴盛之际，以才情辞藻见称的骈文名家，就有胡天游、杭世骏、袁枚、汪中、洪亮吉、孙星衍等。其中或许当以汪中（1744—1794）的成就最高，且最具代表性。姑节录一般文学史均乐以引证的《哀盐船文》中叙写盐船失火一段为例：

> 于时玄冥告成，万物休息，穷阴涸凝，寒威凛栗，黑眚拔来，阳光西匿。群饱方嬉，歌号宴食，死气交缠，视面惟墨。夜漏始下，惊飙勃发，万窍怒号，地脉荡决，大声发于空廓，而水波山立。于斯时也，有火作焉，摩木自生，星星如血。炎光一灼，百舫尽赤。青烟睒睒，燎若沃雪。蒸云气以为霞，炙阴崖而焦煎。

始连樯以下碇，乃焚如以俱没。跳踯火中，明见毛发。……

汪中字容甫，江都（今江苏扬州）人，是活跃于乾隆时期的著名学者，精研经学、史学，且亦以工骈文见称。盖汪中曾私淑顾炎武，为文也同样主张经世致用。值得注意的是，其所写骈文主要乃取其形貌体式而已，内容旨趣则仍然不离儒家经世致用的实用目的，这正是骈文在清代学者作家笔下的一般特色，也是骈文所以能生存并复苏于清代文坛的重要因素。就看上举汪中《哀盐船文》，其缘起乃是因为乾隆三十五年（1770）十二月在扬州江面，发生一次盐船失火的惨案，"坏船百有三十，焚及溺死者千有四百"，为哀悼罹难者而写。就文章的体式视之，可谓骈辞俪句连篇，音韵协调悦耳，俨然是一篇典型的、以四六句为主干的骈文。然而，在内涵题旨上，文中发挥的，并非作者个人的审美感受，而是一个具有社会良知的儒家学者，对那些居于社会弱势的船民不幸罹难之深切同情，以及对朝廷船务政策之缺失不当的严厉批评。展现在读者面前的是，宛如骈文体式与儒者理念的结合，也是清代文人之文与学者之文的结晶。

③ **衰世士子的心声 —— 晚清文坛**

此处所谓晚清文坛，乃是涵盖自嘉庆（1796—1820）后期，经道光（1821—1850）、咸丰（1851—1861）、同治（1862—1874）、光绪（1875—1908），以及末代宣统（1909—1911）数朝，大约八九十年间的文坛。在历史过程中，则是传统中国社会在内外情势交相胁迫之下，由闭关自守的帝王专制体式，逐步走向败亡的时期。其间经历了道光二十年（1840）中英鸦片战争的挫败，太平天国（1851—1864）革命势力的挑战，以及光绪二十年（1894）中日甲午之战的屈辱。在中国文学史上，不但属于清代文学的晚期，也是引发近代文学的前驱。活跃于这段时期的著名文章家中，不少属于中国近代史与近世文学史在思想观念方面启发后世的泰斗，诸如：龚自珍（1792—1841）、魏源（1794—1857）、曾国藩（1811—1872）、王韬（1828—1897）、严复（1854—1921）、谭嗣同（1865—1898）、康有为（1858—1927）、梁启超（1873—1929）等。这些跨越传统旧社会与近代新世纪的作家，身世背景或许相异，各有其不同的人生经历与社会角色，不过，在文章撰写方面，则均展示某些共同特点。最显著的就是：对清王朝一蹶不振的政局由衷的焦虑，对备受列强欺辱的国势，则痛心疾首。且分别通过各类杂记文章，或感叹时弊，批评朝政，痛斥官僚，或论析其病端缘由，提出整顿方案，呼吁改革自强……，充分流露晚清文人士子，身处末代衰世的自觉意识，以他们对时代的焦虑不安与愤懑无奈，为中国的散体古文留下最后的光芒。

兹先举龚自珍《明良论》一文之节录为例：

> 窃窥今政要之官，知车马服饰、言词捷给而已，外此非所知也。清暇之官，知作书法、赓诗而已，外此非所问也。堂陛之言，探喜怒以为之节，蒙色笑，获燕闲之赏，则扬扬然以喜，出夸其门生、妻子。小不寮，则头抢地而出，别求夫可以受眷之法，彼其心岂真敬畏哉！问以大臣应如是乎？则其可耻之言曰："我辈只能如是而已。"至其居心又可得而言，务车马、捷给者，不甚读书，曰："我早晚直公所，已贤矣。作书、赋诗者，稍读书，莫知大义，以为苟安其位一日，则一日荣；疾病归田里，又以科名长其子孙，志愿毕矣。且愿其子孙世世以退缩为老成，国事我

家何知哉?"……仿古法以行之,正以救今日束缚之病。……圣
天子赫然有意千载一时之治,删弃文法,捐除科条,裁损吏议,
亲总其大纲大纪,以进退一世,而又命大臣以所当为,端群臣以
所当从。内外臣中有大罪,则以乾断诛之,其小故则宥之,而无
苛细以绳其身。将见堂廉之地,所图者大,所议者远,所望者深,
使天下后世,谓此盛世君臣之所有为,乃莫非盛德大业,而必非
吏胥之私智所得而仰窥。则万万世屹立不败之谋,实定于此。

　　龚自珍出身官宦学者世家,道光九年(1829)进士,自幼受其外祖父
段玉裁(1735—1815)之教导。按,段玉裁学贯经、史,尤精音韵、小
学,其《说文解字注》至今仍然是许多大学中文系的必读书目。但龚自珍
显然并未追随其外祖的步履,未曾选择专注于学术研究为其人生道路。犹
如前面论及清诗的相关章节所述,龚自珍主要是以其桀骜不驯的人格情性
见称,并且以抒情意味浓厚的哀挽之音,视为晚清诗人的重要代表。不过,
在文章撰写方面,龚自珍为文则多从理性出发,以"讥切时政"为宗旨,
往往表达一介文人士大夫对时代的深切关怀,尤其是目睹国势日衰、士风
日下的慨叹。其脍炙人口且深具寓意的《病梅馆记》,即是一例。倘若综
观龚自珍的现存文章,还是以政论文字为多,大体均以涉及世局时事,表
达理念主张为笔墨重点。如其《送钦差大臣侯官林君序》,就文章体类而
言,当属一篇为同僚友朋之间送别场合而写的"赠序文",却在文中向正
要前往广东查禁鸦片的林则徐恳切建议:"鸦片烟则食妖也,其人病魂魄,
逆昼夜,其食者宜缳首诛!贩者、造者,宜刿脰诛……"又如上面节引的
《明良论》,虽属较为早期之作,文中所言对嘉庆后期以来官僚体系的弊
端,以及"三公六卿"醉心利禄、谄媚君上之徒,如何"臣节扫地"的腐

朽言行，均即予以严厉的批评，并进一步提出可以"救今病"的改革建议。此处姑不论其批评与建议之实际"成效"如何，单就文章本身视之，其行文流畅易晓，乃是一篇典型的"古文"，其内涵题旨，则亦显然延续唐宋古文运动以来，对当朝政治社会或政教伦理的关怀与批评。不过，在文意语气间已经流荡着，身处衰世者挥之不去的焦虑与愤慨。

试再举魏源《海国图志叙》节录一段为例：

> 是书何以作？曰："为以夷攻夷而作，为以夷款夷而作为师夷长技以制夷而作。"《易》曰："爱恶相攻而吉凶生，远近相取，而悔吝生，情伪相感，而利害生。"故同一御敌，而知其形与不知其形，利害相百焉；同一款敌，而知其情与不知其情，利害相百焉。古之驭外夷者，诹以敌形，形同几席；诹以敌情，情同寝馈。然则，执此节可以御外夷乎？曰："唯唯否否，此兵机也，非兵本也。有形之兵也，非无形之兵也。"……

魏源不但是诗人、学者，也是中国近代思想的启蒙者。曾与林则徐、龚自珍等结"宜南诗社"，讲求经世致用之学。其读书笔记《古微堂集·默觚》，或可视为杂体文章之辑集，主要表达作者个人对哲学、政治、教育、历史诸方面的种种心得见解。其著名的《海国图志》，则是一部呼吁改革的"救国方案"辑集。按，鸦片战争失败后，林则徐罢官，曾将其业已初步编成的《四洲志》，以及相关的中外资料，交给魏源。魏源则在其基础上，再加上自己多年累积的资料，以及个人的观点分析，编写成书。上引的叙文，主要是说明编写《海国图志》的宗旨。就其文章体类视之，乃是一篇"书序文"，其行文风格方面，在"问曰"之间显得流畅自然，亦是典型的"古文"。不过，就其内涵重点观察，则文中所强调的"以夷攻夷""以夷制夷"的宗旨，乃是划时代的观点。明显展示作者对时代弊病的呼吁：将专制封闭的古老中国，推向开放的外夷世界。这不但是令中国近代史学家研究论述的一项重点，更是晚清文人士子，自觉身居衰世，意欲救亡图存，挥别过去，迎接未来的心声。

小结

综观现存清代文章，可谓作家辈出，且理论纷呈，流派亦众多，但基本上乃是继明代文人士子撰文的余绪，同样是缅怀过去，上承秦汉唐宋。不过，却进一步形成自己特有的时代风格。首先，令人瞩目的，就是清代文章中普遍流露出学者化、学术化的痕迹。在散体古文史上，显然是与其源头，亦即先秦历史著述与诸子论著传统的遥相呼应；同时亦为先秦以来"文章"这一文学体类，清楚打上比较偏重政教实用的标志。这当然与清代学术研究臻于鼎盛，其作家亦多饱读诗书之儒士学者有关。其次，不容忽略的则是，无论在主题内涵或体式风貌方面，清代文章均展示出一种集大成的包容精神。乃至于在文章题旨上，大至国家民族、政教伦理，小至个人一己的家居生活与寻常所遇的琐屑事件，均能够成为文章之笔墨重点。在体式上，就连曾经备受批评排斥的骈文，也可以重新活跃于文坛。再者，清代文章作者，尤其是身居晚清的作者，其批评指摘并要求改革的内涵对象，已经不再局限于朝政的缺失腐朽，或文体的骈散纷争，而是提倡敞开胸襟，眼观海外，步入近代世界的领域。

第
七
编

文言短篇小说发展之高峰

✚ 唐 人 传 奇 及 其 后 续 ✚

第一章

绪 说

　　中国古典小说实际上分文言小说和白话小说两大体系。这种现象的形成，不仅是由于二者在语言表达与叙述方式上均互不相同，而且还有小说观念，社会背景，作者身份、视野、关怀等多方面的差别因素。大体而言，文言小说发展在先，一般篇幅较短，可以视为"短篇小说"。白话小说虽然成形较晚，体制上则从短篇到长篇巨制兼备，而且成果及影响，均远超越文言小说。唐代则可作为两大小说体系的交叉分野。按，唐人传奇是文言小说发展成熟的高峰，与诗歌、散文，同列为唐代文人光辉耀眼的成就。至于那些影响并推动白话小说成形的民间说话、变文、俗讲等，也是在唐代开始渗入到社会各阶层的生活里。有关白话小说的产生与发展乃是后话，目前姑且把焦点集中在文言小说的发展上。当然，首先必须厘清传统所谓"小说"的概念，进而为"唐传奇"这类小说作一界说。

✦ | 一、"小说"的概念

有关"小说"这个概念的理解，古今相去甚远。根据现有资料，"小说"一词最早见于《庄子·外物》篇：

> 饰小说以干县令，其于大达亦远矣。

此处将"小说"与"大达"（即大道）对举。意指那些饰以琐屑的言谈，或浅薄的道理，就想求得高名令誉者，与具有经世治国之大道者相比，就差远了。另外，《荀子·正名》篇，亦有类似的观点，不过，却是把小说二字分拆而言：

> 故知者论道而已，小家珍说之所愿皆衰矣！

同样亦是将"小家珍说"与"知者"所论之"道"相对。可见在先秦人的概念中，"小说"只是小道而已，与经世治国的帝王大道，了无相干，因此，与"大道大智"根本无法相比。庄子、荀子书中所谓"小说"，显然是指浅薄狭小、琐屑零散之言谈，并不具备文体的意义，与今天所称的"小说"，概念并不相同。

按"小说"一词，开始含有文体的意义，则出现于汉代。如桓谭（前23？—56）《新论》中，即描述了其所谓"小说"的基本特征：

> 若其小说家，合丛残小语，近取譬论，以作短书，治身理家，有可观之辞。①

桓谭所言，首先点出"小说家"的存在，其次概括"小说"的内容，乃是"合丛残小语"，是零碎琐屑言谈的汇集，而非鸿篇大论。再者，小

---

① 桓谭《新论》原书已散佚，此处乃据《文选》卷三十一，江淹《杂体诗·李都尉从军》"袖中有短书"李善注引。

说的表现方式与目的，则是“近取譬论”，亦即就近采取一些浅白易懂的故事作为比喻，来阐述或说明某种道理。继而指出小说的形式特点是“短书”，与儒家经典不同，只需用较短的简牍书写[①]。接着指出这些“短书”的实用价值，认为对于“治身理家，有可观之辞”，换言之，对于修身齐家，还算有用。小说的“小道”地位由此建立。

桓谭所言虽然简短，则明确表现出汉人的小说概念，并且已经涉及现代观念中“小说”的一些基本元素。值得注意的是，桓谭《新论》中既然提到“小说家”，则表示当时已经出现具有一定规模的写作群，且已蔚然成派，自成一家。稍后，班固（32—92）《汉书·艺文志·诸子略》，在九流十家之末，就列有“小说家”一类，从此出现正式标名为“小说”的作品。根据班固的意见：

> 右小说十五家，千三百八十篇。小说家者流，盖出于稗官，街谈巷语、道听涂说者之所造也。孔子曰：“虽小道，必有可观者焉。致远恐泥，是以君子弗为也。”然亦弗灭也。闾巷小知者之所及，亦使缀而不忘，如或一言可采，此亦刍荛狂夫之议也。

按，班固认知的“小说”作品，主要乃是由地位低微、专掌收集民意的稗官[②]，所采集并记录下来的“街谈巷语”“道听涂说”。换言之，就是那些出自世间口耳相传的故事，史实性很弱的作品。孔子虽然认为世间流传的小说“必有可观者”，还是因为涉及的不过是“小道”而已，故云“君

---

① 汉代关于书籍形制格式的规定颇严。凡儒家经典，均用二尺四寸的简牍书写，其余则用一尺简牍，称为“尺书”“尺籍”，也就是“短书”。王充（27—100？）《论衡·谢短》对此有明确记载：“彼人问曰：‘二尺四寸，圣人文语，朝夕讲习，义类所经，故可务知。汉事未载于经，名为尺籍短书，比于小道，其能知，非儒者之贵也。’”

② 据《汉书》注引如淳曰：“细米为稗，街谈巷说，其细碎之言也。王者欲知闾巷风俗，故立稗官使称说之。”则“稗官”乃属专门职掌搜集街谈巷语之说，以供天子知晓民风民情者。

子弗为也"。尽管如此，班固还是以其慧眼特识，将这些或许有"一言可采"的"小说"著录起来。可惜这些书籍均已散佚，仅余书目尚存而已。就班固对这些书目的附注，以及后人的考析，所称"小说"的内容，可谓五花八门，杂而不纯。

稍后，张衡（78—139）《西京赋》，亦提到"小说"：

　　　　匪唯玩好，乃有秘书，小说九百，本自《虞初》，从容之求，实俟实储。

此处则称小说为"秘书"，并举出其中一种《虞初》，数量有"九百"（篇）之多。值得注意的是，前述班固《汉书·艺文志·诸子略》中所列十五家小说，其中正有一家是"《虞书周说》九百四十三篇"。

从上引诸资料可看出，汉代已经产生相当数量的"小说"[①]。自汉以降，大致上沿袭汉朝人对"小说"的传统概念，而对小说作为一种文体的分类归属，由于涉及的内容繁杂，始终难以厘定划清。魏晋以后，或以文人记述的掌故、传闻、异闻奇事的笔记、野史为小说。总之，大凡笔记丛谈、随笔杂说、野史异闻、志林小品等，在体例上属"丛残小语"的"短书"，内容上则琐碎繁杂者，均可概称为"小说"。不过，爰及宋、元时期，则又以职业说话人在瓦舍勾栏演说的白话短篇故事为"小说"（详后）。

中国"小说"的概念，与时推移，并无固定的范畴局限，但传统文人学士对小说的观点和态度，除了少数的例外，则颇为一致，那就是，"小说"是和"大道"相对而言的，无关乎经国大业，无涉于政治教化，因此

---

① 现存的汉人小说，有刘向（前77—前6）《列仙传》、佚名的《燕丹子》、托名班固的《汉武故事》、署名东方朔（前161？—前87？）的《神异经》《十洲记》等，都有求仙长生的内容，展现出浓厚的神仙方术色彩。王枝忠《中国小说起源新论》，即以汉代方士的著述为中国小说的源头。收入王著《古典小说考论》，宁夏人民出版社1992年版，第1—15页。

不是正统文学，不能登大雅之堂。这种轻视的态度，造成"小说"的地位很难攀高，长期未能列为文学的主流，乃至影响小说的发展，步履迟缓曲折，始终徘徊在正统文人认可的，诸如诗歌、古文（散文）等雅文学的边缘求生存。小说最终能够在中国文学史上取得和诗歌、古文同等独立的地位，可以相提并论，成为中国古典文学四大文类之一，则是 20 世纪初期受西方文化冲击以后的事了。

中国小说虽然源远流长，不过，以现代小说的概念来观察，唐人传奇才是真正成熟的小说，即使魏晋六朝的志怪或志人故事，也只能算是小说的"雏形"。

✦ │ 二、"传奇"的定义

"传奇"一词，顾名思义，"传"即是记叙，"奇"则指奇闻异事。"传奇"原先只是晚唐作家裴铏（活跃于 860—880 年间）所撰文言短篇小说辑集的名称，宋代以后的评论者，即根据唐人小说多记叙奇闻异事的普遍特点，就以"传奇"来称呼唐人写的这类文言小说。当然，唐人的文言小说，风格流派各异，并不仅只传奇一体，文坛上仍然有人步魏晋六朝作者的后尘，撰写类似笔记的志怪志人故事。不过，由于传奇乃是唐人小说的精华，遂以其为唐代小说臻于成熟的标志。

唐传奇实际上是在史传文学、志怪与志人故事基础上逐步发展起来的一种新兴文体，是唐代文人用文言写的一些富有传奇色彩的短篇故事，属于文人写给文人看的作品。亦是唐代文人士子，在进士科举考试之外，以"行卷"方式求名、干禄的社会风气中，写来借以显示才学、博取声誉之作。同时也是一种提供文人圈谈奇话异、消闲娱乐阅读的文学体裁。由于传奇乃是作者"有意"的创作，故而特别讲究构思，注重文采，传达的主要是文人士子对社会人生的看法，反映的则是唐代文人士子的心声。

唐传奇流传至今的单篇作品，有四十余篇，另外辑集于专集者，尚难以确切估计，大多收录在宋初李昉（925—996）等编辑的《太平广记》类书里。这些现存的唐代传奇，在题材内容上各有特色，写作技巧也优拙有别，然而，整体视之，则呈现一些共同的普遍特征，自然形成一种文学类型，并且标志着中国小说的正式成熟。

当然，唐传奇的产生，并非一蹴而至，而是经过一段漫长的孕育过程。除了唐代文人行卷求名、谈奇话异的风气激发传奇创作的蓬勃之外，还有各种早先就已存在的文体，在不同程度，不同方面，为唐传奇提供了养分。诸如古代神话传说、先秦诸子寓言、历史著述，加上汉魏以后文人笔记所述的野史杂传，以及流行世间的佛道宗教、民间信仰，均或多或少影响到唐传奇作为一种文类的特质。不过，值得注意的是，对唐传奇产生直接影响者，还是魏晋六朝的笔记杂传小说，一般视之为唐传奇的先声。

第二章

唐传奇的先声
—— 魏晋六朝笔记小说

严格说来，唐代以前还没有正式的"小说"。古代中国文人对历史和掌故的兴趣，实际上远超过对虚构故事的嗜好。他们通常是以收集史料的态度，记录流传于世上的种种奇闻异事，以笔记的方式，叙述人物事件，或记录人物言行，大都是一些"短书"，属于篇幅简短的记事体。这些作品，以现代的眼光看，只不过是一些杂记见闻，尚处于小说的萌芽阶段，还不够资格正式称为"小说"，但却为唐传奇的形成奠定基础，铺上先路，并为后世的小说提供宝贵的经验与材料，姑且称之为"笔记小说"。

魏晋六朝笔记小说数量甚多，其典型特征是：篇幅短小，内容庞杂，都是一些"粗陈梗概"的"丛残小语"，诸如有关神仙、鬼怪、传闻、野史、掌故、名人逸事，甚至神仙化的山川地理，乃至饮食起居、治身理家之谈，均包含在内。这些实属笔记小语。其中最接近当今所谓小说的作品，一般文学史均普遍依循鲁迅的观点，概分为"志怪"与"志人"两种主要类型。但值得注意的是，就在这些志怪或志人故事类型的背后，已经隐约浮现著作者或笔录者朦胧的虚构意识，以及对小说娱乐审美作用的体认，为唐代传奇小说在观念与实践上奠定基石。

✤

第一节

小说观念的觉醒

魏晋六朝文人所写的"小说"，在形式上，大致类似汉人所谓"丛残小语"的"短书"，内容上，则烦琐庞杂，几无所不包，学界对此并无异议。不过，对于唐代以前的作者，是否有自觉的虚构意识，对于小说的功能，魏晋六朝作者与读者，是否能摆脱政治教化的束缚，而另有识见，学界则有意见分歧。值得注意的是，唐传奇能够以成熟小说的面貌出现，绝非偶然，作者与读者对小说的观念，必然有一定程度的觉醒。其实就在魏晋六朝笔记小说中，已不难发现，虚构意识的萌芽，以及对娱乐功能的体认。这些正是促成中国小说可以成为独立的文体，逐步走向成熟的重要因素，亦是本节意欲进一步讨论的重点。

✦ | 一、虚构意识的萌芽

"虚构"乃是小说艺术不可或缺的重要成分。当然，在中国文学史中，虚构并非小说所独享。诸如古代神话传说，多出自虚构，但那是在不自觉的意识状态下产生；先秦诸子中的寓言，虽是有意识的虚构，却只能算是一种修辞手段，是用来阐明某种思想、道理或论点的附属品；《左传》和

《史记》诸史书中，亦见虚构的情景，但其目的是为说明某历史人物的性格特征或证明某历史事件的重要意义。因此，古代神话传说、先秦诸子寓言，乃至历史著述，其中所述人物事件，即使有虚构成分，亦不能算是真正的小说。即使魏晋六朝的笔记小说，无论志怪、志人，其作者主要也是以纪实的态度来记述。但是，就在这些笔记小说作家中，已经出现朦胧的虚构意识，开始认识到虚构对小说的重要性。

最早认识到小说的虚构成分，并且自觉地将虚构纳入作品者，当属晋人干宝（317年前后在世）。试看其《搜神记·序》所云：

> 虽考先志于载籍，收遗逸于当时，盖非一耳一目之所亲闻睹也，亦安敢谓无失实者哉！……今之所集，设有承于前载者，则非余之罪也。若使采访近世之事，苟有虚错，愿与先贤前儒分其讥谤。

干宝是史家，于西晋元帝（317—322在位）时，尝以佐著作郎领修国史，著《晋纪》（今已佚），时称"良史"，而干宝同时亦是志怪小说作家。上引序文中即毫不讳言其《搜神记》所记述者，无论源自古籍记载，或当世遗闻传说，均非一一耳闻目睹，故不敢保证其中"无失实者"。并且坦然承认，《搜神记》中"苟有虚错"，而这种"虚错"若是"有承于前载者"，则"非余之罪也"，若是"采访近世之事"而有"虚错"，则"愿与先贤前儒分其讥谤"。干宝显然已经清楚认识到，其《搜神记》所记作品，与尚实的历史著述判然有别；《晋书·干宝传》即称其《搜神记》乃是"博采异同，遂混虚实"。

对于魏晋笔记小说中的虚构成分，唐代史学家刘知几（661—721）于其《史通·杂述》已有所察觉，试看其对王嘉（？—390？）《拾遗记》，以及托名郭宪（王莽当政时隐居者）《洞冥记》的批评：

> 逸事者，皆前史所遗，后人所记，求诸异说，为益实多。及
> 妄者为之，则苟载传闻，而无铨择，由是真伪不别，是非相乱，
> 如郭子横之《洞冥》，王子年之《拾遗》，全构虚辞，用惊愚俗，
> 此其为弊之甚者也。

刘知几所言，显然是站在史家尚实的立场，对"苟载传闻，而无铨择，由是真伪不别，是非相乱"之作，表示不满，却也正巧点出，作品的"全虚构辞，用惊愚俗"之"为弊"，出自作者的虚构意识，正是《洞冥记》《拾遗记》之类的小说与历史著述不同的本质特征。

当然，魏晋六朝笔记小说作者的虚构意识，毕竟只是偶然出现，仍然属于萌芽阶段。小说这一文学样式，要获得独立于子、史门类之外的地位，尚须作者对小说的消闲娱乐的功能，也就是对小说在超功利的审美趣味与精神愉悦方面，有所认识。

✚ | **二、娱乐功能的体认**

根据现存资料，最早对小说娱乐性质的认识，乃是出于对小说的"负面"评价。试看徐干（171—217）《中论·务本》所云：

> 人君之大患也，莫大于详于小事而略于大道，察于近物而暗
> 于远图。故自古及今，未有如此而不乱也，未有如此而不亡也。
> 夫详于小事而察于近物者，谓耳听乎丝竹歌谣之和，目视乎雕琢
> 采色之章，口给乎辩慧切对之辞，心通乎短言小说之文，手习乎
> 射御书数之巧，体骛乎俯仰折旋之容。凡此数者，观之足以尽人
> 之心，学之足以动人之志。

徐干认为，听歌观舞，阅读华丽雕琢之章，欣赏"短言小说之文"，学习射御书数之技巧等，均是不务正业，足以惑乱人心、动摇人志的活动，因此呼吁为人君者应当尽量避免。此处将阅读小说与欣赏声色歌舞、华章令辞并举，显然已经认识到小说对读者的休闲娱乐功能，自然对政治教化无益。

干宝对小说娱乐功能之认识更为明确，再看其《搜神记·序》所言：

> 及其著述，亦足以发明神道之不诬也。群言百家，不可胜览；耳目所受，不可胜载。今粗取足以演八略之旨，成其微说而已。幸将来好事之士录其根体，有以游心寓目而无尤焉。

引文言其著述《搜神记》的宗旨，是为"发明神道之不诬"，这是作者的实用目的，但干宝却又清楚点出，书中所述，或许亦能令读者"游心寓目"。按，"游心寓目"乃是一种超越政教伦理的审美趣味，属于非实用的消闲娱乐性质。有趣的是，干宝所言作者的宗旨与读者的接受之间，显然有落差，而这也正巧说明，就是因为小说与大道相去甚远，有"游心寓目"的功能，才会受读者大众的欢迎。按，作品中出现特殊的题材，自然出自作者特殊的审美趣味，而尚奇好异，追求奇幻之美，所以蔚然成风，显然与读者接受日众，作者创作亦日繁的互动关系相连，乃至形成魏晋六朝笔记小说著述的兴盛局面。

❦

第二节

笔记小说的类型

魏晋六朝笔记，在题材内容上，颇为庞杂烦琐，天文地理、人间天上、神仙鬼怪，几乎无所不包。单就那些展现小说之雏形者，当今学界多依鲁迅《中国小说史略》，大概可分为"志怪"和"志人"两大类型。当然，其中还是出现一些摇摆于两者之间的历史琐闻，兼具志怪与志人的特质者，倘若仔细阅读，甄别其主要倾向，还是不难定其归属。

✚ ┃ 一、志怪小说

志怪小说的基本特征，就是题材内容的怪异性①。其中所记述的有关鬼神妖怪，或人的幻梦异行故事，大都以荒诞离奇取胜。其实"志怪"一词，最早出现于《庄子·逍遥游》："齐谐者，志怪者也。"但庄子所谓"志怪"，乃指记载或讲述奇异怪诞的事，尚与文体无关。魏晋以后，有的作者或编辑者，即将自己记述奇异怪诞之事的作品，用"志怪"二字名书，如曹毗、祖台之、孔氏等，均有以《志怪》为书名的作品。此后"志怪"衍生为同类书之通称，并固定为某种小说体裁的特有名称，含有明确的文体意义。

志怪小说所以兴盛繁荣，自然有其特殊之历史背景。根据鲁迅《中国小说史略》的观察："中国本信巫，秦汉以来，神仙之说盛行，汉末又大畅巫风，而鬼道愈炽；会小乘佛教亦入中土，渐见流传。凡此，皆张皇鬼神，称道灵异，故自晋迄隋，特多鬼神志怪之书。"②

但是，另一不容忽略的背景则是，自汉魏以后，"杂传"之流行。按

---

① 鲁迅已将散见的一些由魏至隋前志怪小说佚文，辑录于《古小说钩沉》，共辑录小说三十六种。包括魏曹丕《列异传》、东晋孔氏《志怪》、宋刘义庆《幽明录》、齐祖冲之《述异记》、王琰《冥祥记》、北齐颜之推《集灵记》等小说三十六种。

② 近人详论"志怪小说"者，见李剑国：《唐前志怪小说史》，南开大学出版社 1984 年；王国良：《魏晋南北朝志怪小说研究》，（台北）文史哲出版社 1984 年。

"杂传"乃正史传记之外的人物传记，作者多"因其志尚，率尔而作"，主要以传主的遗闻逸事为材料，甚至不惜引进虚构想象之辞，"杂以虚诞怪妄之说"，乃至产生一些"序鬼物奇怪之事"的志怪作品①。

此时期较著名的志怪小说集，有相传为曹丕所撰《列异传》、干宝《搜神记》。试各举一例。

先看《列异传·宗定伯》：

> 南阳宗定伯，年少时，夜行逢鬼。问曰："谁？"鬼曰："鬼也。"鬼曰："卿复谁？"定伯欺之，言："我亦鬼也。"鬼问："欲至何所？"答曰："欲至宛市。"鬼言："我亦欲至宛市。"共行数里，鬼言："步行太亟，可共迭相担也。"定伯曰："大善。"鬼便先担定伯数里。鬼言："卿大重，将非鬼也？"定伯言："我新死，故重耳。"定伯因复担鬼，鬼略无重。如其再三。定伯复言："我新死，不知鬼悉何所畏忌？"鬼曰："唯不喜人唾。"于是共道遇水，定伯因命鬼先渡，听之了无声。定伯自渡，漕漼作声。鬼复言："何以作声？"定伯曰："新死不习渡水耳，勿怪！"行欲至宛市，定伯便担鬼至头上，急持之。鬼大呼，声咋咋，索下，不复听之。径至宛市中，着地化为一羊。变卖之，恐其便化，乃唾之。得钱千五百，乃去。于时言："定伯卖鬼，得钱千五百。"

故事很简单，叙述宗定伯年少时夜行遇鬼、识鬼、捉鬼、卖鬼的经过。一般人若遇上鬼，往往惊慌害怕，宗定伯却凭其机智谋略，反而把这

---

① 据《隋书·经籍志·杂传类》小序："又汉时，阮仓作《列仙图》，刘向典校经籍，始作《列仙》《列士》《列女》之作，皆因其志尚，率尔而作，不在正史。……魏文帝又作《列异》，以序鬼物奇怪之事，嵇康作《高士传》，以叙圣贤之风。因其事类，相继而作者甚众，名目转广，而又杂以虚诞怪妄之说。推其本源，盖亦史官之末事也。……今取其见存，部而类之，谓之杂传。"

个倒霉鬼卖了，还发了一笔小财。故事虽然牵涉到鬼，却充满阳间的世俗味，而且以其风趣诙谐讨喜。值得注意的是，全文主要是以人鬼的对话和行动推展情节，没有环境描写，亦无气氛的营造，连人和鬼的外貌特征，亦无意交代。只是简洁扼要地记述一件在斗智上，人占上风、鬼不如人的故事①。

再看《搜神记·毛衣女》：

> 豫章新喻县男子，见田中有六七女，皆衣毛衣，不知是鸟。匍匐往，先得其一女所解毛衣，取藏之。即往就诸鸟。诸鸟各飞去，一鸟独不得去。男子取以为妇，生三女。其母后使女问父，知衣在积稻下，得之，衣而飞去。后复以衣迎三女，女亦得飞去。

所述当可以发挥成为一个颇为凄美的故事，其中应该还涉及爱情、亲情和别离。不过，作者叙事简略直接，粗陈梗概，整个事件只有轮廓大纲，没有环境和具体细节的描述。展现的不过是"丛残小语"式的结构，其中主要人物，包括新喻县男子，以及因失去羽毛衣而被此男子娶为妇的鸟，还有婚后所生三个女儿，全都没有形象。既无外貌的描绘，亦无性格的刻画，更无感情的流露。只是记笔记一样，把一件奇特怪异事件的大纲，以平实无华的语言，简明扼要地记录下来而已。这是典型的笔记体小说。

像《列异传》《搜神记》之类作品，和其他魏晋六朝的志怪小说一样，是中国小说发展臻于成熟过程中的"雏形"而已。其作者大多是"缀片言于残阙，访行事于故老"（干宝《搜神记序》），不过是流传世间的故事之收集整理者、记录者或加工者。作品本身则篇幅短小，叙事粗陈梗概，情

---

① 定伯故事亦见《搜神记》，文字略同，只是"宗定伯"作"宋定伯"。

节结构简陋，人物形象朦胧，语言简洁自然，朴实无华，尚保存秦汉古文萧散的特色。

✤ ｜ 二、志人小说

志人小说与杂传的流行亦有一定程度的关系，基本上与志怪小说在同时期出现于文坛。两者也具有类似的艺术风貌，同样是粗陈梗概，缺乏完整的故事情节结构，更谈不上完整的人物形象塑造。"志人"一词，乃是鲁迅在《中国小说的历史变迁》中首次提出，以与"志怪"相对，从此为学界所接受。"志人"一词，按字面理解，自然是写人间事的作品，是相对于以写鬼神妖怪为主的"志怪"而言的。

志人小说，上承杂史杂传、诸子寓言，经两汉时期萌生发展，同时又受汉末清议、魏晋清谈风气的影响，而蔚然成风。这时期的志人小说，大致以记述历史上真实人物的逸事与琐言为主，其作为"史料"的条件，显然比"杂以虚诞怪妄之说"的志怪小说为高，乃至经常在官方正史与逸闻趣事之间摇摆。可以葛洪的（250？—330？）《西京杂记》，以及刘义庆（403—444）的《世说新语》为代表。试各举一事为例。

先看《西京杂记·王嫱》条：

> 元帝后宫既多，不得常见，乃使画工图形，案图召幸之。诸宫人皆赂画工，多者十万，少者亦不减五万；独王嫱不肯，遂不得见。匈奴入朝，求美人为阏氏，于是上案图，以昭君行。及去，召见，貌为后宫第一，善应对，举止闲雅，帝悔之，而名籍已定，帝重信于国外，故不复更人。乃穷案其事，画工皆弃市，籍

其家资，皆巨万。画工有杜陵毛延寿，为人形，丑好老少，必得其真；安陵陈敞，新丰刘白、龚宽，并工为牛马飞鸟众势，人形好丑，不逮延寿；下杜阳望亦善画，尤善布色；樊育亦善布色，同日弃市。京师画工，于是差稀。

按《西京杂记》主要是记述西汉高祖刘邦以来的宫廷传闻与名人逸事，兼及宫室苑囿、珍玩异物，亦有少数怪异故事。有关王昭君和番之事，《汉书》中《元帝纪》与《匈奴传》均有记载，但记述甚简。试看《汉书·匈奴传》所记：

竟宁元年（前33），（呼韩邪）单于复入朝，赐礼如初，加衣服锦帛絮，皆倍于黄龙时（前49）。单于自言，愿婿汉氏以自亲。元帝以后宫良家子王嫱，字昭君，赐单于。……①

王昭君在正史中，只占寥寥数语的篇幅。《西京杂记》中"王嫱"条，虽然也不过是"丛残小语"，但不同的是，其间增添了"案图召幸"与"画工弃市"诸情节。尤其值得注意的是：首先，王嫱不再只是一个没有面目的"后宫良家子"，而有了个人的人格形象，其容貌为"后宫第一"，又"善应对，举止闲雅"，却独独不肯贿赂画工。容貌、教养、品德，都展示出来。其次，出现了反派人物，亦即贪婪可恶的画工毛延寿："元帝后宫既多，不得常见，乃使画工图形，案图召幸之。诸宫人皆贿画工，多者十万，少者亦不减五万。"遂令昭君和番事件，变得复杂有趣起来。再者，元帝的懊悔与憾恨，亦带来了戏剧效果："帝悔之，而名籍已定，帝重信

① 《汉书·元帝纪》："竟宁元年，春正月，匈奴虖韩邪单于来朝。诏曰：'匈奴郅支单于背叛礼义，既伏其辜。虖韩邪单于不忘恩德，乡慕礼义，复修朝贺之礼，愿保塞，传之无穷，边垂长无兵革之事，其改元为竟宁，赐单于待诏掖庭王嫱为阏氏。'"

于国外，故不复更人。"这些在正史中没有的细节，或来自道听途说，或出自想象虚构，皆为昭君和番事件增添了故事性与趣味性，可谓已经具备了小说的"雏形"。为以后元杂剧中关汉卿《汉元帝哭昭君》、马致远《汉宫秋》提供了基本题材。

再看《世说新语·假谲》所记"温峤娶妇"故事：

> 温公丧妇，从姑刘氏，家值乱离散，唯有一女，甚有姿慧，姑以属公觅婚，公密有自婚意，答云："佳婿难得，但如峤比云何？"姑云："丧乱之余，乞粗存活，便足慰吾余年，何敢希汝比。"却后少日，公报姑云："已觅得婚处，门地粗可，婿身名宦，尽不减峤。"因下玉镜台一枚，姑大喜。既婚交礼，女以手披纱扇，抚掌大笑曰："我固疑是老奴，果如所卜。"玉镜台是公为刘越石长史，北征刘聪所得。

刘义庆的《世说新语》，分为德行、言语、政事、文学、雅量、识见、品藻、容止、任诞等三十六个"门类"，并以类系事，记述汉末至东晋一些历史人物的传闻逸事，尤其是东晋百余年间名流士族的玄言清谈、生活态度、风貌气质、情调意趣。书中所载，都是经过选择的精彩片段，比一般杂记野史更富文学趣味。许多故事只用寥寥几笔片段，即能勾勒出一个生动的人物形象。明人胡应麟（1551—1602）即曾赞曰："读其语言，晋人面目气韵，恍惚生动，而简约玄淡，真致不穷，古今绝唱也。"（《少室山房笔丛·九流绪论》）上引"温峤娶妇"事件，就是一段有趣的风流佳话，其中的确展现"晋人面目气韵，恍惚生动"。温峤"骗婚"，而美丽聪慧的刘家小姐，偏偏欣然自愿受骗，乃是因为英雄与美人早已彼此倾心相慕。整个故事情节简单，却活泼生动，意趣盎然，颇具喜剧色彩。此文主要是通过人物对话与行动，展现人物的性格特征，温峤的机智、谋略，刘小姐的聪颖、爽朗，如在目前。以后关汉卿《温太真玉镜台》杂剧，当即取材于此。

魏晋六朝这些志怪或志人的笔记小说，或许出于对佛道宗教的信仰，抑或源自对掌故传闻的兴趣，在作者本人，并非毫无根据，在读者也抱着将信将疑的态度，不必全认为是凭空杜撰，甚至有的史书编撰者，还会采用这些笔记小说叙述的事件，作为正史人物列传的材料。虽然在笔记小说中，偶然也出现一些动人的英雄事迹，或人鬼相恋的故事，但是这些故事主要还是以笔录"史料"的姿态出现，即使作者已经具有朦胧的虚构意识，甚至认识到小说对读者的消闲娱乐功能，可以"游心寓目"，但基本上还是按史家"纪实"态度，将这些志怪或志人小说，用记笔记的方式记录下来，而且往往标榜其记事之确实，因此还并非有意识的小说创作。在艺术风貌上，一般还只是直线式的笔记体，缺少人物形貌与心理的刻画，亦无故事情节发展的铺张。更重要的是，尚欠缺作者创作的自觉意识。因此，这些还不能算是真正的、成熟的小说，只能算是唐传奇的先声。

第三章

唐传奇的开拓与创新

　　唐代传奇小说实与魏晋六朝笔记小说薪火相传，但在文体意义上，则颇异其趣。当然，唐传奇的出现与繁荣，颇受益于唐人对散体古文的提倡，因为古文的自由灵活，有助于人物事件的记叙。但是，唐传奇之所以能成为文言小说发展的高峰，标志着真正的小说已经正式脱离其笔记母体，形成一个新兴的文学样式，实有赖于以下诸方面的开拓与创新：包括作者的创作态度、小说的内涵旨趣，以及艺术风貌与写作技巧。

❖

第一节

作者创作的自觉，由纪实转向虚构

　　魏晋六朝笔记小说的作者，虽然已经流露朦胧的虚构意识，但是，还是唐代传奇的作者，以不同于魏晋六朝小说的"纪实"态度，正式将"虚构"纳入小说创作之中。根据明人胡应麟《少室山房笔丛·九流绪论》的观察：

> 凡变异之谈，盛于六朝，然多是传录舛讹，未必尽幻设语，至唐人乃作意好奇，假小说以寄笔端。

胡应麟所云"至唐人乃作意好奇，假小说以寄笔端"，即明确指出，唐传奇作者本身写作态度的重大改变。按，汉代稗官记录的"街谈巷语，道听涂说"，是资料的收集整理，并非有意为小说。魏晋六朝的笔记小说，旨在纪实写史，或崇扬佛道信仰，亦非有意于文学创作。爰及唐代，文人至此，"乃作意好奇"，开始自觉地、有意识地写小说，不但讲究构思，注重文采，还把出自虚构、想象的"幻设语"，注入小说创作的领域。

唐人开始有意识地创作小说，由纪实转向虚构，展示作者创作的自觉，这是中国小说发展史上的一大飞跃。即使以神仙鬼怪为题材的作品，唐传奇作家也不再像魏晋六朝笔记小说作者那样，把神仙鬼怪当作生活中的真实事件来记述，而是"运用"神仙鬼怪，作为故事中某种主题或某种理念的材料。即使作品叙述的是某一历史事件或社会传闻，传奇作家也并不拘泥于史实，亦不受社会传闻的局限，往往借题发挥想象，凭自己的创作意念，虚构故事情节，塑造人物形象。

唐代传奇作家已是自觉地借助传奇小说的形式，通过虚构的故事情节和人物形象，凭空构想，来反映现实人生，表达某种人生理想或情怀意念，乃至创作出具有完整形式、丰富内容，并流露审美趣味的作品。在唐传奇作家笔下，符合现代观念的"小说"这种文学体裁，正式诞生。

✤

第二节

旨趣意境的创新，题材内容的扩大

唐传奇的故事，基本上仍然沿袭前代笔记小说的传统，不少还是从志怪或志人故事题材衍生而来，不过，已经有了新的开拓与创新。即使是类似的故事，经过作者的再创造，也注入了新的艺术血液，从而创造出新的风貌意境。

首先，就写作的旨趣而言，魏晋六朝志怪或志人小说作者，旨在叙事，重点在记录逸事传闻；唐传奇作家，则旨在抒情，往往借题发挥，表现个人的才情辞章或人生理想。其次，就题材内容而言，唐传奇作者已将其笔触伸向广阔的现实社会，表现唐人的日常生活。就现存唐传奇故事视之，大略可分为四种主要类型：神异故事、喻世故事、爱情故事、侠义故事。当然，各类型之间经常有题材交错重叠的现象，如爱情故事中或许夹杂神异色彩，侠义故事中亦偶尔含有喻世旨意等。不过为了讨论的方便，姑且从作品题材内容的重点来如此分类。以下试从各类小说风行的时代先后顺序，依次论述四种主要类型，或许可看出唐传奇如何逐渐摆脱笔记小说的格局，走向成熟，形成其自身独特文体的痕迹。

✤ ┃ 一、神异故事 —— 初唐传奇的过渡色泽

神异故事乃是唐人传奇小说中出现最早的一类，也是直接由魏晋六朝的志怪小说演变而来。但唐代的神异故事，已经不再是单纯的神仙鬼怪的

记录，其作者对现实的人间世更感兴趣。虽然这些神异故事基本上只是传写人物事件之奇，笔墨重点还是在人物遭遇怪异事件的经验，不过，其故事创作的宗旨，却是落脚于人间。更重要的是，作者不再像魏晋六朝志怪小说作者那样，把神仙鬼怪看成事实，作为史料，而是作为发挥某种主题，传达某种意念的题材。虽然这类初唐传奇在内容上仍然残留着"志怪"的痕迹，但人情味则更加浓厚，情节更为曲折，故事亦较为完整，辞藻亦更显文采，甚至故事叙述者的面目，及其主观意念更为显著。诸如隋末唐初王度（585？—625？）《古镜记》、无名氏《补江总白猿传》、张鷟（660？—740？）《游仙窟》即是颇为典型的例子。

（一）　叙述者面目的浮现

　　王度《古镜记》乃是现存最早的几篇唐人传奇之一。按，王度即初唐王通（584—618）、王绩（585—644）之兄长[①]。整篇《古镜记》，基本结构乃是由十一则有关一面古镜的志怪故事连缀而成，所叙内容可谓光怪陆离，显然尚保存浓厚的志怪色调，惟篇幅衍而增长，情节复杂多变，写景状物已粗具文采，可视为"上承六朝志怪之余风，下开有唐藻丽之新体"（汪辟疆校录《唐人小说》）。但更重要的是，在故事叙述过程中，作者现身说法，以自己的人生经历与见闻作为基本架构，乃至作者的面目，不时浮现其间。

---

① 　有关王度的生平大概，见孙望：《王度考》，《学术月刊》1957 年 3—4 号。但殷熙仲在《〈古镜记〉的作者及其他》（《文学遗产增刊》第十辑，中华书局 1962 年版）、《王度〈古镜记〉是中唐小说》（《光明日报》1984.4.17 第三版）二文中，提出了新的看法。笔者此处仍取旧说。

《古镜记》全文以作者王度的视角叙述，由王度本人自隋朝汾阴侯生处得识一面古镜发端，继而以失去古镜之后，回顾往事的口吻，叙述这面神奇古镜曾经如何降魔伏妖、逢凶化吉的怪异经历。但是其中又穿插了王度个人的家世背景、仕途经历和人事变迁，又宛如一篇作者的自传，并且像真有其事一般，标明事件发生的年代与地点，试看：

> 大业七年五月，度自御史罢归河东。适遇侯生卒，而得此镜。……大业十三年七月十五日，匣中悲鸣，其声纤远，俄而渐大，若龙咆虎吼，良久乃定。开匣视之，即失镜矣。

值得注意的是，在魏晋六朝志怪小说中，所述怪异之事，大多属作者"收集"而来，听闻而来，或表示各种妖魔鬼怪都是某人物"偶然遇到"的，因而其记述者主要只是站在一定距离之外，"客观"报道，并不发表议论，亦不抒发感慨。可是《古镜记》的叙述者，一改过去志怪作者藏而不露的模糊面孔，现身说法，直接以个人的身份面目出现，以自己的声音抒发感慨。试看：

> 嗟乎！此则非凡镜之所同也。宜其见赏高贤，自称灵物。……今度遭世扰攘，居常郁快，王室如毁，生涯何地，宝镜复去，哀哉！今具其异迹，列之于后，数千载之下，倘有得者，知其所由耳。

这样就把古镜之得而复失，与隋朝的存亡，以及作者个人在仕途的浮沉，联系在一起；其中流露因失镜而引发的，"王室如毁，生涯何地"的慨叹，对世事无常，命运无所依归，乃至忧生伤世的感怀。盖叙述者王度的形象，从故事的叙述过程中，不断浮现出来。作者与叙述者以及作品之间的距离消失，甚至融合成为有机整体。可以看出作者是有意在做文章，有意将自己的人生经验与感受注入其中，遂形成带有自叙或自传意味的小说，这与魏晋六朝志怪"丛残小语"的简单记事，客观叙述，已大相径庭。这正是由前朝志怪衍生而成的《古镜记》之特点，亦是从志怪发展到传奇过渡作品的代表。

㈡ 志怪与传记的结合

初唐传奇小说的过渡特色，还出现于志怪与传记结合一体的作品中。现存无名氏的《白猿传》，即是一例。按，《白猿传》亦称《补江总白猿传》，标题说明是为"补"身居梁、陈二朝大臣江总（519—594）所写《白猿传》而作。意指江总当初写了一篇《白猿传》，后亡佚，遂替他补上。江总是否真的写过一篇《白猿传》，已不得而知，但就标题可看出，作者虚构创作之意图，至为明显。全文主要是以史家写人物传记的格式，结合志怪的内容，记述南朝梁代大将军欧阳纥携妻南征，深入长乐山中，妻子却为一猿妖掳去，并因而怀孕生子，孩子"聪悟绝人"，长大后"果文学善书，知名于时"。历代读者均认为白猿之子，是暗指初唐大臣，亦即形貌酷似猿猴的名书法家欧阳询（557—641）。

试先看《白猿传》故事的发端：

> 梁大同末，遣平南将军蔺钦南征，至桂林，破李师古、陈彻。别将欧阳纥略地至长乐，悉平诸洞，采入深阻。纥妻纤白，甚美。其部人曰："将军何为挈丽人经此？地有神，善窃少女，而美者尤所难免。宜谨护之。"纥甚疑惧，夜勒兵环其庐，匿妇密室中，谨闭甚固，而以女奴十余伺守之。尔夕，阴风晦黑，

至五更，寂然无闻。守者怠而假寐，忽若有物惊悟者，即已失妻矣。……

发现美丽的妻子失踪后，欧阳纥悲痛万分，决定不辞艰辛，日日四处寻妻，终于在深山绝岭中，来到一处景色佳美宛如人间仙境者：

纥大愤痛，誓不徒还。因辞疾，驻其军，日往四退，即深凌险以索之既逾月，忽于百里之外，丛筱上得其妻绣履一只，虽浸雨露，犹可辨识。纥尤凄悼，求之益坚。选壮士三十人，持兵负粮，岩栖野实。又旬余，远所舍约二百里，南望一山，葱秀迥出。至其下，有深溪环之，乃编木以度。绝岩翠竹之间，时见红彩，闻笑语音，扪萝引缲，而陟其上，则嘉树列植，间以名花，其下绿芜，丰软如毯。清迥岑寂，杳然殊境。东向石门，有妇人数十，帔服鲜泽，嬉游歌笑，出入其中，见人皆慢视迟立。……

接着但见一白猿呼啸归来，飞沙走石，天都为之震撼，继而则是在被掳诸妇人协助之下，白猿终于被杀的情景：

（妇人）以玉杯进酒，谐笑甚欢。既饮数斗，则扶之而去。又闻嘻笑之音，良久，妇人出招之，乃持兵而入。见大白猿，缚四足于床头，顾人蹙缩，求脱不得，目光如电。竞兵之，如中铁石，刺其脐下，即饮刃，血射如注。乃大叹咤曰："此天杀我，岂尔之能？然尔妇已孕，勿杀其子，将逢圣帝，必大其宗。"言绝乃死。

最后一段则交代"后话"，并稍做补充，仿佛刻意为读者留下联想的空间，猜测到底谁是白猿之子：

纥即取宝玉珍丽及诸妇人以归，犹有知其家者。纥妻周岁生一子，厥状肖焉。后纥为陈武帝所诛。素与江总善，爱其子聪悟绝人，常留养之，故免于难。及长，果文学善书，知名于时。

按，汉魏以后多有猿猴之类盗取人间美女的传说，《搜神记》中即尝记载，蜀中西南高山有物，与猴相类，"伺道行妇女有美者，辄盗取将去，人不得知"，所生子"与人不异……"《白猿传》故事或许即由此演变而来，再加上欧阳询相貌酷似猿猴的传闻，因而借用欧阳纥的身份姓名，虚构出一段白猿的故事。此文对欧阳询虽有戏谑之意，但从小说创作的观点来看，与《古镜记》相比，无论情节的安排，叙述的技巧，以及对现实人生的反映，都可算是趋向成熟。全文以"人物"传记为整体框架，以欧阳纥失妻、寻妻、救妻而归，作为故事情节的基本梗概。并围绕着白猿掳去美貌妇女这一中心情节，着重描写欧阳纥如何历尽艰辛，寻妻杀猿的行动与心情，可谓志怪与传记圆满的结合。虽然题材上仍继承六朝志怪的神异色彩，结构上则已摆脱平铺直叙，或流水账式的简单记录，更注意情节的曲折，环境的描写，人物形象的塑造，以及人物感情的表现。

值得注意的是，传主白猿，虽然善窃美貌女子，作者显然并未将其塑造成奸淫他人妻女的"妖魔"角色。就如写白猿之相貌仪表时，还赋予"奇人"的特质，且强调其风姿之威武不凡；写其以人身出场时，乃是"美髯丈夫，长六尺余，白衣曳杖，拥诸妇人而出"。故事中叙述白猿被缚于床头，求脱不得的一段，笔墨流露同情，亦引起读者的共感。尤其是白猿垂死前的喟叹："此天杀我，岂尔之能？……"令读者连想起司马迁笔下，楚霸王项羽被汉军重重包围，自度不能脱时的喟叹："此天之亡我，非战之罪也！……"其中蕴含的英雄穷途，个人毕竟无法抗拒命运摆布的悲哀与无奈，十分动人。在白猿被杀后，作者似乎意犹未尽，宛如史传传统，于传主死后，外加一段，且用倒叙手法，交代白猿的"背景"，补充白猿的形象，令其更加丰满完整，其中包括形貌、习性的描述，如"所居常读木简，字若符篆，了不可识……晴昼或舞双剑，环身电飞，光圆若月……"原来白猿和传奇作家一样，也是读书人，而且还文武双全呢！

整篇小说乃属史传笔法，用简洁优美的散体古文撰述，充分展见作者的文章才华，无论叙事写景，皆颇见文采。虽然题材上仍不离"志怪"的怪异色调，但却洋溢着人间情味，在艺术表现上，已具有传奇小说的规模。由于《白猿记》情节离奇，引人入胜，后世小说不乏模仿者。如宋代《清平山堂话本》中《陈巡检默林失妻记》即是。明人瞿佑《剪灯新话》卷三《申阳洞记》，则是从《白猿记》和《失妻记》演化而来。

其实唐代以后的志怪小说，有关猿猴与凡人结合生子的故事不少，但多数是男子如何受母猴精的引诱配合而成。这就引发另外值得一提的有趣现象：从六朝志怪到唐人传奇，从沈既济（750？—800？）的《任氏传》，到清代的《聊斋志异》，其中妖魔鬼怪色诱或掳拐凡俗人间的情事，不胜枚举，然而往往以女妖色诱男子者为多，可是《白猿传》却是罕见的例外，诱拐者居然是"美髯丈夫"的男性。在古典小说中，俊美男性妖怪诱拐女子的故事，未能形成气候，十分可惜，至于理由何在，或许与男女对异性诱惑的抗拒本能有关，倒是颇值得进一步探讨的问题。

（三） 志怪与传奇的结合

志怪与传奇的结合，这类小说展现的，主要是俗世人间的流连，以及神怪气息的消退。最典型的例子，就是张鷟（660？—740？）的《游仙窟》。其文于唐代即流传至日本，而国内却久已失传。直至清末，始有杨守敬将其著录于《日本访书志》。按，《游仙窟》乃是一篇相当特殊的传奇小说。首先，在叙述角度上，小说主人公兼叙述者，自称"仆""下官""张郎"或"文成"，叙述其奉使河源（甘肃一带）途中，投宿一所号称"神仙窟"的豪华大宅，与宅中二仙女崔十娘及其五嫂，如何宴饮赋诗，调情谐谑通宵的"传奇"经历。其间由五嫂做媒，与十娘共赴衾枕，春宵一度，次日两情依依难舍，互赠贴身之物，凄凄切切而别。这样的情节架构，显然来自六朝志怪中洞仙故事的模式。试看其发端一段，写途中进入险峻山岭中之神仙窟，情景恍惚，颇具神异色彩，和志怪小说中人神或人鬼相遇相恋的故事颇相似：

> 若夫积石山者，在乎金城西南，河所经也。《书》云："导河积山，至于龙门。"即此山是也。仆从汧陇，奉使河源。嗟命运之迍邅，叹乡关之渺邈。……日晚途遥，马疲人乏。行至一所，险峻非常，向上则有青壁万寻，直下则有碧潭千仞。古老相传云："此神仙窟也。人迹罕及，鸟路才通。每有香果琼枝，天衣锡钵，自然浮出，不知从何而至。"……

从上引这一段文字看，仿佛与《搜神记》中刘晨、阮肇入天台山遇仙女的情节相类。但其不同之处，首先在于《游仙窟》以男主角的第一人称角度自述。其次，其笔下的十娘、五嫂，仪态娇娆，谈笑举止宛如现实社会中秦楼楚馆的青楼女子。再者，在语言上，《游仙窟》除了以简短的散体古文，杂以俚语俗词交代人物的动作或某个事物的出现外，叙述的语言和人物之间的对话，主要由华丽的骈文，甚至五七言诗句组成。试看叙述者通过婢女之口，介绍十娘之"美"：

容貌似舅潘安仁之外甥，气调如兄崔季珪之小妹。华容婀娜，
　天上无俦；玉体逶迤，人间少匹。辉辉面子，荏苒畏弹穿；细细
　腰肢，参差疑勒断。韩娥、宋玉，见则生愁；绛树、青琴，对之
　羞死。

　　这样多方设喻，联想模拟的人物形象描写，可谓竭尽铺排夸饰之能
事，显然是叙述者主观情感的抒发，而且明显展示其有意为美文、显才华
的痕迹。文中又还运用许多诗句作为人物之间调情的对话：

　　下官咏曰："旧来心使眼，心思眼即传。由心使眼见，眼亦
　共心怜。"……逾时五嫂遂向果子上作机警曰："但问意如何，相
　知不在枣。"十娘曰："儿今意正蜜，不忍即分梨。"下官曰："勿
　遇深恩，一生有杏。"五嫂曰："当此之时，谁能忍柰。"

　　综观其文体类型，一方面由魏晋六朝的杂赋和俗赋演变而来，同时又
有模仿当时民间通俗文学的痕迹，与变文俗讲的风格亦相近。此外，就其
故事情节而言，倘若掀开其中神仙的外衣，随处可见的，只是人间俗世的
生活内容，其间展现的主要是，男女的调笑欢乐，恣情肆意的生活享受。

　　其实《游仙窟》通篇故事情节颇为简单平直，并无后来的传奇故事那
样丰富复杂、曲折生动的内容；但其描写细腻，文笔典雅，而且洋洋洒洒
近万言，乃是唐代文言短篇小说领域中前所未见的"鸿篇巨制"。作者主
要是以志怪故事"遇仙"的架构，炫耀风流才子的艳遇，狎妓冶游的"传
奇"经验。全文由许多咏物咏人的骈文及五七言诗堆砌而成，虽然并不符
合唐代传奇以散体古文叙述故事的格局，却增强了作品的审美意味，至少
开启了此后唐代传奇往往以诗入文的先河，同时遥指明清传奇作者，为炫
耀诗才，将诗歌堆砌入文的后续。值得注意的是，长久失传的《游仙窟》，

虽然没有直接的继承者，毕竟展现出，从志怪到传奇这两种小说文体嬗变期间，作者"作意好奇"的新尝试。

如果说《古镜记》《白猿传》诸作，从题材内容，到艺术风貌，都还带有魏晋六朝小说的余风，《游仙窟》则是处于这一变革阶段的"末期"，基本上已经预示，至少在内容上，唐传奇未来朝向现世人生继续发展的趋势。

✤ | 二、喻世故事 —— 盛唐传奇的正式成熟

盛唐之际流行的喻世故事，往往含蕴对盛唐文人士子功名心切的反讽，亦显示成熟传奇的登场，同时清楚展现，唐传奇由神异世界趋向现实人生的转化。这不但是题材内涵的变化，也包括艺术风格的变化。按，唐传奇的喻世故事，常以一场梦幻为架构，其中虽也涉及某些神异成分，但以讽喻现实生活，喟叹人生如梦为宗旨，笔墨重点着落在现实人生，颇能反映盛唐时期社会上某些宗教信仰，或一般文人士子心目中的人生理想。其中以反映现实人生，描述官场仕途生活为题材的作品，最具代表性。这时的传奇故事，已经是成熟的小说。

例如沈既济的《枕中记》，就其题材而言，乃是取自干宝《搜神记》中一则"杨林入梦"故事为基本架构，进而加以润饰扩充。但其实际内容，却是以当时唐代的现实社会生活为基础，再加以虚构想象而成。《枕中记》叙述的是，一个热衷功名富贵却失意潦倒的卢姓青年，路过邯郸时，遇见一吕姓老道士，闲谈中向他抱怨人生在世困顿不得志。于是老道士就借一个枕头给卢姓青年，让他入睡，尝尝所谓荣华富贵的滋味。卢姓青年在梦

中，果然经历了唐代一般士人的理想人生，包括当官发财，建功立名，且与豪族联姻的富贵生活。梦中一切都正如他平日所殷切企盼的。试先看其开端：

> 开元七年，道士有吕翁者，得神仙术，行邯郸道中，息邸舍，摄帽弛带，隐囊而坐。俄见旅中少年，乃卢生也。衣短褐，乘青驹，将适于田，亦止于邸中，与翁共席而坐，言笑殊畅。久之，卢生顾其衣装敝亵，乃长叹息曰："大丈夫生世不谐，困如是也！"翁曰："观子形体，无苦无恙，谈谐方适，而叹其困者，何也？"生曰："吾此苟生耳，何适之谓？"翁曰："此不谓适，而何谓适？"答曰："士之生世，当建功树名，出将入相，列鼎而食，选声而听，使族益昌而家益肥，然后可以言适乎。吾尝志于学，富于游艺，自惟当年，青紫可拾。今已适壮，犹勤畎亩，非困而何？"言讫，而目昏思寐。……

继而在梦中，卢生平日所企盼的人生理想，果然事事如愿。不但娶得清河大族崔氏女为妻，且登第入仕，还出将入相，凿河拓疆，功勋显赫，恩礼极甚。其间虽然曾经因"大为时宰所忌"而遭贬，又被同列诬害而下狱，差点儿家破人亡，但总算化险为夷，"再登台铉，出入中外，徊翔台阁，五十余年，崇盛赫奕。……末节颇奢荡，好逸乐，后庭声色皆第一。前后赐良田、甲第、佳人、名马，不可胜数"。最后还是享尽荣华富贵，子孙满堂，年逾八十而终。可是，一觉醒来，竟然发现刚才所遇老道士仍在身边，其蒸的黄粱饭还没熟。卢姓青年顿时醒悟到，人生何其短暂，数十年荣华富贵，不过是"黄粱一梦"而已。由此而大彻大悟，功名利禄之念顿然消除殆尽，于是稽首拜谢吕翁而去：

卢生欠伸而悟，见其身方偃于邸舍，吕翁坐其傍，主人蒸黍未熟，触类如故。生蹶然而兴，曰："岂其梦寐也？"翁谓生曰："人生之适，亦如是矣。"生怃然良久，谢曰："夫宠辱之道，穷达之运，得丧之理，死生之情，尽知之矣。此先生所以窒吾欲也。敢不受教。"稽首再拜而去。

另一篇同样以"人生如梦"为宗旨的著名故事，则是李公佐（775？—850？）《南柯太守传》，亦是对当世文人士子热衷功名富贵现象的讽喻。主角淳于棼与《枕中记》的卢生一样，也是一介书生，在进入梦中世界享受荣耀显赫之前，亦处于失意困顿境遇。然而，在梦中"若度一世"，梦外却"斜日未隐于西垣，余樽尚湛于东牖"。淳于棼梦醒之后，与二客"寻穴就源"，发现梦中所遇的"大槐安国"和"檀梦国"，其实只是一株槐树下的蚁穴。不免"感南柯之浮虚，悟人世之悠悠"，进而从此"栖心道门，绝弃酒色"。

盛唐流行的这类喻世小说，虽虚托梦端，却实写现实社会人生，这正是中国记梦文学"意在梦外"的特色[①]。文中所涉及的年代、人名、地名、事件、官制等，均与唐代社会的实况相符，其中描述的，追求功名富贵的细节，也是唐代士人，尤其是盛唐之际现实生活的写照。然而梦中的经历长达数十年，梦外只不过是短暂的瞬间。梦外现实与梦中情景在时间与空间尺度上的对比，形成对世俗追求功名意念的反讽。小说中揭示的人生如梦的主题，否定了主人公曾经向往和追求的一切，或许反映作者在现实人生中遭遇挫折之余领悟的人生态度。可是，从梦境中荣获功名富贵的细节

---

① 有关中国记梦文学的研究，可参傅正谷：《中国梦文化》，中国社会科学出版社 1993 年版；傅正谷：《中国梦文学史 —— 先秦两汉部分》，光明日报出版社 1993 年版。

描述里，却隐约地泄露出，作者实际上对功名富贵的人生理想还是念念在心，难以割舍。而这种不经意的真情流露，正是这类唐传奇故事最具魅力之处。

❖ | 三、爱情故事 —— 中唐传奇的杰出表现

以男女爱情婚姻为题材的作品，在中唐时期的传奇小说中，表现最为杰出，同时亦代表唐人传奇小说的最高成就，也是唐传奇中最具写实精神的作品。有趣的是，这些爱情故事中的男主角，常常是出身官宦家庭，年轻多才的文弱书生，欠缺英雄性格或男子气概。女主角则多是温柔美丽，又贤惠能干的年轻女子，出身背景则跨越各社会阶层，有良家女子，有权贵人家的姬妾，偶尔还有狐妖、幽灵、龙女，不过最常见的，还是出身卑微、沦落青楼的娼妓。可是由于唐代士人一般以娶名门女子为荣，这种联姻有利于仕进，可提高社会地位，有助于官场的晋升，尽管都会的娼妓亦不乏才貌俱全、令人心醉情迷者，但却并不真正受到尊重。乃至书生与娼妓的爱情故事中，男女主角社会身份地位的悬殊，往往构成对真正爱情的潜在威胁与阻碍。因此，除了极少数的例外，如白行简（776—826）的《李娃传》，大凡书生与娼妓的恋爱，都没有圆满的结局。

值得注意的是，唐传奇爱情小说中的故事，除了几篇带神异色彩者之外，或多或少都宣称与真实人物事件的社会传闻有些关联。如白行简《李娃传》，写的是天宝年间荥阳公子迷上长安名妓李娃的故事；许尧佐《柳氏传》，则写诗人韩翃（766 年前后在世）与宠姬柳氏的离合悲欢；蒋防[长庆元年（821）官翰林学士]《霍小玉传》，写的是名妓霍小玉和诗人李

益（748—827）的爱情故事；元稹（779—831）《莺莺传》（又名《会真记》），则可能是追述个人的陈年往事，一篇自传性的爱情故事；陈鸿［贞元二十一年（805）进士］《长恨歌传》，则回顾历史，写唐玄宗与杨贵妃的爱情悲剧。这些正是传奇深受史传文学影响的痕迹。

中国文学史上，虽有不少诗歌以思妇或弃妇立场诉说在爱情婚姻中的挫折与悲哀，但在唐代之前，从来没有一个时代的文坛，像唐传奇作家那样，会将注意力如此集中在男女的爱情与婚姻关系中，且将笔墨才情挥洒在如此众多的妇女，甚至社会地位卑微的娼妓身上。作者不但关怀这些女子的生活，同情她们的不幸，还分享她们的欢愉，赞美她们的容姿、技艺与品德。例如白行简《李娃传》与蒋防《霍小玉传》，即为书生与娼妓恋爱故事的典型例子。虽然两篇小说均涉及社会通行的道德规范与价值准则，但由于叙述者的立场态度不同，前者以大团圆为结局，后者则以悲剧收场。

《李娃传》主要叙述一年方弱冠的荥阳公子郑生，奉父命进京赶考，却被"妖姿要妙，绝代未有"的长安名妓李娃所吸引，立即坠入情网不能自拔。进而与李娃两情相悦，干脆弃举业而享爱情。一年之后，"资财仆马荡然"，李娃在鸨母怂恿之下，同意设计抛弃荥阳公子，任其流落街头，之后公子竟然须靠受雇丧家唱挽歌糊口。其父荥阳公发现后，气愤之余，要将这不孝子狠狠责打至死，任其弃尸街头。幸亏得到唱挽歌的同仁及时相救，但郑生已手足伤残，遂沦为乞丐，"持一破瓯，巡于闾里，以乞食为事"。某日大雪，郑生沿街乞讨之声，居然被李娃听到了。这才发现昔日"驱高车，持金装"的荥阳公子，竟变成"枯瘠疥疠，殆非人状"。善良的李娃，愧悔之余，决意出手相救。继而则是李娃如何自行赁屋别居，设法医治荥阳公子，并日夜督促其刻苦攻读。两年后，公子终于一举及第，接着又中制科，遂授成都府参军。此时李娃以功成求退，荥阳公子当然坚持不允，可喜其父的态度亦大为转变，终于接纳李娃为正式媳妇。李娃婚后"治家严整，极为亲所眷"。并且为荥阳公子带来"累迁清显之任"，"四子皆为大官"，"兄弟姻媾皆甲门"的隆盛之运。后遂被朝廷封为"汧国夫人"。故《李娃传》一名《汧国夫人传》。

　　整篇小说的主题意义是，爱情的沉迷与功名前途显然有冲突，书生与娼妓的恋爱，逢场作戏则可，认真起来则不受社会主流所接受。不过，在作者的宽容之下，男女主角之间阶级地位的鸿沟，则可以经由当事人致力修善的德行来弥补。此处所谓"德行"，不只是荥阳公子在李娃鼓励督促之下，重新做人，恢复本分，奋发读书，应举任官，更重要的还是在于李娃本身角色的改变。按，李娃由昔日情人，转变为今日贤内助，由情妇之爱，转变为慈母之情，对荥阳公子可谓呵护备至，且谆谆教诲。又由于李娃知识之丰富，亦超乎寻常，尤其对于官场政坛的习性、情况，简直了如指掌，遂从美娇娘转变成荥阳公子入仕问政的军师或顾问。试看李娃收留落魄的荥阳公子后，令人刮目相看的种种表现：

　　　与生沐浴，易其衣服；为汤粥，通其肠；次以酥乳润其脏。旬余，方荐水路之馔。头巾履袜，皆取珍异者衣之。未数月，肌肤稍腴；足岁，平愈如初。异时，娃谓生曰："体已康矣，志已壮矣。渊思寂虑，默想囊昔之艺业，可温习乎？"生思之，曰："十得二三耳。"娃命车出游，生骑而从。至旗亭南偏门鬻坟典之肆，令生拣而市之，计费百金，尽载以归。因令生斥弃百虑以志学，俾夜作昼，孜孜矻矻。娃常偶坐，宵分乃寐。伺其疲倦，则谕之缀诗赋。二岁而业大就，海内文籍，莫不该览。生谓娃曰：

"可策名试艺矣。"娃曰:"未也。且令精熟,以俟百战。"更一年,曰:"可行矣。"于是遂一上登甲科,声振礼闱。虽前辈见其文,罔不敛衽敬羡,愿友之而不可得。娃曰:"未也。今秀士苟获擢一科第,则自谓可以取中朝之显职,擅天下之美名。子行秽迹鄙,不侔于他士。当砻淬利器,以求再捷,方可连衡多士,争霸群英。"生由是益自勤苦,声价弥甚。其年,遇大比,诏征四方之隽,生应直言极谏科,策名第一,授成都府参军。……

更令人意外的是,李娃悔恨之余,在近乎"慈母教子"的任务完成之后,不求任何回报,"愿以残年,归养老姥"。在作者笔下,李娃的形象真是太理想、太完美了,几乎是不可能存在于现实世界的,但是这毕竟是流传于世,令人感佩的故事。揭示的正是传统书生心目中的理想情人与理想人生,同时亦透露出文人士子在科举入仕竞争日益激烈的状况下,既自怜又自负的复杂心态。

公子落难,受到佳人的眷顾,终于重新站起来,这样令读者欣慰的才子佳人爱情故事,从此成为中国小说或戏曲诸叙事文学中常见的模式。此后宋人通俗小说《李亚仙不负郑元和》、元代石君宝《李亚仙花酒曲江池》杂剧,明代薛近兖《绣襦记》传奇,均由《李娃传》衍生而成。

与《李娃传》大团圆结局迥然不同者,则是以悲剧收场的《霍小玉传》。小说男主角李益乃是大历、贞元年间著名诗人。时年方二十,以进士擢第,"每自矜风流,思得佳偶,博求名妓"。小玉原是霍王姬妾之女,虽沦为倡家,因久慕李益才名,也欲"求一好儿郎格调相配"。经媒人撮合,才子佳人终于喜结良缘,可谓"两好相映,才貌相兼"。惟小玉心下明白,"妾本倡家,自知非匹",总是顾虑欢爱难久,李益遂写下帛书,

"引谕山河，指诚日月"，信誓旦旦，表示此心不渝。两年后，李益登科授职，答应省亲毕便来迎娶小玉。不料李益返家之后即奉母命另娶表妹卢氏。李益不得已而"愆期负约"，小玉则因等待无望，相思成疾，竟抑郁含恨而死。惟死后冤魂不散，竟化为厉鬼，令李益家庭终日不得安宁，李益动辄对妻妾心生疑忌，饱受嫉妒的折磨。不管是妻子卢氏，还是侍女婢妾，好像都对他不忠，都在背后与其他男人私通。在作者刻意安排之下，负心汉终于遭到应得的报应。

值得注意的是，作者塑造的人物形象，并未忽略人物在人格情性上的复杂性。就李益的负心而言，他与小玉之间郎才女貌的爱情，令人称羡，二人身份地位悬殊，无法结为正式夫妻，是现实社会的"正常"现象。李益对小玉所许"粉骨碎身，誓不相舍"的誓言，未必不真诚，作者安排他是在"素严毅"的母亲压力之下，才另娶表妹卢氏，实际上已向读者传达，李益的负心，是万不得已的，是家庭、社会造成的。当李益"自以愆期负约"，造成小玉"疾候沉绵"而感到"惭耻"，却又"忍割，终不肯往"。终于在一黄衫豪士挟持之下，李益往见因相思成病的小玉。试看：

> 玉沉绵日久，转侧须人。忽闻生来，欻然自起，更衣而出，恍若有神。遂与生相见，含怒凝视，不复有言。赢质娇姿，如不胜致。时复掩袂，返顾李生。感物伤人，坐皆歔欷。顷之，有酒肴数十盘，自外而来。一座惊视，遽问其故，悉是豪士之所致也。因遂陈设，相就而坐。玉乃侧身转面，斜视生良久，遂举杯酒酬地，曰："我为女子，薄命如斯。君是丈夫，负心若此。韶颜稚齿，饮恨而终。慈母在堂，不能供养。绮罗丝管，从此永休。征痛黄泉，皆君所致。李君，李君，今当永诀！我死之后，必为厉

鬼，使君妻妾，终日不安。"乃引左手握生臂，掷杯于地，长恸号哭数声而绝。母乃举尸，置于生怀，令唤之，遂不复苏矣。生为之缟素，旦夕哭泣甚哀。

霍小玉对李益的爱恋痴情，乃至因爱生恨的感情变化，足以令读者心生同情，胸怀怜悯，可是作者对李益虽负心却又痛惜小玉的心情，以及"就礼于卢氏"之后，因想念小玉而"伤情感物，郁郁不乐"的心理描写，亦令读者"谅解"。虽说长安城中"风流之士，共感玉之多情；豪侠之伦，皆怒生之薄行"，但实际上并未将李益的形象简单化为不可原谅的始乱终弃的"负心汉"，反而随时提醒读者，基于李益天生柔弱的性格，加上慈母严命难违的困境，以及对自己有负小玉而感"惭耻"的痛苦心情，这些细节，均足以展现作者对人性复杂，以及人生无奈的充分了解，对现实人生毕竟不能尽如人意，有透彻体认。

《霍小玉传》是一篇典型的男子负情、女子薄命的故事。此后，以痴情女子薄幸郎为主题的戏曲和小说，真是不胜枚举。其中明代汤显祖（1550—1616）的名作《紫钗记》，即据此改编而成。当然，在唐传奇的爱情小说中，最脍炙人口，影响最深远者，还是元稹的《莺莺传》（又名《会真记》）。

《莺莺传》所述乃张生与崔莺莺相爱又决绝的故事。故事情节架构很简单，写张生在普救寺与崔莺莺偶然相遇，两情相悦，遂私下幽会西厢，其后张生西去长安，因"文战不利"，"遂止于京"，两人的情缘由此断绝。岁余之后，男婚女嫁，"崔已委身于人，张亦有所娶"。一日，张生适经往日所居，忘不了旧情人，乃以"外兄"名义求见，可是莺莺则"终不为出"。自宋代以来，读者均相信，故事中的张生就是元稹的化身，而叙述者"余"，即元稹的自谓。所以张生可说是一个自传性的人物，他和莺莺的恋情，也就是元稹个人的亲身经历。笔下的张生，可能是他心目中、记忆里年轻时代的自己，而莺莺则是他曾经爱过的且难以忘情的女人。这是唐代传奇故事中，少有的带有自传色彩的爱情小说。其基本架构不出才子佳人爱情故事的范畴，但是与其他类似的传奇小说不同之处在于，女主角身份的寻常，以及人物性格心理的复杂。

就女主角身份而言，其他唐传奇涉及爱情的故事，如《游仙窟》的十娘是女仙，《任氏传》中的任氏是狐妖，《柳毅传》是龙女，《离魂记》是幽魂，均非寻常人生、现实社会中的成员。至于生存在现实社会中的李娃与霍小玉，则又是沦为青楼娼妓，属于特种营业者。这些女子，由于身份的"特殊"，可以不受传统礼教的束缚，可以自由恋爱，而且无论结局如何，总还拥有追求个人幸福、选择如意郎君的"特权"。可是作者元稹笔下的莺莺，既非神怪妖精，亦非青楼娼妓，而是崔姓的名门闺秀，自小即受传统礼教熏陶的寻常少女，她却心甘情愿地，自行冲破原先谨守的礼教防范，在没有婚约的承诺下，尝试恋爱的滋味，并且还自荐枕席于张生。这样的女子，更容易引起读者大众的好奇与关怀，其遭受"始乱终弃"的不幸结局，更容易引发读者的同情与怜悯，因为莺莺毕竟是一个现实社会中寻常的"好"女孩。

就人物性格心理的复杂层面而言，《莺莺传》在唐传奇中，则是一篇佼佼者。作者对莺莺性格的复杂多面，心理的矛盾冲突，刻画之幽微细腻，是中国古典小说中罕见的。试看张生赴长安前后，二人互动的情景：

> 张生将之长安，先以情谕之，崔氏宛无难词，然而愁怨之容动人矣。将行之再夕，不复可见。而张生遂西下。数月，复游于蒲。会于崔氏者又累月。崔氏甚工刀札，善属文，求索再三，终

不可见。往往张生自以文挑，亦不甚睹览。大略崔之出人者，艺必穷极，而貌若不知；言则敏辩，而寡于酬对。待张之意甚厚，然未尝以词继之，时愁怨幽邃，恒若不识，喜愠之容，亦罕形见。异时独夜抚琴，愁弄凄恻，张窃听之，求之，则终不复鼓矣。以是愈惑之。张生俄以文调及期，又当西去。当去之夕，不复自言其情，愁叹于崔氏之侧。崔已阴知将诀矣，恭貌怡声，徐谓张曰："始乱之，终弃之，固其宜矣。愚不敢恨。必也君乱之，君终之，君之惠也。则没身之誓，其有终矣，又何必深感于此行？然而君既不怿，无以奉宁，君常谓我善鼓琴，向时羞颜，所不能及。今且往矣，既君此诚。"因命拂琴，鼓《霓裳羽衣》序，不数声，哀音怨乱，不复知其是曲也。左右皆唏嘘。张亦遽止之，投琴，泣下流连。趋归郑所，遂不复至。

莺莺不仅容貌"颜色艳异，光辉动人"，才艺亦出众，既善属文，又善鼓琴，且不轻浮，不自夸，只是一个含蓄幽怨的怀春少女，遂令张生迷惑爱恋不已。对于二人之间的恋情，莺莺总是柔顺委屈，毫不强求，明知将被遗弃，却从来不出怨言，只痛苦地、默默地承受下来。这一切或许因为，她乃是自荐枕席于张生。可是莺莺毕竟是传统礼教熏陶下的大家闺秀，道德意识仍然盘踞在心中，所以才会有"自献之羞"。被张生始乱终弃之后，"命也如此，夫复何言！"只得隐忍苟活。不过，莺莺在接受命运的安排之后，另嫁他人，继续其人生的旅程，并且展示出人格情性中的成熟，流露一分由人生经验而拥有的成熟智慧。既然都已经各自男婚女嫁了，于是拒绝张生的要求，不愿再相见，并且赋诗劝言："弃置今何道，当时且自亲。愿将旧时意，怜取眼前人。"

莺莺是自愿去品尝爱情的甜美与苦果，始终在道德意识、礼教观念的干扰之下，追求爱情，接受命运。作者以极其温柔、无限怀思的笔触，将莺莺呈现在读者面前，让我们目睹莺莺，原先在礼教防范与爱情渴求之间的挣扎，出尔反尔的言行举止，充满矛盾冲突的人格情性，如何通过这次爱情经验的磨炼，趋于成熟。同时，作者似乎又带着内疚与惭愧的心情，将张生这个情种，塑造成一个忘情负义、令人不齿的薄幸郎。仿佛刻意要读者也跟他一样，喜欢莺莺，同情莺莺，怀念莺莺，并且谴责张生的始乱终弃。

或许基于对莺莺这个人物的怜惜，希望能弥补她的遗恨，让她得到幸福，同时也抚慰无数读者不平的心灵，后世许多戏曲作家，遂将莺莺的故事予以改造，变成皆大欢喜的大团圆结局。如金代董解元的《西厢记诸宫调》、元初王实甫的《西厢记》杂剧即是。两部戏曲，均属佳作，不过，《莺莺传》原有的真实感，以及令人低回吟叹的余味，却削弱了。

值得注意的是，唐传奇中的爱情故事，很少写夫妻间的爱情，绝大多数是意欲突破社会人情与传统礼教束缚的浪漫爱情。这些爱情故事最普遍的进展是，男女双方一见钟情，然后私订终身，谈情说爱期间，或幽会或同居或私奔，少数幸运者，在几经波折之后，有情人终成眷属。只是不幸者通常占大多数，往往是女方饮恨终身，甚至还赔上自己的性命。如果对爱情执着痴迷，彼此爱心不渝，而且又姻缘前定，则男女双方甚至可突破生死的界限，达到人鬼相恋以至结合为长久夫妻的境地。

唐传奇爱情故事的男女主角，在面对爱情的困境时，最普遍情况是：女方多半表现得性格坚韧，任劳任怨，不怕吃苦，且具有毅然投奔爱情，甚至为爱情而自我奉献牺牲的精神；男方则往往文弱无能，甚至胆小怕事，通常只具有投奔个人前程而牺牲爱情的勇气。只有李朝威《柳毅传》中的男主角柳毅，因同情龙女的遇人不淑，而心生怜爱，是极少数的例外。柳毅虽为落第书生，个性却刚强豪爽，其打抱不平的性格，已经和侠义之士相近了。

✤ | 四、侠义故事 —— 晚唐传奇，武侠小说的滥觞

现存唐传奇中的侠义故事，可说是民间传说故事与历史侠义人物事迹的综合品。其实，侠义之士在唐传奇爱情故事中，已经陆续出现，除柳毅对龙女的爱情，带有侠义色彩之外，《霍小玉传》中忽然出现的黄衫豪士，也已展现侠士在解决困难境况中的重要性。当然，晚唐侠义故事的流行，有其特殊的时代背景，与晚唐皇室朝廷权力微弱，藩镇林立，彼此争夺地盘，扩张势力，导致社会秩序日趋混乱，民生经济逐渐衰退，有一定程度的关系。基于晚唐政治社会的混乱，一般文人士子生活的困难与苦闷，在现实环境中，又不敢公然有反抗发泄的言行，只好在虚构想象中，创造出一些侠义人物，为受委屈、遭压迫的人物打抱不平；或塑造豪杰之士，出来替天行道，为社会锄恶平乱。加上兼受道教神仙思想的影响，侠义小说含蕴的神奇色彩颇为浓厚。

晚唐流行的侠义小说之主人公，来自不同的社会阶层。其中有婢女（《红线传》）、千金小姐（《聂隐娘传》）、唐朝开国君主李世民、开国元勋李靖、富商巨贾（《虬髯客传》）、奴隶（《昆仑奴传》）等。传奇故事中的这些侠义之士，其共同特点是，均会奋不顾身，仗义助人，有的还具有超乎常人的神奇武功本领。其中可以袁郊（9世纪末）所撰《红线传》、杜

光庭（850—933）《虬髯客传》为代表，两篇小说，可谓是中国武侠小说的滥觞。

按《红线传》收录于袁郊的传奇小说辑本《甘泽谣》[咸通九年（868）自序]。红线原是潞州节度使薛嵩家中的侍女，不但关心民生疾苦，还具有神奇的好功夫。薛嵩与魏博节度使田承嗣原本是儿女亲家，不过田承嗣野心勃勃，觊觎潞州之地，准备发兵兼并，薛嵩闻讯后日夜忧闷，计无所出。这时侍女红线就展示出女侠的本色。为报答薛家对其"宠恃有加"之恩，同时亦为"两地保其城池，万人全其性命"之义，乃自告奋勇，为其主解忧。遂于当夜易妆潜往魏博，且直抵田承嗣防卫森严的寝所，取其床头金盒而归，并教薛嵩立即派人骑快马将金盒送还魏郡。田承嗣一见其金盒，果然"惊怛绝倒"，不得不表示折服悔过，一场战祸遂得以避免。红线女于任务完成后不久，即辞别主人薛嵩，飘然而去，不知所终。展现了义助恩主、功不受赏的侠义精神。

另外，《虬髯客传》亦是唐传奇中的名篇，也是具有神奇色彩的侠义小说。故事是以隋朝权贵大臣杨素的宠姬红拂女私奔李靖之事为开端，叙述隋末豪侠虬髯客意欲逐鹿中原的故事。按，虬髯客原本怀着野心，想干一番争王图霸的事业，却因认识到太原的李世民才是"真命天子"，遂主动放弃逐鹿中原的初衷，毅然远走海外，另立基业，并且把全部财富赠送给李靖及红拂，寄望他们辅佐李世民争霸天下。十年后，李靖果然成了大唐王朝的开国勋臣，协助李世民父子建立李唐王朝，至于虬髯客，亦传闻在海外自立为王。作品中的两男一女主角，即后世所称的"风尘三侠"。但是这三侠并不像一般豪侠那样身怀绝世武功，而是凭胆识、气魄、人格展现他们的侠义精神。

《虬髯客传》虽以隋末大乱，群雄并举的历史状况为故事背景，却并不以史实为必然依据。主角乃是传说中的神奇人物虬髯客，其真实姓名不得而知。试看作者笔下虬髯客与李靖在旅店偶然相会，继而相约前往太原寻访"真命天子"李世民的情景：

> （虬髯客）曰："有酒乎？"曰："主人西，则酒肆也。"公（李靖）取酒一斗，既巡，客曰："吾有少下酒物，李郎能同之乎？"曰："不敢。"于是开革囊，取一人头并心肝。却头囊中，以匕首切心肝，共食之。曰："此人天下负心者，衔之十年，今始获之。吾憾释矣。"又曰："观李郎仪形器宇，真丈夫也。亦闻太原有异人乎？"曰："尝识一人，愚谓之真人也；其余，将帅而已。"曰："何姓？"曰："靖之同姓。"曰："年几？"曰："仅二十。"曰："今何为？"曰："州将之子。"曰："似矣。亦须见之。李郎能致吾一见乎？"曰："靖之友人刘文静者，与之狎。因文静见之可也。然兄何为？"曰："望气者言，太原有奇气，使访之。李郎明发，何日到太原？"靖计之日，曰："达之明日，日方曙，候我于汾阳桥。"

> 言讫，乘驴而去，其行若飞，回顾已失。公与张氏且惊且喜，久之，曰："烈士不欺人，固无畏。"促鞭而行。及期，入太原，果复相见。大喜，偕诣刘氏。诈谓文静曰："有善相者，思见郎君，请迎之。"文静素奇人，一旦闻有客善相，遽致使迎之。使回而至，不衫不履，裼裘而来，神气扬扬，貌与常异。虬髯默然居末座，见之心死，饮数杯，招靖曰："真天子也。"……

小说虽借用杨素、李靖、李世民、刘文静等真实历史人物的名字，但整个故事情节的发展，甚至时空环境，都是作者有意虚构想象的。这是唐传奇所以视为成熟小说的重要特点，也是与前代笔记小说最大的不同之处。这明确反映出，从唐传奇开始，中国小说已从历史上混淆的概念变得清晰起来，以其特有的风貌，成为属于文学领域的作品，并在唐代文坛上独树一帜。

❖

第三节

艺术风貌与写作传统

唐代传奇虽从魏晋六朝笔记小说发展而来，但在形式体制上更为完整，不再是"丛残小语"的片段谈柄，且脱离了简单平面的记述，而是以具体故事的演出方式来展开情节，进而还重视文辞的修饰，细节的处理，以及人物形象的描写与性格的刻画，在小说的艺术风貌与写作技巧上，形成唐传奇作为一种文类的特色。以下试从几个层面分别论述。

❖ ┃ 一、体制特色 —— 传记为体

唐传奇在篇幅上虽比魏晋六朝笔记小说增长了，基本上仍属短篇故事，每篇少则几百字，多则数千字。但篇幅虽短，在体制上，唐传奇已经由魏晋六朝小说的"笔记体"，发展为"传记体"，多属以传或记的形式，来叙述人物或事件的故事始末，显示其深受史传文学的影响。当然，在唐以前的小说中，已经出现用"传"或"记"的形式撰写小说的先例，如《穆

天子传》《汉武帝内传》《桃花源记》等，但这些只不过是偶然现象，直至唐人笔下，以史官记述人物事件的笔法来写小说，才成为传奇体制的明显特点。

综观现存唐传奇，多以"传"或"记"名篇，表明是为某人物的经历或某事件的过程为笔墨重点，如《白猿传》《任氏传》《枕中记》《离魂记》《长恨歌传》等。文中主要以个别人物或特殊事件的故事为骨干，于故事发端，往往率先交代人物的姓氏、籍贯，或故事发生的年代时间和地点，以示可信。如"某生，某地人也……"或"某朝，某年间，有某人……"。在故事结尾时，则经常对该人物或事件，提供一段类似史传"论赞"的议论或总评，表示叙述者对整个故事的看法和态度。这与正史中"列传"的体制，如《史记》的"太史公曰"，或《汉书》的"赞曰"，一脉相传。

✚ | 二、语言风格 —— 讲究文采

虽然唐人传奇基本上乃是脱胎于魏晋六朝笔记小说，不过，却更为讲究文采。行文精炼简洁，文辞典雅优美，则是唐传奇在语言表现上的普遍特色。毕竟魏晋六朝小说仍属于"笔"，而非"文"，及至唐人，方"作意好奇"，出于有意识的创作，遂突破了"笔记"小札的窠臼，表现出有意好尚新奇的特点。又由于唐人传奇是文人写来给文人看的，主要是流传于文人圈以供消闲娱乐的阅读欣赏，同时也寄望借此扬才露己，制造辞章文采的声名；因此，在语言运用上，往往刻意讲究文辞的优美，叙述的生动，描写的确切。与魏晋六朝笔记小说质朴无华的语言相比照，显然展示出更亮丽的文采，更浓厚的文学意味。主要表现于以下两方面：

首先，唐传奇作家大量运用描写性质的形容语词和骈偶句。与唐前的笔记小说相比，唐传奇小说中形容人物事件之词语大量增加。就看描写女性的容姿，魏晋六朝笔记小说中，或许根本不着笔墨，或许虽然偶尔采用少许形容词来描写，但往往简略地称"美"，或"甚美"。例如"韩凭，娶妻何氏，美"（《搜神记·韩凭夫妇》），至于如何"美"，到底"美"到什么程度，则但凭读者自己去想象了。可是唐传奇则大不相同，形容女性的容貌姿色，往往不厌其烦，争奇竞艳，或直接描述，或借故事中人物的反应来衬托。例如李娃：

　　　　妖姿要妙，绝代未有。生忽见之，徘徊不能去……明眸皓腕，
　　举步艳冶。

　　又如莺莺：

　　　　常服睟容，不加新饰，垂鬟接黛，双脸销红而已。颜色艳异，
　　光辉动人。张惊，为之礼。……凝睇怨绝，若不胜其体者。

　　其次，唐传奇基本上虽以散体古文为叙述主体，不过其作者往往喜用骈辞偶句入文，增添作品的审美意趣。如《游仙窟》《南柯太守传》《长恨歌传》等，就间杂了许多四六言的骈偶句，有时小说中的骈偶句的分量，甚至超过散体（《游仙窟》即是）。乃至唐传奇的语言，比前代小说的语言，似乎更趋于典雅华丽，更有意展现作者的文采。

　　再者，在骈辞偶句的语言之外，出乎意料的是通俗语言的渗入。就如人称代词，往往用通俗的"我""你""他"（《霍小玉传》《无双传》）。甚至市面上流行的俚语、谣谚，亦会浮现于唐传奇中。如《柳氏传》中以"章台柳"代称妓女，《霍小玉传》中比喻夫妻和谐的"鞋"，《东城父老传》中"生儿不用识文字"的民谣，都是取自民间通俗语言的例子。

整体视之，由于唐传奇作者多属心怀仕宦功名的文人士子，意欲表现的包括史才、诗笔、议论诸才华[①]，故而往往以史传的笔法来叙事，间以诗的情韵，并于故事之后加一段议论作为总结，乃至唐传奇可说是夹杂叙事、诗歌、议论三种文体的综合，比起魏晋六朝单纯的笔记叙事文体，更为繁富丰美。

✤ | 三、叙述角度 —— 第三人称

除了少数例外，如王度《古镜记》和张鷟《游仙窟》，乃是以第一人称叙述，唐传奇绝大多数均以第三人称角度叙事。惟叙述者为了取信读者，往往会声称，其故事来自某人之口述，或某人之目击；故事发生之前后，又通常以一段简略的引言或后记，如某年某地，从某人处听到，此人不是亲身经历其事，就是亲眼看到此事……这种写法，目的是交代故事来源，同时为说服读者，其故事无论有多传奇，是可信的，曾经发生过的。

唐传奇的叙述者，通常会对所述的故事，或发表意见，加以评论，或在结尾处引出一番道理来。不过，叙述者从来不会插入故事本身的情节中去，不会像宋元时期通俗白话小说的叙述者那样，扮演当众说话人的角色，随时插身而入，乃至干扰故事情节的发展流动，中断故事叙述的连贯性。唐传奇的叙述者，语气上尽量保持客观，就像一个史传作者，

---

① 据南宋赵彦卫《云麓漫钞》卷八云："唐之举人，先借当世显人，以姓名达之主司，然后以所业投献，逾数日又投，谓之'温卷'。如《幽怪录》《传奇》等皆是也。盖此等文备众体，可以见史才、诗笔、议论。至进士则多以诗为贽，今有唐诗数百种行于世者是也。"

在记述一件曾经发生过的历史事件一样。试先以白行简《李娃传》发端一段为例：

> 汧国夫人李娃，长安之倡女也。节行瑰奇，有足称者，故监
> 察御史白行简为传述。天宝中，有常州刺史荥阳公者，略其名氏，
> 不书。时望甚崇，家徒甚殷。知命之年，有一子，始弱冠矣；隽
> 朗有词藻，迥然不群，深为时辈推伏。其父爱而器之，曰："此
> 吾家千里驹也。"应乡赋秀才举……

作者先行交代传主之姓名、籍贯、身份，并点出"节行瑰奇，有足称者"，为李娃的故事所以值得传述的理由，以及由谁为之传述。如此发端，表示其所述并非凭空杜撰，乃属可信的真人真事。继而才开始叙述故事本身，自"天宝中……"以后，叙述者白行简随即开始退居幕后。一直到故事的末尾，清楚交代李娃如何受封，家庭如何昌隆，晚辈如何成材之后，叙述者白行简才重新现身：

> 嗟乎！倡荡之姬，节行如是，虽古先烈女，不能逾也。焉得
> 不为之叹息哉！予伯祖尝牧晋州，转户部，为水陆运使，三任皆
> 与生为代，故谙详其事。贞元中，予与陇西李公佐话妇人操烈之
> 品格，因遂述汧国之事。公佐拊掌竦听，命予为传。乃握管濡翰，
> 疏而存之。时乙亥岁秋八月，太原白行简云。

作者于此处不仅发表议论，称扬李娃之节行，且再度强调李娃传奇之可信程度：盖因作者的伯祖与男主角同时代，"故谙详其事"。换言之，所述李娃的故事，有亲人为证，假不了。最后再说明，主要还是受友人李公佐之鼓励，"乃握管濡翰，疏而存之"，并记下年月，署名"太原白行简云"，表示负责。

但是，尽管传奇作者一再强调其所述故事乃客观之纪录，但不容忽略的是，"唐人小说，小小情事，凄惋欲绝"[①]，在故事的发展过程中，人物的悲欢离合里，作者对其所述人物与事件的关怀与同情，往往隐约浮现其间。因此，即使叙述者的态度是客观的，也难以掩盖其作品中流露的抒情意味。

❖ | 四、情节结构——曲折有致

魏晋六朝笔记小说，大都以作者的见闻作为笔墨重点，通常显得情节结构简陋，故事叙述梗概，甚至予人以故事情节不够完整的印象。不过，唐传奇作家则开始自觉地运用艺术的想象和敷衍，把故事情节放到结构的中心位置，且将作者的观点态度融于叙事之中，并借故事情节以表达某种主题意念，可谓改变了笔记小说类似随笔杂记小品的平直叙事之结构形式。

虽然唐传奇多以人物传记为其基本架构，但却并不以编年形式叙述人物的一生经历，而是根据其主题的需要，截取人物经历的某一方面，或某一阶段，围绕某一中心事件来叙述。此外，又特别重视情节发展的传奇性，因此往往显得波澜起伏，曲折有致。在作者精心策划安排之下，唐传奇展现了开端、发展、高潮、结局等，类似"起承转合"情节发展的阶段。

当然，少数早期传奇故事，尚未表现出作品的结构意识，仅只将一系

---

① 《唐人说荟·凡例》引洪迈云："唐人小说，小小情事，凄惋欲绝，淘有神遇而不自知者，与诗律可称一代之奇。"

列片段情节贯串起来而已。如王度《古镜记》即是一例。不过，在较为成熟的传奇中，对情节结构则已展示出不同的处理方式。有时是单线情节，如《莺莺传》，作者集中笔墨写崔莺莺和张生的爱情故事。另有一些故事，则会添加一些额外的情节夹杂其中，如《霍小玉传》，因男主角李益奉母命另娶，小玉伤心欲绝，却不能忘情，很想见李益一面，偏偏李益觉得最好斩断情缘，免得彼此痛苦。怎么办呢？这时作者就安排一段额外情节，让一位黄衣侠士出人意料地突然现身，硬生生拉李益到小玉的病榻前，遂成为传奇小说中一个"解围"人物。还有一些传奇小说，其中一些次要的情节，即使对于故事的发展并非必须，也可附加上去。如《李娃传》中，男主角郑生沦落街头，在丧礼上以唱挽歌谋生，以致出现一场同行之间的挽歌竞赛大会。这场挽歌竞赛的细节，描写得颇为精彩，甚至为唐代民俗文化的研究，提供了素材。然而，若是省略这一节的描述，并无损整个故事情节结构的完整性。

整体而言，唐传奇作家已经有意识地注重情节发展与结构组织的完整。当然，倘若以当今学界对现代短篇小说的标准来衡量，在情节结构的剪裁处理方面，显然还不够严谨。或许由于唐传奇乃是文人写给文人欣赏阅读的作品，至少跟唐人行卷求名的风气有些关联，难免会流露出一些逞才的痕迹，偶尔添加一两段无关故事紧要的情节，或以此展现作者的博闻学识，或炫耀作者的辞章才智。

❖ | **五、人物塑造 —— 类型鲜明**

魏晋六朝笔记小说，目的是记录曾经发生过的某人某事，是以作者的见闻为焦点，多属"丛残小语"，虽然叙述梗概，主要还是"叙述中心"之作，对于人物性格形象的塑造，并无多大兴趣，因此很少人物肖像面貌的描写，更无性格心理的刻画。就如前举《搜神记》中的"毛衣女"，或如《西京杂记》中的"东海孝妇"，两篇作品中只有事情的梗概，人物形象不清。可是爰及唐传奇，则已经从"叙述中心"，扩展到"人物中心"。

唐传奇作者，有的显然是站在为某一传奇人物立传的立场撰写故事，乃至会以人物名字为篇目名称，塑造了一系列形象颇为鲜明的人物。当然，唐传奇小说中描写的人物对象，可谓已经涉及社会生活中的不同阶层。只是大部分人物，包括主要角色与次要角色，几乎都可以归类于一定的类型模式。如年轻的才子书生，美艳的青楼娼妓，智勇双全的侠士侠女，朝廷的高官贵族，还有方外的和尚道士等，分别代表社会上不同阶层的人物类型，强调的往往是人物的类型特征，乃至有人物类型化的倾向，一般比较欠缺独特的人格情性。不过，唐传奇故事中，并非所有的人物塑造都落入类型模式，有些作品中的人物形象已经展现出独特的性格。例如崔莺莺，就不单单是一个年轻貌美的怀春少女，而是以其复杂的个性和矛盾的心理吸引读者。莺莺在家庭教养的束缚之下，表面上显得矜持冷艳，可是其内心却溢满对异性情爱的渴求。莺莺与张生春宵初度时，不发一语，但二人分手后，在给张生的书信里，却含着悲怆，诉说绵绵无尽的爱，破碎无奈的心。这可说是唐传奇中以书信来揭示人物内心感情，展现性格特征的佳例。

当然，人物之间的对话，在唐传奇中也具有人物塑造的作用。不过，大多数情况下，人物对话主要还是用来推动故事情节的发展，而不是揭示说话者的人格特性。这可能是受制于唐传奇的文体，亦即文言古文的局限。由于传奇作者并不会像现代小说家那样，着意去探索人物的内心深处，也不像西方小说家那样，着意去挖掘人物在"灵"与"肉"之间的挣扎或冲突，因此，没有忏悔与赎罪的意识，亦无人格的分裂。尽管如此，唐传奇作家对人物的行为与动机，毕竟表现出相当敏锐的洞察与理解，乃至勾勒出一些令人信服的人物画像。

第四章

唐传奇的后续

文言小说一旦正式形成通行于士林文坛的一种文类，其撰述即不会因为朝代的兴亡更迭而停顿不前。就像唐人继魏晋六朝人之后，仍然在笔记中记录志怪或志人故事，宋人亦继唐人之余绪，不但继续撰写志怪志人的笔记小说，亦留下一些故事性较强的类似唐传奇的小说。值得注意的是，由于两宋文人对"笔记"的兴趣似乎远超过小说的创作，乃至其文言小说，与唐代传奇相比照之下，似乎回顾过去、模仿前人的意图更为浓厚。不过，在故事的内涵意境上，宋代作家却为文言小说增添了几分世俗趣味。爰及明清时期，文言小说亦并未消歇，仍然在继承中有所转变，尤其在大家蒲松龄的笔下，熔志怪、传奇、诗情于一炉，遂使文言短篇小说焕发出耀眼的夕晖。

❖

第一节

继承与转变 —— 两宋文言短篇小说

宋代文人仍然继承唐人用文言写传奇故事，但整体成就则远不如唐
人。尽管如此，宋代文言小说，在继承中毕竟还是展现出不同于唐代小说
的时代特色。宏观而言，宋人一方面回顾过去，缅怀历史，模仿唐人传奇，
以传记方式写历史人物事件的小说，同时更遥溯魏晋六朝，似乎显示笔记
小说有复苏的现象。尤其令人瞩目的是，其间不时显露向通俗文学流动的
痕迹。

❖ ︳ 一、历史人物的传奇

宋人写传奇小说，虽上承唐人传奇的余绪，但主要还是沿袭模仿，比
较缺少创新。按，唐传奇通常反映作者熟习的当代社会与现实人生，可
是宋代传奇作者则往往喜欢回顾过去的历史，偏爱杂史杂传的撰述。尽
管宋朝乃是民间通俗文学兴起，并开始蓬勃发展的时代，可是在文人笔
下，叙述帝王后妃的宫闱生活，或贵族强权的豪华奢侈，则是宋人传奇小
说的热门。现存较著名的篇章，几乎都是涉及历史人物事件者，诸如乐史
（930—1007）《绿珠传》及《杨太真外传》，秦醇《骊山记》，张齐贤《洛
阳搢绅旧闻记》中的《梁太祖》，加上张实根据唐人笔记"红叶题诗"故
事改写而成的《流红记》，还有无名氏的《梅妃传》《赵飞燕别传》《隋
炀帝海山记》《迷楼记》《开河记》，以及《李师师外传》等。

单从诸作品的标题，读者即可判断出小说主角的身份或故事的重点。其中《绿珠传》，写西晋权贵石崇侍妾绿珠的故事，内容涉及赵王司马伦发动宫廷政变，与宫廷生活有一定的关系。而《流红记》写的则是书生于佑与唐僖宗后宫宫女韩氏的天缘巧合。至于《李师师外传》，则写宋徽宗与汴京名妓李师师之间的风流韵事。这些作品，在体式上均仿效唐传奇，乃是以个人身世遭遇为主干的传记体，不过，却将笔端投向过去的历史人物，而非叙述作者所处今朝现世的奇人异事。当然，唐传奇中亦不乏关于历史人物事件的故事，诸如陈鸿《长恨歌传》，陈鸿或陈鸿祖《东城父老传》，均是著名的例子。但是，宋人所写历史人物事件的传奇故事，倘若与唐人传奇相比照，在数量比例上，缅怀历史人物，回顾往昔事件的作品则已大为增加。

✚ | 二、笔记小说的复苏

由于宋人笔记的兴繁，遂连带展示"笔记小说"有复苏的倾向。其实，从现存的宋代文言小说视之，在笔记体与传奇体之间，往往并无断然可分的文体界限，除了那些明显模仿唐传奇体的作品，其余大多篇幅短小简略，内容庞杂琐屑，主要是以记录见闻，或传述野史、保存掌故为宗旨，实际上多属笔记小说。诸如：刘斧（活跃于仁宗、哲宗时期：1023—1086）纂辑的总集《青琐高议》，其后李献民的《云斋广录》[序于徽宗政和辛卯年（1111）]，以及南宋廉布《清尊录》、洪迈（1123—1202）《夷坚志》、王明清（1127—1202）《摭青杂记》等，均属作者个人笔记的辑集。在文学史上，可以归类于散体古文的辑集。但其中偶尔也会出现一些具有人物塑造、事件叙述、情节发展的故事，颇符合"小说"的基本要求。故而亦可归类于"小说"。倘若从小说的角度观察，则以《夷坚志》最引人瞩目。

按，洪迈《夷坚志》是一部由个人撰写，卷帙浩瀚的文言散文／小说集。全书原有四百二十卷，但大半亡佚，经后人辑集，现存二百零六卷，约二千七百余篇，可谓"以一人耳目，一代见闻，逐千载而角之"（胡应麟《少室山房类稿·读夷坚志》）的巨著。不过，严格说来，全书主要是历史笔记与掌故的辑集，其中有不少篇目，乃是根据传闻或他人提供的素材而写成，包括怪异事物或奇特故事的简单记述，因此更符合"笔记小说"的类型。

当然，《夷坚志》中也有一些情节曲折，篇幅较长，类似唐人传奇的作品，诸如《太原意娘》《侠妇人》《蒋教授》《王朝议》《满少卿》等即是。这些均以个别人物的奇异经历，以及较为清晰的故事情节，展现与唐人传奇的继承关系。值得注意的是，《夷坚志》作者通常站在一定的距离之外，以纯粹客观的视角来看待故事中的人物和事件，不像唐传奇作者那样，虽然以史官的语气客观叙述，不过对其作品中所述人物或事件，往往流露深厚的关怀与同情。换言之，唐传奇作者的热情和想象力，以及不时浮现在作品中的抒情意味，在宋人所录传奇故事中消失了。宋代作家重视的主要是，其笔下所述故事可以提供给读者的知识讯息、道德教训或伦理意义。宋代的文言小说，显然已经由"作者中心"转为"读者中心"。

倘若以唐传奇的标准视之，《夷坚志》中所记故事本身的文学性，其实不甚浓厚，可是对于宋元以后民间的说话与戏曲，则颇有影响。按，宋元话本中就有不少故事情节，均取材自《夷坚志》。现存宋人话本小说中，如《冯玉梅团圆》（《京本通俗小说》），其本事即出自《夷坚志》。至于明人的拟话本，如冯梦龙的《三言》，凌蒙初的《二拍》，其中因袭《夷坚志》故事者更多了。此外，宋元戏曲也搬演不少话本故事，其中一些剧目与《夷坚志》亦显然有浓厚的血缘关系。著名者如元人沈和的《郑玉娥燕山逢故人》杂剧，上溯其源，当可推及《夷坚志》中《太原意娘》篇。

　　宋代文言短篇小说，虽因作者多热衷于笔记，展示其对过去历史传统的徘徊回顾，形成笔记小说的复苏，乃至在文言小说史的发展轨迹上，虽有继承，却似乎停滞不前，欠缺创新。而不容忽略的则是，在内涵情境方面，世俗趣味的渗入。

✚ | 三、世俗趣味的渗入

　　宋代文言短篇小说，一方面显现文人笔记小说的复苏，另一方面则流露世俗趣味的渗入。按，宋代民间说话的流行，通俗白话小说的兴起，对文言小说影响颇大，最显著者就是，故事人物与内容的世俗化。例如廉布的《清尊录》与王明清的《摭青杂记》，即以叙述市井小人物的世俗情事为主。又如《清尊录》中的名篇《狄氏》，写滕生因被狄氏的美色所迷，遂伙同尼姑设计诱奸，原本"资性贞淑"的狄氏，竟然中了圈套，背着丈夫与滕生私通。像这种带着色欲的世俗情事，就连原本贞淑女子也可能背叛丈夫的人性揭露及社会写实，与笔端往往沾着婉转诗意与浪漫理想的唐传奇爱情小说，风格上已有显著的雅俗之别。

　　《摭青杂记》也多写市井小人物的故事，如《茶肆高风》，叙述茶肆主人拾金不昧的义举。但作者并未将茶肆主人塑造成一个高风亮节的典范化人物，只简单地告诉读者，茶肆主人之"所以然者"，不过是因为"常恐有愧于心"而已。这原本是一个平凡人物的基本良知，遵循的乃是世俗人间的道德规范。

宋代文言小说中的世俗情味，不仅表现于市井小人物的生活经历中，甚至也流露在有关帝王贵族的故事里。如无名氏所撰的《李师师外传》，即是一例[①]。就篇目标题，乃是写北宋末年汴京名妓李师师的故事，并从世俗角度，来叙述宋徽宗与名妓李师师交往的一段情缘。男主角徽宗，虽贵为帝王之尊，一旦走进世俗社会，"微行为狭邪游"，随即失去其身为帝王的尊贵和特权，乃至与其他意欲攀缘当世名妓的嫖客无异。为取悦师师，表现诚意，以获得青睐，徽宗必须经过一连串的"未见师师出侍""师师终未一见"的考验。好不容易等到师师终于在李姥诸人簇拥之下，姗姗来迟，偏偏李师师还"见帝意似不屑，貌殊倨，不为礼"，并云："彼贾奴耳，我何为者？"名妓李师师的高傲，徽宗皇帝的卑微，正是世俗社会中名妓与嫖客之间常见的互动关系。宋徽宗在《李师师外传》中，因仰慕而造访名妓的角色地位，与以后明代白话小说《三言》中《卖油郎独占花魁》的男主角卖油郎秦钟，实相近似。

当然，宋代文言小说中流露的世俗情味，并不仅只在于小说中人物身份地位或言行举止的世俗化，更重要的是，作品主题意趣的世俗化。作者的主要关怀，已不再局限于文人士大夫的人生理想追求，且亦无涉于风流才子的仕宦前途或恋爱心情，而是身处世俗社会的平凡人物，在日常生活里，面对金钱、色欲诸般诱惑之际的种种表现。这些正是民间说话人絮絮不休的话题，也是白话通俗小说百说不厌的故事（详后）。

---

① 《李师师外传》作者不详。据小说结尾所云："道君奢侈无度，卒召北辕之祸，宜哉！"似乎显示其作品当属南宋时期，甚或金元初期。

综观两宋文言短篇小说，虽是唐人传奇的后续，但在行文风格上，一般均显得颇为平实，稍欠辞采；在内涵意境上，唐传奇作家"作意好奇"的创作精神，以及作品中充满蓬勃生机，荡漾着作者抒情意味者，则已明显消退。此外，宋人写小说，亦喜欢"重述"前人所写的故事，或将前人记述的本事，加以演绎，故事的基本轮廓架构未变，徒令相关故事的材料更加丰富而已。这正是当今小说论者，对宋人文言小说"不满"的主要理由，并且认为，宋代文人对前人笔记资料的浓厚兴趣，亦是令宋代文言短篇小说，在唐传奇的光辉之下，难以有所突破，难以创造新境的重要缘由。

✤

第二节

夕阳的余晖 —— 明清文言短篇小说

两宋以后的文言小说，在白话短篇小说与通俗章回小说风起云涌的"威胁"之下，仍然继续谋求生存，并且努力尝试开辟新境，也的确表现出一些不凡的成果。但是，这毕竟已经是文言短篇小说漫长的发展史上，"夕阳无限好，只是近黄昏"的最后余晖。或可以明代文坛传奇小说的复兴，以及清代文坛传奇小说与志怪故事的融合，作为其发展演变的两大标志。

✤ ｜ 一、传奇小说复兴，诗词韵文涌入

明代文人撰写文言小说，相继模仿唐人传奇，甚至纷纷辑集成书，遂令传奇小说在宋元之后重新振作，颇有复兴的态势。其中比较引人瞩目的，

自然是所谓的"三灯丛话"。亦即元末明初之际，瞿佑（1347—1433）的《剪灯新话》，其后李祯（1376—1452）的仿作《剪灯余话》，以及万历年间（1573—1620）邵景詹的《觅灯因话》。其中则以瞿佑《剪灯新话》最具代表性。

按，瞿佑《剪灯新话》既模仿唐人，又下启《聊斋》，正是传奇小说一脉生命所以能延续至清代的重要关联。其书大约成于洪武十一年（1378）前后，共录二十一篇作品，内容多数是关于爱情婚姻、鬼神怪异的故事，而其故事的原形亦多来自唐传奇以及魏晋六朝志怪小说。例如《金凤钗记》，便是由魏晋六朝志怪中的冥婚故事与唐传奇中的离魂故事演化而来 ①。不过，唐传奇小说主要是借神怪以言情，乃是以情胜，而《剪灯诗话》却是借神怪以言志，主要以理胜。此外，比起两宋的传奇故事，《剪灯新话》中的道德说教色彩，甚至更为明显。例如《爱卿传》，虽叙述赵氏子与名娼罗爱爱之间的欢会与情欲，可是笔墨重点却转向爱爱嫁到赵家之后，如何侍奉太夫人的种种孝道，以及在危难之际又如何对赵家忠贞不渝。

值得注意的是，明人传奇小说中，诗词韵文的大量涌入。显然这些作者大都富于诗才，尤其善于集句，或许出于逞才显学的动机，以至会出现集录于小说中的诗词韵文，即使游离于作品故事情节结构之外，也难以割舍，遂往往成为小说中一种额外或多余的装饰。如《剪灯新话》中的《联芳楼记》，写的是才子佳人类型的爱情故事，故事中诗句充塞其间，甚至予人以叙述散文似乎退居陪衬地位的印象。当然，文言短篇小说中散韵兼

---

① 晚明凌蒙初（1580—1644）又将《金凤钗记》改写成白话小说《大姊魂游完宿怨，小姨病起续前缘》（收入《初刻拍案惊奇》卷二十三）。

备的文体，乃是在唐传奇中萌芽，到元代作品《娇红记》中已见成形，及至《剪灯新话》等，则可谓宣告确立。

尽管继瞿佑《剪灯新话》之后，文言小说一直不断有新作产生，包括不少单篇流传的传奇故事，其中有篇幅较长的作品，诸如佚名的《钟情丽集》《刘生觅莲记》等；另外如宋懋澄［万历四十年（1612）举人］的《负情侬传》与《珍珠衫》，亦是颇受读者欣赏喜爱的名篇。这些明人传奇小说的文学成就，实已超越了宋人传奇。但是在白话通俗小说日益繁盛的时代，毕竟无法与充满生机的白话小说抗衡。对于文言小说的生存命脉而言，可谓正面临文体须自我更新，以及内涵情境有待开拓的重要阶段。这个任务，则须由清代的蒲松龄来完成。

�֍ ｜ 二、传奇志怪融合，抒情意味增浓 —— 蒲松龄《聊斋志异》

蒲松龄（1640—1715）的《聊斋志异》，以下或简称《聊斋》，乃是一部由个人经营，独自创作，近五百篇的文言短篇小说集，在中国小说史上已是空前绝后的创举。一般文学史论者，均认为蒲松龄《聊斋志异》，代表自唐人传奇以来，文言短篇小说发展的最高成就。倘若从资料源观察《聊斋》中的故事，有的显然根据坊间流行的社会传闻，有的则由他人口头或书面形式提供材料，这与一般笔记小说或传奇故事取材的来源，并无不同。即使从故事内涵形态看，则《聊斋》大多数作品，都可以在魏晋六朝志怪或唐宋传奇的文言小说中找到原形。此外，作者蒲松龄笔下所写的狐鬼花妖，以及其他种种怪异事物或现象，其实与魏晋六朝以来的志怪传统，也都有直接或间接的血缘关系。那么《聊斋》之所以令人瞩目，受人激赏之处，到底表现在哪些方面？何以一直是令当今学界不断研究讨论的热点？

此处单就文言短篇小说发展演变的角度观察，或许可以从作品文体形式的创新与内涵意境的开拓两方面切入，也就是传奇与志怪两种文体的融合，以及作品中作者抒情意味的浓郁来论《聊斋》。

从文言短篇小说作品的形式体制看，其实《聊斋》中故事的形式体制并不一致。有的貌似志怪体，篇幅短小，记述简要；有的则貌似传奇体，篇幅较长，提供相当完整的故事情节，以及细致的人物描写。然而，值得注意的是，《聊斋》中篇幅短小者，与魏晋六朝志怪的写法却并不尽然相同，而其篇幅较长者，亦并非完全仿效唐人传奇。事实上，蒲松龄采用了一种融合传奇与志怪的"新"格局，亦即鲁迅于《中国小说史略》所称"用传奇法，而以志怪"。

按，魏晋六朝以来，大凡志怪作者记述怪异事件，或旨在录实，以免亡佚，或为证明某种宗教理念之可信，或为强调道德教化之不容忽略，故而无须刻意追求文采，以制造文学审美的艺术效果。不过，蒲松龄在其《聊斋》中谈狐说鬼，则是一种文学的、审美的创作，而且无论故事之长短简繁，均展现作者自觉的审美艺术趣味的追求。一方面运用传奇善于虚构，长于渲染，精于刻画的特点，同时又借鉴志怪往往搜神记异，文体简洁的传统。于是，经过蒲松龄个人的一番创造性的熔铸，其中篇幅较长的作品，既婉曲有致，又不失其简洁，篇幅较短的作品，则在简洁中仍然流露委婉曲折的情致。换言之，在貌似传奇的作品中，散发着志怪的气息，在貌似志怪的作品中，又闪耀着传奇的光辉。

当然，唐代文言小说中已经出现志怪内容与传奇格式相结合的例子，爰及明初瞿佑《剪灯新话》中一些故事，基本上已是以志怪为题材的传奇小说，这些或可视为蒲松龄于其《聊斋》文体格局创新之先声。但是，蒲松龄的贡献，主要还是将怪异的题材与现实人生紧密联系起来，以鬼狐妖魅的故事，象征现世，映照今生，并抒发情怀，表达志趣，充分流露其浓厚的个人抒情意味。

例如在其笔下，有关科举题材故事中的书生，大多出身寒门，或家道式微者。这与唐传奇中往往标榜男主角出身高门大姓或官宦世家，很不一样。更明显的差异还是，唐传奇对于男主角的才华，并不刻意推崇渲染，仿佛是想当然耳，只要潜心应试，自然能进士及第，步入仕途，享受荣华富贵。可是《聊斋》则恰好相反，出现一批"文章辞赋，冠绝当时"的人物，但却"所如不偶，困于名场"（《叶生》），或"才名冠一时，试则不售"（《贾奉雉》）。而且即使在追求科举仕进之途，亦几无例外，均多少会遭遇一些人生挫折。有的甚至生前屡试不第，死后鬼魂复来应试，却依旧名落孙山。就是在这些书生文士的遭遇中，浮现着蒲松龄自己一生怀才不遇的形影，寄寓着个人深切的感触与悲慨，其中含蕴的是作者既自高自负，又自悲自怜的情怀。对于屡次落第，终身未能中举的蒲松龄而言，"科举"乃是一种令其无比痛苦，而又充满诱惑的题材，乃至成为《聊斋》中许多故事的笔墨重点。并且通过一些生前不第，死后化为鬼魂继续应试的故事情节，揭露明清时代科举制度的各种弊端，尤其是对文人士子身心的戕害。同时也借此抒发孤愤，吐露出一介书生穷愁潦倒，怀才不遇，满腔的不平与悲哀。

此外，在《聊斋》的爱情婚姻题材作品中，值得注意的是，男女主角社会身份地位的特殊，与明末清初风行的才子佳人小说（详后），颇有类似之处。其中男主角，通常是没有科名的年轻书生，且大都命运多舛，怀才不遇，乃至穷愁潦倒，流寓他乡。有的只得或寄宿僧寺，有的则借他人之园暂居；为谋求生计，平日或替人抄写谋食，或如蒲松龄自己那样，科场失利之后，设帐授徒维生，不然就像蒲松龄的父亲那样，为生计而弃儒学贾。值得注意的则是，《聊斋》故事中这些文士书生，虽然命运多舛，不过在作者笔墨下，却多为风度翩翩，言行洒脱，才华横溢，人品出众之士，往往具有过人的胆识，荡逸的情怀。首先，不畏鬼狐。明知所遇女子乃是不同于人间阳世的异类，仍然乐于与之交游往来，甚至相亲相爱相结合。其次，这些书生，于仕途官场之外，在生命意义的追求中，多别有雅趣，展现不同凡俗的品位与嗜好。诸如：常大用、马子才、黄生等，均爱花成癖，俨然花痴；郎玉柱则爱书成狂，是十足的书痴。像这些非比寻常、背离世俗一般价值取舍的人物，显然不是靠功名权势或财富背景，而是凭其个人才学和人格气质，方赢得女主角的芳心。

再看爱情故事中女主角的形象，多数是由鬼狐妖魅变化成人形而来，且各依其异类属性，表现出不同的人格特质，同时流露作者诙谐风趣的想象力。就如阿纤，原是鼠精，故而善于积粟；至于白秋练，则是洞庭湖中鱼精所变，当然离不开湖水，乃至"每食必加少许，如用醋酱焉"；再看香玉、葛巾，均为牡丹花妖，故而一个"袖裙飘拂，香风流溢"，另一个则"玉肌乍露，热香四流""鼻息汗熏，无不气馥"……。当然，年轻貌美，温柔多情，善解人意，均是这些女主角人格性情的共同特征。有趣的是，这些爱情故事中的女子，偏偏也不同流俗，不爱富贵只爱人才，甚至还从来不计较男方是否已有妻室，只是心甘情愿的投怀送抱。这样的女子，真是令人向往，尤其令穷途书生欣慰。

也就是假借这些爱情故事中男女主角言行举止的不同凡俗，均可以突破现实社会传统观念枷锁的先行条件下，蒲松龄通过神奇怪异的情节构思，运用婉转缠绵的爱情故事，将现实人生与诗情画意一般的理想生活，融为一体。其中尤其引人瞩目的是，对于男女双方志趣相投的特别重视，颇有隐约鼓吹"知己之爱"的痕迹。例如《白秋练》，写洞庭湖中由一尾白鲫鱼精幻化为女子的白秋练，不但料事如神，且"有术知物价"，善于经商，却又酷爱诗歌，偏偏学贾的生意人慕蟾宫，"每舟中无事，辄便吟诵"，即使在商务经营中，也怀有爱诗的雅趣，二人正是出于对诗情的共同爱好，遂能超越妖凡异类的界限，结为夫妻。又如《黄英》，其中女主角黄英，原是菊花精，与马子才二人虽属妖凡异类，却拥有同样的爱菊、艺菊、赏菊的田园生活情趣，因而彼此赏慕，结下良缘。

值得注意的是，从魏晋六朝志怪到唐人传奇乃至明代传奇小说，一般作者笔下的男女爱情故事中，大凡涉及鬼狐妖魅的下场安排：或均被视为"异物"，不是有害于人，置人于死地，就是结果被人打击而死；少数幸运者，或在原形毕露之后，心知不属于人间社会，而悄然离去[①]。换言之，凡人与异类之间，总有一道不可跨越的鸿沟，两者的关系，无论悲喜，也只不过是短暂的，难以为长的情缘。可是，在蒲松龄笔下，《聊斋》中的白秋练、黄英、青凤、红玉、巧娘、章阿端、晚霞等，这些从异类幻化成人形的美貌女子，则可以和凡人一样，寻找心仪的对象，品尝爱情的滋味，

---

① 如《白猿记》中的白猿，最后被欧阳纥及其部众所杀。又如《古镜记》中，即使是"变形事人，非有害也"的狐精鹦鹉，也自觉"大行变惑，罪合至死"，最后被宝镜所照，"化为老狸而死"。再如《任氏传》中缠绵多情的狐女任氏，也意外地"为犬所获"，凄然死去。另外，李祯《剪灯余话》卷三《胡媚娘传》，胡媚娘嫁给萧裕为妾后，"事长抚幼，皆得其欢心"，又"躬自绩绉，亲缲蚕丝"，但由于毕竟是狐精所化，视为"妖"，而被道士用法术"震死阛阓"，并被焚，"瘗之僻处，镇以铁筒，使绝迹焉"。

并且与男主角结为终身伴侣，共度岁月人生。这样美满叫好的结局，自然为怀才不遇的落拓文人，在凄清孤寂的生活中，带来不少温暖，提供遐想，抚慰在现实社会中受挫的心情。

《聊斋》中的故事，无论笔墨重点是有关科举成败或男女爱情，显然均与作者蒲松龄个人的经历或人生的感受和处世心态密不可分，乃至即使以第三人称客观立场叙述人物事件为主的小说故事，却焕发出浓厚的个人抒情意味。这是《聊斋》所以能够区别于过去一般志怪或宋明传奇故事的主要特征，也是《聊斋》最具独创性的重要缘由，并且在文言短篇小说史中，焕发出夕阳的耀眼余晖。

第
八
编

唐宋词的发展演变及余响

第一章

绪　说

❖　|　一、何谓"词"

所谓"词"，广义而言，也是"诗"，狭义而言，则是中国诗歌中一种有别于诗的韵文体裁。指的是按照特定的音乐曲调而填写的"歌词"，所以通常不说写词，而说"填词"或"倚声填词"。每一首词，都属于一个特定的音乐曲调，必须标出这个音乐曲调的名称，如《菩萨蛮》《定风波》《水调歌头》等，通称为词牌，表示这是一首按照某一音乐曲调的节拍音律填写而成的歌词。音乐曲调的长短简繁，节拍的舒缓急骤，直接影响到一首词的篇幅体制，乃至每首词字数的多寡，句式的长短，平仄的转换，押韵的形式，均依其词牌要求而各有定格。

倘若依词的字数多寡分类，或可把词分为小令、中调、长调；小令篇幅短小，中调、长调篇幅较长；不过，到底以多少字为准，并无定论。此外，又由于词的句式必须符合所属的词牌格律规范，句式往往长短不一，故而又称为"长短句"。单从词表面上长短不一的句式看来,仿佛显得比诗"自由",实际上,却有比律诗更严格复杂的格律要求。填词所遵循的规范,远比写律诗来得严格。

当然,词和诗都主要是以抒发情怀为宗旨,但是词之所以不同于诗,不仅在于体式外形的格律规范,亦在于歌词内质的情味意境。试先看一些前人的意见。

张炎(1248—1320)《词源》:

> 簸弄风月,陶写性情,词婉于诗;盖声出莺吭燕舌间,稍近乎情可也。

王又华(活跃于清顺治康熙年间)《古今词论》引清人李东琪语:

> 诗庄而词媚,其体原别。

朱彝尊(1629—1709)《曝书亭集·陈纬云红盐词序》:

> 词虽小技……盖有诗所难言者,委曲倚之于声。

刘熙载(1813—1881)《艺概·词概》:

> 词也者,言有尽而音意无穷也。

王国维(1877—1927)《人间词话·删稿》:

> 词之为体,要眇宜修,能言诗之所不能言,而不能尽言诗之所能言。诗之境阔,词之言长。

按,词在题材内容上含蕴的层面,的确显得比诗狭窄,但其情味意境则可以比诗更为深曲悠长。一般而言,流传下来的词,抒写得最多的,乃是那些闺思怨情、离愁别恨、伤春悲秋、羁旅惆怅等,均属非常个人的、私己的情怀,甚至一些在极为幽微的内心深处,不宜在公开场合揭露的情怀意念。而表现这种情怀的方法,自然以委婉曲折为正宗。

倘若从宏观角度视之，一首诗背后的叙述者，通常是一个官员人臣，或文士儒生，或隐者处士，或迁客骚人，其作品的场域背景，主要是朝廷庙堂，或山林田园。而一首词背后的叙述者，往往是一个多情公子，或风流才子，其场域背景，则主要是花间樽前，或闺中院内，甚至秦楼楚馆。词，可说是一种可以独立于传统儒家政教伦理之外的诗歌体。当然，像苏东坡、辛弃疾等大词家，以他们超人的才华，不凡的个性与学养，遂使得词"士大夫化"，乃至扩大了词的题材范围，词的主题内涵有了某种程度的改变，词的情味意境，已不再局限于委婉软媚、缠绵香艳，而开拓至潇洒豪放、激昂慷慨的领域。但是，苏、辛这类词，毕竟并非词的"本色"，即使令传统词评家欣赏赞叹不已，亦不得不视之为一种"别格"，或一种"变调"。何况苏、辛诸家抒发的情怀，无论是人生感悟，还是英雄气概，仍然不出个人之情，一己之怀，只是采取与一般词人不同的题材与态度来抒情述怀而已。更何况在苏、辛词集中，亦不乏委婉曲折，甚至软媚缠绵之情味意境者。或许可以说，词，乃是一种比较个人的、私己的诗歌体裁，比较适宜表现个人内心深处幽微的感受与私人生活委婉情绪的媒体。

✤ ｜ 二、词的产生

词的产生与世间流行音乐的关系非常密切。不过学界对于词正式产生的确切时间，至今尚无定论。姑且大体而言，词或许是在隋唐时代伴随当时新兴的流行音乐"燕乐"而兴起，乃是城市商业经济繁荣，为因应城市居民消闲娱乐需求的产品。所谓"燕乐"，即胡夷里巷之曲，也就是外来的胡夷之乐与中原地区里巷俗乐的融合体。这种糅杂着胡乐与俗乐的燕乐，声情繁杂，音节变化多端，是一种抒情性较强的音乐。通常是在城市的消闲娱乐场所，诸如瓦舍勾栏、秦楼楚馆，或歌筵酒席上，由职业歌妓演唱，故亦称"宴乐"或"燕乐"。为适应歌唱场所的气氛，迎合听众的趣味，增强歌词的感染力，自然会采用比较明白易晓、浅近通俗的语言，且多选择俗世人间的情和事，作为歌词的内容，其中尤以男女艳情为主调。因此，不同于宫廷中用于朝廷大典祭祀场合，强调庄严和平的"雅乐"，词乃是一种"俗乐"，属于大众化的通俗音乐，犹如今天市面上的流行歌曲，目的主要是为听众提供消闲娱乐，可以无关政治教化。

词，就是为这种新兴流行歌曲而填写的歌词。当初称为"曲子"，或"曲子词"。就如《花间集·序》，即将文人填写的词称为"诗客曲子词"。直到北宋期间，才开始有简称为"词"者。但也有称"长短句""乐府""诗余"者。词的出生虽然显得不高贵，最初只是流行于市井勾栏的娱乐场所，可是却以其自然率真的本色，引起朝野文人士子的注意和喜好，并相继模仿制作，遂由市井民间转移至士林文坛，成为一种抒情的诗歌体裁。

✤ | 三、民间流行歌词 —— 敦煌曲子词

最先为这些流行曲子填写歌词者，主要还是一些无名氏的民间艺人，包括伶工、乐师、歌妓，以及怀才不遇而沦落民间的失意文人。就如 20 世纪初在甘肃敦煌石窟发现的一些手写本曲子词，其中除了五首是署名的文人作品之外 ①，其他都是无名氏之作。从创作年代看，现存敦煌曲子词，早

---

① 　如温庭筠《更漏长》(金鸭香)、欧阳炯《更漏长》(三十六宫秋夜咏)、《菩萨蛮》(红炉暖阁佳人睡)，以及唐昭宗所作二首《菩萨蛮》。

自盛唐，晚至五代，历经三百四十余年之久。

从这些现存的敦煌曲子词中，大略可观察到词这种诗歌体的一些早期风貌。首先，在形式体制上，虽以小令占多数，不过业已出现一些慢词长调；至于格律方面，显然尚未定型，同样的词牌，字数不定，平仄韵脚也并不统一；而且有时词牌名称与词的内容还大致相符，如《定风波》咏出征之事，《献忠心》咏对朝廷的忠心等。其次，语言风格多样，但仍然以通俗浅白之语居多。再者，主题内涵方面，则相当繁杂，包括离情相思、战争动乱，边塞悲情，失意潦倒，游子思乡，甚至还有一些宣扬佛教教义、推崇伦理道德、说教意味浓厚的作品。整体视之，男女艳情仍然是最常出现的题材，其他如边塞题材和报效朝廷者亦不少。可以看出这些"胡夷里巷之曲"，由边陲地区逐渐向城镇流传转移的痕迹，以及词的内容，最终会朝"艳情"方向发展的趋势。

所谓"艳情词"，主要是有关男女爱恋中的离情相思，犹如今天流行歌坛的爱情歌曲。试看敦煌曲子词中一首《菩萨蛮》：

枕前发尽千般愿，要休且待青山烂。水面上秤锤浮，**直待黄河**

彻底枯。／白日参辰现，北斗回南面。休即未能休，**且待三更见日头。**

这显然是一首爱的誓词，其主题与汉乐府《上邪》近似，同样属于由女子口中坦率直言爱的民歌传统。值得注意的是，与晚唐以后定型的通行体《菩萨蛮》四十四字的体式不同。按，《菩萨蛮》一般通行体，上片为七七五五句式，下片为五五五五句式。可见早期的词体，在文人正式染指之前，尚未固定化，有时甚至还可以增添"衬字"（如粗体者），句中字数不定，可以自由挥洒。以后元散曲、元杂剧中的曲辞，还保留了增添衬字的传统（详后）。

再看《望江南》二首：

> 莫攀我，攀我太心偏。我是曲江临池柳，者（这）人折去那
> 人攀，恩爱一时间。

> 天上月，遥望似一团银。夜久更阑风渐紧，为奴吹散月边银，
> 照见负心人。

第一首显然是欢场女子无法获得长久爱情的埋怨，第二首则是弃妇相思之辞。两首词的语言均通俗浅白，情味意境则朴实率真，可谓"直而露"。但句式并不一致，第二首第二句中的"似"，乃是衬字。

值得注意的是，敦煌曲子词中，还有《云谣集杂曲子》（或简称《云谣集》）三十首，乃为现存最早的词集选本。所收录的作品，几乎全是有关离情相思的艳情词，其中无论文辞、风格、情调，皆颇为一致，显然是经过文人编选，并加以润色，甚至修改过的。试以下列两首为例：

先看《凤归云》（词牌下注云："闺怨"）：

> 征夫数载，萍寄他邦。去便无消息，累换星霜。月下愁听砧
> 杵，拟塞雁行。孤眠鸾帐里，枉劳魂梦，夜夜飞扬。／想君薄行，
> 更不思量。谁为传书与，表妾衷肠。倚牖无言垂血泪，暗祝三光。
> 万般无那处，一炉香尽，又更添香。

再举《破阵子》一首：

> 莲脸柳眉休韵。青丝罢拢云。暖日和风花戴媚，画阁雕梁燕
> 语新。卷帘恨去人。／寂寞常垂珠泪。焚香祷尽灵神。应是潇湘
> 红粉继，不念当初罗帐恩。抛儿虚度春。

从上引二例可见，敦煌《云谣集》中的艳情词，已经展现出情怀宛转柔媚、文辞绮丽典雅的痕迹，明显流露文人的审美品位，文人对这些曲子

词的影响，已初露端倪，或可视为流行于民间的歌词，最终踏入士林文坛的前奏。

✤ | 四、文人按拍填词 —— 中唐文人词

流行于城镇里巷的曲子词，以其纯朴率真的风格，逐渐引起文人士子的注意与喜爱。传为李白（701—762）所作《菩萨蛮》和《忆秦娥》，虽曾被视为"百代词曲之祖"，但当今学界对此仍然无法取得共识，且认为是后人假托李白之名所作者居多。倘若根据现存的可信资料，中唐文人已经开始偶尔按拍填词，模拟流行民间的小曲。试看刘禹锡（772—842）《忆江南》二首自注云：

和乐天春词，依《忆江南》曲拍为句。

所谓"依《忆江南》曲拍为句"，即是按照《忆江南》乐曲的节拍填词，其句式和声律两方面，亦随乐曲的要求而定。按，刘禹锡所云，不但标志着词体的正式确立，且显示，词已经进入文人"倚声填词"的阶段。现存白居易和刘禹锡二人之间唱和的《忆江南》，当可以为证。

试先看白居易《忆江南三首》：

江南好，风景旧曾谙。日出江花红似火，春来江水绿如蓝。能不忆江南。

江南忆，最忆是杭州。山寺月中寻桂子，郡亭枕上看潮头。何日更重游。

江南忆，其次忆吴州。吴酒一杯春竹叶，吴娃双舞醉芙蓉。早晚复相逢。

白居易于词前尝自注云："此曲亦名《谢秋娘》，每首五句。"特意说明，其《忆江南》每首五句的形式，乃是由乐曲决定。歌词中回忆的是江南迷人的春景，以及当初流落江南时，悠闲愉悦的生活，传达的是一份无限怀旧之情。此处歌词的内容，对江南种种的回忆，与曲调《忆江南》名称相符，显然与敦煌曲子词某些曲调与曲辞内容相符的情况类似，展现的正是词的早期风貌。

再看刘禹锡"依《忆江南》曲拍为句"的和词：

> 春去也，多谢洛城人。弱柳从风疑举袂，丛兰裛露似沾巾。
> 独坐亦含嚬。

值得注意的是，白、刘二人这几首《忆江南》，都是作者个人情怀的抒发，或是对江南的怀思，或是对青春已去的感伤。由此可见，依流行曲调节拍填词，对这些中唐文人而言，主要还是作诗之余一种小品式的尝试，不过是用曲子词的特殊形式，抒发原来可以用诗的形式表现的情怀而已，乃属偶尔为之的新诗体。

中唐文人词现存不多，所用词调也有限，形式上有的与绝句颇相仿佛，有时甚至到底该归属词或诗，在学界仍有争议。不过题材内容方面却并不狭窄，诸如韦应物（737—792？）《调笑令》写边塞生活，刘长卿（709—780）《谪仙怨》写迁谪之怨，张志和（730—810）《渔父》（即《渔歌子》）写其隐逸情怀，王建（767？—830？）《宫中调笑》写商妇之怨，韩偓（844—923）《生查子》则写男女艳情……

从现存中唐文人词视之，已经清楚展现文人对词这种出身民间的诗歌体造成的影响。首先，在内容上，主要还是从诗的传统题材转移而来，故而意境显得文雅，颇符合文人的品位。其次，在体制上，词的长短句特点，尚未充分发挥，词与诗之间的界限，还不甚明显，大体还停留在类似五、七言绝句或律诗的形式，其中平仄的配合，亦与绝句、律诗相似，乃至整齐的句式和对仗的句法，颇为普遍。再者，至于语言风格，则与中唐元、白诗派的浅近通俗、清新朴实类似。中唐时期的文人词，或可视为文人的尝试染指阶段，乃是晚唐以后正式成熟的文人词之先驱。

第二章

词为"艳科"的形成与蜕变
—— 晚唐五代词

晚唐五代是中国历史上的"衰世",政治混乱黑暗,社会动荡不安,这样的环境背景,必然会影响到文人士子对生活的态度和心情,进而影响到文学作品的风貌和内涵。本书在论述晚唐诗歌发展的章节,已经提及,晚唐文人在时局国运的悲叹焦虑中,如何把视野从广大的社会民生,收回到个人一己生活的小天地,反映在诗歌创作上的一个重要现象,就是对爱情题材的吟咏,对伤感情调与华丽辞藻的偏好。值得注意的是,这种趋向,同时也表现在词的创作中。何况词原本是歌筵酒席上,从美丽温柔的歌妓口中唱出的歌词,是在酒色乐歌气氛中,娱宾遣兴之用。为了配合歌唱者的身份,以及歌唱所在地的场域气氛,词所吐露的,自然应该是一种比较委婉、缠绵、香艳、软媚的情致。一般文人填词,也就配合这种场域情境,用歌词来表现缠绵宛转的离情相思,或情场失意的惆怅忧伤。词为"艳科"的传统,就在这样的环境背景中形成。当然,在这期间,词本身的发展与演变继续不断,或可归纳为花间词派的产生(晚唐与西蜀词),以及抒情意味的增浓（南唐词）两条线索来观察，同时也正巧是词在文人笔下臻于成熟的两个发展阶段。

❦

第一节

花间词派的产生 —— 晚唐与西蜀词

后蜀赵崇祚所编《花间集》[序于广政三年（940）]，收录十八家"诗客曲子词"共五百首，是现存最早的文人词总集。除了温庭筠、皇甫松、孙光宪少数晚唐作家之外，其他皆西蜀人，不然就是因战乱流寓至前蜀、后蜀者。因此，一般亦概称"花间词"为"西蜀词"，以别于稍后的"南唐词"。花间词之所以能成为一"派"，自然与其作品本身表现的风格特征，还有编辑者对词的观点与品味有关。试从以下三方面来观察，词自晚唐至西蜀之际的演变概况。

❖ ｜ 一、艳情闺思的吟咏

艳情闺思原本是青楼歌妓演唱的流行歌曲之主调。晚唐五代文人填词，主要也是为歌妓传唱之用。根据欧阳炯（896—971）《花间集序》：

> 有绮筵公子，绣幌佳人，递叶叶之花笺，文抽丽锦；举纤纤之玉指，拍按香檀。不无清绝之辞，用助娇娆之态。自南朝之宫体，扇北里之娼风，何止言之不文，所谓秀而不实。……

意指一般"绮筵公子"为"绣幌佳人"当筵演唱所作的歌词，其中虽然"不无清绝之辞，用助娇娆之态"，可是自南朝宫体诗的盛行，煽起了"北里之娼风"，乃至歌曲变得"言而不文""秀而不实"了，换言之，文辞低俗，内容空洞。赵崇祚就是在不满这种情况之下，才"广会众宾，时延佳论"，继而"集近来诗客曲子词五百首"，编录成《花间集》。值得注意的是，此《序》中特别指出，所选录者乃属"诗客曲子词"，目的在于有别于通俗的"民间曲子词"。编者显然寄望，用这本精选的、属于诗客的高雅之作，可以取代南朝以来流行民间的不文不实的鄙俗歌词，或许可提供一种高水平的歌唱范本[①]。

花间词不但标志文人词的正式成熟，也代表一个时期风尚的"花间词派"之形成。其中作者皆属有社会地位、具文才声名的"诗客"，所用词调仍以小令为多，题材内容则与诗客的知识与经验相符，可谓广泛多样。除了男女艳情之外，还有不少非男女情词，包括行旅、边塞、别情、吊古、咏史、咏怀、风土、咏物、神仙、隐逸等[②]。风格意境上，则有的含蓄文雅，有的清新疏朗。不过，倘若与现存民间敦煌曲子词相比照，毕竟显得委婉隐约得多。故而花间词即以词风婉约见称，其中成就最高者，自然是奠定软媚词风的温庭筠。

✤ ｜ 二、软媚词风的奠定

温庭筠（812—870）一生虽然仕途不顺遂，却以"能逐弦吹之音，为

---

① 按欧阳炯《花间集序》乃词学研究的重要资料，张以仁《〈花间集序〉的解读及其涉及的若干问题》一文，提出精确的见解。见《"中央研究院"第三届国际汉学会议论文》（2000/6/29—7/1）。

② 张以仁：《〈花间集〉中的非情词》，《台大文史哲学报》第 48、49 期（1998年6月、12月），第 57—93、79—110 页。

侧艳之词"（《旧唐书·温庭筠传》）闻名，是词史上第一位大力填词的文人作家，是第一位堪称"大家"的词人，也是第一位专以华丽的辞藻，含蓄委婉的笔触，抒写艳情闺思者。现存词七十首，其中有六十六首收入《花间集》。在内涵上，温词虽有一些与男女情事无关之作，但整体视之，仍然以涉及艳情闺思者为多数。其笔墨重点往往是描绘孤独女子的状貌神态和心思情怀，抒发的主要是闺情宫怨、离情相思，乃至显得欢乐之情少，悲苦之音多。论者一般认为，这或许与温庭筠一生仕途困顿有些关联，再加上失意之余，经常出入歌楼妓馆，因此熟习歌妓的生活经验与感受，可以就地取材，以歌妓生涯之孤独无奈，寄寓自己在仕途的怀才不遇，且多香艳软媚、深曲委婉之作。其他晚唐五代文人不乏跟进效法者，故而一般视温庭筠为"花间词派"的鼻祖。自温庭筠始，词才具有了特殊的、自己的风格，而且"诗庄词媚""词为艳科"的特点，方得以确立，词从此开始具有独立于诗之外的生命。

试看其《菩萨蛮》一首：

　　　　小山重叠金明灭，鬓云欲度香腮雪。懒起画蛾眉，弄妆梳洗

迟。／照花前后镜，花面交相映。新贴绣罗襦，双双金鹧鸪。

上引这首词，可说是温庭筠词秾丽隐约、软媚香艳风格的代表。其中没有具体事件，亦无明确主题。只是以秾艳的笔墨，描绘一个身处富丽环境的闺中女子，晨起梳妆打扮，如此而已。女主人公身份不明，形象不清，可以是宫廷嫔妃，或达官贵人蓄养的姬妾，亦可以是青楼歌妓。但她却始终默默无语，不吐露心事，不诉说情怀，显得温柔贞静，含蓄内敛。含蕴的则是一个无比幽怨的内心世界。至于令其幽怨的具体内容，则并未明言。整首词，没有一个怨字，也找不到任何说明孤寂哀怨的感情字眼，只是呈

现几个无声的镜头，几个轻微的动作，作者始终不介入，只"任物自陈"，任由这位女子，在读者面前自己陈列，自然演出，展现她一系列舒缓轻微、优雅无声的动作。从初醒、懒起，到画眉、梳洗，到簪花、照镜、穿衣，令读者观赏之际，仿佛感受到这个孤独女子美丽的容颜，孤寂的处境，以及盼人疼惜，却无人赏爱的幽怨情怀。同时在镜头的转移之间，似乎流荡着一分不遇知音的凄凉，孤芳自赏、顾影自怜的哀怨。尽管温庭筠可能只是单纯描绘一个美艳的青楼歌妓，晨起梳妆的日常生活片段，可是，像这样温雅含蓄、迷离朦胧的闺情词，宛如一首扣人心弦，未完成的美丽乐章，余音缭绕，留下很大的空间，引得读者忍不住会朝高雅情趣或比兴寄托方面去联想。

张惠言（1761—1802）《词选》评此词即云："此感士不遇也。……'照花'四句，《离骚》初服之意。"陈廷焯（1853—1892）《白雨斋词话》甚至认为："飞卿词全祖《离骚》，所以独绝千古。"按，一首闺情词，无论作者是否有意于比兴寄托，可以令读者联想到屈原的烦闷，体会到文人士子的"感士不遇"，其意境之温雅深远，旨趣之耐人寻味，已不容置疑。

再看两首《更漏子》：

> 柳丝长，春雨细，花外漏声迢递。惊塞雁，起城乌，画屏金鹧鸪。／香雾薄，透帘幕，惆怅谢家池阁。红烛背，绣帘垂，梦长君不知。

此词所写仍然是闺情，笔墨重点是女主人公一份浓浓的相思情意。当然，这一切并非直接道出，而是通过一系列引人联想的景物意象传达给读者。意象与意象之间往往欠缺逻辑连贯性，如"惊塞雁，起城乌，画屏金鹧鸪"，三种不同的毫无关系的禽鸟并列，镜头则从远处的关塞、城头，忽然又跳跃至闺中的画屏，于是留下大片的空白，引发读者的想象，召唤读者去发掘背后可能的言外之意或弦外之音。这正是温庭筠词的魅力所在。

> 玉炉香，红蜡泪，偏照画堂秋思。眉翠薄，鬓云残，长夜衾枕寒。／梧桐树，三更雨，不道离情正苦。一叶叶，一声声，空阶滴到明。

此词写的是孤独女子在离情相思中，彻夜难眠的凄苦，一个断肠人的画像和心情。上片辞采秾丽，下片笔调疏淡，前后一浓一淡，相映成趣。语气亦由舒缓而急速，其中抒发的相思意，既深曲委婉，亦清新激荡，可视为温词整体风格的代表作。

温庭筠词多属阴柔、软媚、香艳情境的作品，展现的往往是一种含蓄婉约的审美趣味，一种精心修饰的女性之美，从此为词这种诗歌体裁，奠定了"正宗"或"本色"风格的基调。而后世的文人士子，无论填词、论词、评词，就有了可以依据的"模板"，凡是不符合词的阴柔婉约"本色"者，就并非"正宗"，或视之为词的"别格""变调"。

从现存的温词看，温庭筠与偶尔尝试倚声填词的中唐文人颇不相同，显然并未把词这种诗歌体裁，作为像诗一样抒发个人情怀志趣的文学形式。这或许代表晚唐文人对词的认识和态度。因为词不过是歌筵酒席间，由歌妓之口所唱的歌词，吐露的自然是符合歌者身份处境的心声。温词虽然以抒情为宗旨，却还是"代人"抒情达意，并非直抒他个人的生活感情。不过在语言上，温词实与其诗类似，虽亦不乏清新疏淡之作，仍然以辞藻华丽浓密为主。温词尤其喜欢用鲜明的色彩字、形象的状物辞来塑造意象，通过具体物象的色泽、声音、香味，以及状貌神态，来诉诸读者的感官，引发联想，体味其间可能含涵的丰富含意。在情境结构上，时空跳跃则是温词的特色，意象与意象之间，往往排比并列，并不交代任何联系，欠缺逻辑连贯性，乃至显得时空跳跃，意境朦胧，甚至造成确切解读的困难。但也正是因为这种引人遐想，难以确解的朦胧，更增添温词的魅力，令读者反复吟味不已，意图发掘其间可能存在的言外之意、弦外之音。值得注意的是，尽管温庭筠往往以旁观态度，第三人称口吻，来描述这些怨女思妇的形貌神态和处境心情，却隐约流露对这些女子美丽容颜的赏爱、孤寂凄哀情境的深切同情与怜悯。词的个人抒情化，仍然有待其他作者的表现。

✿ | 三、个人情怀的流露

比温庭筠稍后的韦庄（836—910），现存词五十四首，其中有四十八首均收录于《花间集》，同样属于花间词派的代表作家，二人在词史上并称"温韦"。韦庄的词，主要也是供歌妓传唱之用，其中男女的离情相思，是最常出现的主题。但是，韦庄毕竟有其个人的特色，从中还透露出，文人词终将朝个人抒发情怀方向发展与演变的痕迹。

试先看其《菩萨蛮五首》其一：

> 红楼别夜堪惆怅，香灯半卷流苏帐。残月出门时，美人和泪辞。／琵琶金翠羽，弦上黄莺语。劝我早归家，绿窗人似花。

就主题视之，韦词仍然不外男女的离情相思，辞藻也重视鲜艳色彩的点染，情调意境既美丽又凄凉，而且婉转缠绵，这些均不离温庭筠建立的花间词派的本色。然而，韦词有几点值得注意。首先，韦词乃是以第一人称口吻叙述，从"我"的立场回忆往事，表达情思，甚至坦率地将"我"置于词中。"劝我早归家"，已明白显示，这份离情相思，出于"我"的生活经验与感受。其次，除了离情相思，同时还注入了一分游子怀乡思归之情。词的主题范围因此扩大了，比起温庭筠的词，个人抒情意味更浓了。再者，词中的女主角，虽然和温词中的女子一样美丽多情，但是温庭筠在词中，最多只流露一个旁观者对女主人公的赏爱与怜悯，至于他和笔下女子是否有任何关系，则全然不提。韦庄却坦率地把自己与词中女子的亲密关系说出来，甚至令读者觉得，这是一个令他曾经深深爱过，并且难以忘怀的女子。当然，韦庄对这个女子的思念，对故乡的思归之情，并没有直接道出，而是通过回忆中临别的情景，以及一曲琵琶的呼唤，传达出来。所以仍然不失其委婉。正如陈廷焯《白雨斋词话》评韦庄词所云："意婉词直。"

再看一首《谒金门》：

> 空相忆，无计得传消息。天上嫦娥人不识，寄书何处觅。／
> 新睡觉来无力，不忍把伊书迹。满院落花春寂寂，断肠芳草碧。

当今学界大致同意，这是一首悼念亡姬之作，属悼亡词。上片写天人两隔，无以寄相思的孤寂与无奈，下片则写面对佳人手书，欲读不忍读的痛苦，以及人去楼空的凄凉。整首词，写的只是个人的生活经验，抒发的是一己之情，最后以景作结，任满院的落花芳草景物自陈，乃至余味无尽。当然，悼亡之作，始自汉武帝（前141—前87在位）《李夫人赋》，继而有晋代潘岳（247—300）《悼亡诗》，但以词体来写悼亡之情，则肇始于韦庄。从这里可以看出，韦庄已经把词这种诗歌体裁，作为记录自己生活点滴、抒发个人情怀的主要媒介。尤其重要的是，其间已流荡着一股意图摆脱艳科题材的潜流。

当然，韦庄的词，基本上并未脱离"艳科"的范畴。可是，韦庄不但在写男女之情时，吐露自己的离情相思，有时还以词来抒发故乡之思，怀旧之感，以及身世之叹。在其笔下，词的场域时空背景，也相应地变得宽广起来，而且随着词中主人公羁旅漂泊的行踪，读者接触到的，已经不再局限于深闺中的烛光，庭园里的花树，还有洛阳的名胜，江南的水乡，甚至城市生活中的一些片段。试看韦庄另外两首《菩萨蛮》：

人人尽说江南好，游人只合江南老。春水碧于天，画船听雨眠。/垆边人似月，皓腕凝霜雪。未老莫还乡，还乡须断肠。（其二）

洛阳城里春光好，洛阳才子他乡老。柳暗魏王堤，此时心转迷。/桃花春水渌，水上鸳鸯浴。凝恨对残晖，忆君君不知。（其五）

词的抒情功能，在韦庄笔下，即使是为歌筵酒席上娱宾遣兴之作，也不再局限于仅仅表达歌妓舞娘的心声，而逐渐成为抒发文人作者一己之情的媒介，即使按拍填词，业已开始有其可以独立于音乐之外的文学生命。换言之，词和诗的距离，逐渐拉近了。此外，在语言风格方面，韦庄词一般而言，不像温庭筠词那样刻意雕琢辞藻，比较浅白易懂，甚至偶尔还不避俚俗，遂开启了文人词采用比较朴实自然语言的新途径。再者，表情达意方面，韦词则以明白吐露见长，因此显得词意明朗，而且通常一发端即点明题旨，然后就题发挥。不像温词，往往题旨朦胧，乃至造成读者难以确解的迷惑困扰。当然，韦庄词偶尔也会以意象来表达情意，但较少意象的罗列，因此，其情思意念通常连贯顺畅，上下一气，不是画面的跳跃，而是情节的推移。乃至令读者觉得，词中吟咏的，是一件事情，或有一个故事。

当然，词可以确立其成为一般文人士子抒情述怀之主要媒介，尚须经过另一批才情兼备的词人之耕耘，方能达成。南唐君臣之作，即是下节论述的要点。

第二节

抒情意味的增浓 —— 南唐词

文学史一般所称"南唐词"，主要是指五代时期南唐二主，亦即李璟、李煜父子，和宰相冯延巳等所填写的词篇。其实，南唐词与西蜀词，可谓并峙，只是南唐稍晚而已，内容上仍然以男女艳情为主调，其意境之纤细、柔美，则与花间词风近似。但从整体风貌看，其间最大的不同，就是个人抒情意味的增浓，而且明显朝抒情的深度方向发展。尽管南唐小朝廷处于政局混乱黑暗、危机四伏之秋，但就在亡国之前，仍然君臣游宴不绝，倚声填词即是君臣游宴活动中娱宾遣兴之重要一环。李璟、李煜父子，以及冯延巳诸人，均地位显贵，且文学素养高，文人气质浓，词在他们笔下，即使是男女艳情，也比一般花间词显得端庄文雅，往往浮现着一分文人特有的敏感，对生命，对时代，仿佛总怀着一分萦绕不去的忧伤。

✤ │ **一、幽微心境的吟咏**

个人幽微心境的吟咏，可以冯延巳（903—960）的作品为例。按，冯延巳因颇受南唐中主李璟赏识，数次被任命为宰相，地位显贵，惟逢时代动荡，南唐国势岌岌可危之秋，朝廷内朋党之争激烈，屡遭政敌攻击，处境日益艰难，最后甚至被罢相。其实，冯延巳虽无生逢乱世的治世之才，却颇具文才。其现存词集《阳春集》，共收词一百一十九首，乃是南唐词人中存词数量最多者。他也是词史上从五代至北宋初期的过渡人物，对晏殊、欧阳修诸人词风之影响颇深，风格也有近似之处。冯延巳填词，主要还是令歌妓演唱以娱宾遣兴之用，仍然是花间词风的延续，且多写离情相思、伤春悲秋之类的闲情或哀愁。不过，冯词却散发出更浓厚的文人气质，更专注于个人心情的吟咏，尤其是难以明说、无法排遣的心情，乃至其词中呈现的，往往是一种幽微深婉的感情世界，浮现着浓浓的哀伤气氛。

试先看其一首《鹊踏枝》：

谁道闲情抛弃久。每到春来，惆怅还依旧。日日花前常病酒。
不辞镜里朱颜瘦。/ 河畔青芜堤上柳。为问新愁，何事年年有。
独立小桥风满袖。平林新月人归后。

整首词是以第一人称发言，句句荡漾着伤春之意，却并无明确的主题。作者低回吟咏的，只是一种情境，一份心情，一份无以抑止、萦绕不去的惆怅。而"惆怅"是很难确指的，总予人以迷离惝恍之感，似乎不是单纯的伤春悲秋之情所能概括。读者感受的，则是一个身处衰世的文人，多愁善感的心情，仿佛对生命总是怀着一分好景不长的忧虑与哀伤。这就为歌筵酒席上"娱宾遣兴"的小词，展现了新的风貌与内涵，提高了品位，增添了一分文人的气质，同时亦为词这种诗歌体式，注入了一种幽微深婉的意境，为北宋初期多愁善感的文人词，铺上先路。

再看一首写思妇春愁的《鹊踏枝》：

几日行云何处去？忘了归来，不道春将暮。百草千花寒食路。
香车系在谁家树？/ 泪眼倚楼频独语。双燕归来，陌上相逢否？
撩乱春愁如柳絮。悠悠梦里无寻处。

思妇的春愁春怨，是笔墨重点。其中回荡着女主人公的孤寂与不安，对情郎或夫君"忘了归来"的担忧与疑虑，以及明知"行云"薄幸，春色将暮，容颜易老，仍然"泪眼倚楼"的等待、企盼，即使春愁纷乱如柳絮飞舞，仍然痴情地在悠悠梦里寻觅，寻觅那无法掌握、不可兑现的理想情境。女主人公情绪外露，却又如此温柔敦厚、端庄文雅，且又无比痴顽。词中流露的，回环往复的绵绵愁思，幽咽惝恍的梦呓之语，仿佛不止于男女的离情相思，仿佛另有什么难言之隐、弦外之音。遂令读者忍不住联想，词中所言，或许和冯延巳个人身世遭遇相关，或许和他身处乱世，对个人生命、时代政局，怀着一分绵绵忧思，有什么牵连？晚清冯煦（1843—1927）于《阳春集·序》即云：

> 翁俯仰身世，所怀万端，缪悠其词，若显若晦，揆之六艺，比兴为多。若《三台令》《归国谣》《蝶恋花》（按即《鹊踏枝》）诸作，其旨隐，其词微，类劳人思妇、羁臣屏子，郁伊怆恍之所为。……

冯延巳的词，辞藻华丽处，近似温庭筠，以丽辞写悲哀，是其特色，惟写情纤细婉转，含蓄不露，予人以端庄文雅的印象，则清楚显示词的雅化痕迹。不过，冯延巳很少像温庭筠那样集中笔墨描绘一个具体人物，也不像韦庄词，通常叙述一件个人经历的事情。冯延巳的词，除了人物外貌神态或生活片段外，更专注于心情的吟咏，尤其是无法确指、难以明说的心情。正因为其写的主要是心情感受，不必拘于某人某事，因此，往往没有明确的主题，予读者以迷离惝恍之感，留下很大的空间，遂容易令读者觉得，其词中所写，应当不会是单纯的伤春怨别之情，可能还寄寓了时局之慨、身世之感，隐约传达出一分衰世之音。所以冯词比一般伤春怨别之词，在内涵意境上，显得更有深度，更具感染力。犹如王国维于《人间词话》所云："冯正中虽不失五代风格，而堂庑特大，开北宋一代风气，与中、后二主词皆在花间范围之外。"

再看南唐中主李璟（916—961）一首《浣溪沙》：

菡萏香销翠叶残，西风愁起绿波间。还与韶光共憔悴，不堪看。

／细雨梦回鸡塞远，小楼吹彻玉生寒。多少泪珠无限恨，倚阑干。

上引此词表面上写的是，逢暮春之际，但见花叶凋零，遂联想到韶光之易逝，乃至满怀惆怅憾恨，甚至伤感流泪，彻夜难眠。但是，词中并未明言令其惆怅憾恨之具体的情或事，仅只让读者感受到，其内心深处，必定充塞着某种难以言传的、深重的抑郁和忧伤。其中是否含蕴着对南唐处在风雨飘摇中，好景不长的忧虑，则很难确切判断。王国维《人间词话》即解读为："南唐中主'菡萏香销翠叶残，西风愁起绿波间'，大有'众芳芜秽，美人迟暮'之感。"这样的词句，当然已不同于晚唐以来花间词派软媚香艳的艳情词。其中细雨迷蒙、梦幻迷离、似远犹寒的感觉世界，以及词中暗含的"众芳芜秽，美人迟暮"之感，都是令后世文人词吟咏玩赏不已的意境。

当然，真正把词推向花间范围之外，正式令词这种诗歌体成为个人抒情述怀之媒介者，还是南唐后主李煜（937—978）。据王国维《人间词话》的观察：

词至李后主而眼界始大，感慨遂深，遂变伶工之词而为士大

夫之词。

按，李煜的词，与他特殊的君王身份和亡国被囚的遭遇，密切相连，同时和他敏锐的诗人气质，深厚的文学素养，亦息息相关。无论其早期在深宫所写，宫廷生活中对声色的沉溺，对爱与美的追求，或亡国之后所写，囚禁生涯的悲痛与慨叹，词在李煜笔下，感情之真，气派之大，感慨之深，均超越前人。

✤ | 二、声色游乐的沉醉

现存李煜词中一些早期作品，亦即那些只知欢乐不知忧愁时期的作品，处处浮现着对声色游乐的沉醉，对爱和美的追求。即使在这些早期词作展现的场域时空，也已经显示出作品场域逐渐扩大的痕迹。换言之，由闺中庭园，或个人的狭小天地，转入宫中殿堂。

试先看其一首《玉楼春》：

> 晚妆初了明肌雪。春殿嫔娥鱼贯列。凤箫吹断水云间，重按
> 霓裳歌遍彻。／临风谁更飘香屑？醉拍阑干情味切。归时休放烛
> 花红，待踏马蹄清夜月。

整首词，就是吟味春夜宫廷中纵情歌舞宴游之乐。上片描述宫女歌舞之盛美，下片抒发宴游之情趣，可谓是南唐亡国前，李煜享乐生活的真实写照。既展现帝王之富贵气派，又不失文人之风雅情趣。值得注意的是，首先，词中描述的宫廷游宴生活，其中排场的豪华壮丽，就非一般文人诗客所能写得出的。当然，在汉赋里，乃至南朝及唐诗中，亦有描述君王游宴生活之作，但在词而言，还是创举。其次，词中流露的，对声色享乐的由衷喜爱与沉醉，把一个任性率真、纵情声色的无忧天子，无遮地、毫无愧色地，自我展现出来。或许这就是备受王国维《人间词话》称道的"真"，所谓"天真之词也"①。

再看一首《一斛珠》：

> 晚妆初过。沉檀轻注些儿个。向人微露丁香颗。一曲清歌，

---

① 王国维《人间词话》："词人者，不失其赤子之心者也。故生于深宫之中，长于妇人之手，是后主为人君所短，亦即为词人所长处。故后主之词，天真之词也，他人，人工之词也。"

暂引樱桃破。/ 罗袖裛残殷色可。杯深旋被香醪涴。绣床斜凭娇
无那。烂嚼红茸,笑向檀郎唾。

词中并无明显的主题,只是宫廷生活中一段声色之娱的描述。女主角
身份不明,可以是嫔妃、宫女或职业歌妓,而笔墨重点则在此女娇娆形貌
情态之捕捉,从而表现她如何妩媚迷人,如此而已。此词宛如一首齐梁时
期的"宫体诗",从头到尾,围绕在女主人公的动作情态上:从晓妆初过,
到张开樱桃小口清歌一曲,到饮酒作乐,到酒醉斜卧绣床,进而口嚼红茸,
笑着向情郎唾了去。都是一些特写镜头,都和女主人公的"口"紧密相扣,
以此展现女主人公的妩媚妖娆。作者本身并没有介入,始终保持一定的客
观距离,"任物自陈",让这个歌女,在读者面前戏剧性地自然演出。

其实精描细绘美丽女子的形貌情态,继齐梁宫体诗之后,在温庭筠词
中已表现不凡。不过,在李煜之前的词家,若是细写女性之美,往往着墨
于女子的梳妆打扮,诸如云鬓、蛾眉、面颊、额黄等,都是一些惯用的、
代表女性美的传统意象,虽予人以美的感觉,看多了也就失去其特色。可
是李煜在《一斛珠》中,则集中笔墨特写此歌女之嘴:如何轻点绛唇、微
露丁香颗、轻启歌喉、小口如樱桃破……此外,又通过女主人公带戏剧
性的突发行动,来凸显此女善于调情的性格。就看最后两句捕捉的"烂嚼
红茸,笑向檀郎唾",如此突发性的行动,极具戏剧趣味的描写,不但为
词中女子点活了生命,从而还增加了作品的感染力,令读者在词中女子出
其不意的行动中,经历了一次深具调情经验的戏剧场面。李煜为词这种诗
歌形式的描写艺术,开辟了新的途径。

当然,李煜在词史上的贡献,并不局限于此。词的"诗化",实亦由
其开端。

现存李煜入宋后的词作，主要写其亡国之后的无尽悲哀，由帝王沦为臣虏的绵绵憾恨，其中表现的个人感慨之深，冲击震撼力之强，实是李煜词最撼动读者心魂的特色。不但展示李煜个人词风的大转变，也是晚唐五代以来，整个文人词的大转变。这些因遭遇亡国之痛而写出的家国之叹，人生之慨，不但写出了李煜个人的心声，也是大凡身处朝代变易之际，最具普遍性的文人士大夫的心声。词在李煜笔下，题材意境扩大了，诗的意味更浓了。在某种意义上，恢复了部分"诗言志"的传统，可说是以后苏东坡、辛弃疾诸人借填词以抒情述怀的先驱。

试看其《破阵子》：

四十年来家国，三千里地山河。凤阁龙楼连霄汉，玉树琼枝作烟萝。几曾识干戈。／一旦归为臣虏，沈腰潘鬓销磨。最是仓皇辞庙日，教坊犹奏别离歌。垂泪对宫娥。

此词显然写于南唐亡国之后，李煜囚禁于汴京，沦为臣虏之际，是其生命旅程上最凄惨最痛苦的时期。当然，历史上的亡国之君不少，但像李煜这样把自己深切的感慨、无限的悲哀、万般无奈的心情，不断记录于词中，还只有他一个。值得注意的是，从上举这首《破阵子》已可看出，李煜特有的个人风格正式成熟，已经明显脱离了花间词派，甚至五代词的藩篱。首先，词境浩阔，展现宏伟磅礴之气势。单从发端两句"四十年来家国，三千里地山河"，就不同凡响，显示出与其他五代词人的差异。按，此处乃是从大处着墨，不再局限于花间樽前，或个人的小天地。他心心念念的是一个王朝的历史与山河，乃属大场面、大主题。其首二句中浩阔的时空意象，就为整首词灌注了宏伟磅礴的气势。其次，词中情意之率真，亦不同凡响：坦言对自己生于深宫中，"几曾识干戈"的悔恨，"一旦归为臣虏"的耻辱，身为人主，面临亡国之无奈，面对灾难的无能，均毫无粉饰，不加遮掩，所以才会吟出"最是仓皇辞庙日，教坊犹奏别离歌，垂泪对宫娥"；如此情真意切之语，正是李煜词最能动人之魅力所在。词，对李煜而言，已不是娱宾遣兴的歌词，而是抒发一己情怀意念的诗歌体裁。词的诗化自此而始。

且再看一首《虞美人》：

> 春花秋月何时了，往事知多少。小楼昨夜又东风，故国不堪回首月明中。／雕栏玉砌应犹在，只是朱颜改。问君能有几多愁，恰似一江春水向东流。

同样是一首小词，也意境浩阔，气象宏伟，而且感染力强。从东风之又吹，岁月之流转，联想到一己的身世之感，继而推展并升华为对整体人生的一分怀疑与悲悯。读者面对的，仿佛是一个极为敏感、无比痛苦的灵魂，在难以堪受的命运摆布之下的挣扎、悲叹。比起花间词派的离情相思，或冯延巳的闲情新愁，真是不可同日而语。李煜这种直抒胸臆，直吐心声的风格，正是苏、辛词的先河。

词，这种源自通俗歌曲的诗歌体裁，经文人染指之后，从温庭筠到李煜，从艳情闺思到家国人生之悲慨，从写他人之情到抒一己之怀，可谓是自晚唐到五代以来文人词的发展方向。但是，花间词派香艳软媚的词风，其实并未销声匿迹，只不过是在李煜个人特有的人生悲慨中，暂时隐而不显而已。很快，它还会在宋初的词坛重新露面。

第三章

宋词的茁长与演变
—— 北宋词

词这种出身歌坛的诗歌体，发展到北宋（960—1127），呈现出空前蓬勃的局面，这当然与宋初社会的安定繁荣，城市消闲娱乐生活的丰盛，密切相关。按，赵匡胤建立了赵宋王朝，国力虽不如汉、唐之强盛，但总算结束了五代十国数十年的分裂割据状态，进入一个新兴的统一时代。宋初朝廷在纷争战乱之后，休养生息，显得政治安定，社会太平，以至城市经济生活繁华热闹，尤其是汴京等大都会，歌台舞榭、妓馆酒楼林立，助长了冶游的风气，新兴的市民阶层崛起，呈现出市井文化与士林文化同步发展、彼此激荡渗透的时代面貌，进而影响到词这种诗歌体的风貌内涵。词在晚唐五代已然形成的"艳科"传统，爰及北宋都邑社会的繁荣，继续蔓延滋长。不过，适应新时代的新声音，也开始涌现。例如慢词长调的逐渐流行，世俗情味的增浓，甚至词的"诗化""赋化"，都是在北宋词人笔下日益显著。所以北宋时期的词，可谓是其继续茁长与演变的重要阶段。

北宋词坛大略可分为前后两个时期。宋初到真宗朝（997—1022

在位）前期，约五十年左右，词坛基本上处于一片沉寂。自真宗朝后期，到仁宗朝（1022—1063 在位）的五十余年（1008—1063）间，词坛才热闹起来，故而文学史一般将这五十余年，划为北宋词的前期，而把自英宗（1063—1067 在位）至"靖康之变"（1027）前夕的六十余年（1064—1127），归为北宋词的后期。

✤

第一节

前期的茁长 —— 真宗朝后期至仁宗朝

北宋真宗、仁宗朝（997—1063），经过数十年的休养生息，政治稳定，经济繁荣，尤其是城市地区，不仅工商业繁荣，娱乐文化也呈现蓬勃多元的发展。因此歌咏升平、充满富贵闲雅气象的歌词应运而兴，在文人士子以及一般城市居民多重视游娱享乐、讲求冶游生活的风气之下，艳情词不但复活，而且成为这时期词坛的主流，无论朝廷显贵，清流领袖，也会在严肃的公务之余，填起艳情词来。不过，北宋前期的词，毕竟因作者身份地位、人生经验、审美趣味的不同，乃至形成雅俗两派词风分庭抗礼的状态，而晏殊与柳永，则分别为雅俗两派的代表作家。词在北宋前期的茁长，或可从以下几个方面来观察。

✤ | 一、南唐词风的延伸 —— 富贵闲雅气象

北宋初期的文人词，大多还是继承南唐词的遗风，尤其受冯延巳的影

响颇深。这些词主要为娱宾遣兴之作，题材内涵方面，不外是春愁秋恨、离情相思，或良辰美景易逝、欢乐人生短暂之类的感慨。不过，南唐词人，通常是在时代的忧患中，带着几分逃避现实的心情写艳情、叹人生，而北宋人写相同的题材之际，则往往带着几分自在与满足感，是身处承平时代，日常消闲生活中，风流情趣的一部分。此外，又因为北宋初期的主要词人，除沦落市井的柳永之外，其他如晏殊、欧阳修等，皆拥有崇高的政治地位和社会声望，加上深厚的文学素养，故而在生活情趣，审美意识方面，多好尚风雅，追求脱俗，即使在歌筵酒席，偶尔即兴挥毫，俾令官妓或家姬演唱的歌词，其"雅化"的倾向亦相当明显。

试先看晏殊（991—1055）一首《浣溪沙》：

> 一曲新词酒一杯，去年天气旧亭台。夕阳西下几时回。
>
> 无可奈何花落去，似曾相识燕归来。小园香径独徘徊。

上引这首词，历来公认是晏殊之代表作。就主题内涵而言，所传达的伤春惜时怀旧之情，基本上是南唐词的延伸，关怀的主要还是个人的小天地。不过，风格上却体现了晏殊词的一些属于其个人并时代的特色。首先，词中展现的是一种富贵闲雅的生活，流露的是一分雍容自在的风度。在春去花落的惋惜中，又浮现着一丝怀旧的温馨与微妙的喜悦。这虽和晏殊温婉闲雅的个性、一帆风顺的仕途不无关系，却也正好显示，北宋初期，在那些位高名显者所填的词篇中，普遍流露的一分富贵闲雅的时代气息。即使是多愁善感，也浮现着一片安乐的背景，闲雅的风度。其次，词中伤春惜时怀旧之情，虽然"淡"，却并不浅，其中糅杂着对人生的喟叹，对生命意义的探索。如"无可奈何花落去，似曾相识燕归来"两句，就含蕴着时光流逝的喟叹，以及对宇宙生命循环运转的感悟。这已经不是单纯的

"情"的抒发，在一定程度上，也流露出对生命意义的思索痕迹，为整首词增添了高雅的气氛与情怀的深度。

再看一首《踏莎行》：

> 小径红稀，芳郊绿遍。高台树色阴阴见。春风不解禁杨花，蒙蒙乱扑行人面。／翠叶藏莺，朱帘隔燕。炉香静逐游丝转。一场愁梦酒醒时，夕阳却照深深院。

除了"一场愁梦酒醒时"轻轻点题之句，全词主要是场景的展露，镜头随着主人公的步伐，由芳郊小径，缓缓移动至户内。所描绘的景色，无论远近，都显得悠闲、安静。除了随风飞舞、乱扑人面的杨花，徐徐上升的炉香，整个天地都是静止的，就连黄莺和燕子，也让翠叶、朱帘阻隔在外了。整首词的气氛，悠闲中糅杂着轻微的倦怠和郁闷，也许这就是词中所谓的"愁"吧。可是这份愁，到底指的是什么，是感叹春之归，惋惜日之暮，还是对伊人的怀思？词中并未明说，以至引起人们对这首词的主题，有不同的看法。张惠言《词选》认为"此词亦有所兴"，亦即有比兴寄托；谭献（1832—1901）《谭评词辨》则认为这是一首"刺词"，为讽刺当政之作；当今学界也意见分歧，或以为有政治寄寓，或以为伤春中含有离情相思，或以为只是单纯的伤春惜时而已。一首小词，能引起读者各种不同的体味，正好说明其含义的深曲典雅。

晏殊的词，其实和冯延巳的词最为相似，基本上仍然属于歌筵酒席上娱宾遣兴文学，并未脱离花间以来伤春悲秋、离情相思的传统。二人均善于抒发无法确指、难以明说的心情或感受，展现的往往是一种幽微深曲的情思意念。不过，冯延巳词毕竟属于"衰世"之作，通常带有浓浓的伤感气氛，而晏殊词，则写于宋初的太平盛世，其间展示的，主要是一种富贵闲雅的生活，雍容自在的态度。晏殊词所抒发的心情或感受，往往是纤细轻微的，或淡淡的忧郁，或轻柔的喜悦，很少出现强烈的情绪或奔放的感情。这虽和晏殊温婉闲雅的个性、一帆风顺的仕途不无关系，却也正好显示，北宋初期文人词篇中，流露的一分富贵承平的时代气息。即使多愁善感，也浮现出一片安乐的背景，闲雅的态度。

在词史上与晏殊并称的欧阳修（1007—1072），不但是一代儒宗，也是一代文宗，而且也经常填词。其词集《六一词》收录二百四十余首，基本上继承南唐词的遗风，同时也颇受冯延巳词的影响。但欧阳修词，毕竟有其自家面目。

试先看其《踏莎行》一首：

> 候馆梅残，溪桥柳细。草熏风暖摇征辔。离愁渐远渐无穷，
> 迢迢不断如春水。／寸寸柔肠，盈盈粉泪。楼高莫近危阑倚。平
> 芜尽处是春山，行人更在春山外。

此词从内涵视之，所写离情相思，乃是花间词以来最常出现者。但在欧阳修细心经营之下，可以看出作者在追随传统中的创新。首先，意境温雅深婉。这是欧阳修词一贯的个人风格，词中没有激荡的情绪，也无强烈的伤痛，即使写的是离情之悲，也是温雅舒缓的。其次，构思别致，打破了一般词惯有的前景后情的格局。而是上下片分别从游子和思妇两个视角立场着笔，乃至形成上下片两组平行镜头，仿佛同时进行，同时展现，并且用离情相思作为总线索，把分处两地的游子思妇紧密联系起来，融合成一个整体，深化了离情相思的主题。当然，欧阳修的词，不仅有"深婉"的一面，还有"疏隽"的一面，更能显示其个人风格，同时亦指出宋词在婉约之外，可能的发展方向。

试看其一首《采桑子》:

群芳过后西湖好,狼藉残红。飞絮蒙蒙。垂柳阑干尽日风。

笙歌散尽游人去,始觉春空。垂下帘栊。双燕归来细雨中。

上引这首词乃是《采桑子》十三首组词中的一首,当属欧阳修晚年退居颍州(今安徽阜阳)时期的作品,也是其"疏隽"风格的代表。盖此处所称西湖,乃指颍州的西湖,写的是凭栏观赏湖景的经验感受。无论主题内涵,还是情味意境,此词都有独到之处,明显已经跨出晚唐五代词的藩篱。首先,一发端即出人意表,与传统的伤春叹逝的态度迥然不同。按,"群芳过后",点出百花都已凋谢,通常是令人伤感的暮春时节,但是欧阳修却一反常调,面对颍州西湖的暮春景色,偏偏说"群芳过后西湖好"。这个"好"字,即包举全篇。其次,词中描绘的,暮春时节西湖景色的清幽雅致,摆脱了传统诗词中的伤春、惜春、怨春的伤感情调,超越了自叹孤独寂寞的幽怨情怀,传达的主要是一种恬淡闲雅的人生趣味和轻松愉悦的赏景心情。这未尝不能视为北宋初期升平时代,为词坛带来的一番新气象。以后苏东坡用词来抒发他潇洒旷达的胸怀,遂令词风为之一变,其实欧阳修已开其端。欧阳修词中这类作品,亦可说是从婉约词风走向风雅潇洒豪放的起步。

✤ | 二、慢词长调的兴起 —— 宋词的"新声"

真正为词带来根本性的变化,乃是慢词长调的兴起。按,慢词长调原来是流行于民间的俗曲,敦煌曲子词中,已有一些慢词长调行之于世,现存《云谣集》即收录有长达一百一十字的《倾杯乐》、一百零四字的《内家娇》诸曲。不过，倚声填词转入文人手中，主要还是偏爱小巧精致、形似诗体的小令，忽视民间俗曲中慢词新声之流行。何况晚唐五代词人，一般均视倚声填词为写诗之余兴，歌筵酒席上娱宾遣兴之用，体制短小的小令，正好可以用来抒发离情相思、伤春悲秋等个人的小情绪。可是到了宋初，中原息兵，面临一个升平繁荣的大时代，篇幅短小灵巧的小令，似乎不敷用了。因为，词不但要抒写离情相思，还要言志述怀，叙事咏物；不但要用来抒发一己之经验感受，还要用来反映时代的生活面貌。而世间流行的声情复杂的俗曲新声，正好是可以运用的媒介。试看柳永（987？—1053？）《长寿乐》中描述的当时新声流行之盛况：

> 是处楼台，朱门院落，弦管新声腾沸。恣游人，无限驰骤，骄马车如水。竞寻芳选胜，归来向晚，起通衢近远，香尘细细。……

这些"腾沸"于秦楼楚馆与朱门院落的俗曲"新声"，与传统的小令相比，节奏更为复杂，声情更多变化，难免引起一些文人的注意与喜爱。北宋文人开始"按"这些新声的节拍，填写歌词，于是慢词长调逐渐由市井民间进入士林文坛，成为文人词的重要一环。有时乃是依旧曲而创新声，把原有的小令曲调加长，有时则是自己另创新声。词史上第一位大量制作新声、创制慢词长调的文人，就是与晏殊同时代的柳永。民间流行的慢词与文人偏爱的小令，在北宋词坛能够双峰并峙，并且还逐渐取得文人词的主流地位，柳永之功不可没。

按，柳永出生官宦世家，弱冠之年即远赴汴京，求取功名。可惜屡试不第，乃至困居京华，失意无聊之余，遂混迹市井，流连坊曲，与歌妓乐工为友。柳永虽然在仕途上穷途潦倒一生，在词的发展史上，乃是开一代词风的大家。因其精通音律，不但为歌妓乐工填词，亦能自度新声，另谱词调，以备歌妓在秦楼楚馆或勾栏瓦舍诸娱乐场所演唱，可称是文学史上第一位"专业"词人，也是宋代词坛上，第一位大量创制慢词长调者。柳永传世的词集《乐章集》，存词二百余首，所用词调就有一百三十余种，其中绝大多数均属慢词长调。有的是"变旧曲作新声"，如《浪淘沙》原为五十四字，柳永发展为《浪淘沙令》，增为一百三十三字。有的则是自创新声，如《戚氏》共三迭，长达二百一十二字，属现存宋词中的最长调。

柳永致力于慢词长调的创作，遂使得词在体式上正式脱离了近体诗的格局，在抒情体物、言志述怀方面，更具发挥的空间。如果说，宋人小令基本上仍然是晚唐五代"遗音"的继承，那么，慢词长调的兴起，则展现了真正的"宋词"新天地。当然，柳永对于词这种诗歌体的贡献，尚不止于此。文人词中世俗情味的流露，以及词的"赋化"，均与柳永密切相关。

✤ ｜ 三、世俗情味的流露 —— 赋化的开端

宋初社会歌舞升平，"弦管新声腾沸"之时，市井文化与士林文化彼此激荡渗透，但这并不表示，所有宋代文人在创作旨意和审美趣味方面，皆心甘情愿向通俗文艺表现的世俗文化认同或靠拢。由于市井中秦楼楚馆所歌之词，多教坊乐工所作，虽足以娱乐耳目，却并不能满足文人士子的"阅读"兴趣。对于文人而言，倚声填词不但要"可歌"，还应该是"可读"之诗。于是把词当成诗来创作，词的"诗化"或"雅化"，遂成为宋词发展的总趋势。原本流行民间娱乐大众的歌唱之词，开始"提升"为吟

咏作者情性怀抱的抒情之诗。即使主题仍然不离男女离情相思，也往往会婉转成为比兴寄托的题材，词的"雅化"遂难以避免。就如风流蕴藉的晏殊与欧阳修，二人的词作，即是将流行歌词"变俗为雅"的代表。可是，与他们同时代的柳永，却跨出其官宦世家的身世背景之藩篱，混迹秦楼楚馆，甘心为歌妓乐工填词作曲以便演唱，遂将晚唐五代以来，业经文人"变俗为雅"的歌词，又"以雅从俗"，下移至市井坊曲，不但投合世俗大众的口味，而且模糊了雅俗的界限，促成词在艺术风貌上，兼具市井和士林色彩的两栖性。对于一般刻意讲求温文儒雅，强调端正节制，蔑视浅近卑俗的正统文人而言，自然难以接受，乃至每每出言批评，诟病柳词之"俗"。

柳永的词，不但在体制上以坊曲中传开来的慢词长调之"新声"为多，而且连带的是，内涵情境、语言词汇、审美趣味都变得世俗化了。柳永不但写传统的离情相思，甚至都市风情、市井生活均可成为吟咏的题材。从整体风格看，柳词与同时期的晏殊、欧阳修最大的不同，除了热衷于慢词长调的创作，就是世俗情味的流露。首先，柳永词中的语言，不避俗语俚词，扩大了文人词的语言范围。其次，词中展现的场域背景，不再局限于花间樽前、歌筵酒席，或闺中院内，而可以是繁华都市中的花街柳巷、秦楼楚馆，还有羁旅途中的水光山色。再者，词中的主人公，并非王孙公子、高官名宦，或他们蓄养的姬妾家妓，而是充满世俗生活情味的普通男女，包括沦落市井的失意文人，以及靠色艺谋生的青楼歌妓。即使词中所写乃是传统的艳情闺思，展示的却已不再是贵族化的女子之幽约怨悱，而是世俗女子坦率真实的情思欲念。

试先看其一首《定风波》：

自春来，惨绿愁红，芳心是事可可。日上花梢，莺穿柳带，犹压香衾卧。暖酥消，腻云亸。终日厌厌倦梳裹。无那。恨薄情一去，音书无个。／早知恁么。悔当初，不把雕鞍锁。向鸡窗，只与蛮笺象管，拘束教吟课。镇相随，莫抛躲。针线闲拈伴伊坐。和我，免使年少，光阴虚过。

整首词乃是一个遭遗弃、被遗忘女子的独白。词中所诉的离情相思，不离晚唐五代以来词为"艳科"的传统，但在风格意境上，何其不同。首先，女主人公性格鲜明，心直口快，显然属于未经"调教"过的市井中女子，故而敢爱敢恨，敢大声嚷嚷。其对于自我，仿佛怀着一分朦胧的自觉意识，所以才会主动埋怨自己当前的处境，诉说情怀。她的懊恼、悔恨与痴情，也是坦荡荡的；她追求的人生理想，则充满世俗情味，亦毫不含糊，就是能和心上人，形影相随，共享青春，同度岁月，如此而已。词中的发话人，宛如出现在宋元小说戏曲中的人物角色，是生活在现实社会的世俗女子，并非文人士子心目中，依据传统或理想而塑造出的、温柔敦厚的高雅文静的佳人。其次，从作者创作角度视之，和其他文人所写的闺情词相比照，此处笔墨重点，主要在于事情的叙述，心思的吐露，且有意创造逼真和生动的效果，无意于意境的营造或气氛的酝酿。颇有传统辞赋讲究铺叙的表情达意方式，但求淋漓酣畅，肆意尽情，而非含蓄委婉，乃至其意境，既曲尽人情，又明白易晓。女主人公所思所想均已和盘托出，自然欠缺一种令人玩味、引人深思的温雅婉转韵味。再者，就其用字下语视之，像"暖酥""腻云"，均是刻意强调感官刺激的语词，加上女主人公每每口吐俗言俚语，诸如"是事可可""无那""音书无个""早知恁么""伴伊坐""和我""免使"等，均属市井社会中的日常生活用语，就像勾栏瓦舍民间讲唱艺人，面对升斗小民之际常用的通俗语言。柳永这类的词作，可谓是通俗文学起步登入文坛的宣言。

再看其著名的《鹤冲天》：

> 黄金榜上，偶失龙头望。明代暂遗贤，如何向。未遂风云便，争不恣狂荡。何须论得丧。才子词人，自是白衣卿相。／烟花巷陌，依约丹青屏障。幸有意中人，堪寻访。且恁偎红倚翠，风流事，平生畅。青春都一饷。忍把浮名，换了浅斟低唱。

词中所言显然是落第文人的牢骚气愤话。其中蕴含的怀才不遇的悲哀，生命意义的反思，人生途径的选择，以及力图自我安慰的心理，充分显示，这已经是一首述怀言志之作。但是，一般传统文人倘若科举考试失败，仕途失意，在诗文中言志述怀之际，往往在怀才不遇的悲哀中，或表示要还乡事亲，用功读书，以便卷土重来，或干脆选择放弃仕宦，归隐山林田园。可是，此处柳永却反传统之道而行，直言不讳，竟然要选择"烟花巷陌"为归宿，并公然宣称，金榜题名不过是"浮名"而已，不如换取"偎红倚翠"中的"浅斟低唱"更为舒畅！这样一首充满世俗情味的歌词，俨然是向士大夫文化的传统价值观挑战，难怪会引起讲求温文儒雅之士的不满①。不容忽略的是，词中所述科举落第的气愤，烟花巷陌的风流，毕竟更接近社会现实人生，更有生活气息，也更具写实风格。

除此之外，将个人的羁旅愁思引入歌词，也是柳永在词史上不可磨灭的贡献。随着柳永失志的遭遇，漂泊的行踪，词的境界扩大了，词中的场

---

① 据南宋吴曾《能改斋漫录》卷十六的记载："仁宗留意儒雅，务本向道，深斥浮艳虚华之文。初，进士柳三变好为淫冶讴歌之曲，传播四方，尝有《鹤冲天》词云：'忍把浮名，换了浅斟低唱。'及临轩发榜，特落之。曰：'且去浅斟低唱，何要浮名。'景祐元年（1034）方及第，后改名永，方得磨勘转官。"

域背景，开始浮现大江南北高远辽阔的水光山色。按，抒写失意文人羁旅愁思的歌词，自然以友朋同僚为读者对象，无须迁就市井社会的视听，无须刻意投合世俗的口味。但是，在柳永词中，即使具有高远气象的羁旅愁思之作，也难免涂上了世俗情味。其著名的《雨霖铃》即是一例：

> 寒蝉凄切，对长亭晚，骤雨初歇。都门帐饮无绪，留恋处，兰舟催发。执手相看泪眼，竟无语凝噎。念去去，千里烟波，暮霭沉沉楚天阔。／多情自古伤离别。更哪堪，冷落清秋节。今宵酒醒何处？杨柳岸，晓风残月。此去经年，应是良辰美景虚设。便纵有千种风情，更与何人说？

此词写的是离开汴京之际，与情人话别的情景。抒发的则是羁旅的愁思与离别的愁苦，而且两种情怀交织糅杂而成一整体。首先，就其离情主题而言，随着主人公即将南去漂泊："千里烟波，暮霭沉沉楚天阔。"为整首词掀开高远开阔的气象。与晚唐五代甚至一般宋初词作之纤细柔媚狭小格局，已相去甚远。其次，词中用字下语，也不失文雅庄重，甚至含蓄委婉。尤其是"今宵酒醒何处？杨柳岸，晓风残月"诸语，写景如在目前，言外含不尽之意，最为后世论者称道。但是，就其羁旅愁思的主题而言，柳永于此，外不关心朝政世局，内无己身出处进退或人生意义的反思，只顾沉溺于当前男女双方难分难舍的凄哀情境，忧虑自己只身上路之后，形影的孤单，感情的寂寞。这显然不是一个拥有"高远志向"者的情怀，不过是一个凡夫俗子，在人生旅途上，与熟习的环境、相爱的人儿告别之际的凄哀愁苦。再者，整首词对羁旅愁思的一再陈述，离情相思的层层铺叙，从离别之前的愁苦，到分手之际的凄哀，到悬想别离之后，羁旅途中种种孤寂情景，均叙说绵密周详，不留余地，已明显展现词的"赋化"痕迹。

柳永与晏殊、欧阳修，同属北宋前期的词人，却分别代表词坛上雅俗两种并行的不同词风。晏、欧二氏选择处于宋代文人词继续雅化的传统中，柳永却以其文学天才与音乐造诣，对词体词风有所开拓，在词的发展演变过程中，其开拓显然不是局部的，而是整体的。词，在柳永笔下，已经从贵族王公，或文人士大夫的歌筵酒席走出来，走向广大的世俗人间社会。更重要的是，其大量创作的声情较为复杂的慢词长调，从此取代了小令，成为宋词的主流。无论北宋的周邦彦、苏东坡、秦观，还是南宋的辛弃疾、姜夔、吴文英，他们的代表作，主要都是以慢词的形式出现。

❦

第二节

后期的演变 —— 英宗朝至靖康之变前夕

英宗朝至钦宗靖康之变前夕（1064—1126），乃是政坛动荡、外患交迫之时，也是北宋词的演变时期。按，神宗即位次年（1069），正式开始实施王安石的变法，不过整个变法的活动历程，可谓大起大落，连带的是政坛上长达数十年的新旧党争，政局亦随之变幻无常。绝大部分在朝的文人士大夫，或多或少，或深或浅，均卷入激烈的新旧党争之中，于是就在或遭贬谪流放，或又受召还朝之间浮沉。这时期的词作，除了传统的春愁秋怨、离情相思之外，作者的政治态度、忧患意识日益增强，乃至有关言志述怀之作、忧生叹世之章大增。词的题材内涵，进一步拓宽，从宋初的闺阁深院，歌筵酒席，走向宽广的社会人生，继而步入政治仕宦生涯。词的情味、意境、容量，益加深厚；词的婉约与豪放风格，各自焕发出光彩；

词与音乐的关系，则受到考验；而词的诗化、赋化，亦各有不凡的表现。以下试从三方面来观察。

❖ | 一、言志传统的形成 —— 豪放词风开启，词的诗化

柳永词的世俗情味以及大量慢词的创作，的确为宋词开拓了新的天地，但是，苏轼（1037—1101）却革新了词的本质，并且因此提升了词的文学地位。姑且先看宋人自己的意见：

据胡寅（1098—1156）《酒边词序》的观察：

> 眉山苏轼，一洗绮罗芗泽之态，摆脱绸缪宛转之度，使人登高望远，举首高歌。而逸怀浩气，超然乎尘垢之外。

另外王灼（？—1160）《碧鸡漫志》亦云：

> 东坡先生非醉心于音律者，偶尔作歌，指出向上一路，新天下耳目，弄笔者始知自振。

苏东坡是历代词评家公认的"豪放派"开创者，其笔墨下的一些意境壮阔、情怀豪迈的作品，虽然就词的婉约本质而言，是谓"别格"，不过，在词的发展演变史上，则是一大"革新"。同时苏东坡也是自李煜以来，将词"诗化"之完成者。词，对苏东坡而言，已不单单是写来供人演唱的歌词而已，而是一种新型的诗体，适用于抒发各种不同的主题，诸如咏史、怀古、咏物、游仙、送别、悼亡、游宴，以及山水风貌、田园情趣，甚至参禅悟道、哲理思考……，可以无所不写。乃至打破了"诗庄词媚"的传统，冲淡了词与音乐的血缘关系，甚至把词从音乐的附庸地位，解放出来，使词开始有其独立存在的文学价值，强化了词的文学地位，展示了词的抒

情言志述怀的潜力。

试先看其著名的《水调歌头》"怀子由"：

明月几时有？把酒问青天。不知天上宫阙，今夕是何年？我欲乘风归去，又恐琼楼玉宇，高处不胜寒。起舞弄清影，何似在人间。/转朱阁，低绮户，照无眠。不应有恨，何事长向别时圆。人有悲欢离合，月有阴晴圆缺，此事古难全。但愿人长久，千里共婵娟。

词前另附有小序，说明写作的时空缘由背景："丙辰（1076）中秋，欢饮达旦，大醉，作此篇，兼怀子由。"按，为词作序点题，实乃是苏东坡开创的风气，显示词并非只是倚声填写的歌词，而是文学作品，重视的是其文学内涵意趣。此处虽然于词牌后标明"怀子由"，但在内涵情境上，与传统的伤离怨别怀人之词已大异其趣。首先，其所怀对象，并非一般词中经常出现的红粉佳人，而是其胞弟子由。换言之，手足之情是其创作的原动力。其次，整首词已将手足之情，怀人之思，提升到一种普遍性的、悲欢离合人生的感悟，含蕴着人生哲理的思考，甚至带有一分说理的意味。这是苏东坡之前的词，不曾出现过的。词中吐露的，不是绣幌佳人的幽怨，也不是风流才子的柔情，而是一介知识分子的情怀，士大夫的心声。再者，就其艺术层面看，引人瞩目的是，多处化用前人诗文句为己意，增添了浓厚的书卷气，与当初的伶工之词，已相去甚远。

再看其名篇《念奴娇》"赤壁怀古"：

大江东去，浪淘尽，千古风流人物。故垒西边，人道是，三国周郎赤壁。乱石穿空，惊涛拍岸，卷起千堆雪。江山如画，一时多少豪杰。/遥想公瑾当年，小乔初嫁了，雄姿英发。羽扇纶巾，谈笑间，樯橹灰飞烟灭。故国神游，多情应笑我，早生华发。

人间如梦，一樽还酹江月。

这是苏轼的名篇，也是所谓"豪放词"的代表作。其实苏轼还写了不少辞情婉约的作品，诸如《水龙吟》（似花还是非花）、《江城子》（十年生死两茫茫），均是有名的例子。其属于"豪放"风格的作品，虽然数量并不多，但在词的发展史上，则具有开宗立派的重要意义，为宋词的发展指出新方向。上引这首《念奴娇》，当属一首怀古词，而咏怀古迹之作，原是唐诗中一种普遍的类型，苏轼却用词体来写。不但以诗情填出词音，充分展现词的诗化痕迹，同时还扩大了词的题材范围，也提升了词的抒情地位。整首词，语言简明清晰，流畅自然，且将写景、叙事、议论、抒情，熔为一炉，或大笔勾勒，或细笔描绘，不拘一格。其中交织着个人、历史、自然宇宙三重的时空关系，形成一种浩阔、高远、雄浑的意境。当然，这种由个人、历史、自然镕铸成的三重时空意境，唐代怀古诗中已屡见不鲜，但在词而言，则是十分罕见。此外，其中流露的感怀，也不是词所惯有的细腻委婉的愁思或哀叹，而是对人生、对历史、对自然宇宙的观察与领悟。换言之，词中涉及的是人生观、历史观、宇宙观等大问题。其中蕴含的情怀，也是复杂多层面的，有深切的感慨与惋惜，无限的赞叹与仰慕，并糅杂着自我嘲解与自我超越。这样的作品，为原本温柔软媚的词，注入了一股阳刚豪迈的气势和潇洒旷达的风度，或可视为以后辛派词人慷慨激昂之音的前奏。当然，苏轼对词的革新，并不局限于慢词，即使小令，在其笔下，也产生了很大的变化。

试再看一首小令《临江仙》"夜归临皋"：

> 夜饮东坡醒复醉，归来仿佛三更。家童鼻息已雷鸣。敲门都

不应，倚杖听江声。／长恨此身非我有，何时忘却营营。夜阑风静縠纹平。小舟从此逝，江海寄余生。

此词作于苏东坡贬谪黄州期间，是一首以贬谪之身抒发一己情怀志趣的作品。值得注意的是，首先，整首词是针对自己的政治抱负和仕途生涯的感怀。在生命意义的反思中，浮现着"倚杖听江声"的风雅情趣，"江海寄余生"的归隐情怀，以及潇洒旷达的风度，均属士大夫的心声，诗人的情怀，这已经远远超越"词为艳科"的传统，简直与言志述怀的诗一样了，而且为南宋风行的隐逸词开了先路。其次，将日常生活的琐屑细节，以及风趣诙谐带入词中。词中所言"夜饮东坡醒复醉，归来仿佛三更"，全然是寻常经历，而这时"家童鼻息已雷鸣，敲门都不应"，则将如此平凡琐屑的日常生活细节，揽入词中，并焕发出生活气息，洋溢着人间情味，又充满风趣诙谐，在苏轼之前的词中，不曾出现过。

苏东坡是柳永之外另一位促成北宋词风转变的关键人物。苏词不仅打破了"诗庄词媚"的传统格局，还冲淡了词与音乐的血缘关系，强化了词的文学功能，充分展示出词的抒情言志潜力，遂令词的诗化臻于高峰。原本出生市井歌坛的词，在东坡笔下，俨然成为一种格律的诗，其文学地位可以与诗等量齐观了。苏轼之前的作者，通常把词局限于抒发一些个人私己的生活感情，诸如伤春悲秋、恨离怨别等比较纤细幽微的心境。然而，苏东坡除了一己私情之外，更全面地把一个文人士大夫多方面的生活经验与感受，纳入词中，几至"无意不可入，无事不可言"（刘熙载《艺概》）。他的才情智慧、潇洒旷达、风趣诙谐，不时浮现，、其性情风度和精神面貌，较全面地展现出来，往往显得性格鲜明，形象清晰，深深打上苏东坡人格的烙印。不像其他词人作品，或因为填词之际有意模仿因袭前人，或由于作者本身的文学人格不够明确，乃至作品有时会产生与他人作品风格相混的现象，就看词史上的名家，诸如冯延巳、晏殊、欧阳修等，作品中的互见现象，即是显著的例子。可是在苏东坡的笔下，词变得更为个性化了，所谓"词品"和"人品"，或"词的风格"和"人的风格"之间，距离大大缩小了，乃至予读者以"词如其人"的印象。这正是词已经"诗化"的最佳印证，也是词的文学地位提升的最好说明。

✥ | 二、花间遗韵的回荡 —— 婉约词风确立，词的深化

经过晏、欧、柳、苏诸词家的耕耘，北宋词坛出现前所未有的蓬勃生机，倚声填词已经成为文人士子日常生活的一部分，不仅在歌筵酒席间娱宾遣兴，同时也是传统诗歌之外，个人抒情述怀的重要媒介。有的踵武前贤词风，有的则依个人的情性偏好而另有所发挥，乃至逐渐朝婉约与豪放两大不同风格流派的方向发展。就如苏东坡门下弟子中，黄庭坚（1045—1105）、晁补之（1053—1110），虽也尝试建立自己的词风，主要还是继轨东坡，词风也相近。而秦观（1049—1100）则自辟蹊径，在其辞情兼胜的作品中，往往回荡着花间遗韵，乃至后世词评家多视其为宋词婉约派的正宗。

试先看明人张綖于《诗余图谱·凡例》［刊行于万历二十二、三年间（1594—1595）］之观察：

> 词体大略有二：一体婉约，一体豪放。婉约者欲其词情蕴藉，豪放者欲其气象恢宏。然亦存乎其人。如秦少游之作，多是婉约；苏子瞻之词，多是豪放。大约词体以婉约为正，故东坡称少游今之词手；后山评东坡词，虽极天下之工，要非本色。

就现存资料，这是词学史上首度明确提出，词体分"婉约"与"豪放"两体之始，且以秦观词符合词之当行本色，是为婉约体之正宗。按，秦观虽然并非第一流的大家，在词史上却有其不容忽视的关键地位。值得注意的是，秦观不但继承柳永，多写慢词，亦在传统的男女艳情题材中，糅杂着个人的羁旅愁肠，同时还受苏东坡以词言志述怀的影响，进一步在传统的离情相思题材中，融入个人的身世之感，迁谪之叹，使婉约词的内涵情境继续提升和扩大。

试先看其名篇《满庭芳》：

> 山抹微云，天粘衰草，画角声断谯门。暂停征棹，聊共引离尊。多少蓬莱旧事，空回首，烟霭纷纷。斜阳外，寒鸦数点，流水绕孤村。／销魂，当此际，香囊暗解，罗带轻分。谩赢得青楼薄幸名存。此去何时见也，襟袖上空惹啼痕。伤情处，高城望断，灯火已黄昏。

词中展现的乃是一对情侣在江边话别的情景：随着时光的流转，景色的变换，情节的发展，深刻细致地传达出一份多情公子黯然销魂的伤离之情。这首词的风格，颇接近前举柳永《雨霖铃》之类的羁旅词，不过在语言方面，则更为典雅，且显示作者在炼字造句方面的考究，像"抹"字、"粘"字，原属口语，却运用巧妙，遂令写景如画，极为传神。此外，词中几处化用前人诗句，清丽自然，不着痕迹[①]。在抒情方面，则保持婉约的风格，并未直接宣泄离情，而是借景抒情，通过外在的景物意象和人物的

---

① 如上片"寒鸦数点，流水绕孤村"二句，显然是借用隋炀帝杨广残句："寒鸦千万点，流水绕孤村。"下片换头"销魂"二字，乃袭用江淹《别赋》中"黯然销魂者，唯别而已矣"。"谩赢得青楼薄幸名存"，则是化用杜牧《遣怀》诗中的名句："十年一觉扬州梦，赢得青楼薄幸名。"

举止动作，即含蕴无限的情思，因此，显得深曲委婉，耐人寻味。这也就是秦观词颇为后世词评家称道的"情韵兼胜"的特色。其实情深韵长，原是晚唐五代以来文人所写小令词普遍表现的风格，然而秦观却能以慢词长调写出情韵兼胜之作，克服了慢词通常容易失之松散、显露的毛病，为以后周邦彦结构严密、情韵深厚的慢词，铺上先路。

再看一首《踏莎行》"郴州旅舍"：

> 雾失楼台，月迷津渡，桃源望断无寻处。可堪孤馆闭春寒，杜鹃声里斜阳暮。/ 驿寄梅花，鱼传尺素，砌成此恨无重数。郴江幸自绕郴山，为谁流下潇湘去。

这也是秦观的名篇。其创作的背景是：在北宋新旧党争中，秦观因受"元祐党人"的牵连，一再遭受贬谪，此词大约是在绍圣四年（1097），被贬至湖南郴州时期所作。由于朝廷新旧党争不断，秦观在仕途上连受挫折打击，一再流离颠簸。原来颇有远大抱负的秦观，在理想落空之后，但觉前途渺茫无望，难免跌入几近幻灭与极度哀伤之中。这首《踏莎行》抒发的，就是在郴州贬所，但觉孤独无助的处境和凄哀悲苦的心情。上片写前程理想的幻灭，孤独处境的迷惘，下片写远谪飘零之苦，迁客逐臣之悲。值得注意的是，迁客逐臣因失志不遇，乃至羁旅漂泊之悲，原是传统诗歌中常见的主题，其原形可溯源自楚辞中屈原的作品，而且自汉魏六朝，乃至唐宋，历久不衰，不过秦观却将这种迁客逐臣之悲引入歌词中。可谓开拓了词的内涵情境，扩大了词的抒情范围，为花间以来的婉约词派，增添了抒情的深度与浓度。

秦观词在花间遗韵的回荡中，其最引人瞩目的，就是能融合并兼美小令与慢词的长处。如温、冯、晏、欧诸人的小令，主要以典雅、缜密、含蓄见称，通常含蓄有余，却总嫌篇幅不足。柳永热衷的慢词，其特色则是通俗、疏散、显露，则又往往显露有余，总嫌韵味稍薄。可是秦观却能将小令惯有的典雅、缜密、含蓄，推展到慢词的创作，而且呈现一种和婉醇正之美，所以成为许多词评家心目中，当属婉约词正宗的代表。

✤ | 三、铺叙勾勒的发扬 —— 婉约词派高峰，词的赋化

宋徽宗于崇宁四年（1105）设立"大晟府"，属宫廷的音乐机关，犹如汉代的"乐府"，其成员负责整理古乐，并创制新曲，以备朝廷各种大典祭祀之用。词，原本出生胡夷里巷，属于不登大雅之堂的通俗歌曲，终于受到官方的垂爱，并且正式进入宫廷殿堂。这时在大晟府中任职的一批词人，通过创作，促进了词律的规范化，并以他们自己的作品，左右词的创作方向，影响词坛的艺术风尚。这些宫廷词人，后世即称为"大晟词派"。他们的作品，就内容而言，自然以"应制"场合而写，歌颂升平之作为大宗，诸如"中秋应制""清明应制""元宵应制"等，歌咏节庆的热闹，都市的繁华，借此称颂朝廷德政之作，可说是把柳永当初吟咏都市风情的题材（如《望海潮》），进一步扩大，把铺叙勾勒技巧，进一步发扬。除此之外，这些大晟府词人之作，主要还是围绕着伤离怨别、羁旅惆怅之类的传统题材；不过，基于他们宫廷词人的身份，加上精通音律的训练，会特别注意格律的严谨，并讲求整体的谋篇布局，以及句式的开合变化，以期达到词与音乐之间"声情相宜"与"声调谐美"的艺术效果。在大晟词派中，成就最高，且影响词风最深远者，无疑当属周邦彦（1056—1121），尽管他在大晟府任职不过两年光景而已。

值得注意的是，在宋词的发展演变史上，虽然苏东坡曾把词从音乐的束缚中解放出来，可是周邦彦却又把词重新纳入音律的规范中，因此开启了南宋雅词派词人特别注重格律的风尚。后世词论者，甚至称周邦彦为南宋"格律派之祖"。此外，周邦彦又把柳永的慢词已经开启的铺叙勾勒技巧，发扬到更为圆融的境地，遂使得因篇幅拉长而往往会显得松散的慢词，可以既章法严谨，又气韵流转，乃至令词的赋化，臻于高峰。

试先看其一首《瑞龙吟》：

> 章台路，还见褪粉梅梢，试花桃树。愔愔坊陌人家，定巢燕子，归来旧处。／黯凝伫，因记个人痴小，乍窥门户，侵晨浅约宫黄，障风映袖，盈盈笑语。／前度刘郎重到，访邻寻里，同时歌舞，唯有旧家秋娘，声价如故。吟笺赋笔，犹记燕台句。知谁伴，名园露饮，东城闲步？事与孤鸿去。探春尽是，伤离意绪。宫柳低金缕。归骑晚，纤纤池塘飞雨。断肠院落，一帘风絮。

这是周美成词集《清真集》（或名《片玉集》）中开卷第一篇，也是周词最具个人风格的代表作品。词调《瑞龙吟》乃是其自创，由三迭组成，属于所谓"双拽头"体，亦即前两迭较短，合起来相当于一般格式的上片，第三迭较长，则相当于下片。全词写的就是重游旧地，追怀往事之际，所见所思所感。说是重游旧地，追怀往事，似乎有具体的主题，问题是，所思所想的，到底是什么？单从语言表象看，并无明确的指示。整首词，在章法结构上可谓穷极变化，其中既有波澜起伏之势，又具浑融流转之气，把柳永开拓的平铺直叙的单线铺叙，演化为多层次、多角度，回环往复、一唱三叹的铺叙。展现出一种严整精致的章法，予人以"经意"之美，仿佛是经由人工精心雕琢的艺术品，令词的赋化达到一个高峰。

再看其著名的《六丑》"蔷薇谢后作"：

> 正单衣试酒，怅客里、光阴虚掷。愿春暂留，春归如过翼，一去无迹。为问花何在？夜来风雨，葬楚宫倾国。钗钿堕处遗香泽。乱点桃蹊，轻翻柳陌。多情为谁追惜？但蜂媒蝶使，时叩窗隔。／东园岑寂，渐蒙笼暗碧。静绕珍丛底，成叹息。长条故惹行客，似牵衣待话，别情无极。残英小，强簪巾帻。终不似一朵，钗头颤袅，向人欹侧。漂流处，莫趁潮汐。恐断红，尚有相思字，何由见得。

此词亦属周邦彦自度曲。根据小注标题，乃是咏蔷薇花之作，当属咏物词。但从词本身的内涵视之，显然并非单纯的咏物，而是借咏物托兴咏怀，其中含蕴一个极为复杂深厚的感情世界。按，一般惜花伤春词，比较容易流于浅显，可是这首《六丑》，却深曲委婉，耐人寻味。全词呈现的主要是一个纤细浓密的"情"的世界，但作者并不直接抒情，而是通过对蔷薇花绵密细致的描写，回环往复的铺陈，酝酿成一片浓浓情意。此外，一般讲求铺陈的作品，类似"赋"的写法，叙述周详绵密，往往缺少言外之意，什么都说清楚明白了，自然缺乏供人反复品味的余地。可是这首词，既能淋漓尽致，又余韵无尽，在惜花伤春情怀中，融入了韶华之叹、身世之感、羁旅之愁，同时还交织着对一份眷眷旧情之深切追悼与怀念。读者吟味之余，总觉得其中可能还有什么可以挖掘、寻觅，可以引人往更深更广处去思考的余地。

周邦彦可说是婉约词派集大成者。其词长于铺叙侧写，勾勒描绘，在章法结构上精致细密，且把柳永已经开拓的平直单线型的铺叙，衍化为多层次、多角度、回环曲折的网络型的铺叙。此外，又特别重视音律，不仅辨平仄，更分别上去入三种仄声字，遂把词重新纳入音律的规范中。周词不仅注意形式的精美，也兼顾到词情的细密繁富。当然，其题材内容仍然不外是羁旅、离愁、艳情，与晏殊、欧阳修、柳永、秦观的作品相类似，但不同之处在于，周邦彦往往以较为隔离的态度写情，通常不是情的直接抒发，而是饱经忧患之后，感情静化或沉淀之后的缅怀，是激情被克制或压抑之后，将悲哀伤痛咽住之后的追思。

词经由晚唐五代的小令，复经柳永的慢词，到了周邦彦时代，便趋向既婉约又严整的方向发展。这两种条件的结合，遂开启了南宋"格律派"的先河。当然，词发展至南宋，方达到极盛阶段，同时也流露出渐衰的征兆，而北宋的周邦彦与苏东坡，虽然风格迥异，却是对南宋词坛影响最深远的两位词人。

第四章

宋词的极盛与渐衰
—— 南宋词

　　钦宗靖康二年（1127）的"靖康之变"，徽宗、钦宗父子被金人掳去，是宋朝历史的巨大转折点，也是宋词发展的重要分界线。文学史通常据此把宋词分为北宋、南宋两个不同阶段。北宋词坛，基本上是在和平环境中发展，惟自"靖康之变"，结束了北宋一百六十余年的历史，从此金人占据了北中国。北宋的败亡，中原国土的丧失，宋金南北的长期对峙，对南宋的文人士大夫的生活与心情，形成难以弥补的伤痛，对南宋词坛亦造成既深且远的影响。

　　词发展至南宋，无论词人数量之众多或类型之多样，均可说臻于极盛的地步。首先，在填词者数量上，根据唐圭璋等所辑《全宋词》所录作品统计，单看其中时代可考的词人，北宋有二百二十七人，约占百分之二十六，南宋六百四十六人，约占百分之七十四。南宋词人数约为北宋的三倍，其时词的创作风气之盛，可以想见。其次，在类型的多样方面，南宋词亦远超过北宋词。按，北宋词基本上还是"言情"的天下，直到苏东坡前后，才出现数量不多的言志述怀类型。但是到了南宋，由于特殊的政治环境与社会背景，遂出现了呼吁杀敌抗战之作，对朝政表示忧心愤慨之作，或抒发避世隐逸情怀之作；另一方面，又由于文人填词的普遍化，乃至日常交游生活中，祝寿词、咏物词、应社词（社交酬唱词），也纷纷出现。于是大至家国之变，小至个人日常生活琐屑之事，不分雅俗，均可入词。词的文学功能，甚至社交功能，简直跟诗一样了。所以词其实是至南宋，方才形成极盛的局面。不过，也就是在词的极盛状态中，同时流露出词的逐渐衰退的痕迹。因为南宋词的发展，始终未尝突破苏东坡、周邦彦这两位北宋大家的藩篱，始终是苏周二人的继承者，词坛上再也没有能够称得上开宗立派的大家的出现。当然，辛弃疾词的成就，有目共睹，可是他仍然是苏东坡已经开启的、豪放派的继承者，抒怀言志的发扬者。

❖

第一节

宋词的极盛 —— 宋金对峙至宋蒙联合灭金

宋词的极盛，乃是在北宋灭亡之后，南宋王朝的逐渐衰退中形成。按，北宋末年的"靖康之变"，令赵宋王朝失去了淮河以北的广大中原地区，徽宗、钦宗成为金人的臣虏，之后高宗仓皇称帝，随即南迁，定都临安（杭州），是为南宋。从此即是历史上的宋金对峙时期。惟南宋建立之后，金人仍屡次驱兵南下，高宗建炎三年（1129）竟然攻破扬州，并大肆焚烧掠夺，士民多死，存者仅数千人而已。赵宋王朝经北宋的亡国，又经历如此屠杀和破坏，对一百多年来基本上安定度日，不识干戈的宋人而言，真是一场弥天大祸。朝野上下均受到空前的震撼，反映在南渡的词坛上，遂出现前所未有的悲愤与伤痛之声，或为逃避悲愤伤痛现实的遁世隐逸之情。南宋的词，就在大时代的环境背景影响之下，发生了深刻而重大的变化。北宋早期词坛那些歌颂升平，或表现雍容风度的旧词风，已销声匿迹，取而代之的则是抚事感慨、忧国伤己之情，并且成为整个南宋词坛的主调，即使在隐逸情怀的讴歌中，也往往浮现一分时代的忧患意识。当然，首先流露的，乃是作者身处北宋灭亡之际深感漂泊流离的哀伤。

✚ | 一、漂泊流离的哀伤 —— 南渡词人的情怀

靖康之变，对许多宋代词人而言，是生命中突然发生的巨变。几乎是在毫无心理准备之下，突然遭遇到国亡家破的打击，惊慌失措中仓促南渡，从此漂泊流离，且再也无以北归。就在这些仓皇南渡词人的作品中，处处可以听到近乎幽咽呻吟的哀伤之音。有的在词中把个人的命运和国家的命运结合在一起，有的则通过个人生活的今昔对比来表达漂泊流离的哀伤。

试先看一首亡国之君宋徽宗赵佶（1082—1135）的《眼儿媚》：

> 玉京曾忆昔繁华，万里帝王家。琼林玉殿，朝喧弦管，暮列笙琶。／花城人去今萧索，春梦绕胡沙。家山何处？忍听羌笛，吹彻《梅花》。

虽然是亡国之君的哀伤，其中流露的亡国之悲，以及对美好过去的无限怀思，亦是许多南渡词人普遍吟叹的情怀。其实宋徽宗的命运与李后主颇相仿佛，二人最后均死于征服者的囚禁中。上引这首徽宗词，与当初李

后主亡国之后的故国之思，也有类似之处，然而徽宗毕竟欠缺李后主个人感情的浓度和冲击震撼力，流荡其间的，主要是幽咽呻吟之声。不过，这种幽咽呻吟之声，会继续不断浮现在许多南渡词人作品中。

试看朱敦儒（1081—1159）《采桑子》：

> 扁舟去作江南客，旅雁孤云，万里烟尘。回首中原满泪巾。
>
> 碧山晚对汀洲冷，枫叶芦根。日落波平，愁损辞乡去国人。

此词写其乘舟南渡之际，宛如旅雁孤云，无所依托之经验感受。词中回首故国万里，胡尘笼罩中原，不禁涕泪满巾，偏偏面对江南的秋景夕阳，仿佛是寒冷黑暗来临的预兆，更增添了辞乡去国的哀伤。

当然，最能表达身处这一动乱时代普遍存在的哀伤情绪者，还是李清照（1084—1151？）的作品。

李清照是中国文学史上最负盛名的女性作家，其《漱玉词》辑本，现存词仅四十七首，数量虽少，在词史上却占有一席重要地位。尽管女性作家在中国文学史上，一般并未受到应有的重视，但历代词评家对李清照的词作，则可谓推崇备至，并公认是婉约词派的"正宗"。其实李清照不仅是诗、词、文章的全才，也是词学理论的先导者。其著名的《词论》，就是词学史上第一篇针对词这种诗歌体式的特色及发展情况而撰写的理论性文章。她提出词"别是一家"，强调词必须协音律，讽刺苏东坡等人的词，乃是"句读不葺之诗"；并主张词的境界要高雅，不满柳永词的"词语尘下"；又强调词的内容要典重、故实，批评秦观"专主情致，而少故实，譬如贫家女，虽极妍丽丰逸，而终乏富贵态"等。

李清照的词，的确既合音律，又清雅脱俗。不过，在题材内涵方面，或许受拘于女性生活范围的局限，显得比较狭窄，多半围绕着个人周遭的情和事，不外是离情闺思，孤寂之感，愁怨之诉，这些也正是一般婉约词的主调。但李清照的词，不同于其他宋人作品之处，乃是其词中含蕴的女性特有的敏感与细腻情思。按，宋词作者大多是男性，然而在婉约词中经常出现的主人公面目，却往往是女性的形象。这些男性作者所写的"闺音"，毕竟是代人立言，只是一些"仿冒"，而李清照笔下的闺音，才是真正的、由女性自己吐露出的闺音。此外值得注意的是，李清照所写的闺音中，却又不时奏出时代的音符。尤其是靖康之变后，流寓江南时期的作品，其中流露的身世之悲与家国之叹，那种满纸幽咽呻吟的风格，可谓南宋前期词坛"哀伤之音"的代表，与秦观当初所写仕途受挫的一己之悲相比，可说是词境的扩大。当然，李清照词的风格，随着北宋的灭亡，以及她个人命运的转折，前后出现很大的变化。

试先看一首早期所作的《一剪梅》：

红藕香残玉簟秋，轻解罗裳，独上兰舟。云中谁寄锦书来？

雁字回时，月满西楼。／花自飘零水自流，一种相思，两处闲愁。

此情无计可消除，才下眉头，却上心头。

上片言空闺寂寞，登舟怀远，下片言思念之深，相思难解。整首词的主题，简单寻常，不过是空闺的寂寞，相思的愁苦而已，这原本是最古老最传统的主题，然而在李清照笔下，却可以如此清雅脱俗。故而陈廷焯《白雨斋词话》卷二评云：

易安佳句，如《一剪梅》起七字云"红藕香残玉簟秋"，精

秀特绝，真不食人间烟火者。

所谓"不食人间烟火"，当指其清雅脱俗。由于荷花出淤泥而不染，修竹是君子的象征，李清照用"红藕香残""玉簟秋"的意象，来传达其

独守闺中，但感青春易逝，红颜易老之叹，以及人去席冷之悲，予人的印象，自然是"不食人间烟火"，清雅脱俗之至。此外，在语言上，亦新巧可喜。词中口语运用之妙，转化他人词句为己用之巧，尤其引人瞩目。如"一种相思，两处闲愁"，纯然是口语白话，仿佛不经意脱口而出，实际上却是非常工整完美的对偶句，传达的是夫妻身居两处，心灵相通的深情。另外，"此情无计可消除，才下眉头，却上心头"，原是因袭范仲淹（989—1052）《御街行》词中："都来此事，眉间心上，无计相回避。"然而经李清照的化用，则脱胎换骨，显得更通俗，更细腻，更生动。范仲淹句主要是说，眉间心上都是愁，强调的是愁之多之浓，不过其愁是静止的；李清照句中的愁，才在眉头，又跑到心头，却是动态的，飘忽不定，难以控制的；这就巧妙地把内心的翻腾，思潮的起伏，情绪的波动，都传达出来了。

当然，像这种极为单纯的，"不食人间烟火"的闺音，展示的只不过是李清照前期作品的风格。惟经过靖康之变，北宋的灭亡，美满平静的生活开始发生巨大的转折。随着朝廷仓皇南奔，两年之后，夫婿赵明诚又突然病逝，李清照从此就在颠沛流离中，过着孤苦寂寞的生活，甚至去世的年代都无法确定①。其南渡之后的词，基于女性身份的局限，仍然属于闺音，仍然保持其清雅脱俗，可是情味意境之深厚复杂，与前期之作，已判然有别。

试看其《武陵春》：

> 风住尘香花已尽，日晚倦梳头。物是人非事事休。欲语泪先流。／闻说双溪春尚好，也拟泛轻舟。只恐双溪蚱蜢舟，载不动，许多愁。

---

① 根据一些宋人笔记，赵明诚过世后，李清照无依无靠，曾于绍兴二年（1132），四十九岁时，再嫁张汝舟，但不及一百天，即申请离异。关于李清照是否曾经再嫁，直至今天，尚无定论。

此词写的是暮春时节，一阵狂风摧残之后，反顾自己生存境地的哀伤愁怨。整首词的语气幽怨，充满委屈与辛酸，含蕴着浓厚的自艾自怨的意味，仿佛沉溺于悲哀愁苦中不能自拔。其中心题旨，其实就是一个"愁"字。当然，"愁"，原是婉约词中最常见的情怀，或是独守空闺之愁，黯然伤离之愁，漂泊羁旅之愁，伤春悲秋之愁，或仅因无所事事、百无聊赖而引起的一分莫名的闲愁……随便翻阅唐宋词人的词集，都会接触到这些不同性质，不同浓度，但都可以一个"愁"字来概括的情怀。可是李清照《武陵春》所写的"愁"，之所以不同于前人者，就在于其个人的"愁"，乃是由家国的破碎，身世的飘零，孀居的寂寞，晚景的凄凉累积凝聚而成；是从过去极端幸福美满和当前无限悲哀凄凉的对照中，引发出来的；是生命突然发生剧烈的、根本的变化之后，在"物是人非事事休"的惊惧悲苦中，哀伤绝望中，体会出来的，所以特别深重浓郁，动人心魂。

其实李清照这类后期的作品，与南唐李后主亡国之后，身为阶下囚时感受到的无尽的悲哀愁怨，颇有相似之处。按，李后主出身帝王之家，长于深宫之中，妇人之手，其阅世浅，社会经验欠缺，生活层面比一般文士词人狭窄，其词的题材，也仅限于个人生存周遭之情或事。亡国之前，主要写后宫富丽安逸的声色之娱，撩人情思；亡国之后，写其身为臣虏，沦为阶下囚之悲哀愁苦，则震人心魂。后主所写虽然是个人一己身世遭遇的经验感受，却和国家的兴亡、时代的变动紧密联系在一起。同样的，李清照出身官宦世家，又是女性，就像一般传统中国妇女，平日待在"闺中"，其阅世也浅，生活层面也狭窄。然而，从写其无忧无虑的少女情怀，或沉溺于相思情爱的少妇心态，及至南渡、丧夫之后绵绵无尽的哀伤愁怨，其词作前后风格的明显差异，也是和时代环境的巨变息息相关的。尤其是后期的作品，以一个单纯女子的身心，去体认国亡家破的最大不幸，以其阅世不深的纯真性情，领受人生命运的深切悲慨。所以李清照词中的哀伤愁怨，不仅是她个人的，也属于整个时代的，是南渡词人群，在国难之后，漂泊流离中，共同感受的哀伤。这种由国难引发的哀伤之音，在南宋词坛，从未中断，甚至绵延到元代初年，仍然余音缭绕，挥之不去。

不过，就在这种哀伤个人与家国命运的回荡中，一批忧国志士的词作，则响起了另外一种迥然不同的、强烈的悲愤音符，并且震撼着南宋的词坛，促成宋词的风格产生明显的变化。

❖ │ 二、忧国志士的悲愤 —— 豪放词派的形成

南宋王朝面对北方的女真强敌，苟延喘息一百五十余年，其间虽然战战和和，打打停停，但强敌压境的阴影，始终挥之不去，亡国的威胁，未尝一日消除，朝廷上下，经常处于主战与主和两派势力的冲突矛盾中。社会生活方面也出现极为不协调的情景：一方面，爱国臣子，为国家民族的存亡，忧心如焚，奔走呼号收复中原；另一方面，从皇帝到权贵，企图逃避现实，过着纸醉金迷的生活。对于以匹夫兴亡为己任的士大夫而言，这是一个充满伤痕、痛苦，且满怀挫折、愤怒的时代。面对南宋国势的积弱，国土的丧失，战争的威胁，一种空前的爱国情操与报国意识奏成的慷慨激昂之音，遂回荡在南宋词坛。这种声音，是忧心忡忡的，痛心疾首的，凄苦苍劲的。难免引起读者回想起盛唐之音中，慷慨激昂的边塞军旅之悲歌。其间不同的是，盛唐诗的慷慨激昂中，糅杂着无限希望和憧憬，流露着个人的自信以及对时代的自豪；可是，南宋词的慷慨激昂中，却弥漫着对时

局的焦虑与悲痛，含蕴着对个人不遇的挫折与愤怒，尤其是报国无门，英雄失路，壮志难酬的挫折。因此，悲愤抑郁、苍凉感慨成为这批词人作品的主调。另外，南宋忧国志士之词，与中唐的感事伤时的讽喻诗，也不一样。因为中唐诗人主要是忧国伤民，其视野外射，反映的是对朝廷社稷的关怀，对民生疾苦的同情；南宋词人则忧国伤己，视野内收，自我抒情意味更浓，强调的往往是个人怀才不遇，救国无门，壮志未酬的悲愤。这或许是基于词与诗本质的不同，词毕竟是比较个人的抒情体裁，却也正巧展现南宋词发展的一个方向。

就在两宋交替之际，一些极力主张抗金的忠臣名将，诸如李纲（1083—1140）、岳飞（1103—1142）、赵鼎（1085—1147）等，都留下一些慷慨激昂，满怀悲愤之作。之后还有张元干（1091—1161）、张孝祥（1132—1169）、陆游（1125—1210）、辛弃疾（1140—1207），亦是力主抗金，胸怀忠愤者，分别为豪放词派的形成立下不朽的功劳。试先以陆游的词为例。

其实，陆游"平生精力尽于为诗，填词乃其余力"（《钦定四库全书总目提要》），其最著名的词，可能是那首相传为其表妹唐婉而写，赚人眼泪的《钗头凤》。但是在词的发展史上，《钗头凤》不过是花间以来婉约词派离情相思的继承而已，陆游抒发壮志豪情之词，在豪放词风的发展过程中，则扮演着承先启后的角色。这与陆游的身世背景多少有关。

陆游出生那年，正逢金兵入侵中原，次年，汴京沦陷，北宋灭亡。犹如前面章节中论及"宋诗的南渡情怀"已提过，根据陆游在其《跋傅给事帖》中的回忆："绍兴初，某甫成童，亲见当时士大夫，相与言及国事，或裂眦嚼齿，或流涕痛哭……"此情此景，留下终生难忘的深刻印象，或许也培养成陆游以身许国的豪情壮志。及至入仕之后，陆游经常上书朝廷，呼吁举兵抗金，收复中原，自然受到朝廷内主和派的排斥，遂终生不得志。其临终前，曾留下一首动人的《示儿》诗："死去元知万事空，但悲不见九州同。王师北定中原日，家祭无忘告乃翁。"对陆游个人的生涯而言，其一生中最重要的一次任职，就是大约四十八岁时，在同样有志北伐的川陕宣抚使王炎幕下，驻守南郑的一段边防军旅生活。为期总共不过八个月左右，却在陆游的诗集中、词集里，留下终生难忘的追忆，以及壮志未酬的无尽感慨。

试先看其一首《诉衷情》：

当年万里觅封侯，匹马戍梁州。关河梦断何处？尘暗旧貂裘。／胡未灭，鬓先秋，泪空流。此生谁料，心在天山，身老沧州。

此词当属陆游晚年退居山阴时期之作，抒发的是，此生不渝的爱国情操与报国志向，以及壮志未酬，英雄已老的苦闷，也是其一生空怀抱负，不得施展的悲慨。这虽然与陆游个人的经历相关，却也是宋室南渡之后，在词的创作上，一种普遍的类型。从词的发展演变角度视之，在主题内涵方面，亦可说是一种突破。因为原先由歌妓传唱的软媚歌词，自晚唐五代以来的离情相思和一己之哀愁，发展到南宋，在这些满怀豪情壮志的文人笔下，题材的确大大扩展了。

再看一首《谢池春》：

壮岁从戎，曾是气吞残虏。阵云高、狼烽夜举。朱颜青鬓，拥雕戈西戍。笑儒冠，自来多误。／功名梦断，却泛扁舟吴楚。漫悲歌、伤怀吊古。烟波无际，望秦关何处？叹流年，又成虚度。

当初"壮岁从戎，曾是气吞残虏"，结果却是"功名梦断，却泛扁舟吴楚"，可悲的是，目前竟然只能在悲歌伤怀中"望秦关何处"，"叹流年虚度"而已，自然无心享受泛舟之乐。

值得注意的是，一般南宋词人写慷慨激昂的词，虽有一种动人的气势，却往往欠缺词本身原来具有的曲折含蓄之美。上引陆游的这两首词，就是典型的例子。虽然以其气势豪放悲壮动人，但稍嫌质直浅显，因为作者所抒发的、传达的，就是字面上可以领会的内涵意旨而已。正如王国维《人间词话》所称："剑南有气而乏韵。"其他的南宋词人中，填写豪放词见称的作家，诸如张元幹、张孝祥、刘克庄等，也难免会有类似的现象。不过，其中少见的，以英雄豪杰态度立场填词，却仍然能够表现出词之曲折含蓄美的作家，自然非辛弃疾莫属。

其实辛弃疾一生的经历，宛如一篇传奇小说。虽然在北方土壤金朝统治之下长大，但他从小受祖父辛赞的影响，立志恢复中原。绍兴三十一年（1161），年方二十二岁的辛弃疾，就在山东济南山区组成一支抗金义军，两年之后，又率领七八千人的队伍，一路冲锋陷阵，渡过长江，投奔南宋，顿时成为朝廷上下争相推崇赞美的抗金英雄。可惜南宋国势薄弱，朝廷但求偏安，主和派的意见通常占上风，乃至英雄失路，一腔忠愤，无处发泄，只好倚声填词来慷慨悲歌，寄托其报国无门、壮志未酬的郁结和悲慨。按，辛弃疾词集《稼轩词》，存词六百二十多首，乃是两宋词人现存作品数量最丰者。其题材内容之广泛，风格情境之多样，也超过其他宋代词人。辛弃疾不但写豪情壮志，闲情逸致，也写儿女柔情，乃至儒者襟怀，隐者醉态，甚至议论事理，品评历史等。不仅是词的传统题材，诗的传统题材，甚至文章的题材，也可以一并入词。当然，在词的发展演变史上，最令人瞩目的、成就最高，且影响深远者，还是辛弃疾为南宋词坛带来的一股刚大之气、豪壮之风，遂将苏东坡开启的别具一格的豪放词，发展至高峰。

试先看其著名的《破阵子》"为陈同甫赋壮词寄之"：

> 醉里挑灯看剑，梦回吹角连营。八百里分麾下炙，五十弦翻塞外声，沙场秋点兵。／马作的卢飞快，弓如霹雳弦惊。了却君王天下事，赢得生前身后名，可怜白发生。

小序所称陈同甫，即陈亮（1143—1194），可说是为抗金复国奔走一生，与辛弃疾志同道合，交情深厚，二人同样是以气节自负，以功业自许的志士。上引此词，即为寄赠陈亮之作，抒发的主要是一份报国有心，请缨无路的英雄挫折感。值得注意的是，用小令的形式却能表现得如此豪壮苍凉，其中含蕴流荡的感情之浓郁厚重，远远超越其体式以及语言表象之外。词中展现的，主人公醉里挑灯看剑的动作，出现于其梦中吹角连营与沙场点兵的场景，还有明言为君王了却天下事，为一己赢得生前身后名的豪情壮语，在在都显示一份英雄豪杰的气概，一种刚大宏伟之美，一扫晚唐五代以来，词的纤柔软媚的本色。

南宋其他可以归类于豪放派的词人，有的只是吐出浅率质直的豪言壮语，可是辛弃疾的豪放词，却仍然可以保持词这种诗歌样式原有的曲折委婉之审美特质。其常见的艺术手法，即是往往援引典故与运用对比，乃至可以扩大语意范围，增添言外之意，丰富情味意境，遂形成既率直又婉转的艺术效果。就如上举《破阵子》中，写其醉后入梦，重温当初与金兵对抗的沙场军营生活："八百里分麾下炙，五十弦翻塞外声，……马作的卢飞快，弓如霹雳弦惊。"一连用了至少四个典故，传达其豪迈的胸怀，悲壮的气势，以及士气如虹，装备就绪，随时可以冲锋陷阵的豪情。兹将其可能运用的典故列出：

王君夫（恺）有牛，名八百里驳，常莹其蹄角。王武子（济）语君夫："我射不如卿，今指赌卿牛，以千万对之。"君夫既恃手快，且谓骏物无有杀理，便相然可，令武子先射。武子一起便破的；却据胡床，叱左右："速探牛心来！"须臾炙至，一脔便去。（《世说新语·汰侈》）

要当啖公八百里，豪气一洗儒生酸。（苏轼《约公择饮，是日大风》）

太帝使素女鼓五十弦瑟，悲，帝禁，不止。故破其瑟为二十五弦。（《史记·封禅书》）

（刘表）曾请刘备宴会，蒯越、蔡瑁欲因会取备，备觉之，伪如厕，潜遁出。所乘马名的卢……堕襄阳城西檀溪水中……的卢乃一踊三丈，遂得过。（《三国志·蜀书·先主传》）

景宗谓所亲曰："我昔在乡里，骑快马如龙，与年少辈数十骑，拓弓弦作霹雳声，箭如饿鸱叫。"（《南史·曹景宗传》）

按，一般借古人古事，写今人当前的情怀意境，其间可令今昔人物事件的时空交织糅杂，就含蕴一分曲折委婉。此外，整首词的情景，乃是由几个交互重叠的对比情境所组成，包括梦境与现实，理想与现实，往昔与当前的对比。如梦境中的骁勇英姿，与现实中的落魄潦倒，以及梦境中沙场上雄伟壮阔的场面，与现实中孤灯下垂垂老将的一撮白发……。在这些情境对比之下，更显得报国有心，请缨无路的悲哀，更加深了英雄挫折感。所以，全词的基调是率直豪放的，情味意境却是曲折委婉的。

再看一首《永遇乐》"京口北固亭怀古"：

千古江山，英雄无觅孙仲谋处。舞榭歌台，风流总被雨打风吹去。斜阳草树，寻常巷陌，人道寄奴曾住。想当年，金戈铁马，气吞万里如虎。/元嘉草草，封狼居胥，赢得仓皇北顾。四十三年，望中犹记，烽火扬州路。可堪回首，佛狸祠下，一片神鸦社鼓。凭谁问，廉颇老矣，尚能饭否？

以词来抒发怀古幽情，在文人词中并不陌生。不过却是在苏东坡笔下，亦即词开始诗化，以诗情填词音之后，才比较多地出现，爰及辛弃疾时期，怀古幽情则已是一种相当普遍的情怀。上引此词，即是一首典型的怀古词，写的是造访京口北固亭之际所见所思所感。上片写面对千古江山，追怀历史人物的英雄业绩，感叹南宋时局的危殆现状。下片则回顾历史的种种反面事例，引以为戒，忧心南宋偏安，士气不振，并抒发自己怀才不遇，而英雄已老，抱负难展的愤懑与悲慨。整首词，可谓慷慨纵横，既怀古、忆往、伤今、抒壮志，同时还品评历史事件，议论历史人物的是非功过。其气魄之雄伟，意境之沉郁，的确颇有刘克庄（1187—1269）《辛稼轩集·序》所谓"横绝六合，扫空万古"之概。明人杨慎（1488—1559）《词品》，甚至认为"辛词当以京口北固亭怀古《永遇乐》为第一"。当然，就词论词，其中亦明显展示辛弃疾填词，往往喜欢"掉书袋"之癖。

按，唤出历史人物或事件来表情达意，乃是辛词的一大特色。就如上引《永遇乐》词中，一口气即用了六个典故，涉及的历史人物众多：包括孙权、刘裕、刘义隆、霍去病、拓跋焘，还有廉颇等。词这种诗歌体，原本是兴起于胡夷里巷的民间俗曲，之后在文人雅士笔下，成为歌筵酒席上由歌妓传唱的软媚香艳的歌词，又经过苏轼的每每以诗情填词音，爰及辛弃疾，则正式将之搬入庙堂，词的文学功能与诗已经没有差别，而且进一步有所发挥。辛弃疾写词，不仅大量运用典故，引用古书，发表议论，同时还经常以散文的句法入词，乃至予人以，辛弃疾不但以"诗"为词，甚至还以"论"为词，以"文"为词的印象，可谓是扩大了词这种诗歌体的传统表达艺术。这些风格特色，虽然在苏东坡词中，已经大略指出可能发展的方向，却是在辛弃疾笔下才达到高峰。

试再以其一首小令《西江月》为例：

> 醉里且贪欢笑，要愁那得工夫。近来始觉古人书，信着全无是处。／昨夜松边醉倒，问松："我醉何如？"只疑松动要来扶，以手推松曰："去！"

此词笔墨重点，主要乃是写自己在百无聊赖的闲居生活中的醉态。的确立意新颖，描述生动传神，并借此发表议论，意图推翻过去士人对古人书全然无条件的信赖。整首词，除了主人公醉中对"古人书"的质疑，颇具有推翻传统的意绪，令人惊讶，实际上，虽然情含悲愤无奈，却语带诙谐风趣。这种诙谐风趣感，乃是一般诗词作品中罕见的。此外，其行文全然是散文句的写法，其中甚至还有人与松之间的对话。这样一首作品，不但展现作者个人对人生意义的体味，同时正好体现了辛弃疾"以文为词""以论为词"的特色。

前人为词这种诗歌体式建立起来的传统，在苏东坡"以诗为词"的笔墨下，已经开始动摇，辛弃疾则更进一步，打破传统，以其英雄豪杰的气魄，"横绝六合，扫空万古"，将词与诗以及文之间的文体界限，一跨而过。词，这种出身歌坛的诗歌体裁，从花间派的软媚香艳，经过苏东坡的潇洒旷达，发展到辛弃疾的英雄气概，可以说是"面目全非"了。因此，传统词评家，即使对辛词十分欣赏喜爱，仍然难免会称其词为"变调"，乃是别具一格者。

✤ │ 三、遁世隐逸的讴歌 —— 元人散曲的先声

在南宋词中，无论是哀伤之音或悲愤之情，都和作者面临的时代现实密切相关。不容忽略的则是，就在哀伤悲愤之余，有的作者遂开始"转向"，遁入隐逸的生活或情趣中。加上南宋偏安江南局面的形成，虽然和金人南北对峙，可是由于国势积弱，不敢轻言北伐，况且，宋金双方僵持下的和平日子还是比战争的日子为多。于是，文人士子于官场退休之后，或闲居期间，除了在歌筵酒席上沉醉，还可以在江南灵秀的山水之间徜徉，优游赏玩自然之美，无须为南宋危殆的国势忧心，或许至少可以暂时忘却时局之堪忧。于是，在哀伤悲愤之音外，词坛上也荡漾着对隐逸情怀的吟咏。

当然，隐逸情怀原是魏晋以来诗歌中普遍吟咏的题材内涵，从晋代的陶渊明到北宋的林逋，隐居不仕早已成为文人士大夫在个人生涯规划中，退而求其次的重要选择，或是在人生态度上的一种表白。乃至描述隐居生活，抒发隐逸情怀的诗篇，始终未离宋代诗歌的主流。不过，就词的创作而言，苏东坡已经开风气之先，表达其"何时忘却营营"的困惑，以及"小舟从此逝，江海度余生"的意愿（《临江仙》），不但为词增添了一分符合士大夫身份的"高雅"意味，并且开拓了宋代词人抒发隐者生活与隐逸情怀的先路。朱敦儒的词，即可谓是吟咏遁世隐逸的典型代表。

其实朱敦儒在青壮年时期基本上就是在隐居中度过，只是其虽为布衣，却颇有朝野之望。惟靖康之变后，经历了旅雁南飞，辞乡去国的苦难，于仓皇南奔期间，其词风明显有所转变，即如前举之例，抒发的主要是漂泊流离的哀伤。南渡之后，尽管亦曾应诏出山，入朝为官，不过其后却因发表一些主张抗战的言论，得罪了当朝，遂被迫退隐，于是恢复其悠闲适

意、潇洒狂放的隐士生活。朱敦儒留下来的词集，甚至特意以《樵歌》为名，其中大部分均歌咏隐居不仕，逍遥自在的遁世生活与感受。

试看其著名的《鹧鸪天》一首：

> 我是清都山水郎，天教懒慢与疏狂。曾批给露支风敕，累奏留云借月章。／诗万首，酒千觞，几曾着眼看侯王？玉楼金阙慵归去，且插梅花醉洛阳。

此词当属朱敦儒早年，亦即北宋末期，闲居洛阳之际的作品。其中以"清都山水郎"自居，且以生性"懒慢与疏狂"自许，平日虽诗酒风流，至于王侯权贵，则根本不看在眼里。整首词勾勒的，实际上乃是一幅隐士自画像，也是隐居之志的宣言。值得注意的是，其语气的流畅自然，行文的通俗浅白，以及态度的懒慢疏狂，实与自诩为"白衣卿相"的柳永词颇为接近。兹再看一首朱敦儒晚年退隐浙江嘉禾时期所写《感皇恩》：

> 一个小园儿，两三亩地，花竹随宜旋装缀。槿篱茅舍，便有山家风味。等闲池上饮，林间醉。／都为自家，胸中无事。风景争来趁游戏，称心如意。剩活人间几岁，洞天谁道在，尘寰外。

此词笔墨重点乃是写其乡居生活的纯朴宁静，胸中无事的逍遥自在，处处流露其人格志趣的旷达潇洒。整首词，语气干脆利落，用字下语通俗浅白，尤其是发端二句"一个小园儿，两三亩地"，近乎俚俗之语，宛如出自勾栏瓦舍民间艺人说唱之口吻，但是其意趣境界却不失风雅。不妨再看朱敦儒一首《西江月》：

> 世事短如春梦，人情薄似秋云。不须计较苦劳心。万事原来有命。／幸遇三杯酒美，况逢一朵花新。片时欢笑且相亲。明日阴晴未定。

按，朱敦儒隐逸词中展现的旷达潇洒的风度，可说是苏东坡词中开拓的隐逸情怀的继承。不过，苏词中流露的隐逸旨趣与旷达潇洒，毕竟含有一份传统士大夫的包容与超越胸襟，可是南宋词人吟咏隐逸情怀的作品中，或许源自对国势积弱、反攻无望的挫折，加上对政治社会以及人生整体的失望，乃至表现更多的则是，看破红尘的狂荡，万事有命的无奈，以及自我纾解、调侃的诙谐。此外，就在以词表现隐居生活的雅趣中，不时点缀着近似口语的通俗浅白语言，仿佛是有意从民间说唱文学中吸取养分，乃至形成雅俗合流的文学现象。就像朱敦儒这类作品，一直回荡在南宋词坛，甚至延续到南宋败亡之后，并且在审美趣味与本质特征上，仿佛已经流荡着元人散曲的声音。

当然，遁世隐逸的讴歌，不过是宋词广泛题材内涵的一部分。在南宋后期近半个世纪的时间里，词坛仍然活跃，词的创作仍然持续不断，并且有另一番风韵的表现。

❖

第二节

宋词的渐衰 —— 宋蒙对峙时期至南宋灭亡

南宋后期的词，虽然在开拓与创新方面的成就并不算高，但在词的审美意识之细腻，与抒情述怀之深度方面，则为读者提供了新境界、新领域。值得注意的是，南宋文人对词的文体之认知，以及对词这种诗歌体美学意识的高度自觉。其实从当初李清照《词论》反对柳永的"词语尘下"，到张炎《词源》正式提出"词欲雅而正"，词论者崇雅轻俗之言，始终未尝消歇。当然，所谓"雅"，乃是一种品味，一种态度，其内涵，并非固定不移，而是宛如潺潺溪水，虽须沿岸而行却流动不息。大凡文人士大夫的人格操守、生活逸趣，甚至艳情风流，均可以"雅"的面目出现在歌词里。南宋朝后期的词，就是在追求雅趣的文风中徘徊流连，尽管通俗文学、民间技艺、市井趣味已经开始涌向朝野文坛。

✤ ┃ 一、艳情雅趣的融合 —— 词的雅化

南宋偏安江南的时局，令人哀伤，朝廷软弱，不思恢复，亦激人悲愤。可是，从另一个角度视之，江南灵秀的山水，富裕的物质，风雅的文化，则为文人士子提供了既富贵又脱俗，既风流又清雅的生活环境，乃至助长了享受风雅情趣的倾向。何况在反攻无望的现实情况下，不少文人士子，企图在江南风雅的生活情趣中，抚慰时代或个人的创伤，过着"诗酒风流"或"湖山清赏"的日子，乃至相互结社酬唱，分题而咏之词不绝如缕。即使曾经大声疾呼抗战救国，收复中原的辛弃疾，也会因"宦游吾倦矣，玉人留我醉"（《霜天晓角》"旅兴"），萌生退出仕途，唤取玉人，醉卧温柔乡，或隐逸山林，归返田园的意愿，并且写了不少心慕老庄，情怀渊明的隐逸之音。这期间，不但隐逸词、闲情词增多，而且在风雅情趣的偏尚里，即使男女艳情词，都降低了声色，变得清雅脱俗了。换言之，把花间词以来已经形成传统的离情相思，和苏东坡开拓的表现文人士大夫旷达潇洒生活情致的词，融合起来，熔铸成别有一番风流清雅的意趣，在婉转低唱的风韵中，兼有萧闲高雅之致。而在艺术风貌上，则继承周邦彦的传统，重视经营雕琢之美。首先，要合律可歌；其次，是琢字炼句精巧；

再次，则是结构绵密严谨。至于整体风格，则往往既雅且丽。此处或可以姜夔（1155—1209）的词作为代表。

按，姜白石乃是以布衣终生，飘荡江湖，以清客雅士的身份，寄讨生活，最后贫困以终。白石人品高洁，情趣高雅，且多才多艺，无论诗文书法均佳，颇受当世俊杰或文坛领袖，诸如萧德藻、张鉴、杨万里、范成大等之推赏奖掖。加上又精通音律，能自度曲，其现存十七首自注工尺旁谱的词调，即是当今仅存的宋代词乐的珍贵文献。其实姜词基本上乃是周美成的继承者，二人在词史上并称"周姜"，同属温、韦、柳、秦绮丽婉约一派，不过，却增添了几许清刚之劲，一扫传统婉约词中的软媚，也无柳永艳情词中的世俗味，又不像一般豪放词那样明朗外露。白石除了写山水清音显得空灵高雅，尤其善于以雅笔写柔思，淡笔写浓情。因此，特立出一种清空兼骚雅的个人风格。其大部分作品均好用冷色字面，好写清冷事物，又往往以低沉的语气，来传达冷僻幽独的个人心境，以及微妙细致的审美感受，或朦胧迷离的相思情意。从词的发展演变角度看，姜白石可谓将词的雅化推至高峰。根据清人汪森（1653—1726）《词综·序》对姜词的观察：

> 西蜀南唐而后，作者日盛；宣和君臣，转相矜尚。曲调愈多，流派因之亦别。短长互见，言情者或失之俚，使事者或失之伉。鄱阳姜夔出，句琢字炼，归于醇雅。

试先举其《念奴娇》一首，且将词前一段小序，一并列入：

> 予客武陵，湖北宪治在焉。古城重水，乔木参天，予与二三友，日荡舟其间，薄荷花而饮，意象幽闲，不类人境。秋水且涸，荷叶出地寻丈，因列坐其下，上不见日，清风徐来，绿云自动，间于疏处窥见游人画船，亦一乐也。揭来吴兴，数得相羊荷花中，

又夜泛西湖，光景奇绝，故以此句写之。

闹红一舸，记来时，尝与鸳鸯为侣。三十六陂人未到，水佩风裳无数。翠叶吹凉，玉容销酒，更洒菰蒲雨。嫣然摇动，冷香飞上诗句。／日暮青盖亭亭，情人不见，争忍凌波去。只恐舞衣寒易落，愁入西风南浦。高柳垂阴，老鱼吹浪，留我花间住。田田多少，几回沙际归路。

词前小序即写得清雅隽永，本身就是一篇优美的小品文。序中记述作者曾经在武陵、吴兴、杭州西湖三处，游赏荷花的雅趣。词中却并无意指出明确地点，而是将多次赏荷的综合印象、整体经验入词。就题材而言，此词或可归类于"咏物词"，所咏者为荷花。按，荷花往往引人联想到出淤泥而不染，焕发出清丽高洁的美好品质。但其笔墨下并无道学的包袱，也无说教的意图，而是含蕴着浓浓的情思，充满审美的感受，洋溢着诗情雅兴。从词中荷花的意象，展示作者对荷花之美，观察之细，赏爱之深，同时仿佛也透露出，对于一位如荷花一般美的伊人，无限怀思与眷恋。虽然词面上是咏荷花，但其最终兴致，并不止于荷花状貌形态之美，甚至也不局限于对荷花清幽神韵的欣赏，而在于由观赏荷花，怀想伊人的过程中，引发的一份沉浸于美的经验感受，酝酿的一份幽韵冷香的诗情。整首词，格调清空高远，情致淡雅凄迷，含蕴的是一个由花魂、倩影、诗情三者高度交织融汇的美感世界。

再看一首著名的《暗香》，词前亦有小序，说明填词的缘由背景：

辛亥（1191）之冬，余载雪诣石湖。止既月，授简索句，且征新声；作此两曲。石湖把玩不已，使工妓隶习之，音节谐婉。乃名之为《暗香》《疏影》。

旧时月色，算几番照我，梅边吹笛。唤起玉人，不管清寒与攀摘。何逊而今渐老，都忘却，春风词笔。但怪得，竹外疏花，香冷入瑶席。／江国，正寂寂。叹寄与路遥，夜雪初积。翠尊易泣。红萼无言耿相忆。长记曾携手处，千树压，西湖寒碧。又片片，吹尽也，几时见得。

小序表明是在范成大石湖山庄，经主人"授简索句"而作的"新声"。就其内涵，显然是一首咏梅兼怀人之词。所怀之人，可能是白石年轻时候在合肥所遇一位歌妓，以弹琵琶著称，惟别后经年，始终难以忘怀。综观姜白石现存词作中，大概有十八九首，似乎都在怀念这位琵琶女子，甚至一些咏物词中，也隐约浮现着伊人的倩影。而梅花显然与其所恋琵琶女子有关。就如其《江梅引》中即尝明言："人间离别易多时。见梅枝，忽相思，几度小窗幽梦手同携……"上引这首《暗香》，可谓句句均不离梅花，而且句句又含蕴着无尽的相思情意。梅花的清幽绝俗，与念念在心的玉人，仿佛影像重叠，融为一片。其实，整首词和周清真的《六丑》咏蔷薇之作颇近似，同样是借咏花而怀人之作。不过，清真《六丑》浓艳，白石《暗香》清淡。周词丰腴，姜词瘦劲；周词宛如蔷薇，姜词则有如梅花。展现的，不但是二人风格及审美趣味的不同，也正巧显示，艳情词发展至姜白石笔下，已经更加雅化的痕迹。另外还值得一提的是，白石《暗香》《疏影》二首词调的名称，当摘自宋初隐逸诗人林逋《山园小梅》中的名句："疏影横斜水清浅，暗香浮动月黄昏。"就连词调名称亦风雅绝俗。主张"词欲雅而正"的张炎，于其《词源》中即对白石此二词，赞美不已：

诗之赋梅，惟林和靖一联而已。非世无诗，不能与之齐驱耳。

词之赋梅，惟姜白石《暗香》《疏影》二曲，前无古人，后无来者，自立新变，真为绝唱。

姜白石此番在范成大（1126—1193）的石湖山庄大概停留四年多。临行前，范成大将其家妓小红，送给姜白石。根据元人陆友仁《砚北杂志》记载：

> 小红，顺阳公青衣也，有色艺。顺阳公请老，姜尧章诣之。一日，授简征新声，尧章制《暗香》《疏影》两曲，公使二妓习之，音节清婉。尧章归吴兴，公寻以小红赠之。其夕大雪，过垂红桥，赋诗曰："自作新词韵最娇，小红低唱我吹箫。曲终过尽松陵路，回首烟波十四桥。"

这样的传说佳话，这样的风流韵事，宛如姜白石的词作，是艳情与雅趣融合无间的写照。

❖ │ 二、时代伤痕的低吟

比姜白石稍后的吴文英（1212？—1274？），乃是南宋雅词派中另一位重要词人。吴文英生逢南宋末世，终其一生以词客游士身份，穿梭往来于名流权贵之间，其事迹亦与白石类似，惟足迹不出江浙两省。但姜白石交游往来的，或是有清誉的文坛领袖，如杨万里、范成大诸人，或是抗金名将张俊的后代张鉴。而吴文英往来的，主要是权贵大臣，其中有贤相如吴潜，也有奸臣如贾似道（《宋史》列入《奸臣传》）。乃至历来论者对吴文英的"人品"，多有所质疑，甚至诟病。其实，吴文英基本上乃是一个政治意识并不强烈的文人，一个周旋于权贵之间寄讨生活的"词客"而已。其词集《梦窗词》存词三百四十首，基本上继承周邦彦、姜白石的婉约、纤细传统，不过却更为浓密深曲，更刻意于辞藻的雕琢，意境的营造，以表现错综复杂，难以厘清的情绪。此外，吴文英也喜欢用一些比较冷僻的典故，婉转示意，因此予人以一种思绪飘忽，旨意朦胧，灵变奇幻的印象。不过，其词之基调，往往是凄哀的，无论是写艳情相思，怀古忆往，咏物写景，总好像负荷着一些难以抚慰的伤痕。

试先举一首《风入松》：

> 听风听雨过清明，愁草瘗花铭。楼前绿暗分携路，一丝柳，一寸柔情。料峭春寒中酒，交加晓梦啼莺。／西园日日扫林亭，依旧赏新晴。黄蜂频扑秋千索，有当时，纤手香凝。惆怅双鸳不到，幽阶一夜苔生。

这应该是一首在孤寂无聊中引起的怀人之作，只是所怀之人属谁，并未明言。综观全词，可谓情深意婉，细读品味之，则句句予人以美感，亦句句浮现着哀伤。一发端，就为整首词谱出既凄哀又痴迷的基调。按，"听"风"听"雨的"听"字，就把主人公的孤独处境与寂寞心情深曲委婉地点出，接着为落花愁草之埋葬伤怀，继而竟然因伤花草之衰而作铭文以哀悼之！这样与花草同悲共感的情怀意境，似乎和以后曹雪芹笔下"黛玉葬花"一样的凄美，一样的痴迷，也一样的风雅。继而"楼前绿暗分携路"以下，至"惆怅双鸳不到，幽阶一夜苔生"，如梦似幻的往事前缘，萦绕不去的相思情意与惆怅情怀，正巧隐约点出，南宋后期的婉约词如何在时代忧伤与个人身世哀怜中徘徊低吟。

再看一首著名的《齐天乐》"与冯深居登禹陵"：

> 三千年事残鸦外，无言倦凭秋树。逝水移川，高陵变谷，那识当时神禹。幽云怪雨，翠萍湿空梁，夜深飞去。雁起青天，数

行书似旧藏处。/寂寥西窗久坐，故人悭会遇，同剪灯语。积藓
残碑，零圭断璧，重拂人间尘土。霜红罢舞。漫山色青青，雾朝
烟暮。岸锁春船，画旗喧赛鼓。

这是梦窗词之浓密深曲，灵变奇幻风格的代表作。小序点出背景场合，
表示词中所写乃是与友人冯深居一起登临古迹禹陵之际的经验感受。按，
冯深居名去非，曾受召为宗学谕，但因反对权臣而被免官。禹陵即指夏禹
王之陵墓，位于绍兴东南之会稽山，禹庙之侧。从内容看，这显然是一首
怀古词，亦即咏怀古迹，吊古伤今之作，其中有对历史的追述，对古迹的
描写，以及个人的感怀。抒发的是一份在怀古幽情中体味的今昔之感：包
括历史盛衰，人事无常之悲；岁月无情，人生聚少离多之叹；糅杂着对远
古圣王的怀思与仰慕，惜圣王已去的遗憾和哀叹；以及个人沧桑，生命残
破的唏嘘；自然永恒，春秋代序，姑且顺应自然，继续投入生命旅程的无
奈。荡漾其中的，又似乎暗含着一分对南宋王朝即将走向灭亡的哀悼。

值得注意的是，整首词的章法跳跃，时空错综，虚实糅杂，仿佛但凭
意识之流动，感情之联想来安排情节场景，展现出思绪飘忽不定，迷离恍
惚的意味。加上其间又援用一些冷僻的典故，鲜为人知的地方性或区域性
的神话传说故事，炫人眼目，遂令读者对其词意感到困扰，同时亦增添其
引人深思，诱人玩味的魅力①。正如况周颐（1859—1926）《蕙风词话》之

---

① 据叶嘉莹老师的考证，"幽云怪雨，翠萍湿空梁，夜深飞去"，涉及禹庙屋梁化为龙，以及禹庙梁上有水草的神
话传闻。据《大明一统志·绍兴府志》载云："梅梁，在禹庙。梁时修庙，忽风雨飘一梁至，乃梅梁也。"又引《四明
图经》："鄞县大梅山顶有梅木，伐为会积禹庙之梁。张僧繇画龙于其上，夜或风雨，飞入镜湖与龙斗。后人见梁上水
淋漓，始骇异之，以铁索锁于柱。然今所存乃他木，犹绊以铁索，存故事耳。"又据嘉庆戊辰（1808）重镌采鞠轩藏版，
陆游序本南宋嘉泰（1201—1204）《会稽志》卷六"禹庙"条之记载："禹庙在县东南一十二里。……梁时修庙，唯
欠一梁，俄风雨大至，湖中得一木，取以为梁，即梅梁也。夜或大雷雨，梁辄失去，比复归，水草被其上，人以为神，
縻以大铁绳，然犹时一失之。"见《拆碎七宝楼台——谈梦窗词之现代观》，收入叶著《迦陵论词丛稿》，上海古籍
出版社1980年版，第139—207页。

观察：

> 重者，沉着之谓。在气格，不在字句。于梦窗词庶几见之。
> 即其芬菲铿丽之作，中间隽字艳字，莫不有沉着之思，灏瀚之
> 气，挟之以流转。令人玩索而不能尽。

其实，吴梦窗词中，像《齐天乐》这类作品，与周美成、姜白石一些回顾忆往之作，颇有类似之处，展现梦窗词对周、姜词风的承传。但是，周、姜作品中，不时流露的几分疏慵情调，爰及吴梦窗笔下，就好像南宋日危的国势一样，已显老化，变得有几分憔悴、衰老，往往蕴含着疲惫、厌倦的意味。总仿佛负荷着一些难以抚慰的伤痕，既是时代的伤痕，也是生存在这个时代之下，个人身世的伤痕。就好像唐诗发展到晚唐一样，词，到了南宋后期，在瑰丽凄哀风格中，自有其魅力，但毕竟已流露出渐老、渐衰的景象。

❖ | 三、亡国之痛的哀鸣

度宗咸淳五年（1269），蒙古发兵大举灭宋。宋军虽然在襄阳经历了四年的浴血抗战，最终还是城破将降。以后南宋的军队节节溃败，即使还有张世杰、文天祥等志士的拼死勤王抗战，终于回天乏术。端宗景炎元年（1276），太皇太后谢氏终于请上降表，开城纳蒙兵入临安，随即蒙人将幼主（恭帝）和太后（度宗皇后）俘虏北去，统治达三百多年的赵宋王朝面临覆亡。当然，此后还有文天祥、陆秀夫、张世杰等忠义之士，曾先后拥立帝昰和帝昺分别在福建、广东一带继续奋力抗元。不过，祥兴二年（1279），蒙元兵攻陷崖山，陆秀夫负帝昺蹈海而死，南宋王朝正式没入历史。

就是在亡国巨变的震撼之下，宋末元初的词坛产生了相应的回响。面对国亡家破的惨痛现实，发而为词，就出现了许多吟叹黍离之悲、亡国之痛的作品。尽管表现的方式各有不同，豪放或婉约，风格各异，但其中低回伤感，幽咽悲痛之情，则是一致的。

试先举刘辰翁（1132—1297）《柳梢青》"春感"为例：

> 铁马蒙毡，银花洒泪，春入愁城。笛里番腔，街头戏鼓，不是歌声。／那堪独坐青灯，想故国高台月明。辇下风光，山中岁月，海上心头。

刘辰翁一生跨越宋末元初，早年曾以太学生资格参与廷试，惟对策时因触犯了贾似道，遂置于丙等，一生仅担任过濂溪书院山长之职，宋亡不仕，以遗民终老。其词集《须溪词》，存词三百五十余首，多风格遒劲之作，属苏、辛一派。上引这首词写于宋端宗景炎二年（1277），亦即宋亡之前两年。题为"春感"，实则借元宵佳节以抒己怀。上片写蒙元军占领临安后的第一个元宵景象，时刘辰翁正避难山中，遥想异族占领之下的南宋首都，但见"铁马蒙毡，银花洒泪"，虽然春光按时到来，临安却已是一座"愁城"，笛音中伴唱的尽是"番腔"，已不再是往日的歌声。下片则在"独坐青灯"下回忆昔日的临安，君民如同共庆元宵佳节的风光，感叹目前避难山中的岁月，并遥怀远在闽、广沿海，一息尚存的南宋朝廷。整首词，抒发的是眷眷故国之思，情怀沉痛，情境苍凉。不过，倘若与当初辛弃疾那种气吞万里的豪放词相比，也只能算是余响了。

再看周密（1232—1298）《一萼红》"登蓬莱阁有感"：

> 步深幽，正云黄天淡，雪意未全休。鉴曲寒沙，茂林烟草，俛仰千古悠悠。岁华晚，飘零渐远，谁念我，同载五湖舟？磴古

松斜，崖阴苔老，一片清愁。／回首天涯归梦，几魂飞西浦，泪洒东州。故国山川，故园心眼，还似王粲登楼。最怜他，秦鬟妆镜，好江山，何事此时游？为唤狂吟老监，共赋销忧。（作者自注：阁在绍兴，西浦、东州皆其地。）

周密，因号草窗，文学史上遂将其与吴梦窗并称为"二窗"。二者词风亦有相近之处，均显得情趣风雅，颇有雕琢之美，也同样喜用典故；惟周密之作较梦窗之作，在词意旨趣方面则更为清晰明朗。周密宋亡不仕，寓居临安，潜心著述，并与王沂孙、张炎诸人共结词社，一起唱和，互相影响。此词当作于临安城破当年（1276）冬天，作者登上会稽名胜古迹蓬莱阁，难免吊古伤今，泫然流涕，遂吟成这首著名的词，抒发其亡国之痛，故国之思。

此外，张炎（1248—1320）则是宋元之际另一位重要词人。他出生于富贵书香世家，是南宋大将张俊的六世孙，宋亡之前，生活优裕清雅，蒙兵入临安，兹因祖父张濡任独松关守将之时，曾杀奉使廉希贤而被斩，乃至家产籍没，张炎顿时由原先的贵公子沦为国破家亡的遗民。入元后张炎曾应召赴大都（今北京）写金字《大藏经》，或许还怀有趁此谋职之意，结果却未能如愿。南归后只得落拓江湖，漂流于吴越等地，穷困潦倒以终。有《山中白云词》约三百首，多抒故国覆亡之悲，以及飘零落魄的身世之感。其词风与姜白石接近，刘熙载（1813—1881）《艺概》即评其词"清远蕴藉，凄怆缠绵"。张炎另外著有《词源》，历评两宋诸词人之长短得失，提倡"词欲雅而正"，对后世词论影响颇大。

试看其名篇《高阳台》"西湖春感"：

接叶巢莺，平波卷絮，断桥斜日归船。能几番游，看花又是明年。东风且伴蔷薇住，到蔷薇，春已堪怜。更凄然，万绿西泠，一抹荒烟。／当年燕子知何处，但苔深韦曲，草暗斜川。见说新愁，如今也到鸥边。无心再续笙歌梦，掩重门，浅醉闲眠。莫开帘，怕见飞花，怕听啼鹃。

此词显然为宋亡之后，重游西湖感慨而作。上片由暮春景物平淡而出，层层递进，写游湖之际心情之凄楚，又以当年的"万绿西泠"对照今日之"一抹荒烟"，隐含黍离之悲。意极沉痛，语极深婉。下片则承"一抹荒烟"而来，临安西湖已是一片荒凉，当年燕子亦不见踪影，只有"苔深""草暗"犹存而已。即使向来令人感到悠闲的鸥鸟，也"见说新愁"。于是"掩重门"，意欲以醉眠解愁，但是"莫开帘，怕见飞花，怕听啼鹃"，此愁毕竟无可消解。整首词，凄凉幽怨，低回往复，层层逼入，说到沉痛处，意欲开脱，却越转越深。

小结

绵延达三百年之久的宋词，临别之际，留给读者的，不是绣幌佳人的浅斟低唱，而是孤臣孽子的黍离之悲与亡国之痛。词，这种源自通俗歌曲，与音乐密切相关的诗歌体式，实际上在南宋中期已经开始显露出衰微的征兆，亦即词的典雅化和非音乐化。典雅的作品，只能在文人士大夫家中或政府公署里演唱，极少数的人方能欣赏，甚至可能连歌者也并不完全了解所唱歌词的意义。大多数的南宋词，因音谱失传，仅是供人阅读的文学作品，乃至成为不能传唱的诗。就如陆游的词，因为文辞内涵过于典雅，"而世歌之者绝少"[1]。另外如吴文英的自度曲《西子妆慢》，不到四十年，便

---

[1] 刘克庄《后村诗话》续集卷四，论及陆游词："其激昂感慨者，稼轩不能过；飘逸高妙者，与陈简斋、朱希真相颉颃；流丽绵密者，欲出晏叔原、贺方回之上，而世歌之者绝少。"

已"旧谱零落，不能倚声而歌"了。张炎在宋亡后曾仿照此调之声律填词，也只是供人阅读欣赏的文学作品，已无法诉诸管弦。张炎于其《词源》，论及宋末的音谱，即尝惋叹："述词之人，若只依旧谱之不可歌者，一字填一字，而不知以讹传讹，徒费思索。当以可歌者为工，虽有小疵，亦庶几耳。"显然这时许多词调已不可歌了。可见即使在南宋，不少文人填词，其实并不通晓音律，只是依词牌的平仄韵律要求，一字填一字而已。词，在这些文人笔下，不过是借以抒情述怀的诗。沈义父（1237 年以赋领乡荐）《乐府指迷》遂尝慨叹云："前辈好词甚多，往往不协律腔，所以无人唱。"词与音乐的关系逐渐疏远，以致最后脱离音乐，丧失了词体作为音乐文学的条件，词体之衰微没落，已成定势。不过，随着蒙古统一中国，一种新兴于北方的音乐文学 —— 元散曲，便取代了宋词的主流地位，唱出新时代的歌声。

然而，词这种原本出身民间歌坛的音乐文学，即使已经脱离了音乐，却正由于毕竟保持了其"文学"的价值，成为抒情述怀，并供人阅读欣赏的"诗"，乃至始终受到士林文坛的重视，一直有人继续在依谱填词。甚至并未因少数民族朝代的建立而消声。金元二朝的文人，在多元族群共同生活中，并未放弃词的创作，甚至到了清代，还展现复兴的趋势。故而在论述元散曲的兴起与发展之前，不妨先概观一番，词这种诗歌体在两宋盛况之后的余响。

第五章

宋词的余响
—— 金元明清词

✤

第一节
金元词的回音

此处所谓"回音"，乃指金元时期文人填词之际，往往回荡于宋词的余音之中，明显流露其对宋词风格内涵的频频回首顾盼。尽管金元二朝均属少数民族统治的王朝，可是在文学创作方面，却因深受汉民族文化的影响，继续在华夏土壤的培育下，从事传统中国文学的撰写，其中当然包括词这种诗歌体式，在抒情述怀方面生命的延续。盖在文学史上，虽然金元主要乃是以戏曲的发展臻于兴盛蓬勃而受到重视，但在词方面的成就，实亦不乏可观者。根据唐圭璋《全金元词》的辑录：金代词作者有七十人，现存作品三千五百七十二首；元代词家有二百一十二人，现存词作三千七百二十一首。不容忽略的是，由于金朝乃是占据北方领土，与南宋对峙的政权，而元朝却是统一了全中国的王朝，犹如前面章节所论述的诗歌发展状况，在词这种诗歌体的表现上，自然也会展现其各自的时代风貌，并分别显示各自的发展演变轨迹。

❖ | 一、金词的发展概况

由女真族人建立的金朝（1115—1234），在时间上主要与对峙的南宋共存，实质上则是一个茁长于北方，且统治范围亦始终局限于北方的区域性政权。虽然金词始终是在宋词的培育滋养中，可视为由宋词分生出来的枝叶，不过，北方的河朔文化土壤，对金代的文学创作自然会形成相当程度的影响，乃至逐渐流露出一些幽并之气，加上作者的才情各异，擅长有别，终于展现不同于宋词的金词风貌[①]。当然，这还需要经过一番循序渐进的发展演变过程。

(一) 金初词坛 —— 黍离之悲、隐逸之思

此处所称"金初"，大略包括自金太祖完颜阿骨打立国（1115），到海陵朝（1150—1161）之前的一段时期。这三十余年间的文坛，实际上乃是靠一批自宋入金的文士主掌。按，此时金朝的文化与宋朝相比，的确尚显得颇为"落后"，虽然文坛上无论诗词或文章的创作不辍，也不过是

---

① 有关金词发展概况的单篇专文，见张晶：《乾坤清气得来难 —— 试论金词的发展与词史价值》，收入张著《辽金元文学论稿》，北京广播学院出版社 2004 年版，第 256—268 页。

"借才异代"而已。单就填词而言，当时最享盛誉的即是吴激（1093 年以前—1142）与蔡松年（1107—1159）。近人陈匪石《声执》即点出："金源词人以吴彦高、蔡伯坚称首，实皆宋人。吴较绵丽婉约，然时有凄厉之音；蔡则疏快平博，雅近东坡。"按，吴、蔡二人均于北宋晚期因奉使金国而受羁留，并因金主尊其才而委以官职，从此再也不得南返。正因为这种为形势所迫，远离故国的漂泊生涯之无奈，反映在词作里，流荡不去的主要就是一分北羁文人的黍离之悲与沦落之感，或转而寄情于隐逸之思与幽栖之想，以慰己怀。

1. 黍离之悲

其实黍离之悲，自《诗经》诗人吟咏以来，即已成为文人士子大凡身处朝代变易或面临国亡家破之际，抒情述怀的主要内涵。金初文人填词，这类作品即不少。吴激《人月圆》"宴北人张侍御家有感"，即颇具代表：

> 南朝千古伤心事，犹唱《后庭花》。旧时王谢，堂前燕子，飞向谁家？／恍然一梦，仙肌胜雪，宫髻堆鸦。江州司马，青衫泪湿，同是天涯。

按，吴激出身世家，乃是北宋宰相吴栻之子，名书画家米芾之婿。惟于靖康末出使金国，遂被羁留而不得返。上引《人月圆》自注小序，点出其创作背景，乃是因参与"北人张侍御家宴有感"而作。根据南宋洪迈（1123—1202）《容斋题跋》所记有关此词的本事："先公（洪皓）在燕山，赴北人张总侍御家集，出侍儿佐酒。中有一人，意状摧仰可怜，叩其故，乃宣和殿小宫人也。座客翰林直学士吴激，赋长短句纪之，闻者挥涕。"（清张宗橚《词林纪事》卷二十引）黍离之悲与天涯沦落之感，不但是此词的笔墨重点，也是吴激继宋词的婉约风格中不时流露凄厉之音的个人特色，同时亦代表南人入北之后的普遍心情。

2. 隐逸之思

黍离之悲，同样也不时流荡在蔡松年的词作中。不过，蔡松年填词，因往往追慕苏东坡，则可以将其悲情转化为一份不如归隐山林，幽栖江湖的怀想，乃至为金初词坛谱出另一番风味。试以其名篇《念奴娇》"追和赤壁词"为例：

> 《离骚》痛饮，笑人生佳处，能消何物。江左诸人成底事，空想岩岩玉壁。五亩苍烟，一丘寒碧，岁晚忧风雪。西州扶病，至今悲感前杰。／我梦卜筑萧闲，觉来岩桂，十里幽香发。块垒胸中冰与炭，一酹春风都灭。胜日神交，悠然得意，遗恨无毫发。古今同致，永和徒记年月。

这是现存蔡松年词中高逸豪旷风格的代表。不但用东坡《念奴娇》"赤壁怀古"一词之原韵，而且在内涵情境上，除了流露与东坡原作悠然神交之意趣外，又特别援引东晋名士王衍、谢安、王羲之诸人事迹，传达自己对隐逸山林的向往。这样的词情，当然只不过是其羁旅生涯中，故国神游之际，借填词以抒情述怀而已，但却为金中叶词坛雄健与高逸风格的形成，铺上先路。

（二）　中叶词坛 —— 雄劲刚健之气、高朗清逸之风

金中叶词坛的时期，主要包括金世宗、章宗两朝（1161—1208），在

政局上乃是金王朝的黄金时代，也是其文坛的鼎盛时期。这时宋金的"隆兴和议"达成，逢"南北讲好，与民休息"（《金史·世宗纪》），社会趋于安定繁荣。而且在皇室的倡导鼓励下，女真族人的汉化日深，朝廷上下皆通用汉语，金代文学基本上已是汉文学的一部分。在词的创作方面，年轻一代的作家崛起，他们均成长于"国朝"，且孕育于北方文化土壤，与当初那些由宋入金的前辈作家相比，在风格意趣上已展现明显的不同，作品中不时流露的，主要乃是具有北国风情的雄劲刚健之气或高朗清逸之风。更重要的是，无论汉族人或女真人，在词作上都同样有优异的表现。

1. 雄劲刚健之气

金朝君主王侯中，颇有因精习汉文化而能文者，其中尤其以海陵王完颜亮（1122—1161）、金章宗完颜璟（1168—1208）成就最受瞩目，二人在诗词方面俱有佳作留下。此处值得强调的，乃是由女真族作者为金代词坛带来的一股雄劲刚健之气。试看完颜亮《鹊桥仙》"待月"一首：

> 停杯不举，停歌不发，等候银蟾出海。不知何处片云来，做许大，通天障碍。／虬髯捻断，星眸睁裂，唯恨剑锋不快。一挥截断紫云腰，仔细看，嫦娥体态。

按，完颜亮乃是金太祖之孙，完颜宗干之子，因野心勃勃，意欲大展宏图，遂于皇统九年（1150）发动宫廷政变，弑熙宗自立，成为金朝第四代君主。《金史·海陵纪》即称其"为人僄急，多猜忌，残忍任数"。不过完颜亮在金代文坛上则占有一席不容忽略的地位。上引《鹊桥仙》，可谓明白如话，豪气扑人，就其小序与内涵，当属为中秋赏月而作。然而词中展示的，并不像一般传统词人写"待月"之际，往往流露着温雅委婉的审美意趣，而是随笔喷薄而出，直抒胸臆，以气势取胜。其出语之雄劲刚健，态度之强悍逼人，自然与完颜亮个人的人格情性有关，但同时也反映，生长于北方的女真族人，即使在欣然接受汉文化熏陶之余，仍然保留了北人豪宕粗犷的气质。

2. 高朗清逸之风

金王朝虽然由女真族统领政权，在文学创作方面，由于和人口占多数的汉人共处一堂，因而明显展现其在汉化过程中，逐渐朝着多元化发展的倾向。就如词坛上，除了雄劲刚健之气的抒发，还有许多词作者，诸如党怀英（1134—1211）、王庭筠（1151—1202）等，虽同时生活在北国的风土环境里，则有意接续苏东坡的遗音，乃至往往在继承宋词的婉约风格中，流荡出高朗清逸之风。试以党怀英一首《青玉案》"咏茶"为例：

> 红莎绿蒻春风饼，趁梅驿，来云岭。紫桂岩空琼窦冷。佳人却恨，等闲分破，缥缈双鸾影。／一瓯月露心魂醒，更送清歌助清兴，痛饮休辞今夕咏。与君洗尽，满襟烦暑，别作高寒境。

此作小序标目为"咏茶"，其实亦是一首记录其日常生活中于月夜下品茶的经验感受之作。表面上看，与宋代文人诗词中，对于个人日常风流文雅生活琐屑细节的关注，可谓一脉相承。但是，就词情的内涵风格视之，则已经清楚展现了从依循传统到有意拓展新境的痕迹。首先，作者从茶饼本身"红莎绿蒻"的色泽形状，及其"趁梅驿，来云岭"的来源说起，可谓遥承南朝"咏物诗"细描物色的传统。其次，又将品茶与"佳人"的离恨相连，则似乎又是词在晚唐五代以来诉说离愁别恨的继承。然而在个人情怀抒发方面，实则借品茶而言己身之雅兴，并将其对物象与人事的观点，推向更为高远的"与君洗尽，满襟烦暑，别作高寒境"的逸情，以一份高朗清逸的意趣作结。

（三）　南渡以后 —— 雄劲清逸之发扬、深婉豪迈集大成

金宣宗贞祐二年（1214），在蒙古大军压境之下，皇室决定迁都汴京，仓皇离开中都南下，此即史称的"贞祐南渡"，从此金王朝即开始由衰落走向灭亡的命运。但是在文学创作方面，不但并未因政局的变化而消声，反而展现另一番生命力。虽然填词并非这时期文人士子的兴致重点，但其承先启后的表现，则不容忽视。首先是，对金中叶"国朝文派"作者雄劲清逸词风的发扬，为金词的整体风格特色增添了明确度；其次则是，以既深婉亦豪迈之风，一方面集金词之大成，同时亦成为元朝文人词的先导。

1. 雄劲清逸之发扬

发扬金中叶词人雄劲清逸之词风者，可以赵秉文（1159—1232）为代表。按，赵秉文的文学活动虽然起始于金世宗、章宗时期，不过却是在南渡之后，以其声誉成为文坛领袖，执掌文坛二十余年。赵秉文不但以诗文名世，其雄劲清逸的词作，亦见称于南渡之后的词坛。试看其一首《水调歌头》：

> 四明有狂客，呼我谪仙人。俗缘千劫不尽，回首落红尘。我欲骑鲸归去，只恐神仙宫府，嫌我醉时真。笑拍群山手，几度梦中身。／倚长松，聊拂石，坐看云。忽然黑霓落手，醉舞紫毫春。寄语沧浪流水，曾识闲闲居士，好为濯冠巾。却返天台去，华发

散麒麟。

或可视为赵秉文晚年自号"闲闲居士"时期的自画像。整首词笔墨重点就是写自己的狂态，显得神采飞扬，笔落天外，想象神奇。先是以谪仙人自居，又不时化用前人诸如李白与东坡诗词句言志。并借景物衬托豪情，且以对话抒发怀抱，最后则以"却返天台去，华发散麒麟"的姿态告别俗世人间。这样的作品，的确既雄劲又清逸，同时显示作者如何深受苏东坡以诗为词之影响。

2. 深婉豪迈集大成

整个金代文学之集大成者，自然非元好问（1190—1257）莫属。元好问身处金末元初之际，不但诗文均富盛名，同时也是促成金词发展至顶峰的大家，其现存词约三百八十首，在数量上为金代词作最丰富者。元遗山词题材之广阔，内涵之丰厚，均超越其他金代作家。大凡登临述怀、赠别感时、咏物寄兴、吊古伤今等均涉及。但值得注意的是，其词之风格，却并不单单以气象豪迈、意境博大见长，而且还能达到抒情深曲委婉、笔触绵密细致之境。因此，一般词史论者通常认为元好问在金代词坛上，乃是集豪迈与深婉二派之大成者。

试先看一首《水调歌头》"赋三门津"：

> 黄河九天上，人鬼瞰重关。长风怒卷高浪，飞洒日光寒。峻似吕梁千仞，状似钱塘八月，直下洗尘寰。万象入横溃，依旧一峰闲。/仰危巢，双鹄过，杳难攀。人间此险何用，万古秘神奸。不用燃犀下照，未必饮飞强射，有力障狂澜。唤取骑鲸客，挝鼓过银山。

根据元好问《虞坂行》自注："丙子夏五月,将南渡河,道出虞坂,有感而作。"按,丙子年即金宣宗贞祐四年(1216),由虞坂前往三乡,必须道经三门。本词或当作于此时。倘若从内涵情境视之,当可归类于"山水词"。笔墨重点是描绘黄河三门津(即今三门峡)的险峻雄奇景观,同时抒发作者豪迈的胸襟与超逸的气概。可谓继刘宋谢灵运以来,借咏山水而寄情抒怀之作的回响,也是在金代文人笔下,词与诗在写景抒情述怀方面已无分别的标志。

元好问不仅善写雄奇豪壮的山水词,亦能写深曲委婉、缠绵悱恻的爱情词。试看其脍炙人口的《摸鱼儿》"雁丘辞":

> 问世间,情为何物,直教生死相许?天南地北双飞客,老翅几回寒暑。欢乐趣,离别苦,是中更有痴儿女。君应有语。渺万里层云,千山暮景,只影为谁去? / 横汾路,寂寞当年箫鼓。荒烟依旧平楚。招魂楚些何嗟及,山鬼自啼风雨。天也妒,未信与?莺儿燕子俱黄土。千秋万古。为留待骚人,狂歌痛饮,来访雁丘处。

此词乃是因感雁子殉情而赋。词前有小序,说明缘起,故知乃是将多年前"少作"修订而成 ①。首先以诘问"情为何物"发端,点出全篇主旨。并以雁喻人,以人拟雁,吟叹痴情者生死离别之悲。继而回顾汉武帝当年游幸汾水之际,箫鼓齐奏何等盛况,与今日汾水边荒烟平楚的"雁丘"之寂寞对举,遂引发骚人墨客相继来此凭吊,狂歌痛饮,一洒多情之泪。按,

---

① 按,元好问《摸鱼儿》"雁丘辞"前小序云:"乙丑岁(1205)赴试并州,道逢捕雁者云:'今旦获一雁,杀之矣。其脱网者,悲鸣不能去,竟自投地而死。'予因买得之,葬于汾水之上,累石为识,号曰雁丘。时同行者多为赋诗,予亦有雁丘辞。旧作无宫商,今改定之。"可知此作乃是多年后,经重新修改润色,且依词调填之而成。

元好问另有《摸鱼儿》"双蕖怨"一首，咏叹大名民家小儿女双双赴水殉情之事。清人许昂霄《词综偶评》即评此二词云："遗山二阙，绵致之思，一往而深，读之令人低回欲绝。同时诸公和章，皆不能及。"遗山词中这种引人唱和的尚情之作，乃是因雁而起，似乎比曹魏建康诗人因见他人情境而引发的同情共感之作，更为多情深婉。值得注意的是，此处强调的，并非特殊个别人物事件之情，而是"千秋万古，为留待骚人狂歌痛饮"之情。

深曲委婉与雄劲豪迈乃是金词的两大主要风格特征，两者实可以并存于遗山词中，正出于其在词作上能熔冶不同风格于一炉的集大成之杰出表现，同时亦为金代词坛本身奏出不断回荡于宋词余音中的悦耳卒章。当然，由于元好问一生毕竟跨越金元二朝，除了诗词之外，其在文学史上的贡献，并不止于此，除了前面章节有关其在诗歌方面的建树外，尚有待论述元代散曲之章，方能总览其大概。

❖ ｜ 二、元词的发展概况

元朝（1271—1368）乃是由蒙古族人统辖全中国的王朝，元词虽然也继续在宋词的余音中徜徉，不过与金词相比，其词的渐衰之势已颇为明显。犹如陈廷焯（1853—1892）《白雨斋词话》的观察："元人工于小令套数，而词学渐衰。"的确，元人散曲先后在歌坛与文坛，取代了词的地位。虽然元词基本上已不可歌，仅为文士作者抒情述怀或言志的格律诗而已，但不容忽略的则是，在体式风貌上，元代词作因受新兴散曲的影响，有明显的"曲化"倾向，譬如用语浅白通俗、活泼流利，何况有些词与曲的牌调相同，乃至造成后世辑集者难以分辨的混淆 ①。但综观现存元代文人词，仍然不乏佳作，而且还可看出其前后发展演变的大致脉络。

（一） 前期词坛 —— 宋金余风

此处所称"前期"，乃指大约从忽必烈建元（1271）至大德（1297—1307）年间。由于这时期去宋金未远，而词作者又多为由金入元，或由宋入元之遗民，南北词风交会并存，宋金余风犹在，流露的主要还是前朝遗气。不过，由于南北统一伊始，词坛上南北分野颇为明显，乃至形成南北词风"二水分流"的现象。实际上与当初金代词人追慕宋词的豪放与婉约风格之整体表现，颇有类似之处。

1. 北人风情 —— 豪爽高迈

出身北方的元初词作者，阵容可观，其中包括一些元朝的开国功臣，或金亡之后入仕新朝的贰臣，以及选择不仕的遗民。诸如元好问、刘秉忠、姚燧、王恽、白朴、刘因、刘敏中等。这些身居北方文化土壤的词人，大抵均承续金词的北人风情，多豪爽高迈之作。由于本节已将元好问视为金词最后之集大成者，故而这时期最具代表性的词作家，或可以刘秉忠（1216—1274）为代表。

试看其《木兰花慢》"混一后赋"：

> 望乾坤浩荡，曾际会，好风云。想汉鼎初成，唐基始建，生

---

① 如元好问《人月圆》二首，唐圭璋《全金元词》与隋树森《全元散曲》均收入。

物如春。东风吹遍原野，但无言，红绿自纷纷。花月流连醉客，
江山憔悴醒人。/ 龙蛇一屈一还伸，未信丧斯文。复上古淳风，
先王大典，不贵经纶。天君几时挥手，倒银河，直下洗嚣尘。鼓
舞五华鸾鹭，讴歌一角麒麟。

按，刘秉忠自号藏春散人，曾出家为僧，后随其师海云引见忽必烈，
留之还俗为官。现存词八十余首，多属写景怀古述怀之作。上引此词，自
注"混一后赋"，说明乃是因喜见南北终归统一，有感而赋者。整首词予
读者的第一印象，即是大气磅礴，颇有"乾坤浩荡"之高昂意境，而且显
示作者之想象丰富，笔触壮爽，情怀豪迈。其回顾汉唐以来朝代变迁，风
云际会的感慨，怆楚中含领悟。正如近人况周颐于《蕙风词话》针对刘秉
忠词所评："曩半塘老人跋《藏春乐府》云，雄廓而不失之怆楚。蕴藉而
不流于侧媚，余尝悬二语心目中，以赏会藏春词云。"

这种展现豪爽高迈的词作，流露的主要是北人风情。可是在那些出身
南宋，包括入仕元朝的贰臣，或不愿入仕的遗民词人作品中，显然另有一
番心情怀抱，为元初词坛展现出不同的风貌。

2. 南人情怀 —— 含蓄婉约

由南宋入元的词作者，诸如仇远、袁易、刘因、赵孟頫、詹正等，填词
多宗尚周邦彦、姜夔、张炎、周密诸人余风，虽不如周、姜的绵密，仍然以
含蓄婉约之作见称。试以刘因（1249—1293）《玉漏迟》"泛舟东溪"为例：

故园平似掌。人生何必，武陵溪上，三尺蓑衣，遮断红尘千
丈。不学东山高卧，也不似，鹿门长住。君试望，远山蓥处，白
云无恙。/ 自唱，一曲渔歌，觉无复当年，缺壶悲壮，老境羲皇，

换尽平生豪爽。天设四时佳兴，要留待，幽人清赏，花又放。满
意一篙春浪。

按，刘因乃是南人受朝廷征召而仕元者，然而不久以母疾乞归，再召
则不至。这样的身世遭遇背景，在其抒情述怀的词作中，难免流露对自身
出处进退的一些难言之隐，乃至经常借景抒怀，委婉写情。其实上引《玉
漏迟》虽名为"泛舟东溪"，表明乃是写其泛舟之际的经验感受，可是词
中却并无一般泛舟之趣的描述，却是以借此反思人生意义为宗旨，故而含
蓄委婉，耐人寻味。全词用语清淡，却又不失豪爽，且意境则婉曲深远，
转折多姿。可谓在元初词坛展示出不同于北人风情的格调，更重要的是，
为元代后期词作朝文雅方向的演变，敲出预响。

（三）后期词坛 —— 雅词再兴

大约从大德（1297—1307）以后到元末，可视为元代词坛的后期。这
时的词作，与前期的主要区别就在于，曾经盛行于南宋的"雅词"，露出
再兴的趋势。探其可能缘由，或许因为：首先，元代文化活动重心南移，
包括剧坛作者、演员乃至文人士子，在江南富裕文化吸引下，纷纷南迁，
词的创作也难免受到南风之熏染；其次，在散曲风行之下，词体本身某些
艺术特点削弱，于是引起一些有心之士提出词须"雅正"的呼吁。雅词的
再兴遂成为元朝后期词坛的时代特色。这时期的主要词作家，包括虞集、
张翥、萨都剌等。

试以张翥一首《摸鱼儿》"赋湘云"为例：

> 问湘南，有云多少？不应长是为雨。平生宋玉缘情老，赢得鬓

丝如许。歌又舞。更一曲琵琶，昵昵如私语。闲悲浪苦。怪旧日青衫，空流泪满，不解画眉妩。空凝伫。／十二峰前路阻。相逢知在何处？今朝重见春风手，仍听旧弹《金缕》。君且住，怕望断，蘅皋日暮伤离绪。新声自谱。把江南江北，今愁往恨，尽入断肠句。

按，张翥（1287—1368）字仲举，号蜕庵先生，晋宁（今江苏武进）人，存词一百三十余首。无论就词的数量还是词的成就，均堪称元词的大家。当时名家张雨、倪瓒、顾瑛等均与之唱和，追承姜夔、吴文英等骚雅婉丽之词风。张翥的词作，以题画、咏物、怀古、写景为主要内容，在其笔下，词与诗显然并无差异，同样是抒情述怀的媒介。其词主要因师承南宋姜夔、吴文英一派，故而有意讲究措辞文雅工丽，意境含蓄不露。就如上引《摸鱼儿》，标题是"赋湘云"，实际上却是借景抒情，且意象空灵，语言清雅。其间又连续援用宋玉的悲秋叹老，白居易的青衫泪，以及张敞画眉诸典故，显得意象跳跃，含义闪烁，惟隐约传达其"闲悲浪苦"的人生感受。这正是元代文人雅词再兴的典范。陈廷焯《白雨斋词话》即评张翥词云："仲举词，树骨甚高，寓意亦远，元词之不亡者，赖有仲举耳。"

元词在文学史上虽然成就并不如杂剧与散曲之辉煌，但其在词的发展过程中承先启后的角色，仍有其不容忽略的地位。

第二节

明清词的夕照

词这种诗歌体式，自隋唐的初兴，经过晚唐五代的发扬，两宋的创作盛况，以及金元的承袭，绵延至明清时代，已有近千年的历史。词之所以能继续生存，而且还不断引起文人的创作兴趣，其实并不在于词原本可歌的音乐特质，而在于其可借以抒情述怀的文学功能。词，在明清文人笔下，不过是在体式格律上不同于诗的另一种诗体而已。虽然此节以明清词为"夕照"，其荡漾的余音袅袅，焕发的夕阳光辉，依然耀眼。

✤ | 一、明词的发展概况

明朝（1368—1644）将近三百年间的词作，主要仍然承袭前朝余气，风格上，则豪壮激昂与清丽婉约并存。按，明代文人在诗和文两方面的不凡造诣，已如前面相关章节所述，相对而言，明人的词作则稍嫌薄弱。就其缘由，根据明人自己的观察，如钱允治《类编笺释国朝诗余·序》即认为："我朝悉屏诗赋，以经术程士。……骚坛之士，试为拍弄，才为句掩，趣因理淹，体段虽存，鲜能当行。"综观明词，实承前人之绪者多，创新之处则较少，但这并不表示其间没有佳篇，或缺乏翻新求变的痕迹。就现存的明人词作，览其发展概况，或可大略分为明初、中叶、晚明三个主要时期。

(一) 明初词坛 —— 入仕新朝的异代情怀

明初自洪武至建文年间（1368—1402），词坛作者大多系由元入明而仕者，自然犹承袭前朝余风。又因均经历过元末的大动乱，故而词多伤时感遇之作。不过，朱元璋灭元立明，汉族重新统一天下，虽值得称庆，可是这些文人不久即赫然发现，自己面临的竟然是一个极端专制残酷的政权，朝廷对知识阶层多怀猜忌，屡兴文字狱，文人士子频遭杀戮陷害，乃至原先对新朝怀有的归属感逐渐消失，反顾自身动辄得咎的处境，宛如身处"异代"，于抒发己情之际，难免在词中时露心怀凄苦忧患之情。

试先看刘基（1311—1375）一首《小重山》：

> 月满江城秋夜长，西风吹不断，桂花香。碧天如水露华凉。
> 人难见，有泪在罗裳。／何许雁南翔，堪怜一片影，落潇湘。百
> 年身世费思量。空回首，故国渐苍茫。

刘基字伯温，浙江青田人。元末进士，曾任高安丞，及见世乱而弃官归隐。后因受朱元璋征召至金陵，并佐其定天下，任御史中丞，封诚意伯，可说是明初的开国重臣。但是不久却为胡惟庸所诋毁，最后抑郁而卒。刘基的诗文在当世即负盛名，其词作亦佳，王世贞（1526—1590）《艺苑卮言》即称其词"秾纤有致"。上引《小重山》可能是刘基较早期之作。文辞婉丽，清景如画，又情深意长。流露的主要是身逢乱世，空怀壮志堪怜，回首故国苍茫的悲慨。

再看高启（1336—1374）《沁园春》"雁"：

> 木落时来，花发时归，年又一年。记南楼望信，夕阳帘外，
> 西窗惊梦，夜雨灯前。写月书斜，战霜阵整，横破潇湘万里天。
> 风吹断，见两三低去，似落筝弦。／相呼共宿寒烟，想只在芦花
> 浅水边。恨呜呜戍角，忽吹飞起。悠悠渔火，长照愁眠。陇塞
> 间关，江湖冷落，莫恋遗粮犹在田。须高举，教弋人空慕，云
> 海茫然。

上引词例之笔墨重点乃是吟咏雁鸟的遭遇。按，大雁属候鸟，年年南来北往，万里飘零，却忽然发现"风吹断，见两三低去，似落筝弦"，已

经有同伴遭遇暗算了。于是"相呼共宿寒烟",还是隐身"芦花浅水边"比较安全,而且即使但感忧愁冷落,亦切"莫恋遗粮犹在田",换言之,不要恋栈官场俸禄,当思高举,谨防矰弋之害。此词虽可归类于"咏物词",显然乃是托物寄意,以雁喻人,词意则凄苦悲凉,充满忧患的意识。所言不仅点出世道之艰难,人心之险恶,更流露对自己身处危境的高度警觉,以及当尽快匿迹退隐以免祸患临头的意念。这是高启个人的忧虑,也是明初不少文人士子的共同心情。当然,高启最终还是遭受杀害,这是他入明之际始料未及者。

(三) 中叶词坛 —— 豪壮清丽的徘徊顾盼

成化至隆庆年间(1465—1572),政局已趋稳定,尽管文网的威胁未减,文坛则已热闹非凡。一些文人士子因不满台阁文臣满纸对朝廷权贵的恭维颂美,而意图改革文风,纷纷唱言复古,林立宗派。著名者如前后七子,主张"文必秦汉,诗必盛唐"。七子诸人及其追随者,亦多将才情致力于诗文的创作,词则视为诗余,偶尔填写,且多赏景或艳情小品,当然,亦间有佳篇。值得注意的是,这时期还是有少数词作者,不但以词描写清幽之景,抒发个人之情,亦能将个人、历史、自然三重时空熔于一炉,展现出宛如当初苏轼词的大家风度。

试看杨慎(1488—1559)的名篇《临江仙》:

> 滚滚长江东逝水,浪花淘尽英雄。是非成败转头空。青山依旧在,几度夕阳红。/白发渔樵江渚上,惯看秋月春风。一壶浊酒喜相逢。古今多少事,都付笑谈中。

杨慎字用修，号升庵，四川新都人，正德六年（1511）进士第一，授翰林修撰。以后却因直言极谏被贬，谪戍云南永昌，在其长期流放生涯中，姑且以写史怀古抒发其忧愤。上引这首《临江仙》，原属杨慎长篇"廿一史弹词"中说"秦汉"一段的开场词。虽是一首短短的小令，一发端即气势不凡，长江水滚滚东流，宛如时光急速流逝，历史上英雄人物的呐喊、成败是非的争执，均在江水浪花中转头成空，只有大自然的青山常在，时与夕阳相映。下片借此发挥感悟：且与白发渔樵闲话江渚，看风月，饮浊酒，笑谈古今，更逍遥自在。整首词在高昂的语调中，流露对世事沧桑，人事无常的感悟。笔触从容，情怀豪壮而含蓄，意境雄浑而深婉。值得注意的是，此词与苏东坡的名篇《念奴娇》"赤壁怀古"，在风格内涵上颇有相似之处，但是东坡词中明确点出其凭吊缅怀者乃是"三国周郎赤壁"，而杨慎之作，却并未提及秦汉时期任何英雄人物的具体事迹，乃至赋予整篇作品一种具有普遍性与永恒性的特质，为读者留下更多的想象空间。难怪以后毛宗岗的《三国演义》批本，就将此词作为全书的序词。

再看夏言（1482—1548）一首《鹤冲天》"初夏"：

> 临水阁，倚风轩，细雨熟梅天。一池新水碧荷圆，榴花红欲燃。／薄罗裳，轻纨扇，睡起绿阴满院。曲栏斜转正闲凭，何处玉箫声？

夏言字公谨，江西贵溪人，正德十二年（1517）进士。官至吏部尚书、华盖殿大学士，居首辅，地位显赫，且颇有政绩，然而却为奸臣严嵩所忌，陷害而死。按，夏言乃是明代官宦文人中，少数在当世主要即以词作见称者。其现存词作中，亦不乏追随辛弃疾豪壮雄爽之作，但此处则引其小令《鹤冲天》，作为明中叶词坛写景清丽风格的代表。此词引人瞩目的是，其中并无家国身世之类的大题材，亦无激昂浓烈的情怀，所写不过是沉湎在"初夏"景色中的一分个人的闲情与审美感受，且又非一般词人惯常抒发的伤春悲秋之情。这样的写景抒情小品，可谓是北宋初期晏殊、欧阳修等温婉典雅词境的再现。

上举两首词作，虽风格各异，均属佳篇无疑。但与其他同时期的文人词相若，主要还是难免徘徊顾盼于前人名篇中，徜徉在前人风格的氛围里。若要在明词的发展过程中，寻出一些有意翻新求变的痕迹，尚有待另一批晚明作家的出现。

(三) 晚明词坛 —— 云间词派的末代悲歌

万历（1573—1620）以后的七十余年间，明朝就在宦官专权、朋党相争、朝政日趋腐败的政局下，逐步走向灭亡。可是在文学史上，这却是一个有意求变的时代，诗歌方面已如前面章节所述，袁氏兄弟提倡写诗当"独抒性灵，不拘格套"，填词方面则由陈子龙（1608—1647）为首的"云间词派"为晚明词风的转变，点出方向，并且为以后清代词坛人才辈出、派别林立的"复兴"现象拉开序幕。

所谓"云间词派"，主要乃是因陈子龙籍贯云间（今上海市松江区），而李雯以及宋征璧、宋征舆兄弟，皆以文才齐名，加上师从陈子龙的晚辈夏完淳，词风均相近，且词学主张亦相同，推崇南唐、北宋的词风，又均籍属当时的松江府治，故而有"云间词派"之称。陈子龙尝于其词集《幽兰草·题词》中指出，填词应当"境由情生，辞随意启，天机偶发，元音自成"。或可视为"纠正"一般明人填词只顾因循前人，较少个人真情流露的缺点。不过，云间词派的词作，在题材内容上，仍然继唐宋以来的传统，以闺情、咏物、个人感怀居多，只是流露更多作者身世与时代的寄托，所以显得言之有物。

试先以陈子龙《天仙子》为例：

> 古道棠梨寒恻恻，子规满路东风湿。留连好景为谁愁，归潮
> 急，暮云碧，和风和晴人不识。／北望音书迷故国，一江春雨无
> 消息。强将此恨问花枝，嫣红绩，莺如织，依泪未弹花泪滴。

词中描述的是花开鸟鸣的一般春天景色，但笔墨重点则在于因景生情。上片所言古道棠梨之"寒"，子规鸟啼声在东风吹拂中之"湿"，用语之精，构思之巧，遂使得大自然的清丽春景，与人同情共感，仿佛也流荡着词人的悲音。下片遂继而由此引发北望故国之思，但音书渺茫，即使"嫣红绩，莺如织"，也只引得花人同泪了。这种面临春景虽美，而情怀凄恻的意境，遥接杜甫于安史之乱其间所写《春望》中"感时花溅泪，恨别鸟惊心"的情怀意境，实已远超出一般唐宋词以来抒发个人的伤春悲秋之情，而隐含着对时局世事深沉的伤痛。词在陈子龙笔下，和其诗一样，担负着抒情述怀感时伤世的文学功能。

再看夏完淳（1631—1647）《一剪梅》"咏柳"：

> 无限伤心夕照中。故国凄凉，剩粉余红。金沟御水自西东。
> 昨岁陈宫，今岁隋宫。／往事思量一饷空。飞絮无情，依旧烟笼。
> 长条短叶翠蒙蒙。才过西风，又过东风。

夏完淳乃是明末文坛的一颗彗星，身当亡国之秋，以其十六岁的年轻生命殉身国难，而又能以其遗作焕发出如此炫目的文学光辉，在中国文学史上，仅此一人而已。夏完淳不但在诗歌方面留下撼人心魂之作，其词亦

凄婉动人。上举词例，名为"咏柳"，实则感怀时事，慨叹人生。以一株生长于金沟御水边的柳树，见证了陈、隋以来多少改朝换代之变迁，遂引发其对自然生命永恒运转，而人世沧桑，无限伤心的喟叹。

晚明的"云间词派"，兴于明朝末期风云变幻，趋于亡国之秋，其为时虽短，却能在时局败坏、政治动荡、个人生命危殆中，以其幽雅清丽的作品，恢复了词这种诗歌体深曲委婉的抒情本质，并且提升了词在文人雅士心目中的地位，而且还绵延其影响至清初，为清代词坛的兴盛，铺上先路。

✚ ┃ 二、清词的耀眼夕晖

清朝（1644—1911）乃是由满族人入主中原的王朝，也是传统中国专制帝王制度的末代王朝。在文学史上，无论诗歌、文章、戏曲、小说，均是总结成果之时。单就词的表现视之，其作品数量之多，流派之纷呈，以及词学研究与词籍整理方面之丰硕，均属前所未有，故而有词的"复兴"时代之称。此处所谓"复兴"，亦即有的词论者称为"中兴"者，当然主要乃是针对词的创作，在元明二朝显示出渐衰的倾向而言。不容忽略的是，清代文人学士对宋明以来在观念上，普遍认为词不过是"诗余""小道"的偏见业已扫除[①]。词和诗一样，同样属于作者抒情述怀言志的主要媒介。而更重要的则是，基于对词这种诗歌体本色的体认与尊重，清代作家填词，大多能依循词当以曲折委婉为正中的审美趣味。兹将清词在将近三百年间的发展概况，略述如下。

---

① 关于"诗余"之谓如何由词集名称，变为文体之称的讨论，见刘少雄：《宋人诗余说考辨》，《台大中文学报》2005 年第 22 期，第 235—275 页。

顺治（1644—1661）至康熙（1662—1722）前期，是清词最为繁盛的时期，而且就是在遗民情怀的荡漾中，流派纷呈，成为清初词坛的显著标志。按，清初的词人虽然身份出处各异，人格情性不同，其中有博学多识的学士儒生，也有文采风流的才子文人，但大多属由明入清的遗民，无论其个人选择避世退隐还是入朝为官，同样均经历过改朝换代的巨变，乃至词中流荡不去的，主要还是身为遗民的故国之思与身世之感。此外，又由于清初文人士子之间的族群认同感，往往因同乡地域之缘或同门师生之谊，前辈后进频繁交游往来，相互联系结社，同声相应，彼此唱和，乃至在词坛上形成不同的流派，各展现其派别的文学主张与创作风格。

1. 遗民情怀

其实，在中国历史的朝代不断更替过程中，遗民情怀几乎是大凡身处改朝换代的文人士子之共同悲怆。无论诗词文章，都留下不少动人心魂之作。同样的，清初由明入清的文士，丧乱之余，历经家国巨变，填词之际，往往也会以故国之思与身世之感，抒发其遗民情怀。

兹先以王夫之（1619—1692）《蝶恋花》"衰柳"为例：

> 为问西风因底怨？百转千回，苦要情丝断。叶叶飘零都不管，回塘早似天涯远。／阵阵寒鸦飞影乱。总趁斜阳，谁肯还留恋？梦里黄鹂拖锦线，春光难借寒蝉唤。

按，王夫之字而农，号姜斋，湖南衡阳人。明末曾参加南明桂王小朝廷的抗清活动，明亡后，遂隐居故乡石船山，以在野之身著书立说以终，又因与同时期的顾炎武、黄宗羲，均博通经史，故史称"清初三大儒"。不过，王夫之写诗却并不拘于其学士儒生的身份，而主张"诗以道性情"，强调"情"与"景"之交融（《姜斋诗话》），其填词显然亦如是。惟尝自称"从不作艳词"（《忆秦娥》"灯花"自注），则已泄露其意图提升词的文学地位之用心。就看上引《蝶恋花》，名为写"衰柳"，实则通过衰柳的咏叹，抒发其个人的身世之感，以及对故国无限的怀思。虽然托身在衰柳枝上的寒蝉，仿佛意欲将过去的春光唤回，可是秋天的衰柳，毕竟在季节的推移中已经衰萎，而"梦里黄鹂拖锦线"，梦萦魂牵的往日春天柳色佳景，亦俱往矣。根据近人叶恭绰《广箧中词》的评语："船山词言皆有物，与并时批风抹露者迥殊，知此方可以言词者。"王夫之的词作，已经为特别强调"比兴寄托"的常州词派，开出先路。

再看吴伟业（1609—1671）一首《贺新郎》"病中有感"：

> 万事催华发。论龚生，天年竟夭，高名难没。吾病难将医药治，耿耿胸中热血。待洒向、西风残月。剖却心肝今置地，问华佗、解我肠千结？追往恨，倍凄咽。／故人慷慨多奇节。为当年，沉吟不断，草间偷活。艾灸眉头瓜喷鼻，今日须难绝决。早患苦，重来千迭。脱屣妻孥非易事，竟一钱不值何须说！人世事，几完缺？

吴伟业字骏公，号梅村，江苏太仓人。早岁曾师事张溥，并为复社成员。崇祯四年（1631）进士，随即入朝为官。明亡后，曾屏居乡里十年不出，后经人举荐，为顾及亲人的安全，不得已乃应召出任顺治朝的国子监祭酒。但四年后即以返乡守孝为名，上疏乞归，从此告别仕途。吴伟业主要以其诗才闻名当世，其著名的叙事诗《圆圆曲》，也成就了他在文学史上的不朽地位。但不容忽略的则是，其词作在清初词坛的指标意义。上举

《贺新郎》序目"病中有感"，就其内涵题旨，乃因内省之思，而引发其由衷之感与肺腑之言。发端即以西汉末龚胜拒绝王莽召请出山任祭酒，与自己的身仕二朝对比，虽然龚胜最后因拒食而饿死，乃至"天年竟夭"，毕竟"高名难没"，留名千古。不过，自己在形迹上则已是贰臣，其内心的痛苦不安，即使"剖却心肝"，也无人理解，即使华佗再世，恐怕也不能"解我肠千结"。下片则就近怀想起"故人慷慨多奇节"，亦即那些已经为明朝慷慨就义死节的朋友故交，可是反顾自己，只得"为当年，沉吟不断，草间偷活"而深感愧疚。全篇可谓悲歌慷慨，憾恨与愧疚交错，俨然是一篇对自己身为贰臣的"忏悔录"。像这种公然以文字对自己的形迹坦然表示忏悔内疚之作，在中国文学史上乃属颇为罕见的。

其实吴伟业早年亦曾以写艳词小令颇受时人称羡，不过其后期则往往以大手笔写长调，慷慨抒怀，寄寓着时代与身世之感，为阳羡派陈维崧诸人所继承。当然，清词的耀眼成就，亦可由清初词坛的流派纷呈得以进一步证明。

2. 流派纷呈

清代词坛所以流派纷呈，自然有促使其形成的缘由背景：首先，参与填词的人物众多，拥有成群的创作"队伍"；其次，作者多属有学之士，无论同乡或同门，往往以兴趣相投或理念相近而有密切的联系，或结社酬唱，或交游往来，可以在创作或理论上，彼此切磋，相互影响；再者，当代作品辑集付梓刊行者亦多，为读者提供或细读或宏观的方便，易于分辨不同流派的风格特征。就现存资料观察，清初词坛最为壮大，且最具影响力的词派，即是以陈维崧为首的"阳羡词派"，以及以朱彝尊为首的"浙西词派"。

（1）陈维崧与阳羡词派 —— 缅怀时事

陈维崧（1625—1682）字其年，号迦陵，江苏宜兴人。出身官宦世家，少负才名，家门鼎盛，意气风发，但中岁遭逢世变，从此穷愁潦倒，五十四岁时方经人举荐应博学鸿词科，授职翰林院检讨，参修明史，三年后去世。不过，其落拓不遇时期，则因"傸居里门近十载专攻填词，学者靡然成风"（蒋景祁《荆溪词初集·序》），俨然成为阳羡词派的领袖。著有《迦陵词》三十卷，存词一千六百二十九首，其创作之丰，为历代词人之冠。陈维崧填词崇尚苏东坡、辛弃疾，受辛词影响尤深。其词风格豪放，气魄宏伟，无论长调小令，任笔驱使，今人吴梅《词学通论》即称其"气魄之大，古今殆无敌手"。当然，陈维崧在清代词坛的地位，并不局限于个人的表现，更重要的还是，在其影响之下阳羡词派的形成。

阳羡词派主要活动于顺治年间和康熙前期，其成员大多经历过改朝换代的巨变，就在这不到半世纪的时期里，小小阳羡（今江苏宜兴县）境内，文人荟萃，聚集在陈维崧周边的词作家竟达百人之多。在词史上，于一时一地拥有如此壮观的词人群体，是前所未有的现象；阳羡词人对词学理论与词集编辑的兴致，也是空前的，诸如陈维崧主编的《今词苑》、蒋景祁所编《瑶华集》与《名媛词选》等，汇录了当代词人之作，遂令大批清初词人的篇章得以保存。

至于阳羡词所以形成流派，除了作者均属聚居阳羡一带之外，其词作表现的一般风格情境特征，则可以蒋景祁于《荆溪词初集·序》所云来概括："大抵皆忧伤怨悱不得志于时，则托为倚声顿节，写其无聊不平之意。"

试举陈维崧一首《沁园春》为例。词前小序云"赠别芝麓先生，即用其题《乌丝词》韵"：

四十诸生，落拓长安，公乎念之！正戟门开日，呼余惊座；烛花灭处，目我于思。古说感恩，不如知己，卮酒为公安足辞？吾醉矣！才一声河满，泪滴珠徽。/昨来夜雨霏霏，叹如此狂飙世所稀。恰山崩石裂，其穷已甚；狮腾象踏，此景尤奇。我赋将归，公言小住，归路银涛百丈飞。氍毹暖，趁铜街似水，赓和无题。

　　按，龚芝麓乃是由明入仕清朝的贰臣，惟以其在朝中地位的显赫，曾保护了不少明末反清志士，且经常殷勤接待因逢时不遇而潦倒困顿的文人士子。上引陈维崧此词，当属落魄京城，打算南返故乡之前，告别芝麓先生的赠别词，词中并无一般赠别之作的应酬话，而是由衷之感与肺腑之言，足见二人在入清后的处境虽迥然不同，交情则颇深厚。言下对龚芝麓的恩遇及相知之情，感激不尽，对自己逢时不遇，"落拓长安"，则"才一声河满，泪滴珠徽"。不过，虽然身逢"狂飙"之世，在"山崩石裂"中穷途困顿，却又自诩其才志在风雨中宛如"狮腾象踏"，叹为奇观，赋归之后，将慨然面对"归路银涛百丈飞"的豪情，则将诗中原是怀才不遇中表达的哀叹，气势提升至豪壮俊爽之境。

　　除了针对己身情怀的抒发，陈维崧还常用词调抒写类似杜甫以及元稹和白居易的"新题乐府"批评朝政、同情民生疾苦的主题，如其深受当今学者称道的《贺新郎》"纤夫词"，即谴责朝廷强掳民夫拉纤，导致妻离子散，民不聊生的惨状。在陈维崧笔下，词与诗的文学功能实已无差别。这是他提升词的地位之功劳，但多少也流失了词应当具有的含蓄委婉的抒情本色。陈廷焯《白雨斋词话》对陈维崧词的评语，颇能点出其词之特色："迦陵词沉雄俊爽，论其气魄，古今无敌手。若能加以浑厚沉郁，便可突过苏、辛，独步千古，惜哉！蹈扬湖海，一发无余，是其年短处，然其长处亦在此。"

其他追随陈维崧的阳羡派作者，诸如任绳隗（1621—？）、万树（1630？—1688）、曹贞吉（1634—？）等，亦有不少佳篇留传。无论是写故国之痛，时局之叹，或民生之哀，皆同样流露"忧伤怨悱不得志于时"的"不平之意"；而且不时展现敢于"拈大题目，出大意义"（谢章铤《赌棋山庄词话》卷八论"立意"）的风格面貌。不过，至雍正、乾隆时期，因这些前辈词人的相继凋零，加上时局的改变，阳羡派则已渐趋衰竭，但是他们的流风余韵还波及后世，清中叶就有不少词人均受到影响。

（2）朱彝尊与浙西词派 —— 清空醇雅

朱彝尊（1629—1709）字锡鬯，号竹垞，浙江秀水（今嘉兴）人。顺治二年（1645）清兵进两浙，朱彝尊曾一度参与抗清活动，但事未举而几乎罹祸。此后尝客居前辈同乡曹溶（1613—1685）幕中数年，也正是在曹溶引导之下方开始学词，并在二人以小令慢词唱和过程中，通晓倚声填词之道。康熙十八年（1679），以"名布衣"之身受征召，举殿试博学鸿词科，授翰林院检讨，并参与修《明史》。朱彝尊不仅文名高，且博通经史，颇受康熙倚重，曾入值南书房，出典江南省试。后因故罢官，遂告归乡里，从此潜心著述，直至去世。朱彝尊一生虽亦跨越明清二朝，但于后期生命中，正逢康乾盛世，加上其名重京师文坛的地位，遂成为"浙西词派"的领袖。朱彝尊现存词五百余首，此外还编选《词综》，辑唐宋金元词六百五十九家，二千二百五十三首，不仅采集广泛，而且考证精当，成为词学研究的重要资料。当然，以朱彝尊为首的浙西词派之形成与风格特征，亦是不容忽略的。

浙西词派乃是以一些聚集于朱彝尊周围的词人，包括原本籍属浙西者，加上侨居浙江一带的同调共襄其盛而形成的流派，最初得名于龚翔麟（1658—1733）选辑《浙西六家词》。按，浙西词派与阳羡词派比照之下，最大的不同就是在内涵情境上大多由"实"转而为"虚"的差异。当然此所谓"虚"，指的主要是一种抒情述怀的"障眼"手法，或委婉曲折的审美趣味。也就是填词之际，讲求清空醇雅的同调风格。这显然受朱彝尊的词学主张与词作表现的影响。

朱彝尊的词学观，首先，重视的是词的抒情功能，如其为陈纬云《红盐词》集所写序文中即认为："词虽小技，昔之通儒巨公往往为之。盖有诗所难言者，委曲倚之于声，其辞愈微，而其旨益远。善言词者假闺房儿女之言，通之于《离骚》变《雅》之义。此尤不得志于时者所宜寄情焉耳。"其次，则是强调清空醇雅的审美情趣，认为张炎《词源》所谓"清空"乃是词的最高境界。尝于其《解佩令》"自题词集"（即《江湖载酒集》）宣称："不师秦七，不师黄九，倚新声，玉田（张炎）差近。"且又于《词综·发凡》特别指出："世人言词，必称北宋，然词至南宋，始极其工，至宋季始极其变，姜尧章氏最为杰出。"影响所及，乃至"数十年来，浙西填词者，家白石（姜夔）而户玉田（张炎）"。

试以朱彝尊一首《长亭怨慢》"雁"为例：

> 结多少，悲秋俦侣。特地年年，北风吹度。紫塞门孤，金河越冷，恨谁诉？回汀枉渚。也只恋，江南住。随意落平沙，巧排作，参差筝柱。/别浦，惯惊移莫定，应怯败荷疏雨。一绳云杪，看字字悬针垂露。渐敧斜，无力低飘，正目送，碧罗天暮。写不了相思，又蘸凉波飞去。

这是朱彝尊咏物词的名篇，收入其《茶烟阁体物集》。表面上是写一只孤雁的遭遇，如何在艰危环境中挣扎，如何又心怀惊恐。实际上乃是以雁自况，托物寄兴，借咏雁来感叹个人身世。整首词笔触凄切哀婉，描摹细致绵密，而且情味深沉隽永。当年张玉田《解连环》"孤雁"一词中有名句："写不成书，只寄得相思一点。"朱彝尊继此而以"写不了相思"另翻新意，其凄哀幽怨似乎更为深重。陈廷焯《白雨斋词话》即评此作云："感怀身世，以凄切之情，发哀婉之调，既悲凉，又忠厚，是竹垞直逼玉田之作，集中亦不多见。"

其实，浙西词派并非不作香艳冶荡之词，即使朱彝尊也是描写男女爱情词的能手。不过，在其有意倡导之下，追求清空醇雅，讲究深婉寄托，遂成为浙西词派填词的理想，甚至还因朱彝尊后期多写咏物词，托物寄怀，浙西词派作者群起效仿，遂掀起清初词坛一阵咏物之风。

(3) 纳兰性德自成一家

纳兰性德（1655—1685）字容若，号楞伽山人，满洲正黄旗人，太傅明珠之子。康熙十五年（1676）应殿试，赐进士出身，授一等侍卫，颇得康熙宠信。其现存词三百四十二首，就其表现，显然不属于阳羡或浙西任何流派，而是以其个人敏感的心思、浓郁的情致，以及清婉的风韵，在清初词坛上独树一帜。纳兰词最令学界称道者，乃是其悼念亡妻与行吟边塞之作。

兹先看一首《南乡子》"为亡妇题照"：

> 泪咽却无声，只向从前悔薄情。凭仗丹青重省识，盈盈。一片伤心画不成。/别语忒分明，午夜鹣鹣梦早醒。卿自早醒侬自梦，更更。泪尽风檐夜雨铃。

按，纳兰性德与其妻卢氏婚后伉俪情深，但卢氏早亡，对纳兰性德个人生命是沉重的打击，终其生未尝消歇其哀叹悼念之情。上引《南乡子》所写，乃是"为亡妇题照"之际的经验感受，但值得注意的是，除了因怀念亡妻的一片伤心，同时流露对于爱妻"早醒"，毕竟可以早离俗世尘埃，自己却还继续流落人间，承受"泪尽风檐夜雨铃"的怨苦凄哀。像这样情深意远之作，并不局限于纳兰性德个人一己生活的经验感受。即使记录其随康熙前往边塞出巡之作，亦深情如是。姑再举其一首《蝶恋花》为例：

> 又到绿杨曾折处。不语垂鞭，踏遍清秋路。衰草连天无意绪，雁声远向萧关去。／不恨天涯行役苦，只恨西风，吹梦成今古。明日客程还几许？沾衣更是新寒雨。

值得注意的是，纳兰性德乃是以满族贵族公子的身份随员巡行，但是其衷心关怀的，并非天子行巡的威武浩荡，而是对天涯行役者的苦楚与凄寒之悲悯。纳兰词个人的特色，就是自然天真，纯任性灵，又款款深情。难怪其同时代的陈维崧《词评》即称其词"哀感顽艳，得南唐二主之遗"。王国维《人间词话》则更进一步点出，纳兰词乃是"以自然之眼观物，以自然之舌言情。此由初入中原，未染汉人风气，故能真切如此。北宋以来，一人而已！"

（三）　中叶词坛——浙西阳羡余响，常州词派兴起

康熙朝后期，明清易代的历史震撼已经消歇，亲身经历过家国巨变的作者业已纷纷凋零，此时期的文人士子亦多成长于大清，并认同于国朝，何况康、雍、乾三朝毕竟显得四海承平，政局安定，且经济繁荣，展现出一片"盛世"气象。对知识阶层来说，尽管文网仍然严酷，但只需刻意谨

言慎行，不去触碰朝廷的禁忌，还是可以自保平安，因此文学的创作并未停滞不前，除了诗文之外，词作亦颇有可观者，同时展现流派纷呈的态势。词坛上还继续回荡着浙西与阳羡词派的余响，继而则在张惠言的倡导之下，又另外兴起了常州词派，在清词史上遂与浙西、阳羡鼎足而立，共同为清词的"复兴"局面奏出响亮的音符。

1．浙西阳羡的余响

浙西词派崇尚清空醇雅，讲求委婉曲折的审美意趣，正好可以避开文网的张罗，乃至在清词史上余响不绝如缕。继朱彝尊之后，追随者亦多属怀才不遇的闲逸之士，其中当以同样也推崇"清空醇雅"词境的厉鹗为代表，或可视其为清代词坛浙西词派的压阵大家。

兹举其一首《百字令》为例。词前有小序云："月夜过七里滩，光景奇绝。歌此调，几令众山皆响。"

> 秋光今夜，向桐江，为写当年高蹈。风露皆非人世有，自坐
> 船头吹竹。万籁生山，一星在水，鹤梦疑重续。挐音遥去，西岩
> 渔父初宿。／心忆汐社沉埋，清狂不见，使我形容独。寂寂冷萤
> 三四点，穿过前湾茅屋。林静藏烟，峰危限月，帆影摇空绿。随
> 流飘荡，白云还卧空谷。

按，厉鹗（1692—1752）字太鸿，号樊榭，浙江钱塘人。乾隆初他曾受荐举应博学鸿词科，可是却落选了，失望挫折之余，此后即客居扬州一带近三十年，设馆授徒为业，且与当地雅好填词的诗客结社酬唱不绝，甚至一批非浙籍的词人，也聚集在其周围，俨然成为江浙地区的词坛宗主。厉鹗的词，向以清幽淡雅见称，其中最能体现其"清空醇雅"风格者，则

是吟咏山水风景，以景写情的作品。就如上引《百字令》之笔墨重点，即是描写当初拒绝汉光武帝征召的严光隐居之处"非人世有"的奇绝之景，并将自己"船头吹竹"揽入画中。不过在叙其赏景过程中委婉含蕴的，则是对超世离俗隐逸生涯之称颂，继而引发对南宋亡后不愿仕元的诗人谢翱（1249—1295）之缅怀，以及自己徜徉在秋光夜色中幽独寂寥的心情。整首词的意境旨趣，清雅含蓄，可谓是浙派的余音缭绕。

另外值得注意的是，康熙朝以后，阳羡词派在余响回荡中的渐趋微弱。由于陈维崧诸人那些身处明清易代之际心存怨而且怒的悲慨长啸，显然已经不再是生活于雍、乾时期文人士子的切身感受，因此，继其余响者已经不多。尽管如此，还是出现几位词作者，在悲情激荡、郁勃苍凉的作品中，流露着阳羡的余韵流风，只是慷慨悲壮之气则减弱了。或可以蒋士铨之词为代表。

试举其《城头月》"中秋雨夜书家信后"为例：

> 他乡见月能凄楚。天气偏如许。一院虫音，一声更鼓，一阵黄昏雨。／孤灯照影无人语，默把中秋数。荏苒华年，更番离别，九载天涯度。

按，蒋士铨（1725—1785）字心余，号清容居士，江西铅山人。乾隆十九年（1754）举人，二十二年（1757）进士，授编修，四年后任顺天乡试同考官，旋即辞官归乡，从此在各书院讲学授徒度其余生，有《铜弦词》二卷留存。因心仪陈维崧，多以劲笔抒发慷慨之气。上举《城头月》，不过是一首个人日常生活中思乡情怀的感触，而且还是一首短短的小令，在其笔下，一院的虫鸣声、更鼓声、雨滴声，声声入耳，加上"孤灯照影无人语，默把中秋数"的场景，其孤寂情怀之凄楚，简直令人难以卒读。不过，阳羡词人原先愁怨中显得外张之"怒"，已经在沦落天涯、流年逝水的叹息中消退了。阳羡词派与浙西词派一样，必须在时代的推进中让位于常州词派。

2. 常州词派的兴起

常州词派乃是乾隆以后，亦即嘉庆与道光年间影响最深远的词派，一般皆归功于张惠言（1761—1802）的倡导。按，张惠言字皋文，江苏武进人。嘉庆四年（1799）第八次赴京应试，方中进士，其后官编修，但不久即病逝，年仅四十二。张惠言其实乃是经学家，尤精《易》学，不过在词史上，则以辑集唐宋词人四十四家作品作为年轻后辈读本的《词选》，加上其词学理论，遂开常州词派。张惠言最推崇温庭筠词的"深美闳约"，其词学理论主要即见于《词选·序》："词者，盖出于唐之诗人……其缘情造端，兴于微言，以相感动。极命风谣里巷男女哀乐，以道贤人君子幽约怨悱不能自言之情，低徊要眇，以喻其致。盖诗之比兴，变风之义，骚人之歌，则近之矣。"所言显然是以经学家的观点立场，援引儒家重视"微言大义"的诗教入词学，自然提高了词的地位，同时为常州词派追求"幽约怨悱""低徊要眇"的风格，强调"比兴寄托"的旨趣点出方向。

兹举其《水调歌头》"春日赋示杨生子掞"五首其五为例：

> 长镵白木柄，劚破一庭寒。三枝两枝生绿，位置小窗前。要使花颜四面，和着草心千朵，向我十分妍。何必兰与菊，生意总欣然。／晓来风，夜来雨，晚来烟。是他酿就春色，又断送流年。便欲诛茅江上，只恐空林衰草，憔悴不堪怜。歌罢且更酌，与子绕花间。

其实五首《水调歌头》乃是为勉励教导其弟子杨子掞而作。就如上引词中，即强调人生即使面临"空林衰草，憔悴不堪"之境，也须自振不颓。不过，综观其言，显然并无说教的痕迹，而是通过对当前春景的欣然生意，委婉点出，为人当潜心自处、怡然处世的生命态度。陈廷焯《白雨斋词话》对这样的作品即推崇备至，认为："皋文《水调歌头》五章，既沉郁，又疏快，最是高境。陈、朱虽工词，究曾到此地步否？不得以其非专门名家少之。热肠郁思，若断仍连，全自风、骚变出。"值得注意的是，张惠言生前虽亦有一些同调者，但是常州词派的兴起于词坛，并非肇始于张惠言，而是在受其词论主张影响的周济笔下，方才正式形成气候。

按，周济（1781—1839）字保绪，一字介存，晚号止庵，江苏荆溪人。嘉庆十年（1805）进士，曾官淮安府学教授，晚年则隐居金陵，悉心著述。其著作中与词有关者，除了其个人词集《味隽斋词》之外，还有《词辨》《介存斋论词杂著》，以及《宋四家词选》等。周济的词学观最令人瞩目的则是，除了继张惠言论词重视"比兴寄托"之外，同时亦于其《宋四家词选·序》中有所补充，进一步指出比兴寄托的审美趣味："夫词非寄托不入，专寄托不出。"换言之，在以词抒情述怀过程中，要既能深入其情，而又能出其情之执着凝滞，方为佳作。试看周济《渡江云》"杨花"一首：

> 春风真解事，等闲吹遍，无数短长亭。一星星是恨，直送春归，替了落花声。凭栏极目，荡春波万里春情。应笑人春粮几许？便要数征程。／冥冥，车轮落日，散绮余霞，渐都迷幻景。问收向红窗画箧，可算飘零？但逢只有浮云好，奈蓬莱东指，弱水盈盈。休更惜，秋风吹老莼羹。

此词表面上写杨花，实际上是借杨花之飘零，写人生之离合悲欢，更结以当如西晋张翰那样，见秋风起而选择归隐的领悟。其情怀的确如谭献于《箧中词》所云："怨断之中，豪宕不减。"而不容忽略的则是，在杨花漂泊流离生命的描述中，其意内言外的旨趣，或可视为张惠言主张的，君子幽约怨悱、低徊要眇的体现。

常州词派在理论或创作上，重视"幽约怨悱，低徊要眇"，的确为词这种诗歌体，不同于诗的风格重新划出文体的界线。可是其强调的"比兴寄托"，也正巧显示，中国传统文学毕竟难以摆脱传统儒家政教伦理的束缚，始终与文人士子的出处进退生涯密切相关。即使到了晚清，在充满忧患情怀与衰世悲音者的笔下，仍然如此。

㈢　晚清词坛 —— 忧患情怀，衰世悲音

嘉庆以后，大清王朝在内忧外患双重压迫中，开始逐步走向衰亡。不过，在词坛上，作品之多，题材之丰富，风格之多样，均超越前期。当然，就清词的发展演变趋势观察，最能代表其时代特色者，还是一些文人士子面临朝政腐败与外患频仍，充满忧患悲愤的声音。在他们的词作里，开始大量以对时事的关怀入词，即事抒情述怀，为词这种诗歌体增添了为历史作见证的文学功能。

1. 忧患情怀

道光二十年（1840）鸦片战争爆发，面对西方船坚炮利的科技优势，大清王朝显得手足无措，知识阶层则是惊惧悲慨交心，羞愧愤怒萦怀。除了以诗吐露其哀挽之情，甚至在词作中亦频频传达对于江山社稷的忧患情怀。

试以龚自珍（1792—1841）《定盦词》中一首《丑奴儿令》为例：

　　游踪廿五年前到，江也依稀，山也依稀，少壮沉雄心事违。／

词人问我重来意，吟也凄迷，说也凄迷，载得齐梁夕照归。

此词乃是龚自珍逝世前一年酬答友人孙麟趾问讯之作。表面上是叙说个人近况，但其衷心忧虑关怀的则是江山社稷的安危，然而这一切已经与其"少壮沉雄心事违"，不堪多言了。只留得"齐梁夕照"的衰败意象，继续流荡在其个人凄迷的心目中，以及历史盛衰更替的映照里。

像这样对时局充满忧患情怀之作，在晚清词坛乃属一般文人士子的主调，甚至也同样出现在邓廷桢（1775—1846）以及林则徐（1785—1850）两位联袂严禁鸦片、领军抗英者的词作中，共同为晚清词坛的忧患情怀，增添一些面对国难，或身为禁烟英雄的愤懑。

2. 衰世悲音

同治（1862—1874）、光绪（1875—1908）、宣统（1909—1911）三朝，乃是中国帝王专制时代的最后阶段，也是活跃于此时期的许多文人士大夫力求扭转乾坤，以及爱国志士意图济世救国，却无力回天的时代。文坛上，无论诗词文章，均充满哀挽之声，就词的创作而言，衰世之悲音，则是其时代的音符。

试举王鹏运（1849—1904）《满江红》"送安晓峰侍御谪戍军台"为例：

　　荷到长戈，已御尽，九关魑魅。尚记得，悲歌请剑，更阑相视。

惨淡烽烟边塞月，蹉跎冰雪孤臣泪。算名成、终竟负初心，如何是？／天难问，犹无已，真御史，奇男子。只我怀抑塞，愧君欲死。

宠辱自关天下计，荣枯休论人间世。愿无忘，珍惜百年身，君行矣。

王鹏运字幼遐，号半塘，广西临桂人。同治九年（1870）举人，官内阁侍读、监察御史等职。入仕后即历经中法、中日战争、戊戌变法、庚子事变等外侮内患，忧慨交心，最后以直言抗疏去职。王鹏运除了填词之外，还致力于唐宋以来词集的整理和校勘，以治经、史的学术态度立场治词。其词作亦多针砭时弊，悲慨政事者。上引《满江红》小序即点出其背景：光绪二十年（1894）甲午战败，清廷割地赔款，安维峻上书光绪，弹劾李鸿章，并有微词讽慈禧，遂被革职，发配张家口军台。王鹏运不仅为之送行，且以此《满江红》相赠。词中既称扬安维峻"悲歌请剑"的壮举，亦缅怀二人的友谊，更重要的是，对其遭受发配命运的不平与同情中，为历史留下痕迹。全词笔力雄健，情怀悲愤，却又不失含蓄。

小结

词这种出身歌坛的诗歌体，在文人士子笔下，自唐宋以来，绵延至晚清，已经有近千年的历史，尽管依时代先后顺序，可以大概掌握其发展演变的轨迹，然而读者亦不难发现，历代文人填词，始终在各种风格流派、各类审美情趣中回环往复，爰及清末词人的衰世悲音，则为号称"中兴"或"复兴"的清词，画上了句点。就如近人叶恭绰于《广箧中词》评朱孝臧（又名祖谋，1857—1931）词之际的观察："余意词之境界，前此已开拓殆尽，今兹欲求于声家特开领域，非别寻途径不可。"

其实，远在金、元时期，另外一种为配合音乐调子填写，以备演唱的歌词 —— 散曲，不但取代了词在歌坛的地位，同时也跨进了士林文坛，成为文人士子在诗词之外，可以用以抒情述怀的一种新诗体。